弯曲的光线

WAN QU DE

GUANG XIAN

上

折叠时空

方文桂 著

百花洲文艺出版社
BAIHUAZHOU LITERATURE AND ART PRESS

图书在版编目（CIP）数据

弯曲的光线 / 方文桂著. -- 南昌：百花洲文艺出版社, 2023.8
ISBN 978-7-5500-4628-3

Ⅰ.①弯… Ⅱ.①方… Ⅲ.①幻想小说 – 中国 – 当代 Ⅳ.①I247.5

中国版本图书馆CIP数据核字（2021）第280593号

弯曲的光线

方文桂　著

出 版 人	陈　波
责任编辑	胡青松
书籍设计	黄敏俊
制　作	何　丹
出版发行	百花洲文艺出版社
社　址	南昌市红谷滩世贸路898号博能中心一期A座20楼
邮　编	330038
经　销	全国新华书店
印　刷	江西千叶彩印有限公司
开　本	787mm×1098mm　1／16
印　张	53
版　次	2023年8月第1版第1次印刷
字　数	600千字
书　号	ISBN 978-7-5500-4628-3
定　价	89.00元（全二册）

赣版权登字　05-2023-69

邮购联系　0791-86895108
网　址　http://www.bhzwy.com
图书若有印装错误，影响阅读，可向承印厂联系调换。

目录

第一章 青春的力量喷薄而出，
一群改变世界的年轻人来了

这是仅有一点微风的夏夜，天上散落着几个闪闪烁烁的星星，半弯的月亮挂在云边。太阳已落下一两个小时，城市中闪烁着五颜六色的灯光。在这些透亮的灯光中，有一不显眼也不耀眼，但却醒目的一会儿紫、一会儿红、一会儿黄的灯光闪亮着两个大字：沸点。在"沸点"的右下角，是两个远看不清楚，近看也不显眼的蓝光字：酒吧。

"沸点酒吧"坐落在望星公园的边上，是高斯市最有名的酒吧。酒吧建筑不大，只有两层楼。白天不仔细看，不知道这公园旁还有一个酒吧。因为公园的大树几乎遮住了这座建筑。只是到了晚上，这里热闹非凡，每天晚上，只要九点钟一过，青年男女开始陆陆续续地往"沸点酒吧"走。由于这几天天气有些闷热，热气裹身，进酒吧的人们脚步很快，仿佛是要逃避热浪，赶快找一个地方乘凉似的。可是，有三五个男女青年脚步并不快，显得有些拖拉。仔细一看，原来他们正推拉着一位男青年往酒吧走，只听他们有的说："思哥，今天哥们一定让你开开眼界。"有的说："思哥，我们没日没夜地干活，你今天一定要陪大伙玩玩。"还有的说："思哥，我们的课题已经通过了专家的评审，多高兴的事。你一定要和大家一起乐乐。"这些人，你一句我一句地推拉着叫作"思哥"的青年往酒吧里走。被叫作"思哥"的青年只是笑着顺着他们走。

他们走过十几米的长廊，进入一个圆形的大厅。首先映入眼帘的是红、黑、白三种颜色的摩托腾飞在大厅的空中，好像有谁要骑着摩托冲出厅顶飞向太空一样，给人一种力量和速度的感觉。穿过大厅看到的是一个很普通的门。一推开门，一阵阵声浪扑面而来，"咚咚"的声音使得叫作"思哥"的青年很不自在。再随之而来的是旋转闪耀的红、橙、黄、绿的各色光芒，更使叫作"思哥"的青年眼花缭乱。再定眼一看，只见一圈圆形的台子里面有一个小青年不断地向空中抛出酒瓶，又不断接住酒瓶。酒瓶在这小青年的手中上下翻飞。小青年的抛、甩、接酒瓶的动作洒脱流畅。在空中翻滚的酒瓶，在旋转闪烁的彩色灯光下形成了一条条弧形的光束，仿佛是色彩缤纷的流星雨。这平时难以看到的美丽、奇特的"美景"，把叫作"思哥"的青年看呆了，他站在哪里凝视着这小青年精彩的表演。

也许过了较长的时间，他被一个女孩子的声音转移了注意力，"先生，里面请。"同时，他也被同来的伙伴们推着往里走。里面真是一个非凡的世界。这世界对于名叫"思哥"的青年来说是生平第一次遇见。"咚咚"震耳欲聋的声响，强烈震撼，似乎把这座房子震塌还不够，还要把这个世界震破。再看看那炫目、刺眼、斑驳陆离的灯光不停地旋转着。似乎这些从灯泡中射出的光线，在这屋子里东蹿西跳，载着找不到安身之地的光色，要冲出这笼子般的屋子，但又被一种张力阻挡，非常愤怒地在这屋子里跳跃以发泄不满。再闻闻里面的空气，有一种说不出的味道，刺鼻、呛喉、难闻。名叫"思哥"的青年浑身不舒服。他被同伴们带到了边上的一排圆形的沙发旁。他没有坐下，他眼前的男男女女，有的两个人坐在吧台边，一边喝着酒，一边说着话；有的三五个人围着桌子，抽着烟，聊着天；有的扭着腰肢，蹦着迪斯科；还有不少人坐在屋子边上的沙发上吵吵闹闹。

时间过得不长，也许不短，屋子里喇叭的声音逐渐加高，节奏加快，灯光也逐渐变暗。这时，人们三三两两手拉着手走进央池，央池里逐渐走进了不少人。随着音量的提高和节奏的加快，央池里的这些人的动作也在加快，扭腰、摇头、蹬腿等动作也更加有力而放肆。震耳欲聋的音响，像春雷在头顶上滚动，令人眼花缭乱的灯光，飞速扭动的男人女人的腰肢，快速摇摆的头颅，在灯光下不断变换着颜色的男人女人的胳膊大腿，让人感觉到央池的人们疯狂了。这个场景是什么？仿佛是青春的力量，是雄性的宣泄，是青春的冲动，是冲破压抑的愤怒。突然，音响戛然而止，当舞池中的人慢慢缓过劲来，停止蹦迪动作时，从舞池四边喷出一缕缕乳白的烟雾。舞池中央冉冉升起一个圆形的舞台，在圆形的乳白色聚光灯的照耀下，只见一位姑娘亭亭玉立，她身上起伏有致的曲线勾勒出漂亮的身姿，在柔和的灯光下，显得勾魂摄魄，沁人心脾。她身穿乳白色的短袖衬衫和粉红色的短裙，肤如凝脂。名叫"思哥"的青年见人们看得惊呆了，好奇地挤开人群站在了舞池前，他看到这位姑娘美丽的面庞，椭圆形的脸，一字眉，精致的鼻梁，红嘟嘟的嘴唇。不要说那群青年被这个姑娘的美镇住了，就连那个名叫"思哥"的青年，平时似乎不食人间烟火，没有什么能够打动他的人，此时也被震住了。

当人们正屏声静气、如痴如醉地欣赏这位美丽姑娘的时候，清脆的音乐声响起，随着音乐的响起，那位姑娘翩翩起舞。她的舞姿柔和优美、如诗如歌，仿佛是在清晨，面对满天的朝霞，呼吸着田野的清香；又如在茂盛的森林里，听着潺潺流水和鸟语；更仿佛在皎白的月光下，被和煦的春天抚摸。看着眼前的舞蹈，听着美妙的音乐，大家陶醉了。刚才还是嘈杂喧闹的吧厅，现在安静得如同窒息。仿佛谁也不忍发出一点声响来破坏这安静幸福的快乐时光。突然，中央的乳白色灯光变成了闪耀的五彩缤纷的颜色，从舞台后面快速地跳进了六位姑娘。这时音响也提高了音量，节奏旋律加快，跳进舞池的六位姑娘围着刚才那位姑娘跳起了舞。她们的舞姿强烈有力，动作干脆利落，肢体起伏快捷，仿佛在使尽浑身的力气要告诉人们她们的向往和追求。音响的音量再进一步提高，灯光进一步加亮，灯光旋转进一步加快。人们不断地滑进舞池，就是没有进舞池的男女们，也跳将起来。不断加快旋转的灯光、不断加大分贝的音响、竭尽全力跳动的人们，组成一幅疯狂的、歇斯底里的，仿佛挣脱世界、冲破牢笼、发泄压抑情感的画卷。

在亢奋、激动、忘我中，不知不觉时间已经到了凌晨一点，灯光旋转速度渐渐慢了下来，音响的音量也渐渐低了下来。人们也渐渐地走出酒吧。"思哥"及围着"思哥"的那群青年也往外走，刚走到大门的时候，他们碰到了在舞池中央跳舞的那群女孩子。她们簇拥着刚才那位跳舞的姑娘。

"灵灵，你好，你的舞跳得太美了。"和"思哥"在一起的那帮青年人中一位女孩子说。

"灵灵，我给你介绍下。"她把"思哥"拉到那美丽的姑娘面前说，"这是我们公司年轻有为的科学家共周思。"她又介绍那位姑娘说，"这是我们的女神，霞光集团老板灵剑柔的千金。"这位女青年介绍完，只见被称作"灵灵"的女青年对"思哥"莞尔一笑，共周思对灵灵也点头一笑。

这是个不平凡的夜晚，在这个夜晚相遇的一群年轻人，将创造改变世界的壮举。

共周思，一个从小在孤儿院长大的孤儿，在一个慈善机构的资助下完成了从小学到大学的学业。他从小品学兼优，从国内一所顶级大学毕业后，放弃了去世界一流学校深造的机会，应聘到国内一家著名的公司上班。因为他认为，他必须到科研的一线去感受，在科研实践中寻找最有现实意义的研究方向，解决目前世界上最迫切需要解决的科学技术问题。共周思工作的公司，名叫红光公司，规模不大，但名气不小，在特种材料研究领域驰名世界。公司有一流的研发团队，有充足的经费和尖端的试验设备，尤其是公司CEO漆天成，原是宇航员出生，十几年前退役后带领几个人创业，以他们的聪明才智、勤奋和执着，将初创资金几万元的微型企业发展成现在的世界一流企业。漆天成目光独到，求才若渴，发现了共周思这颗新星。

共周思是一个科技天才，大学毕业第二年，就带领一个年轻的课题组攻下了国内五十多年都没有攻下来的轻质绝热材料项目，一举震惊全国，也使公司源源不断地获得国家的研究经费。五年多来，共周思和他的团队科研成果累累。就在昨天，他们的常温超导材料课题获得了国家专家组的好评，这种材料将导线的导电能力增加几百万倍，而重量仅是传统导线的几亿分之一。一系列的成功，使得共周思和他的团队信心十足，在科学研究上越来越大胆，他的科学天赋也越来越展现出耀眼的光芒。三个月前，他向公司的专家委员会提出了一个不同凡响的报告。具体讲就是以自然光为能源，让物质在能使光线弯曲、时空折叠的引力场的作用下改变其分子结构，从而生产出人类需要的各种材料。

共周思清楚地记得，专家委员会的每个专家在听到他的设想时所露出的惊讶表情。专家委员会的首席专家应时震对共周思说："周思，你说的光是什么光？"

共周思说："日常光。"

"物质的性能变得怎么样？"有的专家问。

"像钢，像铁，像铜，又轻又柔，或者我们需要更好性能的材料。"

"周思，你的意思是地球上的物质如矿石、植物等，在自然光的作用下变成像铁、钢、铜一样的材料？"应时震充满疑惑地问。

"甚至可以比钢比铁更硬、更轻、更韧……"共周思回答，停顿了一下继续说，"当然，这个自然光作为能源是经过特殊处理的。"

"怎么处理？"有专家问。

"自然光的能量在能使光线弯曲、时空折叠的引力场的作用下变得非常非常强大。"共周思说。

"能使光线弯曲、时空折叠的引力场？"在座的专家惊讶地交换了一下眼神。

"这种引力场非常强大。"

"有多大？"有专家没等共周思说完，抢自着问。

"大到可以能使光线弯曲、时空折叠。"共周思果断地说。应时震当然知道，光是直线传播的。但爱因斯坦的广义相对论告诉我们，在遇到质量非常非常大的物体或巨大的引力场时，光线会弯曲，时空会弯曲。不过人类千百年来对光是无可奈何的。人类怎么可能在地球上找到能使光线弯曲、时空折叠的引力场呢？想到这里，应时震说："周思，我怎么觉得你的想法不着边际。"应时震可不是一个平凡的人物，身为两院院士的他在材料领域是泰斗级的。应时震毕业于世界上最好的大学之一，曾获得多项世界级大奖，回国后就职于中国科学院研究所，完成了几十个国家级科研项目。他在国内乃至于世界材料领域都是占有一席之地的。他不光成果著作等身，而且桃李满天下，尤其乐意帮助年轻人，非常善于发现人才和不拘一格地使用人才。共周思就是他特别欣赏的年轻人。他认为这个年轻人思想特别活跃，悟性极强，敢想敢干，不时地迸发出奇思妙想。应时震对共周思大胆放手，可是今天共周思提出的这个设想，让他觉得不可思议。要知道，改变一个物体的性质和结构，必须在一定的能量下才能完成，而性能优越的材料，仅仅依靠常温常压下的自然光就可以改变，简直就是天方夜谭，或者是疯子的想法。更何况这种材料生产出来是要商业化应用的，而不是实验室的样品。

共周思看着专家们惊讶、迷惑的表情，并不在意。他心想，连这些世界一流的专家都说不可能，这本身就说明这个想法特别有意义，如果能实现，那不是改变世界了吗？他很兴奋地说："如果我们这个设想实现了，那么世界上就没有炼钢、炼铁、炼铜厂了。这不仅可以节约能源，世界也将变得更加美好。"共周思说。

"这不就改变世界了吗？"有专家感慨地说。

"对，我们就是要改变世界！"共周思坚定地说，他没有去理会专家们吃惊或是怀疑的表情，继续说，"所有一切的关键，是我们必须找到能使光线弯曲、时空折叠的引力场。"

专家们摇头，其中一个说："光来源于太阳，我们从来没有听说地球上有能使光线弯曲、时空折叠的引力场。"为了强调他的观点，他还特别重复了一句，"从来没有听说。"其他专家也附和着。

"我们认为没有听说并不代表地球上就没有。"共周思说，"我们可以去找，去研究。"

"怎么找？"

"我们大家找。"共周思停了停，补充道，"我们找不到，可以发动全世界的人来找。地球上找不到，就到外星球上去找。"

这些专家更迷惑了。发动全世界，谁去发动？人家凭什么去寻找这根本不存在的东西。有一位专家轻轻声嘀咕了一句："人家凭什么给你找？"

"到外星球上去是异想天开。"有的人说。

"这个世界闲人很多，好奇的人也不少，只要我们提出一个想法，挂到量子网上去，每天就有无数的人回答。"共周思一挥手打开了脑伴，脑伴里的立体影像立即出现在会议室的空中，会议室的空地上就跳出了成千上万条回答。这些专家半点疑惑半点好奇地注视着大屏幕，应时震更是睁大了眼睛看。屏幕上有不少字词进入了他的眼帘，什么光波、光能源啦，光的波粒二重性啦，黑洞啦，暗物质啦，宇宙大爆炸啦，等等。不少回答还很专业。当然有说能找到的，也有说找不到的，说找不到的居多。应时震一边看着大屏幕，一边十分欣赏地注视着共周思，他为这种发动全人类的力量论证科学研究可行性的方式而高兴。

又有一位专家说了一句："共周思，这个课题需要多少钱，需要什么样的设备？"

"不需要多少钱，也不需要什么设备。"

此语一出，满座再惊。专家们的目光齐刷刷地射向共周思，射向应时震，似乎在问："这可能吗？"

共周思知道他们会怀疑，接着说："就是尽可能地利用全世界的实验室和数据库。"

关于"寻找能使光线弯曲、时空折叠的引力场"这一课题的讨论，从早上八点一直持续到晚上十二点，专家们也累了。尽管共周思仍精神饱满，越来越兴奋，但看大家都累了，他不好意思再继续下去了。

第二章　一个个身怀绝技的"光之梦"团队

上次的讨论会之后，共周思将寻找能使光线弯曲、时空折叠的引力场的项目命名为"曲光"项目。有关"曲光"项目的事再没有开过第二次会。共周思问过漆天成好几次，但他每次都以专家们没空作答。共周思明白，专家们不是没有时间，而是他们的课题没有被专家认可，同时也没有被漆天成认可。共周思是一个敢想敢干、说干就干的人，他等不了那些专家的意见，也不管CEO赞成不赞成，自己干起来再说。

共周思把课题组的兄弟们叫到了会议室，未等其他人坐下来，劈头就问："构成，你的大数据分析得怎么样了？对于'曲光项目'的可行性，众人的看法是怎样的？"

赵构成坐下，擦了擦汗，端起了会议桌上的茶杯，"咕咚"一口就喝光了杯子里面的水。他一挥手，脑伴里的立体影像就投射到会议室的空地上，影像里显示各种图形和文字。他边用手指划拉着边解说："我将世界各地对寻找能使光线弯曲、时空折叠的引力场的可行性分析和回答，分为亚洲板块、欧洲板块、美洲板块和其他板块。每个板块又根据不同的职业进行了分类，然后用大数据软件进行了海量的数据处理。认为'曲光项目'可行的只有万万分之一，有三十六人自告奋勇要求参加'曲光项目'的研发，并提供了各自的耳伴号和脑伴号。"

"对于要求加入我们寻找引力场项目的人，我们热烈欢迎。"共周思说，接着又问，"知知，你能找到检测引力场结构的公司或实验室吗？"

汪行知早早挥手打开了脑伴，他回答道："我搜集了全世界能检测引力场结构的公司或实验室的网站。我进入了他们的网站，但他们的防护网非常强大，我无法用正常的方式进入他们的数据库。"汪行知望了一眼共周思，继续说，"后来，我用黑客技术成功突破了三个实验室的数据中心，但没到一秒钟就被他们发现了，他们的数据立即消失了。"

共周思打断了汪行知的话说："知知，你的工作非常重要，如果成功，将为公司节约大量的资金和时间。"

共周思话音刚落，一位漂亮的姑娘就接上了话，因为她知道，不出意外下一个被问的肯定是她："由于我们没有具体的目标，一时还很难设计出清晰的路线，但我通过我的专用软件，搜索了世界各个知名实验室，均未找到研究能使光线弯曲、时空折叠的引力场的任何线索。"

这位漂亮的姑娘叫舒玉婷，之前是一家著名服装公司的设计师。她只有二十四五岁，但获得过世界设计大奖，名声在外。在一次朋友的聚会上，共周思认识了舒玉婷，他不但觉得舒玉婷长得漂亮，眉清目秀，更是被她天马行空的想法所打动。他跟她进行了交谈。交谈中，共周思突发奇想，觉得他们团队需要一个这样的人来设计他们的研究路径。共周思知道舒玉婷肯定不懂科学研究，但她有着比常人更为灵活的大脑，以及大胆前卫的思维。共周思就是需要这样的人。这样的人不仅不会被专业所束缚，反而可以为科学研究另辟蹊径。这在世界科学研究领域也是一种独创。他们越谈越投机，甚至有些默契。最后，共周思对舒玉婷说："到我的研究所来吧。"

听到这个话，舒玉婷非常吃惊，睁大眼睛看着共周思说："你们是干什么的？"

"我们是研究材料的。"

"搞材料跟我的服装设计有什么关系？"舒玉婷有些好奇地说。

共周思听了舒玉婷的话，盯着她看了好一会儿，盯得舒玉婷都不好意思了。共周思说："你可以不立即回答我，但请你到我们研究所去看看再定。"

舒玉婷那天的心情也许比较好，又或许是她猎奇的性格使然，说："可以，我们约个时间。"

"不用，如果你没有什么事，现在就去。"共周思说。

舒玉婷看了看表，都晚上十二点了，她望了望浓眉大眼的共周思。

不知什么原因，她觉得他身上有一种神秘而有吸引力的东西，便说："行。"

舒玉婷和共周思上了停在路边的自动驾驶小车。一路上，共周思向舒玉婷介绍他们的研究所，他对她说，他们的研究所比较年轻，只有五年的历史，是他带着几个年轻人创建的。但几年来有了很多成果，已经是世界一流的材料研究所。他又向她介绍了他们的团队，成员平均年龄只有二十五岁。车子开了半个多小时后走进环湖公路，沿着环湖公路走了几分钟，就来到了研究所的门岗。共周思按了一下车上的开关，挡杆自动抬起，车子西转东拐地来到了他们的研究所。

走进研究所大门，使舒玉婷惊讶的是，她没有看到任何东西，没有办公室，没有门和墙，也没有什么设备。她用疑惑的眼神看着共周思，共周思明白她的意思，他打了一个响指，突然从地下冒出了透明的办公桌、椅子。共周思看了看舒玉婷，又一挥手，办公桌上又出现了透明的屏幕。共周思又打了一个响指，空中出现了一个透明的像玻璃似的幕墙，幕墙上显示出各种图形，有三角形、菱形、椭圆形、立体、平面的，还有各种分子结构，有蜂窝状、树状、章鱼状的。这些图形在幕墙上不停地运动，由近及远，由远及近，变化无穷，看得人眼花缭乱。

她走近透明的办公桌，说："你们实验室怎么没有仪器设备？"舒玉婷搞服装设计虽然也需要各种设计软件，非常熟悉各种图形，但像这种生动丰富、多维变化的图形她是第一次看见，十分震惊。

见她提问，共周思说："别小看我这实验室，我们这里与全世界的材料实验室是连接的，我们的数据与全世界的数据共享。我们在这里设计实验方案，将实验方案变成数据输入研究所的中央处理器，由中央处理器转送到中心实验室进行实验，中央处理器再将实验结果传到我们的数据处理系统。这样多次循环往复，直至实验完成。"

见她仍不解，共周思说："眼见为实。"随后张开手掌在空中抹了一下，办公桌、屏幕等全消失了，恢复到刚才空荡荡的样子。他们上了车，开了几分钟，来到一个很大的建筑物面前。共周思停好车，带她走到一扇门前，一挥手，门打开了。共周思带她走进了走廊。舒玉婷不知道这个走廊就是对她的身份进行鉴别的空间，鉴别内容包括她的教育经历、家庭背景、兴趣爱好等，同时还会对她之于公司的安全性进行评估。这些信息将全部进入研究所的数据中心。

他们来到一扇门前，共周思又一挥手，门自动打开了。这扇门很厚，足有一尺半厚。进入这扇门，舒玉婷似乎进入了一个空旷的大厅，并没有发现什么。这时，共周思又一挥手，蓦然，大厅变样了，一幢大楼出现在他们面前。这幢大楼至少有十层楼那么高，其中的各种仪器设备错落有致，闪闪发光。共周思告诉她，这是中心实验室，全自动智能化。舒玉婷看到眼前的一切，彻底惊呆了。从小到大，她也参观过一些科学馆，但从未看过如此宏伟而又精巧的实验室，她仿佛进入了科幻世界，这样的场景只有科幻电影里才能看见。她被镇住了，她的内心只有一个愿望，那就是到这个研究所来。看着舒玉婷的表情，共周思知道她被说服了。看来今天破例带她看他们的中心实验室是对的。虽然他有研究所保密等级最高的权限，但这是他第一次使用。

舒玉婷不顾父母的强烈反对，拒绝了服装公司千万年薪的挽留，参观实验室的第二天就到共周思那里报到了。她也没有问共周思要她到他们团队干什么。

共周思团队里的汪行知，他的专业与材料结构科学也是风马牛不相及。他是一个外科医生，对人体结构研究颇深。有一次，共周思到医院看望一个病人，路过汪行知的办公室，瞥了一眼墙上的动态人体透视图和各种细胞结构图，很多图都是三维、四维的，而且还显示出各种细胞碰撞、交接和变幻的形态。共周思想，人体的微观结构是非常精妙的，而且有生命力，如果我的材料也具有生命就好了。如果通过对人体结构的分析，设计出有生命的材料，或者说让材料像人一样有思维，那将是多么有意义的事。想到此，共周思决心把汪行知挖到研究所来。

当然，这也费了一番周折，因为汪行知的事业如日中天，年纪轻轻就已经是国内一流医院的主刀，可谓前途无量。再说，他对材料分子、原子结构一窍不通。情急之下，共周思敲开了汪行知家的门。一进汪行知家的客厅，也不管汪行知如何反应，他一挥手，脑伴里的立体影像立即投射到墙面上。汪行知看着立体影像上快速变化的多维结构图，觉得它们一点也不亚于他的人体细胞结构图。"只要稍微改变一下物质结构，就会自动变化出无穷无尽的结构图。物质也是有生命的。"共周思一边划拉着手指，一边看着不断变换图形的结构图，继续说，"你通过外科手术，除去病坏的细胞，使人的肌体恢复健康。我们的世界也是这样，只要改变或者切除物质的分子、原子，也可以使物质更加接近我们想要的物质，赋予物质以生命、思想和灵性。"听共周思说着，汪行知的思维也随之起伏跳跃，不知不觉进入共周思的梦境中。他喃喃自语地道："物质是有灵性的，有生命的。"之后，他就鬼使神差地到共周思的研究所报到了。

共周思团队的另一位成员赵构成不是学数据分析专业的，但他玩数据的能力，用登峰造极来形容一点都不为过。你看他的手指划拉脑伴的速度，估计世界没有一个人能出其右，应该说他是一个网络极客。共周思是在网上遇到他的。当时他的研究所正在网上提出了一个超强材料的市场初研报告，赵构成在十小时之内给他作出了完整的分析。那报告写得令共周思拍案叫绝。当赵构成与共周思聊到当今信息就是力量，拥有的信息越多就越有力量时，共周思说："错，在当今信息爆炸的世界里，最主要的不是记住，而是忘却；不是获取，而是删除。"

"当今信息不是获取而是删除，太经典了，说得太妙了。"赵构成被共周思的这句话震住了，当共周思问他是否愿意加入他的团队时，赵构成二话没说跟着共周思到了他的研究所。

当然，这个科研团队必须有一个核心人物，这个核心人物就是共周思。他是这个团队唯一一个专业对口的研究人员。虽说他是学材料的，但他对工艺设计、大数据等等都精通。他在大数据上不如赵构成，在分子结构上面不如汪行知，在工艺设计上不如舒玉婷，但他可以将他们融会贯通。他的概括总结、集成能力和视野无人能及，他的勇气、执着、眼光像灯塔指引着他的团队披荆斩棘地前行。他们个个身怀绝技，都有鲜明的个性和倔强的性格，互不买账，互不服输。但他们在一起的结果就是一个个成果，让世人瞩目。

听完大家的意见，共周思突然冒出了一句话："研究所找不到，到地球深处去找，再找不到，就到外星球上去找。"此话一出，大家几乎是同时以一种欣赏的目光看着他，好像千辛万苦寻找一种宝贝找不到，突然被人一句话惊醒。他们经常不得不惊叹共周思，因为他永远都是比他们先行一步。其实他们也隐隐约约有了这样的想法。他们几乎是同时问了一句："实验怎么做？"

"我们建立一个流动实验车。"

"成成，你负责去国际卫星公司租三颗卫星为我们专用。"共周思看着赵构成说。

"婷婷，你负责设计我们的工艺路线。知知，你负责找一家顶尖的汽车公司，让他们给我们造一台高能汽车，水、陆、空都能走。"

"我们的实验室仪器设备呢？"汪行知问。

"全部压缩到流动实验车里。"共周思停顿了下，说，"设计实施方案由婷婷出。"共周思的思想又走到他们的前面了。他们没有想到建立流动实验车。

"这些工作必须十天之内完成。"

十天，仅用十天建成一个超级先进的流动实验车，他们为难地面面相觑之后，又将目光投向共周思，意思是：这可能吗，你饶了我们吧。可是，他们看到共周思看他们的目光是坚定的，不可抗拒的，甚至霸道的。他们已经不知道多少次领教这种目光了。

果然，十天之后，一辆形状奇特，但线面、棱角绝对流畅的流动实验车停在他们研究所的空地上。这个梦幻似的流动实验车还可以隐身，不是他们实验室里的人是看不到的。不仅外形科幻，内部更是跨时代的科技结晶。流动实验车内部的材料全部是透明、轻质的，并且可以按照指令变化成各种形式，可以是办公桌，也可以是床、椅子，甚至可以压缩在一起，像一个箱子，放在一边。他们戴上特定的眼镜就可以看到与研究所里一样大的投影屏幕。流动实验车里的研究室与公司研究所是连通的，在实验车里可以远程控制研究所的中心实验室，可以与公司的中心数据库连接，通过中心数据库与世界各地的数据库连接。这么先进的实验车，他们给它取了个名字："曲光号"。他们也给自己的团队取了个名字："光之梦"。

第三章　天方夜谭：
寻找能使光线弯曲、时空折叠的引力场

一切都准备就绪，"光之梦"团队四个人登上曲光号实验车。他们没有带任何日常用品，因为车上日常用品应有尽有，包括高能食品，而且还有根据气候自动调节温度的衣服。只是舒玉婷多了一个心眼，给他们每人配了一套防寒服。他们像宇航员一样奔向未知的远方，寻找能使光线弯曲、时空折叠的引力场。

根据大数据专家赵构成搜索到的世界专家的看法以及最新的遥感卫星所拍的地图，工艺设计师舒玉婷设计了一条寻找路径：到地图上没有显示的深山密林中去。

他们开着时速五百公里的流动实验车，把功能键打到自动挡上，一路上一边听着音乐，一边做着各自的工作。

车子按舒玉婷设计好的线路走，一会儿高速公路，一会儿崎岖的

小路，一会儿穿山洞，一会儿在水面上飞行。这样翻山越岭跑了几天几夜。突然，车子的仪表盘出现了异常，车子也晃动了起来。"糟糕，有情况。"赵构成说。听到赵构成的声音，大家都停下自己的工作。果然车子有些颠簸，仪表盘的数字也开始紊乱。赵构成忙将功能键打到手动挡上，努力扶住方向盘。他们往车窗外一望，发现已经来到了茂密的森林里。再看看车后，是一条弯弯曲曲、坎坷不平的车轮轧过的痕迹。没过一会儿，车子的仪表盘没有了显示。大家赶紧一挥手打开自己的脑伴，奇怪的是，他们的脑伴全都没有信号，既没有文字也没有图形。他们立即对全车进行了检查，更让人吃惊的是，车子的所有电子仪表设备都处于冻结状态，所有物体的伸缩、自动折叠、移动、组合功能全部失灵。随即启动实验车自动纠错功能企图修复程序，但都告失败。大家不得不下车，随后绕车检查了一遍，没有发现任何损坏的痕迹。举目四顾，四周除了参天大树外，没有任何东西，连天空都看不见。

"婷婷，你的路线是怎么设计的，怎么把我们带到这个鬼地方来。"赵构成对舒玉婷说。

"我也很奇怪，我的设计方案没有这个地方。"舒玉婷说。

共周思思考了很久，望着另外三双眼睛说："我们看树干。"

"看树干干什么？"舒玉婷不解地问。

"在每个树干上可以找到东西方向，树干比较湿的那一面就是朝北。"共周思说。

"有道理。"汪行知说，"而朝东南向的，树干就应该干燥一些。"

大家觉得共周思说得有一定的道理，每个人背起旅行包，跟着共周思往树干干燥的方向走，也就是向东南方向、有阳光的地方走。他们走了四五个小时，没有感到一点能走出森林的样子。没有办法，只有继续走，走了十几个小时，四周还是一片漆黑。他们从旅行包中取出高能手电，试着看能不能有光亮，老天爷保佑，手电还能发光，只是好像不是很亮，尽管如此，能照见东西就是万幸了。这时，天气越来越冷，尤其是舒玉婷，特别怕冷。他们连忙从旅行包中拿出防寒服，这些防寒服是用特殊材料做的、很薄、很轻，防寒效果非常好，正常的情况下，可以抵御零下三十度的低温。但他们穿上防寒服后，开始几分钟还觉得暖和，不一会儿又和先前一样冷。他们身上都起了鸡皮疙瘩。有的开始哆嗦，牙齿也咯咯作响。舒玉婷更是快坚持不住了。他们心里想，今晚看来要命绝在此。共周思也冷得身子发僵。尽管如此，他们的大脑还在急速地思考问题。

今天的遭遇太奇怪了，从实验车莫名其妙地窜到这里，到车里的设备莫名其妙地失灵，他们就感觉到这里有一种神秘的东西。这种东西是我们平时不知道的，是我们没有认识的自然现象。当然，他们也不可能预见到。当前，亟须解决的是防寒，如果不能在一两个小时里拿出解决方案，那大家很可能要冻死在这黑夜里。共周思想到了烧火取暖，但摸遍全身的口袋也没找到火柴、打火机之类的点火设备，其他的人也没有。舒玉婷已经奄奄一息了。共周思叫大家围抱在一起，相互取暖。突然，共周思想起了"钻木取火"的典故。他说："我们钻木取火。"他的声音很轻，但大家都可以听得见。听到"钻木取火"，大家精神为之一振，劲头也上来了。

"成成，你去找树枝。"共周思对赵构成说，又对汪行知说，"你去找树叶子，越干越好。"

赵构成很快找来了树枝，汪行知也找来了干燥的枯叶。他们把干树枝架起了一堆，在架子上放满了干树叶。共周思找来了一个大一点的木块，他用脚踢了踢，发现木块还很硬。他心想，木块越硬越好，他清楚钻木取火的原理："成成，你去搞些碎纸。"

赵构成从旅行包中拿出纸，撕碎了放在大的木块上。共周思又找来一个很硬的小木棍，脚踩在木块的一头，用木棍用力地钻，慢慢地，木块钻出了一个凹洞，洞边还有不少木屑。共周思叫赵构成迅速将木屑收集起来放在碎纸上，共周思用木棍快速地钻着木块，赵构成也一边收集着木屑，一边耐心地吹着。他们相互配合，木屑终于亮出了火星，慢慢地增加、扩散，最后烧着了碎纸，碎纸又烧着树叶、树枝，火越来越大，一个大的火堆着起来了。他们三个人赶紧把舒玉婷抬到火堆旁，一起围着火堆。她的体温慢慢起来了，知觉也逐渐恢复了。舒玉婷仿佛是从地狱走出来一样，慢慢睁开双眼，轻轻地叫呼了一声。就这样，他们围着火堆度过了一个晚上。

天一亮，首先醒的是共周思。他见他们还睡着，没有叫醒他们，他发现早上的温度明显有上升，与白天的温度差不多。他到林子里走了走，转了转，没有发现和昨天有什么不同。他返回火堆旁。这时，汪行知和赵构成正在熄灭火堆里的木块。舒玉婷经过昨天晚上的恢复，精神也有好转。

"成成，你打开脑伴搜索一下，看看能不能查到我们在什么地方。"汪行知捡起旅行包站起来说。

赵构成一挥手，企图打开脑伴，可脑伴一点反应都没有，他摇了摇头。

他们一行四人背上旅行包，又按昨天的方向行进。没走出十几米远，舒玉婷突然想起什么，回到刚才火堆的地方，发现火已经熄灭，她到不远处捡了一些树枝，用嘴吹着了火。她用刚才捡来的粗一些的树枝点着，然后拿起燃烧的树枝说："万一今晚又冷得受不了，我们还要点火。"

不得不佩服舒玉婷心细。共周思捡了一根树枝，把小枝和枝叶去掉交给舒玉婷当作拐杖。他又从舒玉婷那里拿过旅行包，说："如果累了，你就告诉我一声，我们就休息一会儿。"

"没关系，我挺得住。"舒玉婷从共周思手里接过树枝拐杖，旅行包又被共周思拿走了，顿时觉得轻松了一些。

他们继续走，森林里很静，除了他们的脚踩在树叶上、枯枝上发出的"吱咔、吱咔"声，没有其他的声音。

他们走着走着，感觉越来越热，浑身出汗，接着大汗淋漓。几个男的干脆把上衣脱掉，打着赤膊。舒玉婷则脱掉衬衫，上身只穿了一件背心。她热得面若朝霞，浑身是汗，不停地用手擦汗也无济于事，汗珠从她的身上滚滚而下。

他们每个人都觉得浑身裹了一团火，炽热无比。更为要命的是，他们虽然带了高能食品，可以补充体能，但这么热的天气，加之昨天到今天没有喝一滴水，他们身体的水分严重缺乏。而这里除了树林，没有任何水源，如果身体不能及时补充水分，他们将渴死。

"怎么办？怎么办？"共周思在心里不断地自问。他看看大家，大家也在看着他。他把大脑转得比平常快几十倍、几百倍，也想不出什么办法。看来唯一的办法，只有坐下来等到天气变冷。共周思说："大家都坐下来，躺下也行。"其实，他们三人已经躺下来了。共周思一屁股坐在地上，发现他们三人嘴唇干裂，呼吸困难，舒玉婷更是满脸通红，像是在发高烧。他用手摸了摸她的额头，发觉体温很高，呼吸也有些困难。他忙叫来医生出身的汪行知，汪行知摸了摸舒玉婷的脉，翻了翻她的眼睛，便打开急救包，从里面取出一小瓶十滴水，倒进了她的嘴里。汪行知给舒玉婷吃完药也躺在了地上喘气。

共周思在地上躺着躺着，也许他躺的身下面没有树叶，是直接躺在地上，他感觉到地上的温度要低一些，他站立起来，走到有很多树叶的地方，扒开树叶，用手触摸地上，发现被树叶覆盖的地上温度明显要低很多。他明白了这树叶有隔热的作用。他忙叫起他们三人，叫他们把树叶扒开，又从其他的地扫来大量的树叶，他们分别躺在树叶里，共周思将树叶给他遮住，只露出鼻子呼吸。他自己在一堆树叶旁躺下后，又钻进树叶堆里躲了起来，他感觉到比刚才温度低多了。

他们就这样躺在树叶里过了几个小时，慢慢地他们感觉树叶外面的温度降了下来。他们掀掉身上的树叶，将粘在身上的树叶去掉。虽然嘴唇很干，嗓子很渴，他们还是拿起旅行包，迈着十分疲乏的脚步，跟着共周思走。他们不知道什么时候是尽头。

他们一天只能走四五个小时，他们互相搀扶着，一个个拖着疲乏不堪的身子，一步一步地挪。他们缺水，舒玉婷已经休克过好几次了，汪行知也晕过去几次。随着时间一天天地过去，他们连走的方向都不能确定。大家想，如果这样盲目地走下去，不累死也会拖死。可是，他们又回不去。他们只有按照平常那样，当他们都迷惘的时候，他们唯一能做的就是相信共周思。

可是这一次，共周思的头脑出现了从未有过的艰难，实验车和仪器全部失灵，这是他始料未及的。这几天日思夜想，梦里也在想，可是就是想不明白。可能共周思是属于会做梦的人，解梦是别人的事，他解不了。直觉告诉他，这里肯定有人类没有解开的谜，这里可能就有他要找的东西。由于有这个信念，他坚定地往一个方向走。他知道，在森林里是不能打转转的，只要不打转转，总有走出林子的机会。

信念归信念，信念不可能抗拒自然规律。当共周思发现他们三个耷拉着身子斜倒在地上，一个个脸色煞白、毫无血色的时候，他自己也倒在了地上，晕了过去。

不知过了多久，也许是一天，也许是两三天，共周思知觉全无。当他睁开双眼的时候，他发现自己躺在一张床上，他第一眼看到的是盖着土瓦的屋顶，他侧脸一望，居然看到了那位在"沸点酒吧"邂逅的美丽姑娘，名叫灵心。

灵心是霞光公司董事长灵剑柔的独生女，爱心慈善基金会会长。爱心慈善基金会是一个慈善机构，主要救助孤儿和残疾儿童，基金会的孤儿院遍布全世界。基金会已经救助了几十万孤儿，让他们接受了从小学到大学的教育。而且有相当一部分人学有所成，成为社会的栋梁之材。灵心从小就有爱心，经常到父亲办的孤儿院住，和孤儿院的孩子们玩，经常买很多玩具、书籍到孤儿院。年龄大些以后，她还亲自给孤儿们上课。灵心学的是经济，因为她父亲希望她将来接他的班。灵心天资聪颖，在舞蹈方面有很好的天赋。为了募集善款，以自己的能力帮助更多的孤儿，灵心从十几岁起便和要好的姐妹到夜总会、酒吧跳舞，当歌手。为此，她的父母跟自己的宝贝女儿说，你跳舞一晚上能挣多少钱，孤儿院有的是钱，就算孤儿院没有钱，只要你开口，爸妈都会给的。灵心回答道，这不是钱的问题，而是爱心。为了赚到更多的钱，他们秘密成立了一个艺术团，名字叫星星艺术团。舞蹈主要是灵心负责。艺术团创立之初只有五个人，后来著名歌唱家朗声丽、朗声丽的男朋友、作曲作词家赵康尔也加入了。由于灵心的影响力和努力，星星艺术团发展得非常迅猛，加入的人不断增多，演出也多了起来，灵心很高兴。

灵心是很高兴，但灵心的父亲不太愉快。他把女儿叫到家里，问："听说你办了一个艺术团？"

灵心也坦然，回答说："是的。"

"搞艺术团干什么呢？"灵心的父亲灵剑柔是一个慈祥的人，从宇航员退役后，他和妻子尚燕白手起家。现在他们公司的新型轻质材料，有钢的强度和硬度，重量却像木材一样轻。公司还生产太空船的光帆，是世界光帆主要供应商。公司有十多万名员工，生产线遍布全世界，年收入几万亿。灵剑柔在公司一言九鼎，说一不二，坚强、果断，但在家里却是一个慈祥的父亲和温和的丈夫。他问女儿的话，绝没有责怪的意思。

"募集资金。"面对父亲的问话，灵心实话实说，尽管她知道父亲不会高兴。

"你要资金干什么？孤儿院没有钱吗？"灵剑柔说。

灵心的母亲也说："是啊，灵儿，没有钱，向父亲要啊。"她是个传统的女人，她也不喜欢女儿在娱乐场所抛头露面。更主要的是，女儿在外面要吃苦。她希望尽快让女儿接她父亲的班。她父亲身体也不太好，最近总咳嗽，这么大的公司，这么大的产业，只能交给女儿。

灵心说："我要另外搞一个基金会，帮助孤儿。"

还要另外搞一个？灵剑柔听了女儿的回答，心里凉了半截，他一心想让她接班，她却要去救助孤儿。

"没有必要，钱的问题我完全可以解决。"灵剑柔说。

灵心是一个乖乖女，见父亲这么说，也没有争，但她的主意已定。

从小到大，灵剑柔从来没有强迫过女儿做什么，或者不做什么。女儿也从来没有顶过一句嘴，半句也没有。但女儿从来都是按照她自己的意愿行事。

随着灵心日渐长大，她的慈善事业越办越出色，自己也越来越忙。

第四章　灵心与朗声丽

灵心母亲见女儿起身要走，便说："灵儿，刚儿几次发耳伴找你，你都没接，我也好几天没有看到他了。"齐刚是灵心的男朋友，两家是娃娃亲。齐刚的父亲和灵心的父亲曾经都是宇航员，脱掉宇航服后，他们各自创业。开始时，灵剑柔向材料和光帆方面发展，齐刚的父亲向磁力引擎方面发展。他们的生意做得非常红火，现在都是世界知名的上市公司。说来也巧，齐刚的母亲与灵心的母亲同时怀了孕，他们两家商定，如果是一男一女就结为亲家，如果是同男同女就结为兄弟姐妹。两个人同一天出生，齐刚早灵心两个小时。他们两个从小一起长大，一起上幼儿园，一起上小学、中学，甚至大学。在大学里，齐刚和灵心同学一个专业，也是在一个班。只是大学毕业后，齐刚按照父亲的愿望在商业方向发展。灵心的父亲希望灵心接自己的班，但灵心一直不表态。

"灵儿，明天晚上有一场音乐会，是我国著名指挥家汤彪炳指挥的交响乐，我们一起去吧。"耳伴里传来齐刚的声音。

"行啊，你明天晚上到我家来，我们一起去。"灵心答应道。

"灵儿，还没有吃饭吧？"听到灵心和齐刚的对话，灵心的母亲高兴地说。

"妈，我已经吃过了。爸，我上楼睡觉了。"灵心和二老打了招呼，就上楼去了。

第二天傍晚六点，灵心和齐刚两人同时来到了高斯市人民大剧院的门前。人民大剧院是高斯市最大的音乐剧院，有着世界一流的演出设施，经常有国内外的著名歌舞团、乐团到这里演出。今天，剧院的大门口两边挂了两幅硕大的海报，海报上是世界著名指挥家汤彪炳的画像和跳跃的五线谱图案。虽然天色未黑，但也渐渐地在暗下来。剧院大门的屋顶上耸立着"高斯市人民大剧院"几个大字，在大字的四周闪烁着各种色彩的霓虹灯光，海报、灯光和不断涌入的人群烘托着热闹的气氛。

灵心和齐刚走进大门检过票后，进入剧院的前厅，高高的前厅里，巨大的水晶灯光照在玉色大理石的柱子上，映出柔和的光。穿过前厅，他们推门走进演出大厅。演出大厅不大，梯形台阶，座椅是皮革做的，有弹性，坐上去很舒服。演出大厅的两边是包厢。齐刚本可以买包厢的票的，但每次要这样做的时候都被灵心制止了。他俩每次都坐在阶梯的座位上。灵心和齐刚是这里的常客，只要有著名的乐团、歌舞团演出，他们必来，因为他们都喜欢音乐。齐刚对歌舞兴趣不大，但如果灵心来，他肯定也会来。

演出还没有开始，人们陆陆续续进入演出大厅。大厅的前方是猩红色的幕布，幕布的两边挂着投影屏幕。舞台的前方是乐池，乐师们正在忙着搬运，有的在搬运乐器，有的在调试乐器。再往舞台上面看，就能看到一排排错落有致的灯。演出大厅播放着欢快的轻音乐。

当舞台的幕布徐徐打开的时候，灵心突然一个想法冒上心头——办一个大型的募捐演唱会，为孤儿和残疾人募捐。她转头向坐在她旁边的齐刚低声说："刚刚，我想办一场大型的为孤儿和残疾人募捐的演唱会，你看怎么样？"

"好啊。"齐刚回答。从小齐刚就对灵心言听计从，灵心筹办星星艺术团，经常到各个地方、各种场合募捐演出的事，他一是赞成，二是按灵心的要求保密，没有向灵心的父母透露半点。不仅如此，他还经常为灵心在二老面前掩护。齐刚也同情孤儿、残疾人，从小经常陪灵心为孤儿们上课。正是由于这个基础，他们的感情一直很好。

"灵灵，我叫我爸公司的策划部为你们策划，资金我来出。"齐刚说。每次只要灵心有什么善举，齐刚都是第一时间要为灵心出钱、出人、出力。可是，灵心总是报以微笑婉言拒绝。

整场音乐会，灵心虽然坐在那里听，但她的心思已经在筹办慈善募捐演唱会上。音乐虽然很动听，但她充耳不闻，她在思考着如何策划这场演唱会，测算着要多少费用，能募集到多少钱，募集的钱怎么用，亟须解决什么问题。她转头望了望身边的齐刚，他对这些问题很在行。要不要找他帮忙？可是不知是何缘故，她还是不想要他帮忙。她要自己解决这些问题。

第二天，灵心来到了她的爱心慈善基金会和星星艺术团的办公室。办公室是租了两套三室一厅的居民房。爱心慈善基金会与星星艺术团两块牌子，一套人马。由于刚成立不久，基金会和艺术团加在一起总共不到十人。星星艺术团主要由舞蹈家灵心、歌唱家朗声丽以及朗声丽的男朋友赵康尔组成。赵康尔是艺术团的策划、作曲作词家、乐手、经纪人，还兼基金会的行政助理。

不要小看这几个人。首先，爱心慈善基金会秘书长、星星艺术团团长灵心就不同凡响。人们说，只要能目睹一下她的芳容，就是三生有幸。她的天生丽质，她的迷人的脸蛋和身材没有任何一位作家能完全准确描述。特别是她的爱心、善良，年纪轻轻就闻名遐迩。她对孤儿、残疾人以及世间一切苦难都发自内心地同情。她为了治好孤儿院里一个孤儿的病，一个人开车八百公里，再步行三十公里到深山请老中医。她为了给孤儿院的孤儿们上课，一个暑假奔波于世界各地的二十多个孤儿院，行程几万公里。为此，她瘦了整整二十斤。她的每个舞蹈动作都是爱的展现，充满爱的激情。只要看到她的舞蹈，都会由衷地说一个字：善。只要看过她的舞蹈，你的心灵会通过对弱者的同情、怜悯而得到净化，然后产生帮助救济弱者的冲动。她是一个女神，不管是国家元首还是基层官员，也不管是跨国公司CEO，还是一个小微企业老板，只要听到她的名字，都肃然起敬。有一次，她带领二十多个孤儿旅游，有一个孤儿掉进了七十多米深的山崖里去了。四周都是悬崖峭壁，通过各种办法，包括当地政府出动了救援队也无济于事。最后没有办法，她给当地驻军一位将军发了一个耳伴，请求直升机救援。将军听秘书说要派直升机去救一个小孩时没有吭声，但听到灵心的名字后，他立即指示参谋，派出了三架直升机和十五名搜救人员，把那个孤儿从悬崖底救了出来。灵心，她是爱的化身。

朗声丽也是一个了不起的人物，她出生在深山里的一个村庄里，有一副动人悦耳的歌喉。她声音清脆、响亮，犹如天籁。她热爱唱歌，有音乐天赋。因为村庄地处边陲，交通不便，又没有什么资源，整个村庄的经济条件都不好，除了木材没有可以用来换钱的东西。有一次，有个电视台来拍风景片，电视台的人听到朗声丽的歌声惊讶不已。电视台摄制组组长找到朗声丽，对她说，你可以到中央音乐学院去学习唱歌。朗声丽听说可以到城里去学唱歌，高兴极了，可是到家里一说，朗声丽看到了父母忧虑的目光。显然他们不愿唯一的女儿离开他们，这目光像一盘冰冷的水浇到朗声丽的身上，她的心里凉透了。她看了看满脸皱纹、身体瘦弱的双亲，心中的向往也就戛然而止。可是朗声丽发自内心的对歌唱的热爱时时撞击她的心扉。这样的日子一长，朗声丽父母看出了女儿的闷闷不乐，经常看到她一个人躲在房间不出门。女儿的歌声明显少了。朗声丽的父母经过长时间的商量，觉得这样下去女儿会毁掉。虽然他们没有读过书，但女儿是他们的唯一寄托。满足女儿的心愿，尽两人所能使女儿幸福，是他们一生中最重要的一件事。朗声丽的母亲把女儿叫到他们俩的房间，打开一个暗红色的油漆斑驳的箱子，把箱子里的衣服一件件地拿出来，放到床上，从箱子底下拿出一个红布包。打开红布包，又翻开塑料布，里面是一沓人民币，有十元、二十元、五十元、一百元。

"丽丽，这里是五万元。"朗声丽的母亲将红布包塞到朗声丽的手里说，"我与你父亲商量了，你还是到城里唱歌去吧。"

朗声丽接过母亲的红布包，可不到一秒钟又塞回母亲的手里，说："妈，我不去北京，我就在这里。"朗声丽知道这是父母亲一辈子的积蓄，她若拿走了，家里将无分文。二老万一有个头痛脑热，甚至是三长两短的，他们将无所依靠。朗声丽说完，眼里噙着泪花跑出了房间。可是，日子一长，朗声丽的父亲仍然看到女儿闷闷不乐，她母亲再次将红布包塞到女儿的手里，说："丽丽，你放心去吧，不用担心我们。"

向往梦的力量是强大的。自从听到电视台摄制组的人说她的歌唱得好，到北京会大有作为后，朗声丽没有一天不向往到北京学唱歌。一边是对到北京学唱歌的向往，一边是要照顾身体不太好的双亲，这个矛盾使她这段时间备受煎熬。当母亲第一次拿钱给让她去城里寻找自己的梦想时，她毫不犹豫地坚决不接受，当母亲再次给把钱塞给她时，她有些犹豫了。

"丽丽，你放心去。你如果不放心我们，可以隔一段时间回家来看看我们。"从来寡言少语的父亲这时也说话了，"丽丽，村里高大伯家的女儿也在城里，我要了她的地址。"朗声丽的父亲将一个纸条交到朗声丽的手里。

听父亲讲可以经常回家看看，朗声丽的心情平静多了，她咬咬牙，接过了母亲手里的红布包。她不敢正视父母的脸，走出了房间。

朗声丽告别含辛茹苦把她抚养长大的父母，离开村子的时候，她一步一回头地回望着自己的父母和熟悉的村子里的房屋、大樟树、小河小溪，还有那自己和同伴们经常玩耍的戏台前的小操场。她几乎是含着泪离开了村子，踏上了到北京寻梦的旅程。一路上，她在好心人的指引下，先是从乡里坐车到县城，再坐汽车到省城，又坐火车从省城到了北京。到了北京，朗声丽先是按照父亲给的地址找到了同村高大伯的女儿高敏。高敏在一个建筑工地的食堂里做勤杂工，朗声丽和高敏住到了一起。朗声丽在高敏的帮助下，也在食堂里做了一份勤杂工，扫地、擦桌子、洗碗、洗菜什么的都干。勤杂工虽然辛苦，但对一个从小就很勤劳的乡村孩子来说，不算什么，而且还有一种幸福感，因为朗声丽还有一个梦想，那就是去中央音乐学院学习唱歌。大概在工地食堂干了几个星期后，朗声丽在高敏的带领下，找到了电视台的那位大伯。那位大伯叫奇峰，奇峰看到朗声丽的时候很高兴，他随后把朗声丽带到了他的朋友、中央音乐学院的一位声乐教授的办公室。可能是以前奇峰介绍过朗声丽，那位教授当即就安排了一间教室听朗声丽唱歌。那位教授听完朗声丽唱的三首歌，惊叹不已，从朗声丽的歌声中感受到了纯粹的美。他问奇峰，朗声丽是什么学历，奇峰不知道朗声丽的学历，他问朗声丽，朗声丽说自己只是读到了高二的一半。听完朗声丽的话，奇峰和那位教授商量了好一会儿，最后奇峰对朗声丽说："丽丽，你就在附近住下，汪教授每天晚上十点半到十一点半为你辅导，你看行吗？"

朗声丽听了当然高兴，她急忙点了点头，可是她的脸很快显出了犹豫的表情。奇峰知道她的难处，他对她说："丽丽，你不用担心，你住的地方我会给你想办法。"

朗声丽感激地点了点头。

奇峰带着朗声丽到音乐学院附近找了一个小旅馆。

当朗声丽到服务台交钱时，服务员告诉她，这里的房费每晚三百五十元时，朗声丽脸上露出了惊恐的表情，她很紧张，惴惴不安。奇峰上前刷卡交了一个月的房费后对朗声丽说："丽丽，不要紧，房费大伯先垫着，以后赚到了钱再还给我。"

听奇峰这么说，朗声丽释然了一些。

稍微安顿了一下，奇峰又带朗声丽到了附近的一家酒店，跟好像是这家酒店的负责人说了几句话，那人就和朗声丽说："朗姑娘，你明天来上班，月工资一万元，每天工作是早上九点到下午五点，中午休息一个小时，包吃包住，你看行不行？"

听到每个月一万，朗声丽有些吃惊，父母在家半年的收入都没有这么多。自己在工地的食堂里，一天十二三个小时，工资才五千元不到。朗声丽有些感动地点了点头。

就这样，在奇峰的热情帮助下，朗声丽在音乐学院附近住了下来，并且还有一份工作。她每天晚上十点半准时来到汪教授的教室，汪教授也每天晚上十点半准时到教室等她。

汪教授从音乐的基本知识教起，教朗声丽如何识五线谱，调整她的发声和发音。奇峰也不时地会过来听汪教授为朗声丽授课，朗声丽用她的音乐天赋和对音、声、乐的极高悟性，让汪教授极为振奋。他经常是把授课的时间延长再延长，有时会到凌晨一两点钟。

就这样，在汪教授倾心教导下，朗声丽全身心地投入，进步神速。她只用了别人三分之一的时间，就完成了音乐知识的入门。按照汪教授和奇峰的计划，朗声丽再有三个月的时间，就可以参加音乐学院的特长生考试。汪教授认为，朗声丽完全有可能通过考试，退一万步讲，就算朗声丽因为心理方面的原因没能通过，汪教授也要破格录取她。凭汪教授在音乐界的贡献和声望，他是有这种特权的，朗声丽将是他教学生涯中最得意的弟子之一。

第五章　雏凤

这天，朗声丽和往常一样，忙完酒店的工作，一边啃着面包一边按时来到汪教授的教室。可是当朗声丽到了教室门口的时候，却发现教室的门是锁着的。朗声丽有些诧异，半年来，这是第一次，每次都是汪教授在教室里等她。她站在教室门外，从包里取出书，借着并不明亮的走廊里的灯光看起书来。时间一分钟一分钟地过去，直到十二点，仍然没有看到汪教授。朗声丽收起书，离开了教室。她在路上想，汪教授可能有事，今晚没有来。

一连一个星期，朗声丽每天晚上按时去，但教室的门仍然是锁着的。她感觉不太妙。

第二天，她请了半天的假，到音乐学院去找汪教授，由于朗声丽平日只知道听课、学习，只知道汪教授姓汪，至于汪老师叫什么名字她都不知道。她费了很大的劲，才打听到了汪教授的家在哪里。当她找到汪教授的家后，她听到了他的噩耗，汪教授因多年操劳过度，突患脑溢血，不幸去世了。当听到这个噩耗时，朗声丽身体突然战栗，双脚发软，头一阵晕眩，身体就要倒下去。她急忙用双手撑着墙，极力不使自己倒下。她倚着墙很长时间。她不知道自己在哪儿，也不知道自己在干什么。她只知道自己的泪水在唰唰地往下流。很久很久，也不知道过了多久，当她拖着麻木的双腿回到旅馆的时候，她才想起要见奇峰大伯。她给奇峰发耳伴，耳伴里没有任何声音传来。朗声丽一连发了几十次，耳伴仍是没有声音。时间在煎熬里不知过去了多久。她在极度悲伤中迷迷糊糊地昏了过去。等到她睁开双眼的时候，已是第二天上午十一点多钟了。她顾不了漱洗，又给奇峰发耳伴，但仍是联系不上奇峰。朗声丽不停地发，发狠地发，近似疯狂地发，一连几十次，她快要疯狂了。

朗声丽顾不了那么多，便到电视台去找奇峰。她很疲倦，但她更悲痛更着急，她用了三个多小时，才到了电视台。她找到了奇峰的摄制组，得到的消息是：奇峰半个月前在西域高原拍摄纪录片的时候不慎跌下悬崖身亡。又一噩耗击来，朗声丽一个趔趄倒在地，要不是身旁的人扶着，她一定会重重地摔在地上。旁边的人扶着毫无知觉，也好像没有声息的这个小姑娘到靠墙的长沙发躺下，大声地呼喊着："姑娘，姑娘，你醒醒，醒醒。"姑娘好半天没有知觉，见到此情形，有的端来水向她的嘴里灌水，有懂一些抢救知识的人，先是用手到鼻子前面试试还有没有气息，后又用手号号她的脉搏，说："脉搏和呼吸都很微弱，赶快打120叫急救车！"

"快叫急救车。"有人边说边发耳伴叫120。

这时，人也越聚越多，大家你一句我一句的，语句之中都显得很着急。但大家都没有更好的办法，只有守在朗声丽的身旁陪伴着她。

渐渐地，朗声丽恢复了一些知觉。她努力睁开双眼，先是看到了天花板的模糊轮廓，又吃力地扭翻着疼痛而沉重的头颅。她的眼睛里呈现了身边人的轮廓，渐渐地看清了他们的头、脸。她看到了他们着急的表情。她开始不知道怎么一回事，后来明白了自己是在电视台昏倒的。她极力克制着自己不要昏迷过去。她紧紧地咬着牙关，用无力的双手支撑自己的身体从沙发上站起来，但一两次都没有成功，后来是在身边人的帮助下才站了起来。

她推开扶着她的人们，离开那沙发向大门口走去，但还没有走几步，便又要跌倒。身旁的人一步也没有离开她，见朗声丽摇摇晃晃的身体，便又扶着她走。

有的人说："姑娘，你还是先躺下吧，休息休息再走。"

有的人说："姑娘，你的家在哪里，把耳伴号给我，我叫你家人来接你。"

有的人说："姑娘，你在这里休息，我们已经叫了救护车，救护车一会儿就到。"

"我要回家。"朗声丽喃喃地说。

"你家在哪？我们送你去。"说这话的人可能是电视台摄制组的负责人。

"我要回家。"朗声丽一边说一边向大门口走去，与其说是走，不如说是挪。

众人看这小姑娘不听劝说坚持着要走，那个像是负责人的人说："小孙、小李，你们两个人负责护送这姑娘回家。不管她到哪里，她没到家你们不准回来。"

这两个人也是小姑娘，只是看上去年龄好像比朗声丽大几岁。她们爽快地说："好的，保证完成任务。"

小孙和小李扶着朗声丽上了自动驾驶小车。一两个小时后，她们将朗声丽送到了她住的旅馆的房间，见朗声丽渐渐恢复了一些体力，身体各方面都比较正常，又看到她吃了一小块食品，便将自己的耳伴号告诉朗声丽，回去了。

　　短短一天的时间，朗声丽弱小的心灵遭受两次打击，将她几乎推到死亡的边缘。朗声丽从小在边远的山村长大，由于父母身体不好，从她有记忆的时候开始，天还没有亮的时候就要起床看书再上学，放学后放下书包仍要干家务，一直干到天黑。虽说有父母双亲，但母女、父女之间很少说话。到了北京，遇上了奇峰和汪教授，才使她感受到了无比的温暖。奇峰不仅为她找到了老师，还给她找到了工作，还经常到旅馆看她，有时晚上到教室陪她上课。还有那汪教授，每天晚上那么晚为她授课，他那么倾尽全力，诲人不倦。朗声丽记得有一天晚上，汪教授身体不太舒服，好像还发着烧，但仍然坚持着给朗声丽讲课。奇峰和汪教授的关怀、帮助，使朗声丽感受到无比的幸福快乐。她以坚强的决心和毅力刻苦学习，要以优异的成绩报答他们的关怀。她憧憬着有一天到舞台上唱歌，憧憬着有一天成为全国一流的歌唱家。她要让他们为她骄傲，奇峰和汪教授是朗声丽的天，朗声丽的地，是她最亲最亲的人。既是心灵的导师，也是精神支柱和依靠。可是，这两位恩人、恩师先后离她而去，顿时使朗声丽的天地轰然倒塌，使她顷刻之间没有了依靠，使她的憧憬、梦想立刻破灭。她陷入痛苦的深渊难以自拔。她在床上昏睡了三天，不吃不喝。直到旅馆的服务员要她交房费，她才勉强起来，喝了一点水，吃了一点高能食品。当她打开自己的脑伴时，发现只剩下几千元，根本不够房费。这时她才想起要到酒店上班，到酒店领这个月的工资付房租。她拖着疲惫的身体到了酒店，酒店的负责人告诉她，由于她一走几天找不到人，发耳伴也无应答，因此，她的岗位已经另外请人了。那个负责人请朗声丽谅解。朗声丽倒一点都没觉得有什么，因为她已经决定离开这座城市。

　　朗声丽离开了酒店，拖着疲惫的两腿往旅馆走，刚走出酒店大门十几米距离，便听到一个男的声音叫她。

"朗姑娘，有好几天没有看到你了。"那男的对她说。

朗声丽循声望去，看到了酒店的墙脚有一个男青年，那个男青年的旁边放着一把小提琴、高低音鼓和一个音箱。朗声丽记起来了，这几个月，当她从酒店回旅馆的时候，每天几乎都能看到他。他常常在那里拉小提琴，打高低音鼓。刚开始时，朗声丽还听不太懂，但随着到音乐学院汪教授那里上课时间的增长，她对其他乐器也慢慢懂得了一些，慢慢地也觉得那个男青年的琴拉得不错，鼓也打得不错，甚至时间一长，也觉得蛮好听的。但由于朗声丽要赶去上课，每次都是从男青年那里匆匆而过。今天，听那男青年第一次叫自己，她才注意到他。

"姑娘，看你气色不大好，是不是病了？"那个男青年盯着她看。

朗声丽没有说什么，只是对那个男青年瞥了一眼。她觉得那个男青年长得没有什么特别，个子不高也不矮。五官端正，脸庞圆圆的，脸上挂着微笑。

男青年见朗声丽没有回答他的话，还是继续走，他便跟上朗声丽几步，说："姑娘，是不是被酒店辞了？"

听那青年话，朗声丽停下了脚步，那意思是你是怎么知道。"你不要难过，这酒店经常辞人。"男青年又进一步说，"不知姑娘找到了新工作没有？"

朗声丽停下了脚步，多看了男青年几眼。

男青年见朗声丽停了脚步，又说："朗姑娘，你的歌唱得那么好，那么美，一定能找到一个可以唱歌的地方。"男青年见自己的话引起了朗声丽的注意，继续说，"姑娘，你有一副天生的好嗓子，你将来一定能成为一个了不起的歌唱家。"

朗声丽心想，我又不认识你，你怎么知道我的歌唱得好。

其实，朗声丽不知道，男青年到这酒店门口的围墙脚下已经两三个月了，他听过朗声丽在酒店高兴时唱的歌。他是被深深吸引才到这里卖唱拉乐器的。一连几天没有看到朗声丽，他不知道什么原因，当他看到朗声丽疲倦憔悴的样子，他就预感到在朗声丽身上发生了什么事。他紧跟着她。

"朗姑娘，我能陪你走走吗？"男青年说。

朗声丽没有态度，她此时心如死水，对生活、对自己的前途只有绝望，她现在就想回家，回家！北京不是自己待的地方，她要回家，越快越好。

男青年不管朗声丽同不同意，收拾好自己的乐器等，便追上了朗声丽说："朗姑娘，你是要去哪里？"

朗声丽无言，继续走她的路。

男青年也不吱声，跟着她走。

朗声丽想到了同乡高敏，她给高敏发了一个耳伴，她想问高敏借一些路费回家，但耳伴里没回音。她一连拨了很多次，耳伴里仍是没回音，她的心又一次被揪紧了。她又一次觉得被这个世界抛弃了。现在的她，身无分文，怎么办？怎么办？

男青年看到了朗声丽窘迫、不安和绝望，对她说："朗姑娘，不要着急，你为什么不能接受我的帮助呢？"

"朗姑娘，不要着急，你先休息两天，明天我带你去找工作。"男青年说完，给朗声丽找了一家旅馆，安顿好她便要离开。

"等等，请问你叫什么名字？"朗声丽见男青年要走，便急问。

"我叫赵康尔。"男青年答完就走了。

赵康尔叫朗声丽"姑娘"，其实他年纪并不大，也就是二十几岁，比朗声丽大不了几岁。他三年前毕业于国内著名大学的音乐学院作曲专业。他本可以按照父母的规划，毕业后读研究生，读博士，然后到大学里当老师，当教授，当作曲家。可是他天资聪颖，学习能力极强，他只用两年的时间就学完了本科四年的课程。随着学习的不断深入，他越来越觉得自己缺点什么，时间越长，这种感觉越强烈。他很苦闷，百思不得其解。如此的烦恼、迷惘、困惑纠缠了他一两年的时间，当他即将按照父母的意愿报考本校的研究生的时候，突然发现了自己到底缺什么——生活。他认为，自己虽然学习了不少的理论知识，学得非常认真刻苦，但就是创作不出好的曲子，为什么？就是因为自己缺少生活，艺术离不开生活，没有生活的艺术是矫情，是无源之水，是无本之木。虽然有人工智能、机器人作曲，但人类对生活的情感是机器人无法代替的。赵康尔用脑伴给父母发了一个邮件，告诉双亲，自己不考研了。自己决定从明天起独立地走向社会，融入社会中去。没过多久，几乎是赵康尔发完邮件的半个小时内，他的父母就给他发来脑伴。赵康尔看到了父母有点惶惶的立体影像，在立体影像里，父母不同意，甚至反对赵康尔放弃考研。父母动之以情，晓之以理，情真意切，最后恳求赵康尔不要过快地作出决定，甚至恳求儿子等他们飞过来和他面谈。赵康尔看着脑伴里的立体影像，不假思索地回了双亲几句话："父亲母亲：你儿子已经长大了，知道自己的追求，儿子会自己照顾好自己。"赵康尔关掉了脑伴，第二天天一亮，打装好行囊，带上几件自己喜欢的乐器，便离开了学校，只身闯入社会。

理想很美好，但现实很残酷。在社会中闯荡的日子并不好过，远非赵康尔当初想的那么简单。刚离开学校踏向社会，起初的日子，赵康尔不知道怎么度过。对社会而言，赵康尔仅是一介书生，没有什么特别之处。当父母给他用于学习的钱用得差不多的时候，他还没有找到一份工作，尤其是找到一份适合作曲专业的工作更难。不得已，赵康尔应聘幼儿园的音乐教师，但干了几天，觉得太简单，一点也不能发挥自己的专业，就辞掉了。他应聘过酒吧的乐手，干了几个月，又不愿与那些庸俗的歌手乐手为伍而辞了工。为生计，他去应聘中学的音乐老师，人们说他没有什么证而将他拒之门外。不得已，他去干保安，甚至做过搬运工，他认为做搬运工的生活还是比较充实，工人们整天有说有笑。干得起劲的时候工人们哼起了歌曲，那歌声饱含着工人们的快乐。

这样的日子过了一年多，赵康尔试着将自己的感受写出来，作了几首曲子，向一些杂志投稿，但都石沉大海。再艰难的日子也要过，他也从没向家里要过一分钱。除了半个月一两次用耳伴问问父母是否安好，并报自己的平安免得双亲挂念之外，他没有和家里联系过。再苦再累赵康尔也没有放弃，虽然自己也曾有过动摇，认为这样下去一点收获也不会有，还不如按父母的心愿继续在音乐领域深造，但那只是一闪念的事。为了不让打工的生活荒废自己的专业，尤其是他的乐感，他买了一套简单的音响系统，到街头巷尾献艺，顺便讨几个钱，以保温饱。太阳下山天黑之后，为节约支出他常常睡在火车站、汽车站，甚至是街上的屋檐下。生活、工作很辛苦，赵康尔不怕，可怕的是，赵康尔觉得自己创作灵感在枯竭。虽然赵康尔晚上会借着昏暗的路灯和候车室的灯看书创作，但没有一首是他自己满意的。日子越往下走，赵康尔越感到失望，到后来近乎绝望，这时，他开始怀疑自己当初的选择是不是错误，有些后悔没有听父母的话。

第六章　歌星朗声丽

这天，赵康尔像往日一样，来到酒店门口的围墙脚下。他摆好音响，拉开了架势，准备拉小提琴。正当他要开始演奏的时候，他听到了朗声丽的歌声，顿时浑身战栗，灵魂都快要出窍了。仿佛在漫漫的黑夜中苦苦寻找着想要找的东西而又找不到，突然眼前一道闪光，照亮了黑暗，要找的东西就在面前。赵康尔欣喜若狂，他在心里说：这就是我要找的声音。听到朗声丽的歌声，赵康尔立即明白自己尽力追求的是什么。他跑到酒店里朗声丽工作的地方，想看看唱出这么美丽的声音的女孩长得怎么样。当他见到朗声丽的时候，她就像她的歌声一样使他震撼。她，清水出芙蓉，天然去雕饰；瓜子形的脸红润鲜亮，柳眉丹凤眼，小巧而挺直的鼻子，富有弹性的嘴唇红嘟嘟的，仿佛是含苞的鲜花，鲜艳欲滴；她的身材曲线突出，身着职业小西装，紫色的衬衣衬托着挺直白皙的嫩藕般的脖子；圆浑的肩膀，仿佛要突破西服的耸动的乳房，细小的腰肢，短裙下修长的大腿，整个人让人看得心跳，但又有一种神秘的力量让人平静。一见到朗声丽，赵康尔就认定，这就是自己要找的女神，这就是自己要找的灵感。他在心里说，我将为她付出一辈子。

赵康尔第二天就在旅馆门口守着朗声丽，他担心她会走。晚上，他就在旅馆门口的屋檐下守着。等到第三天上午，他去敲了朗声丽的门。当朗声丽知道是赵康尔时，过了一会儿她打开了门。

"赵先生，请坐。"朗声丽拿过一只塑料凳子。

赵康尔说："小朗，我今天带你去找工作行吗？"

听说是找工作，朗声丽当然愿意。但想到自己和赵康尔素昧平生，怎么好麻烦人家呢？她昨天躺在床上一天，是回家还是留在北京，她一直也没想出一个答案。回家，她不甘心；但不回家，自己怎么生活呢？

赵康尔见朗声丽犹豫，说："那是我一个同学开的酒店，里面有一个卡拉OK厅，晚上有唱歌的，你可以到那里去唱唱歌，顺便也有些收入，你看行不行？"

听到可以唱歌，朗声丽当然同意。但她又不好意思说。

赵康尔看懂了她的心思，说："走吧，我陪你去。"赵康尔从床头柜上拿起朗声丽的包，说，"来，拿着你的包，我们走吧。"

不知何故，第一次见到赵康尔，朗声丽就对他产生了一种好感，也产生了一种信任。她接过赵康尔递过来的包，望了望不比自己大多少的赵康尔，便跟着他走了。

"艾球新，我是赵康尔，你在哪？"赵康尔一抬手，耳伴里响起了他的声音。

"康尔，我在北京，你在哪？"手机里传来一个男人的声音，"康尔，你爸妈为了找你把北京城都找遍了。"

赵康尔对他说："不许告诉他们我在哪里。"

赵康尔关掉耳伴，将自己的一个旅行包和乐器音响放到朗声丽的房间，带着朗声丽来到了一个写着"天驰乐康中心"牌子的门店面前。赵康尔推开一扇很普通的大门，带着朗声丽拐了几个弯，便进入一个大厅。大厅非常雄伟、豪华，足有四五百平方米，大厅中央是一个高十多米，直径至少有三四米的圆柱形水晶灯，灯柱上的水晶球琳琅闪光，犹如瀑布奔流而下，让人叹为观止。地面是非洲进口的紫红色大理石，四壁是意大利进口的白玉石。一进大门，就有两个漂亮的礼仪小姐迎接他们。"请问，您是赵先生吗？"其中一个高挑的小姐问赵康尔。

赵康尔觉得有些奇怪，他问："你怎么知道我的？"

"艾总交代过了，他说有一位姓赵的同学会来找他。"那位高挑的小姐引领他们上了二楼。走过咖啡色的地毯，礼仪小姐先是敲了敲门，里面传来"请进"的声音，礼仪小姐推开了门："赵先生，请进。"她便轻轻地退了出去。"哎呀呀，康尔，想死我了。"看到赵康尔，艾球新飞快离开他硕大的办公桌，几乎是半跑着一下子抱住了赵康尔。抱了好一会儿，他又推开赵康尔，说："不对，你怎么这么瘦？让我看看。"他打量着赵康尔，"康尔，你是赵康尔吗？原来那个英俊、洒脱、伟岸的小伙子哪去了？"艾球新摸了摸赵康尔的脸，又摸了摸赵康尔的头，"你看看你，胡子有三个月没刮，头发也有三个月没理吧？"艾球新心疼地一边说一边拽着他的手往他办公室的沙发上拉，"来来，快坐下，跟我说你这三年都到哪里去了，我们班上同学们都以为你失踪了。"

赵康尔顺着艾球新往沙发坐下，他对朗声丽说："小朗，来，你也坐下。"

当赵康尔招呼朗声丽的时候，艾球新才发现还有一位姑娘，他这才打量着朗声丽。此时的朗声丽还远未从悲哀中走出来，满脸的凄凉憔悴，但即使是这样，她的美依然让人惊叹，让艾球新这个在娱乐界大腕级人物从心里蹦出两个句："美，纯。"

"赵康尔，我服了你，三年不见，音讯全无。一见面，你却给我带了这么一位天使。你今天跟我好好说说，你是从哪里找到这位稀世珍宝的。"

"艾球新，你不要乱说，我们刚认识，我带她是想到你这里找一份唱歌的工作。"赵康尔说。

"行啊，这样一位又美又纯的姑娘加入我们中心肯定轰动。"艾球新一挥手，从墙壁中伸出的小盘子里拿出两杯茶给他们递了过去，说，"康尔，伯父伯母几乎是隔三岔五地就叫我找你，二老都哭了好几次了。他们说，要不惜一切代价找到。昨天晚上伯父还给我打电话，问我有没有消息，并说如果找到你，他就出资一个亿给我的乐康中心。康尔，我的乐康中心近两年生意不太好，摊子铺得也大，现在资金链很紧张，你就算帮帮我哪，给伯父伯母回一个耳伴吧。"

"艾球新，打住！如果你告诉我父母我找到过你，我立马就走，并且就此断绝关系。"赵康尔很严肃地说。

"你看看你，一提你父母就急。行行行，我不告诉伯父伯母行了吧。"艾球新望了望赵康尔和朗声丽，说，"你们什么时候来上班？"

"你也别急，你先听听小朗的歌再做决定。"赵康尔说。

"康尔，你推荐的人我还要试吗？你这是在打我的脸呢！"

"那就明天一早来上班。你现在就给小朗安排住的地方，最好是一个单间。"

"行，我马上叫行政部的人过来。"艾球新一抬手打开耳伴。不一会儿，行政部经理就站在了他们面前。

艾球新亲自带着赵康尔、朗声丽来到了女员工宿舍，行政部特意给朗声丽安排了一个单间。赵康尔看了看房间，觉得还算整洁，光线和通风也还行，便问朗声丽："小朗，你看行吗？"朗声丽点了点头。

"艾球新，我问你，你准备给朗声丽月薪多少？"赵康尔问。

"你定，你说多少就多少。"艾球新说。

"这样吧，小朗原先的工资是每个月一万，你给她两万吧。"赵康尔说完又说，"吃住全包。"

"行，全听你的。"

"好，那我们就这样说定了。如果以后朗声丽表现突出，你必须加薪。"

"你放心，没问题。"艾球新爽快地答应了。

辞别了艾球新，赵康尔又送朗声丽回她住的旅馆。路上，赵康尔猜朗声丽想问他为什么艾球新对他言听计从，他说："小朗，艾球新是我大学室友。他从不好好学习，但对商业非常感兴趣。艾球新经常抄我的作业，连考试也是抄我的。艾球新对什么人都不在乎，不知什么原因特别佩服我。大三的时候，他和几个社会上的人合伙开了一家娱乐中心，被骗了，亏了一千多万，是我叫我爸拿了一千多万才填补了亏损。由于心思没有在学习上，他的毕业论文没有通过。学校通知他补考，他没有再补考，毕业证和学位证也不要了，一天到晚缠着我，要我向我爸再借一百万创业。我没有办法，我借口自己创业，向我爸要了五百万给了他。如今他的生意做得不错，在北京城里有四家这样的乐康中心。他也是一个在娱乐界有影响的人物。小朗，你放心到他那里去，艾球新虽然好大喜功，喜欢充派头、讲排场，但他一定会对你好的。"

朗声丽点了点头。

第二天，赵康尔将朗声丽送到了艾球新的乐康中心。晚上，赵康尔又陪着朗声丽上班。

对于朗声丽来说，这是第一次上台演唱，她有些胆怯。尽管她从小喜欢唱歌，在音乐学院汪教授那里唱歌也无拘无束，但那都是小范围的，真要上台，面对那么多的观众，她的心里还是有些忐忑不安。赵康尔看出了她的心理，对她说："小朗，没关系，你大胆地唱。"

朗声丽慢慢地走向演出台，她走几步，回头望望赵康尔，走几步又回头望望赵康尔。赵康尔用手捏着拳头一直给她鼓劲。

朗声丽在主持人的引导下走到了舞台中央，聚光灯照得她头上、身上有些发热。她一开口唱就引起了台下的一阵躁动，躁动之后，是整个歌厅的宁静，宁静得连一根针头掉到地上都会听得到，仿佛是人们燥热的心中吹过一阵清凉的风。朗声丽一曲唱完，整个大厅出奇地安静，足足一两分钟后，突然爆发出雷鸣般的掌声，还夹带着口哨声。观众中开始是一两个人叫"再来一首"，不一会儿，大家齐声高呼："再来一首。"这时主持人请朗声丽再唱了两首，观众的掌声是一浪高过一浪，喝彩声此起彼伏。观众岂能放过这美丽的姑娘和美丽的歌声，要朗声丽继续唱。面对这激动人心的场面，艾球新狂喜不已。他想，这姑娘未来将是他中心的台柱子，是一棵摇钱树，他要吊吊观众的胃口，不能一个晚上就让朗声丽把歌唱完。他主动走上舞台，接过主持人的话筒，说："各位女士，各位先生，请大家原谅，朗声丽今晚有些累了。请让她休息一下好吗？"艾球新见大家还没有安静下来的意思，便示意主持人带朗声丽下去，并马上安排了一场舞蹈。一群姑娘载歌载舞上了舞台，人群中又热闹了起来。

赵康尔一直坐在台下，目不转睛地盯着朗声丽，倾听朗声丽的歌。虽然他在酒店的围墙脚下听过朗声丽随意唱的歌，但与今天完整地听几首还是有很大的区别。他被朗声丽的歌深深地吸引，他听到她内心纯洁的声音，他感受到她纯洁的心灵。对，她就是纯洁的化身，她就是他孜孜以求的"纯粹美"。赵康尔用手捂住仿佛要跳出的心，这就是他的创作主题："纯粹"。

快乐的日子总是过得很快，不知不觉过了三个多月，每周除了周末，朗声丽每晚都要去乐康中心演唱。赵康尔每晚都到女员工宿舍来接朗声丽。演唱结束后，赵康尔也要送朗声丽回女员工宿舍，不管是刮风下雨还是下雪。冷了，赵康尔总是及时地给她披上外套；下雨，赵康尔总是撑伞遮雨；热了，赵康尔总是给她递上湿巾为她擦汗；饿了，赵康尔总是及时地给她买来点心。赵康尔对朗声丽的关心照顾无微不至。

渐渐地，朗声丽对赵康尔有一种依赖感。她只要一天见不到赵康尔，便觉得自己缺少了什么，心里不踏实。渐渐地，两个青年便有点相依为命。但是，有一次，朗声丽和中心的一位同事上街买衣服，看到了在闹市区卖艺的赵康尔。当朗声丽看到赵康尔拼命地拉着琴，围观的人群中偶尔有人向赵康尔身边的盒子里投钱的时候，她愣住了。这个每晚不管刮风下雨接送自己的人，白天却过着乞丐般的生活。她顿时心痛如刀绞，眼泪好像要夺眶而出。她不知如何是好，她很想跑过去，拉起赵康尔的手，说："我们走。"但她没有这种勇气，因为在大庭广众之下，她没有经验面对。她捂着脸跑回了宿舍。

　　傍晚时分，朗声丽敲开了赵康尔的房门，当赵康尔惊讶地打开房门，朗声丽一眼看到了满桌的五线谱。她再看赵康尔的房间，非常杂乱。见到朗声丽造访，赵康尔显得很慌乱。这个只有不到十平方米的房子，除了一张床、一张书桌和一只凳子，几乎没有一件家具。而此时，他的床上放满了五线谱。赵康尔赶紧收起床上的谱子，很尴尬地对朗声丽说："你快坐。"朗声丽的眼睛一动不动地盯着，眼睛里是充满着深情的泪珠，她一把抱着赵康尔，说："康尔，你为什么这样？你为什么这样？"她的小拳头不停地敲打赵康尔的身体。"

　　是的，朗声丽不明白，赵康尔为什么过着苦行僧似的生活。他是亿万富翁的独子，不缺钱，本可以享受荣华富贵，也拒绝了乐康中心艾球新的盛情邀请。她亲耳听到艾球新请赵康尔到中心做乐队队长，月薪至少十万。这是一个什么样的人，要有多大的意志才能抗拒这常人难以抗拒的诱惑。她的心被赵康尔深深地打动了。

　　自朗声丽突访赵康尔的寒舍之后，在朗声丽的再三恳请之下，赵康尔换了一个好一点的房间，白天也偶尔陪着几次朗声丽逛街、去咖啡馆。但是，赵康尔仍然按照原来的方式生活。因为他的独立性排除了一切对他的帮助。

　　朗声丽的歌越唱越红，名气越唱越大。赵康尔的创作也越成熟，他为朗声丽量身定做了十几首歌，每唱一首，都能引起轰动。赵康尔的创作灵感如泉涌。这两个年轻人的热情在歌声里激荡。他们珠联璧合，在音乐的海洋里遨游。他们享受着成功的喜悦和欢乐，音乐就是他们两个人的世界。不知不觉中，离乐康中心举办全国大型歌唱比赛只有一个半月的时间了。

第七章　旷世之恋

自从朗声丽在天驰乐康中心唱了第一首歌开始，艾球新的生意蒸蒸日上，日进斗金。天驰乐康中心也响彻北京城，甚至在全国都有名声。浑身都是商业细胞的艾球新想乘势更上一层楼。他要创"天驰"品牌，他要坐中国娱乐界的第一把交椅。他已与国家电视台签了一个月的黄金时段播放权，他要举办一个超大型的歌唱比赛，聘请了国内一流的策划大师对整个活动进行策划。他广发"英雄帖"，向全国的歌唱家和歌唱爱好者发出了邀请。

为了参加"天驰"举办的歌唱比赛，赵康尔和朗声丽做了精心准备。为了有充沛的精神创作，赵康尔搬到一个条件比较好的公寓。此时的他们，可以说是比较富裕。他们已经推出了几张歌曲专辑，版权收入相当不菲。还有朗声丽的演出费，每晚都以万计。赵康尔不用到街头去卖艺了。他这次下了决心，要为朗声丽谱写新的歌曲，他要使她成为中国歌唱界一颗最耀眼的明星。他要让他的父母为有他这么一个儿子而骄傲。

朗声丽没有赵康尔那么深的想法，也可以说是没有他的雄心壮志，她的唯一心愿就是唱好歌，拿第一名，成为全国一流的歌唱家。其他的，她没想过。

天驰乐康中心举办的歌唱比赛在国家艺术剧院举行，全国的主流媒体包括电视台、互联网竞相做了大量的报道，活动之隆重可以说是空前的。

按照歌唱比赛的规则，先是进行淘汰赛。比赛进行了二十多天，朗声丽演唱的清一色由赵康尔作曲作词的歌曲一路过关斩将。可以这么说，赵康尔作的词曲由朗声丽完美地演唱，在全国掀起了一股朗旋风，朗声丽那超越一切世俗、来自人类心灵深处的声音引起了大家的共鸣。对于她拿第一名的呼声无人可以匹敌。

可是戏剧性的是，到比赛组委会宣布比赛结果时，朗声丽连前十名都没有。结果一公布，立即引起舆论一片哗然。而对朗声丽和赵康尔的打击之大是可想而知的。朗声丽听到结果时，直接晕过去了。赵康尔也遭到了巨大打击，但他极力不使自己表现出来，因为他知道身边的朗声丽无法经受这个结果。他扶住朗声丽倒下去的身子，悄悄地离开了剧院，本来此时应该接受欢呼、喝彩的两个人，黯然地消失在欢呼的人群中，回到了自己的公寓。

经此打击，朗声丽病倒了，她躺在床上，茶饭不思。赵康尔强忍着愤怒，照顾着朗声丽。

"丽丽，你起来吃点东西吧。"

朗声丽不吱声。

"丽丽，我们下次还可以再来。"

赵康尔叫多了，朗声丽干脆转过头去，不理赵康尔。

赵康尔擦去朗声丽眼角的泪水，看着不吃不喝的朗声丽，不知如何是好。他用温水浸湿了毛巾，给朗声丽擦脸、擦手，守在朗声丽的旁边，双手不停按摩着她的头、她的手、她的腿。时间长了，他又叫："丽丽，你还是起来吃点东西吧，你这样不吃不喝的怎么行，身体会饿坏的。"赵康尔扶起朗声丽，想让她坐起来，可坐起来不一会儿，朗声丽的身子又滑下去了，仍然是不吭一声，双目紧闭。赵康尔用勺子喂她水，但她双唇紧闭，牙关紧咬，任凭赵康尔千方百计也不能如愿。赵康尔急得如热锅上的蚂蚁，不知道怎么办。他看着朗声丽没有一点血色、煞白的脸，心痛无比。他没有其他办法，一刻不离地坐在她的床边，还是为她按摩，用湿毛巾擦拭她的头、脸，明知她不吃也要强行喂她水，喂她食物。这样几天过去，不仅朗声丽不见好转，赵康尔自己也快病倒了。他看到朗声丽不吃不喝，自己也吃不下去饭，喝不进去水。终于，他拖不住了，趴在朗声丽的床头昏睡了过去。

不知过去了多久，赵康尔从昏睡中醒了过来，他睁开蒙眬的双眼，第一反应就是立即看朗声丽。他抚摸着朗声丽，突然他觉得不对，朗声丽浑身发烫。他一跃而起，慌忙用湿毛巾敷住她的额头，背起她出了房间。他嫌电梯慢，背着朗声丽下了八层楼，出了大门。此时一阵狂风夹着雨滴向赵康尔迎面扑来，风冷雨硬，赵康尔连打了几个寒战，浑身一哆嗦，差一点跌倒。他用身体顶着风雨，不让朗声丽吹到风、打着雨，哪怕是一丝风、半滴雨。然而，赵康尔连续几天少吃少喝少睡，加上担心朗声丽，身心交瘁，体力也已经消耗殆尽。他背着朗声丽出门没走几步，一个趔趄摔倒在地。在即将倒地的一刹那，他用身体顶着朗声丽让她倒在自己身上，不让她受到一丝一毫的伤害。赵康尔跌倒了爬起来，背着朗声丽极其艰难地前行。他挥了几次手，想叫一部自动驾驶出租车，可是这时已经是凌晨两三点，街上除了昏暗的路灯和两边还在闪烁的霓虹灯外，再就是"呜呜"的风声和"沙沙"的雨声，没有一辆车出现。赵康尔紧咬着牙关，顽强地背着朗声丽往医院一步一步地走去。他顾不了自己又饿又渴又冷，顾不了浑身的哆嗦和打战的双腿，想到的是用身体挡着风，挡着雨，用最快的速度赶到医院。他心里不停地呼喊："丽丽，你一定要挺住，挺住啊。"赵康尔三步一跃，四步一趔趄，以惊人的意志将朗声丽背到医院门口的时候，再也没有了力气，自己失去知觉，瘫倒在地。就是在此时，他仍用身体顶着朗声丽的身体，宁愿她摔在自己的身上，也不让她的身体受半点伤。

赵康尔昏迷之中一直在呼喊着："丽丽，挺住。""丽丽，挺住。""医生，快救救她，求求你们，快救救她……"

当赵康尔醒来时，发现自己躺在急救室里，他的第一反应是："丽丽，丽丽呢？"他飞快地拔掉输液的针头，冲出了急救室，边跑边喊："丽丽，丽丽你在哪里。"他漫无目标地在医院里大喊大叫，医生赶紧过来制止，他不听劝阻，说："医生，求求你，快告诉我丽丽在哪里？快……"

医生对赵康尔毫无办法，在赵康尔似乎是疯狂的要求下，给他一把轮椅，坐到了朗声丽的抢救室门口。

当从抢救室出来一个医生时，赵康尔赶紧上前问："医生，怎么样了？"那急迫的神情，快把医生吓住了。

朗声丽昏迷了一天一夜，赵康尔在抢救室门口守了一天一夜。当抢救室的红灯熄灭，护士将朗声丽从抢救室推出之时，赵康尔赶到朗声丽的推床上，极力压低着声音叫："丽丽。"见赵康尔这样有些反常的动作，医生制止赵康尔，说："病人需要安静。"

"请问医生，丽丽没事吧？她醒了吗？"

"已经脱离了危险，病人还需休息观察。"那位看上去有点年长的护士接着说，"谁是病人的家属，跟我到前台去办手续。"

在医院医生的极力医治和赵康尔的精心护理照顾下，再加上朗声丽自身良好的体质，朗声丽三天就叫着要出院了。

两人回到公寓。

自从朗声丽被抢救过来，她很少说话，一切都是赵康尔应付。她满脸无动于衷，仿佛看破红尘似的。有时她躺在床上望着天花板发呆，突然有一天她对着赵康尔大喊大叫，说他给她的洗脸毛巾太烫了，说递给她的茶太冷了，说他给她的高能食品太难吃了，食品公司根本没有按照她身体需要和口味配置食品。

"赵康尔，这食糕太难吃了，你拿走。"朗声丽大叫着。

"丽丽，这是我特别要求食品配置中心按照你身体需要和口味配置的食糕。"

"我什么时候喜欢吃这口味，要吃你吃。"朗声丽把装着食糕的小碟子敲得叮当作响。

"行，丽丽，你不喜欢我给你换，你喜欢吃什么？"

"我喜欢吃什么你不知道吗？还要问我。"朗声丽大声地说。朗声丽的性情突变，吓得赵康尔大吃一惊。赵康尔转念一想，朗声丽生气是由于比赛本应该拿第一名，却连前第十名都没有她的名字。这对她的打击太大，一时想不开，使得她的性情大变。

"丽丽，我们是不是需要筹划一下我们下一步的打算？"赵康尔没有计较朗声丽对他的大喊大叫。

艾球新的乐康中心她是不会去的，赵康尔清楚地知道，朗声丽没有得到她应该得到的第一名，而且连第十名都没有得到，这里面肯定有什么见不得人的勾当。赵康尔不愿看到艾球新那庸俗得叫人恶心的嘴脸。不回艾球新的乐康中心，意味着要另辟他径谋生。赵康尔坚信，凭他和朗声丽的才华以及已经在歌坛崭露头角的名声，重新崛起应该是没有问题的。他想和她好好地谈谈，筹划筹划。

"你想怎么办，就怎么办，别问我。"朗声丽没有给赵康尔好脸色。

赵康尔没有去理会朗声丽的语气，继续说："丽丽，我想我们明天去'仙人掌演艺公司'去应聘，那里在招聘歌唱演员。"

"要去你去，我哪里都不去。"朗声丽将赵康尔交给她的一沓招聘广告往旁边一丢说。

赵康尔从地上捡起广告，说："丽丽，你不能泄气，我们还可以从头再来。"

"不要啰唆了，要从头再来你就从头再来，不关我的事。"不管赵康尔怎么说，朗声丽一概听不进去。她掀开被子往床上一倒，将被子往头上一盖，就不再听赵康尔说话了。

尽管朗声丽对赵康尔大呼小叫，不给赵康尔好脸色，甚至不是指责就是责怪；但赵康尔仍然对朗声丽百般照顾，仍然是给她添茶倒水，给她热的毛巾擦脸，还给她拖地、抹桌子、洗衣服，把朗声丽照顾得无微不至。

在赵康尔令人感动的照顾下，朗声丽的性情也慢慢地恢复了平静。在赵康尔的再三劝说下，朗声丽答应了赵康尔出去找工作。

朗声丽愿意出去找工作，赵康尔如释重负地松了一口气。他带她去应聘了几家演艺中心或音乐公司，当人们听说是上届天驰歌唱比赛应该得奖而没有得奖的朗声丽时，都愤愤不平，都说他们公司展开双臂欢迎她的加入，而且薪酬比在天驰的高出一倍。朗声丽这才知道自己真正的身价。各个演艺中心或是音乐公司对朗声丽的热情和高度评价，使朗声丽的自尊心和信心得到了恢复，她又投入自己热爱的歌唱事业之中。

看到朗声丽的变化，赵康尔满心喜欢，喜悦之情溢于言表。这也进一步地焕发了他的创作激情。他对朗声丽说，他计划再出两个专辑。朗声丽当然欣然应诺。这时的朗声丽又变回了那个纯洁、快乐、美丽的小姑娘。为了筹集更多的钱出专辑，赵康尔没日没夜地作曲作词，朗声丽有时一个晚上要演出两三场。

他们相互影响，相互激发，相互帮助，携手共进，一起耕耘，一同收获，一起承受创作的辛苦，也一同享受成功的快乐。

一天，赵康尔对朗声丽说："丽丽，我将为你创作一首交响曲《圣灵》。"

朗声丽含着泪花看着赵康尔，一下扑到赵康尔的怀里，激动地吻着赵康尔的嘴唇久久不放松，仿佛是要用她的嘴唇融化他。赵康尔也用最大的力气拥抱着她，两个人交融在一起许久许久。"我爱你，康尔，我爱你。"朗声丽松开嘴唇一边吻他的眼睛，吻他的鼻子，吻他的脸颊，一边说，"我爱你。"赵康尔也一边忘情地吻她脸上的每一个部位，一边说："我爱你，丽丽，我爱你。"

两个经历坎坷、一同走过风风雨雨的年轻人发泄着自己内心的情感。风雨过后是彩虹，两个年轻人此时甜蜜幸福无比。更让他们高兴的是，他们的第三、四张专辑也出版了。为庆祝专辑的发行，他们专门在他们经常歌唱的演艺中心做了一场答谢演出，邀请了一些媒体和知名的歌唱家、评论家，引起了不小的轰动。朗声丽名气大振，朗声丽的名字借助着电视、报纸、杂志、网络传播到全国各个角落。

由于长年的街头卖艺，生活、饮食毫无规律，经常是有一餐没一餐的，再加上为了给朗声丽作曲，经常通宵熬夜，赵康尔的身体状况非常糟糕。他的右下腹部常常隐隐作痛。为了使朗声丽全身心地投入她的歌唱事业，他不仅要创作，还要忙朗声丽的生活起居。他每天只能睡四五个小时，缺少睡眠，缺少营养。朗声丽的名气越来越大后，她的演出次数和时间越来越多，赵康尔又增加了一个更重要的任务，就是做朗声丽的经纪人。他要联系演出场地，与演艺公司谈判，安排朗声丽的演出时间，甚至连朗声丽出行时间也要计划到分钟。他想为她请一个助手，但他认为没有任何一个人能代替他对朗声丽的了解和照顾。朗声丽只有在他的无微不至的照顾下才能全身心地投入。他们心心相印，无人可以代替。这样的劳累强度，使赵康尔本已糟糕的身体雪上加霜，赵康尔腹部的疼痛在加剧，有时痛得他浑身冒汗。不得已，他到医院里开了一些止痛药，痛的时候就吃止痛药。止痛之后，他仍然执着地为朗声丽奔碌，为她创作。

朗声丽很忙很忙，她从一个演出地到另一个演出地，从一个城市到另一个城市。她衣来伸手，饭来张口，出行前呼后拥。她习惯了人们的掌声，喜欢雷鸣般的掌声，喜欢人们夹道欢迎，花团绵簇，喜欢粉丝们蜂拥而上要她签名，喜欢电视台的闪光灯，喜欢铺天盖地的海报，喜欢报纸、杂志封面上登上她的照片。她应该享受这样，她的歌声美丽得无与伦比。她的歌、她的美给人们一种纯净的美的享受，让人们在喧闹的社会中得到一种恬静，仿佛行走在沙漠的人们遇到一眼清泉。人们不论是在工作，还是在休闲，只要一听她的歌，就像一阵清爽的风吹过心田，令人神怡。

赵康尔和朗声丽的艺术成就登峰造极之时，是在加入灵心的艺术团之后。

第八章　朗声丽加入灵心的慈善艺术团

有一天，灵心为筹集善款，和几个她的崇拜者，也是共同的舞蹈爱好者到"心动演艺中心"演出。正好，朗声丽也到这里唱歌。当灵心听完朗声丽的歌后，她感动了，震撼了，激动地流下了眼泪。以前曾多次听过朗声丽的专辑，她惊叹朗声丽的歌喉，世上竟有这样来自天外的声音。今天亲耳听到她本人唱歌，亲眼看见朗声丽动人的脸庞，人和歌交相辉映，使灵心如痴如醉，难以自制。演出一结束，灵心马上找到了赵康尔和朗声丽。

"朗小姐，你唱的歌太美了。"灵心说。朗声丽不认识灵心，但她的名字却早有耳闻。朗声丽知道灵心是一个大慈善家，还是一个著名的舞蹈家。见这么一个舞蹈家当面夸自己，她有些腼腆。

"赵先生，朗小姐，你们愿不愿意加入我的星星艺术团？"灵心对坐在一起的赵康尔和朗声丽说。

听说要他们加入灵心的星星艺术团，赵康尔觉得有些突然。他问灵心："灵心姐，你为什么要我们加入你的星星艺术团？"

"你们的歌太纯真了。做慈善是要有一颗纯粹的心的，你们的歌可以唤起人们纯粹善良的心。"灵心刚才听着朗声丽的歌，内心就有一种善举的冲动。如果朗声丽能加入，她的歌声将唤起更多人的善举。

太经典了，入木三分。赵康尔原本想，这世上真正能听懂朗声丽的歌的只有自己一人。现在灵心这位年轻的大慈善家也理解了朗声丽的歌，她真是一个了不起的姑娘。赵康尔知道，灵心不光是著名的舞蹈家，还是国内首屈一指的大公司老板的千金，她掌管的慈善基金会是国内资金最雄厚的基金会之一。纯粹和善举，多好的融合。这是心灵的融合，这就是我的追寻目标，我们不就是要成为一个心灵纯粹的、高尚的、脱离低级趣味的人吗？这是一个很好的平台，这是一个更高的起点。赵康尔看了看朗声丽。

灵心看到了赵康尔的犹豫，说："你们放心，不会让你们白干，收入由你们定。"

对于朗声丽而言，这些事历来由赵康尔做主。再说她也不懂，她只要唱好歌就行。

赵康尔答应三天后答复灵心。

三天后，赵康尔和朗声丽正式加入灵心的星星艺术团。在这里，赵康尔的工作条件得到了很大的改善。赵康尔被聘为艺术总监，有他的工作班子，有助手。他可以腾出时间搞他的创作。朗声丽也有她的设计师、化妆师、美容师、服装师，当然这些全部要按照赵康尔的要求做，她的经纪人仍然是赵康尔。

朗声丽的歌唱才华加上灵心的影响力和资本，朗声丽越唱越红，甚至可以说是红得发紫。

然而，赵康尔的身体每况愈下。他瞒着朗声丽去医院做了检查，可是没有查出什么。但他预感到了什么，他加快了创作的速度，夜以继日忘我地工作着。

赵康尔抽空去了一趟朗声丽的老家。因为他几次提醒朗声丽，是不是应该去看看自己的父母。其实，赵康尔非常非常想念自己的父母，每每深夜归来，他都想父母想得落泪。他几次想回去看看父母，但却不知何故难以迈出这一步。所以，他多次提出去看朗声丽的双亲，朗声丽总因为工作太忙而没有成行。不得已，赵康尔把朗声丽父母接到了城里，在他们工作地不远的旅馆住下。

"丽丽，我把你父母接来了。"赵康尔将朗声丽父母安顿好后用耳伴联系了朗声丽。

"是吗？那太好了。他们在哪？"听到赵康尔将自己父母接来了，朗声丽很高兴。

"就在我们团附近的旅馆。"

"好的，我马上回去，你等着我。"朗声丽在耳伴里说。她推掉了所有的工作，赶到父母住的旅馆。

当朗声丽父母见到自己的女儿时，不敢相信自己的眼睛，当年那个土里土气、瘦小的小女孩，如今出落得亭亭玉立、美丽动人，浑身有股子朝气。老两口看着自己的女儿，喜上眉梢。但朗声丽看到自己的双亲时，发现他们明显苍老了，脸上的皱纹比以前深了、粗了。尽管父母很高兴，但很难掩饰他们俩对女儿的思念之情。朗声丽激动地拥抱了父母。可是当朗声丽拥抱完双亲，耳伴里传来了声音。朗声丽听完耳伴后对父母说："爸、妈，你就在这里住下，我有事先过去一下。"朗声丽和父母说完又对赵康尔说："康尔，你帮忙照顾一下我爸妈，带他们上街去逛逛。"

朗声丽走了，她没有时间陪父母，搞得赵康尔有些茫然。他本想让他们一家人团聚，一起待几天，让父母享受一下天伦之乐。朗声丽的匆忙离开，使赵康尔有些不理解。

朗声丽离开之后，灵心给赵康尔发来了耳伴，说让他到她那儿去一趟。

赵康尔将朗声丽的父母亲安顿好，赶到了灵心的办公室，见她一个人在办公桌上写着什么。

"灵心，你找我？"赵康尔说。

"啊，康尔，你来了，快请坐。"灵心说。她随着赵康尔一起坐在赵康尔的对面，"康尔，你最近的脸色不太好，身体是不是有什么问题，是不是要到医院做些检查？"

"没事，可能是最近一直没有休息好。"

"你可要休息好。"

"好的，谢谢关心。"赵康尔说。

"康尔，你和丽丽的婚事怎么样了？你和丽丽谈了这件事吗？"灵心知道这两个人深爱着对方，但不知是何原因，赵康尔一直没有向朗声丽求婚。

"康尔，你为什么不和丽丽说说结婚的事。如果你有什么顾虑的话，我来和丽丽说说。"

"不用，不用。我们都还年轻，工作又忙，结婚的事往后推推吧。"赵康尔何尝不想与朗声丽结婚，"灵心，不知道你找我还有其他事吗？到海南演出的事已经安排好了。"

"海南演出安排好了我知道。今天找你来，是我们基金会将要举办一个大型的慈善募捐演唱会。"灵心说。

"这个大型是指多大？"

"能多大就多大，我的意见是不仅大，还要有特色，有创新。你是艺术总监，由你做总策划。"灵心说。

听灵心说要大、特、新，并且由自己做总策划，赵康尔很兴奋，他由衷地佩服灵心这个只有二十几岁的姑娘，视野广阔，既有高度，又有深度，一出手就是大手笔，不同凡响。

"听说你为朗声丽写了一个交响曲，怎么样，写完了没有？"

"快了。"

"叫什么名字，主题是什么？"灵心问。

"名字还没有最后定。主题还是追求纯真。"

"好啊，这跟我们晚会的主题很契合。我想我们的演唱会就定为'纯粹的心'，真情、纯粹，很好的主题。"

"灵心，这次的演唱会经费是多少？"赵康尔担心经费的事，因为以前举办义演时，灵心总是精打细算的，有时为了省钱不得不牺牲一些艺术效果。

"这次不一样，钱的问题不要担心，只要是国内目前规模最大、最有特色、最有创意的就行。"灵心一抬手接听了一个耳伴后继续说，"我们要请国内最好的主持，最好的音响师、摄像师、灯光师。"灵心盯着赵康尔说，"演唱主要以朗声丽为主。舞蹈你看我上行吗？"

"你上绝没有问题，目前就国内而言，没有比你更优秀的舞蹈演员了。"

"还有，我们这次演出，必须要有更多的国际元素。到时，我们还将邀请国际上知名慈善家观摩。"

还要有国际影响，赵康尔更加觉得任务艰巨。

"康尔，我还没有告诉你，我们这次义演募集的资金全部用于救助我国最边远的一个名叫'乌村'的村庄。这个村庄在地图上找不到，是最近一个探险队发现的。到那里要跋山涉水一千多公里，那里的人贫困、多病、寿命短，孤儿多。我们要去帮助那里的孤儿，给他们治病，让儿童受到良好的教育，这需要很大很大一笔资金。因此，康尔，我们这次义演非常非常重要。"灵心一口气把她的想法说完。

灵心向赵康尔布置完任务时离义演还有三个月不到的时间，这段时间对赵康尔来说太重要了。他要像往常一样负责朗声丽的衣食住行，而此时的朗声丽是著名歌唱家，是大腕，粉丝上亿。不知不觉中她也有了些大腕的脾气，常常对赵康尔颐指气使，甚至有些骄横。朗声丽的父母来了，赵康尔几次提醒她要陪陪父母，朗声丽表面上答应，但实际一次也没有陪过。不仅如此，朗声丽还嫌赵康尔啰唆。朗声丽任性，经常对赵康尔无理取闹，埋怨、指责也越来越多。对朗声丽的任性，赵康尔的态度是一味地迁就，没有半点的牢骚和抱怨，可谓是无怨无悔。为了给朗声丽创作交响曲，赵康尔经常是忙完团里的事务之后才开始写，几乎每天都要到凌晨两三点。他需要喝咖啡，需要吃提神药品。为了创作，他还需要朗声丽配合，需要她的意见。

"丽丽，今晚你有空吗？"赵康尔问朗声丽。

"有什么事吗？"

"我们是不是讨论一下交响曲的高潮部分怎么写？"

"是你创作，和我商量什么？"

"还有整个交响曲的主旋律怎么定？以前我们讨论过几个主旋律，到现在还没有定下来，我们是不是定下来？"

"那几个旋律我都不太满意。"朗声丽回答。

"我知道，今晚我们确定一个最后的旋律，行吗？"赵康尔用恳求的语气对朗声丽说。

"今晚我没空，后天晚上吧。"

后天晚上朗声丽也没有去和赵康尔讨论定主旋律的事。赵康尔没有时间等了，且不说演出一天天逼近，他的身体也等不起。赵康尔没日没夜地工作、写作。

"爱之夜"大型演唱会在国家体育馆举行。由于有大量的慈善家、大企业家、国内外政要参加，演唱会前三天，政府就动员了几万名警察进行安保。不光演员、艺术家阵容壮观，就是粉丝都有几十亿之巨，加之世界各地的媒体记者，导致各个宾馆爆满。商家们利用这个机会，尽情展现他们的想象力和才华。大街小巷铺天盖地的广告，大企业占据着繁华街道亮眼的位置，用五颜六色描绘着产品的商标，小一点的企业则选择非主要街道做街边广告。就连没有一点名气的小企业也发动一些中小学生散发传单，宣传自己。演出公司、演艺中心、娱乐中心等也争相利用这千载难逢的时机，大肆宣传他们的演员。他们公司海报上的美女交相辉映，一个比一个美丽动人。平时从未在任何地方出现过的乐器生产商也进入了广告大联欢的行列，什么小提琴、钢琴、琵琶等制造商也满街散发广告。自动驾驶公共汽车上全部喷上了世界各地的汽车广告，那科幻般的汽车最是吸引人的眼球。整个城市几乎变成了广告的海洋，满眼的广告看得人们眼花缭乱。

商业声势浩大，但整座城市青春的涌动更是史无前例地少见。

"哥们，听说世界著名的三位男高音歌唱家也来北京义演。"校园里有一个大学生说。

"是的，能邀请到布利、戴奇、凯利这样的歌唱家真不容易，这三位是我最崇拜的歌唱家。"

"我还是喜欢中国的朗声丽，人美、歌甜、音纯，听说这个演唱会是她主唱。"又有一个大学生说。

"我也喜欢中国的朗声丽，她纯洁的声音我特别爱听。"

"但我还是喜欢布利的高音，他的高音是任何一个人都无法达到的。"

"我看你就是崇洋媚外，平时就不喜欢听中国歌，喜欢听什么美国、法国歌。"

"喜欢听外国歌就是崇洋媚外？荒唐！"

"现在是一个开放的时代，还说什么崇洋媚外。"

"听说这次活动的经费都是全世界的企业出的，广告公司的收入也全部捐给慈善基金会。"

不仅大学校园，就连中小学生也在热议这次义演的明星，期盼着演出的到来。当然，议论最多的还是朗声丽的歌，灵心的舞。

"知道吗，这次主唱是朗声丽，她的歌我最爱听了。"一群中学生走在路上议论着。

"我也喜欢听，美极了。"

"那个基金会会长灵心的舞蹈跳得真好，美极了。"

"灵心不仅舞跳得好，而且还有一颗金子般的心。听说这次义演就是她一手策划的。"

"她是世界级公司老板的女儿，有钱，她不策划谁策划。"

"据说，她和她父亲完全是两回事，她的基金会没有一毛钱是她父母的，全是自己和团队赚的。"

"真了不起，我长大后像她那样就好了。"

演唱会还没有开始，大街小巷就热闹起来，甚至到菜市场买菜的老太太们碰面的时候都会问问演唱会什么时候开，现在离演唱会还有几天。

第九章　"爱之夜"演唱会

演唱会那一天真正到来了。

那天晚上太阳渐渐落下地平线，夜幕冉冉升起的时候，整个城市似乎一下子静了下来。从这天早上开始，如果在五千米的高空，用广角摄像机向下俯瞰，你会看到车流和人流在渐渐地向国家体育馆聚集。时间越向下午和晚上逼近，人们奔向国家体育馆的速度越快，人流的密度也越来越稠。五彩缤纷的气球飞满了天空，气球下悬挂着彩带，彩带上写着贺词，下面还写着某某公司捐赠多少钱，有的是捐赠多少物。还有很多以某某明星的名字捐款。天刚刚暗下来，城市的华灯齐亮，这时人们从四面八方向国家体育馆涌去。国家体育馆二十八个门同时全部打开。人群中有穿着印有明星头像的衣服的，有模仿明星发型，染着各种颜色的，有的脸上还涂着各种颜色并印上明星的名字，有的举着"某某我爱你"的牌子。体育馆入口处，人在不断地流入，一群群志愿者在载歌载舞，欢快和充满朝气的音乐非常悦耳。从直升机上射下来的探照灯光柱，把地面照得如同白昼。十几架直升机互射出的光柱形成一个别具特色的景观。佩戴红绸章的志愿者在欢迎人们的到来，还有医疗急救车在流动。今晚，更为突出的是，高斯市出动了几万名警察来维护治安。一队队着装整齐、仪容威严的警察在各个要道巡逻，警笛声给这场演唱会平添了几分严肃。据说，为了满足不能进入体育馆的观众需要，在离体育馆不远处竖起了十八个巨大的屏幕。不仅如此，全城所有原有电视屏幕的地方全部更换了尺寸更大的屏幕，只要可以安装屏幕的公共场所也安装了巨大的屏幕。仅这些屏幕就有几千个，花费几十亿元。还有更让人振奋的，今天演唱会的电视转播全部采用N级立体影视，观众在家里或者用脑伴就可以观看演出，就像身临演唱会现场。

可以容纳几十万人的国家体育馆座无虚席。今天这场演唱会组委会名誉主席是灵心的父亲、霞光公司董事会董事长灵剑柔。由于灵心今晚要亲自登台演出，因此迎接国内外政要、名流、企业家的工作就由灵剑柔代表。随着大家陆续就座，体育馆的喇叭传出："各位来宾，'爱之夜'演唱会马上开始。"

嘈杂喧闹的体育馆立即静了下来，静得出奇，一张纸掉在地上都能听见。突然，灯光全暗。大约过了一两分钟，女主持人的声音响起："各位来宾，各位朋友，女士们，先生们，'爱之夜'演唱会现在开始。"与此同时，体育馆的灯光骤然齐亮，就连体育馆上空悬着的直升机的射灯也亮起，空中焰火齐射，绽放着一朵朵绚丽的火花。体育馆的舞台在灯光的照耀下绚烂无比，上万人的演员阵容站在舞台四周，乐队足有上千人，乐队指挥是世界著名的青年指挥家汤彪炳。更为惊奇的是高科技的天幕，覆盖整个体育馆。

"女士们，先生们，第一个节目是大合唱《圣心》，领唱朗声丽，作曲作词赵康尔，指挥汤彪炳。"

今晚的男女主持人都是国内知名主持人，曾主持过多场大型演唱会，颇受广大观众喜爱，也是最佳搭档。他们的出场费少说也要过百万，但是他们自告奋勇地向灵心要求主持这场演唱会，分文不取。

"下面有请著名青年歌唱家朗声丽小姐。"随着主持人说出朗声丽的名字，巨大的聚光灯照在朗声丽的身上，只见朗声丽从舞台中央冉冉升起。舞台中央的朗声丽今天穿着纯白色的连衣裙，脸上略施粉黛。她就像仙女下凡，美丽得使人窒息。随即，四周移动的舞台围绕着朗声丽呈扇形展开，观众可以看到高低错落有致的合唱团阵容。上万人的合唱团全部由青少年组成，整个舞台呈现一排排的白色。随着汤彪炳的指挥棒果断干脆的一个举起动作，整个体育馆音乐声由低向高，由小提琴独奏到钢琴的伴奏再到整个乐队协奏，演奏着歌曲《圣灵》的序曲。随着抒情序曲的推进，人们便听到了朗声丽那高山清泉般清纯的天籁之音。朗声丽的声音不仅清脆，仿佛大珠小珠落玉盘，而且饱满，体育馆的每个角落都被朗声丽的歌声填满，在座的每位观众的神经、细胞都被朗声丽的歌声所感动。这就是朗声丽无与伦比的声音，是别人无法企及的奇迹天赋。不管是达官贵人，还是平民百姓，不管是造诣深厚的音乐家，还是目不识丁的乐盲，甚至那些才华横溢的歌唱家，在亲耳听到朗声丽的歌声后，都会不由得感叹这是上帝赐予人类的声音。朗声丽领唱，随后先是童声，后是青年女演员的歌声。先是舞台左边方阵合唱，后是中间方阵，再后是右边方阵，紧接着是女低音，后又是女中音、女高音，左中右方队男高音、女低音、男中音、女高音交替唱起，声音越来越浑厚，越来越强劲，越来越有节奏。在歌曲的高潮处，万人合唱声和朗声丽的声音融汇在一起，响彻云霄。万人合唱声是对人的心灵向善的呼唤。如果我们把镜头移到体育馆外，对着城市的大街小巷，对着每个家庭观看演出的每个人，你会发现，不管是行走的路人，还是正在劳作的人，都会停下来倾听这来自天边的歌声。当合唱团和朗声丽一曲唱罢，汤彪炳的指挥棒落下，全场鸦雀无声，人们屏住呼吸，仍然沉浸在朗声丽的歌声里久久不能自拔。朗声丽的歌声使人们世俗的心灵得到净化，而升华成一颗圣洁的心。她歌声的感染力可以涤荡人心里的一切浮躁、欲望、混浊。突然全场爆发出雷鸣般的掌声，随即，全场观众站了起来。"朗声丽。""朗声丽，我爱你。"掌声、欢呼声此起彼伏。舞台中央的朗声丽一次次在主持的引导下退场，又一次次走到舞台中央向观众鞠躬感谢。可观众的欢呼声丝毫没有停下的意思。朗声丽一连谢幕了十几次，掌声和欢呼声才渐渐地停下来，此时朗声丽的眼睛噙满了泪花。

　　第一首歌就产生了如此大的轰动，这是灵心的团队没有想到的，灵心无比高兴。

　　接下来的几场，也是场场欢声雷动、激动人心，国内外歌唱家一个个出手不凡，将整个演出从一个高潮推向另一个高潮。尤其是三大男高音歌唱家的演唱，使普通的中国人领教了什么才叫男高音，那浑厚、充满磁性的嗓音所带来的穿透力、震撼力，丝毫不逊色于朗声丽的女高音。观众也是长时间鼓掌，三大男高音歌唱家也是一次次地谢幕。

"女士们，先生们，下一个节目是舞蹈《向善》。作曲赵康尔，作词赵康尔，演唱朗声丽等，编舞灵心，舞蹈灵心等。"

国内外著名男女高音歌唱家联袂演唱，还有灵心的舞蹈，光这些人的名字就叫观众震惊。这是难得的一次同台献艺，应该算得上千古绝唱。观众们欣喜若狂，一个个期待着节目的开始。

这时，整个体育馆很静很静，灯光也灭了，只剩下舞台中央的聚光灯，照在两个主持人的身上。随着音乐声的响起，天幕上出现群山峻岭、潺潺的流水，出现群山环抱之中的村庄，出现一层层的梯田、袅袅的炊烟，出现骑在牛背上的牧童。天幕的画面与音乐相得益彰，把观众带入一个童话般的世界，给观众的心田吹进一股沁人心脾的风。

田园般的风光渐渐地退为背景，天幕上出现灵心的舞姿。灵心的舞蹈如诗如歌，有极强的表现力。从她的舞蹈中，人们读懂了一个女孩的诞生，听到了一个女孩的第一声啼哭，想到了一个年轻母亲看到女儿的喜悦和骄傲。灵心的舞蹈和男女高音，仿佛把人们带进了贫困的山村，看到了一张张面容暗黄、瘦弱的儿童的脸。低沉的音乐，男女歌唱家充满怜悯的声音，灵心那如同泣诉的舞姿，打开了人们的心扉，让人们有一种想去帮助这些贫困儿童的冲动。灵心一会儿跳跃，一会儿卧倒，一会儿向苍天祈求着什么，让人们联想到贫困交加下的孤儿的挣扎和无助。灵心的舞蹈告诉人们，同情和帮助弱小是人与生俱来的伟大情感，是人类文明进步的精神力量。人们欣赏着灵心的舞，听着朗声丽的歌，一股向善的力量油然而生。富人们献出了他们一半的财产，官员们献出了他们一半的积蓄，工人、农民们也纷纷献出爱心。整个体育馆里仿佛有一股股暖流涌向舞台，流向人们心目中苦难的儿童。灵心和朗声丽的艺术感染力感动着成千上万的人。体育馆外，人们纷纷涌向募捐点，这一动人的画面投射在天幕上，体育馆的人群一阵阵欢呼。这是对人类善良的赞美，是对人类天性的讴歌。灵心带领着她的舞蹈姑娘们，以动人的舞姿表达了她们对人们善举的感动和赞美。这时，整个体育馆沸腾了，掌声、喝彩声将演出推向了又一个高潮。

"爱之夜"演唱会高潮迭起，掌声、喝彩声雷动，使赵康尔激动万分。但成功的喜悦并没有减轻他的病痛。他忍受着剧痛履行着艺术总监的职责。当他看到观众对朗声丽的喝彩，以及朗声丽眼睛里含着泪水地十几次谢幕，他也感动得流下了泪水。他再也忍受不了疼痛的煎熬，倒下了。他的助手们慌忙把他抬到了后台，灵心闻讯来不及卸妆赶了过来。

"快，快去叫医生。"灵心着急地说。

赵康尔向她摆了摆手。

"快，快去叫丽丽，快去！"灵心知道赵康尔的心思。

不一会儿，朗声丽来到了。开始她以为是赵康尔找她商量演唱会的事，当她看到赵康尔躺在那里脸色苍白，一下子吓坏了。她的脸一下子煞白，立即扑到赵康尔的怀里，急切叫唤着："康康，你怎么了，怎么了？"

赵康尔抱着朗声丽，用手轻轻拍打着她："丽丽，丽丽，不要紧。"他声如游丝，轻得只有朗声丽才能听得到，"丽丽，让我看看你。"

朗声丽抹去眼泪，尽量微笑着让赵康尔看着。朗声丽此时已经预感到情况不好，此时此刻，她才发现自己多么爱眼前的这个男人。

赵康尔双手捧着朗声丽的脸颊，用手擦去她眼角的泪痕，用颤抖的双手从包里取出了一沓稿纸："丽丽，这是我为你写的最后一首歌。"赵康尔端详着朗声丽，他多么不想这么早离开朗声丽啊，他深爱着眼前这个女人。为她，他可以舍弃富裕的生活，可以忍受病痛的折磨，可以牺牲一切，甚至自己的生命。赵康尔望着朗声丽，看着看着，慢慢地闭上了眼睛。朗声丽"哇"地大喊一声，扑倒在赵康尔的身上，哭声震彻寰宇。"康康，康康，你干吗？干吗？别吓我，别抛下我。"朗声丽一边哭着一边拼命摇着赵康尔，吻着赵康尔的脸颊、嘴唇。她多么爱他，她已离不开他。他是她的生命，她的灵魂。朗声丽撕心裂肺的哭声感动了在场的每一

个人，

灵心也流下了眼泪，克制不住自己哭出了声。灵心早就知道赵康尔得了癌症，而且是晚期。赵康尔乞求灵心不要将自己得癌症的消息告诉朗声丽。他对灵心说，他要帮助朗声丽完成她的心愿，帮她登上艺术的高峰，这个高峰世人难及。灵心被赵康尔对朗声丽的爱深深地打动、感动。她违心地答应了赵康尔不让朗声丽知道他的病情，只是给他请来国内最好的医生。灵心看朗声丽哭得死去活来，极力安慰、劝导她。她从包里取出了两封信，对朗声丽说："丽丽，你节哀、节哀。"她将两封信塞到她手里，"丽丽，康尔有两封信给你。"

朗声丽强忍着哭声，流着泪接过灵心的信。一封是给赵康尔父母的，一封是给朗声丽的。朗声丽泪眼模糊，打开了赵康尔给自己的信。

"亲爱的丽丽，当你看到这封信的时候，我可能已经离开人世了。"读到这里，朗声丽一阵晕眩。

"丽丽，我有多么舍不得离开你啊！想起我们一起度过的艰难岁月，想起我们吃了上顿没下顿仍然坚持唱歌的日子，想起我作曲、你唱歌的时光，想起我们出版第一张专辑的喜悦，想起我们一步步走向成功所付出的努力和艰辛，我是更加舍不得你啊！你给我的温暖、温情，你给我的爱，让我觉得自己是这个世界上最幸福的人。丽丽，谢谢你的爱！"

"长年打拼和熬夜，使我得了癌症，如果早点到医院检查并积极地治疗，也许还有希望。可是因为忙于我们的事业，我一直忍受病痛的折磨坚持着。我当时也想放弃，或是暂停我们的演艺事业。可当我看到你对歌唱的热爱和执着，我不忍心对你说。如果我对你说放弃，对你的打击是多大啊，我不忍心也不能原谅自己让你受到一点点的伤害。我的心里，我脑海里，每时每刻都是你。"看到这里，朗声丽又一次昏厥过去了。

朗声丽在众人长久的呼喊下慢慢地醒过来，嘴里喃喃地说："康康是累死的，是为我累死的。康康，你为什么不爱惜自己的身体？如果没有你，我怎么活，怎么活，我不活了，不活了。"朗声丽丢下信，站起了身。灵心紧紧抱着朗声丽，她捡起掉到地上的信，飞快地看了看信后面的内容，说："丽丽，你还没有看完信呢。"朗声丽接过信，接着往下看。

"亲爱的丽丽，我走了，剩下你一个人孤零零地在这个世界，我是多么不放心啊。好在你在慈善基金会，有灵心这个依靠。你本性善良，慈善事业也是你原本的追求。"

"对了，还有一封给我父母的信，请你帮我转交，我生前不能在二老身边尽孝，死后请你多多照顾我的父母，行吗？第二件事，我为你写了最后一首歌，希望你能在演唱会上唱，算是为我们做个纪念吧。"

"永别了，我亲爱的丽丽，你一定要坚强地活下去。"

看完这封信，朗声丽强忍着悲痛，对灵心说："康康的歌呢？"

灵心很快将歌曲的谱子塞到朗声丽的手里，朗声丽飞快地看一眼，歌曲的名字：纯粹的心。

"丽丽，能唱吗？"

"能。"

"快，把谱子发给乐队，通知现场，场休一刻钟。"

"那不行吧？原来没有这样的安排。何况还有那么多贵宾。"灵心的助手、演唱会的总编导说。

"顾不了那么多，你去把这里的真实情况告诉我爸，由我爸向贵宾做解释。"

十五分钟之后，体育馆的灯光暗了下来，只有体育馆中央舞台的聚光灯。

"各位嘉宾，女士们，先生们，告诉大家一个不幸的消息，我们今晚'爱之夜'演唱会的艺术总监、著名作曲家赵康尔先生因操劳过度，不幸离世。赵康尔先生一生追求崇高的艺术事业，做出了巨大的贡献。他对慈善事业也十分热心，他在遗嘱中将他所有作品的版权收入以及个人的全部财产捐赠给慈善事业。下面请朗声丽小姐为大家演唱赵康尔先生为朗声丽也是为我们所创作的最后一首歌《纯粹的心》。"灵心讲完退出了舞台。

朗声丽慢慢从舞台里面走出来。

现在的朗声丽与之前的朗声丽判若两人。之前的朗声丽清纯美丽，现在的朗声丽虽然仍是美丽，但显得十分凄楚。是的，朗声丽没有从悲痛中走出来。但为了完成赵康尔的遗愿，她坚强地走上了舞台。

体育馆内的观众听到赵康尔不幸去世，都为艺术界一颗巨星的陨落而痛惜。大家屏住呼吸，想听这位艺术天才创作的最后一首歌。

低沉的大提琴首先发出了哀婉的声音，接着，大小提琴的合奏将人们的思绪带入对爱情和命运的思考之中。朗声丽随着大提琴的和弦唱出了她对赵康尔的思念。朗声丽一开口，脑海里即浮现了赵康尔的身影。随着音乐的高低起伏，往事一一浮现在朗声丽的眼前。朗声丽想起自己的童年，想起在病痛中挣扎的双亲，想起自己的父母从千里之遥的山村来看自己，自己却没有陪他们吃过一顿饭，她痛悔不已；想起将自己从山沟里带到繁华都市、带上唱歌之路的恩人奇峰，想起授业启蒙恩师汪教授，他那诲人不倦的无私精神多么伟大；想起自己在痛失恩人、恩师的悲痛中，是赵康尔帮助自己走出了痛苦，想起赵康尔为自己量身定做歌曲，想起在自己病倒在床的时候，是赵康尔日夜守护在自己的身边……这些人、这些事，一幕幕一件件展现在朗声丽的眼前，对自己的双亲，对自己的恩人、恩师，没有点滴的报答。尤其是最爱自己的赵康尔，不仅没有给他更多的爱，而且还经常对他随便使性子，动不动就对他横加指责。如果赵康尔不是为自己操劳过度，不是为满足自己追求名利的虚荣心而不顾已经垮下的身体，就不会这么早地离开自己。想到这，朗声丽万箭穿心。朗声丽以战栗的心将父母、恩人、恩师、赵康尔对自己的爱和自己对他们的爱及悔全部倾注在她的歌声里，使她的歌声有着巨大的感染力。朗声丽的歌声不仅让人感受到爱的伟大，更让人感受到大爱的无私和圣洁，而产生这大爱的力量是一颗"纯粹的心"。朗声丽以超人的意志不让饱含在眼睛里的泪水流下来。当她将《纯粹的心》唱完时，泪水唰唰往下流。她不顾体育馆里的几十万观众，号啕大哭，双手捂着脸跑回了后台。

观众听完朗声丽含泪唱完《纯粹的心》，心潮久久不能平静。大家被朗声丽和赵康尔的爱情深深地打动，为这对天才的生离死别扼腕叹息，也为人间的真爱而感动万分。当朗声丽跑着离开舞台时，全场观众起立，目送着今天最耀眼的明星，为这个给亿万观众带来快乐和净化心灵的歌唱家的悲痛而悲痛。

"各位来宾，女士们，朋友们，朗声丽和灵心的歌舞，不仅让我们感受到了大爱的无私和圣洁，更感受到了产生这大爱的伟大力量之源。"两个主持人停顿了一下，以极富感情的动人的声音说，"那就是一颗'纯粹的心'。"两个主持人同时向前跨了一大步，继续高声说，"让我们展开我们的善心，去帮助世上一切苦难和弱小！"

第十章　朗声丽献身灵心的慈善事业

共周思醒来，睁开眼睛看到了灵心。灵心美丽的脸庞和亭亭玉立的身姿曾给共周思留下深刻而难忘的印象。他将眼睛从灵心身上移开向上看，看见了屋顶。他发现屋顶是白的，再将眼睛往四周看，发现也都是白色的墙。他下意识地移动身子，发现自己是躺在床上。他挣扎着想起身。

"这位先生，你还是躺着吧。"灵心制止着共周思。

"我怎么在这里？"共周思说。

"你是在鸟村。"灵心将共周思扶躺下。

"先生，你已经是三天三夜没有醒了。"

"灵心，让我给这位先生做一下检查。"一位医生将医疗箱放在床边，从白大褂的口袋里掏出听诊器，将听诊器放到共周思的胸口上听了好一会儿。

"灵心，心跳还有些弱，还需要休息。"

"灵心，还有那三位也醒了。"朗声丽从外面进来，对灵心说。她走到共周思的床边，给共周思整了整被子。

"等等，这位小姐，你说还有三个人跟我一样病倒了是吗？"共周思似乎想起了什么，用比较虚弱又急促的声音问。

"还有三个人，是我们在不同的地方发现的。"

灵心将自己坐的凳子往共周思的床前靠了靠，说："请问这位先生，你叫什么名字？"

"我叫什么名字？"共周思一会儿望着屋顶，一会儿又四周望望，环顾身边的这些人，紧张地思考着，可怎么也想不出自己叫什么名字。

"你昏迷中一直喊着'曲光''曲光'。"灵心帮共周思回想。

"曲光？曲光？"共周思嘴里念叨着，脑子在飞快地旋转。

"曲光号实验车。"共周思大叫一声，鱼跃而起说，"对，曲光号，我们的曲光号在哪？"他将盖在身上的被子一下子掀掉。灵心他们见状急忙阻止。刚才那位男医生连忙抱住共周思往床上移，将他放躺下。

"先生，不要急，有什么事我们给你办。"那医生说。

朗声丽也帮忙劝阻共周思。

"快，快，帮我们找曲光号实验车。"共周思用手指着四周继续说，"我们还有人呢？"

灵心他们相互望了望。

灵心说："先生，你休息一下，我们等会儿再来看你。"

他们留下一位男医生，便退出了房间。

共周思这种状况持续了二天。第三天，当灵心和朗声丽及那位男医生来看他，并问他的名字的时候，共周思清楚地告诉他们："我叫共周思，是红光公司研究所所长。我们一行四人是开着曲光号实验车寻找引力场的。"

"我们没有看到实验车，只看到你们四个人。"医生说。

"我们的实验室车在一片原始森林失灵了，我们也迷路了。"共周思一边回忆着一边说，说完便要下床去找其他的同伴。

灵心用眼睛征求医生的意见。医生用听诊器听了听共周思的心脏及脉搏，用血压仪测了测共周思的血压，对灵心点了点头。

共周思在医生的搀扶下下了床，他觉得头有些晕眩，身子也晃了晃，好在有医生和朗声丽扶住。

共周思在医生的牵扶下，出了躺了七天的房子，外面有些火辣的阳光，使他的眼睛一时还不能适应，睁开眼睛有些吃力。他回头看了看身后的屋子，又向四边看了看，他发现以前从没有到过这个地方。这里的房子矮，颜色是灰色的，墙有些破旧，屋子和屋子之间的路是用一些石头铺起来的。他想进一步问问这里的情况时，灵心将他带到了另一间房子里。

见到汪行知时，汪行知正半坐半躺地在床上。汪行知看到共周思，马上嚷嚷着说："思思，思思，我们在什么破地方？其他两个人呢？"汪行知拒绝了扶他的朗声丽，坚持自己下床。

"我也不知道这是什么地方，听这位小姐说这地方叫乌村。"共周思说，"你身体怎么样，体力没恢复就别逞强下床。"

"我想去找舒玉婷和赵构成，他们两个人在哪里？"

"在你隔壁的屋子里。"灵心回答。

"请问你们是谁？"听灵心说话，汪行知才用眼睛好好打量灵心和刚才想扶自己的朗声丽。他的心都要蹦出来了，心想："怪，怪，这破烂地方怎么会有这么美丽的姑娘？"他用力擦了擦眼睛，怀疑自己是不是看错了。当他擦亮眼睛，看到站在他面前那两位仍然美丽无比时，便激动地赞叹了一句："美啊美。"想了想又说，"等等，等等让我想想。"他拍了拍脑袋说，"对，你就是那天在沸点酒吧跳舞的那位姑娘。"

共周思说："是灵心小姐。灵心小姐，麻烦你带我去看看赵构成和舒玉婷行吗？"

"好吧，丽丽，你扶着他。"汪行知刚才还拒绝扶，现在他很高兴她来扶。

他们四个一起见了面。赵构成还行，但舒玉婷身体还比较虚弱，医生为他们进行了全面体检。医生告诉灵心，他们身体无大碍。

太阳落下之后，灵心和共周思他们一行人围在一起吃晚饭。

"你们？"几乎是同时，灵心和共周思都想问对方，他们彼此都有很多疑问。

共周思对灵心说："你先讲。"灵心也对共周思说："你先说。"他们谦让了一番后，还是共周思说："灵心小姐，还是你先说吧，这里是什么地方？你们为什么在这里？"

灵心没有再推辞，她认为他们可能比自己还着急知道原因。"这是靠近边境一个村庄，叫乌村，村子里有一千多户人家，是联合国都很关注的贫困村之一。"灵心说，"你看看这里的房子多破旧，这里的东西多简陋，我们现在吃饭的地方，是全村最好的地方了。"灵心指着桌子和凳子说，"这些东西都是我们从城里运来的。"共周思随着灵心指的地方，看到了灰色的塑料饭桌和红色塑料凳以及塑料碗筷，还有一些炊具。这个所谓全村最好的地方，无非是房子面积大一点而已。

"你们是怎么来到这个破烂地方的？"汪行知说，他觉得这么美丽的姑娘与这贫穷的地方不应该有关联。

"这是我们慈善基金会的灵心会长，爱心慈善基金会你们应该知道吧？"朗声丽接过话说。爱心慈善基金会共周思听说过，这个基金会在国内名气还是很大的，但基金会会长这么年轻，这么美丽，他是万万没有想到的。

"共先生，这是我们慈善基金会的歌唱演员朗声丽小姐。"灵心说，"朗声丽的名字你们不陌生吧？"

朗声丽，眼前这位极其漂亮的姑娘竟然就是朗声丽，除了共周思，其他三个人都不敢相信自己的眼睛。眼前的这位小姐，比画报、电视上的形象更加动人。

两个声名显赫的人到这里来，共周思他们都很不理解。共周思说：

"灵心小姐，你们是怎么到这里来的？"

"这个村子有两千五百多人。但这里的人寿命很短，大多活不过四十岁。这里人口繁殖得也比较快，一对夫妻一般至少有七八个孩子。但由于父母死得早，很多孩子都变成了孤儿。我们统计过，在这两千多人口的村庄里，有三分之一是青少年，三分之一是孤儿。也就是说，这个村庄有上千名孤儿。"

"扶助、救济孤儿是我们基金会的主要职责。"朗声丽说。

"你们是怎么知道这个村庄的？"舒玉婷问。

"我们也是三个月前从网上得知的，得知这个消息后，我们基金会专门派人来考察过。"灵心继续说，"共先生，你们是怎么到这里来的？"

第十一章　乌村救苦救难

"我们是研究所的，到大自然寻找引力场。我们是开移动实验车曲光号来的。不知什么原因，我们的曲光号失灵了，我们也迷路了。"赵构成说。

"对了，灵小姐，这里有没有电？我们的耳伴和脑伴都失灵了。"舒玉婷对灵心说。

"这里根本就没有电，在这里，所有电器、电子设备都没有用。"灵心亲自为他们盛好饭，接着说，"不知怎么一回事，飞机一到离这几百公里的地方就失灵。上次政府派了一架直升机来，企图打通运送物资到村庄的通道，但当直升机距离这里四百六十公里时，飞机上仪表失灵，甚至连发动机也熄火了。如果不是驾驶员技术过硬，就机毁人亡了。"

听灵心这么一说，共周思好像明白了他们曲光号实验车失灵的原因，他说："你们是怎么到这里的呢？"

"我们先坐直升机到离这个村五百多公里的地方，再坐马车走了二百多公里，然后翻山越岭几百公里才到了这里。"灵心说。

"这么多的桌子、凳子等物资你们是怎么运过来的？"共周思问。

"我们有一个运输队，每周运送一些物资到这里。"灵心说。

"不光我们这里食堂的炊具以及一些食物，还有这里学校和医疗站的物资都是我们基金会运过来的。"男医生说。

"不说我们了，共先生，我们在发现你们时，你们都已经奄奄一息了。你们为什么会这样？"灵心说。

灵心说这话的时候，共周思他们这才想起，灵心是他们的救命恩人。他说："灵心小姐，谢谢你们救了我们，否则我们已经到另外一个世界去了。"

"也不是我们发现你们的，是这里的村民在树林里打猎的时候发现了你们。他们把你们背到我们这里，我们医生对你们进行了抢救。"灵心将实情跟共周思他们说清楚。

"对了，灵心小姐，我们怎么没有看到这里的村民呢？他们人呢？"共周思问。

"他们早就想来看你们了。我怕影响到你们休息，把他们挡在了外面。"灵心说。

"那怎么行，我们一定要见见我们的救命恩人。"共周思站起身来说，其他三个人也站起身来。

"好吧，丽丽，你去请陆村长他们过来吧。"灵心对朗声丽说。

朗声丽点了点头，起身去叫这里的村长过来。

不一会儿，村长领了十多个人走了进来。

"来，给你们介绍一下。"灵心说。

当村长带领着十几个村民站在共周思他们面前时，共周思很吃惊。这是一个什么样的景象呢，他们清一色穿着黑色上衣和裤子，脸色暗黄，显得有些病态。站在最前面的男子年龄看上去少说也有六七十岁，身子很瘦，看上去明显营养不良。

"这是陆村长。"灵心指着为首的年长一些的人对共周思说。

"这是陆根发，就是他发现你们的。"灵心又指着一个年轻一些的人说。共周思听说是眼前的这个人救了自己，赶紧跨前一步，紧紧握住陆根发的手说："谢谢！谢谢！"其他三个人也跑过去握住陆根发的手，不停地说"谢谢"，弄得陆根发很紧张。他不停地摆手，可手不一会儿又被他们握住了。他一会儿看着共周思，一会儿紧张地看着灵心，显然，这个叫陆根发的人不会说普通话。见此情况，灵心赶忙说："共先生，以后再谢吧。"当共周思站回到一边时，这些村民们将手里的篮子放到了他们吃饭的桌子上，有的篮子里有鸡蛋、鸭蛋，有的篮子里有苹果、梨、板栗，有的篮子里有猪肉、腊肉、腊鱼，有的篮子里还有鸡。从这些送来的东西可以看出，这里的村民热情好客，这些东西也许是这里最好的东西了。看着这些东西，共周思很感动。

用过餐，灵心带着共周思参观乌村，还介绍了他们未来的打算。

灵心和朗声丽带着他们参观了灵心援助的一所学校。学校是用石头和乱砖砌成的平房，操场是用青石铺成的。此时学校已经下课，学生都往走廊里聚，有一些吵闹声和说话声。

"这些学生长得挺可爱的。"共周思说。

"是啊，他们的年龄大约十岁，是最美好，也是最活泼的阶段。但他们的智商普遍很低，只有我们那里两三岁的智商。"灵心说。

"那你们教得很辛苦啊。你们的教师是从哪里招来的？"共周思问。

"我们这里有五位教师。他们都是志愿者。"

"五位老师够吗？人好像少了一点。"共周思说，"还有人来吗？"

"有，我们在我们网站发出招聘信息，有几千个人报名。"

"啊，那么踊跃。这说明，这个社会有爱心的人还是很多很多的。"

"是啊，这些人在这里工作，条件极其艰苦不说，还不要一分钱的报酬，工作没日没夜，也没有周末。"

"真是令人感动。"共周思说。

这时，有一些老师和灵心打招呼。灵心看到一个小女孩摔倒了，她赶紧跑过去扶起她，拍去她身上的泥土，将不远处的一个教师叫过来，对她说："小李，你带这个孩子去医疗站认真看看，她的手好像擦破了皮。"

灵心看到共周思在看学校左边的房子，她便指着操场上的篮球架、乒乓球桌、单双杠说："这里都是慈善人士捐助，志愿者从几百公里之外运来原材料和设备自己动手做的。"

"真不简单哪。"舒玉婷说。

"我们再去看看我们的医疗站吧。"灵心说着，就领着共周思他们向医疗站走去。

所谓的医疗站其实是一个诊所，里面也就两个医生。医疗站的房子也很简陋，木墙和土瓦顶。医疗站里除了杂木做的桌子、凳子之外，还有一些放药的柜子，在医疗站里看病的人也就是四五个。

"医疗站怎么没几个人看病？"共周思说。他看到这里的村民一个个面黄肌瘦，估计这里的人应该几乎都是病人。

"这里的人没有什么上医院看病的观念，或者说他们根本上不知道有病叫医生看。"灵心说。

"这里的医生也是志愿者吧？"汪行知问朗声丽，朗声丽点了点头。

参观完学校和医疗站，灵心便领着他们向村外走去。

此时正是秋季，上午九十点钟的太阳照在田野上，远处绵延的群山、近处起伏的稻田以及稻田里劳作的人们，构成了一幅美丽、古朴的画卷。这样的风景不管是共周思还是灵心以前都没有看到过的。共周思指着一条从稻田中间流出，又穿村而过的小溪对灵心说："这小溪的水多清澈。"

"思思，你看看，水里面还有鱼在游荡呢。"舒玉婷指着小溪里游动的鱼说。

在回村的路上，共周思对灵心说："这里几乎是一个世外桃源。"

"这里虽然风景秀丽、民风质朴，但这里的人寿命短，孤儿多，疾病多。此外卫生条件差，没有电，任何现代工具都不起作用。"灵心说。

"之前有没有想过什么办法解决这些问题？"汪行知说。

"发现这个村子这么多奇怪的现象，也就是一年前的事。由于这里与世隔绝，这里的人过着自给自足的生活，外界没有人知道有这么一个村子。一个探险队发现了这个村子。后来探险队将这个村子的情况发到了网上，才引起了人们的关注。"灵心说。

"你们是不是想改变这里的现状？"共周思问。

"我们在这里办学校，建医疗站，就是要解决这里孤儿上学和村民医疗问题。"

"这个任务非常艰巨啊。"共周思此时认真地打量着眼前的这个女孩，发现她不仅外貌极其美丽，心地还很善良，有一颗博爱的心。他对她肃然起敬。

"灵心，用不着你们如此费周折，干脆叫这些人迁移算了。"汪行知说。

"这个方案我们考虑过，以前政府也试图用移民的方法解决问题。"灵心说。

"但为什么没有实行呢？"赵构成问。

"主要是移民成本太高，这里的村民也不同意搬走，更主要的是这里村民寿命短的原因还没有找出。"灵心说。

"没有派专家来吗？"舒玉婷问。

"派了，曾经派过很多专家来考察、研究，但都找不出原因。"听灵心这么说，共周思他们沉默了。沉默之后，共周思对这一奇怪的现象却很感兴趣。他心里想，这是一个科学难题，也是一个待解的谜。

共周思、灵心他们边走边谈，不知不觉中回到了村子里的住处。

"灵心，我们四个人能不能住在一起？"共周思说。

"没有问题。"灵心转身对随行的朗声丽说："丽丽，把我们的东西拿出来搬到乌大伯的屋子里，把他们的搬到我屋子里。"灵心转身对共周思说："共先生，你们住得可能比较挤。"

"你们不用搬了。我搬到他们三个住的屋子里就行了，我看了一下，我们四个人是可以住得下的。"共周思说。

"很挤的，要不这样，共先生，叫舒玉婷到我们那住吧。"灵心说。

共周思用眼睛征求舒玉婷的意见，舒玉婷点了点头。

他们几个年轻人一起动手，没多久，就按照他们商量的意见，舒玉婷到了灵心、朗声丽那里，汪行知、赵构成、共周思他们住在了一起。

"思思，我们是不是应该离开这里，去把我们的曲光号找回来？"赵构成提议。

"我也认为应该去找回我们的曲光号。"舒玉婷说。

共周思听完他们两个人的话后，用眼睛望着汪行知，意思是说："你的意见呢？"

汪行知说："思思，我听你的。"

共周思在想，赵构成说得有道理。当务之急是找到曲光号，继续寻找引力场。

赵构成见共周思在犹豫，继续说："思思，我们留在这里也没有什么用，这里没有电，什么事也干不成。"

"我们离开所里也有好多天了，外面的情况我们不知道怎么样。"舒玉婷说。

共周思认为赵构成和舒玉婷他们说得有道理，但此时离开，心里觉得还有什么事没做完似的。他在思考，自己在这里还有什么事没有做。

"成成，你们说得有道理，但我想我们是不是应该多待几天。这是一个很特别的好地方，这里有我们的救命恩人。"共周思说。

"对，思思说得对，这里有我们的救命恩人，救命之恩还没有报答就匆匆离开，人家会说我们忘恩负义的。"汪行知说。

共周思接着说："我们应该为这个村做些什么，像灵心他们那样。"

"说得对，我们应该为这个村，至少我们应该为灵心他们做些什么，他们救了我们。"汪行知说。

"成成、婷婷，你们认为呢？"共周思问。

"你们说得有道理，留下来，为这个村做些事。"舒玉婷说。

"那我们去找灵心他们。"共周思他们一起去找灵心。可是当他们到灵心他们住的地方，没有发现她。他们到学校，学校也没有他们人。赶到医院，医院的医生说灵心他们没有来过。共周思心想，他们到哪里去了呢？他们费了一些周折，向村民用手比画着灵心的模样，才打听到灵心他们在一个村民家里。共周思他们拐弯抹角找到了那个村民的家，灵心和那个医生正在忙着服侍病人呢。共周思走近灵心他们，顿时闻到一股难闻的怪味。再看那个病人，骨瘦如柴，躺在铺着稻草的床上呻吟着。躺在床上的是一个孤寡老人，估计是无依无靠。灵心看到共周思他们便向他们点了点头，继续扶着老人喂药。那个医生端着药，床边还站着一个村民。

"灵心，我们能帮什么忙吗？"共周思问灵心。

"共先生，你来端。"男医生将装药的碗递给共周思。共周思接过碗端着，灵心从共周思端着的碗里一勺勺地将药喂进老人的嘴里。

"我能干什么？"汪行知问。

"朗声丽去山里采草药去了，没走多久，你能帮帮她吗？"灵心说。

"行，往哪里走的？"一听说帮朗声丽，汪行知满心喜悦地答应了。

"往东边去的。"

"还有我们呢？"赵构成说。

"你们到学校去找齐仁校长，这几天有几十个孤儿没有到学校上学，你们帮忙去找找那些学生，动员他们上学。"灵心说。

"好的。"赵构成和舒玉婷欣然答应。

共周思端着药碗，近距离地看着灵心。他也是第一次如此近距离地打量一个女孩子。只见灵心用左手抱着病人，右手拿着勺子从药碗里舀起药，轻轻地也是艰难地喂进病人的口里。她那纤纤玉手，动作轻慢。再看她的脸，白皙里透着红润，像满天的朝霞。灵心的额头上流出微汗，发梢带着汗粘到她额头上。看着灵心美丽的脸庞，闻着她散发出来的体香，共周思第一次听到了自己怦怦的心跳。

"好了，共先生，差不多喂好了。"灵心将汤匙放到碗里，将病人轻轻地放倒在床上。

"赵医生，草药够吗？"灵心问那医生。

"不够，还有好几个老人都要用这个药。"赵医生说。

"为什么不用西药而用中药？"共周思问。

"这里的人得这个病就用这个药，这是这里的土方子，只能缓解一些病痛。我们带来的西药根本不起作用。"赵医生说。

"这是一个很奇怪的病，村里每一个人到了二十岁的时候都会得。"灵心说，"草药，朗声丽他们去挖了，不够的话，我们再发动村子里的人挖。"灵心用衣袖擦去额头上的汗，说。

"灵心，让我们来帮忙吧。"共周思请战。

"你们还是走吧，你们还有更重要的任务要完成呢。听说你们的探索可以改变世界，改变人类的生产生活方式。"灵心望了望眼前的这个男青年，浓浓的眉毛下一双炯炯有神的大眼睛，那眼睛有一种穿透一切的力量。当灵心听舒玉婷介绍共周思时，说他们正在寻找一种能使光线弯曲、时空折叠的引力场，如果成功，将改变世界，灵心的心怦地动了一下。

"我们决定先不走，留下来和你们一起干。"共周思说。

第十二章　科学探险

听到共周思说不走，灵心的心里掠过了一阵喜悦。她还是说："那你们的科学考察怎么办？那可是一个伟大的探索啊！"

"但现在更重要的是帮助这里的村民。"

"那就谢谢你们啦！"灵心说。

"灵灵，从现在开始，你的事就是我们的事，怎么安排，你定。"经灵心几次要求，共周思对灵心的称呼改为"灵灵"了。

"好吧，共先生，你现在能跟我们一起看病人吗？"

"可以。"共周思回答，接着又说，"灵灵，请你也不要叫我共先生了，你我的年龄差不多，叫我共周思，或者叫思思也行。"

"好呀，那就叫你思思吧。"灵心说。

共周思随着灵心、赵医生忙了一天，看了五六个病人，给他们端水喂药、喂水喂饭，中午和晚上只是吃了块灵心他们带来的高能食品。一直忙到夜晚十二点多，他们才回到住的地方休息。

一连三天，共周思和灵心、赵医生一起看病人，汪行知陪朗声丽上山挖草药，赵构成和舒玉婷陪着齐仁校长找孤儿做工作，劝他们上学。这天晚上，他们聚在了一起。

"你们说奇不奇怪，那些孤儿就是不去上学，他们宁愿到山上砍柴，放牛放羊，到田里干那又脏又累的活，就是不愿读书。"赵构成满腹牢骚，"好不容易劝了几个人去上学，没上两天又有另外几个人逃学了，真拿这里的人没有办法。"

"告诉你们一个奇怪的现象。"汪行知有点神秘地说，"别看朗声丽那么漂亮，有些弱不禁风的样子，但爬山、走路又快又敏捷，捡草药的动作、身手像一个老农。你们说怪不怪。"

"你们可能不知道，朗声丽在国内的名声有多大，身价有多高。"对于朗声丽，赵构成知道得最多，他说，"朗声丽在歌坛的地位不排第一，但绝不会排第二。出场费，一次不少于几百万人民币。身边的粉丝少说有几亿。"赵构成说起朗声丽，语调中充满着崇拜感。赵构成继续用一种崇拜的语调说："你们知道朗声丽捐了多少钱给慈善基金会吗？"

"多少？"汪行知等问。

"足足十五个亿，几乎是她全部的家当。"赵构成的口吻，十足是一个朗声丽的崇拜者。

"捐那么多钱？朗声丽太伟大了。"汪行知说，"这么成功，又这么年轻漂亮，但我没有看到过她的笑脸。她一直玩命似的干活。"

"她肯定遇到过什么大的变故。"共周思说，"我们不讨论朗声丽了，她确实是一个不平凡的人。我们现在要讨论的是如何把这个村的病人彻底治好。这样每天疲于奔命，不是长久之计。"

"是啊，得想办法彻底解决问题。"汪行知说，"可是，那是非常难的，听跟我们一起去挖草药的村民说，村子里的人一到二十岁左右就会得一种怪病。政府也曾派了专家会诊，都没有办法。我们有什么办法？"

"成成，你去叫舒玉婷过来，我们一起讨论下一步的工作。"共周思说。

不多一会儿，舒玉婷就和赵构成来了。他们四个人坐在床沿上，共周思说："这里孤儿多、寿命短的根源是什么，不知大家想过没有。"共周思见他们相互望望，没有回答，接着说，"这里孤儿多，小孩不愿上学，人的病多，寿命短，一个重要的原因就是：贫穷！你们说对不对？"

他们三个人低头思考了一下。汪行知说："有道理。因为贫穷，这里的人不重视教育，文盲多，所以村民没有文化，就愚昧。越愚昧就越贫穷，越贫穷就越愚昧，伴随而来的疾病就多，人的寿命也短。有道理，贫穷是一切问题的根源。"

"贫穷，是问题的根源，但如何摆脱贫穷，我们有办法吗？"

"这就是问题的关键。"共周思说。还有一个更重要的原因是这里反常的自然现象，但他没有说。"你们先休息吧，我去找灵心谈谈。"

"这么晚了，她已经睡了。"舒玉婷说。

"这事我希望马上谈，舒玉婷，你去叫她，就说我有要事和她谈。"

"好吧，在哪儿谈？"舒玉婷问。

"我们就到外面谈吧。"共周思想了想说。

共周思在灵心屋外等舒玉婷叫灵心出来。不一会儿，灵心出来了。

"共先生，找我有事吗？"灵儿边说边梳理着自己的头发。

"你不要叫共先生，叫共周思好吗？"

"我忘了，叫你思思吧。"

"灵灵，这么晚请你出来，是我有一个想法，想和你商量一下，不知行吗？"共同思说。

"行，你说吧。"灵心说。

"灵灵，不知你想过没有，乌村一切问题的根源是什么？"

灵心知道这里的一切苦难和一大堆问题，但却没想过这些问题的根源。她一心想使这里的人摆脱疾病和痛苦。共周思这么一问，她才发现自己没有想过这个重要的问题。

共周思和灵心向村外的大槐树走去。他们在一个土墩上坐下。这时，已是下半夜，天上挂着一轮明月。银色的光辉从天上洒向大地的每个角落，也照在地下并排坐着的两个年轻人的身上。

"思思，你认为是什么造成了这个村的不幸与苦难？"灵心将共周思披在身上的外套在身上裹了裹。

"我认为，唯一的根源就是贫穷。"

"贫穷？"灵心听了，顿时觉得共周思说得在理，认为他一下子就抓住了问题的本质。不是吗？因为贫穷，才使这里的人愚昧，不上学，不看病。如果经济发达，村民们富裕，这些现象不是会大大好转吗？她不得不佩服眼前这个人思想的深邃、睿智。她不由得多看了共周思几眼。

"思思，你说得有理，但怎么解决呢？"灵儿说。

"摆脱贫穷。"

"如何摆脱？"灵心紧接着问。

"这就是我今晚找你商量的问题。"

"你是不是有了方案？"灵心盯着共周思的眼睛说。

"我个人认为这里有丰富的资源。"

"你是说，可以开发这里的旅游资源？"灵心来这里两个多月，每天工作十多个小时，全身心地扑在救治病人、救助孤儿上，没有游过山、玩过水。但她还是常被这里的迷人风景所吸引。她觉得，自己跑过很多地方，没有一个地方比这里的风景更秀丽、迷人。如果开发旅游，这里将是一个难得的胜地。

"开发旅游，是一个很好的立意。但需要打通这里与内地的道路，不仅要通汽车，还要通火车、飞机，这是一笔很大的投资。"共周思说。

"资金的事我来解决。"灵心抢着说，她说这话是有底气的。灵心不仅拥有上次大型演唱会募集来的几十亿善款，而且她还可以号召全世界的慈善组织来支持这个项目，再就是大不了向父亲开口。灵心若一开口，她父亲会满足宝贝女儿的一切需求。还有那个苦苦追求自己的阔少齐刚，他可是寻找一切机会要帮灵心的。

共周思知道灵心运筹资金的能力，但到底有多大，他也不知道底，他说："灵灵，这里有丰富的森林资源，估计还有丰富的矿产资源。如果我们将这里的资源挖掘出来，卖到市场上，这里就会变成一个富饶美丽的村庄。只要村民摆脱了贫穷，这里的一切都将会好起来的。"经共周思一描绘，灵心眼前立即出现了村里一派生机勃勃的景象。她听到了学校里孩子们朗朗的读书声和欢声笑语，看到了一排排整整齐齐的房屋。房顶清一色的紫红色琉璃瓦，一幢幢房子的墙是白色的。家家户户有网络、电视，甚至有汽车。游客从各地涌向这里，欣赏这里的山和水。想到这里，灵心美丽的脸上绽开了动人的笑容。她给了共周思深情的一瞥。

"如果你同意，我们明天就开始对这里进行勘查。"

"行啊，勘查组织的工作，还是你做。"灵心也不客气。

"明天我们就全体上山去勘查，你看行吗？"共周思说。

"我看行。"灵心回答。

两个人一时没有话说，沉默了一会儿。还是共周思开口先说："今晚的月亮真亮。"灵心抬头看了一眼月亮，点了点头。他们又一时无语，还是共周思先开口："你是不是觉得有点冷？"

"还好，我穿了恒温衣。思思你冷吗？"

共周思摇了摇头说："不冷，和你一样，我也穿了恒温衣。"

"灵心，村子里有一个白天找我们看过的病人快不行了，他的小孩让我们快去看看！"赵医生因为是跑来的，有些气喘吁吁地说。

灵心听完，腾地站了起来，共周思还没有反应过来，她便嗖的一声跟赵医生走了。见灵走了，共周思反应虽然慢了一点，但他也是一个箭步，追上了他们。此时，已是下半夜两三点钟了。

灵心赶到那户病危的村民家的时候，病人已经奄奄一息了，他身边的孩子用焦急的眼光看着灵心和赵医生，仿佛是遇到了救星那样急切。看到病人呼吸急促，灵心对赵医生说："赵医生，是不是要赶快给病人打强心针？"

"是的。"赵医生说，便打开带来的急救箱，从里面拿出注射针筒和急救针剂。共周思迅速地将病人翻过身来。赵医生打完强心针后，发现病人没有什么反应，又给他做急救按摩。灵心做过急救，又经常和病人打交道，她的急救按摩技术也是一流的。她见赵医生累了，接替过赵医生，继续对病人急救。共周思看着灵心熟练的按摩动作，看着她呼出的热气和脸上的汗珠，彻底被征服了。这个女孩，年龄也就是二十四五岁，比自己还小，为求助这些苦难的病人和孤儿，每天的睡眠才仅仅五六个小时。就说今天吧，现在已凌晨四五点，估计快天亮了，可她一天二十四小时连眼都没有合一下。这不是一天两天这样，而是长年如此。这需要多大的意志，需要有多么大的爱心啊。他恨自己为什么没有学医，如果自己学过医，此时此刻就可以取代灵心，让灵心休息。

"灵心，不用抢救了，病人的心脏已经停止跳动了。"赵医生对灵心说。

灵心停止了抢救，从床上下来，共周思马上拿毛巾给她擦汗。灵心不让，要自己擦，共周思坚持要给她擦，灵心只好让共周思擦。

当灵心他们从屋子里出来的时候，天已经亮了。共周思看到一轮红日从东方的群山间冉冉升起，满天的朝霞映红了大地，田野、村庄披着霞光。灵心由于过度劳累差一点晕倒在地上，赵医生和共周思架住了她。不一会儿，灵心推开他们顽强地坚持自己走。她的步子很慢，但很坚定。当她走到自己房子的门前时，回过头对共周思说："思思，我们今天去勘查行吗？"这个不平凡的女孩，都累成这样了，还惦记着勘查的事。

"今天就算了吧，等你休息好了再说。"共周思说。

共周思、灵心和赵医生各自回去了。一整天没有合眼的共周思回到屋里，倒到床上就睡着了。可是还没有睡到三四个小时，他就被汪行知叫醒了。

"思思，刚才朗声丽过来了，灵心请你到她那里去商量勘查的事。"

听说灵心找他，共周思一跃而起，说："好，我马上就去。"

共周思来到灵心她们那里时，看到灵心身穿牛仔裤，脚穿旅游鞋，上衣是红色的长袖T恤，头发盘在脑后，一副野行军的打扮。再看朗声丽，也是一身野营的装束。灵心见到共周思他们说："思思，我们今天全体出去勘查。你们先吃早饭，吃完饭我们就出发。"

"灵灵，你们的动作真快，连行李和食物都准备好了。"舒玉婷指着几个旅行包说。

"岂止是吃的，灵心连野营的帐篷都准备好了。"赵医生指着放在地上的可折叠的帐篷说，"还有，急救药品等也准备好了。"

他们吃过早饭后，在一个年轻村民的带领下出发了。

这是一个不简单的队伍。

先看这支队伍中的三位女青年。灵心，刚才已经描述了。朗声丽，脚蹬黑色旅行鞋，下身穿的也是牛仔裤，上身是紫红色的衬衫，原是长的披发也高高地绾到了脑后，梳成了一个发髻，整个人看上去高挑婀娜。舒玉婷，旅行鞋是红色的，平时喜欢穿的白色裤子换成了黑色的西裤，上衣是一件紧身的平绒衬衫，高高的胸脯、细细的腰肢，突出优美的线条。

三个美丽的女性浑身散发出青春的气息。

再看那三位男的。虽然没有特别的着装，但一看就知道他们一个个都很特别。比如汪行知，虽然是秋天了，但他却穿着一件蓝色的短袖T恤，满脸的胡子今天刮得锃亮锃青的，鼻梁上架着的一副金色眼镜，使他显得粗犷中有几分书生气。

瞧瞧赵构成，平时邋里邋遢的他，今天却进行了一番整理。平时从未见他戴过眼镜，今天竟然戴了一副大墨镜，与他稚气的脸十分不相称。

从穿衣上看，最简单的要算共周思了，蓝色的牛仔裤，黑色的棉布衬衫，衬衫上有隐约可见的线条。他今天戴了一顶遮阳帽，帽子下面有一张圆形的脸，那双眼睛，让人感觉到他的不平凡。

这些年轻人，男的背大包，女的背小包，在一个身材虽不高大但很结实的年轻村民的带领下，向山里进发。

一路上，共周思他们将采集的每一块岩石都标上年月日及地理位置的标签。

"思思，这里有块石头，好像比较特别，你看要不要算个样品。"灵心说。

共周思跑过去，拿过褐红色的石头看了看，敲了一小块下来，贴上标签后放进小塑料袋装好。

"思思，这棵树很坚硬，是不是可以取些样带回？"朗声丽说。

共周思跑过来，用刀切了一小段树枝，仍然贴好标签放进小塑料袋里。

"思思，这个土的颜色怎么呈绿色，要不要取样？"汪行知说。

共周思又跑到汪行知那里，取了一些绿色土壤，贴好标签，放到小塑料袋里。

第十三章　寻找有生命的材料

他们边走边看，发现有些异样的物质就取样贴上标签。不知不觉中，他们已经走了五六个小时。共周思发现灵心很累，也很困，便对向导打着手势要求休息一下。那小伙子向导点了点头。十来分钟后，向导将共周思他们带到了一个大草坪。

一见到绿茵茵的大草坪，汪行知他们将旅行包往草坪一丢，身子随即往草坪一滚，大叫一声："太美啦！"

这个草坪确实很大，足有四五个足球场那么大。共周思和灵心他们也在草地上坐下来。共周思见朗声丽很困，便打开帐篷，对朗声丽说："你先和灵心到帐篷里休息一下吧。"

朗声丽答应着，便扶灵心到帐篷里休息。灵心也确实太累、太困了，便跟朗声丽进了帐篷，躺了下来。朗声丽将帐篷的拉链拉上。共周思拿出一块很大的塑料布铺在地上，将一路上采摘的野果和装着高能食品的盒子，还有舒玉婷、朗声丽她们摘的各色小花放在塑料布上，对大家说："大家是不是饿了、累了？现在可以吃了。"

看到草地上突然出现了高能食品，饥饿的赵构成将衣服抛到了空中，跑过去抓起一块扔进了嘴里。

汪行知也迫不及待地跑到塑料布前，拿起一瓶矿泉水，倒在草地上就势一滚，躺在地上，将一瓶矿泉水全部喝光。

舒玉婷快步走到朗声丽那里，拿起一个红色的食品盒打开，吃了起来。

朗声丽从舒玉婷的食品盒里拿出饼干，打开包装，慢慢地吃起来。她见共周思还在灵心睡的帐篷四周边看边将帐篷整理好，便对共周思说："思思，你也过来吃一点吧。"

"你们先吃，我看看这帐篷是不是放严实了，以免蚂蚁之类的虫子跑进帐篷里。"

共周思是最后吃的一个。吃完后，他和朗声丽一起将没有吃完的高能食品放进旅行包里。

共周思走到灵心她们睡的帐篷旁，沿着帐篷又检查了一圈，看有没有什么地方能爬进虫子之类的。离开帐篷前，他对朗声丽说："丽丽，我们一起走走可以吗？"

朗声丽点了点头，便跟着共周思向树林走去。

他们来到草地和树林交界处的一棵倒在地上的树边，两个人坐在树干上。

"丽丽，我看你一直闷闷不乐，是不是有什么心思？可不可以跟我说说呢？"共周思说。

见共周思看出了自己的心思，朗声丽的脸上飘过一丝红晕。

"你是著名的歌唱家，还自愿将家里的亿万家财全部捐给灵心的慈善基金会，只身一人投入慈善事业中来，你真是一个了不起的人。"

见共周思当面夸自己，朗声丽有些不好意思。

"能谈谈你当时加入灵心慈善基金会的想法吗？"

当共周思问起为何将自己终身托付灵心的慈善事业，朗声丽不由得想起了赵康尔的临终嘱咐。她低下了头，眼泪止不住地流了下来。好一阵子，朗声丽的哭声才渐渐减弱。又过了一会儿，朗声丽才止住了哭声。她接过共周思递过来的纸币，擦去脸上和眼睛里的眼泪。共周思看着从痛苦中挣扎过来的朗声丽，不禁觉得眼前的这个小女孩让人敬佩和怜爱。

"思思，不好意思，让你见笑了。"朗声丽情绪恢复正常后说。

"没关系，是我不应该这么问你的。"共周思说。

"思思，可以说说你吗？"朗声丽对共周思说，"听婷婷说你是著名的科学家。"

"你别听她胡说八道。"共周思不想提自己的那些成果。

"听婷婷说，光你的专利价值就在百亿之上。"朗声丽的声音里明显含着敬佩之情，"思思，你已功成名就了，为什么还要去研发、探索，还要去吃苦受累？"

共周思听着朗声丽讲自己，就像自己讲她一样。共周思说："你不是也功成名就了吗？若论知名度，我是不能跟你比的，你的名字已经家喻户晓，全国没有几个不知道你的名字。你为什么还要舍弃荣誉、地位、金钱而到这里吃苦呢？"

两个年轻人相视一笑。

当两个年轻人正想进一步谈谈未来的时候，天空突然暗了下来。共周思和朗声丽抬头看了看天空，乌云不知道什么时候堆得厚厚的，风划过草地和树林呼呼作响。

"丽丽，天要下雨了，我们赶紧把帐篷撑起来。"共周思对朗声丽说。

"思思，丽丽，快要下雨了，快把帐篷撑起来。"汪行知他们大喊。

共周思和朗声丽跑过去，大家一起又撑起一个帐篷。灵心也被大家叫喊声惊醒，钻出帐篷，跟大家一起加固帐篷。帐篷加固完成后，共周思他们三个男的钻进一个帐篷，灵心她们三个女的钻进另一个帐篷。

共周思他们刚钻进帐篷，大滴的雨夹着风，风带着雨就落了下来。雨滴开始还比较稀落，紧接着雨滴越来越密，雨越下越大，砸在地上"噼啪"作响。天越来越暗，雨越下越大，风也越来越急。呼啸的山风夹着冰雹似的雨打在地面上发出"哗哗"的声音，鬼哭般的风声听起来有些恐怖。没多久，草地上积满了水，共周思感觉到帐篷有些晃动，似乎要被刮走。他急忙钻出帐篷，露出头看了一眼灵心她们的帐篷，发现拉紧帐篷的木桩有些松动。他立即找来榔头，钻出帐篷，跑向灵心她们的帐篷，用榔头加固拉着帐篷绳子的木桩。他刚将这个木桩固定好，另一个木桩又有些松动。他一个个地轮番加固松动的木桩。但由于风雨过大，帐篷始终像要被刮走似的。他在忙着加固灵心她们的帐篷，忘记了他们自己的帐篷也要被风刮走了。他大声叫喊汪行知他们，但他的声音立即就被风雨声卷走了。共周思浑身已湿透，他跑到自己的住的帐篷那里，抡起榔头狠狠地砸向木桩，不一会儿，也许在帐篷里的人感觉到有些不对劲，都跑了出来。看到摇摇晃晃的木桩，他们拿起支撑帐篷的绳子，紧紧地拽住。

"成成，你快到灵心那里去，她们的帐篷快要被风刮走了。"共周思叫喊着，他拉紧绳子，将绳子绕了木桩几圈，又用榔头将木桩砸进地里很多。他跑到灵心的帐篷那里，抓起将要被拔起的绳子，紧紧地拉住。这时，灵心她们三个也钻出了帐篷。她们见状，立即加入拉紧帐篷绳子的行列。

"灵灵，你到我这里来。"共周思说。他觉得自己拉这根绳子不用太大的劲，灵心住的帐篷那边的风更大，他要到灵心那里去。

就这样，他们六个人，一个个顶着狂风暴雨，尽管狂风像鬼哭狼嚎般地要把他们吹倒卷走，尽管冰雹般的雨滴砸在他们身上很冷很痛，但他们没有退缩，毫无惧色，顽强地站在那里，拉着绳子，岿然不动。

天上的乌云还在翻滚，风还在疯狂，雨还在肆虐，草地上的积水在向上涨，帐篷也慢慢地浮了起来。他们拉绳子的手感觉到阻力越来越大，雨水倾盆似的往他们身上泼，冰冷的雨水冻得他们不停地颤抖，但他们一动不动地挺立在那里，那拉绳子的手已被勒出了血，痛得钻心，他们全然不顾。

山里的风雨来得快，去得也快。但今天这场风雨时间却不短。共周思他们在狂风暴雨中挺立了足足十多分钟。老天仿佛是要考验他们的意志似的，见目的没有达到，不得不收敛，风和雨才渐渐地小了下来。不知共周思、灵心他们是冻僵了还是已经失去了知觉，当风雨停下足足一两分钟之后，他们才倒在了草地上。又过一会儿，他们才从草地上爬起来。

"灵灵，你们没事吧？"共周思首先从地上站起来，他看到草地上有淡红的水，说，你们哪位流血了？他跑到灵心那里拿起她的手，发现她的双手有道深深的勒痕，血还在从肉里往外渗，一点点地往草地上滴。共周思大声叫："汪行知，赶快用止血药给灵心包扎。"

共周思跑到朗声丽跟前，查看她的双手，发现她的双手也在流血。他又跑到舒玉婷那里，她的手和灵心的一样渗血。

"知知，快给她们包扎。"共周思说。

汪行知以最快的速度给她们包扎完。共周思对她们说："丽丽，你带灵灵、婷婷到我们刚才坐过的地方休息一下。"

"不用，我没事，丽丽、婷婷，你们去休息吧。"灵心说完就动手整理帐篷，共周思赶紧拉住她，不让她动手。这时共周思才发现，她们全身湿透了，衬衣还贴着肉呢。共周思说："赵构成、汪行知，赶紧打开帐篷，找出她们的旅行包，让她们换衣服。"

赵构成找到了她们三人的旅行包。她们从旅行包里拿出衣服向树林那边走去。

她们三人换好衣服后从树林中走出来，并没有按照共周思的要求坐在那里休息，尽管她们很累很困。她们仍然回到帐篷那里和共周思他们一起将帐篷收好，放到旅行包里。

他们各自如来时一样整理好各自的包，背在身上，准备出发。可是这时，他们没有看到向导。他们相互看了一眼，共周思说："我们怎么把他给忘了？"他们站在那里叫喊着向导的名字，没多少时间，向导从树林那边走了出来。

经过刚才与暴风雨的那场战斗，灵心他们一个个筋疲力尽。尤其是灵心，三天三夜，就睡了几个小时。她走在路上，摇摇晃晃，眼皮总在打架。共周思见状，便和向导说找一个地方休息一下，向导说就在不远处有一座寺庙，大家可以在那里休息一下。

穿过一片小树林，他们来到一座古刹前。共周思他们爬了几百级台阶，灵心几乎是被共周思架着爬完台阶的。他们爬完台阶，来到寺庙的门前，抬头一看，只见寺庙的门匾上写着三个大字"普渡寺"。这是一个古老的木结构建筑，不知经历了多少个年头，"普渡寺"三个字已经残缺不全，模糊不清，要仔细辨认才能认出来。寺庙的门板也已经陈旧不堪，两边对联上的字也已经脱落。共周思他们走到里面，看到了一个雕像，好像是一尊观音像。整座雕像斑驳不堪，身子和头上的颜色已经掉了三分之二，露出里面的泥土。在观音像两边，东倒西歪地竖着几个雕像，缺胳膊少腿的。屋梁上的浮雕也几乎全部剥落了。他们没有心思去欣赏这破败的古刹。灵心她们三人顾不了地上干不干净，将身上的行李包往地上一丢，找一个可靠背的墙就睡了过去。

　　他们都睡了，共周思很想睡，因为他也很困很困，但他不能睡。他看见灵心她们倒在墙边，这样睡很不舒服，而且地和墙很凉，容易生病。他从旅行包里取出塑料布，找到一块较大的空地，用树枝扫去地上的尘土，将塑料布铺在地上，在塑料布上垫上毯子。他先抱起灵心将她放在了毯子上，然后将朗声丽、舒玉婷一个个抱到灵心的旁边躺着。她们一个个沉睡不醒。共周思又将自己和他们的毯子盖到了她们身上。安顿好她们三人，见汪行知和赵构成坐在那里也睡得正香，共周思也找了一个地方坐下睡了过去。但他刚一入睡，便觉不对，在这个荒郊野外他们都睡了，万一个有什么事，很不安全。他起身找一个可以看到他们睡觉的地方坐下。他强忍着睡意，不让自己睡过去。他发现，如果自己这样坐着，用不了多久肯定也会睡过去。他站起来，在他们周围走来走去，如果实在困了，就用指甲狠狠地掐大腿上的肉，一直掐到很痛很痛。这样还不行，他走到寺庙外面吹冷风，呼吸冷空气。还不行，他就原地跑步，跳跃。他不断地折腾自己，目的就是不让自己睡去，可以看到他们安全地睡觉。这样熬夜，共周思感觉时间过得很慢很慢，但再慢的时间也要过。不知不觉中，东方已泛起了鱼肚白，慢慢地，太阳开始升了起来。共周思看看他们，他们睡得正香。他估计短时间内他们是不会醒的。他走到灵心她们那里，给她们整理好盖在她们身上的毯子，又到汪行知和赵构成他们两个人睡的地方，给他们整理好盖在身上的毯子。

　　共周思这时已是困乏到极限了，他用目光检查了他们一遍，便坐在寺庙的门槛上，靠着门柱睡了过去。

太阳已经升到了头顶，阳光穿过破旧的门缝和屋顶瓦与瓦之间的空隙照射到寺庙里的雕像上，也照射到灵心她们的脸上。灵心睁开眼睛，阳光刺得晃眼，她把眼皮紧闭了好一会儿，把头侧向一边后慢慢将眼皮松开。她发现，天已大亮。她腾地从地上跃了起来。她四周望望，看到自己是在一座破庙里，再低头看看，朗声丽和舒玉婷还躺睡在地上，还有汪行知、赵构成也睡在地上的毯子上。她晃了晃头，手掌狠狠地拍拍额头，想想这是怎么一回事。她好不容易才想起了昨天的事，记得昨天自己是坐在地上睡去的，怎么现在睡在了毯子上，身上还盖着毯子。她心里问：这是怎么一回事？

"灵灵，我们现在是在哪里？"这时朗声丽和舒玉婷也醒了，她们坐在毯子上问。

"我们是在一个破庙里。但我们是怎么睡到毯子上的，我也不知道。"灵心说。她见朗声丽和舒玉婷都在用手揉眼睛。灵心将垫在塑料布上和盖在她们身上的毯子折好后，和朗声丽、舒玉婷往门外走去。当她们走到门口，发现共周思坐在门槛上，背靠门柱，双脚挡住了门。这睡觉的架势分明是告诉人们，他在站岗，就是在睡觉也不忘保卫着他们。灵心感动地望着共周思，她可以肯定，昨晚是他将毯子铺好让她们睡的；可以肯定，他一个晚上都没有睡，在保护着大家；可以肯定，共周思是天亮了才靠在门柱上睡去的，就是在睡觉时，他的心里还在关心着大家。

"丽丽，我们把思思抬到我们刚才睡的地方去吧。"灵心说。

"好的。"朗声丽回答。

"等等，刚才我们已经把毯子收起来了，我去把它们铺好。"舒玉婷，她跑到里面，一会儿说，"好了。"

灵心她们把共周思抬到她们三个人刚才睡的地方，给共周思盖好毯子，共周思发出了轻微的呼噜声。

"丽丽，我们已经快十多个小时没有吃东西了，趁他们还在睡觉，我们来准备野炊好不好。"灵心说。

"好啊，每天吃高能饼呀糕呀的，都吃腻了。"朗声丽自从在共周思那里大哭了一场以后，心情有些好转。

"婷婷，我们走吧。"灵心走在前面，朗声丽和舒玉婷随着她们走出寺庙。灵心举头望了望天，见太阳已经开始西沉了。

首先，她们要捡柴火。

灵心她们一边捡柴火，一边谈话。

"婷婷，你是学什么的？"灵心问。

"我是学服装设计的。"舒玉婷回答。

"搞服装设计怎么到思思的研究所了？"

"当时是被他们中心实验室震惊，一激动就跑过去了。"舒玉婷回答。

"什么样的实验室让你那么震撼？"

"回去以后让思思带你去看看。"

"好呀好呀，一定要去看看。"灵心高兴地说，然后又问，"你现在干什么工作呢？"

"我现在的工作是研究工艺设计。"舒玉婷说。

"工艺设计具体是做什么的？"灵心和朗声丽当然不大懂工艺设计。

"就是我们搞科学研究之前，都要设计具体的研究路径。比如说，我们设定了目标，但如何实现这个目标，有很多途径，我的任务就是设计出最快捷又省时、省力、省钱的路径。"舒玉婷说。

"搞服装设计转到科学研究设计，这个跨度太大了，婷婷，你了不起。"朗声丽说。

"这要感谢我们的所长思思。"舒玉婷说。

"他对你们很严吗？"灵心问。

"工作的时候很严格，工作之外就像一个大哥哥。"

"你们其他人也是像你那样被共周思挖过来的吧？"

"是的，汪行知是一个外科医生。"舒玉婷说。

"外科医生怎么做科学研究呢？"朗声丽说。

"因为共周思认为，世界上没有什么比人体结构更复杂的了。如果研究材料像研究人一样，将物质赋予生命和智慧，那这个材料就完美了。"

"材料有生命，有智慧，有感情，这想象挺大胆的啊！"灵心抱着一大堆树枝和朗声丽一起往回走，"你们开发出人工智能材料了吗？"

"正在研究呢。"舒玉婷回答。

"成成呢，他原来是学什么的？"朗声丽问。

"他是打游戏的顶级高手。"舒玉婷回答。

"打游戏的人也搞科研？"

"共周思认为游戏高手的思维反应肯定比平常人快，思思让他做网络搜索专家，搜索全世界的信息，包括突破别人认为不可以攻破的防护系统，建立自己牢不可破的防火墙。"舒玉婷边走边说。

"他攻破过别人的防护系统吗？"朗声丽问。

"到现在为止，还没有他打不开的防护系统。"舒玉婷说。

"成成他还有一个特别的绝招，做大数据分析。"舒玉婷又说。

"大数据我们也在用。比如说人们可以用数据分析流行病在哪里发生，提前进行防治。"灵心说。

"是的，我们用大数据对项目的可行性进行研究、调查和分析，看看市场的反应。"舒玉婷说。

"你们三个人来研究所之前，已经是功成名就了。也就是说，思思将一群身怀绝技的人聚集在了一起，真不简单。"灵心对共周思的好感又加深了许多。

"我们思思，他太能打动人了，尤其是他的诚恳，没有人不感动的。"舒玉婷说。

听完关于共周思的故事，共周思在灵心和朗声丽心目中的形象高大了起来。

"你们的思思真是好厉害。"灵心说。

"他不是用厉害两个字可以形容的。他是一个天才，他的脑子比正常人快十倍。一般人举一反三很不容易，但他可以举一反五反十，而且这个过程他可以描绘得一清二楚。"

"真是一个天才！"灵心和朗声丽同声说。

她们只顾着说话，不知不觉把时间忘记了。等她们回到寺庙时，共周思他们已经醒来，行李也已整理完毕，在等着她们呢。

第十四章　深山古刹前的抒怀

共周思见灵心她们一人抱着一捆树枝，赶紧跑过去将她们手上的树枝接过来放在地上，他说："灵心，我们现在是不是出发继续走？"

灵心拍去身上的树叶说："你们还没有吃饭吧，我们三个女同胞给你们做饭，吃了饭再说。"

"我们有高能食品，不需要做饭。"

"今天我们换换口味，我们一起野炊。怎么样，思思？"灵心说。

共周思听说野炊，看了看古刹，高兴地说："我们今天野炊，大家开心开心。"

一群年轻人动手野炊起来。

他们在寺庙前面一块空地上架起了柴堆，他们找来几根铁棍，又从寺庙角落找到一个陶罐。灵心和共周思从寺庙里面搬出一张两条腿的桌子，共周思找了两根树干当桌腿，将桌子固定好。

"哥们，我们是不是还缺点野味？"汪行知说，"我们去碰碰运气。"

"我们赤手空拳的，怎么找野味？"赵构成说。

"告诉你一个秘密，我有小手术刀，而且我的飞刀技术百步穿杨。"

汪行知有些得意地说。

"行，我今天看看你的本事。"赵构成说。

"水呢，这里哪有水？"共周思说。他突然觉得水的问题要解决。共周思说："知知、成成，你们去找找野味，但要注意安全，不要跑远了，半小时以后要回来。"

共周思抱着一堆树枝对舒玉婷说："婷婷、丽丽，你们负责生火。"

"思思，我们到哪里去找水呢？"灵心问。

"这里有寺庙，说明这里从前住过人，这周边应该有水源。"灵心觉得共周思说得有道理，"我们就沿着寺庙四周去找找。"

共周思给灵心一根木棍，说："灵灵，我们用木棍扒去地上的枯枝烂叶和浮土，看看有没有隐藏的水源。"他说完就用棍子刨起来。

灵心也学他的样子，用木棍刨地，不一会儿，灵心对共周思说："思思，你认为我们可以找到有用的矿藏吗？"

"我认为这里肯定蕴藏着丰富的宝藏。我一路上观察了，这里岩石和树木的硬度，与普通的岩石和树木不同。"共周思一边刨地一边回答灵心提出的问题。

有宝藏，这里的村民就可以脱贫了，也就没有那么多孤儿和病人了。灵心想。

共周思说："这里有些奇特的现象，但是不是具有开采价值，还有待于进一步勘查，做一定的测试分析后才能确定。"

"听我爸爸说，他的公司可以搞检测的。"灵心说。

"你爸爸是霞光公司董事长灵剑柔？"共周思问。

"是啊，你怎么知道？"

"你姓灵，霞光公司董事长也姓灵，两个都姓灵。听说灵剑柔先生有一个了不起的女儿，我猜灵剑柔应该就是你爸爸啰。"共周思说，"霞光公司是一家非常棒的公司。"

"听说灵剑柔的女儿是他唯一的继承人，那应该就是你啦。"共周思说。

"我不知道自己是什么继承人。我爸是我爸,我是我。我的慈善基金会没有一分钱是我爸的。"灵心不喜欢人家把她和她爸爸挂钩。她创立慈善基金会的每一笔款都是自己赚的和募捐来的。

灵心是拥有亿万资产的继承人,可她却在这里为救助孤儿舍生忘死。共周思不由得多看了灵心几眼,敬佩灵心有一颗伟大而善良的心。

"思思,这里有一口井。"灵心用木棍指着刚刨开的地上的一个圆井说。

共周思跑过去一看,果然是一口井,井上面还盖着一块木板。共周思打开木板,伸头往井里一看,井里果然有水。

共周思找来一个到处漏水的木桶,将木桶修好,用木桶装来了水。朗声丽将井水倒入陶罐里。舒玉婷点上火,不一会儿,火就越来越大。当架在三根铁棍上的陶罐里的水沸腾时,朗声丽往里面加野菜,赵构成突然出现说:"美女,请等等。"赵构成和汪行知一人手里拎着一只山鸡跑过来说,"美女,先将这山鸡炖了。"

共周思对赵构成说:"你们还真行。"

要是在基金会,灵心是决不允许杀生的。今天是共周思他们,她无法制止。但她还是眉毛紧锁跑到寺庙里去了。

共周思发现不对头,赶忙问朗声丽:"灵灵好像不太高兴,是怎么一回事?"

"我们的灵灵从不杀生,也从不看杀生。"朗声丽说。

听朗声丽这么讲,共周思对赵构成、汪行知说:"你们赶紧把这两只山鸡放了。"

赵构成和汪行知面面相觑,看了看手中两只还没有死的山鸡,十分不情愿地返回到林子里,放了两只幸运的山鸡。

共周思和赵构成他们俩的对话,灵心都听到了。她从庙里出来,对共周思轻轻说了一声"谢谢"。

桌上的菜从一碗慢慢地增加到四碗。最后共周思把煮菜的陶罐放到了桌上。也许是快一天没有吃东西，汪行知他们肚子早就饿得前肚贴后背了，闻到陶罐里飘出来的香味，早就按捺不住，拿着不知从哪里弄来的破陶碗，就要吃。

"等等，我们今天是不是要喝二盅。"共周思说。

"哪来的酒？"汪行知说。

"我们用水代酒怎么样。"他转头对灵心说，"你认为行不行？"

"行啊。"灵心高兴地回答。

他们不知从哪里弄来了六只破陶碗，也许这里原来住过人，因此还有些生活用具留了下来。

共周思、灵心他们围着桌子坐下。共周思站了起来，举起破陶碗，对灵心他们说："各位，为我们第一次野餐干杯。"

他们齐声说干杯，六只碗碰在了一起。

六个人一口喝完了破陶碗里的水，便将陶罐里面的汤倒到碗里。

"等等，思思，我来。"灵心将一次性塑料盘子放到桌子上，将桌子上的菜均匀地分到每个盘子里。她将盛满菜的盘子端到每个人的面前。

当大家端起盘子正准备吃的时候，汪行知突然一只脚跨在凳子上说："慢，请大家先不要吃。"

汪行知的这一举动，让大家有点吃惊，不知他要干什么。

"我们这是第一次野炊，又是在这个古刹前，要举行一些活动以作纪念。"

"怎么纪念？"赵构成问。

"每个人表演一个节目。"汪行知说。

每个人表演一个节目？在这破烂不堪的寺庙前，怎么表演节目？大家的表情有些为难。

汪行知见他的提议没有得到响应，便自告奋勇地说："我先来。"他离开桌子，东找西找，找到一根很粗的树苑，先用匕首削，用他那手术刀雕刻起来。随着汪行知手上的手术刀飞快运转，树蔸慢慢变成了一个人头形象。渐渐地，他用嘴吹掉树蔸上的木屑，用衣袖擦了擦人像的脸。不多一会儿工夫，汪行知将树蔸雕成的小人放在了桌上。大家惊奇地看着桌上的雕像，雕像分明是一位老农，那老农脸上微笑着展现出缕缕皱纹，深刻、坚毅而沧桑。人像塑造得栩栩如生，简直可以说是艺术品了。

"我已经出了一个节目，下面谁表演？"汪行知站在凳子上，用手指着每一个人说。汪行知认为他的提议会没有人响应，没想到在座的人都齐声大叫："我来。"这大大出乎汪行知的意料，他用手指着共周思说："你上。"

"我来表演武术。"共周思一个箭步跨到空旷的地方，双脚并拢，双手抱拳，突然一个大鹏展翅，双脚跨出一个马步，紧接着一个虎跃。突然，"啪啪"两声响，随即"吼吼"两声震人耳膜，在这个寂静的山林之中格外响亮。共周思的双拳出击的频率越来越快，力度也越来越大，步伐也随着双拳的出击而坚定有力。拳带着风，风夹着拳。地上的树叶和一旁的树枝都随着共周思的拳、腿和身体一起旋转，就是站在一旁的灵心都感觉到"呼呼"的风声从身边刮过。共周思的身姿，一会儿像蛟龙出海，一会儿像猛虎下山，一会儿像行云流水，一会儿像暴风骤雨，一会儿像松树一样挺拔，一会儿像风吹杨柳，婀娜多姿。共周思的表演看得灵心陶醉了。疾风骤雨般的拳、脚之后，随着"噼啪"两声响，共周思潇洒自如地收回他的双拳和双腿，双脚并立，双掌合起。他向大家鞠了一个躬，回到他刚才坐的地方。大家屏住呼吸，共周思回到座位后，大家才反应来，随即，大家拼命地鼓起掌。

掌声一停，舒玉婷跑了出来，她左手拿着一张大白纸，右手拿着一块板子。她走到桌子旁边，用两张凳子将板子固定住，挽起双袖，用笔在白纸上画了起来。舒玉婷一会儿用笔在白纸上飞快地画着，一会儿站在离桌不远的地方端详一阵子，在白纸上画一阵子，又站在每个人跟前端详一阵子。也就是一根烟的工夫，一幅素描画就展现在大家的面前。只见画上，在树木的掩映下，一张加固了两条腿的桌子上，放着六个塑料盘子，桌子中央放着陶罐，陶罐上还冒着热气。桌子边一堆正在燃烧的树枝还冒着烟。桌子四周，共周思他们有的站在凳子上，有的坐在凳子上，有的正弯腰从陶罐里舀出汤，有的正拿着筷子准备端盘子。连刚才共周思的表演都被画进去了。还有桌子后面的寺庙，寺庙上写着"普渡寺"三个字的门匾都在画里。

"婷婷，那个站着的是不是我？"汪行知指着画上那个站在凳子上的人问，"我有那么丑吗？"

"你有画上的长得好吗？"赵构成开玩笑地说。

"我看舒玉婷就是有偏心，那个正在舀汤的人是不是你？"汪行知说。

"是又怎么样？"赵构成说。

"怎么现实中的你比画里的还要难看。"汪行知呵呵地说，那个神情，好像是在开玩笑又不像开玩笑。

"喂喂，婷婷，灵灵、丽丽两位大美女呢？你怎么只画出她们的侧像，还有共周思的武术表演也是侧影。"汪行知似乎在责怪舒玉婷，停顿了一下又说，"还有一位大美女呢？你自己呢？画上怎么没有？"

舒玉婷走到画边，就一会儿工夫，舒玉婷就站在了画里。

"一幅很有意义的写生画。"共周思说，"可以收藏。这幅画记录了我们探索自然科学的情景。多年以后当我们看到这幅画，会想到今天的日子。"

"知知不要到处找我，不就是表演节目嘛！"赵构成站在凳子上，将一个像金属似的东西放进嘴里，说，"你们大家听着，我现在表演口技，先提醒你们不要感动得尿裤子，或者激动得爬到桌子底下去。"

"你别吹牛吧。"汪行知说。

首先，大家听到的是公鸡的打鸣声，与此同时是人们睡觉的打鼾声。一段时间后，大家又听到了狗的"汪汪"声，早起人的脚步声，做早饭时锅、碗、勺的碰撞声，鸭、鹅"呱呱"的叫声，新的一天就要开始了。牛的"哞哞"声和牧童的吆喝声响了起来，树林里的鸟儿也叫了起来，清脆的声音十分悦耳。

赵构成的口技表演，将大家带到了一个古老山村的早晨，仿佛欣赏到宁静而繁忙的乡村生活。共周思他们听得很认真。赵构成表演完，大家不由得鼓起了掌。

第十五章　发现特种树枝

"我也来表演一个节目吧。"朗声丽拿了一大堆五颜六色的纸，她清楚，如果自己不主动表演节目，这些人非叫她唱歌不可。

朗声丽用她那双巧手，飞快地折成一个个千纸鹤。看到朗声丽一脸严肃和认真的样子，汪行知也没有说什么。本想说"这也叫节目表演，唱首歌多好"，但话到嘴边又咽了回去。折千纸鹤，很多人都会，不需要什么特技。但像朗声丽折得这么快、这么好，他们还真没有看到过。汪行知见状，也学着朗声丽那样折了起来，其他几个见汪行知折，也一起折了起来。当然，这些人加在一起都没有朗声丽折得快、折得好。不一会儿，朗声丽拿出来的纸便折完了，大家看到桌上一堆的千纸鹤，粗略地数了一下，有三百多个。

"灵灵，我们一起把它们挂到树上去怎么样？"朗声丽说。

"好啊。"灵心说。

他们找来一个盘子似的东西，将千纸鹤轻轻地放进盘子里。

"你们把那些东西拿过来。"汪行知和赵构成已经爬到寺庙前的一棵大树上。

"别急，这里的线还没穿好呢。"共周思和灵心他们还在给千纸鹤穿线。

他们将几百个五颜六色的千纸鹤挂满了树梢，在山风中飘动的各种颜色的千纸鹤，给这死气沉沉的古刹平添了许多生气和活力，也给这人迹罕至的山野增添了一道独特的风景。

"这么多千纸鹤，象征着什么？"共周思对朗声丽说。

"这象征着和平和友爱。"朗声丽想了想说。

"你说得对，象征着和平和友爱。"共周思点了点头加重语气说，"有象征意义。"

剩下最后一个就是灵心的表演了。大家齐刷刷地将目光投向了灵心。灵心将桌子和凳子搬到一边，大家忙动手移桌子和凳子。灵心用眼光征求朗声丽的意见，朗声丽说："来一段民族舞吧。"

"行，跳一段《梁祝》。这个曲子虽然古老，但大家都会。"共周思说。

共周思的语音刚落，灵心在空中跃起一个一字形跨步，随即，大家唱起的《梁祝》的序曲。灵心的双脚一落地，马上用脚尖轻轻地走起了碎步，好像和煦的春风里花儿在盛开，蝴蝶在展翅，鸟儿在歌唱，大自然一片生机。这时，灵心的身子跃起，两脚腾起在空中劈开，身体旋转了三圈后又跃起，双手叉腰后又旋转720度，挺胸昂首，整个身体跃向空中，仿佛告诉人们，梁山伯和祝英台是在向往着爱情，向往着美好的未来。不一会儿灵心用坚定有力的双脚大跨度地跃步之后，突然整个身体随着轻盈的碎步移动，给人感觉到梁山伯和祝英台两人沉浸在爱情的甜蜜之中。紧接着，灵心跨脚，减少腰肢的摇动幅度，仿佛是在告诉人们，梁山伯和祝英台这对天真烂漫的恋人，在春暖花开的日子里，在明媚的阳光中散步。灵心调整身姿弯曲的角度和幅度，减慢了身姿运动的速度。她告诉人们，梁山伯和祝英台在亲密地一起读书。灵心时而跃起，时而旋转，时而直腿慢走，时而快进，时而碎步轻盈。整个舞蹈流畅、潇洒、娴熟，展现出梁山伯和祝英台缠绵的柔情。她用美丽的身姿和肢体语言表达了梁山伯和祝英爱情的甜蜜、幸福、快乐和心心相印。整个森林一片寂静，就像被灵心的舞蹈陶醉了。他们是第一次看到这么高水平的舞蹈，虽然大家都知道灵心是国内一流的舞蹈家，但以前是听说，今日一见，她舞蹈的感染力和震撼力着实不凡。灵心跳完之后，共周思他们还沉浸在舞蹈表现出来的意境之中，沉浸在灵心用舞蹈表现的梁山伯与祝英台的爱情故事之中。

"哗……"虽然只有五个人的掌声，但声音却震天作响，在这山林的空中回荡。

"让我们共同表演一个节目，好不好？"共周思说。

"好，我同意！"汪行知和赵构成同声说。

"那让我们共同唱一首歌，行不行？"共周思说。

"行！"汪行知说。

"让我们大家一起唱一首《我的祖国》，怎么样？"共周思提议。

"好！"大家一起称好，就连不太吭声的朗声丽也随声附和。

共周思跳到桌子上自告奋勇做指挥，他挽起袖子举起右手，对大家说："我喊一、二、三，大家开始一齐唱。"他很兴奋，声音也提高了八度，"一、二、三，预备，唱。"

"一条大河，波浪宽。"大家一齐唱。虽然共周思他们引吭高歌，但朗声丽的声音无论从音高还是音域、音色，就是一千个共周思他们也是不能企及的。她的声音，有着人类最原始的清纯声色，是森林中的百灵，是高山里的清泉。她的声音的穿透力和张力将她的情感充满了整个森林，仿佛森林的鸟儿、鹿儿、兔儿、羊儿等等一切生灵都停住了脚步，聆听她的歌声。朗声丽的声音将大家带到自己美丽的家乡，大家仿佛看到了无垠的原野、随风波浪起伏的稻田，以及穿过村庄的河流和小溪。

随着朗声丽的歌声，灵心也翩翩起舞。

"这是伟大的祖国，是我成长的地方。"共周思随着歌曲的旋律和节奏挥动着他的双手，灵心纤柔的腰肢像大海中的波浪起状，抒发着她对祖国的热爱。

这场歌舞，在这个荒无人烟的原始森林中，表达了这几个年轻人对祖国的深情。当朗声丽唱完歌、灵心跳完舞的时候，整座森林屏住呼吸，很久很久……

天已慢慢地暗下来了。共周思们只顾表演，把野炊都忘记了。当他们重新摆好桌凳准备接着吃的时候，发现饭菜已经冷了。可是他们的心是热的，血在沸腾。除了朗声丽、灵心和舒玉婷，男士们一个个狼吞虎咽，一阵猛吃猛喝。三位女士虽然没有男士那样勇猛，但也很快填饱了肚子。

"丽丽，你的歌唱得太好了。"汪行知由衷地赞叹。听汪行知这么说，朗声丽的脸上浮起了一阵阵红晕。这是赵康尔去世后她第一次唱歌。她虽然热爱歌唱，但自从赵康尔去世后，只要一想起唱歌，她的脑海中就会浮现赵康尔的身影，悲痛便会袭扰全身。今天受到大家热情的感染，一时兴起便唱了，唱完以后，一种悲痛的感觉便涌上心头。

"灵灵的舞蹈感染力无与伦比。"汪行知他们说。

"各位，我们是继续前进，还是在这里再过一晚？"共周思问。

"继续前进！"大家一起说。

灵心把向导叫过来。每当共周思他们休息的时候，向导就独自一个人在别的地方躺着。向导听灵心他们说要夜行，便打了几个大火把。男士们高举着火把，背上行李便又出发了。

"思思，我们现在要去哪？"灵心问。

"我大约计算了一下，我们已经远离寺庙几十公里了。我建议以几十公里为半径进行勘查。知知、成成，你们说行吗？"共周思说。

"我认为应该这样，离村子太远，不利于开采。"舒玉婷说。

他们又开始一边走路，一边取样。他们一会儿开土，挖出一把土，做好记号，贴上标签；一会儿刨去树皮，用钻子钻出树屑，作好记录，贴上标签。他们一齐动手，一遍遍地重复着取样、贴标签的动作。他们哼着小曲，仿佛不是在这漆黑的森林里，而是在城市休闲的酒吧、咖啡厅喝着茶。

这群年轻人生气勃勃，热情满怀。此时已是深夜，气温骤降，寒气袭人，他们身上的恒温衣无法抵御这里的寒冷，只好穿上羽绒服，但仍然不能御寒。灵心心细，看到大家哆嗦着取样品，贴标签的手在发抖，就说："各位，我们停下来，进帐篷去吧。"共周思望了望天空，但天空已经被森林里挺拔茂密的树冠遮住了。他只看到四周漆黑。是应该休息了。

"行，大家休息吧。"可是当他们停下脚步，放下旅行包，准备支起帐篷的时候，发现这里的树木一棵紧挨着一棵，根本放不下帐篷。共周思说："要不大家坐下来，靠在树上休息一下。"

"那还不把人冻僵。"赵构成说。大家认为他说得有道理。

这怎么办呢，这样下去，就是不冻死也会冻病的。共周思一直留心着朗声丽和灵心，她们的嘴唇都发紫了。"对，我们生起篝火取暖。"共周思心里想，可是，这么密的树林，若点起篝火会引发火灾。怎么办呢？共周思举起火把，环顾四周，说："你们在原地休息，我去想想办法。"

共周思一人离开，到处找空地，可没有一个地方可以安放帐篷。找着找着，他发现空中树与树之间的空间可以放下帐篷。他想将帐篷架在空中。想到这，共周思心里一阵高兴。他返回原地，看到大家在跳跃着取暖，说："各位，我有办法了。"

听说有办法，大家自然高兴，便跟着共同思来到可以架起帐篷的地方。

"知知，我们来砍些树枝，搭个木架。"共周思说。

"行。"汪行知冷得说话的声音也听不太清楚了。

这时向导说："还是我来吧。"向导虽然也感觉很冷，但他已经习惯了这里的气候，对寒冷的抵抗力很强。他拿起带来的斧头就砍树枝，可是他发现树枝特别硬，刀砍在树枝上几乎砍不动。共周思见状，对向导说："你砍下一截作样品。"

共周思他们一起动手，由于寒冷，他们的动作比较缓慢，花了一段时间才搭起了一个木架，木架的四周是粗大的树。共周思他们又做了一个简易的楼梯，以便灵心她们三个女士能够爬上去。共周思他们将帐篷在木架上铺好，对灵心她们说："你们先上去休息吧。"

"你们呢？"灵心问。

"我们再搭一个。"共周思说。

"我们一起干吧。"

"不用，你们先休息。"共周思听到灵心她们牙齿冻得咯咯作响。

他们又用了一会儿工夫，搭起了另一个木架，支起了帐篷。共周思将灵心她们安置好，自己和汪行知、赵构成钻进了自己的帐篷。帐篷虽然不暖和，但他们三个人挤在一起，加上有羽绒被盖着，倒也不是很冷。

劳累了一整天，他们不一会儿就进入了梦乡。

年轻人一入睡，便一觉睡到不知道醒。共周思第一个醒来的时候，太阳已经射进了树林，一缕缕的阳光从树与树、枝与枝、叶与叶之间的间隙射进来，像是一排排光栅，穿过树干、树叶。整个森林显现出一片金黄色，蔚为壮观。共周思第一个钻出帐篷，第一眼看到这壮丽的景象时，喊道："太美了！大家快起来！"大家随共周思的喊叫声钻出帐篷，被眼前的奇观惊呆了。他们迅速地爬下简易楼梯，一个个张开双臂，大喊："太美了，大自然，我爱你！"仿佛是要拥抱这无尽的树木、阳光和清新的空气。他们有的拥抱着大树，有的抓起地上的树叶送到嘴唇边狠命地亲，有的甚至捧着阳光亲。他们陶醉了，几天的疲劳此时已经烟消云散。

美丽的景色总是让人流连忘返，共周思被千载难逢的景色深深地吸引，一时忘记了时间和饥饿。

"思思，我们今天不搬走了，行吗？"赵构成问。

"我赞成，这么美的景色，我舍不得走。"汪行知马上附和。灵心、朗声丽和舒玉婷嘴上不说，心里也想留下来，继续欣赏这人间美景。

共周思说："好，我们今晚就住在这里，明天早上我们一早就起来观看这里的日出。"

他们高兴地相互拥抱了一下。这时，他们也觉得肚子饿了。他赶紧取出高能食品和水，先填饱肚子。他们以昨晚住的地方为中心，向四周勘查。

共周思发现向导手里拿着的拐杖有些特别，便拿过来用手掂了掂，发觉还很轻，也很容易弯曲，韧性很好。再用指甲用力划了划，很硬。共周思心里一震，这不就是自己要找的材料吗？

"成成、婷婷，你们快过来。"汪行知、舒玉婷，还有灵心、朗声丽也跑了过来。

共周思将树枝递给他们，叫他们用手掂一掂，问大家是不是很轻。再叫大家弯一弯，问大家是不是不用很大的劲就可以将树枝弯曲。大家的回答都是"对的。"

"思思，这不是我们要寻找的材料吗。"汪行知说。

"真是踏破铁鞋无觅处，得来全不费功夫。"舒玉婷说。

"我们再找找，看看还有没这样的树枝和树。"共周思说。

灵心听说找到了一种奇特的材料，也很高兴，她问共周思："这材料可以做什么？"

"材料做什么用不重要，关键是这种材料在这里如何形成的。"

"知知，我们再找一找还有没有这样的树枝，更重要的是要对这里的土壤进行取样。"共周思对汪行知说。

"我们负责找又硬又轻又有韧性的树枝。"灵心和朗声丽说。

"我负责寻找这样的树。"舒玉婷说。

"叫成成跟你一起去吧。"共周思说。

"我取土吧，树是离不开土壤的。"汪行知说。

"好的，大家分头行动吧。"共周思说道。

大家把旅行包从帐篷里拿下来。这时，气温慢慢地暖和起来，他们脱了羽绒外套，开始各自的寻找。

"向导，你昨天发现这树枝是在哪儿？"共周思比画着问。

向导将他和汪行知带到离帐篷五十米左右的地方，指着有一小堆枯枝的地方比画着对共周思说："就在那里。"

共周思和汪行知从中拿起一段枯枝，发现这一堆枯枝与普通的树枝没什么区别。

共周思说："大家仔细找，估计就在附近，有像铁一般硬的树枝，就一定会有这种性能的树。"

"知知，回去后我们好好对这里的土壤地进行分析。"共周思说。

"我也是这样想的。环境对植物的生长、结构都非常重要。"

"我们尽量给土壤的取样密度加大一点。"

第十六章　结下生死之谊

就这样，他们一连几天对土壤、树木、环境及黑乎乎的岩石进行取样。饿了吃点高能食品，渴了喝点带来的矿泉水，困了就坐在地上休息一下打个盹。

这天，当他们经过两天两夜的酷热，身上的汗已流干，带来的水已喝光时，突然发现了一个湖。他们使出全身的力气奔向湖边，放眼往前看，是个很大很大的湖，望不到边。汪行知、赵构成不顾一切就要往湖里扑。

"等等，成成，看看水的情况再说。"共周思用手试了水的温度，说，"各位，湖水还行，大家可以到湖里洗一洗。"

听共周思说可以，酷爱游泳的汪行知、赵构成立即扑到了湖里。灵心是游泳健将，朗声丽从小在山村长大，喜欢戏水，只有舒玉婷游泳不太行。

"大家不要游泳，水里面的情况我们都不了解，洗洗就行了。"共周思提醒道。

"是的，安全第一。"灵心说。

这些年轻人一到水里，便显出了年轻人的本性，将共周思和灵心的劝告抛到九霄云外。他们一到湖里，稍稍热了一下身，便展开双手，蹬开双腿，向湖中心游去，不管共周思和灵心如何阻止。"喂，丽丽，不要游了。"灵心拼命地喊，可正游向湖中心的朗声丽完全没有听到。

　　"喂，知知、成成，你们回来，不要游了。"共周思也拼命地喊，他们俩也好像全然没有听到。

　　共周思和灵心见状，不得已，他们对舒玉婷说："你哪里也不要去，待在这里。"两人便也向湖里游去，想把他们追回来。可是他们见共周思和灵心游上来了，以为是想和他们比赛，便加快速度向湖中心游去。这倒成了一种你追我赶的局面，结果是他们离岸边越来越远，离湖中心越来越近了。双方谁都没有停下来的意思。共周思想，这种局面如果继续下去，将非常危险。他对灵心说："灵心，你不要游了，原地不动，或慢慢向回游。我潜泳到他们那里去，把他们截回来。"

　　"是个好主意，我不动，丽丽他们也不会往中心游。而共周思潜游，他们不会发觉。当他们不注意的时候，共周思已经游到了他们的前面，就可以把他们截回来。"灵心想。

　　当朗声丽看到灵心在慢慢地往回游，就停了下来。汪行知和赵构成见朗声丽慢下去，也慢了下来。就这么一会儿，共周思出现在了他们中间，只听他高声大喊："你们不要玩了。"共周思一边踩着水，稳定住身子，一边说，"你看看，你们已经离岸边多少距离了吗？我看至少有两千米。"

　　汪行知他们三个的心"咯噔"了一下，两千米，这样来回就要四千米啊。他们听从共周思的指挥，掉头往回游。

　　开始，他们的速度还比较快，但当他们赶上灵心后，速度开始慢了下来。共周思游在最后。他发现灵心的速度慢了下来，接着朗声丽、汪行知、赵构成的速度也渐渐地慢了下来。这证明，他们的体力已经有所不支。共周思很担心。他一会儿游到灵心身边对她说："慢点游，马上就要到岸了。"一会儿游到朗声丽的身边,对她说:"慢点游,节省一点力气,岸边马上就要到了。"他一会儿游到汪行知和赵构成的身边,鼓励他们说:"你们是男子汉,不能输给两个姑娘。"随着时间的推移,他们之间的距离在拉大。共周思殿后,他看见朗声丽在后面,就游到朗声丽身边,拉着她带她游,减轻她的体力消耗。他见赵构成落在了最后,便抓住赵构成的手,牵着他游。如此,共周思来回奔忙。然而,几个年轻人这几天体力消耗太大,加上刚才又是一阵猛游,用力过猛,加快了体力的消耗。灵心也明显感觉到自己的体力在快速地减弱,望望岸边,至少还有三四百米。她再望望朗声丽他们,他们好像体力不佳。再看共周思,只见他在他们之间来回带着他们游。随着他们速度的下降,危险性也在增加,虽然他们还在往回游,但游的速度越来越慢。首先是灵心,她发觉自己已经没有力气了,身子和脚不听自己的使唤,身子在往下沉。她叫了一声:"思思!"便没有了力气,听凭身子往湖里沉。

共周思一个猛子扎到了灵心的身边。他抓住她的双手,往上面猛地一拉,将她拉出了水面。他托起她的身子,快速地往岸边游去。大约游了一会儿,共周思又听到朗声丽喊他的名字,他一回头,发现朗声丽在水面上挣扎,身子在往下沉。他将灵心往前一推,说:"灵灵,你坚持一下,我去救朗声丽,马上回来。"他一个猛子扎到了朗声丽的身旁。他挎着朗声丽的双臂,迅速地冲出水面。朗声丽"哇"地吐出了一大口水。共周思挎着朗声丽,以最快的速度向岸边游去。共周思清醒地认识到,这时哪怕快一秒钟就有可能挽救一条人命。他自己也已经感觉到体力快不行了,刚才挖泉水挖出血的手经过湖水的浸泡,钻心地痛。

汪行知又在叫"思思,快来,快来"。共周思又赶到汪行知那里,挽着他的手,往岸边游。还没游到几分钟,灵心又不行了。共周思又游到灵心那里,托着她的下巴,使出全身的力气带着灵心就往岸边游。就这样,共周思来来回回十几次,救完了灵心,救朗声丽,救完了朗声丽又救灵心。他的体力已经到了极限。他本想大吸一口气,结果身体往下一沉,喝了一口水呛到肚子里。他本想竭力浮出水面，把朗声丽和灵心再带一段路，离岸边越近越好，可身体还是往下沉、往下沉。他感到生命即将终结了。可是，当他的双手摸到也在下沉的灵心和朗声丽时，他拼出全身仅有的一点力气托住她们两个的身体，将她们推出水面，自己的身体就像石块一样向湖底沉下去。灵心、朗声丽浮出水面，站了起来，水到了脖子。她们没有发现共周思，回想刚才是共周思托起她们，她们断定共周思凶多吉少。共周思肯定沉下去了，灵心顾不了自己，一下扎进水里向湖里艰难地游去。朗声丽见状，也没多想，向湖里游去。这时，舒玉婷也急了，她一把抓住朗声丽的手，也一头扎向了湖底，她不太会游泳，但有一点游泳的基本知识。当她们沉到湖底发现共周思已经躺在湖底一动不动时，灵心一把抓起共周思的手，朗声丽抓住灵心的另一只手，舒玉婷又抓住朗声丽的手，她们一起用力往水面上蹬。舒玉婷拼命地将他们往岸上拖，把共周思拖出水面。

她们发现共周思已经没有了知觉。汪行知也是奄奄一息，他爬上岸，用手号了号共周思的脉搏，又用手放在他的鼻子下面试了试，发现他已经没有了呼吸和脉搏。他对灵心说："快，在他的胸和腹部将腹腔里的水压出来。"灵心此时不知从哪来的力气，她跨在共周思的身上，用力压他的胸和腹部。灵心一边压一边大声叫唤："思思，你快醒醒，快醒醒。"灵心急得眼泪都要流下来了，回想起刚才的一幕，如果不是共周思，自己已经不在这里了。灵心望着眼前这个男青年苍白的脸，想到他将要离自己而去，不禁悲从心来。"快给他做人工呼吸。"汪行知提醒道。灵心马上扑在共周思的身上，嘴对嘴地对他做人工呼吸，一边哭叫着，一边压他的胸。在场的人都在喊叫："思思，你快醒来。"朗声丽也哭了，她喊道："周思，你不能离开我们！"她对灵心说："灵思，你累了，我来。"灵心让朗声丽做人工呼吸，自己仍坚持着压他的腹。也许是他们的哭喊声唤醒了共周思，他"哇"的一声吐出了一大口水。终于，共周思被灵心和朗声丽抢救过来了。

共周思醒来，大家提着的心放下来了。刚才大家真是吓坏了。

这群年轻人收拾停当，背起旅行包又出发了。只是刚才那一幕使他们惊魂未定，但他们仍然按照既定的目标前行。经过这几天的奋斗、磨砺，他们更加相互帮助、相互扶持，更加相互依靠，灵心对共周思更加依恋。

经过一天一夜的跋涉、勘查，他们回到了驻地。可是当灵心一放下旅行包，学校的齐校长就跑过来对灵心说："灵心，这里的孩子几天见你不在，都不来上学了。你赶快到学校去。"灵心二话没说，就跟着齐校长去了学校。

灵心赶到学校时，果然，学校的操场上、教室里空荡荡的，没有几个人。灵心想，怎么会这样子呢？她对齐校长说："我们的老师呢？难道没有去动员孩子们上学吗？"

"我们的老师也走了，只剩下两个人了。"齐校长说。

"怎么回事？"灵心问。

"他们认为这里的孩子太难教了。"齐校长说。

学校的问题确实很严重。灵心心想，必须马上设法解决。"齐校长，你去把没走的两个老师叫到你的办公室，我再去想办法找人。"

灵心心想，现在只有找共周思他们帮忙了。她急匆匆地跑到共周思他们住的地方，共周思不在。她又跑到自己的住处，找到了共周思。

"思思，有一个急事，需要你们帮忙。"心灵说。

"我正要找你呢。什么事要我们做？"

"我们走了几个老师，想请你们暂时替补一下，行吗？"灵心问。

"可以。"

"你找我有什么事吗？"灵心问。

"我们这几天采集的样品要赶紧送去化验。"

"行，明天有我们基金会的运输队送给养到这里，我让他们送到我爸爸的公司，叫他们检测好了。"灵心说。

共周思欲言又止，但他二话没话，便叫上汪行知、舒玉婷跟着灵心、朗声丽去了学校。一到学校，他就投入紧张的动员孩子们上学和教书的工作中去。

　　到底是高智商的人才，一出手便与众不同。共周思他们想了很多办法让孩子们对上学感兴趣。比如，他会组织孩子们做游戏、捉迷藏，组织孩子们搞体育比赛、文艺表演。每天放学后，他把学校的操场用火把照得如同白昼，组织学生和家长们一起唱他们自己听得懂的歌。他叫朗声丽结合村民们喜欢的唱法改编，编进一些现代歌曲的元素，为村里的人演唱。他请村里会演戏的村民和灵心一起相互启发，将村里人喜欢的戏曲和灵心的民族舞蹈结合一起给村民表演，共周思还自己在村里搭建简单的舞台表演武术。汪行知、舒玉婷、赵构成也各自拿出他们的绝技给村民表演。村里每个晚上都有表演，开始是灵心和共周思表演，后来是学生们表演，接着是村民们自己表演。开始只是十几个村民观看，后来是几十个村民观看，再后来几乎是全村的村民争相将自己的孩子送到学校。一下子学校的教室不够了，操场也小了。为此，他又组织村民连夜搭建简易的校舍和教室。共周思向灵心建议，在全村来一次扫盲活动，让全村的人都能断文识字。这也是战胜贫困最有效、最基础的途径。听共周思说在全村开展一次扫盲活动，灵心感到一股暖流流过她的全身。她用含情的眼神望着共周思的眼睛，点了点头。灵心说，老师不够怎么办？共周思灵机一动，说："让会识字的村民教不识字的村民，或者再不够就请学得好一点的学生当老师，或让儿子、女儿教父亲、母亲。"

　　真是绝妙的主意。灵心心里想，共周思的脑袋转得这么快，似乎有无穷的智慧。

　　经过共周思一番策划组织，乌村的教育工作便有声有色地展开了，好不容易有点空闲，灵心邀请共周思到村外走一走。

　　"思思，你上次好像有话要跟我说。"灵心说。

　　"我是有话要跟你说，当时看你为学校的事着急，我就没有说。"共周思看着灵心走路的姿势非常优雅。

"到底是什么事，现在可以说了吗？"

"我想回城里一趟，把这里的样品拿去检测分析一下。"

"不是叫我们的运输队带到我爸爸的公司检测吗？"

"我们大家想，还是拿到我们自己的实验室去检测。"

"为什么呢？我爸爸的公司的实验室那可是世界一流的。"

"这是我们公司的规定。"离开公司两个多月，不知道公司的情况怎么样了。由于这里与外界完全隔离，世界上发生了什么共周思他们也浑然不知。要知道现在是科学技术突飞猛进的时代，每天不知道有多少新的科学发明、新的技术诞生，又不知道每天有多少新材料涌现，又有多少创意喷发。在科技界，你的技术只要比别人落后一分钟，你要花上几年甚至几十年的时间才赶得上。科学技术没有最快的，只有更快的。如果不是为了报答救命之恩，帮这里致富脱贫，共周思他们是绝对不会在这里住这么久的。现在，这里的工作最困难的时候已经过去了。他们应该离开，继续实施"曲光"项目。

"思思，你能告诉我，你们到底在寻找什么？"灵心想挽着共周思的胳膊，像世上通常的情侣那样，肩并肩地在月光下散步，但灵心克制了这一念头。

共周思想了想，灵心的科学知识当然有，但材料专业知识是不是知道很多就很难说。"这样讲吧。我问你，植物为什么会生长？"共周思看了看灵心继续说，"植物的叶绿素在光的照射下发生光合作用，植物会长大，长高。"共周思和灵心走到大树旁，指着这些树说，"同是树，但为什么有的树长得粗，长得大，有的树就很难长得高大呢？"共周思见灵心摇着头，他拉着灵心的手，在大树的树根上并排坐下，继续说，"甚至是同一个品种的树，在不同的地方，它的生长速度也不尽相同。"共周思见灵心理解地点了点头。"还有的树，性质很硬很硬，像铁一样，人称铁树。有的树就很松很脆，树品种不同，性质也可能截然不同。"

灵心似乎听懂了，说："不是有一首歌词'万物生长靠太阳'吗？"

共周思点点头，继续说："还有个更常见而又易懂的例子，就是金刚石和石墨。金刚石是当今世上最硬的物质，而石墨是没什么硬度的。"

"什么原因？"灵心问。

共周思回答："构成金刚石和石墨的元素都是碳，但它们的分子结构不同。金刚石的分子排列是蜂窝状的，石墨的分子排列是层状的。蜂窝立体排列最严密，所以金刚石是最硬的。"

"也就是说，同一种元素，由于分子排列不一样，性能也不一样。"灵心说。

"是的。"

"这些跟你的寻找有关系吗？"灵心已经不由自主地靠在了共周思的肩膀上。

"如果我们找到一种引力场，用光做能源，将一种特别的物质，就像我们前几天发现的岩石，在引力场和光的作用下改变其分子结构得到我们想要的材料，如像钢、铁，像铜、铝，那该多好。"共周思说。

"你的意思是，将不同岩石在光的照射下直接变成像铁像铜或者很轻很柔的材料，就不需要炼钢炼铁厂了。"

"是的。"共周思说。

"可以做造太空船的材料吗？"

"可以，如果采用这种材料，可以减少太空船的重量。"共周思说。

"也就是可以多载人，对吗？"

"对的。"

"也就可以多载人到太空医院去救治了对吧？这个项目如能成功，将改变世界，太伟大了。"灵心对共周思更加敬佩了，她挽着共周思的手挽得更紧了。

"对，我们这群人，就是要改变世界。"共周思自豪地说。

共周思的豪言壮语更让灵心感动。

第十七章　共周思的改变世界与灵心的拯救世界

"你呢？灵灵，你为什么来到这里？"共周思说。

"从小，我父母就让我和孤儿院的孤儿们在一起，一心想为那些孤儿和因贫穷而失学的孩子、病人做一些事情。"灵心说。只要一提起那些苦难的孩子，灵心的爱心便油然而生，就有一种帮助他们的冲动。

共周思从灵心的语气里，从她这段时间为孤儿、为病人的无私付出中，感觉到灵心有一颗伟大的心。

"灵心，你是一个不平凡的人。"共周思充满着敬意说。

"没有啊，我只是按照我的本心而为呀。"灵心说，"再说，你要改变世界，我哪有你那么伟大。"

"我和你比起来，渺小多了。我只是想改变世界，只是想想而已，你却在拯救世界。"共周思说。

"我在拯救世界吗？"灵心听共周思这么一说，顿时觉得自己从事的事业非常高尚。

"不仅你的追求凡人望尘莫及，你的放弃也惊世骇俗。"共周思说。

"这又是怎么说？"灵心从未想过自己的行为有什么高尚的。

"你放弃了财富、地位、荣耀甚至尊严。对一个普通人来说，只要拥有其中一种，就可以告慰一生。而你同时全部放弃。这不是用高尚、不平凡几个字可以形容的。所以，你的放弃，让我高山仰止，是我望尘莫及的。"共周思看了看月光下黛青色的远山和银辉下静谧的田野，用一种倾慕的眼神看了看灵心。

一般人听到共周思的赞美之词，会飘飘然地自豪，但灵心没有那种感觉。听共周思说她，只是觉得自己选择了一条正确的路，做的是有意义的工作。

"思思，你的改变世界与我的拯救世界不是一样的吗？"灵心问。

"改变世界不一定能拯救世界，而拯救世界必须改变世界。因此，你比我更难。"共周思捡起地上的树枝，拿在手里摆弄着，一边思考一边说，"你拯救世界的路比我改变世界的路要艰难一万倍！"

"我不觉得呀。我倒是觉得你们更难。"灵心说。

共周思没有去理会灵心说的话，问灵心："灵灵，你是怎么选择拯救世界这条道路的？"

灵心平时没有想那么多，共周思一问，她认真思考了好一会儿，便说："我没有你想象的那么伟大。实在要讲一点的话，那大概是善良吧。"

"对，善良！对极了。"共周思大声地说，"你心地善良。你是在追求真情！"

"你改变世界，是为了什么呢？"灵心问。她想，你把我想得这么伟大，你自己不是也很伟大吗？

共周思还从来没有认真地去思考过，改变世界是为了什么？为了财富，为了光荣，为了地位，这些都不是。那是为什么呢？共周思认真地思考着，好一阵子，他才像找到了答案似的说："大概是为了追求真理吧。"

"追求真理不是也要真情吗？"灵心觉得找到了和他的共同点。她很高兴，调皮地笑了笑。

两个年轻人有着共同的追求，两颗心碰撞在一起，产生了共振，思想产生了共鸣，感情擦出了火花。

夜已经很深很深，两个年轻人完全忘记了时间，也忘记了疲劳，坐在一起，谈了很久很久才恋恋不舍地分手，回到各自的住处。

第二天一早，汪行知就对还在熟睡的共周思说："思思，我们是不是应该回去了？"

"是应该回去了，我们的'曲光'项目要紧呢。"赵构成附和。

共周思还沉浸在昨天与灵心一起谈心的甜蜜之中。

"今天，灵灵的基金会有人送给养过来，我们和他们一起回城吧？"舒玉婷说。

"好吧，我们今天回去。成成，把样品整理一下，我们带回去。"共周思说。他认为他们确实应该回去了。

汪行知他们很快便将行李准备好了。

"你们先等等，我去和灵心打个招呼。"共周思说着便叫上舒玉婷到灵心那儿去了。

共周思没想到，灵心见到共周思说："我父母急着叫我回家，基金会也有好多事要处理。我准备今天回去一趟，你呢？听婷婷说，你们也要回公司。"

"是的，我正准备来和你辞行呢，既然你也回去，那我们一起同行吧。"共周思说。

他们一行五人跟着给灵心他们送给养的两个人回城了。朗声丽留下来帮灵心照料这里的学校和医院。

他们花了十天时间，走了一百多公里崎岖的山路，越过用铁索连接的乌狮河，爬过了峭壁和山崖。虽不如他们勘查矿藏那样历经艰难困苦，但也是风餐露宿，风吹雨打。好在两个送给养的人对这条路还算熟悉。

走完这条连直升机和汽车发动机也会失灵的路之后，首先进入共周思他们眼帘的是一架直升机。直升机的发动机还在轰鸣着，螺旋桨在盘旋。一辆大型吉普停在离直升机不远的地方。吉普车的发动机已经发动，一个一身西装的高大帅气的青年带着两个像是他助手的男青年正向灵心快步走来。他拿过灵心的旅行包，问灵心是坐直升机还是坐车回家。灵心拉过共周思他们给那位帅气的青年一一做了介绍。帅气的青年名叫齐刚，他仅仅是出于礼貌和共周思他们握了握手。

"灵灵，你是又黑又瘦了，伯母看了肯定会很心痛的。"齐刚有些献殷勤地对灵心说。

"我们坐飞机回去吧。"灵心说。灵心带着共周思进了直升机。齐刚想挨着灵心坐下，被灵心制止了，她叫共周思坐在她身边。共周思见齐刚对灵心的态度，就感觉到他们俩关系有些特殊，便谦让地在离灵心一个座位的位子上坐下。一路上，齐刚不停地讲，但灵心一点也没听进去。

直升机在灵心父亲公司的停机坪停下，灵心一跨出直升机就发现，一辆自动驾驶小汽车停在了那里。她爸爸的助手秦叔正向自己走来。直升机螺旋桨刮起的风把灵心的头发吹乱了，也掀起了她的上衣。她赶紧用手压住衬衣。秦叔拿过齐刚手中的行李，对灵心说："灵儿，你爸妈正在家里等着你呢。"

"哦，我还有几位朋友，我爸妈知道吗？"灵心对秦叔说。

"你爸妈已经给他们几位安排了宾馆。"秦叔说。

"不行，他们同我一起到我家去。秦叔，你跟我爸说。"灵心见秦叔有些迟疑，便又说，"你不说，我来说。"

"灵心，这几个人伯父伯母又不认识，第一次见面就往家里带，不好吧？"不知从哪来的直觉，齐刚对共周思他们没有什么好感，尤其是对共周思还有那么一丝敌意。

灵心瞪了齐刚一眼，对秦叔说："他们四人是我的贵宾，必须和我一起回家。如果爸妈不同意，我就陪他们一起住宾馆。"

灵心虽说在家里是一个乖乖女，但她的独立性是什么人都不能干预的。她做出的决定，她父母也得服从，这一次也不例外。

由于灵心一直在和秦叔谈话，共周思没机会插嘴。当灵心与秦叔的谈话稍有空隙，共周思便立即对灵心说："灵灵，你家我们就不去了。我们要立即去公司。"

汪行知也看到齐刚和秦叔不欢迎他们，便说："灵灵，你还是让车靠边停下，我们回公司。"

见共周思要走，不愿随她回去，灵心的心像是被什么东西狠狠地撞了一下。灵心着急地说："那怎么行，到了我这里，我一定要尽地主之谊。"她转头对秦叔说："秦叔，你说是不是？"秦叔反应过来，马上说："是的是的。"齐刚也从刚才灵心瞪他一眼的眼神里反应过来，不情愿，但还是附和着说："是的，是的。"

赵构成又说："灵灵，谢谢你啦，我们下次再到贵府打搅吧。"舒玉婷也附和。这是一群自尊心极强的人，对任何有失一点点尊严的暗示都不会妥协。

灵心是纯粹的人，听赵构成和舒玉婷这么一讲，便急了："思思，你是我的救命恩人，你应该给我一个报答的机会吧？"她几乎是用乞求的眼光看着共周思。

共周思心里很矛盾，他也不想此时此刻离开灵心，一个多月的相处中，他们建立了深厚的友谊。尤其是这几天，他和灵心感情高速发展，连他自己也始料未及。但是，这时到灵心家里做客，显然十分唐突，也十分不礼貌。共周思用犹豫的眼神看着汪行知他们，意思是说："我们应该怎么办？"汪行知知道共周思在犹豫，他也看到了灵心对共周思的态度。如果不去，这个天使般善良的姑娘会很痛苦。他们同样用目光告诉共周思：去不去，你定。

"行，那就去吧。"共周思终于听从了自己内心的呼唤，答应了灵心。

听说共周思同意去，灵心高兴得差一点从座椅上蹦了起来。她喜悦地对秦叔说："秦叔，你到快乐餐厅去帮我买一份我妈最爱吃的糖醋鱼。"

"好的。"秦叔高兴地答应了。秦叔清楚灵心的爸妈，灵心高兴，二老肯定高兴。

车子开了一段时间，便来到一个院子里停下。秦叔一抬手，院门缓缓打开了。房子前有一棵老槐树，枝叶茂密，树身要两个人才能抱住。院子里有四块不大也不小的草坪。院子围墙的四周栽了一些果树，什么柚子、橘子，还有一些花草。车子一进院子，灵心第一个跳下了车，跑到房子前，大叫了一声"妈"。不一会儿，一个中年女人开了门。灵心一下扑到了她的怀里："妈妈。"灵心妈妈也紧紧地抱住了灵心。灵心看到爸爸便松开了妈妈的手，扑到了爸爸的怀里，叫了几声"爸爸"。灵心松开爸爸，拉着爸爸和妈妈的手向共周思他们走去。当走到共周思他们面前时，便对爸爸妈妈说："这是思思，这是知知，这是成成，这是婷婷。这些都是你女儿最好的朋友。"

灵心爸爸灵剑柔与他们一一握手，并说："欢迎，欢迎。"共周思他们随灵心进了她的家。

"思思，你们坐。"灵心招呼他们。

"思思，你们吃水果。"灵心一挥手，从客厅的墙壁里伸出一个盘子，灵心将装着苹果的盘子端到他们每个人的面前。

"灵灵，不用客气。"共周思说。他想起什么，着急地一挥手，打开了脑伴，想看看自己研究所的情况。可是脑伴里出现了公司的一条公告。

"鉴于共周思、汪行知、赵构成、舒玉婷已失去联系两个多月，因此，暂停上述四人在公司的职权。"

看到这条消息，共周思又一挥手，他将自己脑伴的立体影像放到了客厅里，让汪行知、赵构成和舒玉婷他们看。看到这个公告，他们一下子蒙了，面面相觑。共周思看着他们吃惊的脸，转念一想，两个多月了，失去音讯，公司发这条内部公告也是正常的。明天回去跟漆总解释一下就行了。他一挥手，想问问研究所办公室小王最近有什么事发生，但脑伴里却是一片空白。共周思明白，这是公司已经取消了他们进入公司的任何授权。

"小年轻们，请问可以用餐了吗？"灵剑柔将一大碗汤端到了桌子中央说。

灵心已经将他们每个人的碗筷放好。

"灵灵，不用客气了，我们吃点高能食品就可以了。再说我们要急着回公司呢。"共周思看着满桌的菜肴说。现在人们很少宴请，每天每人吃一顿食品配送公司根据每个人的身体所需营养定制的食品就可以了。宴请那是非常隆重的时候才会有的。

"剑柔，你去把我们家珍藏百年的茅台拿来。"灵心妈妈尚燕说。

"好的，灵儿，你到地窖去拿吧。"灵剑柔回答。

听说要拿一百年的珍藏，灵心高兴极了，这说明爸妈把共周思他们当贵客来看待。灵心高兴地应了一声，一阵风似的去了地窖，取了两瓶百年茅台，又给他们的前面放了一个酒杯。

晚餐正式开始，灵剑柔坐在桌子的正上方，尚燕坐在灵剑柔的右边，灵心坐在左边，共周思挨着灵心坐，舒玉婷又挨着尚燕，赵构成挨着舒玉婷，汪行知靠着共周思。

"小年轻们，欢迎大家的光临。"灵剑柔举起了杯。

见灵剑柔举杯，共周思他们赶紧站了起来，纷纷举杯说："感谢灵总。"

"快坐下，快坐下，今天大家立一个规定，谁也不要站起来，好不好？"灵剑柔说。

"好的，爸爸。"灵心替他们回答了。

"这位小伙子是叫共周思吧？你们是怎么到乌村的？那里可是人迹罕至的地方。"灵剑柔说。

"我们是迷了路，被灵心他们救了。"共周思说。

"是村民们救了你们，不是我们。"灵心更正道。

"是村民，也是你们。"共周思坚持着。

"是怎么迷的路？"灵剑柔从第一眼看到共同思他们，就对这四个年轻人产生了兴趣。共周思中等偏上的个子，虽然身体有些消瘦，但长得浓眉大眼，一双深邃的眼睛里透着睿智和执着。他喜欢共周思这个年轻人。还有汪行知、赵构成这两个男青年，乳臭未干，纯洁无邪，朝气勃勃。再看舒玉婷，正像她的名字那样，身姿亭亭玉立。她的脸白里透红，齐耳乌黑的短发，浓密细长的一字眉下一双明亮的大眼睛，眼眶里的黑白分明的双眸仿佛会说话，瓜子形的脸上一对小酒窝让人看着甜蜜，这是一个漂亮的姑娘。灵剑柔认定，这是一群不平凡、前途无量的年轻人。

对灵剑柔的提问，共周思一时不知如何作答。如果如实讲，自己的"曲光"项目是公司的最高机密。而且灵剑柔的霞光公司和自己公司是同行，是竞争关系，这样的高级机密是不能告诉他的。如果不告诉他实情，编造谎言搪塞他，共周思不会编，也不想编，共周思一时不好回答。

灵心看到共周思不便作答，很尴尬，忙将菜往共周思的碗里夹："吃菜，这是我妈妈最拿手的荷包蛋。"

灵剑柔当然也明白，共周思肯定有原因不好回答，他岔开话题。

"灵儿，刚儿呢？"灵剑柔问灵心。

"他先回去了。"灵心回答。

"这孩子，怎么不一起来呢？"灵剑柔说完又问共周思，"共先生，你是学什么的？"

"学材料的。"

"学材料好呀，现代社会离不开材料。"灵剑柔说，"其他几位呢？"

第十八章　机器人护理系统

共周思替他们作介绍："这位是汪行知，是学医的，原来是一个外科医生。"

"这位是赵构成，是一个极客。"

"这位是舒玉婷，是学服装设计的，原来是全国著名的服装设计师。"

"你们学的专业都不相同，现在做什么工作？"一般情况下，灵剑柔不会这样问人家的事情。因为以他的身份，这样简单而具体的事，平时很少或者根本就不会去做。但今天灵剑柔见这几位年轻人不同一般，共周思又救过灵心的命，因此，他很想了解这几位年轻人。

"爸爸，他们都是年轻的科学家，在红光公司工作。"灵心接过父亲的话，从盘子里夹出菜给共周思。共周思忙说："不要客气，我自己来。"

"红光公司，非常棒的公司。公司老总漆天成我认识，也是宇航员出身，是个不简单的人。"灵剑柔说，"听说，他们研究所的几位年轻人非常厉害。"

"就是他们啊。"灵心用嘴努了努，对灵剑柔说。

"听说，他们有一个'曲光'项目，这个项目是几个年轻人开发的。"

"对啊，就是坐在您面前的四个人。"灵心有些得意地说。

"这个项目非常大胆，如果成功，将改变世界。"灵剑柔赞赏地说，"听说他们公司的专家委员会是不赞成的，是那个年轻的研究所所长带着几个年轻人干的。"共周思很佩服霞光公司的情报系统，这样的核心机密都知道。共周思也知道，霞光公司下面有一家红雨公司也是从事材料研究和生产的。他们的实验室与红雨公司的实验室有很多实验数据也是共享的。他们也有比较好的合作。想到这，共周思感觉到一种紧迫感，必须尽快回到自己的公司。

共周思的想法没有逃过灵剑柔那双锐利的双眼，他思忖着，如果将这几个年轻人留下来，加入自己的公司，那将是一笔巨大的财富。灵剑柔就像一个寻宝者，发现了一座无价的宝藏。灵剑柔和漆天成不同的是，他很欣赏年轻人的异想天开，对"曲光"项目有自己的见解，他认为科学来源于人的想象。"曲光"项目虽然属于幻想的天方夜谭，但他喜欢这几个年轻人的天方夜谭。灵剑柔爱才如命，决定要留下这几个年轻人。

"小伙子们，喝酒喝酒。"灵心妈妈尚燕此时也起身给他们斟酒。舒玉婷忙站起来，抢过尚燕手里的酒，给灵剑柔斟满酒。

"灵儿，今晚他们就住在我们家里吧。"灵剑柔说。

"不了，灵总，我们必须马上回公司。我们离开公司已经很久了。"共周思起身要走。

"思思，何必走得这么匆忙？今晚就住在我家里，明天到我爸爸公司的实验室，我们带回来的样品你不是急着要检测吗？"

共周思当然知道样品急需化验检测，但必须拿到自己的研究所做。

见共周思着急要走的样子，灵剑柔说："小共，我的集团下属的红雨公司，目前遇到了一个很大的技术难题，不知你们能不能帮我们研究解决一下。"

听父亲这么说，灵心用眼睛望着共周思。共周思左右为难。如果灵剑柔出于好意让他们过一晚明天再走，他们可以拒绝。像这样以请他帮忙形式挽留他，他不好拒绝，毕竟他是企业界泰斗般的人物，又是灵心的父亲。

"好吧，灵总，你明天带我们去你的红雨公司，看看有什么问题，我们一起研究。"

门铃响了。灵心去开门，见是基金会的小廖。

"灵会长，听说你回来，发你耳伴没有反应，一大堆事等你去解决呢。"小廖气喘吁吁地说。

"什么事？不要急，慢慢说。"灵心把小廖让进屋，请她在客厅的沙发上坐下。

"你不在，有很多孤儿院的款要汇，很多地方的孤儿院的房子要修理，有很多地方缺乏护理人员。哎呀，一大堆一大堆的事等着你呢。"小廖接过灵心递给她的水，"咕咚"地喝着，样子很急。

灵心看了看餐桌旁坐着的共周思他们。她很想跟小廖走，但共周思他们还在用餐。此时离开他们很不礼貌，何况他们今晚的去留还没有定呢，看父亲的意思是要留下他们过一晚，明天才走。如果此时走了，共周思肯定也会走。她对小廖说："小廖，你先走吧，明天我会去基金会。"

可小廖没有领会灵心的意思。她是个快言快语的人："不行，不行，今晚你就得去。"

"灵灵，要不我陪你去基金会吧？我也想看看你们基金会。"共周思听到了她们的对话，也知道灵心的心思，就主动对灵心说。

灵心一听共周思跟她一起到基金会去，心里的一块石头落了地。她很高兴地说："欢迎欢迎。"

共周思起身对汪行知讲："你们今晚就留下来。"

灵心对灵剑柔说："爸爸，真的很抱歉，我们先走了，处理好了事，我们马上回来。"灵心说完就走了。

"共先生，你好像还没吃饭吧？"灵剑柔跟着共周思到了门口说。

"已经吃饱了。"其实共周思还没有吃什么呢，灵心也没吃什么。

"等等，我们一起去吧。"汪行知、赵构成、舒玉婷他们似乎刚反应过来，一齐说。

"好，我们一起去，去看看灵灵工作的地方。"共周思说，"你说呢，灵灵？"

"更好，一起走。"

共周思他们跟着灵心一起上了车，车子走了一个多小时，进了一个只有五层楼的建筑的院子，停到了挂着"爱心慈善基金会"牌子的房子前面。小廖迅速地跳下了车，给灵心拉开了车门。

"爱心慈善基金会办公的地方在一、二、三层。"灵心对共周思他们介绍。虽然这时候已经晚上十二点多钟了，但基金会的办公室全部亮着灯，"这里是总部，管辖基金会在全世界几十个分会和办事处。"灵心指着一、二、三层楼对共周思他们说，"一楼是亚洲部，二楼是非洲部，三楼是美洲部。我们的基金会二十四小时工作。"灵心边走边介绍，便来到了她的办公室。

"思思，你们坐，我一会儿就回来。"灵心对共周思说。

"灵心，你忙吧，我们随便看看。"共周思说。

"好的，你们转转。"灵心说，"小廖，你去把副会长他们叫到我这里来。"灵心说完一挥手，从房子的地板下伸出了一张办公室、几把椅子以及一对沙发，不一会儿几位副会长已经到了她办公室的门前。见共周思他们出来了，副会长们和共周思他们点了点头，进了灵心的办公室。随即共周思他们听到灵心果断、快速地处理问题的声音。

"思思，你看他们基金会很忙的，办公的人也不少。"汪行知说。

"我们到二、三楼去看看。"共周思说。

共周思他们看了二楼又到三楼，每层都有几十个人，一派繁忙的景象。有几个在抬手呼耳伴，有几个在挥手看脑伴。

"这是一家很大的慈善机构。"汪行知说。

"听灵心说，她的基金会每年支付的善款有几百亿之多，管理三百多家孤儿院和福利院，帮助的人数有近十万呢。"舒玉婷说。

"思思，灵灵真了不起啊！"赵构成说。

"岂止是了不起，简直就是女神。"汪行知说。

"知知、成成、婷婷，我认为这里的工作完全可以简化。"共周思说。

"我也认为完全可以简化。"汪行知他们说。

"婷婷，你现在就给他们设计一下，建立一个信息处理中心。灵灵可以在这里实行远程控制。这里的每个人都可以在家里远程办公，没有必要这样集中在一起。"共周思说。

"每个孤儿院、福利院都装有终端，与这里的总部影像连接。灵灵在家里用耳伴和脑伴可以看到各个孤儿院、福利院的情况和护理人员的工作情况。"

"还可以和全世界的其他孤儿院联网，与他们的信息共享。"赵构成说。

"这里应该全部更新更先进的量子计算机。"赵构成说，"我们公司淘汰的旧量子计算机也比这里的先进。"

"这里只是办公用，与科研不一样。"共周思说。

"既然这样，那一切都可以压缩。"赵构成说。

"行，我们就帮忙灵心实现基金会的智能化吧。"共周思说，能帮灵心解决问题，减轻她的工作负担，尤其她不用亲力亲为，更是一件好事。

"如果将灵心的慈善体系全部用高科技武装，那可是一笔很大的开支，需要大量的财力、人才、物力。"赵构成说。

听说，需要大量的财力，共周思一时语塞，此时，他突然觉得金钱的力量也是蛮大的。以前自己从来不去想钱的事，自己的那么多成果，从来没要一分钱报酬，全部给公司了，现在需要用钱的时候才发觉缺钱。

"钱的问题，我来想办法，你们只管干。"共周思说。车到山前必有路，办法总是会有的，共周思想。

他们一边讨论一边往回走，当走到灵心的办公室的时候，就听有人对灵心说："灵会长，非洲的孤儿院，那里缺护理人员，有的地方都办不下去了。"

"是啊，到处都缺人。孤儿尤其是智障儿童的护理人员奇缺，我也不知道到哪里去找那么多愿意干又脏又累又苦的活的人，你们能想想办法吗？"灵心诉苦，她见大家不说话，都用眼睛看着她。

"灵灵，我有办法。"共周思走进灵心的办公室说。

只要共周思说有办法，他就一定有办法，灵心想。可屋子里的其他人都用怀疑的眼光看着他，那意思分明是说："这是从哪里来的愣头青？"

灵心笑着问："思思，你有什么办法？"

"用机器人。"共周思说。

用机器人做护理，灵心几年前想过，机器人公司也根据孤儿院的特点设计了一个方案，但因为费用太高、时间太长就放弃了。

共周思见灵心有些犹豫似的，便说："你们放心，这种机器人我们可以设计。如果我们不能设计，我们可以动员全世界的人帮忙设计。"共周思肯定地说。

在灵心办公室里的一个人说："全世界的人怎么会为我们设计？"

"不光全世界有成千上万的人为我们设计，还会有很多的公司为我们生产。"共周思说。

听共周思的话，大家更是将疑惑的目光投向他。共周思也看到灵心用欣赏而疑惑的眼光看着他。

共周思说："只要我们说是救济、帮助贫困孤儿，是献爱心、做善事，我可以肯定，全世界有很多机器人公司会帮我们生产，帮助我们培训人员。因为这个世界有爱心的人还是很多的。"共周思刚才还在为钱的事发愁，没去想利用互联网动员全世界爱心的力量。灵心非常赞成共周思的想法，屋子里其他人半信半疑。

共周思一挥手，他脑伴里的立体影像便落在了灵心的办公室里。只看他的手上下左右飞快地滑动着，滑动的速度比正常人要快几十倍，直看得灵心和那些人十分震惊。没到几秒钟，他开了一个网站，一篇公告似的长文就写成了，并且是用中、英、法三种文字。中文的标题是"爱心智囊"。共周思说："最多三分钟，就会有回应。"果然不到三分钟，共周思说："灵灵，你看看。"办公室的影像里有不少的信息，有许多人想参加"爱心智囊"活动。有出主意如何将"爱心智囊"办得更好的，有想到孤儿院做志愿者的，有自愿设计机器人的，有的已经有草图，有的还有模型。随着共周思手指的滑动，发表意见的人越来越多，还有捐款捐物的。到后来，真的像共周思说的，有机器人公司加入进来了。有的机器人公司特别积极，请求马上派技术人员到灵心的基金会进行实地调查、设计，并且是无偿的。爱心真的有一种神奇的力量，灵心又一次被共周思折服。她想，如果共周思能加入她的基金会，那该有多好啊。

没有人，缺少钱，刚才还在发愁，现在被这个看似愣头青似的小青年在脑伴上捣鼓了几分钟，竟然就这么解决了，不是奇迹也是奇迹。灵心办公室里的人也不得不佩服眼前这个年轻人。

"思思，我们是不是成立一个机构，来接受各地的捐款？"灵心激动地说。他看到共周思在脑伴上捣鼓几分钟，解决了自己一系列的问题，这就是科技的力量，这就是智慧。

"不用。"共周思对汪行知说，"知知，你来帮助他们设计一个根据不同申请人的要求自动回复的机器人。"

"灵灵，你把你们在全世界孤儿院的地址告诉我们。"共周思又对灵心说。

"你要地址干什么？"灵心问。

"可以在办公室通过卫星实时监控孤儿院的情况。"

灵心告诉了汪行知中国孤儿院的名字和地址。共周思一挥手，说："你们看，你们孤儿院的儿童正在上体育课呢。"灵心看到办公室的立体影像里出现了儿童们跳绳、跑步、跳远的画面，画面非常清晰，而且是立体实况的。

"灵会长，我们以后就不需要一家一家地去跑了，这可以节省很多的精力和财力。"灵心的手下说。

"小廖，给他们一个非洲孤儿院的地址。"灵心对同来的小廖说。小廖说了一个非洲孤儿院的地址。不一会儿，非洲孤儿院的全貌就出现在灵心面前。这是一座二层楼的建筑，建筑物前有一片草地，草地上有一排排的大树。透过建筑物的玻璃，可以清楚地看到里面的儿童们正在上课。

"真是神，非洲的孤儿院这里都能看得这么清楚。"有人说。

共周思在灵心的基金会不过一个来小时，就解决了灵心一大堆棘手的问题，而且颠覆了基金会的运行及管理的理念和模式。如果按照共周思的设计，灵心他们的工作效率不知要提高多少倍。此时灵心明白父亲为什么一见共周思他们就想把他们留下来。父亲有一双超人的识人慧眼，爱才如命。灵心也很想把他们留下来，不到基金会，到父亲的公司也行。

已经是凌晨一两点了，灵心说："各位，大家回去休息吧。"

灵心对共周思他们说："思思，我们也该回去了。不然，我爸爸该着急了。"

"好吧，我们回去吧。"共周思说，"灵灵，我们还是找个宾馆住下来吧？"

"不用，就住在我家。"

"住在你家，会给你爸妈添很多麻烦的。"赵构成说。

"一点都不麻烦。你没看到我爸爸很喜欢你们吗？说不定他正在家里着急地等着你们呢。你们准备好今天晚上不睡觉听他唠叨吧。"灵心笑着说。

第十九章　年轻人按照自己的理念义
无反顾地去探索真理，本身就是成功

果真，共周思他们一回到灵心的家，灵剑柔正在客厅等着他们。灵心妈妈也陪着他，坐在沙发上靠着灵剑柔睡着了。

"灵灵，回来啦，基金会的问题解决了吗？"灵剑柔从不问灵心基金会的任何事的，今天问了一下，也使灵心有点意外。

"解决了，全解决了。"灵心高兴地说。

"我女儿是什么人，还有什么不能解决的。"灵剑柔从来不当面夸灵心的，今天当面而且是当着共周思这些人的面，灵心也感到意外。

"爸，你不要夸我，是思思他们解决的，他们真的了不起。"灵心说。

灵心妈妈见女儿他们回来了，灵剑柔要和共周思他们说事情，便上楼睡觉去了。走时，她对灵心说："他们房间已经收拾好了，等会儿你带他们去。"

"好的，妈，谢谢你啦。"

"灵灵，你也早点睡觉。齐刚来过电话，他明早会来看你。"灵心妈妈说。

"妈，我今天想跟你一起睡，可以吗？"灵心说。灵心今天特别高兴，她一高兴，就特别想在妈妈那里撒娇。

"妈妈等着你呀。"

"灵灵，是怎么解决的？"灵剑柔问女儿。

"是思思他们用机器人技术解决的。"

"小共，我叫你小共可以吗？"灵剑柔对共周思说。

"可以，您叫我小共或者思思都行。"

"我们公司正在研发一种产品，用一种材料，在光的照射下，改变它的性质，使这种材料可以像铜，可以像钢，也可以像铁，可以像塑料。不知你们认为可以实现吗？"灵剑柔说。

共周思听灵剑柔这么一说，心里着实一惊，这不是我们正在研究的"曲光"项目吗？灵剑柔是怎么知道的。但他转念一想，也许有上千家公司在搞，灵剑柔提出的这个课题应该不奇怪。但共周思一时不好回答。

"听我们公司科学家说，这种材料的实现，关键是要找到巨大的引力场，是不是这样？"灵剑柔用眼睛盯着共周思的眼睛，使共周思难以回避。

"这近乎天方夜谭。"共周思实话实说。

"是吗？但我们研究所的一群年轻人不信邪，非要干不可，你说我是应该支持，还是反对呢？"

"应该支持。"赵构成立即抢在共周思前面回答。他当然是实话实说，他想得很简单，自己不就是干这个事的吗？

"你的看法呢？小共。"灵剑柔还是盯着共周思的眼睛，灵心也在看着他。

"任何科学来源于人的幻想，甚至是天方夜谭。有远见的企业家应该支持鼓励年轻人的奇思妙想。"共周思想脱身了。

"可是，我们公司反对这个项目最激烈的，你知道是谁吗？"

"是谁呀？"

"我们的首席科学家。"

这不是在说我们的公司吗？共周思心里想。

"之前，我一直在犹豫这个项目虽然很有吸引力，但耗资大，耗时太长，没有支持这个项目。"灵剑柔说。

"那么现在呢？"共周思问。

"从看到你们第一眼起，我就认定，不管这个项目对与错，我都会支持这群年轻人。"灵剑柔的语气很坚定。

"灵总，我想问你个问题。"共周思问。

"你说。"

"如果你不支持这个项目，甚至反对，而那些年轻人一意孤行地不顾你的反对，自己干。您认为这群年轻人应不应该这样做？他们会找到那巨大的引力场吗？"随着他们谈话的进行，他们无拘无束了。

"说实在话，在地球上找到能使光线弯曲、时空折叠的巨大引力场，所有的科学家都认为不可能。"

"地球上找不到，就到外星球上去找。我一定要找到它！"共周思坚定地说。

"不管能不能找到，我认为，这群年轻人应该这么干，因为我年轻时就是这么干的。这群年轻人一定会成功。"

这群年轻人一定会成功，共周思认为灵剑柔的这句话是在鼓励自己。

灵剑柔看了看共周思，继续说："年轻人按照自己的理念义无反顾地去探索真理，本身就是成功。"

"年轻人按照自己的理念义无反顾地去探索真理，本身就是成功"这句话说得太好了，太富有哲理了。共周思感受到坐在自己面前的不仅是一个企业家，还是一个智者。他对灵剑柔的敬佩之情不禁油然而生。不知不觉中，他喜欢上了这个人。

"爸，你说得太好了。"灵心亲了灵剑柔一口，她看得出，父亲的话打动了共周思。他们两个互有好感，灵心高兴极了。

"灵灵，爸爸明天就告诉董事会，爸爸决定支持那几个不知天高地厚的年轻人启动那个项目，不管花多少钱。"灵剑柔说。

"爸爸，你太伟大了。"灵心又在灵剑柔的脸上亲了一口。

"爸爸就喜欢有幻想、有梦想的年轻人。"

共周思感动了，汪行知、赵构成、舒玉婷也感动了。他们觉得，能在这个人的手下工作就好了。

共周思认为面前的这位长者不是在说漂亮话，从他的女儿灵心的身上就可以看出，他绝非一个唱高调的人。他对他唯一的女儿的教育培养堪称一个伟大的典范。像灵心这样出身富豪家庭的女孩，从小就应该娇生惯养，就是不娇生惯养，父母也不可能让自己的女儿到孤儿院与孤儿、智障儿童一起长大，连一般贫穷人家的父母也不会。还有灵心的慈善基金会，没有向有钱的父母要一分钱，都是靠灵心的歌舞，靠忘我的拼搏一点一滴地发展起来的。别说是富贵人家的父母舍不得唯一的女儿抛头露面，出没于各种娱乐场所，就是一般的人家的父母亲也不会如此。可灵剑柔做到了。他放手让女儿按照她自己的意志，独立地选择自己的生活。再看看灵心，为救助贫困，救助孤儿，冒着生命危险往来于疾病、饥饿和死亡之间。让自己唯一的女儿承受这些绝大多数人躲之唯恐不及的危险和苦难，这样的父母需要有一颗多么强大的心啊。这样的父母如果没有对人类的博爱和责任是做不到的。想到这里，共周思对灵剑柔肃然起敬，甚至有些崇拜了。

夜越来越深，他们的谈话越来越投机，越来越引起彼此的共鸣。灵剑柔越说越感觉到共周思身上的激情和抱负，共周思越来越感觉到灵剑柔博大的胸怀和人生智慧。不知不觉之中，东方已经渐白了。

"哎哟，小共，天都快亮了。灵灵，快带他们去睡觉。"灵剑柔说。

"灵总，占用您太多时间了，很抱歉！"共周思赶忙起身。

他们各自休息去了。

他们大概睡了三四个小时，灵心妈妈第一个起床，第二个起床的是灵心。当共周思他们起来洗漱完毕下楼到客厅的时候，灵心他们一家三口已经将早餐放在了餐厅的饭桌上。

"思思，大家一起用早餐吧。"灵心叫共周思他们。

四个年轻人都不好意思，自己个个年轻，反而要长辈服侍自己。

当他们坐上餐桌，灵剑柔对共周思他们说："小共，红雨公司研究所的所长生病住院，原计划去红雨公司的事，等几天再说，你看行吗？"

"行，我们也要赶紧回公司。"共周思说。

就在共周思他们到达灵心家半个小时后，红光公司就得到了消息。共周思他们到了自己的竞争对手、与自己公司有相同业务的霞光公司的董事长的家里。这是一个重磅消息。红光公司董事会的董事们，纷纷要求召开董事会讨论这一严重事件。董事长漆天成立即召开了董事会。

"各位，失踪两个多月的共周思他们四个人，突然去了霞光公司，你们知道吗？"红光公司的董事们刚一坐下，有的董事就说。

"霞光公司下面有一个红雨公司，和我们的业务是一样的。我们公司几乎所有新产品的技术秘密全在共周思他们身上。"一个姓高的董事说。

"两个多月不见共周思他们的行踪，可一出现就突然在霞光公司的董事长家里，这里面肯定有问题。"有的董事说。

"他们这两个多月都干什么去了，漆总您知道吗？"高董事问。

"他们说是去找'曲光'项目的引力场。"漆天成回答。

"听说他们还自行建造了一个移动的实验室叫什么'曲光'号。既可以像车一样在地上跑，又可以在空中飞。"姓许的董事说。

"他们建造'飞车'是不是用公司的材料和技术，如果是，这是违反公司纪律的。"姓易的董事说。

共周思他们的"曲光号"移动实验车的建造，漆天成是默认的。实验车肯定用了公司的材料和技术，这一点漆天成也是可以肯定的。当时，他对共周思是信任的。再说，这个研究所是共周思一手创建的，研究所的投资已经N倍收回了。见董事们提问，漆天成没有做肯定或否定的回答。漆天成清楚地知道，这些董事们平时对共周思他们颇有微词，对共周思他们的不修边幅和放浪形骸有些看不惯，特别是共周思他们不把董事会这些人放在眼里，我行我素。平时有漆天成护着，这些董事们也没有理会。当然，如果这些董事们知道共周思为他们公司创造了多少利润，提升了公司多少形象；如果他们还知道共周思这个四人小组在业界的知名度和地位，他们便不会有那么多看法。因为，共周思的作用和贡献，只有漆天成和首席科学家他们几个人知道。漆天成认为，共周思的项目和成果作为公司的最高机密，知道的人越少越好。

"我来说几句吧。"公司首席科学家应时震说，"共周思的'曲光'项目我是知道的，董事会也请专家委员会讨论研究过，但没有形成统一的意见。后来，这几个年轻人就自己干上了。作为一项科学发明和创造，成功之前不被人理解和接受是很正常的。他们建造'曲光'号实验车到大自然去寻找使光线弯曲、时空折叠的引力场，公司也是默认的。因此，共周思他们应该算不上擅自行动。"

"是的，我可以认为共周思的出发点是好的，搞科学发明，没有那么多的条条框框。漆总也是一直这样要求的。但是共周思他们离开公司两个多月没有与公司任何人联系，一现身就出现在灵剑柔家里，这太不正常了。如果他把我们公司的设备和技术以及研究成果偷卖给其他公司，他是不是应该承担法律后果？"高董事说。

漆天成最担心也最不能容忍的是共周思两个多月不和自己联系，也不见踪迹，一出现就跑到霞光公司去了，还到灵剑柔家里去了。共周思哪怕不将本公司的技术成果带走，就仅是共周思在霞光公司董事长灵剑柔家里的事被记者写在媒体上，红光公司的股价也肯定会暴跌，自己的损失就大了。如果共周思他们离开自己的红光公司而到霞光公司去，那公司的损失更是巨大的。但他没有吭声。他打心眼里瞧不起这些人，一群平庸之辈。

各位董事见漆天成默然不言，一时不知说什么好，他们只有像平时那样说："由漆总决定吧。"

漆天成从思考中缓过神来："刚才大家说的都很重要，也很正确，共周思太不像话了，出去两个多月和公司没有一点联系，不仅不和公司联系，还到霞光公司去了，给我们公司造成了极其恶劣的影响，辜负了公司对他们的培养，太让我失望了。因此，我个人的想法是：取消共周思他们的公司一切授权。"

大家一致附和漆天成的意见。

对红光公司董事会这一重大的决定，共周思他们还蒙在鼓里呢。

共周思在灵心家里吃过早饭，便乘自动驾驶汽车用了一个上午的时间，开到了红光公司的门口，可是门卫不让进。共周思问门卫小伙子："怎么不让我们进去？"

"共所长，我们接到了通知，如果你们来公司，先请你们在外面的接待室等一等。"

"还有这种事？你告诉漆总办公室，就说我们回来了。"共周思说。在来红光公司的路上，共周思给漆天成发了几次耳伴和脑伴，均没有响应。

"通知是漆总办公室下的。"

共周思一挥手，用耳伴和漆天成联系，没有回应。共周思知道，漆天成是躲避自己。共周思改发首席科学家应老的耳伴，仍是没有回应。这种状况叫共周思措手不及，一时蒙了。共周思看着眼前熟悉的办公大楼，此时感到十分陌生。

"思思，怎么一回事，是不是不让我们进去？"汪行知问。

"为什么不让我们进？"赵构成问。

"是不是有什么变故，我们是不是被开除了？"舒玉婷说。

"他们凭什么开除我们？"赵构成说。

"行了，不让进拉倒。我们走，思思。"汪行知说。

这时，共周思的耳伴响了："共工吗？我是人力资源部的老赵。"

"你好，赵部长，有什么事吗？"共周思问。

"没有什么事，就是想问问你这两个多月不在公司的情况。"

"行，我也正要向公司报告我们这两个多月的情况呢，可是这里的门卫不让我们进呢。"

"我来向董事会办公室说，叫门卫放你们进来。"人力资源部赵部长的话音刚落，共周思的耳伴里转来了灵心的声音。

"思思，你现在哪儿？"

"在我们公司的门口。"

"进了公司吗？"灵心在电话里问。

"没有，门卫不让我们进。"共周思说。

"那好，我爸爸让我告诉你，红光公司怀疑你们泄露和出卖公司机密，向公安机关报了案。你现在赶紧回到我们这里来。"

共周思不敢相信自己的耳朵，红光公司竟然怀疑我们泄露和出卖公司秘密。这从天而降的诬陷简直把共周思他们这些年轻人打晕了。

听了灵心的话，汪行知立即说："回去。"

"思思，你不能犯傻，你现在不走，等一会儿你就走不掉了。"电话里传出灵心焦急的声音。

经过初始的愤怒，共周思冷静了一些。从刚才门卫不让自己进去，可以看出漆天成对自己这些人有相当大的误会。误会归误会，可以当面解释清楚，但要说自己出卖公司秘密，还要把自己送上法庭，这是共周思不能接受的。看来，这种情况下只能先听灵心的。他坚定地认为，灵心决不会害自己，共周思他们离开了红光公司的门岗。

"思思，我们怎么办？"汪行知说。

"先回宿舍。"共周思说。

舒玉婷说："估计我们连宿舍也回不去了。"她一挥手，打开脑伴，想看他们的宿舍。果然，脑伴里没有出现宿舍的影像。共周思的耳伴传来了灵心的声音："思思，你们的样品先到我爸爸的公司检测吧。"

第二十章　样品检测受阻

自动驾驶汽车以很快的速度向灵心的城市疾驶，一路上这几个平时活泼的年轻人一下子沉默了。共周思怎么也想不明白，漆天成怎么会这样对他们。自己在红光公司五年，亲手创建了研究所。自己的这个团队，攻克了多少技术难关，开发了多少产品，给公司创造了数不清的利润。虽说这两个多月没有和公司联系，那也是有原因的，是个意外。这里的情况漆天成虽说不知道，但应该给他们一个解释的机会吧，现在连这个机会都不给。共周思越想越想不通，越想越气愤。

车子一进霞光公司的大门，灵心、灵剑柔就在门口等他们了。车子一停下，灵心就将共周思他们的行李往下搬，共周思忙阻止道："灵灵，我们今天就不打扰你们了。"共周思看到了昨天接灵心的齐刚，从齐刚对灵心的亲密行为看，他应该是灵心的男朋友。

见到灵剑柔，共周思就迫不及待地问灵剑柔："灵总，这是怎么一回事？"

灵剑柔说："是这样的，你们一出现在我家，你们有的董事就知道了，漆天成立即召开了董事会。有几个董事说你们将红光公司的技术机密卖给了我们公司，提出要起诉你们。"

"一派胡言。"汪行知说。

"漆天成平时是一直护着你们的，你们失踪两个多月没有和公司联系，而一露面就在我家里，以为两个多月一直在我们公司，以为你们背叛了他。任何老板都不能容忍背叛的。"灵剑柔说。

听灵剑柔这一番话，共周思心情稍微宽慰了一点，但他还有一事不明白，问灵剑柔："他们为什么要告我们泄露和出卖公司秘密？"

"以我对漆天成的了解，到公安机关报案这件事他是不知情的。但他也是不愿看到你们离开红光公司的。他是在堵你们到我们公司的路。"灵剑柔说。

"思思，我爸爸说了，只要你们离开红光公司这事被记者在媒体上披露，红光公司的股价就会暴跌。"灵心说。

"我们没这么重要吧，哪有那么夸张？"共周思说。

"你们本身可能没那么重要，但你们手里的很多项目，市场非常看好。投资者是看未来的，只要有题材，投资者就会投资，股价就会上。否则就会下跌。小共，你千万别小看你们，你们的市场估值不下于几百亿。"灵剑柔说。

"灵总，现在我们应该怎么办？"赵构成问。

"你们先在我们这里休息几天，等漆天成的气消了，我们再看，行吗？"灵剑柔说。

不能在这里住，否则我们更加说不清楚了，再说自己的"曲光"项目也不能等。科学研究，一日千里，不管采取什么办法，项目不能停。共周思灵机一动，说："哦，对了，灵灵，你不是说可以在你爸的公司做检测吗？"

灵心说："应该可以，你说呢？爸爸。"

"是什么样品，做什么用的？"灵剑柔问。

"我们在乌村做慈善，村里的孤儿多，智障和病人也很多。思思说，造成这种现象的根本原因是贫穷，他认为首先帮助村里脱贫，才能从根本上解决问题。"

"这话有道理。你们怎么帮助村子脱贫呢？"灵剑柔又问。

"思思说，乌村有丰富的森林资源和矿产资源，所以我们就用了十多天的时间寻找资源，取回了不少的样品，准备化验检测分析。"

"本来是想带回我们公司做检测分析的，但现在我们暂时回不去了，想到你们红雨公司做检测，不知行否？"共周思对灵剑柔说。

"理论上，应该是没有问题的。"灵剑柔说。

"什么叫理论上没有问题。"灵心见爸爸第一次拒绝在她看来十分简单的要求，心里有些不理解。

"灵儿，你先不要着急，听爸爸跟你解释。共周思是红光公司的员工，他寻找矿藏，取回样品应该属于履职。所以这样品与红光公司是有关联的。如果是平时，用我们的实验室给红光公司的样品做检测没什么。但在这个敏感时期，很容易与红光公司产生侵权纠纷。"

"爸爸，你想想办法嘛。"灵心说。

"行，我马上召开董事会研究一下。"灵剑柔说完马上给董秘发了一个耳伴，告诉他今晚召开临时董事会。

"真是我的好爸爸。"灵心搂了一下她爸爸。

"谢谢灵总。"共周思说。

"伯父，灵灵，快上桌用餐吧。"自共周思他们一进灵心的家，齐刚就跟着灵心妈妈尚燕在厨房里忙这忙那。

共周思想，我们这些人不能再在这里用餐。但灵心执意要留，共周思他们不好意思拒绝，只得留下。

整个晚餐，共周思没有说一句话。

齐刚不断地往灵心碗里夹菜。

灵心不断地往共周思碗里夹菜。

灵剑柔也不像第一天晚上那样侃侃而谈。

共周思他们很快吃完了饭，便一起起身告辞。灵心和灵剑柔再三挽留也无济于事，共周思他们执意要走。

共周思出了灵心家的院门，和灵心握手告别后上了停在他们面前的自动驾驶汽车。

共周思走后，灵剑柔也赶到公司开董事会去了。

灵剑柔公司会议室也和他的家一样简朴。平时这里空荡荡的，只有在开会时，办公室里才会从地板和墙壁里伸出会议用的桌椅。

灵剑柔在会议桌的中央坐下，说："各位，董秘小王已经将这次会议议题发给了大家，请大家围绕让不让共周思的样品在我们红雨公司检测的问题发表意见。"他见大家都在看脑伴，没有人发言，便指名道姓地问："胡奇，你说。"

胡董事见董事长点自己的名，便说："我个人认为，还是不应该为共周思的样品检测比较好。理由是，共周思他们手里的样品严格来说是红光公司的样品，没有红光公司的同意，私下为他做检测，红光公司可以说我们是在窃取他们公司的机密。万一把我们告上法庭，说我们侵犯他们公司的知识产权，我们败诉不要紧，我们公司的声誉会受到严重影响。"

"我也同意胡奇的意见，没有必要冒诉讼的风险。再说，共周思的样品对我们公司来说没有实际意义。"年龄五十来岁的瘦小个子李先天发言。

"我也同意胡奇和李先天的意见，我认为根本没必要开这个董事会讨论这个与公司无关的问题。"姓武的高个子董事发言。

一共七个董事，有两个出差不在本市，今天开会的只有五个董事。参加会议的包括灵剑柔在内的五个人中，有四个不同意灵剑柔的提议。灵剑柔听在耳朵里，苦在心里，他们根本就不知道灵剑柔心里在想什么。这些董事，目光短浅，只知道就事论事，没有一点战略眼光和视野。灵剑柔心想，这哪里是为共周思他们做检测，分明是与红光公司抢人才，更确切地讲，如果检测引起法律诉讼，自己公司败诉了，公司失去的仅仅是一些钱财，而得到的是罕见的人才。这是一个非常合算的买卖。灵剑柔的这些想法没有在会议上说。看来，今晚的董事会不会通过这一议题了。但灵剑柔不愿意放弃，他想用另外的理由来说服大家。

"大家说的都有一定的道理。对共周思他们取回来的样品进行检测，确实有冒着被红光公司起诉而败诉的风险。但是请大家注意一个细节，他们取样不全是红光公司的四个人完成的，还有做向导的村民，基金会的灵心、朗声丽。而真正拥有所有权的是乌村。红光公司若想单方提出诉讼是比较困难的。更何况，委托我们检测的不是共周思他们代表的红光公司，而是我女儿灵心代表的基金会，是为乌村的脱贫服务的，是国家支持的项目，有谁会反对这个项目而去起诉呢？"

灵剑柔的理由足够充分，应该说是无懈可击。灵心在董事会会议室旁边的小会议室听到父亲的讲话，心想，这些董事老爷们不会反对了吧？

灵心的想法当然是一厢情愿。虽然董事长思想积极超前，但他的董事会其他成员保守。灵剑柔虽然据理力争，分析得也很透彻，但这些董事们认为多一事不如少一事，对公司没利的事最好是不要做。最后投票的结果是三比一，一票弃权。这一结果把灵心气死了。她在心里骂他们是老顽固。等董事们走完，灵心才到会议室找她爸爸，问她爸爸现在怎么办，共周思他们还在等待答复呢。

"不要急，我们开股东会，用股东会决议代替董事会一样可行。"灵剑柔说。

"什么时候开股东会？"灵心心急地问。

灵剑柔看了下时间，已经是深夜十二点："今晚是来不及了，明天早上一上班就开。"

"万一共周思明天天一亮就走了怎么办？"灵心着急地说。

灵剑柔明白女儿的心思，他已经强烈地感觉到女儿已经喜欢上了共周思了，要不是灵心和齐刚已经有婚约，他与齐刚父亲也就是紫光公司的齐天航又是深交，女儿与共周思好自己是不会反对的。他对女儿说："小共他们住在哪里？我们现在就去看看他们，给他们解释一下。"

"太好了，爸爸，我们一起去。他们就住在我们家附近的酒店里。"

灵剑柔和灵心来到酒店，敲开共周思的房门，开房门的是舒玉婷，舒玉婷见到灵剑柔和灵心有些惊讶地说："灵总，灵灵，你们怎么来了？"

大家听说灵剑柔来了，都站起了身。灵剑柔见状忙示意大家快坐下。

"小共，刚才我们董事会已开会讨论了对你们样品进行检测的问题，十分遗憾的是，董事会以三票反对、一票弃权、一票赞成否决了检测你们样品的提案。"灵剑柔说。

"爸爸说啦，明早一上班就开股东会，讨论检测样品的议题。如果股东会通过了，董事会也得服从。"灵心赶紧补充道。

"灵总，灵灵，感谢你们为我们所做的一切。如果你们实在为难，我们另想办法解决。"共周思说。

"请你们再耐心等待一下。"灵剑柔起身说道，"你们早点休息吧。"说完便告辞。

"爸爸，你先回家吧，我今晚和婷婷住在一起。"灵心不想离开共周思他们。

"好吧，你们早点休息。"灵剑柔走了。

第二天，共周思按照生物钟早上六点起床。其他人也是六点起床。灵心比他们起得更早，五点就起床了。他们各自在自己的房间里吃完食品公司为他们定制的高能食品后，灵心来到了共周思的房间。这时，共周思房间的床已经收缩到地板下去了，从地板上伸出了一张长方形的桌子和五把椅子。他们入座后，灵心对共周思他们说："思思，你们前天晚上说准备帮我们更新信息系统和配备机器人的情况怎么样？"

"已经准备得差不多了。"赵构成说。他打开脑伴，双手上下左右滑动、快速点击，进入到"爱心智囊"网站，页面就出了很多献计献策的文字，有上万条。然后赵构成又打开机器人页面，不仅有不少公司要求为基金会生产机器人，有的公司还做出了模型，有的还做了PPT。有的公司已经制作了纪录片，全面介绍了他们公司机器人护理的方案。赵构成再点入捐赠页面，有成千上万的人和单位要求捐赠，合计金额八个亿。

"灵灵，我们上午准备在酒店优化你们基金会智能化改造的方案，知知帮你们基金会的组织构架进行梳理，成成对你们孤儿院所在地政府的教育课本进行分析，婷婷在设计你们孤儿院儿童的服装，还有玩具。"

"那你干什么？"灵心问。

"我还是要研究乌村的情况和我的'曲光'项目的下一步打算。"共周思说。

"你能不能和我去看看郊区的一家孤儿院？"灵心邀请道。

"可以。"听到灵心相邀，共周思爽快地答应了。

共周思跟着灵心来到了郊区的一家孤儿院。

"思思，我们基金会管理的一百多家孤儿院中，这是年代最长的孤儿院，是我爸爸创建的。我小时候有四分之一的时间和这里的孤儿们住一起。"

"灵心，你来了。"一位中年妇女对灵心说。

"思思，我来介绍一下。"灵心指着中年妇女对共周思介绍道，"这位叫周亚红，是这里的院长。"共周思伸出双手和周亚红握手。

"灵会长，我们这里有两位教师病了，一下子缺了教语文、数学的老师，你说怎么办，能不能先撤掉这两门课？"周亚红说。

"我看你是学师范的，应该知道教育是非常严谨的事，不能随便减少课程，尤其是语言和数学课程。"

"那怎么办，又没有老师。"院长说。

"没有老师，今天我来上吧。"灵心回答。

"还有数学呢？"院长又说。

灵心用眼睛望着共周思，意思是说：你能上吗？

共周思急忙宣布："我来上数学吧。"

第二十一章　红光公司准备开除共周思

漆天成见共周思他们又去了霞光公司，很是气恼。本来他也不想对共周思他们采取进一步的措施，因为他也爱共周思这几个年轻天才。但爱才与利益还有那可爱的自尊是两回事。漆天成今天一上班，就把公司的法律顾问朱建平叫到自己的办公室。

"建平，以前法务部已经介绍过共周思他们的情况，你认为共周思他们的事够得上法律案件吗？"漆天成问。

"这要看你怎么认定。如果你认定他们丢失'曲光号'或是将其卖掉，就可以诉诸法律追责。"朱建平回答。朱建平是一位资深律师，在法律界声名显赫，非等闲之辈。

"那我现在能不能向公安机关报案？"

"完全可以。你就向公安机关报案说是公司'曲光号'移动实验车被偷，要求公安机关追查。但仅限于追查'曲光号'。"

"好，那就麻烦你去公安机关办理此事。"漆天成的话音刚落，证券部主任兼董秘程颖给漆天成发了耳伴，告诉漆天成公司的股票有异动，漆天成叫她赶快到他办公室来。程颖的立体影像立刻出现在漆天成的办公室里。漆天成问："小程，我们公司的股票今天为什么异动？股价是跌还是涨？"

"在跌，而且跌得很快。"程颖说。

"什么原因，你知道吗？是不是有人故意做空？"漆天成急问。

"没有发现。"

"那会是什么原因呢？建平，你帮忙分析一下。"漆天成对朱建平说。朱建平虽说是公司的法律顾问，但也是漆天成的私人智囊，他们一起共事十多年。每逢公司有重大的决策，漆天成第一时间想到的就是朱建平。

"是不是与共周思他们有关？"朱建平说。

"与他们有什么有关系？"漆天成不解地问。

"漆总，我问你，我们是什么公司？"

"当然是科技型公司。"

"那么，科技型公司的核心资产是什么？"

"当然是科技人才啰，这还用问。"漆天成脱口而出。

"那么，我们公司的核心人才，在全国甚至世界有影响的科技人才是谁？"

"当然非共周思莫属。"漆天成不假思索地回答，共周思是红光公司的骄傲，也是他的骄傲。

"可是，共周思和他的'曲光号'已经失踪两个多月了。这么大的事件，敏感的资本市场肯定会有反应的。"朱建平说。

"难怪最近我们公司的股价波动很大。"程颖说。

共周思与股市息息相关，与公司的兴衰成败息息相关。漆天成以前知道共周思的作用巨大，贡献也很大，但没有想到资本市场。漆天成清楚地知道资本市场的残酷性，但共周思与资本市场联系如此紧密是漆天成始料未及的。

"漆总，我认为，此时对共周思他们追究法律责任是不妥的。如果我们采取法律措施，共周思他们只要对外宣布与我们公司脱离关系，我们公司的股价将会一落千丈，跌成一毛钱的垃圾股。"朱建平说的是实情，绝不是危言耸听。历史和现实的例子太多太多。

听朱建平这么一说，漆天成猛地惊醒了，吓出了一身冷汗。"建平，幸好我们还没有对共周思他们采取法律措施。现在的情况怎么办？共周思他们现在在霞光公司，如果他们不回来，留在霞光公司怎么办？"

"共工他们不回来，留在霞光公司，这事如果被记者写到媒体上……"

"那会怎么样？"漆天成未等朱建平说完，迫不及待地问。

"唯一的结果是：霞光公司的股价会暴涨，我们红光公司的股价会暴跌。"朱建平语气肯定。

"最近几天霞光公司的股价在上涨。"程颖说。

漆天成在心里骂自己，怎么这么糊涂。他对朱建平说："我们赶快把共周思他们请回来！"漆天成又拍了拍脑袋想了想说，"建平，如果他们不回来怎么办？我们要想预案。"

"不会的，共周思他们是一群讲情义的人。"朱建平说。

"我也这么认为，思思这些人有情有义，有恩必报。"程颖说。

"万一霞光公司用高得离谱的价格留住他们，在重金之下，人难免会变。要知道，霞光公司的董事长灵剑柔也是一个爱才如命的人，钱比我们公司多得多，平台比我们公司大得多。"漆天成的语气有些沮丧。

"漆总，让我去试试吧。我和共周思关系一直不错，我相信我能说服他。"朱建平说。

"漆总，我也去，我和他们同龄，年轻人与年轻人共同语言多一些。"程颖主动请缨。在她的同龄人中，程颖最崇拜的人就是共周思了，平时有事没事就爱到共周思的研究所与共周思他们泡在一起。她现在的计算机网络人工智能知识，除了共周思他们研究所的几个年轻人，全公司就数她最好了。两个多月没有见到共周思，她已经像丢了魂似的寝食难安了。一听说要去找共周思，她不顾一切说去找他。

朱建平找共周思回来合情合理，因为漆天成知道，朱建平与共周思有一定的私交，两个人平时里来往比较多。至于程颖，漆天成用怀疑的眼神打量着这位秀气文静而又朝气勃勃的漂亮女孩。也许，正像程颖所说的，年轻人与年轻人容易沟通。

"行，你们两个人就代表我立即启程去霞光公司找共周思，把他们带回来。"漆天成长长地吁了一口气。

共周思和灵心上完两节课，课间齐刚拿着一束玫瑰来找灵心。

"灵灵，找你真难，怎么跑到这里来了？我和伯母到处找你找不到。"齐刚见到灵心亲热地说。他将红彤彤的玫瑰花送给灵心。灵心接过来放在一边，说了一句："有什么事吗？"

"来看看你有什么要帮忙的。"齐刚说。

此前几次，共周思都没有注意齐刚，今天算是认真看了看齐刚。齐刚长得高大魁梧，身材匀称，五官精致，皮肤白皙，气质风流倜傥，而且也是一家世界级公司董事长的唯一继承人，标准的白富帅，与灵心应该是天生一对。

"共周思吗？我是朱建平，你现在在哪儿？"共周思的耳伴里响起了朱建平的声音。

"朱律师，你好，有什么事吗？"共周思想起昨天的事，以为朱建平找他是要追究他们的法律责任呢。

"漆总叫我们来找你，要你们回公司。"朱建平在耳伴里说。

"公司不是要起诉我们吗？说我们泄露了公司的机密。"

"思思，那全是误会，这都是因为漆总不在公司，其他几个董事擅作主张。漆总回来狠狠地批评了他们。董事长办公室主任已经被开除了。"

"思思，我是颖颖。"共周思的耳伴里传来了程颖的声音。

"是颖颖。"共周思高兴地说。

"思思，好久没见你们，好想你们啊。"程颖说。

"我也想你们，想公司呢。"共周思说。

"思思，这次是漆总派我们来接你的。"听程颖这么说，共周思认为漆天成要他们回公司是真的。

"你们现在在哪里？"朱建平在耳伴里问。

"我在一家孤儿院。"共周思回答。

共周思的通话，灵心都听到了。听共周思的意思，共周思要离开她回红光公司了。这时，她想起上午爸爸他们开股东会讨论样品检测的事。她急忙发了个耳伴给爸爸，告诉他共周思他们可能要回红光公司的事。灵剑柔告诉灵心，股东会仍然不同意对共周思的样品进行检测。当灵心用焦急的声音告诉爸爸红光公司已经派人准备将共周思他们接走时，灵剑柔也着急起来。她问爸爸应该怎么办。灵剑柔告诉女儿，他来想办法。灵心说："爸，你一定要快。"

"灵灵，我们公司的法律顾问朱律师来找我，下午我就不能陪你在这里上课了。数学课，你就叫齐刚上吧。"共周思对灵心说。

"行，我送你回酒店吧。"灵心撇下齐刚，送共周思回酒店。路上，灵心问共周思："思思，你是不是想马上回公司？"

"很想。我们已经离开公司两个多月了。我们的'曲光号'移动实验车已经失踪，我想设计制造一台'曲光二号'，重新去寻找引力场。"

"思思，我问你，如果我爸爸公司给你的平台比你现在公司的更大，待遇更好，比如说，给你公司的股份，甚至股东、董事的地位，你会到我爸爸的公司吗？"灵心说完这些话，自己都感觉到吃惊。

"灵灵，不管你爸爸为我做什么，我都要回红光公司。因为红光公司对我有恩，我不能离开它。"共周思肯定地说。

"思思，你们科学家不是说科学无国界吗？为什么在其他地方就不能搞科学研究呢？"

"科学研究与知恩图报是两回事。"共周思说。

灵心从共周思要回红光公司的那一刻起，就下定决心要把共周思留下来。"思思，要说报恩，乌村和我们对你有救命之恩，你如何报答？救命之恩不比你们公司对你的培养提携这恩大很多很多吗？"灵心很欣喜找到了挽留共周思的难以反驳的理由。

共周思一时没有回答，也不知道怎么回答。他想了一下问灵心："灵灵，你认为我们应该如何报答乌村和你的救命之恩呢？"

这个事灵心还真没有想过，刚才也是想留住共周思急中生智想出来的主意，没往深处多想。她也一时无话。但她灵机一动，计上心来："给乌村脱贫哪，帮我的基金会智能化升级哪，帮我们捐款、筹款打通到乌村的路哪，帮我们一起建设乌村哪。"灵心为找到将共周思留下和自己在一起，而共周思也不能拒绝的理由而高兴。

"这些我可以做，与我们的项目没有矛盾，我回公司一趟后可以回来，还可以去乌村，也可以跟你一起去帮助那里苦难的孤儿和贫困的人哪。"

听到共周思回公司一趟再回来，还能和自己一起，灵心就很高兴，心中的那片又沉又厚的乌云一扫而光。但她不放心，又说："思思，我们的那些样品怎么办？"

"我带回公司检测。"

"不行吧？听我爸说，这个样品是你们、我们基金会还有乌村共同所有的。你带回公司，如果你们公司扣下这些样品，你有什么办法？"

"不会，我们漆总不会这么做的。"

"那不好说，你忘了昨天上午不让你进公司的事了吗？"

共周思认为灵心说的也有道理，便问灵心："你爸爸不是说今天上午召开股东会吗，讨论的结果怎么样？"

灵心回答："股东会还是没有通过。"

"现在只有带到我们公司去了。"

现在确实没有更好的办法，灵心想。但她灵机一动，头脑里想到了一个主意，不过她没有说出来。

车子回到了酒店，灵心和共周思一同到了汪行知他们住的房间。共周思一进汪行知的房间，就听赵构成说："思思，这叫什么破公司，昨天还想开除我们，今天却要接我们回去，谁知道这叫我们回去是不是一个陷阱。"

"思思，赵构成说的是真的。公司的法律顾问朱建平刚给我们发来耳伴，要接我们回去，你知道吗？"汪行知说。

"朱律师发了耳伴给我，颖颖也一起来了。"

"颖颖也来了？"舒玉婷高兴地说。在全公司，程颖和舒玉婷玩得最好，"颖颖来了，说明公司叫我们回去是真心的。"

"我们又不是东西，他们想怎么搬就怎么搬。要你回去时就对你亲近，不要你的时候就叫你走。这种公司，我们没必要伺候。"赵构成还在生气。

共周思有所不知，灵剑柔听到女儿告诉他，红光公司要接共周思他们回去，而共周思他们也准备回去的时候，他决定采取一切措施要留下共周思。这不仅是兑现他对女儿的承诺，也是为了争夺人才。这几个人，那么年轻又有抱负，是公司急需的人才。因此，他派他的秘书胡馨来看望汪行知他们。胡馨临走前，灵剑柔对她面授了机宜。胡馨见了汪行知他们，便和他们拉起了家常。胡馨三十来岁，年龄可以做他们大姐，非常有亲切感。胡馨向他们介绍了霞光公司，介绍了公司的研发中心，说一年有多少经费、有多少人、有多少项目获奖，说他们公司研发中心工程师的年薪几百万，最高的几千万，说他科研人员的趣闻逸事。汪行知他们听得津津有味。听后，他们觉得霞光公司的研发中心比他们公司的至少强十倍，工程师的薪酬也至少多十倍，还有分红，还有家人享受公司医保福利。他们认为霞光公司的竞争力、吸引力比红光公司强多了。汪行知他们听完想立马去霞光公司报道。

"此处不留爷，自有留爷处。"汪行知说，"我是不想回红光公司了。"汪行知也附和赵构成。

"漆总他们做得也实在有点过分。"舒玉婷说。

共周思听完他们的牢骚，便说："红光公司我们还是要回去一趟的，看看情况再说。"

第二十二章　偷闯霞光公司实验室

听共周思这么一说，他们就不吭声了。

"我们的样品怎么办？"灵心听到他们的谈话，心里还是高兴的。虽然他们还得回红光公司，但他们对父亲的公司已经产生了好感。

"算了，放在灵心这里。反正这样品与我们的'曲光'项目没有关系。"赵构成说。

有敲门声，灵心打开门，一看是朗声丽，高兴地拥抱了朗声丽。大家看到朗声丽，都高兴得跳了起来，纷纷握手的握手，拥抱的拥抱。

灵心看到一路风尘、满脸疲倦的朗声丽，忙说："丽丽，快去洗洗。"

"关于样品检测的事，我有一个想法，今晚我们偷闯我爸爸公司的实验室。"灵心一路上已经为自己的这个想法狂喜过一阵子了。

"对啊，干吗那么麻烦，不同意，我们闯不就行了。谁怕谁。"赵构成说。冒险是这群年轻人的天性。

赵构成对汪行知、舒玉婷说："你们同意吗？"汪行知、舒玉婷两人齐声回答："同意。"赵构成又将目光望着共周思，共周思没有马上表态。

"我们的目的是救人，是为了乌村贫苦多病的村民。我们是被这些老爷们逼的。"赵构成说。

"如果你们不反对，我现在就去搞实验室的建筑结构图，打听实验室的安防情况。"灵心说。

"没有必要，你们那实验室的安防系统根本挡不住我们。"赵构成说。

既然共周思不吭声，那就是表示默认。赵构成站了起来，说："知知，你设法进入霞光公司的资料系统，找出实验室的建筑图以及安防系统的结构图。"

"好的。"汪行知一挥手，双手在脑伴上飞快地滑动起来。不到一分钟，霞光公司实验室的立体建筑结构图就展现在房间的立体影像上。影像显示，该实验室建于2045年1月5日，由里海市建筑设计院设计，里海市第一建筑公司施工。电脑屏幕上的建筑图还能自动旋转，实验室内部结构，有多少房间，有多少门，大门、后门、边门、侧门、防火通道、人行走廊、每个房间尺寸高度，甚至墙有多厚，墙里面的布线有多粗多细，等等，只要你想了解什么结构之类的，图里全部都标明了。

"结构图有了，再看看他们的安防系统。"赵构成说。

汪行知的手潇洒地滑动着，灵心他们凝神地看着。只见立体影像上的字母和数字不断地变化着。这次用了一段时间，仍然没有进入霞光公司的安防系统。

"看来，霞光公司的安防系统还是很难突破的。"汪行知滑动着手指说，"你们不要看着我，一边休息去，搞定了我再告诉你们。"

"你们在玩什么？别忘了有我的一份。"朗声丽一出浴室就说。她刚才在洗澡时已经隐约听到偷闯实验室的事，她认为刺激。这个平时寡言少语的姑娘受这群年轻人的影响，年轻人的天性也被激发起来了。

赵构成他们看了看刚出浴的朗声丽，见她满脸红彤彤的，仿佛出水芙蓉，娇艳欲滴，身上柔美的曲线勾勒出美丽的身材，刚被热水蒸发出来的体香使人陶醉。

共周思爱刺激冒险的天性让他一时忘记了自己是红光公司研究所的所长。他走到汪行知的身边，说："让我来。"

共周思在自己的脑伴上手指飞快滑动，那姿势和汪行知一样优美洒脱。灵心看着共周思舞动的手指，心想这是一群什么样的人，他们的身上蕴藏着多少的能量。

房子里很安静。大家都在聚精会神地看着房间里的立体影像。

"好啦，进去了。"随着共周思的声音，大家看见立体影像上出现自动旋转的立体彩色图形，实验室里的安防图可以说是艺术品。

共周思说："知知，你来分析一下他们的安防图结构。"不一会儿工夫，汪行知便将实验室的安防系统分析得一清二楚。

"婷婷，你来设计闯实验室的路线。"共周思说。

"好的。"舒玉婷高兴地回答。

这群人好像是盗窃团，吃了兴奋剂一样，一个个都期待今晚的行动。

"思思，我能干什么？"女儿偷闯自己父亲公司的实验室，灵心一样高兴。

"我呢，我干什么？"朗声丽也被感染了，跃跃欲试。

"你们两个人就别去了，这是冒险的活。"共周思说。

"那怎么行，我们一定要去。这样品也有我们一份。"灵心和朗声丽同时说。

"好吧，我们六个人一起找矿，一起夜闯实验室，挺有意义的。"共周思说。

这些人为晚上的行动而准备着，忘记了要回红光公司的事。

舒玉婷说："思思，我们第一关是大门。因为这里有人把守，通过这一关后，都是没有固定的人把守的，是流动岗，我已经将他们的流动规律计算好了。"

"第一关，我来，那几个保安，我来搞定。"灵心说，"第二关是什么？"

"第二关是电子锁，输入密码就行了。"舒玉婷说。

"我来找密码。"灵心说。

"不用，我在外面就可以破解密码。"赵构成说。

"这里用的电子防护系统当然很先进，但我们可以让他们的监控人员产生错觉，即使我们进去了，监控摄像摄到了我们，监控人员仍以为很正常，看不到我们。我们也可以使他们的身份识别系统失灵，使他们红外探测失效。可以这么说，只要过了第一道门，我们就如入无人之境。"赵构成说。

"有这么厉害吗？"灵心想，自己父亲公司的那些搞计算机的人也是号称世界一流的，这个安防系统也是国内一流安防公司设计的，难道就这样被这几个毛头小伙子几个小时破了？

"这里的主要问题是，我们必须在实验室滞留三个小时，因为我们的样品要检测，要按温度、曲线升温和降温，要对样品进行结构分析，而我们这一系列的动作，会不会惊动实验室的安防系统，我们没有把握。还有检测完了后，我们是否能顺利得到数据？我们如何全身而退？有的安防系统进入容易出来难，一系列事情，我们必须在这三个小时内搞定。"共周思考虑问题比他们周全，"因此，我们必须设计另外一套软件，具体是：进入实验室后，只要我们将样品放入检测设备后，我们将屏蔽其他一切干扰，隔离他们实验室与其他设备的数据联系。我们的样品检测自动独立地运行。而且我们不需人等在实验室，检测的数据直接传输到我们的脑伴上，这样，我们可以以最快的速度撤出实验室。"共周思的分析不仅精辟，而且解决问题的办法也有。

"知知、成成、婷婷，你们现在就来设计这个软件。"共周思说。

"我们把耳伴和脑伴都关掉，免得朱建平、颖颖来找我们。"共周思对三个人说。他们四个人关上耳伴和脑伴后，各自去忙了。

灵心和朗声丽看到他们一个个全神贯注地搞设计，数字像蚯蚓一样，密密麻麻在脑伴上快速地上蹿下跳。直看到她们俩眼花缭乱。灵心和朗声丽不想打扰他们，便退出房间，到一楼大厅的沙发上坐下。

"丽丽，乌村的情况怎么样？"灵心问朗声丽。

"情况很不好，你们走后，缺老师，缺学生。虽然我们按照思思他想的办法解决了一些问题，但还是有不少逃学的和不愿上学的。现在乌村的病人也在增加，赵医生已经顶不住了，叫你赶快想办法。灵灵，其他孤儿院的情况怎么样？"

"我们基金会下面的孤儿院，全面缺少护理人员。尤其是非洲地区的更加缺少。"

"护理人员我们一直缺少，这个问题一直难以解决。"

"但现在有办法了，共周思他们设计了一个用智能机器人代替护理人员的计划。"灵心说。

"那需要很多财力。"

"这些问题，思思他们都帮我们解决了。钱有人捐，机器人由机器人公司无偿地生产，包括使用和维修的培训。"

"思思真是了不起。"朗声丽充满敬意地说。

"丽丽，思思要回他们公司去了。"灵心惋惜地说。

"千万不能走，走了，我们基金会的乌村脱贫计划就会泡汤。还有机器人系统，那可是彻底解决基金会缺人的唯一办法。"朗声丽着急地说。

"我想尽了一切办法留住他，丽丽，你知道我的，我是从来没有这样去刻意留一个人的。"朗声丽当然明白，灵心是喜欢上了共周思。

"我爸爸也想思思留在他们的公司。"

"这样的人才，伯父更需要。"

"你认为，我和我爸能留住思思吗？"

"只要你和伯父真心留，我看是可以的。"

"这不是那个歌星朗声丽吗？"有几个行人走过灵心她们的身边，回过头来说。

"朗声丽自从那次演唱会后，已经彻底在歌坛消失了，都说已经出家了。走吧，你是不是眼花了？"

听这几个行人的谈话，朗声丽立即假装看其他的东西，将头侧到一边去，轻声对灵心说："我们上楼吧，赶快。"朗声丽自从失去赵康尔后，就按照他的遗愿，献身于慈善事业。她全身心地跟着灵心，投入慈善事业中。她很少在大众场合露面，如果她露面，她的粉丝，还有狗仔队会紧追不放。这不，她刚在旅馆的大厅露面，就有人认出她。

灵心和朗声丽只得回到舒玉婷的房间。

"灵灵，伯母叫你回家吃晚饭。"灵心刚进舒玉婷的房间，耳伴就响起来了，是齐刚的声音。

"我晚上不回家吃饭。"灵心说。

"那你晚上回家吗？"齐刚继续问。

"不回。"灵心最近对齐刚的态度有点生硬。

"丽丽，我们是姐妹吗？"灵心问朗声丽。

朗声丽回答说："当然是，你比我大两个月，你是我姐。"

"那你和我讲真心话，思思这个人怎么样？"灵心盯着朗声丽的眼睛，等待着她的回答。

"从长相上来说，也就是仅从外貌上看，刚刚比思思强多了。但从思想、素养和才华上看，刚刚没办法和思思比。当然，共周思也很帅，而且有一种男子汉的气质。这气质挺吸引人的。"

"你说的是实话吗？"

"当然是实话，而且从志向上来说，你们才是志同道合。"朗声丽说，"刚刚没有思思那种改变世界的抱负和使命感。"

"你说得对极了。你看他在湖中宁愿牺牲自己也要救我们的时候，那行动多伟大，多感动。"灵心说。

"你是不是爱上他了？"朗声丽问。

灵心抿了抿嘴，点了点头。

"你去爱吧，思思值得你去爱，你也值得思思爱。"

"我们去看看思思他们。"灵心沉吟了一会儿说。

"好的。"

她们来到共周思的房间。

"思思，你的软件设计好了吗？"灵心问。

"没问题，我们是什么人，我们是世界一流的极客，什么样的软件都能设计。"赵构成夸张地说。

"别吹了，我还得梳理一遍今晚的行动。"舒玉婷说。

"我来模拟一下今天我们的行动。"舒玉婷将脑伴的立体影像投到房间里，立体影像里出现三男三女走到实验室大门口，灵心拿出一个像工作证那样的卡片，六个人大摇大摆地进了大门。一进大门，画面上监控室里的保安人员正坐在椅子上看监控录像，全然没有看到那六个人正如入无人之境那样走过第一道门、第二道门、第三道门，直到实验室的检测设备启动。设备上的红灯、绿灯、黄灯一闪一闪，煞是好看。这六个人将样品放进仪器设备后，便按原路返回大门。出大门后离开实验大楼。整个行动三分零十六秒三。

"模拟是很顺利，但实际如何要看我们的行动。婷婷，你再多考虑一下，要确保绝对的安全。"共周思说，"来，大家把样品分一分，每个人都带些进去。"

共周思他们等到晚上十二点，来到了实验室大楼。他们到了大楼的第一道门，灵心与门卫寒暄了几句，门卫就放他们进去了。过了第一道门，实验大楼的安防系统便与他们隔离。共周思他们六个跟隐形人一样，监控室和过往的人看不到他们。但他们可以看到别人。他们像逛超市一样径直来到实验大楼的检测中心，将样品不慌不忙地放入到检测设备和仪器之中。

他们将取来的样品全部放入仪器里，便离开检测中心，像模拟演示的一样，按照预定的时间，三分十六秒，离开了实验大楼。

"成成，快打开脑伴看看，我们样品检测的数据传到你的脑伴上了吗？"共周思说。

"我早看了，数据一直在传呢。"赵构成说。

"那好，我们都打开脑伴。知知，你负责分析岩石的分子结构；婷婷你负责树的结构以及环境，比如土壤、气候对树结构的影响；成成，你负责搜索世界各地与乌村地理环境相同或相似的地区的矿石和树木的结构情况。我们争取在最短的时间里把乌村的资源情况分析报告拿出来。"共周思分配好任务给他们后，便对灵心和朗声丽说，"你们也早点回家休息吧。"

"我们今天在你们的酒店住。"灵心回答。

灵心一个晚上都在想共周思明天走不走，因此没有睡好，只是在天亮前的三四点才睡。当大家都起来吃高能食品时，朗声丽叫她她才醒。她揉了揉眼睛说："丽丽，几点了？"

"八点了。"

"思思他们呢？"

"他们在思思房间呢。"朗声丽说。

"你怎么不早点叫醒我？"

"我看你睡得那么沉，不忍叫醒你。"

第二十三章　精灵儿程颖来了

灵心以最快的速度梳洗好，便和朗声丽到了共周思的房间，发现共周思身边多了一男一女。灵心和他们点了头，便坐下来了。

"建平，我来给你们介绍一下，这是爱心慈善基金会的会长灵心。"

"你就是爱心慈善基金会的会长灵心？这么年轻漂亮。你的善行事迹那是传遍了神州大地。"朱建平充满敬意地说。

"听说你放弃上千亿的家庭财产继承权而投入救助孤儿、苦难的伟大事业中。灵姐，你真伟大！你给我签个名吧。"程颖手捧着一个笔记本，要灵心给她签名。灵心连忙说："不行，不行，我哪有你说的那么好。"灵心竭力推脱。

"灵姐，你帮个忙，你给签一个嘛。"程颖像一个小女孩似的又是撒娇又是耍赖，搞得灵心很是尴尬。共周思忙解围，对程颖说："颖颖，灵心从不签字，你不要闹了。"

"思思，你不用介绍了，这位就是家喻户晓的歌星朗声丽吧。"程颖一把挽住了朗声丽的手臂，亲切而充满崇拜之情地说，"丽姐，你比照片、影像中更好看，更美丽。请给我签个名好吗？"程颖仍然是双手捧着笔记本，非常恭敬地请朗声丽签字。朗声丽也连忙摆手说："我已经不再唱歌了，不签名了。"

　　共周思见程颖有些胡闹，便对程颖说："颖颖，你坐下，别闹了。"

　　"我没有闹啊，思思，我对你很有意见，跟这两位有才、有地位、名闻遐迩的大名人在一起，把我全忘记了，我嫉妒死了。"程颖的所作所为俨然就像个学生，哪像个上市公司的高管。共周思、汪行知他们今天看了都有些吃惊。平时程颖可不是这样的。不过经程颖这么一个闹腾，气氛倒活跃起来了。

　　"颖颖，你说思思把你忘了，你想思思了吗？"赵构成开玩笑地说。

　　"哎呀，我怎么会忘了思思，你们不在的这两个多月，我对思思是朝思暮想，茶饭不思呀。"

　　"有那么想吗？你在骗人。"汪行知也在和程颖开玩笑，"想我了吗？"

　　"去去，谁想你。我只想我的思思。"她挤开和共周思坐在一起的朱建平，挽着共周思的手，还将头靠在共周思的肩膀上，让大家看到他们好像不是恋人也是兄妹。

　　共周思也没有什么反应，让程颖依偎在他身上。朗声丽看看大家，他们都是笑呵呵的。

　　"颖颖，大家都这么叫你，我就这么叫你。请问你是不是思思的秘书？"朗声丽必须转变这种局面。

　　"你说对了，我是秘书，但不是思思的秘书，而是董事会的秘书。"

　　"啊，是董事会秘书，也就是人们所说的董秘，那是公司的高管啰，职位应该比共周思还高吧。"朗声丽说。

　　"我哪能和思思比呀，我连思思的一根头发都不如。"

程颖松开搂着共周思的手，站起来离开凳子，走到桌子旁边空的地方手舞足蹈地说："你们不知道，这段时间思思不在公司，我们全公司的股价直往下掉。我们漆老板每天一上班就跑到我这里对我说：'程颖，你怎么搞的，股价怎么老是往下掉，你想想办法，不能让股价这样掉。'你们说说，我一个小小的秘书哪有能力管这股票市场上的事。我只有每天祈祷上天保佑我的思思，每天盼着我的思思回来。我急得每天茶饭不思。你们看看，我想思思都想得瘦成皮包骨头了。"程颖勒起袖子给大家看，又跑到共周思的跟前给共周思看，"思思，你不回公司，不仅我的饭碗保不住，我的小命也保不住了。思思，你忍心看着我这漂亮的脸蛋再瘦下去，小命也没了吗？"程颖又坐在共周思的身边，头靠在共周思的肩膀，摇着共周思说。

　　共周思一直笑着听程颖说，最后被程颖逼得没办法，点了点头对程颖说："行，我回去，行吧？"

　　灵心一直在非常耐心地看着程颖的表演，看到程颖对思思那股亲热劲，她的心里很不舒服。当知道她为工作日夜想思思，心里才好受些。可是，当思思答应她回去，灵心心里"咯噔"一下，心又沉重起来了。

　　听说共周思要回去，朱建平不得不佩服程颖这个小女孩，她在不知不觉打诨、娇嗔中就把事办妥了。如果我和共周思谈，不知要花多少口舌呢。而且还不一定能做通共周思的工作，真是后生可畏啊。

　　共周思答应了回公司，程颖高兴地在共周思脸上亲了一口："思思，你救了我。"

　　灵心一直在看着共周思，那眼神是多么深情啊。在座的所有人都看到了，他们都知趣地离开了座位，那不知天高地厚的程颖也被舒玉婷叫走了，房间里上只剩下灵心和共周思两个人了。

　　"思思，你能不能留下来？"灵心声音含情地问。

　　共周思当然明白灵心的心意，但他也明白此时自己的选择。坦白讲，他感觉到自己爱上了灵心这个心地善良的姑娘，这是一个找遍天下都难找到的伟大女孩。但他必须坚决地割舍这份感情，因为他还有更重要的事要做。更何况，灵心已经有了男朋友。

灵心眼睁睁地看着共周思渐渐地离开自己的视线，她看到共周思几次向她挥手，那种恋恋不舍的样子更加使她难过。她控制着自己，不让眼泪从眼眶里流出来。当共周思的身影彻底从她的视线里消失后，她立即对旁边的朗声丽说："丽丽，我们回家吧。"声音极细极细。

朗声丽送灵心回到家。灵心一到家，没有理会妈妈，便直接上楼到了自己的房间反锁房门，哭出了声。任凭她妈妈和朗声丽怎么喊叫，她就是不开门。

灵心长到二十五岁，第一次这么痛苦。她不明白，共周思明明知道自己爱他，想尽了办法留他下来，可是他还是走了。难道他不爱自己？难道是为了"改变世界"的使命？但自己分明感觉到他也依依不舍呀，她不明白。她还有一个不明白：父亲曾答应将共周思留下来，可共周思还是走了，爸爸没有留下他。在灵心的眼里，爸爸是一个一言既出，驷马难追的人，没有他办不到的事。在灵心心里，爸爸从不失言，但他也失言了。顷刻之间，灵心感到自己心爱的两个男人都抛弃了自己。灵心自懂事起，过的就是春光沐浴的日子，她的四周充满着爱，她也用爱回报给爱她的人。她在贫困的孤儿院与孤儿、残疾儿童一起生活，环境差；为救治孤儿院的儿童，她四处跳舞打工，获取不多的报酬，为孤儿们看病，买书买笔。为了那些智障儿童，她不分寒暑，教那些智障儿童识字，一干就是一个暑期。她以她的爱，帮助了成百上千的孤儿成长，帮助了成百上千的残疾儿童慢慢变得聪明。她从不知劳累和疲倦，别人看上去很痛苦的事她却感觉不到一点痛苦，反而觉得是一种幸福。可今天，灵心生平第一次跌倒了，仿佛跌到了黑咕隆咚的深渊里，又寒又冷，浑身哆嗦。精神上的痛苦比肉体上的痛苦更让人痛苦。她是第一次经历这种痛苦，不知如何面对，也不知如何解决。她的心如此脆弱，如此不堪一击，无论如何不能想象她是一个身价千亿的富家千金，无论如何想不到她是一个名闻遐迩的著名慈善家。她在爱情方面的脆弱与她对世人的一片真情是那样的分明。她的痛苦更让人心痛和怜爱。这也说明灵心的心是那么纯洁和天真。正是这纯洁、未受污染的心灵，才使她更痛苦。灵心的爱情来势如此迅猛，大有迅雷不及掩耳之势，狠狠地要将她的心撕碎，将她的五脏六腑掏空。她觉得有一种力量将她的身体抓起，抛向空中后又猛地丢在了地上，心脏失重般地难过。灵心也是第一次感受到这从未有过的情感煎熬，这种煎熬就像一把锉刀，不断地锉她的那根脆弱的神经，使她无法忍受，而慢慢地、昏昏沉沉地睡了过去。可是她在梦里仍然想到的是共周思，梦见他和她在原始森林里一起围着篝火取暖，一起跳舞；梦见他和她一起在湖里游泳；梦见在她即将沉入湖底的时候，他拼尽自己最后一点力气将她托出水面；梦见他和她在银色的月光下一起散步谈天；梦见他和她一起深夜救助病人；梦见他和她一起偷闯实验大楼的检测中心；还梦见他和她又一次回到乌村，将乌村变成一个美丽的乡村，每天有朗朗的读书声从教室里传出；梦见他和她一起迎着朝霞在田野里劳作；晚上他和她一起在灯下读书。一个个梦的画面在灵心的脑海翻开。睡着的灵心脸上露出淡淡的、甜甜的笑容。突然，灵心梦见了满天的乌云飞快向头顶压下，狂风呼啸着向她吹来，暴雨向她打来，乌云向她涌来。她一惊吓醒了过来。这时，她听到了她妈妈叫她的声音，听到了朗声丽叫她的声音，她不去理睬她们。她的脑海里一会儿是共周思离她而去的背影，一会儿又是梦中的共周思和她在一起的情景，她在现实和梦境中又是穿越融合，又是撕裂，真实和虚幻交替。灵心一夜之间，仿佛是经历了十年的苦难。再坚强的人，碰到这种情感方面的问题，也是不堪一击的。何况灵心仅仅是一个二十几岁的女孩子，又是如此的心地善良，纯粹天真。灵心醒来以后，又昏睡了过去。

朗声丽和灵心妈妈喊了几个小时都没有听到反应，怕灵心出什么意外，便爬窗户进了灵心的房间。朗声丽进入灵心的房间后，发现灵心已经睡着了，便拿来一张椅子，坐在灵心身边守候着她。朗声丽让灵心妈妈去休息。灵心妈妈看到被痛苦煎熬的女儿，哪有心思去睡觉，她也坐在女儿身边，陪伴着女儿。

朗声丽和灵心妈妈坐在灵心身边，实在困了便打瞌睡，一夜就这么过去了。

听到女儿生病的消息，灵剑柔推迟了与法国一家公司的谈判，匆匆赶回了家。他回到家的时候，发现女儿瘦了一圈，很心痛。女儿突然有如此大的变化，他很茫然。他出差期间，家里发生了什么？他把朗声丽叫到了一边问："丽丽，家里发生了什么事？"

"灵灵已经爱上了思思，思思回去了，灵心受到了很大的打击。"朗声丽回答道。

"周思走了还可以回来呀。"

"是的。"朗声丽说，"伯父，你是不是答应灵灵留下思思？"

"是呀，我在耳伴里答应灵儿的。"灵剑柔说，"灵儿肯定要怨我了。"

"伯父，要尽快想个办法帮帮灵灵，不然的话灵灵会越来越痛苦的。"朗声丽是过来人，她品尝过爱情刻骨铭心的痛苦。

"有什么办法呢？"灵剑柔坐在书桌前沉思，"丽丽，最近基金会有什么急事吗？"灵剑柔问。

"基金会的事很多，有不少孤儿院缺乏护理人员，急需补充。"朗声丽说。

"周思他们不是帮你们基金会做了一个机器人护理系统吗，进行得怎么样？"

"没那么快，再说思思他们走了。"

"走了可以请回来呀。丽丽，你去请周思他们回来行吗？"

"伯父，请思思来，也是短时间的。灵灵已经爱上了思思，而灵灵又和刚儿有婚约，这个矛盾怎么解决，才是问题的关键。"

是啊，这个矛盾挺难处理的。如果依女儿灵儿，意味着结束与刚儿二十几年的关系，更重要的是断绝与齐天航的关系。齐天航的紫光公司是自己公司最主要的客户，足可以决定自己公司的生死。当然和灵儿与刚儿是指腹为婚，这一非常古老的做法，对他们没有任何约束力。但是灵、齐两家是世交，两家都认定了双方的联姻。特别是齐天航很喜欢灵儿，他说过，这世上只有灵儿够资格做他的儿媳妇。灵儿和刚儿青梅竹马，灵儿除了经常和刚儿在一起，很少接触其他男青年。灵剑柔也没有发现过有哪个男孩子像齐刚那么优秀，要不是灵心忙于她的慈善事业，他们已经结婚生子了。共周思的突然出现打乱了灵心感情生活的轨迹，不但灵心这个当事人没有任何思想准备，灵剑柔也没有任何思想准备。尽管他从灵心带共周思回家的那一刻起，他就知道灵心已经喜欢上了共周思。他知道自己女儿的个性，她一旦认定了的事，会不顾一切。就像她选择慈善事业，不顾自己和她妈妈的坚决反对，义无反顾地投入那又苦又累又危险的事业之中一样。如果不依灵心，那么就要牺牲女儿的幸福，这是灵剑柔万万做不到的。这个两难的难题一下子难倒了灵剑柔这个商场常胜将军。

"不管如何，女儿灵儿的幸福和快乐是第一位的。"灵剑柔暗自下定了决心。他要为女儿的幸福做一个很大的决定。

灵剑柔坐到了灵心的床边，两天不见，那张总是阳光灿烂的动人的脸，如今是如此憔悴、哀伤。灵剑柔心如刀绞。灵剑柔这个纵横世界几十年的宿将认为，女儿那颗善良的心，可以感动一切邪恶。她的那颗仁慈心灵的雨露，可以滋润世上的一切苦难。灵剑柔为有一个这样的女儿而骄傲。他现在不仅理解，而且敬佩女儿放弃公司继承人的地位而选择救济弱小和苦难的决定。

"灵儿，你已经一天一夜没有吃东西了，起来吃点行吗？"灵剑柔轻声轻气和灵心说。

灵心没有怎么理灵剑柔，躺在床上不吭一声。灵心这一反常的表现，灵剑柔万箭穿心般地痛。看来女儿真是生气了，生气他没有兑现把共周思留下来的诺言。

"灵儿，爸爸对不起你，没有把周思他们留下来。"灵剑柔对女儿诚心地道歉，"但是爸爸决定收购周思他们的红光公司，周思的研究所就是我们公司的研究所，周思就可以来我们公司了。"这个决定，是灵剑柔在看到女儿那么痛苦，不顾一切要让女儿开心快乐的心情下，灵感突闪而作出的。他满以为女儿听到这个消息会高兴，但他看到女儿没有理睬他，而是对朗声丽说："丽丽，非洲地区的孤儿院是不是缺少护理员？"

"是的。"朗声丽说。

"我们去非洲。"灵心说完，掀开被子，跳下床，行动像平时那样。但当她下床站起来的时候，身子晃了几下，朗声丽和灵剑柔赶紧扶住她，灵心推开了他们。

"灵灵，你还是休息几天再走吧。"朗声丽说。

"灵灵，等我们收购了红光公司，周思他们会帮助你实现机器人护理计划的。"灵剑柔看到身体如此虚弱的女儿要到非洲那战乱频繁、疾病横行、贫困落后、难民众多的地区去，他不顾一切地制止。

可是灵剑柔没有挡住灵心。他的女儿和他一样倔强。

第二十四章 "曲光"项目遇冷

为了欢迎共周思回来，红光公司举行了隆重的欢迎仪式。为此，漆天成邀请了几十家主流媒体的记者。公司的门口也打起了横幅，上面写着"热烈欢迎共周思、汪行知、赵构成、舒玉婷科学考察凯旋"。漆天成亲自带着公司的高管列队欢迎共周思他们。

面对这阵势，共周思很不习惯。他很想跑，直接回研究所，但他的胳膊已经紧紧地被程颖拽住。程颖轻轻地对共周思说："思思，你一定要帮帮我。"

"欢迎，欢迎英雄凯旋。"漆天成第一个握住共周思的手。以前，共周思感到漆天成比较亲切。但今天，共周思仿佛有一种别样的感觉，当他握住漆天成的手的时候，照相机的"咔嚓"声响了很久。记者们用摄像机、照相机和那支妙笔生花的笔记录了这个让共周思别扭的场面。

隆重欢迎共周思他们之后是晚宴，当然是公司的董事会成员、高管和共周思他们一桌，朱建平也参加了。今天程颖破天荒地和共周思坐在了一起，紧依着他，一步也没有离开过共周思。

非常难熬的两三个小时的所谓欢迎仪式过去了。共周思他们回到了研究所，离开仅两个来月，但好像过了几年似的，真可谓金窝银窝不如家里的狗窝。研究所的其他工作人员见到共周思他们回来了，都来看望他们，嘘寒问暖，分外亲切。

等研究所的同事们都离去之后，共周思他们四个人坐到了研究所的会议室里。他们打开脑伴，四个人脑伴里的立体影像投到了会议室里。

会议室里出现了树的分子结构，彩色分子结构在立体全方位旋转。

"我们取了多少树的样品？我记得有一种像铁一样的树枝样品的结构出来了吗？"共周思问。

"马上就会看到。"汪行知说，不一会儿，有些像蜂窝形状的图案展现在大家的眼前。

"难怪那么硬，像金刚石的分子结构。"赵构成说。

"知知，你等等。成成你查到了像这样结构的树，在全球的资料吗？"

"搜索了世界各地的地理资料，这种像铁树般的标本，还只有我们有。"

"好的，知知，你继续。"共周思说。

"树的十五个样品的分子结构图大家都看了，我个人认为，树的粗细、硬度和分子结构与太阳照射的时间、阳光的强度及通风状态都有关系。"汪行知说。

"大家分析一下，这里的植物有什么特别的。"共周思说。

"我看也没什么特别的。"其他人说。

"怎么没有，我们为什么仅发现一小截像铁一样的树枝，像铁一样的树枝难道凭空而来？这里面肯定还有我们没有发现的秘密。"共周思展开那个像铁一样的树枝的结构图说，"你们看，它的结构有像蜂窝，但也有层状的，还有一些杂质游离，看来用分子结构理论模型分析还不够。"

"这些岩石的分子、原子结构是我们以前从来没有看到过的，说明这里的岩石结构很特别。这些区域是不是还有人类没发现的元素？成成，你再搜索一下，世界上有没有这样结构和化学成分的岩石。如果这是独一无二的，这个乌村肯定有很多自然界的秘密。"共周思又说。

"是不是对这些岩石作进一步的测试？"舒玉婷说。

"我们现在只是用霞光公司的设备仪器进行了自然常态下的检测，而没有在非常态下测验。知知，你用我们自己的实验室检测，观察在高温、高压及在不同频率和波长光的照射下，它们的结构、强度、硬度和韧性以及导电导热学一系列物理化学性质的变化。成成，你用知知检测出来的数据作同步搜索分析，要快。"

共周思说完，已是凌晨三点了，他们就在会议室里一抬手，会议室里出现了床和洗漱室。共周思刚才对树、岩石还分析得井井有条，但他的思维一离开这些科学的东西，便想到了灵心。灵心此时此刻怎么样了？与灵心告别的那一刻，她凝视自己深情的眼神不断地撞击他的心扉。

"咚咚咚"的敲门声将共周思他们敲醒，他打开了门。

"思哥，早上好！"程颖一大早就拿着各种各样的鲜花走进了会议室，她看到他们还在床上睡觉，就说，"快起床吧。"

"等等，颖颖，我们还没有洗漱呢，你拿这些花过来干什么？"共周思问。

"思思，我是来感谢你的，你要是昨天不回公司，漆总会直接把我开掉。"程颖边走边对共周思说。

"你不去，我们也要回。"

"思思，你千万不能对漆总这么说，你这么一说，我在公司的地位就不重要了。思思，求求你千万不要对漆总说是你自动回来而不是我请回来的，好吗？"程颖没等共周思的话说完，将手里的鲜花全部交给了舒玉婷和汪行知，跑到共周思跟前，挽着共周思的胳膊，撒娇似的说，"行吗，思思！"她见共周思点了点头，说，"为了报答你，透露你一个机密：漆总他们准备取消你们的'曲光'项目。"

"为什么？"听说要取消"曲光"项目，共周思急问。

"具体原因不清楚，大概是董事会的那些老头子们觉得那个项目希望渺茫吧。"程颖说。

"哪个科学成果初始的构思不是渺茫的？"共周思说，"不行，我得找漆总去。"

"思思，我支持你。能不能先找应老，听听他的意见？"程颖说。

"有道理，走，我们先找应老。"共周思拉着程颖就要走。

"思思，你先吃些东西吧，这么早应老还没起床呢。"

共周思一挥手，会议室里的床和洗漱室不见了，随之出现的是小桌子、凳子和墙壁里伸出来的装着水和高能食品的小盘子。他们取过高能食品，便乘车去了一百多公里外的一幢精致的别墅。车停到了别墅的院子前面，共周思按了门铃。

"应老，我是周思。"共周思对着门铃讲。

"是小共啊，你们进来吧。"是红光公司首席专家应时震的声音。随即院门打开了，共周思他们走过几米用大理石铺的弯曲小路，便看到应时震在大门口迎接他们了。

"小共，你昨天回来的？"应时震这句话应该算是寒暄吧。

"是的。"

"玉婷，你看上去瘦了很多。"应时震对舒玉婷说。

"还好，应老。您还是那么硬朗。"舒玉婷尊敬地说。

"应老，您好。"程颖恭敬地问应时震好。

"颖颖，你也来了，听说，这次请周思回来，你立了头功。"

"哪有呀。思思是想您才回来的。您看，思思他们一回来，第一个就来看您！"程颖甜甜地说。她转过头看向共周思："思思，你说是不是？"

听程颖的话，应时震心里喜滋滋的。他心想，凭自己和共周思的关系，共周思不管到哪里，都会想到我。

应时震将共周思他们带到了客厅，请他们在沙发上坐下。客厅布置得很典雅，一块紫红色的地毯上放着红木沙发，沙发背后是徐悲鸿的"骏马图"。应时震已是九十五岁高龄，但身板依然硬朗，精神矍铄，两眼有神，思维敏捷。他的老伴在共周思他们坐下后，从墙壁里伸出的盘子中拿出铁观音，给每人沏了一杯。

"阿姨，今天怎么没有看见您孙女兰兰呢？"舒玉婷说。

"兰兰去她妈妈那里了。"应时震的老伴回答道。应时震有一儿一女，儿子在美国的一家高科技公司当高级工程师，女儿在中科院的一家生物研究所工作。孙子孙女经常回中国的爷爷奶奶这里玩，同时也学习中国文化。

"应老，向您汇报下我们这两个多月的工作行吗？"应时震已经退休，现在没有行政职务，只是一个首席专家，也不算公司的正式职员，所以，他和共周思没有行政隶属的关系。

"您也知道，我们这次是出去寻找能使光线弯曲、时空折叠的引力场的，是开着'曲光号'移动实验车去的。但不知怎么回事，到了一片森林中，'曲光号'就失灵了。"

"所有的设备和电器全失灵了？"应时震问。

"全失灵了。我们在森林里走了七天八夜，带去的高能食品和水全部用完，差一点饿死了。"

"你们是怎么走出那片原始森林的？"应时震问。

"当我们筋疲力尽，在死亡的边缘挣扎的时候，是乌村的村民和灵灵他们救了我们。"共周思说。

"灵灵是谁？"

"就是霞光公司董事长灵剑柔的女儿。"舒玉婷说。

"是她。她可是名震世界的慈善家，怎么会到那奇怪的地方？"应时震不明地问。

"他们在那里的乌村办教育，救助孤儿、残疾儿童和病人。"

"灵剑柔生了一个非常了不起的女儿，这是我最羡慕他的地方。"

"应老，我从未见过那么贫穷的地方。而且那里的人平均寿命不到四十岁，多么悲惨。"共周思感叹地说。

"人均寿命不到四十岁？"

"是的，而且大多有病。为了报答乌村村民和灵心的救命之恩，我们和灵心准备开发那里丰富的自然资源来使乌村脱贫，所以耽搁了一段时间。"共周思说。

"应老，那里没有电，和外界联系全无，所以没有及时和公司取得联系。"舒玉婷说。

"原来是这样。"应时震说。

共周思在介绍了他们的遭遇之后，又介绍了他们在乌村勘查资源的情况："应老，这是一个非常奇特的地方，值得我们去研究探索。"

"从你刚才讲的情况来看，是一个可以专门进行科学考察的地方。"应时震说。

"应老，听说公司要取消我们'曲光'项目，不知是不是真的？"共周思问。

"你们的'曲光'项目，公司的异议非常大，可以说没有人同意。你们偷偷地搞，漆天成也默认了。可是你们失踪两个多月后，这事就暴露了。董事会的那些人，以及我们的专家委员会也向漆天成提出了质疑。"

"应老，您的意见呢？"共周思问。

"说真话，我也不赞成此时搞。因为这个项目耗时太长，耗财太多，而且还不一定能成功。"

"但路总是要人去闯吧？"共周思说。

"道理是在你那边，但公司的股东们是要利益的。"

"应老，我们不管公司那些股东们的意见，我们只要您的支持。"

"小共，我非常喜欢你们这些年轻人身上敢想、敢干、敢闯的那股劲。'曲光'项目应该由国家投资去搞。"应时震还是坚持自己的看法。

"应老，如果我们坚持要搞，你说我们应该怎么做？"共周思问。

"小共，我认为有两点：第一，说服股东们，当然最主要是说服漆天成；第二，申请国家专项基金。"应时震说。

共周思心想申请国家研究基金，肯定是一条途径，但估计难度不小。要想尽快实现自己的梦想，最快捷的就是自己研究所搞。要做到这一点，唯一的办法就是说服漆天成及其股东们。共周思主意已定。他与应时震聊了一些科学技术方面的事，便起身告辞。

"应老，这是思思他们孝敬您的桂花年糕。"程颖将几盒桂花年糕放到客厅的茶几上。这是程颖给共周思准备的，共周思压根就不会想到给应时震送礼品，他也不知道应时震喜欢桂花年糕。

"哎呀，小共，不用客气，有什么事直接给我发耳伴或脑伴就行了，不需要特地往这里跑。"应时震高兴地说。

告别应时震，共周思他们乘车来到一幢很大的别墅前。共周思在车上已经和漆天成通了耳伴，问漆天成在不在家，漆天成很热情地回答说在家。

"思思，欢迎欢迎。"漆天成老远就叫着共周思他们，他上前拥抱了共周思，"思思，这两个多月不见，你们肯定吃了不少的苦啊。"漆天成家的阿姨给他们上了茶，端上了从墙壁里伸出来的水果盘。

"颖颖，你来了正好。交给你一个伟大而光荣的任务，那就是照顾好周思他们。你要什么条件，公司那边都给。"漆天成对程颖半开玩笑半认真地说，"如果周思他们有什么不快乐、不开心，或者有点头痛脑热的，我唯你是问。"

"漆总，你这话是逼着我嫁给思思啊。可是人家要我吗？"程颖侧过身，面对着共周思说，"思思，你愿意娶我吗？"

共周思忙转移话题："漆总，我们是专程来向你详细汇报这两个多月的情况的。"

"哎呀，说不上汇报了，回来就行，回来就好。"漆天成非常客气地用不锈钢叉子将一片哈密瓜叉到共周思面前的果盘里，"思思，这个不急，慢慢说。"

"上次在公司的宴会上，因为人多，没有和你汇报这两个多月的具体情况，今天我们是特意来向你汇报的。"

共周思将他们乘坐"曲光号"在原始森林里失踪迷路，如何被人救，以及为报答救命之恩，如何为帮助村民脱贫探索资源等，一五一十向漆天成作了汇报。漆天成聚精会神地听完了。漆天成问："灵心是不是红光公司董事长灵剑柔的女儿？"共周思回答："是的。"

"你在红光公司待了几天？"

"在灵心家里住了一晚上，在宾馆住了一晚上，没有在霞光公司待过。"舒玉婷说。当然，舒玉婷和共周思都没有将他们偷闯红光公司实验大楼检测中心的事说出来。

"漆总，我是想问问公司对'曲光'项目的意见。"共周思对漆天成很尊敬，这不仅是因为漆天成是宇航员出身，经过二十多年的摸索，创建了国内材料行业数一数二的高科技公司，更重要的是，漆天成对共周思的支持、信任。支持共周思创建了研究所，投入了大量的资金，任由共周思在国内外物色人才。现在的研发团队，就是漆天成放手让共周思招聘到研究所的。因此，共周思不仅尊敬他，而且感恩。当然，共周思也为漆天成的红光公司创造了丰厚的利润，如果没有共周思，红光公司肯定在激烈的市场竞争中被淘汰。

"思思，关于'曲光'项目，公司股东们有不同的看法。"漆天成说。

"漆总，我是想听听您的意见。"共周思说。

"我尊重股东们的意见。"漆天成回避共周思提的实质性问题。

第二十五章　非洲遇难

共周思听出了漆天成的话外之音，他感到很失望。

程颖了解漆天成的心思，漆天成不可能当面拒绝共周思，因为当面拒绝，他怕共周思一气之下离开红光公司，那将是红光公司的巨大损失。如果同意共周思的"曲光"项目，那红光公司将投入巨额资金，凭红光公司目前的资金实力，红光公司的股东们是不会冒巨大的风险的。红光公司除了共周思及他的团队，其他人包括漆天成本人，已经失去了创业初期的热情和胆略，基本上处于一种吃老本、守摊子的状态。程颖认为，共周思的"曲光"设想，在股东会上很难通过，很有可能死在襁褓之中，或者干脆胎死腹中。如果股东不同意共周思的"曲光"项目，共周思会难过，但他是不是会离开红光公司，她不能确定。

程颖想得一点都没错。共周思一时很失望，但他还是从好的方面去想漆天成的话。他对漆天成说："漆总，我再去找找其他的股东行不行？"

漆天成当然希望他去找其他的股东以减少共周思给他的压力。他很怕也舍不得共周思离开自己的公司。最怕的是共周思跳槽到灵剑柔的霞光公司，那红光公司将遭灭顶之灾。因为在漆天成看来，能够迅速击垮他们公司的只有霞光公司。再说，共周思已经认识了灵剑柔的女儿，而且他们还相互救过对方的命，加上灵剑柔爱才如命和抢人才的狠劲，共周思到霞光公司的可能性极大。"思思，我们董事会薪酬委员会鉴于你们研究所这几年的杰出贡献，经过研究决定，给你及你们团队的汪行知、赵构成和舒玉婷增加三倍的薪酬，并奖励3%的股份。"这么高的薪酬和股份，漆天成是经过激烈的思想斗争的，但也是无奈之举。

这么高的薪酬和股份奖励，程颖听了都吃惊。程颖吃惊的是漆天成何时变得如此大方。漆天成在红光公司员工的眼里，是有名的铁公鸡。

"非常感谢漆总的美意，这么高的奖励，我们受之有愧，也不能接受。"共周思诚恳地说。

程颖听到漆天成给共周思四位加工资，共周思竟然不要，更加吃惊。自己的工资已经三年没涨了。每次他提示漆天成是不是给自己涨一点工资，都被漆天成瞪眼瞪回去了。你看共周思他们四位的工资，那可是自己工资的几十倍。程颖惋惜着。

"不用客气，这是董事会的意见和决定，也是你们应得的。"漆天成见共周思不要，倒真诚起来了。

共周思他们从漆天成家出来，坐到自动驾驶汽车上，程颖问共周思："思思，我们现在去哪儿？"

"去找股东，一家家地去找，去做工作。"共周思说。

"有用吗？"程颖说。

"是啊，有用吗？漆总是第一大股东，明显这些股东都看他的脸色行事。如果漆总不同意的话，我看其他股东也不会同意。找也是白找。"舒玉婷说。

"找不找是我们的事，同不同意是他们的事。俗话说得好，精诚所至，金石为开。我相信我们的诚意会感动他们的。如果这些股东同意，回头来我们再做漆总的工作。总之我们一定要说服那些人。"共周思充满着期盼。

"思思，先不要说我嘴臭，如果实在说不服这些股东们，怎么办？"程颖问。她平时与这些股东们打交道比共周思他们多，凭她的直觉和经验，说服股东们的希望十分渺茫。

"我一定要说服他们。"共周思坚定地说。

然而，无论共周思多么努力，多么动之以情，直说得共周思口干舌燥，股东们就是不赞成。到后来，见共周思态度坚决，股东们的态度也坚定起来。最后漆天成说他也得尊重股东们的意见。共周思第一次感到沮丧，心情郁闷。他对程颖说："颖颖，哪里有酒吧，我想喝酒。"

这样的共周思，程颖和舒玉婷还是第一次看到。在她们眼里，共周思是智慧和坚强的化身，没有什么事情可以难倒他。现在的研究所，就是他从一片废墟上建起来的。那时，很困难，要钱没钱，要人没人，可共周思凭一股犟劲、韧劲、闯劲和智慧干出了不同凡响的事业。他设计的实验基地，他的隐形实验室，他设计的"曲光号"移动实验车，不仅在国内没有，世界上也罕见。可是今天，遭到的挫折并不比从前的大，为什么会有这么大的反应呢？舒玉婷和程颖不知所措。

"颖颖，你去不去喝酒？"共周思对程颖说。

"这附近没有可以喝酒的地方。"程颖说。共周思这种情况，如果让他喝酒，非喝醉不可。那会很伤身体的。舒玉婷也暗示程颖回研究所。程颖见舒玉婷跟自己的意见一致，不顾共周思的叫嚷，叫自动驾驶汽车直接开到了研究所的门前。这时，已经深夜十二点了。共周思一下车，也不顾程颖和舒玉婷她们，便直奔自己的研究所办公室，把门关上，一个人陷入了沉思。

非洲，是一个美丽富饶的地方。土地肥沃，资源丰富，人民和善，有大量的石油、矿产。但非洲因为贫富差距和种族矛盾而政局动荡，战事频发，生灵涂炭。非洲人民为躲避战乱和杀戮，常常是流离失所，居无定所，食不果腹。而且，军阀和种族矛盾交织在一起，使非洲局势更加错综复杂。国际社会已经尽全力试图解决种族之间的血腥厮杀，常常派出维和部队来保证那里人民的基本安全。但还是难以制止大量的难民寻找安全的避难所，并且孤儿越来越多。灵心的基金会克服种种困难，甚至是冒着生命危险，在非洲建了三个孤儿院。

灵心和朗声丽经过十几个小时的飞行，到达了非洲撒哈拉沙漠东部地区。她们来到了慈善基金会的非洲第三孤儿院。

孤儿院是一座木制的平房，一排木桩算是围墙。孤儿院有八九个房间，有厨房、护理人员的住所，以及放儿童用品的房间，还有一个医护室，有三四十个孤儿。此外还有两间教室。孤儿院院长叫侯赛·达姆，是一个五十岁左右的妇女，有护理员四五个，还有一个英国志愿者医生，一个三十来岁的女青年。护理人员不仅负责照顾孤儿们的衣食起居，还负责他们识文断字，他们说的是英语。

灵心、朗声丽一到孤儿院，就发现孤儿院里挤满了人。房子的空地方都站着、坐着人。他们黑压压一片，全是黑人，而且瘦得皮包骨头。其中大多是妇女、儿童和老人。这些人中散发出一股难闻的怪味。灵心和朗声丽走进孤儿院的教室，一幅悲惨的画面立即进入她们的眼帘：一个老大爷正靠着桌子的脚坐在地上，一个瘦骨嶙峋的十几岁的小女孩躺在地上，她的头枕在老大爷的腿上；一个三十几岁的妇女，背着一个小女孩，那小女孩消瘦的脸上，一双大眼睛里黑色的眼珠呆呆地望着前方；一个妇女站在那里，右手牵着一个身上仅穿一条短裤的八九岁的男孩，左手边的一个更小的女孩子靠在那妇女的臀部，一双黑黑的眼睛看着进来的人。有的躺在凳子上呻吟；有的坐在凳子上，闭着全是皱纹的眼皮；有的坐在垫在地上的行李上；有的将头埋在架在膝盖的手臂上；有两个小女孩扶着身体虚弱不堪的老太太，靠在教室的墙板上；还有几个背靠背围在一起；有的埋着头，有的东望望西瞧瞧，警惕的目光仿佛时刻准备逃跑。这是一群为饥饿折磨的人，是被恐惧笼罩心灵的人，是时刻都面临死亡的人，也是一群渴望和平、渴望哪怕片刻安宁的人，是一群精神和肉体被蹂躏得只剩一息的人。灵心和朗声丽看到这悲惨的场景，浑身战栗，一时不知如何是好。

"灵会长，这些都是昨天晚上涌进来的难民。这些人估计已经几天没吃一点东西了。"孤儿院院长达姆说。

"达姆，你去把我们院里能吃的都拿出来，给这些难民送去。去把我们院的所有人都叫来，将那些受伤和生病的集中起来，叫莱斯医生给这些人看病。"灵心对院长交代。

"丽丽，我们去食堂。"灵心对朗声丽说完，挽起袖子，就向食堂的厨房走去。厨房平时只能做三四十人的饭，现在一百多人，厨房的锅太小，炊具等其他东西都明显不够。

"丽丽，我们去找一口锅来。"灵心说。

"外面好像有一口大锅，不知道能不能用，我去看看。"朗声丽和灵心一样，早就挽起了衣袖，将头发盘在脑后。她将一个护理人员叫到身边，要他和自己一起将一口大锅抬到院子里的大树下面架好，她和那个护理员到围挡外面找来很多木柴，把木柴塞到大锅下面。灵心将水倒进大锅里，然后放入大米，朗声丽点着了柴火，不一会儿火焰蹿了上来。

"丽丽，你在这里看着，我到厨房里看看馒头蒸好了没有。"灵心跑进厨房，打开蒸笼，用手摸了摸热气腾腾的馒头，感觉好像是熟了，便将两蒸笼的馒头放入倒空了的篮子里。

"要不要将这些馒头给那些难民送去？"有个护理员问。

"好的。"灵心说。

大锅里的水已经开了，火也在呼呼地燃烧。朗声丽提着篮子到教室里去给难民发放馒头。馒头很快发完，朗声丽又给难民们送去了热腾腾的粥。

突然，天空响起雷声，闪电从空中划过。接着，大滴的雨由稀到密下了起来。雨越来越大，朗声丽赶紧在大锅上面撑起了太阳伞。

朗声丽、灵心冒着雨跑到大锅那里，打好粥后又冒雨从外面跑到屋子里，将粥送到难民那里。有几个不能自理的难民，灵心、朗声丽还有护理人员便一口口地喂给他们吃。如此雨中来雨里跑，她们的衣服被雨淋湿，但她们全然不顾，艰难地将粥送到每个难民手里。忙完这些后，灵心和朗声丽自己的肚子也"咕咕"作响，感觉到饿了。因为她们一天也仅在飞机上吃了一点东西。她们正准备拿起剩下的几个冷馒头充饥的时候，院长达姆来找灵心。

"灵会长，有几个难民已经不行了，需要赶快医治。"

"赶快找莱斯大夫。"灵心说。

"莱斯大夫正在给一个难民包扎呢。"

"丽丽，我们走。"灵心和朗声丽一人抓起一个馒头塞进嘴里，跑到难民集中的教室。

果然，有一群难民正围着几个难民。灵心拨开人群，走到被难民围着的几个难民那里，只见一个人捂着自己的肚子叫唤。尽管他极力克制自己不大声叫出来，但他的声音仍然不小，而且可以听到牙齿打战的声音；还有一个难民用双手压着腿。灵心叫懂当地语的一个护理问那难民压着腿是为什么，那护理问过后告诉灵心，这个人的大腿在逃难时摔断了，一直痛得难以忍受。

灵心对朗声丽说："我们把他们抬到医护室去。"灵心和朗声丽两个人架起那个断腿的难民，一步一跟跄地向医护室走去。那个按着肚子的难民，由两个护理抬着也向医护室走去。

医护室里，莱斯医生刚给一个难民包扎完，正准备啃一个馒头充饥的时候，见灵心和朗声丽给他送来了一个摔断腿的难民。他便将馒头含在嘴里，和灵心、朗声丽一起将难民放到了抢救台上。他边吃含在嘴里的馒头边检查。检查完了以后，他又问了一下情况后对灵心说："必须尽快手术。"

灵心说："那你就尽快吧。"

莱斯说："缺人手。"

"你要什么人？"灵心问。

"要一名麻醉师和助手。"莱斯说。

"我们给你做助手和麻醉师。"朗声丽说。

"你们做过麻醉吗？"莱斯问。

"没有。"灵心说。

"没做过，怎么做麻醉师？"莱斯摇了摇手。

"如果这个病人不马上手术，有什么危险？"灵心问。

"不做手术，很快会有生命危险。"莱斯说。

"那就是说，不马上手术，可能随时会死。"灵心说的话很有医生的味道。

"是的。"

"那么还有什么比让我们做你的麻醉师和助手更好的办法吗？难道还有什么比挽救人的生命更重要的事情吗？"灵心说。

"我们冒险试试？"莱斯说。

"只有这样，才有可能挽救这个人的生命。"

"好，我来教你们。"

其实，灵心和朗声丽长期救助孤儿、病人，有一定的医疗护理和急救知识。因此，灵心她们提出这一要求是有道理的。

莱斯医生向灵心、朗声丽详细讲解了麻醉师和助手的要求以及注意事项，便开始手术。

但是，当手术进行到一半的时候，医护室突然闯进了两个中国军人。他们大声问道："谁是灵心？谁是朗声丽？"

"这位兵哥，我们现在在做手术，请你们马上离开。"灵心说。

"好，请你们务必在半小时之内完成手术。"中国军人说道。

雷还在打，闪电还在闪，雨还在下。孤儿院的院子闯进了七个中国军人，他们身穿着迷彩服，肩上挎着轻型冲锋枪，还有手枪挎在腰间，匕首插在脚靴里，浑身挂满了子弹。他们任凭大雨从他们的身上打下来，雨水从他们的钢盔上、脸上流下。

第二十六章　非洲救难（一）

几个中国军人中，领队是柯彪上尉，他叫手下倪根生看住灵心和朗声丽。"方力虎、高峰，你们占领附近的制高点。陈平西、李开均，你们负责房子警戒。"柯彪用耳伴说。

几个中国军人迅速按照柯彪的指挥散开，执行各自的任务。倪根生从医护室跑出来，对柯彪报告说："她们在给病人做手术，可能还要半个小时。"

柯彪说："我们巡逻警戒。"

雷声、雨声和难民痛苦的叫喊声交织在一起，使这个小小的孤儿院充满着肃杀之气。

半小时后，灵心和朗声丽站到了孤儿院的大门口："请问是谁找我们？"

"是我。"柯彪向灵心和朗声丽敬了一个礼，将灵心拉到一边，对她说："我们奉中国政府的指示，带你和朗声丽离开这里。即刻就走。"

"为什么要走？"灵心问。

"我们得到情报，有一批反政府武装将袭击这里。"柯彪说。

"为什么？"

"因为你们孤儿院的这批难民是反政府武装要灭绝的另一个种族。因此，反政府武装肯定会杀掉这里的孤儿和难民。"柯彪说。

"我们两个不属于他们任何一个种族，留在这里不会有多大的危险。"

"这批反政府武装对我们政府非常不友好，中国人也可能被杀害。因此，中国政府命令我们将你们带走。"灵心和朗声丽转头看了看房屋里的孤儿和难民。这时达姆院长和一个护理已经站在她的身边，他们听不懂中文，但他们也感觉到了什么。灵心用手摸着护理的头，对柯彪说："他们不走，我们也不走。"说完，拉着朗声丽的手向屋子里走去。她不去理睬柯彪说什么，与莱斯医生一起去给那些难民治疗。

柯彪见灵心和朗声丽不肯跟他们走，一抬手，他在耳伴里说："东风一号，东风一号，我是飞鹰二号，听到请回答！"

在地中海的一艘军舰上，一名士兵对舰长说："舰长，飞鹰二号请求与你通话。"

舰长一抬手，用耳伴说："我是东风一号，飞鹰二号请讲。"

"东风一号，灵心和朗声丽要求将那些孤儿和难民一起带走。"

"不行，你们只要将灵心她们两个人带走就行了。"

"她们坚决不肯走怎么办？"

"我不管你们采取什么方式，绑架或者骗都行。"

柯彪对倪根生说："根生，你去跟灵会长说，我们可以带孤儿院的孤儿和难民走。"

"你们要把我们带到哪里去？要走多少路程？"灵心问。

"我们将你带到比较安全的七号地区，到那里有六十公里的路程。到了那里，有直升机将我们接走。"柯彪回答。

孤儿们随灵心他们走没有问题，但这些难民们是临时涌进孤儿院的，他们对灵心不熟，只是灵心的爱心和表现才使他们对灵心、朗声丽产生了信任。愿意跟灵心她们走的也只有二十几个，还有几十个不愿跟他们走。灵心只有耐心地一个个做工作。

灵心和朗声丽走到一个靠着木板墙的四十来岁的妇女面前，这个妇女头上裹着头巾，脸瘦得像刀削了一般，下颚没有一点肉，整个牙床往外凸。她身上背了一个两三岁的小孩，小孩瘦得皮包骨，身上没穿一件衣服，只是一条布带将他捆在背上。她的左手牵着一个小男孩，一双眼睛怯怯地看着灵心她们，把脸紧紧靠在母亲的身上。灵心和朗声丽看着他们，内心非常难。她用英语和达姆院长说，达姆院长用当地语言和那妇女说。那妇女听了，有气无力地摇摇头。任凭灵心她们怎么做工作，她还是那样无动于衷。

灵心见劝说无效，便又去劝说几个躺在凳子上的难民。为了加快速度，灵心和朗声丽分开去动员说服这些人跟她们一起走。

朗声丽走到一个挂着拐棍、只有二十几岁的难民跟前。这个难民不仅缺了一条腿，而且另一条腿也捆了布条，布条上染满了血迹。他一只脚站靠在课桌上，腿微微有些发抖，他竭力站靠在那里。朗声丽和跟着她的护理说，护理用当地语言跟难民说，那难民指着他的腿，摇了摇头。看样子，他很想在这里休息，哪怕片刻的喘息。朗声丽跟他说，如果留在这里，反政府武装等会儿就会过来。听她这样说，那难民立时露出了惊恐的表情，呼吸急促起来。但他看了看自己的身子，还是摇了摇头。朗声丽难过地离开了这个难民。

灵心和达姆院长来到围在一起的难民面前，这群难民看上去比那些难民更加痛苦不堪。这些人看上去就像一副骨架子，只要用手轻轻一碰就会倒下。有的躺在破布垫垫着的地上，已经病得奄奄一息。灵心不忍心把这些病人留在这里，她叫院长弄来一副担架，强行将躺在地上的病人抬上担架，她叫两个看上去还算正常的难民抬着他。

灵心和达姆院长又到了一伙坐在地上的女难民的身边。灵心也坐下，动员她们跟她一起走。开始，她们不同意离开这里，其中有一位不仅额头上扎着布条，身上和胳膊上都扎着布条的妇女，用很虚弱的声音告诉灵心，这是她们这十几天来最安静的日子，也是住得最好的房子，希望留在这里哪怕是一天，甚至半天，她们现在不愿离开这里。当她们听灵心说，反政府武装随时都有可能杀到这里，这些女难民立即挽在一起，脸上露出了恐慌无措的神情。灵心对她们说，现在离开这里跟着我们走，中国军人会保护大家的安全。她们交头接耳地相互看看，最后她们同意跟着灵心一起走。

"灵会长，请你们抓紧时间，反政府武装随时都可能杀过来。"柯彪催促道。

灵心没有理会柯彪的催促，继续做这些难民的工作。灵心和朗声丽脸上全是污泥和汗水，散乱的头发被汗水污泥粘在脸上，衣服被汗水和雨水湿透。她们身体疲惫不堪，但比身体更加疲惫的是精神。灵心和朗声丽每走到难民身边，看到难民的悲惨状况，不由得一阵阵难过和痛苦。她多么希望马上派人来帮助这些苦难的人摆脱痛苦。她暗自发誓，一定要帮这些人，帮他们尽快脱离危险，尽早解除痛苦。

经过灵心和朗声丽的极力劝说、动员，又有二十几个难民愿意跟着一起走，有二十多个答应休息半天再走。

二十几个孤儿加上四十几个难民，总共加起来有六十多个人。这些人一个接着一个离开孤儿院。孤儿们走几步又回头看看孤儿院那低矮的平房。难民们相互拥抱，相互道别，特别恋恋不舍。孤儿院的院长和一名护理自愿留下来照顾那些难民。

"达姆，你要多保重。"朗声丽和达姆院长拥抱告别。

"达姆，你坚持一下，我们会来接你们的。"

"灵，愿主保佑你们。"达姆、灵心、朗声丽，还有那几个护理拥抱在一起。这时，莱斯医生也出来了，他为了照顾病人，愿意和灵心她们一起行动。

雨还在下，雷还在响，闪电还在闪。

六十多个人的队伍，开始不长，但走着走着越来越长。孤儿们小小的年纪，还要背着、拉着、抬着他们的行李，他们不仅带着他们的日常用品，还带着一些难民的东西。这些难民有的头上顶着大包；有的背着包袱；有的背上背着小孩，怀里还抱着小孩；有的左手抱一个小孩，右手还牵着一个小孩；还有的扶着病人，有的抬着病人。灵心和朗声丽帮着两个残了手脚的难民，他们一个缺了一条腿，一个缺了一只手。

"注意警戒。"柯彪一挥手，打开了脑伴，眼睛里立即出现了整个队伍的情况和他们七个军人的具体位置。"雷开明，你离队伍二十米平行警戒前行。陈平西、方力虎，你们继续在队伍的最前面，离队伍五十米距离搜索前进。倪根生、高峰，你们离队伍也是二十米，与队伍平行警戒前进，现在你们离队伍太近。"柯彪的耳伴里传来"是""是"的声音。

"柯上尉，现在离撤离点还有多少路？"灵心跑过来问柯彪。

柯彪说："现在还有四十五公里。"柯彪望了望行进中的队伍说，"这样的速度，到撤离点至少还要一天。"

"难民和孤儿们已经走不动了，尤其几个病人和残疾人，都要求休息一下。"灵心说。

柯彪看了看天空。这时雨已经停了，但天色比较暗。他又看了看脑伴，点了点头，说："就地休息一下吧。"柯彪接着又对着耳伴说，"倪根生、高峰，你们注意警戒；陈平西、方力虎，你们按原计划占领制高点。"

队伍停了下来。孤儿和难民们有的就地坐在岩石上，有的倒在地上的枯树上，有的靠着树身坐着，有的相互依靠着坐在地上。灵心和朗声丽帮扶着两个残疾人躺下后，忙来到躺在担架上的两个病人身旁。灵心看到病人捆在大腿上的绷带上透了血。她打开绷带，一股臭味扑面而来，灵心和朗声现强忍着刺鼻的味道，轻轻地将绷带解下。灵心从另一个护理那里拿来了急救箱，取出酒精，给他擦拭伤口。难民痛得嗷嗷大叫，惊得柯彪制止道："轻声轻声，不要出声。"朗声丽赶紧用手捂住这个难民的嘴。灵心给难民包扎完了以后，朗声丽见难民不喊了，放开了捂住难民嘴巴的手。朗声丽拿来水壶，又给这个难民喂水。她抱着难民，右手拿着水壶，非常认真地将水壶对着难民的嘴，直到一滴滴的水滴进难民的嘴里。

灵心和朗声丽又来到带着三个小孩子的女难民身边。她从女难民那里抱过一个小男孩，将食物一勺勺地喂进小孩的嘴里。给小孩喂完食，灵心又来到孤儿们的身边，她看到一个孤儿正在捂着脚呻吟。她把那孤儿抱到一旁，找一个比较干净的地方让她躺着。她脱掉孤儿的鞋子，发现脚上有很多不小的水泡，有的水泡里充满了血。她赶紧给她包扎。她很轻很轻地包扎，生怕将水泡弄破增加小孩的痛。包扎完后，她又用手轻轻抚摸着她的脚背。她边摸边用刚学来的当地语言问她还好吗。小孩以感激的目光望着灵心，点了点头。

灵心和朗声丽看到有几个孤儿躺在地上睡着了，赶紧将那几个孤儿叫醒。她俩找到一块塑料布垫在地上，叫他们相互靠着。当她们俩准备离开时，灵心感到一阵眩晕，直往地上倒。

朗声丽连忙扶住她，可是，她自己也站不稳，也往地上倒。灵心刚站稳后发现朗声丽要倒，又赶紧扶住朗声丽。两个人相互扶持，慢慢背靠背地倒坐在了地上。

"灵灵，喝点水。"朗声丽将水壶递给灵心。

"你先喝吧。"灵心说，朗声丽喝了一口。

灵心接过水壶，喝了几口。

朗声丽给灵心拿来高能饼干："灵灵，吃点东西。"

"丽丽，你也吃一点。"

灵心和朗声丽喝了一点水，吃了一点东西，体力稍微恢复了一点。

"丽丽，你坐在这里休息一下，我去找找柯上尉。"灵心离开朗声丽去找柯彪。

"柯上尉，你好。"灵心发现柯彪正独自一人坐在那里，一边吃东西，一边警惕地注视着周围。他见灵心在叫他，很客气地回了一句："你好！"他移开身子，将刚才自己坐的地方让给了灵心，"灵会长，你坐。"

"谢谢。"灵心也坐下，"柯上尉，你是怎么来到这里的？"在远离祖国的非洲深山，遇到自己祖国的人，是一件非常幸福而又难得的事，相互之间觉得非常亲切。

"我是地中海舰队的海军陆战队队员，我们接到总部的命令，将中国公民从非洲的战乱中安全撤离。"柯彪说。

"你能将我们这些人护送到安全的地方吗？"

"我们将尽全力做到。"柯彪斩钉截铁地说，那语气中透着军人的坚定和果断。

"柯上尉，你是哪里人？"灵心问。

"我是山东威海人。"柯彪答。

"队长，有情况。"柯彪的耳伴里传来高峰的声音。柯彪立即从地上站起来，对灵心说："灵会长，请你告诉大家，注意隐蔽。"

灵心赶紧去叫朗声丽。她们俩分别去叫孤儿和难民就近躲起来，这些难民动作倒还算迅速。就是几个躺在地上的病人，灵心和朗声丽费了一些劲才将他们藏在灌木下。

柯彪一挥手打开脑伴，观察四周。他发现，有一队全副武装的人在向他们靠近，离他们有一百米左右，有两个叛军正向他们走来。

第二十七　非洲救难（二）

这时，天下起了雨，哗哗的雨声使这里显得更加安静。柯彪用手势告诉他们不能出声。这时，不知是哪个难民还是孤儿呻吟了一声。柯彪的脑伴里出现了一个叛军警觉地望了望柯彪这边。这个叛军叫上了另一个叛军，向灵心他们那里警惕地搜索而来。柯彪轻轻而又迅速地爬到灵心和朗声丽那里，示意她们千万不能出声。灵心和朗声丽赶紧趴在地上，眼睛看着地下，不敢动一动。可偏偏在这危急时刻，一个难民的小孩哭了一声，这哭声虽然不大，而且马上被柯彪用手捂住了，但足以将叛军引过来。柯彪趴在地上，以极快的速度打开微型冲锋枪的保险，他发现刚才向他们走来的叛军用耳伴叫整队叛军向灵心这边摸索过来。不仅柯彪看到了叛军正在向这边靠近，就是灵心、朗声丽也从密密的树叶间隙，透过密密的雨滴看到了一队军人离她们越来越近。她们大气不敢出，只听到自己的心在"咚咚"地跳，而且跳得越来越快。这是她们生平第一次这样恐惧。以前虽然经历过千辛万苦，但那只是吃苦，没有像今天这样直接面对死亡。整个黑夜仿佛也屏住了呼吸，只有"哗哗"的雨声和雨打在树叶上"噼啪"声。所有的难民和孤儿都被这突然的危险镇住了。柯彪用脑伴上搜索自己的人，发现倪根生、高峰、陈平西他们也发现了叛军。他们一边按战斗队形展开，一边向孤儿和难民匍匐着靠近，并随时准备反击这支叛军的进攻。

时间一分一秒地过去，四周死一般的寂静，就连雨点打在森林上空中的"哗哗"声都不见了，只有孤儿和难民吓着的心跳声和一双双惊恐的眼睛。灵心和朗声丽听到离她们越来越近的脚步声，这脚步声就像临死前的钟声，令人恐怖，又像套在脖子上的绞绳，勒住咽喉，让人窒息。柯彪他们七个人，一个个手握打开了保险的冲锋枪，枪上的红外线瞄准器随着叛军的移动而移动。只要柯彪一声令下，他们从冲锋枪里射出的子弹将打爆这些人的头。

柯彪发现刚才领头的那个叛军对着一个军官模样的人说了些什么。这个军官向前跨了几步，就这几步，军官的脚几乎踩到灵心的头。灵心的心都要从心脏里蹦出来。她的身子紧紧地趴在地上，手紧紧地抓在地上，手指插进了地里。她的头也深深地埋在地上，她恨不得用头把地给钻出一个洞来，然后钻进去躲起来。她浑身哆嗦着。

最危险的时刻，也是最安全的时刻。那个军官挥了挥手，好像也是用脑伴向四周看了看，没有发现什么。他移开了离灵心的头只有不到一厘米的脚，然后迈着大步离开灵心这些人。当柯彪看到这些叛军越来越远，认为已经安全了，便解除了警戒。他站了起来，拍了拍灵心和朗声丽她们说："灵会长，起来吧，安全了。"灵心她们似乎没有听见，还是趴在地上一动不动。柯彪叫了她们几次，她们才从地上张开了惊恐的眼睛。她使劲转了转自己的眼珠子，发现柯彪就站在眼前。她被柯彪从地上拉了起来，急促跳动的心脏才慢慢地缓过来。

这时，雨停了，似乎是欢呼危险的解除。人们透过这密密的树林也能看到稀疏的繁星。这群惊魂未定的孤儿、难民们死里逃生似的相互靠着，睡着了。灵心和朗声丽也在树脚下相互依靠着瞌睡起来。

孤儿和难民们进入了梦乡，只有柯彪他们在为他们站岗放哨。他们丝毫没有放松警惕，在周围巡逻。

孤儿和难民们睡了两三个小时，就被柯彪叫醒。

"灵会长，朗小姐，我们必须在五小时之内赶到撤离点。"柯彪对灵心她们说。

总算安静地睡了几个小时，这也算是极为困乏中的一种奢侈。听柯彪说，灵心便和朗声丽叫醒孤儿和难民们。她们见两个残疾难民走路非常困难，便架着他们走。

这支队伍，也和刚才一样，开始队伍不长，走着走着队伍越拉越长。

突然，前面出现了险滩。

"慢点，小心。"这些中国军人将冲锋枪背在背上，帮这些孤儿难民越过这块险滩。孤儿们好办，中国军人们背他们走。这些难民就困难了，他们慢慢地跨过一个又一个露出水面的岩石，岩石有圆的，有尖的，有的奇形怪状，根本不能站人。从岩石边流过的水很急，有的地方很深。尽管中国军人训练有素，要想带这次队伍顺利通过，至少花上半天的时间。柯彪着急万分，叛军随时都有可能杀回来，他不时紧张地挥手看看自己的脑伴，观察叛军离自己有多远。

柯彪想到了总部将灵心和朗声丽带走的命令，看到这越拉越长、越走越慢的队伍，来到灵心的身旁对她说："灵会长，你们和我先走，剩下的难民和孤儿，由其他的中国军人带走。"

"不行。"灵心看了看柯彪，那口气没有任何商量的余地，"我必须和最后一个人走。"

柯彪见灵心态度很坚决，无奈地走到一边，打开了耳伴："东风一号，东风一号，我是飞鹰二号。"

"飞鹰二号，我是东风一号，请讲。"东风一号在军舰上说，他站在甲板上，海风吹打着他的脸，刮起了他的衣角。

"灵心、朗声丽她们坚持要和孤儿和难民一起走，请求推迟到达七号撤离点的时间。"柯彪说。

"推迟多久？"

"至少六个小时。"

"不行，最多给你们三个小时。情报显示，有一支叛军，人数有一千多人，正向你处运动。"舰长说。

柯彪停止通话，无奈地望着灵心和朗声丽，心想，现在只有加快速度，帮助这些难民尽快走过这急流险滩。

"灵会长，你注意。"柯彪看到灵心不顾自己的危险抱着一个小女孩，慢慢地从岩石上爬过。她虽然尽力地想稳定自己的身体，以免掉下去，但柯彪发现她正从弧形的岩石上往下滑，眼看就要掉进下面的急流中，情形万分危急。柯彪急中生智，飞快地从腰间拿出像飞镖似的东西向岩石抛去，带着一根绳的飞镖似的东西一碰到岩石，自动张开，像爪子一样嵌进岩石里。柯彪抓住钢绳，像蹦极一样跳到灵心的那块岩石上。他一把拉着灵心的手，将她拽上来，解除了这万分危急的状况。

不管柯彪他们如何神勇，也不管他们如何奋力，这支孤儿和难民的队伍穿过这险滩也只是比计划提前了半个小时。

这支队伍又在没有路的森林里走了约两个小时后，来到了一块平地。一架直升机正停在空地上，直升机螺旋桨发出"轰轰"的声音，刮起的风吹着周围的蒿草和灌木纷纷向一边倒去，也吹起灵心、朗声丽的头发和衣衫。她们用双手拉住被直升机螺旋桨刮起的风撩起的衬衣，向直升机走去，孤儿和难民的队伍也向直升机走去。当这支队伍快靠近直升机的时候，被四个中国军人挡住了。

"灵会长、朗小姐，请你们先上飞机。"柯彪说。

"他们呢？"灵心指着身后的这些难民和孤儿问。

"他们马上就上。"柯彪说，他用眼神示意另两个军人。另两个军人立即站在了灵心和朗声丽的身后。

灵心见柯彪答应这些难民跟自己一起走，便跟着柯彪向直升机走去。但当她和朗声丽登上飞机的时候，转过身看一下孤儿和难民。她吃惊地发现，孤儿和难民正被几个军人挡在了那里。

"他们为什么没有过来？"灵心厉声问。

"我们接到了指示，是将你们两个人护送到安全的军舰上。"

"你！"灵心一下子惊住了，脸涨得通红。柯彪看到灵心眼里燃烧着被骗的怒火，他估计灵心要给自己狠狠一个耳光。他准备接这一耳光。因为欺骗了这个善良的姑娘，他也情愿接她一个耳光，哪怕两个耳光。但灵心并没有打柯彪，而是狠狠地瞪着柯彪，这是对柯彪欺骗的愤怒和鄙夷。她一把扒开柯彪，将柯彪扒到了一边。柯彪不明白灵心从哪儿来的劲，竟然将身材魁梧的他扒得趔趄了一下。她激动地向孤儿和难民们冲去，可是，她还没有冲出三步，便被两个中国军人挡住，更被其中一个背起。同时，另一个军人也将朗声丽背起。两个军人也不管灵心她们如何骂他们混蛋，如何在他们的肩上挣扎，用她们的小拳头打他们，将她们俩放到了直升机上，直升机随即起飞，柯彪和那四个挡住了孤儿和难民的军人迅速跳上了直升机。直升机转动着身躯离开地面迅速爬高。灵心向地面看，看到地上孤儿和难民在向她们呼喊，在向她们举手，仿佛在叫她们停下来。可是直升机的轰鸣声淹没了他们的呼喊。灵心和朗声丽哭了，她们哽咽着，泪水模糊了视线。她们没有看见直升机外匆匆向后移去的森林、树木、草丛，眼睛里只有那些孤儿和难民向她们呼喊、挥手的情景。她把那情景像烙铁一样印在了她的脑海里。她不去看眼前那些军人，她觉得他们心灵肮脏，面目狰狞，没有最起码的人道和同情，他们是一种机器，是刽子手。

"柯上尉，请你们经过孤儿院，让我们看看我们的孤儿院吧。"朗声丽请求着。离开孤儿院时，她和灵心曾承诺会回来接他们的，现在这个承诺不可能实现了。但她们还是放心不下那些孤儿和难民们。

"没时间了。"柯彪说。

"就在孤儿院的上空看一眼。"

听到朗声丽这么说，柯彪想了想说："好吧。"直升机转头向孤儿院飞去，不一会儿就到了孤儿院的上空。

"灵心，你快往下看。"朗声丽用手摇了摇灵心的身子说。

灵心的眼睛虽然是在望着下面，但泪水模糊了她的双眼，下面只有朦胧的绿色。她用双手使劲揉去泪水，用劲睁开双眼，发现下面的房屋在燃烧。再仔细看，房子已经全部烧尽，房子周边地面上躺着横七竖八的尸体。一种钻心之痛涌上灵心的胸膛，眼泪夺眶而出。她号啕大哭，泪水从她的眼睛里、脸上唰唰地流下，滴在她的衣衫上。她突然把流着泪、燃烧着火的眼神投向了柯彪和这些中国军人。柯彪看到灵心那眼睛里的泪水汹涌着，那眼睛里的火熊熊燃烧着，他从灵心的眼睛里看到了这个弱小的女孩善良正义、仁慈的伟大力量。不用什么语言，只要看她的眼睛，任何言词都会苍白无力。柯彪避开了灵心直射过来的目光，看着下面的悲惨情景，他的心震动了。一股拯救苦难、惩邪除恶的正义之感也在他的胸中燃烧。他的年龄估计比灵心大那么一两岁，他本可以按照大多数人的人生轨迹做一名科学家、教师或医生，但他从小就爱打抱不平，从小就同情弱者，从小就喜欢做志愿者，哪里有地震，哪里有洪水，哪里有灾难，哪里就有他当志愿者的身影。国内没有，就到国外。大学毕业后，他干脆当了海军，后来又成为一名海军陆战队队员。他参加过联合国的维和部队，最后又被派到地中海舰队，专门解救在非洲的中国侨民。他的正义感被灵心的眼神激发，虽说军人以服从命令为天职，但他更服从来自内心神圣的呼唤。如果人连最起码的正义和人道都没有，那他就不是一名合格的军人。作为一名堂堂的中国军人，竟然不如眼前这两位弱小的女孩，他感到羞愧不已，是灵心、朗声丽的正义和人道的力量燃起了这队军人正义的火焰。

"07，马上回头。"柯彪命令道。听到柯彪这个话，全机的人都震惊了。

"头儿，舰长的命令是将灵心她们解救到军舰上。"倪根生表示怀疑，其他人也向柯彪投来怀疑的目光。

"服从命令，回头。"柯彪的命令坚决、果断、威严。

直升机呼呼地转过了头。

灵心听到柯彪的命令，将刚才燃烧着怒火的眼神变成了温柔的目光。

直升机停到了刚才接灵心她们上飞机的地方。

"灵会长，飞机只能带走二十五个人。"柯彪对灵心说。

"先把孤儿和病重、残疾的难民带走。"

"行，倪根生你去帮助灵会长她们。陈平西、高峰，你们要注意警戒。"柯彪命令道。

灵心她们将十六个孤儿、三个重病人和一个腿脚不方便的难民送上了直升机。

第二十八章　非洲救难（三）

灵心和朗声丽看着直升机起飞、升高，直至在她们视线中消失。

灵心、朗声丽和柯彪他们七个中国军人，带领着二十个孤儿和三十多个难民向另一友好国家的边境走去。

路还是崎岖难走，白天，直射而下的烈日烤得每一个人都大汗淋漓，汗水从他们的额头上、脸上、脖子上直往下流。晚上，天气温度降到零度左右，冻得他们直打哆嗦。

"柯上尉，我们是不是停下来歇歇，大家都走不动了。"灵心对柯彪说。

柯彪看了看天空，天已经暗了下来。他说："大家找个地方休息一下。但大家不要走散，要集中在一起。这里很不安全。"柯彪说。

大家按照柯彪的要求，找了一个比较平一点的地方坐下。在这密林深处，能找到这么一个篮球场般大的宽阔地实属不易。难民中有一个中年妇女，来到柯彪身边，给他拿出了在他们看来最珍贵的食物。从那个妇女的眼光里，柯彪看到了她的感激，也看到了善良和报答。他接过那个妇女木勺一样装食物的容器，将里面像汤一样的东西一饮而尽。他将容器还给了中年妇女，用当地语言向她表示了谢意。

"柯上尉，谢谢你。"灵心走到柯彪的身边，在他身边坐下，递给他一包高能饼干。

柯彪没有接灵心的饼干。他看了看灵心，不知什么原因，他再也不能去正视灵心的眼睛。刚才飞机上灵心的眼神太让他震撼了，他一辈子也忘不了那燃烧着愤怒、正义的眼神。

"这是高能饼干，你也一天多没有吃东西了吧？"灵心硬将这饼干塞到柯彪的手里。

柯彪只得接过灵心的饼干说："谢谢。"

"柯上尉，谢谢你，谢谢你救了那些孤儿和难民。"灵心真心地感谢，"你这样是不是违抗了命令？"

"命令，就是安全地将你和朗小姐撤离，你们两个人都在这里，任务就没有完成。"

"我们与这些孤儿和难民是一体的，你理解吗？"

柯彪点了点头。

"灵灵，又有一个难民病了，可能是疟疾，你去看看。"朗声丽跑过来跟灵心说。

"柯上尉，对不起，我先过去了。"灵心赶紧起身，跟着朗声丽走了。

柯彪也起身，他走到倪根生身边，对他说："根生，你休息一下，我来替你。"倪根生说："头儿，还是你先休息吧。"

"没事，你先休息。"柯彪将刚才灵心给他的高能饼干塞到了他的手里。

"头儿，舰长是不是不允许这样做？我们的任务是救灵心和朗声丽，为什么命令直升机回头接那些孤儿和难民？大家想得到你的解释。"倪根生问。

柯彪沉默了一会儿，问倪根生："你认为我的命令正确吗？"

倪根生说："头儿，不管你做出什么决定，我都支持你。"

"那好，你先休息，我来站岗。"

灵心和朗声丽给那个得疟疾的难民打了一针，又给靠着树睡下的孤儿盖了盖毯子。她们也觉得很困很困，便坐了下来打瞌睡。

休息了两三个小时，他们又要赶路了。可是当他们走出不到五公里的时候，柯彪发现远处有火光。"注意。"他打开耳伴低声说，"有情况，倪根生、高峰、陈平西，我们四个人搜索着前进，其他三人保护这些人。"

柯彪他们四个保持着战斗队形，将微型冲锋枪举在眼前瞄准着向前推进。

灵心不知发生了什么事，也跟着柯彪警惕地往前走。走了一个来小时，他们发现了一个村庄，一伙拿枪的人正在举着火把点燃房子，房子立即燃烧起来。

在另一处，几个肩挎着冲锋枪的叛军，正在抢村民的财物。一个叛军从一个老太太手里抢一个包袱，老太太不放，那个叛军就用枪托砸老太太的手。老太太还是不放，那个叛军就用脚去踹老太太身体。老太太抓包袱的手仍然抓得死死的。那个叛军实在不能从老太太手里夺下包袱，气急败坏地从背上抽出刀，将老太太的手一刀砍断。看到这残忍的一幕，灵心和朗声丽赶紧闭上了眼睛，耳朵里传来了老太太凄惨的尖叫声，她们赶紧用双手捂住了耳朵。当她们睁开眼睛，发觉已经离开柯彪他们有一段距离，赶紧追了上去。柯彪发现跟在身后惊恐的灵心和朗声丽，他用耳伴说："方力虎，过来保护灵会长和朗小姐。"

方力虎飞快地来到灵心和朗声丽身边，说："灵会长、朗小姐，请你们待在这里别动。"

刚才的一幕，使灵心她们惊恐之后感到无比的愤怒。她不顾方力虎的劝阻，拉着朗声丽的手，跟着柯彪，慢慢向村子靠近。

柯彪迂回到村子的另一面，发现有几个叛军正向三四个村民身上浇汽油。村民吓得到处乱跑，但被那几个叛军打倒在地，两个叛军将倒在地上的村民拖到了一起。柯彪说："高峰，你看好那个手拿打火机的混蛋。"

灵心看到，那个叛军正要打着打火机的时候，不知从哪里来的一枪，手拿打火机的叛军倒了下去。灵心举目四望，又是两枪，另两个叛军也倒下了。灵心抬头一看，看见一个中国军人正跨在树杈上用枪瞄准着下面。灵心佩服那个军人的枪法，心里喊："打得好！"

七个中国军人正展开扇形队列向村庄包抄过去。从村庄的左边传来了"嘟嘟嘟"的冲锋枪的声音，灵心看见两个叛军正端着冲锋枪向屋子里扫射，屋子里面传来令人恐怖的叫喊声。灵心和朗声丽的愤怒驱走了刚才的恐惧。朗声丽对柯彪说："柯上尉，给我一把枪。"柯彪看朗声丽态度坚决，给了她一把手枪，倪根生也给了灵心一把枪，灵心没有接。柯彪对灵心讲："待在这里不要动，保护好自己。"说完，便带着其他几个人向村庄推进。

不知什么时候，从什么地方又来了一队叛军，为首的是一个瘦小个子，他坐在下面的叛军给他搬来的凳子上，看着用绳子吊着的村民。村民的头上全部套着头套。这个瘦小个子军官喝了一口酒，走到这些即将被处决的村民面前，像欣赏美丽的风景那样，在他们面前走来走去，那洋洋得意的样子，让灵心看得恶心得要吐。小个子军官坐回到凳子上，三个拿砍刀的叛军从背上抽出大刀，灵心知道那三个人要干什么，义愤填膺不顾一切地冲过去。灵心的动静惊动了叛军。为首的军官反应敏捷，马上趴在地上，举枪向灵心射击。说时迟那时快，柯彪的枪响了，那军官的子弹还没有射出，就被柯彪击毙。"砰砰"的枪声之中，叛军十几个人就倒在中国军人的枪下。刚才灵心的行为，柯彪看到了，如果不是自己动作快，灵心险遭不测。他对倪根生说："命令你看住她们俩，找一个安全的地方隐蔽起来，没有我的命令不能出来。"倪根生一手抓着灵心，一手抓着朗声丽就往外撤，可是灵心和朗声丽说什么也不离开这里。她们要战斗，此时叫她们离开，就像让一个战士离开战斗正酣的战场一样。虽然倪根生的劲很大，但要同时拉走这两个铁了心要与残暴的叛军战斗，为苦难的村民报仇的人，也是很困难的。就是倪根生拉她们到了安全的地方，她们还是会跑出来，那样更危险。柯彪见这种情况，说："你们俩跟在我们身后，不许乱跑。倪根生你负责保护她们。"

柯彪他们向村子里推进。他用手势示意其他几个人向一栋房子包抄。他们七个人同时从三个方向进入房子。

这是一个极其简陋的木板房。柯彪他们一进入房屋，就发现一群叛军正拉着几个妇女往地下按。其中一个妇女拼死反抗，被叛军一刀割了喉，鲜血从她的颈动脉喷了出来，洒到了墙上和那些叛军身上。当这些叛军扒开几个妇女的衣服准备施暴时，柯彪他们突进房子，一人一枪把那些叛军击毙。柯彪他们赶紧用衣服将这些躺在地上的妇女盖好，两个妇女从惊恐中醒来时已经只剩下一口气了。她们看到中国军人，以为是叛军，又要加害她们，惊得直往墙角里躲。她们捧着胸前的衣服，脸上一双惊恐万状的眼睛。那是绝望的眼神，是叫天天不应、叫地地不灵的求死的眼神，这种眼神，使灵心那颗善良的心受到无情的摧残。她发现刚才那个被割喉的妇女还在流血，她和朗声丽跑过去，用手压住那个妇女的动脉。朗声丽从背包里拿出绷带和止血棉，给这个妇女包扎，但是这个妇女因失血过多，紧紧地闭上了她的双眼。看着眼前的惨状，灵心觉得心像撕裂般地痛。她边流泪，边帮另外两个活着的妇女穿好衣服，将她们扶起来，把她们安排到了一个相对安全的地方。

柯彪他们通过房子门缝向外面观看。他们发现有四五个叛军正在那里将一具具尸体堆成一堆，准备浇上汽油焚烧。柯彪看到那成堆的尸体，怒火冲上了脑门。他虽然作为海军陆战队队员经常出入非洲战火解救中国侨民，也曾目睹各种战乱，但像今天看到的种族之间灭绝人性的残杀却是第一次。一群残暴的军人，残酷地杀害手无寸铁的老百姓，奸淫妇女。一件件、一桩桩令人发指的罪行，激怒了柯彪这群热血青年军人。他们从门窗一跃而出，手里的枪向那些拖着尸体的叛军开火。那些叛军应声一个个倒下。

战斗结束后，柯彪他们在村子里搜索了一遍，除了几个幸存的村民，没有发现一个叛军。灵心她们看着一具具、一堆堆的尸体，精神已濒临崩溃。

在灵心的请求下，柯彪他们将幸存下来的几个村民聚到一起，随他们一起行动。

这个插曲本不在柯彪他们的任务之列，大大地延长了他们到达友国边境的时间。柯彪他们在孤儿和难民队伍的四周搜索着前进。就在他们离边界越来越近的时候，一支一千多人的叛军队伍正路过刚才柯彪他们突袭叛军的村子，他们看到了叛军的尸体。其中有个军官从地上捡起了子弹壳，他将子弹壳交给一个五十多岁的将军，说："这是从中国军人枪里射出的子弹！"那个将军拿着子弹仔细地瞧了瞧。他一挥手打开脑伴，发现几个中国军人和一支难民队伍。他用手向柯彪他们的方向一指，这支叛军立即快速地前进。

与此同时，柯彪他们也发现了这支一千多人的叛军。柯彪将他的属下叫到一起，说："同志们，有一支叛军正向我们而来，估计有一千多人。而且这支队伍都是训练有素的军人。大家想想怎么办。"

"立即向舰长报告，请求空中支援。"倪根生说。

"对，请求空中支援。"其他人也赞成。

"好。"柯彪同意，他用耳伴说，"东风一号，东风一号，我是飞鹰二号。"

"我是东风一号，请讲。"

"我们发现一支一千多人的叛军，正向我们挺进。请求空中支援。"

"不行，我们飞机和导弹不能进入那个国家的领空，否则会引发外交事件。"舰长否决了柯彪的方案，"你们尽快向边境跑，记住，一定要保护好灵心和朗声丽。"

"坚决完成任务。"柯彪关掉耳伴，对他们说，"各位，考验我们的时候到了。我认为，我们必须主动出击，先打乱他们的部署，最好是将他们的指挥官干掉。"

"叫灵会长他们的队伍分散，各自向边界方向逃。"倪根生说。

"大家立即行动。"柯彪命令道，"倪根生，你的任务是保护灵会长和朗小姐。"

第二十九章　非洲救难（四）

柯彪和其他六个人分成三个小组，向叛军突进，没有几分钟，战斗就打响了。机枪的声音、步枪的声音、冲锋枪的声音，还有手雷的爆炸声，响彻起来。灵心他们向柯彪指的方向跑，听到枪声大作，灵心和朗声丽不由得往后看，发现后面火光冲天，爆炸升起来的黑烟冲向天空。她想回去帮柯彪他们，正在她想的时候，一枚火箭弹就在她旁边不远的地方爆炸，强大的气流将她冲出几米远，将她重重地摔在了地上，爆炸炸起的泥土差点将她埋掉。

不远处，一个孤儿被爆炸的气浪抛到了空中后又摔在了地上，灵心估计这孩子不死也得残。她挣扎着从泥土里爬起来，顾不得满身的泥土，跑到孤儿那里。那孤儿躺在地上，好像是死了。她用耳朵贴在他的胸上听了听，发现还有心跳，但很微弱。她赶紧给他做人工呼吸进行抢救。好一会儿，那孤儿醒过来了，但他已动弹不得，手臂、腿、背上和胸前都被子弹划伤，在流血。灵心背起他就走。朗声丽也跑过来了，她满身都是泥土。

子弹"噼啪"着从灵心他们头顶上呼啸而过，他们弯下腰，低着头，带着孤儿向边界那边飞奔。他们跑得飞快，但子弹、火箭弹比他们跑得更快，炸弹不断在他们的左边、右边爆炸。一个难民被炸弹炸断了一条腿，鲜血直流，染红了地上的泥土。灵心见状跑到那个难民身边，用绷带给他包扎好，架起他就走。朗声丽赶过来帮忙。

叛军的人太多，火力也很强，柯彪他们多次冲锋，都没有打乱叛军的部署。叛军显然是一支训练有素的军队，直接将他们的核心人物总指挥干掉也没有可能。柯彪他们被迫边打边退。他们顽强地尽力顶住叛军前进的步伐。他们死盯着阵地不放，尽量拖延时间，为灵心他们多争取一些时间逃跑。柯彪他们利用密密的树木作掩护，击毙了一个又一个叛军。

"方力虎、高峰，我们交替撤。"柯彪命令。

"好嘞。"方力虎、高峰两个人正打得高兴。他们交叉着向叛军开火，跑得像兔子一样快，一会儿东，一会儿西，一会儿南，一会儿北。他一会儿用手枪，一会儿用冲锋枪，一会儿用手雷。他们的枪响之下，一个个叛军倒下。可是叛军实在太多，后面几百名叛军正乘着卡车向这里增援。柯彪他们听到了武装直升机的轰鸣声，还有比刚才的火箭筒威力更大的炮火直接在他们身旁爆炸。听这火力，柯彪知道，叛军已经出动坦克、装甲车了。现在不是子弹，而是火箭筒里发出来的炸弹从他们头顶、身边呼呼而过，直接在他们身边形成一片火海。柯彪一会儿跳过弹坑，一会儿奔跑躲过子弹，在炮火中，在弹雨中，仍然顽强地反击着敌人。在炮火的光亮中，人们可以看到中国军人那矫健、敏捷、顽强战斗的身影。

柯彪边打边退，边问倪根生，灵心他们离边界有多远。

灵心他们发现后面火光冲天，枪炮声震耳欲聋。她从没有上过战场，被这激烈的战斗打得晕头转向。她看到，有几个难民被炮弹炸得飞上了天，掉下来的是胳膊和腿，喷出鲜血。突然，她看到一个中国军人被叛军的机枪击倒。当他倒下又爬起来的时候，又一梭子子弹打在他的身上。他举起枪将他生命中最后一梭子弹射了出去。他倒下了，灵心向那个中国军人飞奔过去。

柯彪一边举枪射击，一边观察着灵心和周围战友的情况，他看到高峰被击倒了。他向高峰飞奔过去，也看到了向高峰飞奔过去的灵心。他嘶哑着喉咙喊："不要过去，危险。"柯彪的话音未落，一颗炮弹在灵心前方爆炸，一棵大树向灵心砸去。眼看着这大树就要砸到灵心的身上，在这千钧一发之际，只见柯彪一个箭步纵身一跳，一把将灵心推出去。灵心脱险了，但柯彪却被大树重重地压在了树下。灵心被柯彪推出去的那一瞬间不知发生了什么，但当她明白过来的时候，她发现，柯彪被大树压在了底下。她发疯似的跑过去，双手抱着树想移开，但无论她如何使劲，都不能撼动那大树一点点。灵心急得直哭。

"灵心，你拉我一把。"柯彪被树砸晕了过去，当他醒来的时候看到灵心，心里很是欣慰，灵心脱险了。自己虽然被砸在了树下，但他感觉到手脚都还在。他见灵心在拼命搬树，其实由于身手敏捷，在树即将砸到他的时候，他就地一个翻滚，躲开了树身，但树枝压到他的大腿，使他不能动弹。他拼命地想抽出那条大腿，但收效甚微。

灵心拉着柯彪的手往外拖，但无济于事。柯彪对灵心说："灵会长，你还是去挪那树枝吧。"

朗声丽也跑过来了，柯彪一点点地抽出压在树枝下面的腿。终于，在他们三个人的努力下，柯彪抽出了他的腿。灵心用手摸了摸柯彪的腿，问："柯上尉，腿哪里痛？"

灵心和朗声丽扶着柯彪，慢慢地站了起来，他摇了摇腿，没有发现什么，也没有感觉到很痛，就是有些麻。密集的子弹"嗖嗖"地从柯彪他们的脑袋间穿过，吓得灵心和朗声丽赶紧趴在了地上。

"灵会长，你们赶紧撤。"柯彪一把将灵心她们俩推开，端起冲锋枪，向叛军射击。他刚开始跑脚还有些跛，但没有几步，便奔跑如飞了。

灵心向刚才高峰被击倒的地方望了望，发现那里全是泥土，估计高峰已经牺牲了。她拉着朗声丽往边界撤。她们穿过炮火和弹雨，向后急奔。

但她们还是忍不住后望。灵心发现有一个中国军人被炸弹炸上了天后又掉落了下来。灵心转身就向中国军人那里奔去。朗声丽发现灵心往后跑，她也紧跟着。她们跑到那个中国军人那里，那个中国军人名字叫陈平西。灵心她们看到他时，他正用双手抱着自己的大腿。灵心她们再细看，陈平西的一条腿已经不见了，鲜血正在他的大腿上直流。陈平西痛得牙齿咯咯作响。朗声丽拿出止血带将断腿口堵住，然后迅速地给他包扎好。她们俩架着他的胳膊，但他身材魁梧，有一米九的个头，她们没走上几步，便跌倒在地上。

"灵会长，你们撤，不要管我。"陈平西看到两个叛军正举枪向灵心和朗声丽射击，他用一只手端着枪"砰砰"两枪将叛军击毙。

灵心和朗声丽不管陈平西同不同意，坚持架着他走。她们跌跌撞撞地撤，陈平西端着枪向身后射击，他边射击边用一条腿跟着灵心她们往边界方向退。

叛军越来越向中国军人和灵心她们逼近，叛军的火力像网一样，将柯彪他们紧紧地锁住，使他们不能动弹。柯彪趴在地上，用耳伴说："东风一号，东风一号，我是飞鹰二号，敌人火力太猛，请求空中支援，请求空中支援。"

"告诉你们的具体位置。"话筒里传来东风一号舰长的声音。

柯彪艰难地挥了一下手，用脑伴给东风一号传去信息。

倪根生没有办法看住灵心她们，便也加入了与叛军的战斗。

柯彪他们一共七个人，高峰已经牺牲了，陈平西身负重伤。还剩五个人，柯彪只能看见三个人，还有两个人不见了。柯彪呼喊着他们的名字，但没有听到他们的回答，柯彪估计他们也阵亡了。

灵心和朗声丽架着陈平西向边界撤。朗声丽看到有难民儿童坐在那哭喊，她的身边是她的妈妈。朗声丽快速向那小女孩爬去，爬到那女孩的身边，抱着她趴在地上向边界爬去。灵心也看到一个难民正坐在两个孩子的身旁哭。她又向那难民爬去，拉着她向边界爬去。

灵心看到一个孤儿正站在那儿恐慌地东张西望，不知往哪里走，任凭炮弹在身边爆炸，任凭硝烟笼罩着他。灵心不顾个人安危，站起身，猫着腰向那孤儿跑去。一直寻找着灵心的倪根生见状，冲过去将灵心按在地上。就在灵心和倪根生倒地的一刹那，一个炮弹的弹片从他们身上擦过。如果不是倪根生及时将灵心按倒，灵心就会被弹片击中。可是，灵心的脑海里只有那危险中的孤儿，丝毫没有考虑到自己的生死。她下意识地推开在自己身上的倪根生，仍然飞奔到那孤儿身边。她一把抱着他，倒在地上，向边界爬去。

　　叛军的包围圈越来越小，灵心、朗声丽和柯彪他们，还有孤儿、难民，已经被压缩到不到五十米的范围里。灵心和朗声丽每人都抱着一个小孩一起爬。柯彪他们伏在地上，端着枪向叛军还击。

　　灵心爬着爬着，心里好像有事不放心，一边爬一边不时地往后看，她猛然发现又一个孤儿站在炮火中不知所措。灵心看到这个孤儿随时有可能被击中，不知从哪来的勇气，腾地站起来，又向那个孤儿奔去，惊得柯彪大喊：“灵心，危险，别跑。”灵心不管那么多，她跑到孤儿那里将孤儿抱在怀里，往柯彪这边跑。炮弹就追在她的后面爆炸。柯彪看到灵心处在万分危险之中，一跃而起跑过去。倪根生见状也奋不顾身地跑去。

　　火光中，两个中国军人奔向一个抱着小孩子的年轻女子。那个年轻女子倒在地上，两个军人也倒在那年轻女子的身上。冲天的火光和浓烟过去之后，最下面的年轻女子推开压在她身上的两个军人，发现那两个军人倒在了血泊之中。她死命地推他们，但他们一点反应也没有。炮弹爆炸的火光中，又有一个年轻女子冒着炮火和弹雨跑了过来。她们没有力气，抱不动他们两个，只好拉着他们的胳膊往边界拽，地上留下了一条条血印。两个年轻女子拼命地叫着“柯上尉”“倪根生”，那声音急切、悲痛，既充满了希望，也充满了绝望。她们的叫喊声穿过轰隆隆的枪炮声冲向云霄，响彻寰宇，震撼着大地。

　　空中飞弹从他们头顶呼啸而过，准确地落在叛军中爆炸，火光直冲云天。叛军中一片鬼哭狼嚎之声。

灵心、朗声丽得救了，剩下的几个孤儿、难民和村民得救了。而为了救这些人，几个中国军人年轻的生命留在了那充满血腥和苦难的异国他乡。

第三十章　"曲光"项目死而复生

共周思自从试图说服漆天成、股东们同意"曲光"项目无果后，把自己关在研究所的办公室里，关掉耳伴、脑伴，浑浑噩噩地睡了醒、醒了睡，忘记了时间，任凭汪行知他们怎么叫也不理。也不知过了几天几夜。

这天一早，共周思在床上辗转反侧了一会儿，无精打采地打开耳伴时，耳伴里传来了程颖的声音："思思，你总算接电话了，急死我了。"

共周思有气无力地说："有什么事吗，颖颖？"

程颖说："漆总要召开董事会紧急会议，请你参加。"

"没我什么事，我不去了。"

"与'曲光'项目有关。"程颖说。

共周思听说与"曲光"项目有关，精神立即为之一振，心想，莫非"曲光"项目有了转机？

红光公司的董事会会议室里，气氛有点异样。董事长漆天成表情有些严肃地目视着在座的每位董事。平时，有些董事来开会都比较随意和轻松，相互之间会嘘寒和调侃，免不了还有些黄段子引发大家的哄堂大笑。可是今天，当每位董事走进会议室第一眼看到漆天成满脸的严肃，又在他的注视下就座时，一个个心里顿时紧张起来，不知今天会发生什么事。他们坐下来，端过放在面前的茶杯，用嘴抿上一口，然后盖上杯盖，目光停留在自己的手指转动的杯盖上，相互之间没有说话。他们静坐在那里，没有一个人哼一声，就连平时很少在意会议室气氛的共周思，今天也感觉到气氛的沉闷。当九个董事会成员全部落座之后，漆天成开口说话了。

"先生们，先听听程颖介绍一下我们公司股票市场的情况。"漆天成说。

程颖一挥手，会议室的大屏幕上出现了公司股票的K线图。大家看到图上的曲线，前几天红线往上蹿，这几天急剧往下跳。大多数董事对股票的K线图并不是很懂，他们只知道红色代表股价在涨，绿色代表股价在跌。股价涨是好事，股价跌是坏事。这里在座的除了漆天成董事长，董事会秘书程颖之外，其他人并不懂K线图背后的深意。但今天，当K线图显示最近十天连续跌停时，全体董事算是看明白了。公司的股价在暴跌，这不仅说明公司的经营状况不佳或经营遇到了重大问题，而且意味着董事们自己手里握有的股价在缩水。他们全然不知道资本市场的诡异，K线图背后隐藏着的凶险。

"各位董事。"程颖今天穿得很素雅，白色的短袖衬衫和黑色的套裙，她手指滑动着，屏幕上的红点随她的手指移动而移动，"半个月前，我们的股价在下跌，但比较缓慢，成交量也不多。我们分析了出现这种情况的原因，主要是受'曲光'项目的影响，当时，在网上和资本市场上，有关我们'曲光'项目的负面消息比较多。"

"什么负面消息呢？"有的董事问。

见有董事问，程颖没有正面回答，她想回避这个问题，继续往下讲。但那个董事继续问"什么负面消息"，她看向漆天成，她吃不准是否将真相告诉大家，尤其是真相牵涉到共周思，她不想讲。

漆天成见董事问，而程颖又难以回答，或是不想回答，便说："还是听程颖把事情讲完吧。"

程颖继续说："十多天前，我们的股价突然被拉升，并且有不少的买家，成交量也持续上升。"

"这是好事啊，说明我们的股票有投资价值。"有的董事说，漆天成瞥了他一眼，那位董事就没有继续吭声。

　　程颖继续说："股价上升固然是好事，说明我们公司的股票有投资价值，但大量的买盘，说明有机构想成为我们的股东，这将威胁我们的控制权。"程颖这后面的一段话，在座的绝大多数股东不感兴趣。因为，虽然说他们是股东，但没有什么决策权，绝大多数唯漆天成之命是从。从公司成立第一天到今天，公司的每一个决策都是漆天成拍板。他们没有必要要什么决策权，更说不上要什么控制权。反正自己的利益能保证就行了。

　　当程颖说到控制权的事，共周思还是敏感的，他考虑的不是经济利益，而他的研究所和他的"曲光"项目。换过一个董事会，或者换个董事长，是否还会像漆天成那样支持他们的研究工作和"曲光"项目？尽管漆天成对他们的"曲光"项目不持支持的态度，但在"曲光"项目上，共周思自信还是有相当的自由度的，在研究所的范围内，还是可以投入不少的资源。但如果换了股东，如果不是漆天成执掌红光公司，"曲光"项目的命运就难说了。

　　程颖感觉到了共周思的关切，她心里想，在座的这些人除了漆天成，没有人比共周思更关心公司的命运了。当然她自己也非常关心公司的控制权，因为这直接关系到她的饭碗。她继续说："根据调查，我们发现，大量购进我们股票的不是我们的同行，也不是实体，而是几个基金公司。而基金公司的实际控制人也没有什么背景，基本上都是一些私募。因此，经过分析，漆董认为，这种短期拉升股价的现象，纯粹是炒作，因为我们的高科技'曲光'项目前景非常诱人，基金公司认为有利可图，想炒作我们的股票从中牟利。"

　　听到程颖的话，共周思有一种喜悦，说明自己的项目被资本市场认可。

　　但是漆天成并不这么看。资本市场捕风捉影，肆意炒作，一会儿黑一会儿白，叫人摸不着头脑的事情大多。因此，他不太把资本市场当一回事。只是最近一段时间，自己公司的股票市场异动，尤其是控制权受到威胁，才使他感觉到问题的严重性。他示意程颖把话讲下去。

程颖继续说："但是十天前，我们的股票被大量抛售，股价直线往下跌。"

一听股价直线往下跌，在座的董事们才真正竖起耳朵来听了。但他们并不知道一个股票在资本市场被集中抛售的严重性，这说明公司在被资本市场抛弃，最坏的可能是公司在资本市场一文不值。

"奇怪的是，大量抛售我们股票的是前段时期买我们公司股票的那几家基金公司。"程颖说。

一般而言，这种情况很普遍也很正常，将股价拉高后再在高位上卖出，由此获利。一般的机构投资者不都是这么干的吗？但此时这种操作，漆天成认为是有人有计划地买卖公司的股票，背后肯定有不可告人的目的。因为，此时红光公司的股价远远低于那几个基金公司刚买进公司股票的股价。一般的基金公司获利应该离场，可这几个基金公司手里还有不少公司的股票。如果任由公司股价继续跌下去，很快就会跌破净资产。如果此时有一个实力雄厚的公司在此低价位大量收购公司的股票，那么这个公司将成为红光公司的大股东，自己的控制权就要交出去了。漆天成绝不情愿交出控制权，这可是他一手创建的公司，几十年的心血不可能拱手让人。他绝不会让此种事情发生，他要奋起反击。他接过程颖的话说："各位，今天叫大家来，是想听听大家的意见。我们是让我们的股价这样跌下去呢，还是我们收购我们自己的股票，将股价拉起来？"

将股价拉起来，让自己的财富增加，这是好事。董事们大多数都支持这个提议。这么简单的一个事，还用得着这么认真严肃吗？董事们心里想。他们都将头点得很快很快。

漆天成当然知道，这么一个简单的提议大家会同意，但是，他们不知道到底要动用多少资金才能把股价稳住并拉升到正常的水平。各种迹象表明，对手的实力绝对不小，公司的资金未必够用。如果不够用，就要这些董事们，同时也是股东们注资。他估计这些爱财如命的董事们未必情愿，今天他没有说，因为还没有到那一步，但他想借今天的机会提提醒："要将我们的股价拉起来，绝对需要很多的资金，到时，请大家支持。"

果真，要董事们掏钱支持，董事们还是心有不甘的。但漆天成说了，董事们还没有一个站出来反对。他们也就附和他说："一定，一定。"

紧急董事会就这么结束了，结果和漆天成预料的一样。当董事们一个个离开会议室，共周思也随大家离开的时候，漆天成叫住了他："思思，你和颖颖到我办公室来一下。"

共周思和程颖来到了漆天成的办公室。

共周思在漆天成办公室的沙发上坐下，漆天成便问共周思："思思，'曲光'项目最近有进展吗？"

"没有进展。自从我们的'曲光号'移动实验室失踪后，因为经费的问题，我们没有再去造第二台'曲光号'。"

"经费问题虽然是一个问题，但关键的问题还是项目成功的可能性。"漆天成看到程颖从墙壁伸出的小盘里端过两杯茶给他和共周思后，还有些拘束地站在那里，便叫她坐下。

"思思，你告诉我，你们的'曲光'项目到底有多少成功的把握？"漆天成问。漆天成话出口后，用眼睛看着共周思。程颖见漆天成这样问，这样看共周思，也紧张地看着共周思，她不知道共周思如何回答。但如果回答不好，共周思的"曲光"项目就彻底告吹了。程颖知道，是资本市场的异动，使漆天成不敢宣布取消"曲光"项目。

"万分之一的希望都没有。"共周思不假思索地回答。他心想自己已经给你们解释了很多遍了。

这个回答，大大出乎程颖的意料。一个项目负责人，投入他的全部激情、全部才华，倾其所有地去追求这个项目，突然说他的这个项目万分之一的希望都没有。这个回答，是陷自己于绝境。程颖没有料到共周思会这样回答，但漆天成料到了。他太了解共周思了，从不说谎。他之所以没有第一时间反对这个项目，一方面是他作为技术专家出身的CEO，对追求科学也有一股本能的冲动，另一方面，他也特别爱才，他不想让共周思失望。因此，他默认共周思启动了这个项目。在欢迎共周思他们科考回来的仪式之后，整个科技界和经济界确实热闹了一番，媒体尽情地渲染，仿佛这个世界因此改变。一时间，漆天成成了改变世界的英雄。正是这个原因让红光公司的股价扶摇直上，也使公司在资本市场上赚了不少钱，使公司的形象、市场地位大幅提升。可以说，"曲光"项目使红光公司和漆天成收获非常大，不管有形的还是无形的。但是，使他始料不及的资本市场上，如果太耀眼，就会木秀于林，风必摧之。概念虽然好做，故事虽然好编，但盯住你的人也会很多。不仅被竞争对手盯上了，也被媒体盯上了。而被媒体盯上了，这变数就大了。媒体有一帮记者，为吸引读者的眼球，无所不用其极。开始是把"曲光"项目吹得天花乱坠，把红光公司和董事长漆天成吹上了天。与此对应的是红光公司的股价连涨。如今想来，漆天成后悔一时的冲动。当时，他只是想提高公司的形象和提升公司的股价，对外泄露了"曲光"项目，而没有想到其他。特别是没有想到的是，媒体可以把你送上天，也可以把你打下地狱。

共周思的回答虽说没有让漆天成感到意外，但也让漆天成不悦。如果十天前，或是二十天前，共周思这样回答，漆天成听了可能会一笑而过，不做计较。但这次，他有些嘀咕：你既然万分之一的希望都没有，为什么还要折腾上。这里是公司的研究所，不是国家的实验室。这里投的钱是股东的钱。股东的钱每一分钱都是要有回报的，不可能打水漂。何况，种种迹象表明，公司即将为你共周思的"曲光"项目付出沉重的代价。尤其当共周思要求重新启动"曲光"项目，没有得到专家委员会、董事会的同意，那帮记者不知从哪打听到了公司决策层这些机密。也不知是哪个小报记者胡诌了一篇文章《曲光项目胎死腹中》，公司的股价便急转直下，一连几天在跌。经过这一个多月的折腾，特别是"曲光"项目启动以来，漆天成认识到公司的命运与"曲光"项目息息相关，或者说公司的命运与共周思息息相关，他想摆脱都摆脱不掉。他想现在唯有两条路：第一，公司召开一个记者会，让共周思宣布"曲光"项目正在顺利进行。第二，就是回购公司的股票，将股价拉起来。这后面一条，只要有资金就可以做到。但到底要多少资金，他心里没有底，因为他不清楚对手的实力有多大，目的何在。要共周思对外宣布"曲光"项目顺利进行，漆天成心里更没底，他知道共周思的性格，要他做一件不诚实的事是非常困难的。因此，他今天决定好好地跟他谈谈。

"思思，最近我们公司的股票在资本市场的波动与'曲光'项目息息相关。"漆天成说。说完，他又问了程颖一句："程颖，你说是不是？"

"应该是。"程颖回答了一句。作为董事会秘书，她对资本市场还是敏感的。她认为，共周思的一举一动都牵动着公司的股价。

听到这个话，共周思有点不理解。他对科学、科研或者说与科学相关方面的事有着超人的悟性，但对股价、股票关心得不多。因此，当漆天成这么说的时候，他有些不理解，他说："为什么？"

漆天成将最近公司的股价在资本市场上的跌宕起伏与"曲光"项目相关的表现和共周思说了一遍。说完，他盯着共周思的眼睛，想看看他的反应。

共周思没什么反应，他比较平静地说："那怎么办？"

漆天成把想请共周思在记者会上宣布"曲光"项目顺利进行的想法跟共周思说了一遍。

共周思听完漆天成要他做的事，说："'曲光'项目已经被董事会否决了，怎么说？"

"我来说服董事会和专家委员会。"漆天成说。

"能说服吗？"

"我来想办法。"

共周思相信漆天成对董事会的影响力。如果"曲光"项目能够继续进行，在记者会上对外宣布也没有什么。他同意了漆天成的要求。

见共周思同意了自己的要求，漆天成如释重负。他想对"曲光"项目采取拖的办法，只要渡过这次公司在资本市场的危机，"曲光"项目可以慢慢搞。这样的处理方案是最好的。漆天成自己都为刚才的灵感一闪而叫好。

看到共周思脸上开朗了，程颖悬着的心也放下了，她自己也没有料到会有这样的一个结果。她是真心希望这个公司好，也真心希望共周思的项目能够顺利实施。

第三十一章　收购红光公司

灵剑柔在脑伴上看到了红光公司召开的记者会。他听到漆天成在记者会上讲话："本公司将竭力支持'曲光'项目，直至成功。"他了解漆天成的用意，也听到了共周思在记者会上的话："本人及我的团队将把'曲光'项目进行到底。"共同思的表态是可以满足资本市场对"曲光"项目的期待的，红光公司的股价将上涨。自从灵剑柔答应女儿将共周思留在公司之后，他就采取了一系列的措施。在他用高薪和诚意挽留共周思失败后，他和他的智囊、公司法律顾问水球面，制订了在资本市场上收购红光公司的计划。他不仅要共周思，而且还要他的团队，他的世界一流的实验室，他的能够改变世界的"曲光"项目，这个"曲光"项目和共周思及其团队他太喜欢了。他不得不佩服女儿灵心的眼光，如果将共周思及其团队收入自己的霞光公司，那公司的股价将一飞冲天。他清楚地知道，"曲光"项目是一个烧钱的项目，也是一个不知道要多少时间才能成功的项目。灵剑柔纵观世界，没有任何一家公司愿意投资这个看似伟大，实际上很难成功的项目。就是有意愿，也没有实力，世界上有这样的实力的公司只有自己的公司和齐天航的紫光公司。自己有这样的意愿，这不仅是为了女儿，也是自己在有生之年的一个创举。他知道漆天成是为了拯救公司而不得不说谎。他们红光公司没有那个实力，漆天成本人也没有那个意愿。现在的问题是，何时以何价格收购。他发了一个耳伴给公司法律顾问水球面，叫他到他家来一趟。

没有几分钟，霞光公司的法律顾问水球面便来到了他的家里，水球面和他的名字一样，长得像个球，圆胖胖的身材，圆圆的脸，头上已经开始秃顶，架在鼻梁上的眼镜让他有文绉绉的感觉。

"老水，现在红光公司怎么样了？"水球面一坐下，灵剑柔就问。

"涨了，红光公司的记者会一开完，他们公司的股价立马上涨，没到半个小时，他们的股价就涨停板了。"水球面说。

"媒体的力量不可小瞧。"灵剑柔说。

"是啊，好在灵总你有许多媒体资源。是不是找几个媒体界的朋友聊一聊？"

"算了吧，现在红光公司的股价涨也是应该的。他们的'曲光'理念，就不应该是这样低的价。"灵剑柔说。

"灵总，你不想收购红光公司啦？"水球面说。

"老灵，女儿到现在还没有消息。"灵剑柔的夫人从卧室里下来，和水球面打了一个招呼。

听到夫人说到女儿，灵剑柔的心情一下子沉了下来。女儿灵心音讯全无已经十几天了。接到女儿最后一个耳伴是她从非洲发来的。女儿自小非常独立，但无论在哪里，她都要给家里发个耳伴。十几天前，女儿在耳伴里说她在非洲的一家孤儿院里，她请父亲放心。她准备在那里留一个星期左右，处理完那里的事情就回家。但是自那日后，他再也没有听到女儿的消息。他托很多人去打听过，到中国驻非洲D国的大使馆去问过，大使馆告诉他，他女儿基金会的孤儿院已经被叛军武装夷为平地，但具体有多少人遇难，灵心是否在遇难的人之中，目前还没有确切的消息。女儿生死未卜这个消息，犹如晴天霹雳，使灵剑柔老两口犹如遭受灭顶之灾。灵剑柔一下子苍老了不少，灵剑柔的夫人更是受不了这个打击，一下子病倒了。

灵心是老两口的精神支柱，也是他们的精神寄托。不仅如此，灵剑柔认为，女儿这次出走非洲，与他没有如约将共周思他们留下有关。他至今清晰地记得女儿看自己的眼神，那分明是一个怨，虽然很轻很轻，但那是女儿从未有过的，这眼神只有像灵剑柔那样深爱女儿的父亲才能感受到。如果她真有个三长两短，他是难以原谅自己的，到时，他不知道自己是否能撑得住。本来他的睡眠就不太好，最近更是一夜只睡三四个小时。他常常做梦，梦到女儿小时候躺在自己的怀里安然入睡的样子，女儿睡得那么甜蜜，那么可爱。女儿凭着一颗伟大的爱心，将她的慈善事业发展壮大，现在成为一个世界知名的慈善家。他为有这么一个了不起的女儿而骄傲。可是，现在没有一点女儿的消息。这种情况，也坚定了他要收购红光公司的决心，他要将共周思他们留在自己的公司里，他要兑现对女儿的承诺。为此，他必须加快实施收购红光公司计划的步伐。

他对水球面说："老水，你去找证券部研究一下，尽快再做一个收购红光公司的方案来。"

"灵总，我们已经研究了一方案，等你批准。"水球面说。

"是不是将红光公司的股价拉高，然而抛售，将股价打低，再后就是低价收购，达到控股的比例，最后我们的人进入董事会，以达到控制红光公司的目的，完成收购。"灵剑柔问。

"是的。"水球面回答。

"如果按照这个思路操作，要多花多少钱，你们测算过吗？"灵剑柔问。

"我们预计要多花两千多亿。"水球面说。

"你们这里只是静态的，动态的、不确定的情况，你们还没有估计。"灵剑柔说。他见水球面愣住了，又补充说，"动态估计少说要多花四千亿。漆天成也是一个不平凡的人物，你们没有充分估计他的反收购能力。你看，今天的记者会，就开得很有水平。"

叫灵剑柔这么一说，水球面也认为他说得有理，一时不知道该如何是好。灵剑柔见水球面一时语塞，便问："你认为红光公司谁是关键人物？"

水球面不假思索地说："那还用说，董事长漆天成，公司是他一手创建起来的。"

"不对，那是老皇历了，你再想想。"灵剑柔看着水球面说。

水球面使劲地想，然后摇了摇头说："我想不出来还有谁比漆天成更重要。"

"老水，我们为什么要收购红光公司？"灵剑柔又问。

"那当然是'曲光'项目，这是你多次交代的。"水球面回答。

"那么，'曲光'项目的关键人物是谁？"

水球面想想后说："应该是共周思和他的团队吧。"

"对，关键人物不是漆天成，而是共周思及他的团队。"灵剑柔说。

"红光公司的股价在上涨，是因为有'曲光'项目，而'曲光'项目的关键人物是共周思。可是，共周思又不能买卖。"

灵剑柔和水球面他们想的不一样。虽然共周思不能在资本市场上买卖，但他绝对影响股价。如果能告诉他，红光公司没有能力支撑他们的"曲光"项目，更重要的是让他相信，红光公司没有将"曲光"项目进行到底的资金和意愿，共周思的信念就会动摇。只要他对红光公司的信念一动摇，媒体就可以大做文章。媒体的态度一改变，风向一改，将直接影响红光公司的股价，股价必必然然下跌，那时可以以极低的价格收购一个很有前途的公司。然而，要想共周思这么一个品质高尚，对红光公司有极高忠诚度的人对红光公司产生不信任，是非常困难的。因此必须有一个非常之举。这个非常之举他们一时还想不出来。

"灵总，在没有更好的办法之前，是否按原来的方案，大量买入红光公司的股票？"水球面说。

"也行，只是要注意不要让漆天成警觉到我有意收购他的公司。"灵剑柔说完，便立即感到，这样按常规操作速度太慢。他心里总感到有一种东西压在上面。灵剑柔清楚那是什么，那是女儿的怨，是对女儿的歉疚。女儿已经十几天音讯全无，他日夜思念女儿，他在明天就能见到女儿和不知何时才能见到女儿之间煎熬。这也使他心力交瘁。但灵剑柔坚信，他的女儿明天就会回来。他想，如果女儿明天就回来，他怎么面对？他也坚定地认为，女儿最开心的是他兑现了诺言，让共周思进了霞光公司。女儿第一时间想见的除了父母，就是共周思。想到这里，灵剑柔突然灵感一闪，对水球面说："老水，我们必须加快进度。兵贵神速。时间一长，可能会生变。我估计，世界上不止我们一家想收购红光公司，想拿下'曲光'项目。"

"那怎么办？我们又不能将真相直接告诉他。"水球面说。

"还是通过媒体。"灵剑柔说。

"行，我来办。还要让共周思他们看到真相。"

"不要让共周思直接看到，可以通过他们的团队。"灵剑柔说。

"是一个好办法。"水球面说。

"还有……"灵剑柔欲言又止，有些为难。

"灵总，还有什么要交代吗？"看到灵剑柔为难的样子，水球面说，"你有什么为难的事不妨直说，我来办。"

"也没有什么难办的，目的是一样的，只是想法有点不太地道。"灵剑柔轻轻地说。

水球面知道灵剑柔品德高尚，只要有违他的道德观，哪怕一丁点，哪怕是有巨大的商业利益，他都不会想，更不会干。今天的情况有些特别，水球面从未见到过灵剑柔这么犹豫过。水球面虽然不知道灵剑柔收购红光公司与他的女儿有关，但他清楚地看到灵剑柔最近面容憔悴，有时常常心不在焉。作为跟随他几十年的老部下，也是老朋友，他很想为他分忧。

灵剑柔想说，但还是没有说。

"灵总，我现在就去找公关部。"水球面说。

"你去告诉证券部和财务总监，要他们以最快的速度筹集两千亿的资金。"灵剑柔看到水球面吃惊的表情，说，"别看红光公司整个市值不到两千亿，但要看到'曲光'项目和共周思及其团队，他们的价值远远不止两千亿。目光要放远一些。"

水球面不得不佩服灵剑柔的大手笔，灵剑柔要么不干，要干就惊天动地，常常有过人之举。他的远见卓识和视野常常令公司的有识之士折服。水球面常常感叹自己能在这么一个了不起的人身边是一种造化。水球面竖起耳朵，听灵剑柔说："你派人去找红光公司的大股东，我们以高于市价一倍的价格收购他的股权。告诉他们公司的股东和董事，他们现在在公司的地位将来也不会改变。"

"这真是一个好主意。"水球面心里想，直接瓦解他们的股东，如果股东一动摇，对"曲光"项目也就会动摇，本来这些人就不支持"曲光"项目。"曲光"项目得不到股东们的支持，也就是得不到董事会的信任和支持，"曲光"项目就会因没有资金而做不下去。这样的结局是，不是共周思他们不信任红光公司，而是红光公司不信任或者抛弃共周思。没有了共周思的红光公司将一文不值。这叫"釜底抽薪"，水球面不得不佩服灵剑柔的深谋远虑。

这时，齐刚满脸沉重地走进来。灵剑柔一瞧，心里一沉，他示意水球面先走。等水球面一走，齐刚告诉灵剑柔，中国大使馆传来了消息。

第三十二章　"曲光二号"遇冷

共周思开完记者招待会，以最快的速度回到了研究所。他一抬手，打开耳伴，将汪行知、赵构成和舒玉婷叫到会议室。他要大家现在立即开始重建"曲光二号"移动实验车，要求比之前的"曲光号"更先进，更智能。特别要在没有电力、没有信号的情况下仍然能工作。

汪行知他们听说建"曲光二号"，一个个兴高采烈。乌村的奇遇经常在他们脑海里出现，真想再去看看。他们很是怀念在乌村的时光。

"思思，我们要用多久再建一个'曲光二号'？"汪行知有些猴急，恨不得马上坐上"曲光二号"去乌村，去寻找能使光线弯曲、时空折叠的引力场。

"两个星期的时间，你们说够不够？"共周思说。

"够。"舒玉婷说，"我保证我的设计如期完成。"

"你是搞路线设计的，不拿出设计方案，我们没办法做。你的时间最多三天。"赵构成说。

"你要逼命哪？"舒玉婷笑着说。

"谁敢逼你，舒大美人。三天完不成是你没有把你的智慧全部拿出来，坦白交代，最近是不是在谈恋爱？"赵构成说。

"去！"舒玉婷嗔了一句赵构成。

"知知，你的结构要几天？"共周思问。

"最快也要六天。"汪行知说。

"成成，你呢？"

"最少也要十天。"赵构成回答。

"这样加起来，就要二十天啦。比要求的慢五天，各位能不能再压缩一点？"

"思思，你直接下任务吧。"汪行知说。

"这样吧，我的意见是，婷婷，你还是五天，你尽量把设计方案想得周到一点。知知，你很关键。'曲光二号'的功能比'曲光号'功能要更多，更强。要考虑能人工操作，要吸取'曲光号'的教训。万一没有信号，至少可以用人工推着走。凡事要做最坏的打算。成成，你是'曲光二号'的大脑。'曲光二号'不仅要与我们的实验室连接，还要与世界上的各类实验室连接。要确保我们的实验数据的及时畅通。你们看行不行？"共周思说完，又想了想说，"我的意见，能不能一周内完成？"

"啊！"三个人同时感叹了一声。他们认为那是不可能的。但是，只要是共周思发了话，还就必须不折不扣地完成，没有商量的余地。根据以往的经验，最后都是按照共周思的意见执行。

可是当他们开始工作，汪行知、赵构成和舒玉婷按照他们各自的等级授权进入公司的数据中心时，发现进不去了。他们一连试了几遍，仍然不能进去。汪行知来找共周思。

"思思，奇怪，公司的数据中心我进不去。"汪行知说。

"不会吧？我来试试看。"共周思说。

果然，共周思试了几遍，仍然也进不去。按照往常的规定，汪行知他们的授权可以到B级，仅比高管低一个等级。可是现在连D级都进不去。这种反常现象引起了共周思他们的不快。共周思不得不打电话给数据中心。

"喂，周主任吗？我是研究所的小共，我想问一下，最近授权管理的权限作了什么调整吗？"共周思问。

"共工吧，我是老周，最近数据系统在升级，老的版本暂停停用了，新的系统还在调试中。"

"那还要几天？"共周思问。

"估计要三五天。"数据中心的周主任说。

听到还要三五天，大家都吃了一惊。舒玉婷说："三五天，黄花菜都凉了。这么大的一个公司，三五天没有数据系统，怎么过？"

"要不，我来突破公司的授权等级，直接从数据中心获取数据。"赵构成说。

"那肯定不行，擅自突破公司的防火墙，那是违规行为。"汪行知说。

"违规就违规，公司的那些老爷又不知道谁干的。"赵构成说。

"我觉得赵构成说得有理，与其这样干等着，不如打破规矩，我们是为了"曲光"项目，也是为了公司的最大利益。"汪行知说。

突破公司数据中心的防火墙，直接获取"曲光二号"建造所需要的数据，既是为了节省公司的时间，也是为了公司的最高利益，这个想法有其合理性。大家把目光看向共周思。共周思想了想说："行，就这么干。"

没过几分钟，赵构成就成功地进入红光公司的数据中心，获取了汪行知他们需要的数据。

第四天，舒玉婷将"曲光二号"设计方案的立体影像投到了会议室。他们四个人用一个小时就讨论完成了。他们认为，舒玉婷的设计近乎完美，考虑到了各种因素，并且设计方案既节约了材料，也节约了经费，还节约了时间。

按照进度，汪行知叫人去材料部领材料的时候，材料员告诉领材料的人，所要的材料仓库里没有现货。如果需要的话，请他们申报计划，由管材料的副总签字，采购部采购。

"这需要多久的时间？"汪行知问。

"那要看年初有没有预算，如没有预算，看你金额有多大，金额大，还要经总经理办公会或董事会批准，没有十天半个月也别想批下来。"材料员回答。

"要那么久。如果特殊情况呢？"汪行知又问。

"特殊情况我不知道，你直接找漆总，他说快就快，说慢就慢。"

汪行知将情况反映给共周思，共周思找到管材料的副总，副总签了字，采购部答应以最快的速度采购。汪行知他们只好将有材料的部分先干起来。等汪行知他们需要的材料陆陆续续买来，又拖了十天。

还有更糟糕的是，除了研究所制造的，需要到公司制造加工的"曲光二号"零件，工人今天不是这个请假，就是那个病了，或者有事，制造的速度非常慢，急得共周思他们如热锅上的蚂蚁。在协调各方没有明显效果的情况下，共周思万般无奈之下只得去找漆天成，可一连几次，他都没有找到漆天成，耳伴、脑伴信息全无。他用耳伴问程颖，程颖说她也不知道漆总到哪里去了，她也有很多事要向他汇报呢。

十几天过去了，共周思的"曲光二号"还没完成十分之一。原计划一个星期完成，照这样的进度，三个月也完不成。汪行知几个人发火了，说如果这样拖拖拉拉，不如放弃"曲光"项目算了。一听到大家如此泄气，共周思也有些急了。他又给漆天成发耳伴，耳伴没有回应，到漆天成的办公室去找他，他不在。

他到程颖的办公室打听漆天成的情况。

程颖看到共周思到她办公室来了，赶紧从自己的沙发椅上站起来。她急忙把自己办公桌上、沙发上、茶几上的报纸、材料收拾整齐。

"哎哟，思哥，你怎么来了？快，快请坐。"程颖记得共周思从来没有来过自己的办公室。这是她不理解也不愉快的地方。程颖在红光公司好歹也属于高管，算是有些地位，很多人想巴结她都来不及。而且她人还长得特别漂亮，很多男士有事没事都想到她办公室串串。唯独共周思没有到过她的办公室，从来都是她找各种借口去找共周思，想方设法去找他们玩。有时，程颖看到共周思路过自己的办公室，也不瞧自己一眼。自己主动和他打个招呼，他也只是应一声。程颖沮丧极了。

"颖颖，漆总这几天到哪里去了？"共周思一进程颖的办公室就问，他全然没有注意到程颖在整理自己的头发和衣服。

"我也不知道，我也没有见到他。"程颖回答。

"颖颖，最近开过董事会吗？"共周思问。

"没有呀。思思，有什么事吗？"程颖看到共周思说话总是急急的，好像有很大的心思。

"'曲光'项目也没讨论研究过？"共周思问。

"高管或股东开会，我不一定知道。"程颖说的是实话，她心里也清楚，共周思一心扑在"曲光"项目上。他还不知道围绕"曲光"项目，无论公司上下，还是资本市场，或是业界、媒体，都非常热闹。刚才她连忙收拾起来的报纸，其中就有一篇文章是写红光公司"曲光"项目的。文章是负面的，说红光公司推进"曲光"项目是不自量力。红光公司既没有资金实力，也没有意愿来搞"曲光"项目。文章分析透彻，对红光公司的实际情况了解得一清二楚，是一篇有分量的文章。程颖认为切中了红光公司和"曲光"项目的要害。如果这篇文章给共周思看到，肯定有相当大的负面影响。如果他知道这一事实后，会有什么举动？他可能会离开红光公司。那对红光公司来说将是灭顶之灾，红光公司肯定要垮。自己也要离开这家公司，与共周思他们各奔东西。想到要和共周思各奔东西，程颖后悔自己当初没有选择理工专业。如果自己是学理工的，肯定能加入共周思他们的团队。那是一个多么了不起的团队。可是自己对科学技术理解甚微，只知道资本市场上的资本运作和法律知识，可共周思他们不需要啊。但是程颖突然灵感一闪，有了一个绝妙的念头。她大胆地推测，如果红光公司不开发"曲光"项目，共周思他们肯定会离开红光公司，凭几个年轻人的热血，他们肯定会自己创业，独立进行"曲光"项目的开发。那可需要巨额资金，他们哪来那么多的资金，而且要有源源不断的资金注入。只有资本市场才能带来源源不断的钱，我可以帮他们策划上市。"曲光"项目是个香饽饽，市场前景非常好。想到这，程颖一阵兴奋，脸上泛起了一阵红晕，她觉得和共周思他们的心更近了。

"颖颖，你告诉我实情，漆总是不是不愿意搞'曲光'项目？"共周思认为程颖是公司高管，和董事长漆天成走得近，肯定对漆天成的真实想法知道得比别人多。再说程颖有事没事地经常到他们那里玩，因此，对程颖，共周思是信任的。

"思思，漆总的真实想法我真的不知道，我在他眼里，只不过是一个工作人员。我只能告诉你，最近资本市场上，对'曲光'项目的关注度很高。"

对于资本市场，共周思比较陌生的，但是只要是有关"曲光"项目的事，他都感兴趣。听到程颖说资本市场高度关注"曲光"项目，他倒想听听。

"怎么说？"共周思问。

"资本市场一两句话难以说清。总之，资本市场对'曲光'项目一片赞扬之声。"程颖说。

"我们的股价呢？"

"自从上次开了记者会，我们的股价天天在涨。"程颖说，"你在记者会上的讲话，对我公司的股价起了非常重要的作用。"

"那说明大家都看好'曲光'项目。"

"那是肯定的。"

"可为什么我们公司对'曲光'项目不重视呢？"共周思说。

"公司还是很重视的。"程颖说，她也感觉到公司最近对"曲光"项目的一些变化，虽然她没有共周思他们感触那么深，但她不想动摇共周思的积极性。

"颖颖，最近我们的'曲光'项目困难重重，不是缺这就是少那，进展很慢。"

"公司一大，体制就有些僵化，我也经常感到这里效率低。"程颖听到共周思这么说，不好就"曲光"项目发表太多意见，只能从面上发表一些观点。

共周思在程颖那里聊了一些其他的事，便起身告辞了。

程颖真想共周思能多待会儿。

共周思回到研究所的办公室关上门，思考着"曲光"项目的事。

漆天成这几天哪里都没去，他把自己关在书房里，断绝了与外界的一切联系。他在思考着"曲光"项目和自己公司的出路。他清楚地知道"曲光"项目对于公司的重要性，他更清楚地知道自己公司没有那么多钱烧，"曲光"项目是天方夜谭，要想成功，不知道要到猴年马月。

作为一个以盈利为目的的商业公司，去开发"曲光"项目是不理智的，那应该是国家研究的事。可是，"曲光"项目已经在记者会上宣布了，现在是欲罢不能。如今，他才真正领教了媒体和资本市场的厉害。他想拖，在公司资金允许的范围内，慢慢地推进"曲光"项目，但是共周思他们不会干，这是一个想准了干一件事，就会不顾一切去干，并且一定要干成的人。如果他发现你在敷衍或欺骗他，他会与你绝交。他会离开你的公司。想到这，漆天成突然脑海里涌出一个想法，他兴奋起来，一挥手打开了脑伴，进入股票市场，观察着自己公司的股价图，发现公司的股票一直上涨，而且买进也是出人意料的多，漆天成很高兴。他高兴自己这几天闭关自修有了一个好的结果。他打开耳伴，发现耳伴里的未接耳伴没有上千也有几百个。他对其他的都不感兴趣，只对共周思的耳伴感兴趣。他想共周思应该有很多耳伴找他，当他发现共周思只有两个耳伴，心里有些怪怪的。他心想："这小子，我在这里为'曲光'项目冥思苦想，你倒不在乎。好吧，你不找我，我找你。"

"程颖，你让共周思一小时后到我办公室，我找他有事商量。"漆天成给程颖发了一个耳伴。

一个小时后，漆天成到公司的办公室不一会儿，共周思和程颖来到了漆天成的办公室。他们一见面，只听漆天成说："真是不好意思，这几天老家有点事，忙坏了。我打开耳伴，看到你找我，我也正好有事和你商量，就急忙赶回来了。思思，你说，你找我有什么事？"

共周思见到漆天成，就觉得有了依靠，不知什么原因，共周思总觉得漆天成不论在什么情况下都会支持他、帮助他："漆总，我们的'曲光'项目进展很慢，不是没有材料，就是没有工人，这样下去，'曲光二号'不知何时才能完成。"

"有这回事？程颖，你跟老项说，思思的事特事特办，要人给人，要物给物，要钱给钱。"漆天成说。

程颖掏出笔记本，将漆天成的话一一记下，并说："我马上去办。"程颖转身要出去。

"程颖，你等等。"漆天成叫住要走的程颖。

"思思，我还有事和你商量，你们都坐下。"漆天成说。

"思思，'曲光'项目应该是一个很漫长的过程，你说是吗？"漆天成问共周思。

"是的，很长。"共周思看到漆天成这样对待"曲光"项目，心里一块石头落了地。

"在'曲光'项目推进的同时，我们公司是不是应该开发新的项目？"

"当然应该。"共周思说。

"你以前不是说有一个新材料要开发吗？"

"有一个低温超导材料，可以填补世界空白。"共周思说，他记得当时提出这个项目上董事会讨论时，被董事会否决了，原因是市场前景不明朗，花钱花时也多。

"程颖，你认为资本市场对低温超导材料这个产品会感兴趣吗？"漆天成认为，程颖这个小姑娘对资本市场有超人的理解和把握，可以说很有天赋。

"资本市场特别青睐创新，尤其是我们研究所共工提出的创新，资本市场都会有很高的评价。"

程颖的这个回答，漆天成很满意，也很放心。

"思思，我们是不是也开发这个产品，这个产品花的时间是不是比'曲光'项目短？钱也花得少一点？"漆天成说。

"可以的。我现在就回去布置，叫他们干起来。"共周思起身要走。

"思思，你等等。"漆天成说。他转向程颖："我们是不是也要开一个记者会，向媒体宣布我们的'低温超导'项目？"

"行啊，漆总您定。"程颖说。

对于共周思和程颖对自己的尊重，漆天成十分满意。

相隔不到两周的时间，召开两次记者会，而且都要共周思宣布公司的项目研发情况。程颖的大脑在飞速地思考漆天成的用意，经过一阵思考，程颖明白了。他是想用"低温超导"项目绑定共周思。至于"曲光"项目，漆天成还没有下定决心。支持"曲光"项目，漆天成不一定全心全意，但他喜欢共周思，爱这个天才，想尽办法不让他离开公司。这后一点，她和漆天成是高度一致的。

第三十三章　冲破羁绊的躁动

齐刚对灵剑柔说："从大使馆反馈的消息看，暂时还没有找到灵灵。"听到齐刚的话，灵剑柔的脸色顿时苍白。齐刚慌忙扶住灵剑柔。灵剑柔推开齐刚，一个人闭上眼睛，咬紧牙关，躺在沙发上。齐刚赶紧叫来灵剑柔的夫人尚燕。尚燕用手按了按他的脉搏，示意齐刚不要吭声。可是，没有一会儿，灵剑柔从沙发上跃了起来，他刚要说什么，看到夫人尚燕，便说："刚儿，我们去公司。"

在去公司的路上，灵剑柔对齐刚说："我要去非洲的孤儿院。"

"我陪您去。"齐刚自告奋勇。他想灵心，要亲自去非洲找她。

"你伯母一直在悲痛中，需要人照顾，你就帮忙照顾她吧。"

"您怎么去呢？"齐刚关心地问。

"我们公司与非洲的J国有业务往来，叫公司市场部非洲分部的小施陪我就行了。"

"要不要我去外交部找找人？"

"不用了，这些我都会安排。帮我多照顾下你伯母就行了。还有，刚儿，不要将我去非洲的事告诉你伯母。"

"好的。要不要告诉我爸？"齐刚问。

"天航已经知道灵儿失去联系很久了，问我要不要他帮忙一起找，我说再等等。"

"我爸的公司有强大的情报系统，让他找应该更好。"

"他找了，但现在仍无消息。"灵剑柔说。

灵剑柔先是到外交部咨询了非洲的战乱情况，之后乘飞机到了非洲J国的中国领事馆，在中国领事馆的安排和帮助下，费了好大的劲才找到一个当时被灵心和中国军人救护到撤离区的难民。那个难民带着他来到了灵心基金会的孤儿院废墟。

灵剑柔站在孤儿院的废墟上，百感交集，老泪纵横。想起女儿小时活泼可爱地躺在自己怀里撒娇的情景，这个在商界纵横拼闯、意志无比坚强的人终于压抑不住，号啕大哭了起来。那哭声像决堤的洪水，一泻千里。那哭声撕心裂肺，是压抑的悲痛，是难释的悔恨，是思念中的哀号。灵剑柔的哭声越来越凄厉，越来越悲切。那哭声宣泄在非洲空旷的森林里，更令人心碎。灵剑柔哭了很久很久，直至筋疲力尽。在陪同他的小伙子的搀扶下，灵剑柔颤颤巍巍地离开了孤儿院的废墟，恋恋不舍地一步一回头。仿佛那不是废墟，而是她的爱女。

灵剑柔离开废墟，又沿着女儿他们撤退的路线一路寻找。听带他来的难民讲述当时灵心如何冒着枪林弹雨救助、掩护孤儿和难民，灵剑柔悲痛之余以有这么一个女儿感到无比骄傲。与自己的女儿比，他感到自己是那么渺小。他痛下决心，只要女儿还活着，只要女儿回到自己的身边，他会放弃这世上的一切，金钱、地位、名誉，追随女儿从事救助世上一切苦难的高尚事业。

灵剑柔跟着难民来到他最后一次看到灵心、朗声丽和中国军人被炮火掀起来的地方。那是一个很大也很深的坑。难民一边激动地嚷嚷着，一边用手用脚甚至用身体比画着。灵剑柔明白那人的意思：灵心、朗声丽她们倒在炮弹的火光中。灵剑柔围着弹坑走了一圈又一圈，他一边走，一边找，又一边问。他多么希望找到哪怕一丝一毫的线索。可是什么也没有找到，连一丝衣服碎片也没有找到。

灵剑柔的非洲之行虽然没有找到女儿，但他相信女儿还活着。非洲之行的最大收获就是女儿对他心灵的震撼。相比于女儿的追求，他认为自己的追求是那么不值一提。他下定决心，要做一件让女儿敬佩的事。他要学女儿，要为改变世界尽力。此刻的灵剑柔认为，要让女儿高兴，又能告慰女儿，就是支持"曲光"项目，就是支持和帮助共周思他们。因此，他回到公司，一挥手打开脑伴，看看公司这几天的情况，第一个进入眼帘的是红光公司的记者会。他看到了漆天成和共周思，听到了他们介绍的低温超导材料。这种材料开发起来，虽然有些难度，但相比"曲光"项目，只是如海洋里的一滴水，根本用不着召开记者会来大肆宣扬。灵剑柔一眼就看出漆天成的真实目的，他要绑架共周思，他根本就不想要"曲光"项目。但他也不想共周思离开红光公司。看来，自己要再逼他们。他给法律顾问水球面发了耳伴。

"老水，收购红光公司的事进展如何？"

"灵总，你回来了，要不要到你家亲自汇报？"耳伴里传来了水球面那绵绵的声音。

"行，你来吧。"

没过多久，水球面就出现在灵剑柔家的书房。他显得急匆匆的，见到灵剑柔就说："灵总，红光公司的股价一直在拉高。"

"我们已经吃进了多少红光公司的股票？占他们股份多少比例？"

"已经接近10%，再吃进两千万股，就成为第一大股东了。"

"现在立即停止吃进，抛出我们手中的股票，把股价压下去。"灵剑柔交代水球面。

"是一次性抛，还是逐渐抛？"

"逐渐抛。正好红光公司开了记者会，搞什么低温超导材料，这个时候将股价压下去，让漆天成知道资本市场并不看好那个低温超导材料。"灵剑柔说。他看到水球面的表情有些疑惑，估计他没有看到红光公司的记者会，继续说，"你去找媒体，告诉他们，红光公司搞'曲光'项目是三心二意。他们的经济实力根本无法同时支持两个项目。文章一定要让共周思看到。"灵剑柔停顿了一下，继续说，"你再去安排一下，我们也开记者会，我们也要宣布，实施'曲光'项目，和他们一样。当然，我们不能也叫'曲光'项目，我们必须取另外一个名字。你看，取什么名字比较好？"

"我一时还想不出来。"水球面说。

灵剑柔思考了一会儿，说："听我们公司的科学家说，曲光'项目就是寻找能使光线弯曲、时空折叠的引力场。我们就叫'光曲'工程。"

"名字是好，但人家会认为我们是在抄袭他们。"

"科学研究，是人类的共同追求，没有抄袭之说。再说，我就是要逼红光公司和共周思，否则，漆天成在拖，在敷衍共同思他们，这么好的一个项目会被他们拖黄。退一万步讲，我们不搞，其他公司会不搞吗？红光公司没有实力搞，我们有实力又不搞，中国不就落后了吗？"

水球面一直敬佩的是灵剑柔看问题总是有世界的眼光。这是他们公司将很多知名公司远远抛在后面的根本原因，而且灵剑柔有领军世界的使命感。

"好的，我马上去办。"

"等等，还有，派人找红光公司的股东了吗？"灵剑柔问。

"还没有，我想等股价跌到很惨的时候，找他们说会好一些。"水球面说。

"也好，就按你们的意思办吧。"灵剑柔说。

"还有，灵总，我们在红光公司的股价上一拉一压的，是不是涉嫌操纵股价，那可是违法的。"水球面离开了灵剑柔的书房，想想还是回过头来提醒灵剑柔。

"任何法律都有漏洞，我相信你们能解决这个问题，再说，任何政策、法规都落后于实践。如果拘泥于这个那个的，我们就不可能有颠覆性的创新，你说呢？"

这又是水球面这样的法律专家不得不佩服灵剑柔的地方，他绝对守法，但又不拘泥于条条框框，敢于藐视阻碍他前进的任何条条框框。他只要认为目的是正确的，是有益于人类的，他就敢于打破。收购红光公司就是一个很好的例子。

　　漆天成这几天一反常态，对资本市场特别关心。股市一开盘，股价开始下跌。这与他当初的设想恰恰相反，本以为第二个记者会一开，抛出低温超导项目，股价也会像第一次一样扶摇直上。他用目光问程颖：这是怎么回事？程颖摇摇头。还有一个漆天成没有注意到，让程颖吃惊的是，今天的成交量特别大，显然是有机构在抛盘，这是一个让人非常担心的事。这样的异动，使程颖预感到股市有什么阴谋要发生。但她没有跟漆天成说。

　　一连三天这样地跌，漆天成坐不住了。

　　一连三天地跌，程颖也觉得很奇怪，觉得有必要弄清楚缘由。她决定做一番调查，弄清楚是谁砸盘。她发了一个耳伴给在证券交易所的同学，约他在交易所附近的一家咖啡店坐坐。正当她要出去的时候，那位交易所的同学给她发了一个脑伴，脑伴上出现了一个大标题："红光公司一心二用，'曲光'项目命运堪忧"。她放弃立即去交易所的打算，坐下来看那篇文章，看着看着，被那篇文章吸引住了。这篇文章分析透彻，观点精辟，论点、论据严谨，对红光公司的情况了解得非常清楚。就是像自己这样的局内人、公司高管，也没有文章的作者对红光公司那样了解。尤其是对漆天成董事长的心理分析，可谓是入木三分。可以肯定，这篇文章的作者对红光公司，对漆天成进行了长期的跟踪调查。程颖想，如果这篇文章出自公司对手，那这家公司就太可怕了。这家公司对"敌情"的研究，让任何一家公司难以望其项背。你再看看那篇文章的文采，朴实中有华丽的辞藻，华丽的辞藻中尽显朴实，没有一个字是多余的，文笔干净利落。光凭这篇文章的文采，足以说明这个作者才华横溢。程颖从小爱好文学，业余也常写写诗歌之类。此时，她甚至想，她如果能认识这个作者会感到三生有幸。

　　她读着读着，一口气读完，又回过神来，从文字的陈述中喘过气来，被这篇文章的精准分析所折服。她也弄明白了漆天成的心思。她不得不为"曲光"项目，为共周思捏一把汗。她可以断定，这篇文章一定会在资本市场掀起轩然大波，公司的股价将会直泻不止。更严重的是，如果这篇文章被共周思他们看到，可能会直接导致共周思他们离开红光公司。程颖的心怦怦直跳，不知道怎么办，是将这篇文章给漆天成看，还是不给他看？从自己的董事会秘书这个职位看，她应该及时地将这篇文章交给董事长。但这篇文章太重要了，如果由自己直接交到董事长的手里，要是董事长直接问自己怎么看，怎么办？按照常理，漆天成肯定会这么做。她觉得自己没有想好怎么应对这一突发事件，如果自己一时回答不出来，那不是让漆天成觉得她这个董事会秘书不称职吗？她陷入两难之中。转念一想，要不要将这篇文章交给共周思？从工作关系上看，程颖没有责任和必要将这篇文章交给共周思。但是，作为一个关心和仰慕他的朋友，她觉得应该让他知道事实的真相。如果自己不是在自认为的第一时间告诉他真相，她心里会不安的。程颖凭着女性的直觉，坚定地认为，自己的命运将和共周思及他的团队联系在一起。她更坚定地认为，自己离不开共周思和他的团队，他们也离不开她。更何况，她还坚定地认为，红光公司的关键人物漆天成，没有了进取心，思想也已经过时了。每次召开董事会，听到董事们的发言，他们的思想陈旧不堪，眼睛里只有钱，只有个人的利益。董事长漆天成虽说有些当年的志气，但他的思想明显跟不上这飞速发展的时代。他还是喜欢用他当年创业成功的经验来分析、判断和指导公司的战略，比如对资本市场，比如对媒体反应，还是那么迟钝，缺少战略，缺少胆识。再看看这篇文章，如果是竞争对手写，那胜负已成定局。尽管到现在为止，绝大多数人，包括业内人士，都认为红光公司无论在国内，还是在国外，都是一家很优秀的公司，一家了不起的公司。自己以前常以在这家公司任董事会秘书，年纪轻轻就当上世界优秀上市公司的高管而荣幸。同学们都非常羡慕自己，都非常肯定地认为在同龄的年轻人中自己是一个了不起的才女。但随着时间一天天地过去，随着和共周思他们接触的日子的增多，逐渐感觉到跟共周思他们比起来，自己真是渺小。她尤其对共周思到了崇拜的地步。

既然不想继续依附在一个即将衰落的公司，不如良禽择木而栖，去寻找自己认为的光明。她听父亲说过，人生如棋局，关键时候胜败就是一着，人们常说的棋高一着就是这个意思。如果一着走对了，满盘皆赢，胜局在握；如果一着走错了，满盘皆输。程颖做出了一个此时自认为正确的决定。她走出自己的办公室，既没有去住所，也没有去董事长漆天成的办公室，而是直奔共周思的研究所。可是当她走到半路时，又问自己，如果共周思不领情，或者他们认为自己是在背叛漆天成，那将对自己非常不利。如果共周思认为自己是一个不忠心不诚实的人，那岂不是弄巧成拙吗？她边走边犹豫，边思考着如何向共周思他们解释自己的行为，尤其是要让共周思理解自己的诚意。程颖一咬牙，还是向共周思的研究所走去。她相信自己的第一直觉。而且她坚信，她的心和共周思他们走得更近。

程颖打开研究所会议室的门，发现共周思他们正在讨论"曲光"项目。共周思他们既不回避，也不忌讳什么，让她坐在共周思的旁边，看会议室里的立体影像讨论。程颖看得津津有味。

看着立体影像上变化莫测的分子、原子结构图，程颖仿佛到了一个神奇的世界。她被那神秘的世界所吸引，一时也忘了她到这里找共周思的目的。让她倍感喜悦的是，共周思和舒玉婷还问她的意见。虽然她根本答不上来，但程颖还是打心眼里高兴，她认为，共周思把她当成了自己人。当夜幕已悄然降临，大家都感觉到饥肠辘辘的时候，共周思他们的讨论才停下来，才知道程颖这位客人还没有接待。

共周思说："颖颖，你怎么过来了？"

"我闲着没事，顺便到你们这里看看。我也很久没有到你们这里坐坐了，婷婷，是不是？"程颖说。

"我们也好想你，颖颖。"舒玉婷跑到程颖那里，抱着她，亲热地说。

"等等，颖颖，看你欲言又止的样子，好像有什么事要告诉我们。"共周思说。

"我收到了在证券交易所工作的同学发给我的文章，想给你们看看，不知行不行？"程颖说。

"是不是有关'曲光'项目的？"汪行知问。

"是的"程颖答。

"快给我们看，颖颖。"舒玉婷说。

"还是颖颖关心我们。"赵构成说。

"那是，颖颖和我们是什么关系，心一直向着我们的。"汪行知说。

"你们知道我的心向你们就好了，以后可别把我给忘了。"程颖有些娇嗔地说。程颖一挥手，脑伴里的立体影像投到了他们的面前。共周思全神贯注，表情严肃地看着影像。程颖看到共周思的表情，感觉好像有什么事要发生。

共周思看完报纸上的那篇文章，沉着脸说："大家都看了吗？"

汪行知首先发言："这篇文章写得太好了，分析得也非常深刻，我早就感觉到漆天成在敷衍我们。"

"我也认为汪行知说得对，公司没有资金实力支持'曲光'项目。"赵构成说。

"公司不行，我们就另谋出路呗，三心二意的，哪能办成大事？"赵构成又说。

"颖颖，你的看法呢？"共周思完全把程颖看成他们自己人。

"这篇文章的文笔非常好，内容写得也许很真实。"程颖说。

"思思，要不我们另起炉灶，自己干。"汪行知说。

"早就有此想法了。自己干最痛快！"赵构成和舒玉婷立即附和。

自己干，说说容易，虽说做一个"曲光号"移动实验车用不了很多钱，但研究所的中心实验室需要巨额资金，要费几年的工夫才能建成。还有数据库，还有与世界各国实验室的数据连接，更是需要很多钱。光维护数据链这一项，每年少说也需要一亿以上。我们哪来那么钱？共周思心想。

"曲光"项目需要的经费，汪行知他们不清楚，但共周思和程颖两个人清楚。程颖当然明白，共周思他们自己出来单干唯一担心的就是资金。程颖想：只要你共周思开口，我就有把握给你们弄到资金。

"我也想我们自己干，但这家公司对我们有恩，我们不能忘恩负义啊。"共周思这么说，大家也就沉默了。

程颖没有料到共周思会这么说，她单纯地认为共周思只是缺少钱，在公司要抛弃他的时候，仍然对公司忠心耿耿，真是稀罕之人。共周思的人品更让程颖肃然起敬，这样的人，程颖认为自己更应该帮他。她说："思思，如果有一个办法，既不伤害红光公司，也不伤害漆总，又能让你们按照自己的意愿进行'曲光'项目，这样的好事你们干不干？"

程颖此言一出，在座的人非常吃惊。共周思他们认为程颖只是一时冲动。可是世界上惊天动地的奇迹不就是凭一时冲动创造出来的吗？程颖的一句话，也会创造奇迹。

听到程颖的话，共周思用眼睛看着她，心里很是震惊。平时只是把眼前这个小姑娘当成小妹妹，他们都很喜欢这个小姑娘，但都没有看出她有什么过人之处，最多认为她很幽默，会撒娇。今天，她突然说出那句根本无法办到的话，他们齐刷刷地把怀疑的眼光看向她。

程颖被共周思他们怀疑的眼光盯得非常不好意思。但她那句话既然说出了口，她就不会在事情还没有开始便收回去，那不是程颖的性格。她迎着共周思他们的目光，说："虽然我不能立即将我的话兑现，但我们总会找到一个多赢的办法。爱迪生不是说过吗，世界上无法可想的事是不存在的嘛！既然你们敢开发'曲光'这个世人眼里不可能成功的项目，为什么我们不能尝试着再去寻找一个世人眼里不可能成功的事？为什么我们不能尝试着去寻找一个既让'曲光'项目顺利推进，又不伤害公司、漆总或者股东利益的办法呢？"

程颖这番话说得很是在理，大家齐齐地点了点头。共周思说："颖颖，你看怎么办呢？"

"只要你们信任我，把我当成你们中的一员，多赢的事就交给我吧。"

"我们完全信任你。"汪行知他们三个人齐声说。程颖眼睛盯着共周思，共周思毫不犹豫地说："我跟他们的意见一样。"

听到共周思他们的话，得到共周思他们这支世界科学界一流团队的信任，程颖感到无比高兴。她认定，从这一刻开始，自己的终身、自己的命运将与眼前的这些人连在一起。说来也怪，她对自己资本运作的才能一直深信不疑。

"颖颖，你现在要我们干什么？"赵构成问。

程颖想了想说："你们现在什么也不要干，全心全意地扑在'曲光'项目上就行了。"

第三十四章　辞职创业

离开共周思他们，程颖以最快的速度来到漆天成的办公室，一挥手，将脑伴里的那篇文章给漆天成看。果然，程颖看到了漆天成的愤怒。好一会儿，漆天成对站在他面前的程颖说："程颖，你认为这篇文章有什么来头？"

"我也不知道，只是一篇文章吧。"程颖轻描淡写地说了一句。

"这篇文章肯定有来头。"漆天成说。

程颖能理解，因为文章说的正是他心里想的。看到漆天成愤怒的表情，程颖更坚信了这一点。

"现在不管这篇文章。程颖，你说应该怎么办？"漆天成还没有从刚才对那篇文章的愤怒中缓过来。

"漆总，我观察到，这篇文章发表后，网上负面的文章很多，我们的股票跌得更快。"

"股票在跌，我看到了，这是问题的关键。如果股票再继续跌下去，很快就会跌破净资产。到那时，那些股东老爷可要来找我的麻烦了。当务之急是阻止股票的下跌。"

"暂时我们没有更好的办法阻止股票的下跌，就像前段时间，我们没有办法阻止它上涨一样。漆总，倒是应该想一个万全之策来防止股票的剧烈波动。"

"你说得对，最近我可是让股票搞得焦头烂额。"漆天成摇了摇头，叹了一口气。他看到程颖还站在那里，就让她坐下。

"漆总，我们回想一下，是不是自从宣布实施'曲光'项目后，股票才剧烈波动的？"程颖坐下来说。

"继续说下去。"漆天成说。

"漆总，你跟我说实话，公司是不是没有资金支持'曲光'项目做下去，或者董事会的董事、公司的股东们也不同意投钱去支持'曲光'项目。"

见程颖直击要害，漆天成沉吟了一会儿，但他很快转过神来，说："是的，我与股东的想法和这篇文章的分析是一致的。"

"漆总，从你本人的内心来讲，愿不愿意放弃'曲光'项目？"程颖问。

"程颖，跟你讲真话，我想放弃'曲光'项目。但'曲光'项目连着思思他们。如果放弃'曲光'项目，毫无疑问，思思他们肯定会离我而去。程颖，你可以想想，没有了思思的红光公司，它的股票还值钱吗？没有了思思他们，红光公司有前途吗？这就像盆里又有污水又有孩子，想把污水倒掉，就要把孩子泼掉一样。程颖，你说怎么办？"

"这是一个很难选择的问题，但必须做出选择。漆总，你想想，坐在污水盆里的孩子，也不可能健康地长大。这样下去，你和共周思两个都痛苦，不如早做决断。"

"怎么决断，你说说。"

"把实情告诉共周思，让他早做打算。"

"如果他为了'曲光'项目离开怎么办？"

"那就让他离开。"程颖说着停了一下，好像鼓足了勇气一样继续说，"最好送他一程。"

"怎么送？"

"将研究所，还有中心实验室和数据库送给他们。"程颖对自己的这句话感到吃惊。她的角色已经转换，她把自己完全放在了和共周思他们一起了。只是她还年轻，难以掩饰，果不其然，她发现漆天成的脸色明显不快。好在程颖反应快，她接着说："漆总，你知道，像共周思这样的人，你送他一千，他必然还你一万。他是一个有恩必报的人。你可以想象到，凭共周思的科学天才和他的世界一流的团队，到哪个公司，哪个公司不热烈欢迎？会有很多公司给他们建实验室和数据库的。"听程颖这么说，漆天成的脸色才好看了一些。他觉得程颖分析得有道理。放弃"曲光"项目，放弃共周思他们，股东们会很乐意，因为这些人早就看不惯共周思他们了。但要送他实验室还有数据库，这些爱财如命的股东肯定不同意。因为实验室和数据库少说也值百亿。他对程颖说："程颖，你去和共周思说说。"

"说什么？"

"就说公司准备放弃'曲光'项目了。"

"还是你亲自去和他说比较好。"

"当初同意上'曲光'项目，又向外宣布的是我，现在要我去和他们说放弃'曲光'项目，我真是不好开口。你和他们年龄差不多，都是年轻人，相互之间说话比较方便。"漆天成说。

程颖当然乐意去和共周思他们说。

听到程颖说漆天成准备放弃"曲光"项目，共周思他们好像麻木了。过了好久一会儿，汪行知打破了沉默，说："不搞就不搞，我们不是说好了自己干吗？"

"就是，我早就不想在这公司干了。"赵构成说。

听汪行知和赵构成说，共周思陷入了深思。他对红光公司，对漆天成是有深厚感情的，从某种意义上来说，是红光公司、漆天成成就了他。他万分舍不得离开红光公司，舍不得离开这个研究所，还有倾注了他心血的中心实验室。那可是每一个螺丝钉都熟悉啊！他不能，也做不到。

见共周思不言语，大家又陷入了沉默。

程颖看到了这一切，看到了他们这些人的心理变化，尤其仔细观察了共周思。凭着女性的直觉，她感觉到共周思既舍不得放弃"曲光"项目又舍不得离开红光公司极其矛盾的心理。她感受到了共周思的痛苦。这是一个有血有肉、重情重义的人。程颖不想去干扰共周思的取舍决定，但为了共周思的事业，还有自己的未来，说："各位，不就是对'曲光'项目的取舍吗？叫我看，干脆放弃'曲光'项目，继续留在红光公司，收入不低，有什么不好呢？"她想激激他们。

"等等，大家来看看，霞光公司召开记者会。"舒玉婷说完，将脑伴里的立体影像投到了大家的面前。

"记者会说什么。"赵构成说。

"他们宣布启动'光曲'工程。"舒玉婷说。

"'曲光''光曲'，一字不差，只是字调了一个位。"赵构成说。

"意思是一样的。说明我们的'曲光'项目有人在搞了。再这样磨磨蹭蹭的，我们就落后了。"汪行知说。

"是的，思思，不如我们自己干。"舒玉婷也说。

"要不，我们放弃算了。"程颖又激他们。

共周思没有去理会汪行知他们的话，而是眼睛盯着会议室里的立体影像。影像里，霞光公司董事长灵剑柔坐在记者会主席台的正中央，右边是他的总经理孤飞，左边是董事会秘书冼星。下面坐满了各个媒体的记者，阵容非常庞大。这阵势就不是红光公司所能比的。看到坐在主席台中央的灵剑柔，共周思想起了在他家做客的情景，由此，他更想起了灵心。虽然共周思常常想起灵心，想起在乌村和灵心相处的日日夜夜，那是多么温馨和难忘的日子。共周思多次想发耳伴或脑伴给灵心、朗声丽问候一声，但都克制了。他想忘我地工作，拼命地工作，比平常工作高一倍的强度玩命，想以此忘了灵心。但这些努力都无济于事。今天，他看到了灵剑柔，更使他想起了灵心，想起了乌村，想起了"曲光"项目。如果自己放弃了"曲光"项目，而灵心父亲的霞光公司实施了"光曲"项目，自己哪有脸面面对灵心。灵心当时殷切地想留他在霞光公司的眼神，像烙印那样深深地印在自己的脑海里。如果自己半途而废，那么他在灵心的心目中将是一个什么样的形象？想到此，共周思为刚才的懦弱和犹豫而深深地内疚，为刚才的想法而不齿。他痛下决心，准备离开红光公司独自创业，将"曲光"项目进行到底，以实际行动来向灵心证明，自己将为改变世界不惜牺牲一切。他听到霞光公司的记者会上有记者问灵剑柔："你们公司的'光曲'项目和红光公司的'曲光'项目只有一字前后之差，你们之间有什么不同吗？"灵剑柔回答："科学研究无国界，既然连国界都不分，我们的霞光和红光公司之间还会分彼此吗？我相信，在探索能使光线弯曲、时空折叠的引力场方面，我们将如亲兄弟一样互通有无。"

灵剑柔的这些话，在常人的眼里会被认为是一句客套话，但在共周思的心里，他认为灵剑柔说的是真心话。他对灵剑柔，也就是灵心父亲是百分之百的信任。他坚定地认为，灵剑柔肯定会实施他的"光曲"项目。

程颖一直观察着共周思。她看到了共周思看灵剑柔的眼神。她断定，共周思不会放弃"曲光"项目，果然，他听到共周思坚定地说："出来创业，我们自己干！"

"我同意。"汪行知他们三个人也同声回答。

"可是，哪来的钱呢？"舒玉婷说。舒玉婷的一句话，立即让大家陷入了安静。

"颖颖，你不是说可以解决资金问题，还可以有现在的实验室和数据库吗？"共周思问程颖，"怎么办到呢？"

"这就要和漆天成他们对簿公堂。"程颖说。

离开就离开，但要和自己原公司和恩人对簿公堂，共周思万万做不到。他果断地说："我决不和红光公司上法庭。"

程颖就知道共周思会这么说。

程颖离开共周思他们，来到漆天成的办公室，对漆天成说："共周思他们不会放弃'曲光'项目。他们准备独自创业，搞'曲光'项目。"

"共周思真的那么绝情？"漆天成很不高兴地说。

"开始周思死活也不同意离开您的。"

漆天成没有等程颖说完，打断她的话说："那他为什么又离开独自创业呢？他难道不知道他们连启动资金都没有？"程颖知道，漆天成对共周思又爱又恨。

"当他们看到霞光公司召开了记者会，宣布开发和我们'曲光'项目一样的'光曲'项目时，共周思受到了刺激，才决定独自继续搞'曲光'项目的。"

"什么？霞光公司搞'光曲'项目？"漆天成瞪大了眼睛看着程颖说。他想起来了，前段时间共周思从乌村回来，没有第一时间回公司，而是到灵剑柔家里做客。漆天成肯定地认为，现在霞光公司上"光曲"项目，肯定受到了共周思的启发。共周思在灵剑柔家里做客，肯定向灵剑柔露了公司很多技术机密，包括"曲光"项目的机密。漆天成想，共周思独自搞"曲光"项目可以，但是如果他转投到霞光公司，他是万万不可以接受的。不知什么原因，漆天成对霞光公司没有好感，大概是同行相妒吧。漆天成可以容忍共周思独自开发"曲光"项目，也可以原谅他投奔任何一家公司，就是不能容忍他去霞光公司。他对程颖说："共周思是不是想带着我们的'曲光'项目到霞光公司去？"

"完全有可能，记得霞光公司董事长灵剑柔曾经挽留过共周思。"程颖想了想又说，"如果他们离开公司自己干呢？"

"那也违反竞业禁止的相关法律，我可以告他。"漆天成生气地说，他见程颖没有态度，又说，"如果共周思不去霞光公司，自己去搞'曲光'项目，公司股票会跌吗？"

"肯定会跌，而且会很惨。霞光公司的股票会涨，而且会疯涨。"程颖这句实话，对漆天成来说简直就是拿锉刀锉他那根最脆弱的神经，痛得他疼挛。程颖看到了漆天成难以掩饰的痛苦。漆天成好像喘足了一口气，然后说："程颖，我们现在应该怎么办？"也不知道怎么搞的，最近好像乱了方寸，原来英明果断的漆天成不知到哪里去了。

"你去和共周思说说，叫他不要去霞光公司，更不能将'曲光'项目的机密带到霞光公司。"

"找他说是没有用的，反而提醒他可以去霞光公司，因为那里有资金，有条件。"

"那怎么办？"漆天成问。

"那就通过法律途径解决，很公平。"程颖说。

漆天成听程颖说打官司，一时不知道说什么好。他沉默了好一会儿，咬了咬牙，说："你去通知建平，让他去法院咨询，并准备法律文件。"

"是不是起诉共周思，连带告霞光公司？"

"是的，如果他们辞职搞'曲光'项目或者去霞光公司。"

"朱建平和共周思是好朋友，由他起草告共周思的文件，合适吗？"程颖提醒似的说。但她看到漆天成肯定地点了点头。

程颖去找了朱建平，把漆天成想告共周思的意思告诉了他。程颖看到了朱建平惊慌的表情，他说："漆天成疯了。"程颖将前因后果和朱建平说了一遍，朱建平听后摇了摇头说："共周思选择离开这家公司是对的。"最后朱建平对程颖说，"你去告诉漆总，最好以公司的最高利益为重。"

程颖将朱建平律师的意思通过耳伴转告了漆天成。

漆天成不置可否，他在书房里来回走着，度过了一天。

第二天一上班，他收到了共周思、汪行知、赵构成、舒玉婷的辞职信。最让他始料不及的是，程颖也同时向他提交的辞呈。他蒙了。公司一下子出走了五名青年才俊，这叫他漆天成如何向股东们交代？如何向公司的员工交代？如何向资本市场交代？如果这事让那些记者们的笔鼓捣鼓捣，公司的股票不是要跌进深渊吗？他给程颖发了一个耳伴，没有回应。他考虑了一会儿，又给共周思发耳伴，但他一时不知道说什么，心想，自己这正要告他，见了面说什么呢？他又关了耳伴。

第三十五章 "时空折叠公司"横空出世

向红光公司提交辞呈的第二天，汪行知他们四个人来到了共周思的移动房间。此时，房间里的床、洗漱间等已经缩进地板里，地板上靠墙的地方伸出了一个长方形的小会议桌和五把椅子。

程颖看着房间里简单的摆设，高兴地说："既简单又温馨啊。"

"哥们，从今天开始，我们自由啦！"赵构成搬过一张椅子，坐在上面说。

"思思，今天是不是我们开始创业的第一天？"程颖说。

"我们这是第一次股东会。"舒玉婷说。

"哈哈，老子也是股东了。"赵构成有些得意地说。

"就是，股东也没啥了不起。平时看我们公司那些股东老爷们神气的样子，我心里就有股怪酸味。"汪行知说。

"不对，不是我们公司，是红光公司。"程颖纠正道。

"对了，颖颖，说起我们公司，我们还没有给它取名呢。"共周思说。

"对，是要取一个响亮的名字。"汪行知说。

"大家想想看，取什么名字好。"共周思说。

"红光公司是'曲光'，霞光公司是'光曲'，我们干脆叫'曲曲'吧。"赵构成笑嘻嘻地说。

"去去去，你捉蛐蛐哪。"舒玉婷怼了一句。

"我们的使命是什么？"共周思问。

"是寻找能使光线弯曲、时空折叠的引力场呀。"赵构成回答。

"对了，我们干脆就叫时空折叠公司。"程颖说。

"这个名字好，有科幻感，颖颖，你太了不起了。"赵构成马上附和。

"我也认为'时空折叠'这个名字好。炫！"汪行知说。

"我也同意。"舒玉婷也说。

"思思，你的意见呢？"程颖问。

"我也没有更好的名字，就叫'时空折叠'吧。"共周思说。

舒玉婷一抬手，从墙壁里伸出了一个盘子，盘子里有五个小高脚酒杯，她在每个人面前放了一个酒杯，给每个杯子斟上酒，说："来，大家举起杯，为我们的时空折叠公司成立……"舒玉婷的干杯还没有说出口，赵构成立即抢着说："不，不是成立，而是横空出世。"

五个人一齐举杯，说："对，横空出世。干杯！"

"名字有了，公司的地址在哪？"程颖问了一声又说，"我们去找一个地方，或者租个办公室。"

"老土，还要租什么办公室，在脑伴上注册一个号就行了。"赵构成说。

"注册我来。"汪行知说完，一挥手，将他脑伴的立体影像投到了房间里，不到一秒钟就注册完毕。

"我们在哪生产？"又问。

"根本不用我们生产。"还是赵构成说。

程颖"呵？"了一声。

"成成的意思是我们出构思，由机器人公司生产。"舒玉婷说。

"那可要很多钱。"程颖说。

"钱是你的事，颖颖。你是我们的摇钱树。"赵构成说。

"敢情你是要卖我呀。"

"颖颖，我们的当务之急是资金。"共周思说。

"好的，资金的事我来。"程颖一挥手，她在脑伴上发布了时空折叠公司成立和招募股东的消息，并在最后加了一句"首席科学家：共周思"。不到三分钟，就有几百家风险投资和基金公司要求加入时空折叠公司，都想成为时空折叠公司的原始股东。这种现象是共周思他们始料未及的。程颖也深感意外。如此看来，共周思他们根本就不缺钱。

漆天成看到了共周思他们在网上发布的消息，心里很不是滋味。程颖的离去，更给他火上浇油。他在昨天召开的股东会上，听到股东们的愤怒，说红光公司养了一群白眼狼。股东们一致同意开除共周思他们，并且告共周思他们泄露公司商业秘密，要求赔偿五十亿元人民币。

没有了像在红光公司的研究所那样的办公室，没有了隐形功能强大的中心实验室，还有那与世界连线的数据库，但共周思他们像重获新生一样高兴、轻松、释放。他们认为，这里的一切虽然没有红光公司的方便、顺手，甚至有些简陋，但这是暂时的。当务之急是尽快筹措资金，把"曲光二号"造起来。还有就是尽最大可能将红光公司的中心实验室和数据库搞到手。因此，程颖的工作最重要。她现在最主要的工作就是帮共周思他们拿到红光公司的实验室和数据库，因为，就是有了钱，从目前的各种风险投资蜂拥的情况来看，公司不缺钱，但缺时间。建一个像红光公司那样的中心实验室和数据库至少需要五年时间。五年时间，对一般人来说不长，但对共周思他们来说太长了。何况霞光公司也在上与"曲光"项目一样的"光曲"工程，共周思他们必须争分夺秒。正好，法院送来了传票，红光公司告共周思侵犯红光公司的知识产权，且霞光公司负连带责任。这正中程颖的下怀。

"李超，你现在在哪儿呢？"程颖拨通了大学同学李超的电话。

"在英国。"

"在英国干吗，那里有什么官司？"

"我们中国的一家公司正准备起诉英国的一家公司。"李超说。

"你什么时候回来？"

"后天吧，好久没有联系，我们的大才女，找我有什么事呀，是不是好久不见想我了？"

"是想你了。我这里有一个官司，你愿不愿意接？我们的李大律师！"

"打官司，辩护，这些事情你还要找我？你自己不就是一个大律师吗？大学里我们全班乃至全校，有谁能辩得过你？你是我们全校首席大辩士。"

"你不要取笑我，你到底愿不愿意帮我？！"

"愿意，太愿意了，我们的大才女、大美女，你先说说是什么情况。"

程颖把情况和李超说了一遍。

"这事有一些难度。共周思想要拿到红光公司的实验室和数据库非常困难。这涉及公司法的立法基础，很难。不过很有挑战性，我愿意干。关于知识产权的官司，我们班的罗斌最在行，你先找找他。"

"你有罗斌的耳伴号吗？"程颖对着电话问。

"我有。"

说起同班同学罗斌，程颖在去年的同学聚会上听同学们说起他。他毕业后在一家县法院工作，先从书记员做起，后来当法官、法院院长，又当县检察院的检察官，后来又当市法院副院长、检察院检察长。前年才辞职下海，自己开了一家律师事务所。他接过很多全国有影响的棘手的案子，打赢很多官司，是国内首屈一指的青年大律师。去年他负责辩护的一家大公司的案子震惊了全国，也曾引起高层的关注。程颖看过罗斌那场法律诉讼的辩护词，不由得拍案叫绝。她真看不出当年那个班上其貌不扬、语不惊人的小个子罗斌，毕业几年的光景就有这么大的建树。如果自己的这个案子由他来辩护，可就胜券在握了。程颖发了一个耳伴给罗斌。

"罗斌吗？"

"你好，你是程颖吧？"

"你怎么知道是我？"

"我怎么不知道你是程颖，我们校的大美女、大才女，当年多少男生暗恋你。大美女，找我有事吗？"

"没事就不能找你聊聊？大律师。"

"我没有那个福气，长得也不帅，没有哪个女生会找我，我有自知之明的。"

"别谦虚了，谁不知道你罗斌在法律界声名显赫，追你的美女不知有多少，想找你聊天的美女我排在最后一名都不够格吧？"程颖跟他打起诨来。

"程颖，你是折杀我呢，我哪有那个艳福，我现在每天忙得睡觉的时间都没有。"

"你那么忙，是不是说如果我有事不要找你？"

"那里呀，你程颖哪有什么事找我。如果是法律辩护的事，你也用不着找我，你自己不就可以搞定吗？"

"罗斌，你少给我戴高帽子，我真有一桩官司要你帮忙，不知你有没有空。"

"你程颖的事，再忙再累，我就是赴汤蹈火也在所不辞。"

程颖把他们的案子又向罗斌介绍了一遍，罗斌说："红光公司诉共周思，共周思也可以起诉红光公司，要求经济补偿。"

罗斌的说法也正是程颖的想法，如果不主张补偿的权利，怎么能要到实验室和数据库呢？程颖将要拿到红光公司实验室和数据库的想法和罗斌说了，罗斌沉吟了好一会儿回答程颖："要求红光公司经济补偿是没有问题的，但要拿到实验室和数据库，目前的法律不会支持。"

这一说法使程颖感到失望和沮丧。她连打了几个耳伴给在最高院的学长，又打了一个耳伴给学校的老师、法学界泰斗级的人物，得到的答案都是经济补偿可以，补偿很多很多钱也行。但要拿到实验室和数据库，法律不支持。

经过一番折腾，程颖对这些所谓的知名人物大失所望。他们只知道在既有的条条框框里面打转转，没有颠覆的精神。她心里想，还是自己干，她要学共同思他们，要么不干，要干就要改变世界，震惊世界。这时的程颖有些激情飞扬，那张眉清目秀的脸庞激动得双颊绯红，面若桃花，大大的眸子闪闪发光。她浑身洋溢着青春的朝气。她想到赵构成、共周思他们具备强大的搜索信息和分析解决问题的能力，便先给赵构成发了一个脑伴。赵构成立即出现在脑伴里。赵构成说："颖颖，思思说，我们公司的第一要务就是你的需要，叫我们随时听候你的调遣。"

"成成，我要你帮我找找最近五年世界上有关知识产权的法律诉讼案子，赢的和输的我都要。"

"那一点问题都没有，最多一个小时就给你。"赵构成说。

"还有，你可以帮我网上提问吗？"

"完全没有问题，我可以发动全世界的专家学者来回答你的问题。"

"我以前也曾在网上问过不少有关资本市场的问题，但回答得不多，而且大多比较肤浅，参考意义不大。"程颖有些怀疑赵构成的话。

"那是你问得不专业，也没有提问题的技巧。我和你们不同，我会将问题提得有趣，好像是游戏，有吸引力，很多人会抢着回答。你放心，我会给你的问题找到专家级的答案。"

"那好，你帮我在网上问问，专利、技术发明人是职务发明，发明人应该有什么权利？这是第一。第二，如果职务发明者离开这个职务，他还享受什么样的权利？我不仅要中国法学专家、律师的回答，还要欧洲、美国的专家学者的回答，有案例就最好。"

"没有问题。这些问题，我明天一并给你全部答案。"赵构成说完就离开了程颖办公室。

送走赵构成，程颖将自己关在办公室里。她一方面要写红光公司诉共周思侵犯知识产权，并要其赔偿五十亿元人民币的应诉状，同时，还要作为原告撰写起诉红光公司，要求法院将实验室和数据库的产权判给共周思的起诉状。

程颖在写起诉状时，遇到了极大的困难。

她认为自己的诉状陈述的理由十分勉强，而且法律依据不充分。她一连几天把自己关在自己的房间里，谁叫门也不开。只是共周思给她送吃的、喝的，她才开门。赵构成在程颖找他的第二天，给了她一大堆她要的案例和答案之后，程颖又冥思苦想了三天三夜。明天就要开庭了，她仍然没有想好她的起诉状，还没有想好如何说服法庭接受她的诉求。她感到自己真是没用，直觉告诉她，她可以帮共周思拿到实验室和数据库，但在实际的法律操作中自己显得那么力不从心、势单力薄、学少识浅，真是书到用时方恨少。没有办法，程颖硬着头皮和共周思他们上了法庭。

第三十六章　对簿公堂

这是一个市中级人民法院的经济庭，担任主审法官的是经济庭的庭长，年龄不大，看上去也就是三十来岁。主审法官武庭长宣布开庭后，由原告宣读起诉书。红光公司要求共周思赔偿五十亿元人民币。起诉书认定共周思向霞光公司泄露了"曲光"项目的秘密，导致霞光公司也进行"光曲"项目的开发，这种严重侵犯红光公司知识产权的行为，使红光公司遭受巨大损失。霞光公司通过共周思非法获取了红光公司有关"曲光"项目的知识产权，也由此承担连带赔偿责任。如果共周思无法承担五十亿元的经济赔偿，霞光公司应无条件承担这笔赔偿费用。

原告宣读完起诉书，由被告共周思的律师程颖进行辩护。当旁听的观众和法庭的法官们看到程颖这个辩护律师仅仅是个黄毛丫头时，都替共周思捏把汗。连霞光公司派出的律师也不看好共周思他们今天的应诉，认为共周思今天的行为实在是有些草率。五十亿元人民币，对霞光公司是个小数目，而对共周思来说是无论如何也拿不出来的。霞光公司的律师想，漆天成是想整共周思，存心想让霞光公司赔那五十亿。

轮到程颖辩护的时候，程颖从辩护席上站了起来，她今天衣着非常朴素，也未做任何的打扮。虽然连续几天熬夜，睡眠不足，但她洋溢着青春的朝气，加上美丽的身姿和气质，还是让法庭里的所有人精神为之一振。她说："科学研究不分国界，也不分先后，如果一个先提出来科学命题，就怀疑后提出来的同一科学命题是剽窃，那还有现在的科学吗？这是什么逻辑？"

"我反对，辩方是在混淆概念。"红光公司的法律顾问朱建平从座位上站起来。朱建平、程颖这两个原来一个公司的同事，今天对簿公堂，真是有些滑稽。朱建平今天有些不把程颖放在眼里，因为他认为程颖虽然毕业于法学名校，但主要搞证券，没有在法庭上打官司的经验。

"反对无效，辩方继续。"主审法官说。

"请问，红光公司的'曲光'名字申报了商标权吗，或者申报了，商标权得到了批准吗？"

"没有。"

"既然没有，共周思谈何侵权？"

"共周思作为'曲光'项目的负责人，拥有'曲光'项目的全部秘密，我们认为共周思向霞光公司泄露了红光公司的重大技术秘密。"

"请问，你有证据证明共周思向霞光公司泄露了'曲光'项目的秘密吗？"

"我有。"朱建平说得肯定，这倒是让程颖吃了一惊，"法官先生，请让我问共周思几个问题可以吗？"朱建平说。

"可以，请共周思到证人席接受讯问。"主审法官讲。

共周思站在证人席上接受朱建平的讯问："共周思，你是不是去过霞光公司董事长灵剑柔的家里做客？"

"去过。"共周思回答。

"是什么时候？"

"从乌村回来，灵董事长的女儿灵心邀请我们到她家做客，我们才去的。"

"你有没有和灵剑柔说过'曲光'项目的事？"

"说过。"共周思回答。

"确定你们说过？"朱建平问。

"确定。"

"好了，法官先生，我的话问完了。"朱建平有些得意地退回到了他的席位。

共周思的回答分明是告诉人们，他有泄露秘密给灵剑柔的重大嫌疑。

"法官先生，我也有话问共周思先生。"程颖经过几个来回与朱建平的较量，开始有些怯场的感觉没有了，她恢复了自信，也有了当时在学校辩论比赛的感觉。她走到共周思的眼前，问他："共周思，你和灵剑柔说了'曲光'项目，具体说了一些什么内容。"凭程颖对共周思的了解，他不会说得很细。

"我们没有说很多，只是谈了一些'曲光'的概念，就几句，一共没有超过十句。"

"好了，法官先生，我的话问完了。"程颖说。

第一回合，原告不能证明共周思向霞光公司泄露了红光公司的商业机密，辩方也不能证明共周思没有向霞光公司泄露了商业机密。

"法官先生，我要求传第二个证人，霞光公司的首席科学家朱虹诗先生。"程颖说。

"可以，请朱虹诗先生出庭。"

霞光公司的首席科学家朱虹诗可不是一般人物，那是科学界的泰斗、两院院士，著作等身。他往证人席上一站，全场肃静，程颖怀着崇敬的心情对朱虹诗说："朱老，请原谅我的不敬，让您站在证人席上。"程颖对法官说："法官先生，能否给一张凳子给朱老坐着？"

"不用不用，这是神圣的法庭，我不能搞特殊化。"朱虹诗赶忙制止法庭给他的特殊待遇，转向程颖说，"你问吧。"

"朱老，请您告诉法庭，你们是什么时候开始'光曲'项目研究的？"

"人类探索光的秘密和规律，千百年来就没有停止过。我们早在三年前就开始研究'光曲'项目的基础理论和商业化的可能性。"

"朱老请原谅，我想再问一遍，你们霞光公司三年前就开始研究'光曲'项目了吗？"

"是的，三年前就开始研究了。"朱虹诗说。

朱建平见朱虹诗的证言将自己一方陷于非常不利的境地，在程颖停顿的间隙，立即站起来说："法官先生，请允许我问朱老一个问题行吗？"

法官转向朱虹诗："朱老，行吗？"

"可以呀。"

"朱老，既然说你们公司三年前就开始了'光曲'项目的研究，那为什么在我们宣布'曲光'项目一个多月后，你们才宣布'光曲'项目？"朱建平也不是等闲之辈，一有机会就反击。

"说实话，在红光公司宣布'曲光'项目之前，我们的进展非常缓慢。"

"什么时候加快的呢？"朱建平进一步追问。

"是红光公司宣布'曲光'项目，更确切地说共周思在灵剑柔家做客以后，我们才加快了进度，并且正式进入实施阶段。"朱虹诗说。

"那是为什么？"

"因为我们发现，共周思的研究方法比我们先进、到位，这几个年轻人太了不起了。"朱虹诗有些激动。

"有什么了不起的，朱老，您是否给法庭说说。"程颖见缝插针，任何一个可以宣传共周思的机会都不放过。

"共周思的研究方法领先我们的几十年，因为，他们不是几个人在研究，而是发动全世界的人研究。他们的实验室与全世界数据库连接，集中了全世界的智慧，是对现有科学研究的超越。"朱虹诗越说越激动。

"朱老的实验室给了我们不少的实验数据，谢谢您，朱老。"共周思说。

"法官先生，这个世界科学研究的信息是共享的，红光公司告共周思向霞光公司泄露技术机密简直是滑稽。"程颖不失时机地抛出了这句话。

朱虹诗还意犹未尽："我们的董事长灵剑柔非常爱惜共周思他们的才华，一心想着他们来霞光公司，但共周思对红光公司和漆天成忠心耿耿，既没有被高薪打动，也没有被霞光公司更加雄厚的资金实力和科研资源诱惑，而是全心全意地想报效红光公司。这么一群优秀的人才留不住，红光公司不好好反思自己，反而起诉这些天才般的青年人，你们是不是脑残？"朱虹诗看来也是性情中人，激动时粗话都出来了。

朱虹诗讲完，法庭的辩护就没有什么意义了。主审法官宣布暂时休庭，合议庭进行审议后，不到两小时，书记员、法官等依次就座后，主审法官宣判："本法庭宣判，红光公司诉共周思泄露机密案，理由不充分，驳回原告请求。"主审法官敲下了他的法槌。

这场官司以共周思的胜利而告终。程颖崭露头角，在法庭上表现出色。共周思他们向她表示了祝贺，鼓励她下午再接再厉，争取把实验室和数据库夺过来。

程颖对上午的官司早就成竹在胸，而对下午作为原告诉红光公司经济补偿夺回中心实验室和数据库，她却是一点把握都没有。但是，当她听到朱虹诗最后的讲话时，她的脑海里产生了一个大胆的想法。她反而不想赢下午的辩论。

果然，下午的法庭辩论十分平淡，没有什么波折，程颖在法庭的表现也让人失望。她处处被动，意图十分明显，她主动输了这场辩论。最后，主审法官宣读了判决词："共周思诉红光公司经济补偿并要回实验室和数据库一案，本法庭认为共周思、汪行知、赵构成、舒玉婷要求经济补偿是合理的，法庭表示支持。但共周思他们四人放弃经济补偿，而要求用实验室和数据库作为补偿的主张，本法庭不予支持。"

法庭判决后，程颖马上发言："我们不服判决，申请上诉。"

那天下午程颖表现平平，论点论据都十分勉强，还要上诉，大家都不看好。但共周思他们相信她，共周思对程颖说："我们相信和支持你的任何决定。"

程颖回到自己的办公室，一连几天不出来，共周思他们知道她是在准备上诉的事情。

霞光公司董事长灵剑柔一直密切关注着红光公司的"曲光"项目和共周思。当他知道共周思放弃了"曲光"项目辞职时，他知道红光公司从此将走下坡路；当他知道红光公司起诉共周思泄露技术秘密给自己的公司时，他就知道红光公司已经是自己的囊中之物了。而且他很惊讶漆天成的这一动作，起诉共周思对自己有百害而无一利，那是把自己的公司逼上绝路。让他不明白的是漆天成是一位杰出的企业家，在业界也是响当当的，如今怎么会一错再错。当他看到共周思他们想要拿到实验室和数据库时，他觉得有点意思。在平常人眼里，这伙年轻人是异想天开，是天方夜谭，但灵剑柔相信这些年轻人，他们敢想敢干敢闯，从不按常理行事。再看那程颖，看上去就是一个乳臭未干的小姑娘。但灵剑柔不这么看，你看她在法庭上的表现，虽然刚开始有些拘谨，但她很快进入了角色，而且应付自如。这姑娘有相当扎实的法律功底和素养。灵剑柔派人调查过她，她虽然是红光公司的董事会秘书，但她学的是法律，是国内一流法学院的高才生。经济、证券类她是自学成才，而且为红光公司在资本运作上赚了不少钱。她这么年轻，就当上红光公司这样世界一流公司的高管，足见她不同于常人。而今，她竟然毅然决然地辞去了多少人都梦想得到的职位和高薪，和共周思他们一同创业，而且一创业就出手不凡，敢和世界一流的公司叫板，向他们索要一般人想都不敢想的东西。中心实验室和数据库，那可是当今科技型公司的核心资产，是公司的命根子。可程颖她敢要。虽然她一审败诉了，但她立即表示要上诉，看来这小姑娘已有准备。灵剑柔不是法律专家，但凭直觉，他觉得这小姑娘绝对有必胜的把握。多么了不起的一群年轻人，共周思、程颖、汪行知、舒玉婷、赵构成，他们一个个不同凡响，而这些人竟然在一家公司。这样一群天才的年轻人，红光公司竟然让他们离开，漆天成是在犯糊涂。既然漆天成不用，那他就来用好这群年轻的天才。本来他可以加快速度收购红光公司，将红光公司的中心实验室和数据库一并收入到自己的霞光公司，但他想看看这些年轻人的作为，看看程颖如何通过法律的手段拿到红光公司的中心实验室和数据库。

　　红光公司的漆天成和灵剑柔的心情正好相反，他这段时间内外交困，焦头烂额，他不知道自己从何时起棋败一着，步步走错。他更想不通的是共周思、程颖这两位曾经的爱将竟然和自己反目，竟然要他的中心实验室和数据库。如果红光公司中心实验室和数据库都给你们拿走了，红光公司不就剩下一个空壳、一具僵尸了吗？红光公司不就只剩下破产清算一条路了吗？你共周思、程颖够狠的，平时真看不出来，这么恩将仇报。漆天成越想越想不开，越想越气愤。他不从自身找原因，不知道世界在变，而且变得很快很快，没有去主动了解当今年轻人的想法，更何况是共周思这群天才般的年轻人。他自己年轻的时候也是敢想敢干的。但人真是会变，当初那么优秀的人物，如今跟不上时代，注定会被时代所淘汰。他决定一条道走到黑，奉陪到底。他打开脑伴看自己公司的股票，发现每天在跌，心里更是郁闷。他想，这些都是共周思他们造成的，是自从开启"曲光"项目造成的。他想起共周思的诉状，发了一个耳伴给朱建平："建平，你在哪里？"

"我在咖啡厅，正在谈案子呢。"耳伴里传来朱建平的声音。

"你好好准备一下，要组成一个优秀的律师团队，疏通各种关系，不管多大的代价，也要打赢这场官司。"漆天成说。

"漆总，你就放心吧，我正在讨论这案子呢，把案子的前因后果都说了，大家都说我们胜诉的把握非常大。你就放心吧。"

"我当然放心，有你赫赫有名的大律师在，我放心。不过我还是提醒你，要做好充分的准备。"

共周思他们没有把心思放在案子上，因为他们充分相信程颖。他们只是没有了中心实验室，没有了数据库，设计起来很不顺手，因此进展比较慢。好在这群年轻人精力充沛，办法多，设计、制造"时空折叠号"进展得还算顺利。

程颖忙得很，她要么整天整晚不回房间，要不就是一连几天关在自己的房间里。后来，她请来了自己大学时的室友，做自己的助手。她没有向省高院上诉，而是直接向最高院的巡回法庭上诉。她认为省高院这些法官不具备审理她这个案子的基本视野。她精心地准备好她的辩护方案。

第三十七章　颠覆：夺回实验室和数据库

最高院巡回法庭审理共周思诉红光公司一案在最高院第七审判庭进行。这是最高院最大的审判庭，可以容纳一千多人。庭审当日，人们纷纷来到了审判庭，尤其是各路记者，扛着摄像机涌到了审判庭。自从共周思他们起诉红光公司以后，舆论界像炸开了锅似的热闹非凡。各路记者对这一稀奇案子评论纷纭。有的说，共周思是在炒作自己，刚创业没有什么知名度，想借这注定不可能赢的案子炒作自己，目的就是扬名；有的说，共周思是想钱想疯了，竟然要那么多的补偿；有的说，共周思品德低下、忘恩负义、过河拆桥，对自己的东家下狠手。当然，最有看点的还是法律界的评说和议论，有严肃的法律媒体从正、反两面来评论这一案件的意义。有的认为，共周思提出的主张过分，法庭肯定不支持；有的认为，共周思的想法离经叛道、异想天开；有的议论程颖这个黄毛丫头，从来没有法庭辩论的经验，竟然敢上法庭打这么一个注定不可能赢的官司。就连她的同学，在法律界名气很大的李超和罗斌也劝程颖放弃这场官司的辩护。反正法律界几乎已经是判了程颖必输无疑。倒是科技界，非常惊人的一致地站在共周思他们一边，认为凭共周思对红光公司的贡献，得多少补偿都不为过，那中心实验室和数据库本来就是共周思从无到有创建的，你红光公司就这么一个天才，补偿这些算什么。尤其是那些科技青年，那可是坚定地站在共周思这一边。不仅如此，他们向程颖的脑伴发去了热情赞扬她的信，有的还给她支招，建议她应该从哪些方面进行辩护。只有很少的几篇议论文章，从法理上分析了这一案子对科技进步和创新的重大影响。总之，围绕这一案子，真可谓是舆论沸腾。这种现象正是程颖希望看到的，也是她这三十多天四处活动的结果。她就是要炒作，这炒作不是为了自己扬名，而是为了引起高层、引起司法界乃至立法界的注意和重视。否则，最高法院的巡回法庭不会接受这个案子。程颖心里清楚，自己的这个案子，无论是标的值还是重要性，巡回法庭都不会受理。但如果它的影响力足够大，而且有很强的典型性，巡回法庭就可能受理。程颖当然明白，要创造影响力，自己既没有关系，也没有那个力量，唯有媒体的炒作，利用在任董事会秘书时与媒体打交道的人脉，把媒体对这个案件的积极性调动起来。也正是舆论热情的报道，才引起了高层的注意。

　　巡回法院不仅受理了程颖的诉状，而且派出了最优秀的法官，法官名字叫施正，是一个在司法界赫赫有名的人物。他年近六十，头发已经花白，脸庞方正，五官棱角分明，一双眼睛犀利有神，仿佛一眼就能看穿你的心。他雷厉风行，当过法官、检察官，做过法院院长、检察院检察长，判过不计其数的案件，每个案件几乎都是铁案，从未出过冤假错案，在业界口碑一流。他学识渊博，早年毕业于北京大学法律系，而且勤于笔耕，著作丰富。他不仅经验丰富，而且也非常喜欢从理论上探讨问题。他的不少著作成为法学院学生的必读书。他的案例被司法界广为采用，有的还推动了立法，为中国法治建设做出了杰出的贡献。最高法院派出这么一位重量级法官，足见程颖这个案子的重要性和影响力。

最高法院派出了最优秀的法官，然而原、被告双方的律师阵容就是天差地别了。当漆天成得知巡回法庭受理程颖的上诉时，他敏感地认为这是一个扩大自己公司影响力的好机会，也是公司改变被动局面的好机会。因此，他要他的法律顾问聘请了中国当今最好的律师，组成了一个"光之梦"律师团，光律师费就上千万。律师团的首席律师是梦圆。提起这个梦圆律师，法律界无人不知，无人不晓。他出庭辩护了不少的官司，胜诉率百分之百，他的三寸不烂之舌，真是可以抵挡百万雄军。他是可以将白的说成黑的，把黑的说成白的。他的辩护词，记录下来就是一篇逻辑严谨、措施精准、文采飞扬的文章，没有一字一词的多余。他在辩护时的言辞华美和出其不意常常使对手防不胜防，而且特别擅长经济案件。他也翻过不少案子，不光是首席律师了不得，"光之梦"律师团还有十几位律师，也都是身经百战、经验老到的知名律师。

相对于"光之梦"这么一个律师团队，程颖的阵容不值一提。她只有她自己和一个搭档。赵构成曾建议给程颖配一个机器人律师团，炫一下时空折叠公司不同凡响的高科技，但因时间紧、耗资大而被共周思否决了。共周思对程颖说："我们相信你。"不仅今天审判庭的这些名流觉得她寒碜，就是程颖自己也觉得形单影只。她看了看红光公司的律师团，望了望首席律师梦圆。她从大学的第一个学期开始就知道他的名字和事迹，课余时间就是看他的辩护案例。她曾暗暗下定决心，将来一定要成为像他一样的律师。可是今天，自己将和自己崇拜的偶像一决胜负，她感到高兴，也感到遗憾。

这是一场胜负已定的官司，也是一场力量悬殊的战斗。在场的法律界、媒体甚至旁听席上的观众，还有程颖的同学、那几个律师，看到这阵容，也觉得程颖没有什么希望。只是他们还不太明白，巡回法庭怎么会受理这个案子，为什么会派出施正这么一个重量级的大法官。这个法官是以颠覆法律理论而著称的怪才，高层是不是另有深意？

灵剑柔也来了。在这所有人当中，在这号称名流云集的审判庭，他是唯一一个认为今天的判决将是革命性的，这一天将载入史册。他的眼睛盯着共周思这群年轻人，盯着面对这些名流面无惧色、轻松自如的程颖，心想，真是自古英雄出少年。他以一种喜悦的心情欣赏着这些年轻人。

"全体起立。"工作人员一声叫唤，全体起立。只见施正法官带领他的其他几位法官依次坐在审判台上。程颖看到了霞光公司的首席专家朱虹诗，心中一阵窃喜。

主审法官施正请大家坐下，见大家都坐下后，敲下法槌，宣布法庭开庭。

首先，由原告宣读起诉书。

原告的起诉书宣读完毕，法庭上安静了一会儿，大家都把眼光齐刷刷地投到了被告的律师席上。大家看着首席律师梦圆在大家注视的眼光下，站了起来，对着法官施正说："法官先生，我可以问原告共周思先生一个问题吗？"

"可以。"施正说。

梦圆离开自己的座位，不急不慢地踱到共周思的眼前。他问："共先生，请问你是哪个大学毕业的？"

"清华大学。"共周思回答。

"请问你第一份工作是在哪里？"

"红光公司。"

"干的是什么工作。"

"技术员。"

"你后来在红光公司的最高职位是什么？"梦圆问。

"研究所所长。"

"你享受的待遇是什么级别？"

"公司高管。"

"你得到的授权是不是和公司总经理一样？"

"是的。"

"那么，是谁提拔了你？"

"是红光公司。"共周思回答。

"确切地说，是漆天成是不是？"

"是的，是漆总。"

"漆天成是不是对你有恩？"

"是的，漆总是我的恩师。"共周思说。

"我反对，法官先生，辩方在提与本案无关的问题。"程颖没有想到对方从个人品德有关的问题入手，她准备了很多开场的设想，没有想到对方会从红光公司对共周思个人有恩的角度切入。要知道，在中国文化里，告一个对自己有恩的人，绝大多数人会第一时间判定这个人是一个忘恩负义的人。如果这一印象形成，将使自己陷入非常被动的境地。程颖心想梦圆果然厉害，知道从对方最薄弱的地方下手。

"反对有效，梦圆请问与本案有关的问题。"施正说。

"共周思，我问你第二个问题，你是否在红光公司得到重用？"

"是的。"

"你在红光公司的每个要求是否都得到漆天成的支持？"

"是的。"

"我反对。"程颖看见共周思正一步步地钻进梦圆的圈套。共周思诚实得可爱。

"反对有效，被告律师，请注意你的问题。"施正支持程颖。

"共周思，你的薪酬是不是全公司最高的？"梦圆又问。

"应该是。"

"请回答，是或不是。"

"是。"

"是不是可以这么说，你在红光公司，薪酬是最高的，授权级别与漆天成董事长一样，是最高的。"

"是的。"

"那么，你为什么还要离开红光公司？"梦圆问。

"因为红光公司不支持'曲光'项目。"共周思果断回答了梦圆的话。

"首先支持你'曲光'项目的是不是漆天成？"

"是的，没有他，'曲光号'不可能建成。"共同思回答。

"是不是公司股东会不支持你的'曲光'项目你就离开的？"梦圆紧盯着共周思的眼睛不放，紧接着说，"股东会只是建议你停止'曲光'项目，并没有作出正式的决定，你完全可以选择不离开，你完全可以选择放弃'曲光'项目，你也知道'曲光'项目耗资巨大。"

在"曲光"项目和离开红光公司之间作出选择，共周思当时也很难。这期间的心理过程，他难以说清楚，更不能在法庭上陈述。对梦圆的问题，共周思没有回答。

程颖见状，立即说："法官大人，共周思可以不回答这个问题。"

"反对无效，共周思先生，你必须回答这个问题。"施正说。

共周思见法官要自己必须回答这个问题，便说："我当时认为'曲光'项目虽然困难重重，但那是我的梦想，为了实现自己的梦想，所以我选择了离开，自己干。"

"你离开就离开，辞职就辞职，为什么要拿走对你有恩的公司的财产？你难道不知道，中心实验室和数据库都被你拿走，红光公司会损失巨大？"

"中心实验室和数据库对我的'曲光'项目来说，太重要了。"此言一出，虽说是出自共周思心里的大实话，但大家都知道他不应该此时在法庭上说。

"对你重要，你就要拿走？各位法官，一个人在主人家打工，这家主人对他恩重如山，视如己出。有一天，这个人的要求没有满足，便离开，并要拿走他家最值钱的东西，请问，这与抢有什么区别？这个人与强盗有什么区别？"梦圆又环顾一下四周，最后说，"法官先生，我的话问完了。"

梦圆说完，观众席发出了一阵唏嘘声，霞光公司的法律顾问算是一个资深律师，也轻声对灵剑柔说："梦圆果然名不虚传，仅仅第一个回合便将程颖打得一败涂地，这剩下的辩论也没什么看头了。"

坐在一旁的漆天成心里乐开了花，今天这一刻是他最近一段时间最开心的时候。他认为梦圆为他出了气、解了恨。这么多媒体和业界都认为自己是有情有义的人，不是自己对不起共周思，而是共周思薄情寡义，恩将仇报。他认为自己花那么多钱请这个律师，值。

第三十八章　我们无权要求你们改变世界，但请你们保护我们改变世界的权利

七天后，最高院巡回法庭继续开庭。上次法庭辩论以被告方的完胜结束。今天，轮到程颖向漆天成发问了。这时，大家把目光投向了眼前这个黄毛丫头，看看她如何力挽狂澜。她以女性特有的轻盈步子走到证人席上，说："漆先生，你年轻的时候就是一个优秀的工程师，对吧？"

漆天成"哼"了一声，如果说，共周思他们离开自己、离开红光公司还有理由，是为了"曲光"项目，为了自己创业。但自己在他们那个年

龄，不是也这么干的吗？而你程颖为了什么？我漆天成待你不薄啊，大事小事和你商量，从来都不把你当外人。当时提你为董事会秘书，你还是一个刚大学毕业不到一年的小丫头，我可是力排众议啊。如今你不仅不思如何报恩，反而帮着共周思他们告我，还要帮助他们拿我的东西。他真的恨自己当初怎么就养了这么一只白眼狼。漆天成不知道世界变了，人们的价值取向已经发生了颠覆性的改变。人们已经不按恩啊、情啊、义啊来决定自己的取舍了。你重用他或她，她为你工作，纯粹是工作关系，双方根本就不存在什么情感方面的关系，双方都不受什么情呀、义呀的约束。因此程颖认为，你当初重用，是你的工作需要，我忠于职守，取得了应得的报酬就行了。除此之外，不欠你什么。她认为有更好的并更适合自己、更能发挥自己专长的平台，这个平台使她更快乐，她就离开你到这个平台，这是很正常的事。因此，她辞职，帮共周思拿到中心实验室和数据库，今天又作为原告的律师站在法庭上盘问原来的雇主，她一点也不觉得自己在道义上丢了什么，或有什么见不得人的。

"当初，你也是从宇航员退役后带着几个人技术员一起创业的，是不是？"程颖问。

"是的。"问到自己的过去，漆天成有一种自豪感。

"后来，你们把企业办得非常成功，而且上了市，对吧？"

"是的。"

"上市后，你们公司的业绩怎么样？"

"还不错。"

"是好还是不好？"程颖问。

"我反对，法官先生，原告律师问了一些与本案无关的问题。"梦圆律师站起来说。

"反对无效，原告律师可以继续提问。"首席法官施正说。

"上市后的两三年内，公司还可以，之后就不太好了。"漆天成回答。

"是不是共周思他来了以后，你们的公司才开始有起色？漆先生，这里是法庭，请你如实回答。"程颖说。

"是这样的。"漆天成说，"他每年都为公司开发十多个产品。"

"他开发的产品销路怎么样？"程颖问。

"我反对，法官先生，原告律师在诱导我的当事人。"梦圆站起来说。

"请原告律师继续提问，证人必须回答。"法官施正说。

"产品非常畅销。"

"利润怎么样？"

"非常丰厚。"

"共周思他一共为公司开发了多少产品？"

"大概有上百个吧。"

"到底有多少个？"

"平均每年二十个左右。"

"法官先生，请允许我继续问漆天成先生几个问题行吗？"程颖转向首席法官施正，施正立即回答："可以。"

"请问漆先生，共周思没来你公司之前，你们公司的市值是多少？"

"估计五六十个亿吧。"

"你的意思是说自从共周思来了以后，五年的时间，你们公司的市值增长了二十多倍，对不对？"

"是的。"

"你们五年分了多少红？漆先生，请你如实回答。"

"每年有几十个亿吧。"

"到底是多少个亿？"

"五十亿以上。"

"你们最大的股东，一年可以分到多少？"

"最大的股东是我，我一年多的时候可以分到六亿多。"漆天成照实说，因为他们公司是上市公司，这些数据每年都必须向公众披露。

"那么，共周思一年的薪酬是多少？"

"大概是五百来万吧。"

"我抗议，法官先生，原告律师是在误导。"梦圆律师有些急了。

"抗议无效，原告律师继续问。"施正支持程颖。

"各位法官，一个为公司每年带来几十个亿利润的人，每年的收入就是区区五百万，不到利润的零头，不到股东们的百分之一。"此时的程颖已是神采奕奕。她的脸就像绽开的鲜花。她的声音清脆，就像翠珠落在玉盘上悦耳动听。灵剑柔认为她已经夺回了整场辩护的主动权。

"法官先生，请让我们看看共周思他是如何为公司，为科学事业忘我工作的。请看影像。"

这时，被告律师梦圆激动地向法庭抗议，但施正都当作没听到，让程颖放她的影像。

此时，法庭前出现了共周思的立体影像。同时，立体影像的画外音也在法庭上响起，这画外音分明是程颖的朗读。她的声音绝不逊于任何一个高级播音员，这正是应了一句名言：高人在民间。

"这是火热的夏天，共周思汗流浃背地在又闷又热的实验室做实验。"立体影像上出现共周思的同时，也响起了程颖解说的声音。

"这是在三九寒冬，踏着冰雪，共周思在寻找矿石。"大家看到了共周思不畏严寒在崎岖的山坡上攀登，"此时的共周思也是一天一夜没合眼，一天一夜没有吃一点东西。"

"这是共周思极度疲倦趴在实验室的台子上睡去的情景。"这时立体影像上出现了共周思趴在实验室睡着了的情景，在共周思的四周是各种仪器设备。

"这是共周思为开发新产品累倒在新产品发布会上的照片。"立体影像上出现了共周思晕倒在发布会上，被抬上救护车上的情景。

程颖又放了几段共周思一边啃面包一边看书，一边喝着水一边看实验数据，废寝忘食，忘我工作的影像，每段影像都配有程颖动情的解说。随后，程颖又放了几段红光公司股东们游山玩水的视频。当然视频上的股东形象，程颖都做了技术处理。只见视频上有的股东在打高尔夫，他们正在潇洒地挥杆击球；有的股东在KTV中引吭高歌，一边还喝着酒；有的股东正带着夫人、小孩在浩瀚大海上坐着游艇，晒着阳光浴，欣赏着大海的美景。程颖的用意非常清楚，一边是共周思在极其艰苦的条件下忘我地工作，做出了巨大的贡献而所得甚微；一边是股东游山玩水，尽情享受，而分得巨额的财富，这是多么不公平。

程颖还是不罢休，他说："法官先生，请允许我再问漆天成先生几个问题行吗？"

"你问吧。"施正说。

"漆先生，你们公司的中心实验室，是不是共周思一手创建的？"

"是的。"

"请看共周思建的中心实验室。"法庭上出现了实验室，当大家看到这个实验室，法庭里响起了"哇哇"的惊叹声。他们是第一次看到如此科幻般的实验室。程颖不知从哪里找来的红光公司中心实验室的立体影像。除了经过严格审查的工作人员，公司只有董事长漆天成、共周思和实验室的工作人员可以进去。共周思记得只有一次，他在程颖胡搅蛮缠的要求下，让她在外面看了一眼，没想到就被她拍下来了。其实真实的实验室不是这样的，这张照片是程颖根据她的记忆将网上科幻大片的画面中截下拼出来的。为了达到目的，增加效果和震撼力，她把它投影到法庭的屏幕上，果然，效果非常独特。

"法官先生，这是世界一流的实验室，是共周思一手创建的，这是一个多么了不起的天才。"

此时的被告方首席律师愤怒了。他认为首席法官施正明显偏向原告方，让原告方律师在法庭上一味地煽情。这在庭审的辩论中是罕见的，他几次想退庭以示抗议，但考虑到后果便作罢了。因为他十分清楚，法官在特殊情况下可以在原告和被告任何一方不在的情况下缺席宣判。何况这个大法官从不按常理出牌，特立独行。

"法官先生，再允许我介绍一下共周思他们的团队。"程颖见施正点了点头。程颖继续说，她向她的助手挥了一下手，立体影像上出现了汪行知的照片，这是一个面带笑容、方脸淡眉圆眼的年轻人。程颖介绍："这是汪行知，二十五岁，来红光公司研究所之前是我国著名医院的心脑血管外科医生。别看他年纪轻轻，他已经成功地完成了一万多例手术。他放弃了如日中天的事业，投奔到共周思的团队，和共周思他们一同开发'曲光'项目。他现在是'曲光'项目的结构工程师。"

汪行知的影像退下后，接着上来的是舒玉婷。这是一个秀色可餐的姑娘，看上去稚气未脱。程颖介绍："这是舒玉婷，只有二十四岁，来红光公司研究所之前是我国服装界著名的设计师，在世界上也享有盛名，年收入上千万。她放弃了高薪和前途，来到了共周思的团队。这里收入仅仅是她原来收入的十分之一，而且工作十分艰苦。她现在担任工艺设计师。"

"各位，这是赵构成，是共周思四人团队中年龄最小的一位，只有二十三岁，他可是世界著名的游戏设计师。他现在是'曲光'项目的大数据工程师。"程颖介绍完了他们三个人，便说，"法官先生，请允许我再介绍一下，共周思他们为了'曲光'项目，一个个不顾个人安危，在原始森林里迷路，饿了六天七夜，要不是被乌村的村民发现，就有可能饿死在森林里。为了报答村民的救命之恩，他们将个人生死置之度外，在悬崖峭壁、沼泽地里寻找资源让村民脱贫，他们差点牺牲在沼泽地里。这是一群人人身怀绝技而又有抱负、有梦想、有追求的年轻天才，他们放弃了如日中天的事业，放弃了优越的社会地位和极丰厚的报酬，去追求改变世界的梦想。请问，那超现代的实验室、数据库不应该交给这群充满激情的年轻人，让他们去改变世界、造福人类吗？难道让这些设备、仪器像一堆废铁、垃圾那样堆在那里生锈。或者指望那些养尊处优的股东老爷们去发挥作用吗？"程颖激动地说。

"但是，股东们拥有这家公司的最终所有权。"坐在首席法官左边的一位法官说，"要知道，我们'公司法'的立法基础是'股东本位'。"

"'股东本位'显然已经过时，它已经与建设创新型国家的国策不符。就像我们这个例子，红光公司80%的利润是科技天才创造的，可创造的主要财富却由对利润毫无贡献的股东所拥有。这些不思进取的股东们掌握着这些精英们的生杀大权，你们说这种立法是保护创新还是限制创新？"程颖越说越激动，脸上也涨得通红，就像开着一朵朝霞。

"你说怎么办？"施正盯着程颖的眼睛说。

程颖看了看施正，她看到了他鼓励的目光，继续说："改变！推翻'公司法'股东本位的立法基础。这个世界一切都在变。"程颖清楚地知道，不推翻"公司法"的立法基础"股东本位"，法庭就不可能将实验室和数据库判给共周思。程颖言犹未尽，她看着大法官施正，看到了他直视自己的目光，那是信任的目光。

程颖看着台上的法官说："各位法官，我们无权要求你们改变世界，但请你们保护我们改变世界的权利。"说完这句话，程颖自己都感到吃惊，她望了一眼共周思，看到了他激动的眼神，她涨红着脸，说，"法官先生，我的话说完了。"

程颖的话音落下好一会儿，法庭一片寂静，突然，掌声雷动。法庭里的人们被程颖的辩护折服了。程颖连忙向人们鞠躬致意，但掌声仍然不停，她连续鞠了五个躬，掌声才停下来。真是后生可畏啊，这场开始大家认为红光公司必胜、共周思必败的官司，最后被一个没有多少法庭辩护经验的小姑娘逆转，而且与她交手的是国内著名的律师团队。

施正问被告律师梦圆还有没有话要说。梦圆见首席法官也明显站在原告一方，也就没有什么话要说了。

施正宣布休庭，择日宣判。

果然，七天后，施正的判决与人们猜想的一样："共周思拥有红光公司中心实验室和数据库的排他性使用权。此判决为终审判决，并即刻生效。"

施正的判决声一落，全场起立，掌声雷动，长时间不息。

第三十九章　异域被劫

程颖夺回了中心实验室和数据库，共周思他们非常高兴。他们来到共周思的移动房间。这次共周思的房间比上次的要大得多。除了一张长方形的小会议桌之外，增加了办公用的五张桌子和五把椅子。还有一个比较大的地方是空的，方便投放他们脑伴的立体影像。

"颖颖，你太了不起了。"赵构成最早来到共周思的房间，见程颖走进房间就大声夸奖。

"是啊，颖颖辩论得太精彩了。平时看不出来，你太酷了。"舒玉婷一进房间看到程颖，便抱住她，在她的脸上亲了一口。

"哎呀，你们别嚷嚷了，是我们碰到了一个好法官。也是你们追求科学的精神太感人了。"程颖被他们夸得怪不好意思地说。

"哥们，哥们，现在我们资金有了，实验室、数据库也有了。"赵构成站在椅子上说。

"还有我们聪明绝顶的大脑也有了。"汪行知将赵构成拉下了椅子，自己站在桌子上说。

"可以开着我们的时空折叠号出发了。"赵构成也站上了桌子。

"我们再去乌村。"舒玉婷说。

"对，我们再去乌村，婷婷说得对。一提到乌村让我想起了灵灵和丽丽，我们已经很久没有见到她们了。"赵构成说。

"是啊，我很想灵灵和丽丽。"舒玉婷说，"快给她们发脑伴，叫灵灵和丽丽过来，一起祝贺我们'时空折叠号'的诞生。"

汪行知从桌上跳了下来说："我已经发过很多次脑伴给丽丽了，但都没有消息。"

"灵灵失踪已经快两个月了。"共周思坐在桌子旁，心情很是沉重地说。

"失踪？怎么会失踪呢？"汪行知吃惊地问。

"听灵董事长说，灵灵是去非洲的孤儿院，为保护当地难民和孤儿被当地叛军追杀才失踪的。"共周思说。

"在非洲这地方凶多吉少。"汪行知说。

"是不是被当地的叛军劫走了？"程颖问。程颖对灵心、朗声丽不是很熟悉。但她听共周思他们经常提到她们，在媒体上见到过她们的事迹，知道她们是非常了不起的青年慈善家。

"快两个月音讯全无，有没有人去找过她们？"赵构成说。

"灵董事长去非洲的孤儿院找过她们，但没有一点消息。"共周思说。

此时，他们终于明白了，难怪这段时间共周思脸上没有笑容。就是夺回实验室和数据库这样的大喜事，也没有看到他的笑脸。

房间里陷入了沉静，没有一丝声音。

过了好一阵子，汪行知说："婷婷，思思，我们不是曾经为灵灵的基金会租过三颗专用卫星吗？在我们的脑伴里就可以看到汪行知基金会非洲孤儿院的全部情景，对吗？"

"对呀，用我们的脑伴通过三颗卫星应该能看到灵灵在非洲孤儿院的情况。那还啰唆什么？快打开脑伴。"舒玉婷着急地说。

"我来搜索，这件事，我说第二这世界没有哪一个人敢说第一。"赵构成一挥手，他脑伴的立体影像立即投到了房间里。不一会儿，灵心在非洲孤儿院的影像就出现在这个房间里。他们看到灵心和朗声丽为处境悲惨的难民喂送馒头，看到灵心、朗声丽和几个中国军人护送孤儿、难民逃走，看到这支队伍越走越长，越走越慢，越走越危险，随时都有可能被叛军袭击。灵心和朗声丽随时都有可能遭遇不测。看得赵构成他们心扑通直跳。

"危险,快躲。"不知是谁大叫了一声,但这声音并没有让房间里的人转移注意力,他们的心被影像里面的画面揪住了。

他们看到一个孤儿被爆炸的气浪掀到空中后又摔了下来,看到灵心从泥土里挣扎出来,顾不得满身的泥土爬到孤儿那里。孤儿躺在地上好像是死了。灵心用耳朵贴在他的胸口上,发现还有心跳,但很微弱。她赶紧给他做人工呼吸进行抢救,好一会儿孤儿醒了过来,但已经动弹不得,浑身都被弹片划破。灵心背着他就走。朗声丽也跑了过来,她满身都是泥土。

他们看到子弹"噼啪"地从灵心她们头顶上呼啸而过。她们弯下腰,低着头,带着孤儿和难民向一个方向飞奔。她们跑得飞快,但子弹、火箭弹比他们跑得更快,炸弹不断在她们的左右爆炸。

他们看到一个难民被炸弹炸断了一条腿,鲜血直流,染红了地上的泥土,灵心见状跑到那个难民身边,用绷带给他包扎,架着他走,朗声丽赶过来帮忙。

"哪来的那么多叛军,那么强的火力。"汪行知大声地说。

"快看,有一个中国军人。"程颖指着影像说。

立体影像里,一个中国军人组织了多次冲锋,但没有打乱叛军的部署。中国军人被迫边打边撤,顽强地顶住叛军的围攻,死咬着叛军不放,尽量拖延时间让灵心她们逃跑。

影像里,两个中国军人交叉着向叛军开火,他们跑得像兔子一样快,一会儿东,一会儿西,一会儿南,一会儿北;他们一会儿用手枪,一会儿用冲锋枪,一会儿用手榴弹,一个个叛军应声倒下。

"打得好!"赵构成一拍桌子。

"可是怎么有那么多叛军,打都打不完。"舒玉婷紧张地说。

"看看,还有武装直升机。"汪行知尖叫。

"还有坦克。"程颖说。

"见鬼，这是什么武装？难不成是一支军队？"赵构成说。

"快看看灵灵和丽丽。"共周思说。

影像的画面里，灵心发现后面火光冲天，枪炮声震耳欲聋。她看到有一个难民被炸弹炸飞上了天。突然她发现一个中国军人被叛军的机枪击倒。当他倒下又爬起来的时候，又一颗子弹击中了他，在倒地的那一刹那，他射出了一梭子子弹，几个叛军应声倒下。

"打得好，狠狠地打那些狗娘养的。"立体影像里，他们看到一个中国军官，一边射击，一边观察着灵心和他的战友们。他看到一个战友被叛军子弹击倒，赶紧过去救他的战友。此时他又发现灵心正飞奔过去，他大声地对灵心喊，话音未落，一颗炮弹在前方爆炸，一棵大树向灵心砸去。眼看着这个大树就要砸到灵心的身上。这危险的一幕，吓得汪行知和舒玉婷他们同时闭上了眼睛。他们睁开眼睛的时候，看到一个中国军人纵身一跳，一把将灵心推出好远，灵心脱险了，但那个军人被大树重重地压在了底下。她疯狂地跑过去，双手抱着树想将树移开，但不管她如何用劲，都不能将树移动半点，急得灵心大哭。他们看到灵心拉着那个军人的手往外拽。但不管灵心如何使劲，都无济于事。这时，朗声丽也过来帮忙，她和灵心一起，一点点拖出了军人的腿。

…………

"不看了，不看了，成成快关掉脑伴。"舒玉婷被立体影像里的一幕幕惊险吓得大叫。

"太恐怖了，成成，还是关掉你的脑伴吧。"程颖也说。

"你们不想找灵灵和丽丽啦？"赵构成看了一眼共周思，只见他咬紧牙关，眼睛盯着影像说："我们必须找到灵灵。"赵构成没有关掉立体影像，大家为了知道灵心和朗声丽的生死，必须继续看下去。房间里很久没有一点声响，很静很静，每个人都在找灵心和朗声丽。赵构成的手在滑动，影像里只有茂密的森林。本来夺回实验室和数据过后大家准备开心一番，但灵心和朗声丽的生死未卜，使他们的心情异常沉重。

"思思，我们今天就先回去吧。"汪行知说。他知道共周思的心思，大家也沉重地说："我们先回吧。"

舒玉婷见程颖还是有些迟疑，便对程颖说："颖颖，我们先回去吧。"

共周思没有言语，他目送着汪行知他们离开房间，随后关上了门。他打开自己的脑伴，找到了那三颗卫星，翻看灵心和朗声丽在非洲冒着枪林弹雨救护孤儿和难民的影像，生怕漏了一点点她们的蛛丝马迹。但令他失望的是，就是找不到她们的踪影。共周思不相信灵心她们会牺牲，他想要去非洲找她们。他立即在脑伴上订了一张去非洲J国的机票。他扫视了一下房间，想了想便打开房门，坐上楼层通勤车。通勤车将他带到了电梯里，他下了电梯后又坐上了通勤车，通勤车把他送出了住宅楼。他坐上一辆停在路边的自动驾驶汽车，说了一声："去机场。"自动驾驶汽车"嗖"的一声便向机场驰去。不多会儿工夫，便停在了4号航站楼。共周思下了自动驾驶汽车，直扑去非洲J国的航班。离飞机起飞还不到三分钟，此时航班就要关闸了，他飞快地向登机口跑去。

"等等，思思。"共周思转身一看，是汪行知和赵构成，只见他们两个人跑得气喘吁吁。

"我们就知道你会去非洲。"赵构成喘着粗气说。

"你们回去吧，公司还有很多事呢。"共周思不想让他们两个人跟着自己去冒险，见他们两个人还是不听，便提高了声音，严厉地说："你们快回去，我们的项目不能停。"

"灵灵和丽丽是我们的救命恩人，我们必须去找她们。"汪行知说。

"对，我们必须去找她们。"赵构成也说，"还有，你的分析判断离不开我的大数据搜索，你的减法离不开我的加法。"

共周思赶不走他们，便和他们一起登上了飞机。奇怪的是，飞机上没有几个人，两百多个座位，现在包括他们三个人，加在一起也只有十几个人。"这飞机怎么只有这几个人？"赵构成说。

"我看是非洲J国多灾多难，没有人敢去那里了。"汪行知说。

经过难熬的十几个小时的飞行，三人终于到了J国的机场。

"我们怎么找？"赵构成问共周思。共周思见赵构成问自己，这时才想起自己并没有怎么找灵心她们的方案。他想了想问："你们有什么意见呢？"

"听灵心父亲说他去灵心基金会的孤儿院找过，还沿着她们撤退的路线找过，也去过外交部打听过她们的音讯。"汪行知说。

"我们再找一遍吧。"共周思知道这样找到灵心的希望非常渺茫，但也没有更好的方案了，"我们去长途汽车站，从那里去孤儿院。"

他们坐客车去了离孤儿院只有十公里的小镇，又步行走了两个多小时来到孤儿院的废墟。虽然在脑伴的立体影像里看过孤儿院的废墟，但到实地看比影像里看到的更加惨烈。

他们三个人在废墟里找起来，找了几个小时，没有收获。赵构成打开脑伴，又按照灵心她们撤退的路线搜寻，一连找了三天三夜，风餐露宿，来回搜寻了三遍，没有一点点线索。

"思思，我看是没有什么希望了。"他们结束了第三遍的寻找，又回到孤儿院的废墟，坐在断壁上，赵构成说。

"是啊，思思，看来我们只能回去了。"汪行知说。

"好吧。"共周思十分不情愿地回答。他们起身往小镇走，共周思不甘心，一步一回头看，看孤儿院的废墟，似乎要多看几眼灵心。

离开孤儿院到了小镇，他们差一点没有赶上去机场的客车，当他们登上客车，一坐下便睡了过去。大约睡了几个小时，突然一个急刹车，睡着的共周思他们三个人头撞到了前面的椅子上，他们被惊醒了。"快下车，快下车。"有五个手持冲锋枪的匪徒登上了车，大声嚷嚷着。车上的人不多，加上共周思他们三人总共才十五个人，手持冲锋枪的匪徒像赶小鸡一样将车上的人赶下车。匪徒来到共周思三个人面前愣了一下，顺手来抓共周思。共周思毫不客气地将匪徒的手挡了回去。那匪徒见共周思反抗，便端起枪指着他嚷嚷，他可能以为共周思听不懂，说了一遍又一遍，但共周思是能听懂他们的话的，因为他们的脑伴里有语言翻译器，可以听懂全人类的语言。汪行知见匪徒气势汹汹地用枪指着共周思，拉了拉共周思的衣角，制止了他的无谓反抗。

共周思三个人跟着车上的人下了车。

下车后，共周思发现一条坑坑洼洼的路四周全是密林，高大的树几乎遮住了天空。匪徒用一根粗大的绳子将所有人的手绑住了。共周思想反抗，不听从匪徒的指挥，但都被汪行知用眼神制止了。

匪徒将车上的人排成一排，又用绳子将每个人连在了一起。

他们这些人被五个匪徒押着向密林深处走去。不知走了多少路，大概过了两三个小时，他们来到了一幢平房的面前。一个匪徒和站岗的匪徒说了些什么，站岗的匪徒拉起了栏杆，让共周思这些人进了平房前的空地。他们解开牵着每个人的绳子，但每个人的手还是绑着的，他们被分成三组，每组四五个人不等。共周思三人另加一个黑人组成了一组。

共周思四个人被推到了一个房间里。在那个黑人的再三抗议下，一个看上去只有十几岁的小孩子解开了他们四个人手上的绳子。

第四十章　疫情四伏

共周思他们四个人活动活动被绳索勒出深深印痕的手腕。

"这位先生，你是当地人吗？"赵构成坐到地上，问那个黑人。

那人摇了摇头后又点了点头。

"你叫什么名字？"汪行知问。

这时他们四个人都坐在了铺在地上的草席上。

"我叫鲍吉斯，你们呢？"

共周思看到面前的这个人，宽宽的脸，黑黝黝的皮肤，一双眼珠又大又亮，看上去是一个老实本分的人。共周思向那个叫鲍吉斯的黑人，一一介绍了自己和汪行知他们。

"鲍吉斯，你知道这里是什么地方吗？"汪行知向鲍吉斯靠了靠问。

鲍吉斯说，他是准备去布里亚市买粮食种子的，没想到半路上被劫，这里具体是什么地方他也不知道，但他估计这里离布里亚市还有二百多公里。

离布里亚还有二百多公里，共周思他们相互忧虑地望了一眼。他们共同的愿望是离开这个地方，赶到布里亚机场回国。

共周思一挥手，打开脑伴，老天有眼，脑伴上有信号。他用脑伴对这里进行了定位，并对这方圆二百多公里进行了搜索。正如面前的黑人所说，这里离J国首府布里亚还有二百多公里。共周思思考着如何逃离这里。

"思思你在哪里？"耳伴里出现了程颖的声音。听到程颖的声音，共周思轻声地对汪行知和赵构成说："是颖颖。"并示意他们不要出声。

汪行知、赵构成和共周思打开了自己的脑伴和耳伴。"我们在J国。"共周思轻声地说。

"我知道。你们每天都给我和婷婷看你们找灵灵、丽丽的影像，我是问你们现在在哪，我好像看到你们是在一个很暗的房间里。"

"是的，我们被一伙匪徒劫了。"汪行知回答。

"我说了J国是一个多事的地方，现在怎么办？要不要通知灵灵爸爸的公司驻J国办事处的人去救你们？"程颖说。

"目前还不要，等我们弄清楚了这些人的目的再说。"共周思说。

"你们要注意保护好自己。"

"你放心，颖颖，现在我们公司怎么样了？"共周思问。

"公司一切按照你去非洲前布置的正常运行，现在的情势非常好，想投资我们公司的机构很多很多，我都不知怎么处理，我和婷婷都盼着你们早点回来。"程颖停了一会儿又说，"思思，没关系，我能应付，你们保护好自己更重要。"

"谁在这里说话？"房子外面有个匪徒冲房门上的小窗口大声嚷嚷。共周思他们立即关掉了耳伴。

共周思他们在房间里待了七八个小时。天已经黑下来了。此时房间的门打开了，一个匪徒用手枪比画着叫他们出来。

匪徒们把劫持的人都叫到了院子里，仍然将他们的手绑起来，然后用绳子将他们串起来。院子里停了一架直升机，匪徒们押着他们上直升机。

看到自己即将被押上飞机，共周思立即想到了情况的复杂严峻，是什么目的要动用直升机？估计是想将他们劫到一个很重要也很远的地方。

"你们要将我们带到哪里去？"共周思大声叫着，但他的话音刚落，一个匪徒就给了他一枪托，打得他跟跄了几步。汪行知和赵构成扶住了他，他才没有倒下。

"你们不告诉我们去哪里，我们就不走。"共周思站稳了身子继续厉声地说。

又是一枪托，这次共周思没有等到枪托砸到身上，而是用绑着的手抓住了枪托，用力一拽，将那个匪徒拽倒在地。

"哗啦……"赵构成听到了拉枪栓的声音，他赶紧拉住继续要和那倒地的匪徒搏斗的共周思。倒地的匪徒爬起来，抢起枪就向共周思砸去，赵构成赶紧用身子护着他，汪行知也赶过来，刚才同室的黑人也赶过帮他。那匪徒的枪托，雨点般地砸在他们身上，这时被劫的十多个人也来帮共周思。见此突然出现的情况，匪徒们用枪瞄准了共周思他们。

"突突突突……"枪声响起，这群被劫的人赶紧趴在地上一动不动，只见一梭子子弹射向了天空，是刚才被共周思拽倒的那个匪徒开了枪，幸好他的枪被一个看上去是头儿的人托起，子弹才没有按照那匪徒的意思射向共周思他们。

这里的气温也很高，只有直升机螺旋桨刮起的风，让他们感觉凉快了一点。

所有人下了飞机以后，被排成一排站在那里。两个跟他们来的匪徒递了一个文件似的夹子给了来接他们的人，并带着他，一个个点了数。点完人头后，两个匪徒便跟着一个工作人员模样的人向几栋平房走去，估计去休息了。

　　"你们好！欢迎来到雷沙山。从今天开始你们将是这里的矿工。"一个衣着讲究的皮肤不黑也不白的人，站在他们面前说。

　　"我知道你们想知道我叫什么名字，我叫曼吉。"他拿着刚才匪徒交给他的文件夹，点起名来。

　　"我这里有你们的照片，现在我指着照片，你们自己把名字报上来。"随即，那个叫曼吉的人便指着其中一张说，"这位是谁？"

　　被指着照片的人回答："我叫鲍亚。"

　　"这位是谁？"曼吉又指着一张照片问。

　　"是我，雷显。"

　　"不用问，你们三位是亚洲人。"曼吉到了共周思他们三个人面前。

　　"看上去细皮嫩肉的，如果不是特殊情况，劳动力奇缺，我们才不要你们这三个没有力气的人。"曼吉后退了三步，又站在这些人的前面说，"我看到了你们的不满，但我告诉你们，你们能到这里是你们的荣幸。"曼吉感到自己的喉咙有些干，他清了清嗓子，咳嗽了三声说，"顿柯市正在闹瘟疫，这里离顿柯有三百多公里，而且我们这里树木茂盛，简直就是世外桃源，是最好的瘟疫隔离区。"听到"瘟疫"两个字，共周思心里一惊，他向赵构成使了一个眼神，意思是说我们要注意，这里不安全。

　　好不容易曼吉的训话结束了，共周思以为会松开他们的绳索。可是曼吉没有这个意思，而是一挥手叫两个也是持枪的人，押着他们向一个山坳里走去。走了约莫一个小时，他们看到了一个像监狱似的地方。

　　他们被押进了一个布满岗哨的院子，被带进了一个像牢房一样的房间。这次他们三个人没有关在一起，而是每个人单独关押。

　　"咣当"一声，共周思他们听到了房间的关门声，还好，共周思左边关的是汪行知，右边关的是赵构成。虽然他们被粗大的铁栏隔开，但他们彼此可以见到。被关进房子后，绑在手上的绳子也解开了。看守离开关上房门后，共周思立即一挥手打开了脑伴。他首先要弄清楚他们在哪里，由于这里信号不太好，费了一点时间才弄清楚，这里离J国的首府布里亚市有八百多公里。共周思暗自叫苦。再一搜索，这里离地中海一百多公里。他的手又划拉了一下，想搜一下曼吉说的离这里三百多公里的顿柯市的瘟疫情况，但脑伴显示顿柯市离这里没有三百多公里，只有一百来公里。顿柯市有传染病。

"思思。"共周思听到了叫他的声音，是赵构成在叫他。"成成。"共周思应了一声，赵构成叫他过去，他走到了与赵构成隔开的铁栏那里。

"我们必须设法逃出去，如果瘟疫向我们这里扩散，我们就完了。"

"我也在想怎么逃出去。"

"叫婷婷她们来救我们。"赵构成说。

"离这里这么远，她们两个弱女子怎么救？"

"那就请灵董事长来救，他们公司在J国有办事处。"赵构成停顿了一会儿又说，"要不叫婷婷找外交部，找驻J国的大使馆，让维和部队派人来救我们。"

"行，叫灵董事长公司办事处的人来救我们。"共周思说完转念一想，灵心、朗声丽没有找到，却要麻烦灵剑柔，有些难以开口。他说，"还是我们自己想办法出去吧。"

"思思，颖颖来脑伴了。"共周思在脑伴里听到了汪行知的声音。

"她怎么说？"共周思问。

"她说这里是一个钻石开采矿场，矿场周边最近闹传染病，劳动力缺乏，才把我们劫到这里的。"汪行知说。

赵构成在耳伴里说："比刚才脑伴上搜到的还要严重。颖颖，快叫国际维和部队来救我们。"

"我马上去办，你们也要注意保护自己。"

"成成，我们不用等颖颖了，直接用脑伴联系中国驻J国的大使馆，让他们现在就来救我们。"汪行知说。

"好，我马上联系大使馆。"赵构成说完在脑伴上划拉着，可是，这么简单的事，共周思他们却等了半个小时，仍然没有赵构成的声音。

"成成，怎么回事？是不是我们脑伴的信号不好？"汪行知有些急促地问。

仍然没有消息，共周思和汪行知看到赵构成聚精会神的样子，只好继续等。又过了半个小时，才听赵构成在耳伴里说："大使馆的人正在准备撤离，我们这里已经被当地的军警封锁了，大使馆也无能为力，但他们答应尽快与当地势力联系，把我们救出去。"

"思思，告诉你一个不好的消息，我们国家与J国的航班暂时停航了。"共周思三个人的耳伴里传来了程颖似乎要哭的声音。

"颖颖，你别急，我们会有办法的。"共周思听到程颖焦急的声音，安慰她说。

指望别人来救的路子已经被堵死，现在身处铁笼，外面有当地军警的封锁，不远处就是疫区。就是长了翅膀，也飞不出去啊。共周思看着赵构成、汪行知，内心感到深深的愧疚，如果不是自己坚持要来这里找灵灵和丽丽，他们也不会跟着自己来，也就不会深陷危险之中。由此他想到了灵心和朗声丽，她们是不是也像自己这样被人劫持，是不是也被人抓去做苦力，也很可能是在瘟疫区。共周思没有经历过瘟疫，但他看到过鼠疫、天花、埃博拉等病毒对人类摧残的资料，看到过被这些病毒折磨的人惨不忍睹的影像。共周思是越想越难过，越想越着急，他下定决心，必须逃出去。

怎么逃出去呢？这房间被铁栏围住，密不透风，他和汪行知、赵构成都没有穿墙开洞遁地的特异功能，也没有撬门拧锁的武功，想完好地离开这个监狱似的地方是绝不可能的。

必须逃出去。

共周思走到赵构成房间的铁栏那里，轻声地说："成成，你想出办法了吗？"

"还没有想到。"赵构成说，"我们什么都没有，赤手空拳的，怎么逃？又不是隐身人。"

"成成，我们可以用脑伴、耳伴。"说出这话，共周思自己都感到吃惊，心想，之前怎么没有想到我们还有这武器。

"对呀，思思，还记得我们一起偷闯霞光公司实验室的事吗？"

"对，我们再来一次隐身。"赵构成说。

"我们三个人连线。"共周思说。

"还是我做加法，你做减法，我黑进这家公司的中控系统。"赵构成说。

"我们先查查这是什么公司。"共周思说。

"我已经查到了，全球有五十多家这样的公司，但我没有找到这家公司使用什么公司的服务器，尤其是这家公司的通信频谱。"

"你将这家公司的代码给我，我来找这家公司的通信频谱。"共周思说。

"用你的共氏算法，一定能找到。"汪行知说。

"也不是什么共氏算法，是人工智能。"

"好啦，我们别犹豫了，现在开始，晚上行动。"汪行知说。

三个人的脑思维与脑伴连接。

"思思，我已经搜索好了。所有这类公司的通信频谱都给你了。"十多分钟后赵构成说。

"我已经收到了。我在减除错的频谱，剩下的就是对的了。"共周思说。大概过了十多分钟，共周思又说，"好啦，这家公司名叫哈里鲁伊材料公司，通信频谱是KDN代码。"

"好，我们试着瘫痪他们的通信控制系统。"赵构成说。

"不对，我们不是要瘫痪他们的通信控制系统，而是要将这里的守卫撤走。"汪行知纠正赵构成的说法。

"对对对，我都急得糊涂了。思思，我们弄一条假命令，让他们的守卫放我们走。"

"好嘞！"共周思的手指划拉几下后，便听到门外叫他们的声音："喂，亚洲崽，你们出来。"

共周思他们走出房间，但刚要出门的时候，汪行知突然在他们耳伴里轻轻地说："等等，我来瘫痪他们的监控系统，让他们看不到我们。"

"是应该破坏监控系统。"赵构成说。

"我监测到了，这家公司总部有非常先进的全球监控系统，他们正利用卫星来监控这里的一切。"

"好险啊，不是你提醒，差一点被他们监控到了。"赵构成说。

"成成，把守卫也调走，免得她们看到我们。"共周思说。

"好的。"没有几分钟，几个守卫也走了。

"要不要把这里的人都放了？"汪行知说。

"我们自身难保，带不走他们的。外面的情况摸不准，带着他们万一到了疫区，反而害了他们。"汪行知说。

"好吧，那我们以后再来救他们吧。"共周思说。

"思思，现在我们往哪走？"共周思见赵构成问，他看了看四周，又看了天空。天空有一轮半弯的月亮，还有稀疏的星星。

"我们是坐直升机来的，成成，知知，我们去找直升机。"

"不用找，我已经找到啦，就在我们来时停的地方。"赵构成说。他们三个人向直升机停的地方跑去，跑了半个来小时，他们登上了飞机。

"成成，知知，你们谁会开直升机？"共周思问。

"没开过。"赵构成和汪行知回答，"不过没关系，我们有脑伴，查到这款直升机的飞行手册就行了。"汪行知说。没一会儿，这款直升机的飞行手册就出现在共周思的脑伴里，脑伴和耳伴教他怎么驾驶这架直升机。

"回布里亚机场？"共周思问汪行知和赵构成。

"回国。"

"航班已经停飞了，我们回不去了。"共周思说。

"我们改道D国。"赵构成说。

"估计D国也不让我们进。成成，你查查D国关于防疫的消息。"

"J国的飞机可以飞到D国。"赵构成说。

"我担心的是灵心和丽丽。她们没有脑伴和耳伴，音讯全无。"共周思沉重地说。

听到共周思的话，大家沉默了。直升机里除了螺旋桨的声音，没有其他的声音。

突然，直升机"嘟嘟嘟"地响了起来，黄色的灯闪个不停。

"没有油了。"共周思说。

"成成，你快搜一下附近有没有地方可以降落。"

"不好，思思，方圆一百多公里全都不能降落，下面所有小镇、村落的人都不能进，也不能出。"赵构成说。

"啊，全封锁了？"共周思关掉信号灯，但没几秒钟，信号灯又响个不停。

汪行知打开了脑伴的立体影像，看到了各个城市的路口站着不少军警，各个村落也有人在路口把守，路上没有看到车辆和行人，只有偶然几辆货车在路上行驶，估计是送日常用品的车子。

"离这里二百多公里有个小城市，那里没有戒严。"赵构成说。

"我们就去那个城市。"

"油够不够？"汪行知问。

"不够也没有办法，只能冒险了。"共周思说。

第四十一章　寻找零号病人

共周思醒过来的时候，发现自己躺在床上。一个陌生的年轻人坐在对面，他戴一个大口罩，把自己的脸都遮住了。共周思立即用眼睛找汪行知和赵构成。

"先生，你不用找了，他们就在隔壁房间。"陌生年轻人说。

"请问你是谁？"

"我叫柴禾，是中国人。"

"我要见他们。"共周思说。

"行，不过你们要先消毒，换上防护服。"柴禾说。

"你到这里是？"

"我临时到国际红十字会工作的。"

"带我去见他们吧。"共周思说着下了床。

"你去消毒，穿上防护服吧。"柴禾一抬手，一个也穿着防护服的人带共周思去消毒房消毒，换上防护服。

共周思三个人消完毒，穿上防护服被带到一个像小会议室一样的房间里。

"思思，刚才直升机要不是撞在沙丘上，我们可要客死他乡了。"赵构成试图活动活动自己的胳膊，刚一抬手，便痛得哇哇叫。

"多亏这位先生救了我们。"汪行知说。

"谢谢你！"共周思三个人赶紧过去和柴禾握手。

"不用客气，我也是刚好路过那里。你们是怎么到这里的？"柴禾和他们握手，问。

共周思将他们非同寻常的经历说了一遍。

"灵心是我们高斯市有名的慈善家，我们必须找到她。"柴禾说。

"刚才听工作人员说，你是警察，这方面你在行。"汪行知说。

"这里地域宽广，又乱，找人是件很难的事。"柴禾又停了一下说，"而且这里很落后，技术手段很难用上。"

"你们有什么技术手段，说不定我们可以帮上忙。"赵构成说。

"告诉你们，这里也没办法用得上。"柴禾对共周思他们三个并不是很了解，认为他们三个也就是科技专家而已。

"这里正在闹传染病，当务之急是要找传染病人。"

"我们可以帮你们找传染病人，但你要帮我们找到灵心和朗声丽。"汪行知说。

"你们有什么又快又好的办法找传染病人？"听到他们有办法，柴禾起身坐到了汪行知身边。

共周思自从听到"瘟疫"这个词后，立即启动脑伴里的"深度学习"系统，这是与他的脑神经相连的学习系统。他已经将病毒对人体细胞危害的机理了解得一清二楚，也对当今世界最前沿的抗病毒研究全部进行了深入的学习研究。帮柴禾找传染病人，他不会像汪行知说的那样做买卖似的用找灵灵、丽丽做交易，他愿意帮助柴禾，更重要的是要解决这里的疫情。当然，他也非常希望柴禾帮忙寻找灵灵和丽丽。

"柴警官，这里的疫情到底有多严重？"共周思问，"从报道上看，问题似乎还不是很严重。"

"这里各种势力各自为政，通信也不发达，真实情况比媒体报道的要严重得多。"柴禾说。

"我们看到这里已经封村、封城了。"赵构成说。

"现在只有顿柯市没有封城，我估计用不了多久也会被封。"柴禾说。

"顿柯市发现了传染病例吗？"汪行知问。

"发现三例了。"

"查出来是什么传播方式了吗？"

"各种报道上说，传播方式有唾液、飞沫、接触甚至空气等等。"

"知知，我估计相关的信息我们都可以查到。"共周思说。

"柴警官，这里的传染病病毒是不是叫'珊瑚'？"

"对。听专家说，这病毒外形像珊瑚。"

柴禾说的与赵构成搜到的论文里说的是一致的。

"什么症状？"共周思问。

"皮肤开始时像菊花状红肿，两三天后就糜烂。"柴禾回答后又说，"世卫组织将这种病命名为菊状红肿病。'珊瑚'病毒传染性强，致死率高。"

"而且患者会有严重的后遗症。"汪行知补充道。

"如果不尽快找到消除'珊瑚'的有效药，人类面临的将是一场大灾难。"赵构成说。

"这种病毒如果扩散到全世界估计要多少时间？"柴禾问。

"如果不进行迅速隔离，感染人群将会呈指数级增长，最多三四十天。"汪行知肯定地说。他已经在脑伴里建立了这种病毒传染物的数理模型。

听汪行知这么说，柴禾的神色越发沉重，说："那怎么办？"

"我们要立即找到第一个感染这种病毒的人。"柴禾说。

"还要摸清他的行动轨迹和接触的人群。"赵构成说，他对医学不太熟悉，但他知道事情的因果关系。

"也就是说，我们必须找到零号病人。"共周思说。

"对，就是第一个被病毒感染的人。"汪行知说。

"对，寻找零号病人是首要任务！"柴禾说，"不过，现在这里已经封城、封村了，调查开展起来有难度。"

"这里的城市和村镇不让你们国际红十字会进出吗？"赵构成问。

"不是本村和本城的人，一律不让进出。"柴禾说。

"不是还有顿柯市没有封城吗？"共周思问柴禾。

"对，现在那里还没有封城。"

"那还等什么？我们现在就去顿柯市吧。"赵构成说。

"可以，但我们怎么进去？穿这样的防护服进去，立马会被他们抓起来。"汪行知说。

"那就不穿吧。"赵构成说。

"万一被顿柯市的传染病人传染了呢？后果不堪设想。"汪行知说。

听汪行知这么说，大家都陷入沉默了，显然，他们都在思考怎么解决进入顿柯市的问题。

赵构成首先打破沉默说："我们可以乔装蒙面在夜深人静时悄悄潜入顿柯市。"

"到顿柯市具体什么地方，成成知道吗？"

"我已经搜到了，顿柯市的善鹿医院有三个皮肤红肿的疑似病人。"

"我们今天晚上就行动。"赵构成对自己侠士般的行为特别来劲，他说，"我们不能穿现在这样臃肿的防护服行动，要穿紧身的，柴警官，这里有吗？"

"有，我马上叫他们拿来。"柴禾一抬手，用耳伴让这里的工作人员拿来四套硅胶防护服。

不一会儿，一个穿着防护服的工作人员给他们送来了硅胶防护服。这种防护服穿上去就像正常的恒温服那样，非常合身。虽说从头裹到脚，但身上没有压迫感。眼睛处是透明的，鼻子处戴上了呼吸鼻套，鼻套有一个细小的波纹管与挎在腰间的小氧气瓶连接。穿上这套防护服，戴上大眼镜、大口罩，穿上一件白大褂，看起来跟医院的医生、护士没有什么区别。

"知知，你完全就像一个医生。"赵构成说。

"我本来就是一个医生。"汪行知说。

工作人员看着穿白大褂的四个人说："嗯，像个医疗小分队。"

"不是医疗小分队，是拯救人类的侠士。"赵构成拍了拍胸脯说。

"不过提醒你们，防护服连接的氧气瓶只能供氧三个小时。"

"三个小时，够了。"汪行知说。

"思思，你在想什么？"赵构成见到共周思一边穿防护服，一边在想着什么。

"没有。"共周思从思考中回过神来说。

"好了，我们脱了防护服，吃一点东西就出发。"柴禾说。随即，刚才的工作人员给他们送了来水和高能饼干。

"我们这里到顿柯市开车要多少时间？"赵构成问。

"一个小时左右。"柴禾答道。

深夜十二点，柴禾他们潜入了顿柯市善鹿医院。

"我们往哪走？"柴禾问。

"直接去住院楼。"汪行知说。

他们走到时住院楼下面大厅的指示屏前，搜索传染病病房，来回搜索了好几遍，可怎么也搜索不到传染病病房。

"可能不在这幢楼。"赵构成说。

"我们去其他地方找找。"汪行知说。

他们四个人离开了住院楼，一幢幢房子找，没有发现传染病病房。

"这里可能没有传染病病房。"赵构成说。

"知知，皮肤病人应该住在皮肤病病房吧。"赵构成问。

"是的。"

"这家医院没有专门的传染科。"赵构成说。

"任何规模大一些的医院都应该有传染科的。"汪行知说。

"找那三个病人？"共周思问。

"对，那三个病人应该住在传染病病房。"汪行知说。

"国际卫生组织已经将传染病疫情通报了全世界各个大小医院。"柴禾说。

"看这里的状况，这个医院应该没有得到通报。"赵构成说。

"皮肤病病房在七楼，我们上去看看。"共周思说。

爬上了七楼，找到了护士站，他们看到一男一女两名护士正在打瞌睡，便轻轻地将这层楼里病人的病历记录交给汪行知。汪行知以极快的速度看完病历记录后，便带着他们向楼层走廊尽头的病房走去。

他们推开病房的门。

病房里住着三个病人，他们躺在床上有气无力地呻吟着，很是痛苦。

"你叫什么名字？"柴禾对一个躺在靠门的一个病人问。

那病人用白眼翻了一下，没有回答柴禾的问话。

"不用问，床头上写着呢。"汪行知说。他走到中间那张病床那里。这个病人症状似乎要轻一点，他友好地向汪行知点了点头。

"看下你的伤口可以吗？"汪行知问。

那病人点了点头。

汪行知轻轻解开了病人手臂上的绷带。当绷带离开手臂上的皮肤时，这个病人痛得大叫了一声，把共周思他们吓了一跳。随即共周思他们看到了那个病人手臂上的伤口。伤口已经糜烂，呈菊花状，惨不忍睹。

"知知，快包上，好惨。"赵构成说。

汪行知给他包扎完毕，问柴禾："要不要再看看？"

"不用了，我来问问情况。"柴禾说。他等那个病人缓了口气，便蹲下身子，问："你是本地人吗？"

那病人点了点头。

"你是什么时候住院的？"

"一个星期前。"病人有气无力地回答道。

"刚来时是什么感觉。"汪行知问。

"手脚痒。"病人吐字有些困难。

"这伤口什么时候开始烂的？"汪行知又问。

"三天前。"病人喘着气，一个字一个字地回答。

"最近都去过什么地方？"柴禾等他喘气停下来，又问。

"刚从里卡尔回来。"仍然是吐字困难的样子。

"还去过哪里？"柴禾抓紧时机问。

"去过欧洲很多国家。"病人吐字缓慢。他将头扭到一边，显然，他不想再回答他的问题了。

"柴警官，不用问了。"共周思说，"病人昏过去了。"

柴禾试图问另外两个病人，但听到他们的呻吟声，只能无奈地摇了摇头。

"这里的医疗条件这么差，医院里其他的人会很快被传染的。"汪行知说。

汪行知的话音刚落，两个保安似的人出现在了他们的面前。

"请跟我们走。"柴禾听到了不太友好的声音。凭柴禾的职业判断，这两个人绝对不是这医院里的保安，而是训练有素的军警。他用眼神提醒共周思三个人要保持警惕，先听从这两个人的指挥。

柴禾几个人跟着两个保安下了楼。下楼后，走了一段路，他们发现了有一部面包车停在那里。柴禾的直觉告诉他，不能上车，一旦上了车，就很难脱身了。当他们正要上车的时候，柴禾向共周思他使了一个眼色，共周思早已做好了准备，出拳将身边的一个保安打倒，与此同时，柴禾又撂倒了他身边的一个保安。两个保安倒地后，他们立即向自己的车子跑去，飞快地上了车。柴禾驾驶着车子飞快地向度假村的方向驶去。到了国际红十字会驻地，他们下了车，去消毒房消毒，脱下了防护服。

"好险，差一点被他们抓去了。"赵构成说，两天的时间，已经有两次被抓的经历，他现在还惊魂未定。

"这种事，在这里是司空见惯了。"柴禾说，"我已经碰到好几次了。"

"共先生，现在的情况非常危急。按刚才那个病人所说，他去过很多地方，也接触了很多人。但具体去过什么地方，他也没有告诉我们。"柴禾说。

"从刚才那个病人的情况来看，很像是感染了"珊瑚"病毒。应该对他进行基因分析。"汪行知说。

"知知，这个我认真考虑过了，我也分析了人类多个抗病毒的方式，我认为都不是最好的办法。"

"你是不是有了更好的办法？共氏算法？"汪行知看着共周思问。

"什么共氏算法？"柴禾好奇地问，"你们还有什么更好的办法？"

"共氏算法就是做减法，或者是试错法。"汪行知说。

"如果你从浩瀚的信息里，寻找一个正确的答案，你要做的是什么？"汪行知又说。

"当然是从浩瀚的信息中找出对的来，这还用问。"柴禾说。

"但是，共氏算法是找出错的来。请问，找对的容易还是找错的容易。"

柴禾想了一下说："找错的简单得多。我明白了，找出错的删除，剩下的就是正确的。"

"我做的是加法，我将所有的相关信息传给思思，由他去试错，找出正确的东西。"赵构成见他们没有提到他的赵氏算法，觉得自己没有受重视。

"我明白了，你们一个做加法，一个做减法。"柴禾似乎明白了他们这三个人的能耐。

"其实，世界上所有看似复杂的问题都可以用最简单的加和减来解决。"共周思说。

"你们的意思是说，我们在人海茫茫中，寻找零号病人，也可以用赵氏算法和共氏算法解决。"柴禾瞪着亮亮的眼睛说。

"那是肯定的。"赵构成说，他的表情显得有些骄傲。

"知知，成成，还有柴警官，我是说，几百年以来人类都是用生物化学的方法来抵御病毒对人体的伤害。我认为这是进入了一条死胡同。"共周思思考着说。

"可是，只有这一种途径，你还有别的途径？"汪行知说。他非常佩服共周思的奇思妙想。

"可以用物理化学的方法试试看。"共周思说。

"怎么试？"汪行知问，他是学医的，对生命科学的认识是从生物科学开始的，已经用了几百年了，他还没有思考过其他的途径来认识人的生命。

"就从这里的疫情开始。"共周思说。

"从找零号病人开始。"柴禾说。

"对，从找零号病人开始。"共周思肯定地说。

"好，只要能找到零号病人，我什么条件都答应你。"

"不用那么复杂，我们三个人就行了。"

"就你们三个人？"柴禾吃惊地问。

"不止我们三个人，是整个人类。"汪行知说。

"整个人类？"柴禾更是惊诧，认为他们是在吹牛。但看这三个人的眼睛，不像是夸夸其谈。

"柴警官，你只要提供给我们高能食品和水就行了。"赵构成对一脸狐疑的柴禾说。

"成成，知知，我们现在就干。"共周思说。

"要不要把婷婷也拉进来？"赵构成问。

"那是必须的。"汪行知说。

他们三个人将会议桌搬到了一边后，坐成了一排。

"我们就从善鹿医院的那个病人开始。"共周思说。

"知知，那人叫什么名字？"共周思问。

"叫赫威斯，是J国人。"汪行知说。

"他做了人脸识别了吗？"

"已完成识别。"

"成成，找他的DNA。"共周思说。

"好嘞。"赵构成应道。

柴禾本来不想留在办公室的，现在已经是凌晨三点了，忙了一天，他想休息。但看到三个人投到会议室上的立体影像，看到立体影像里医院病人的照片，禁不住想：在医院不到一刻钟，汪行知竟然对病人进行了人脸识别，而且立即就查出了他这三个月的行踪，这三个人真神。他被他们的神奇深深打动和吸引。他搬过来一张椅子，和共周思他们三个坐在了一排。他用眼睛看了看这三个人，担心他们会不会不让他和他们坐一起，但他们正聚精会神地看着面前的立体影像，全然没有去理会他。

"赫威斯的DNA找到了。这个人到过德国柏林、英国伦敦、意大利罗马、希腊雅典，行程是三万多公里，乘坐过飞机、轮船、汽车，接触过几千人。"

"接触过这么多人，几千人应该至少接触几万人，太恐怖了。"

"成成，查查。"共周思停了一下，问汪行知："知知，菊状红肿病的潜伏期是多长？"

"查了一下世界卫生组织的报告，最长的是七天。"汪行知说。

"就从赫威斯三天前入院再向前倒推七天，应该是十天。"

第四十二章　"共氏算法"和无医生医院

"赫威斯在里卡尔国的时间比较长，有三十五天。"赵构成说。

"柴警官，这病传染最早是什么时候？"共周思问。

"三个月前吧，确切时间没人说得清楚。"柴禾回答。

"这个人应该不是第一个病人，也就是说赫威斯不是零号病人。"汪行知说。

"重中之重是将这三个病人隔离。"

"这个国家不仅穷，还各自为政，很难控制病毒的传播。"柴禾忧心忡忡。

"婷婷，你现在把设计'时空折叠号'的事先放下来，和我们的脑伴二十四小时连线，参加我们这里抗击'珊瑚'病毒的行动。"共周思用脑伴和舒玉婷联系。

"你们在哪里？"舒玉婷有点吃惊，"抗病毒，那是生命科学的事，我们是外行。"

"哈哈，婷婷，千百年来很多科学就是被外行挑战和改变的。"赵构成说。

"好吧，我喜欢挑战和改变。"舒玉婷说。

"思思，灵董事长每天都要问我有关灵灵和丽丽的消息。"舒玉婷又停了一下，说，"思思，很奇怪，紫光公司的董事长刚才也问我灵灵的消息。"

"紫光公司董事长齐天航？"共周思问。

"对，齐天航还问我们有什么要他帮忙的。"

"紫光公司可是世界顶级公司，思思，有他们帮忙，我们就好办了。"汪行知说。

"齐天航这么热心地找灵灵，太难得了。"赵构成说完看到汪行知提醒他不要接着说下去的目光。

"知知，我们现在要做几件事。"共周思眼睛紧盯着立体影像，说，"首先，找出菊状红肿病人和疑似症状的病人，立即隔离。"

"仅顿柯市就有二十多万人口，J国人口也有三千多万。各个地方封村、封城，很难隔离。"柴禾无奈地说。

"要想办法。必须想办法，疫情紧急。"共周思说。

"思思，这些都是J国的事，我们没有那个责任，更没有那个能力。"赵构成说。

"是啊，思思，那需要很多很多的人力、物力和财力。我预测，仅医护人员就需要几万人。"汪行知同意赵构成的话。

"婷婷，你有什么好办法吗？"共周思见汪行知和赵构成不想管抗疫的事，就问舒玉婷。舒玉婷回答说，她一时还没有想好。

见他们都不同意自己的意见，又用目光征求柴禾的意见。柴禾也如实地说："条件不允许。"

"知知，成成，我们的'时空折叠号'是干什么的？"共周思问。

"寻找引力场啊。"汪行知说。

"引力场是什么？"共周思又问。

"引力场可以使光线弯曲、时空折叠。"赵构成说。

"我们找这个引力场干什么？能找到吗？"

"用自然光生产又轻又硬又韧的高强度材料呀，但希望渺茫。"赵构成说。

"希望渺茫我们还要找，为什么？"共周思问。

"我们是要改变世界。"汪行知明白了共周思的意思。

"目前，'珊瑚'病毒威胁着人类，将给人类造成巨大的灾难，我们怎么办？"共周思启发性地说。

"思思，我们要拯救人类，对不对？"赵构成说，听到"拯救人类"这四个字，共周思立即想起在乌村大槐树下与灵心的讨论。灵心说他追求科学是要改变世界，共周思说灵心救助世界上的苦难和弱小是拯救世界。现在，人类将面临一场巨大的灾难，如果灵灵在这里，一定会支持自己抗击病毒的决定。

赵构成听说拯救世界，立即激动地说："思思，你说怎么办，我听你的。"

"对，我们不光要改变世界，还要拯救世界。思思，一切听你的。"汪行知也激动了。

"改变世界和拯救人类是一个意思。"柴禾被眼前几个人的抱负感动了，他一挺胸，说，"我能做什么，你们尽管吩咐。"

"这个问题其实也很简单，不需要那么多的雄心壮志。"舒玉婷突然冒了一句。

"简单？婷婷，你是不是找到了办法？"赵构成见舒玉婷说得轻飘飘的，有些不理解。

"用机器人啊。"舒玉婷说。

"还有无人机。"共周思接着说。

"对呀。"赵构成立即一拍大腿说，"婷婷，你真不愧是我们的工艺工程师，知道从什么地方切入。"

"这个早就有了，我们不是给灵心的慈善基金会设计过机器人护理系统吗？"

"对，用机器人解决医护人员短缺的问题。"汪行知说。

"不是解决，而是根本就无需医护人员。"共周思说。

"无医生医院。"汪行知说。

"不过……"舒玉婷说。

舒玉婷的话还没说完，柴禾立即说："不过什么，舒小姐，如有什么困难尽管说。"

"我不知道到底有多少病人。"舒玉婷说。

舒玉婷这样问，大家都不吭声了。具体多少人，谁也不清楚。

"婷婷，从成成搜索的初步情况来看，估计有上万病人。"共周思说。

"好，我按人与机器人一比十的比例计算。"

"那可是意味着需要几十万个机器人啊。"柴禾惊叹了一声。

"没有一比十，至少也要一比五或一比六吧。"舒玉婷说，"思思，我们上哪里去找这么多机器人，时间又这么短。"

"这个你不用管，你现在就设计无医生医院。"

"还需要药品。"汪行知说。

"你们那里有医院可以利用吗？"舒玉婷说。

"这里的医疗条件很差，婷婷，你就在一块平地上建一个治疫医院吧。"共周思说。

"我已经向全世界发出了请求，现在有几十家公司答应提供医院的设施。"赵构成说。

"思思，关键是运输。"汪行知说。

"用运输机。"

"这里的航班已经停了。"

"那就用无人运输机。"共周思反应很快。

"这可要巨型运输机。"舒玉婷说。

"婷婷，还记得我们的'曲光号'实验车吗？"共周思问舒玉婷。

"记得，我现在设计的'时空折叠号'更先进。"

"车里的设备仪器不仅很轻，还可以自动折叠。"共周思看到赵构成有事找他，便说，"婷婷，不跟你说了，这治疫医院要超先进超一流。你和知知多商量。"共周思转身问赵构成："成成，你有什么事？"

"紫光公司，也就是齐刚父亲的公司可以提供大型无人运输机，而且提供一万个各类护理机器人。"

"很好。"

"世界各大公司都纷纷要求参加这一行动。"赵构成说。

"我们这次叫什么行动？"柴禾问。

"我们这是人类的自救行动，我们就叫'方舟行动'吧。"共周思说。

"诺亚方舟，好，叫'方舟行动'，这个名字好，贴切。医院取什么名？"柴禾说。

共周思想了一会儿说："叫'神舟医院'吧。"

"事不宜迟，现在应该立即去找建神舟医院的地方。"说完，他对柴禾说："柴警官，这'神舟医院'的地址就要劳你大驾了。"

论破案，不管是大案、小案、要案、重案甚至是奇案，柴禾都能破，但这找地盘的事，他却不知道怎么办，他现在的身份仅仅是一个国际红十字会的工作人员，他的警官身份还没有公开，他在犹豫。但他看到了共周思的目光，他一咬牙说："行，选址的工作交给我吧。"他想，面前的三个人和自己的年龄相仿，敢于挑起这抗击疫情的大任。自己只是选址一点小事，比起他们，难度小很多。

共周思看到柴禾为难和犹豫，说："柴警官，我和你一起去找建神舟医院的地方吧。"

"我们一起去吧。"赵构成和汪行知说。

"不用，你们继续做你们的工作吧。"

"思思，灵董事长告诉我，他准备捐一万个机器人。"赵构成说。

听到赵构成说灵剑柔，共周思立即想到了灵灵和丽丽，想到她们现在就可能在疫区，心很痛，真想丢下一切去找她们，但他知道，这里的疫情十万火急。他只有在心里祈祷，愿上天保佑她们。等处理好这次疫情，就是找遍天涯海角也要找到她们。

"柴警官，我们先看这里的地图。"共周思手指在脑伴划拉了一下，这里方圆几百公里的地形、地貌图像清晰地展现在他们四个人的面前。

"知知，你看看这些地方，哪里适合建神舟医院。"共周思问。汪行知正在设计神舟医院的多维立体影像，医院可全方位旋转查看。

"目前我和婷婷计算这神舟医院至少要十平方公里。"汪行知将医院模型投到影像上对共周思说。他看着面前的立体影像，用手指着影像说："这里应该最好。靠着大海，阳光充足，地势平坦。"

"查一下，这地方是谁的。"柴禾也划拉着影像说，"这块十平方公里的地，由一、三、五号地组成，分属三个地主，从这三个地主的资料来看，都不太友好。汪行知你再看看有没有十平方公里的地属于一个地主的。"

听柴禾这么说，汪行知又划拉着手指，眼睛盯着影像看："没有，只有那一块地最好。"

"柴警官，我们去找三块地的地主吧。"共周思说。

共周思和柴禾离开会议室，去消毒间消了毒，换上了防护服，便出了门。一出门，抬头一看，已经是晚上了。这时他们才记得已经一天没有吃东西了。

"我们先去找三号地的地主吧。"柴禾说。

"可以。"共周思说。

他们上了车，车子飞快地向三号地的地主家驶去。

他们来到了临海的一群房子前，下了车，往前走了几米，便来到了房子的大门前。柴禾很奇怪，这里既没有门岗，也没有狼狗。院前面除了几盏灯没有看到任何东西，他们很是奇怪。正当他们不知道如何进去找三号地的地主时，院门前出现了一个大屏幕，屏幕里出现一个衣着考究的白人男子。

"二位先生，你们找谁？"那位白人男子问。

"我们是国际红十字会的，想找瑞诺先生。"柴禾讲。

"我们主人已经睡觉了，你们明天再约吧。"

"对不起，我们有急事，要见瑞诺先生。"

"你们预约了吗？"那白人男子又问。

"没有。"共周思说。

"没有，你们明天再约吧。"白人男子有些不耐烦，"你们走吧。"说完，准备关屏幕。

"等等，先生，我们有很重要的事要找瑞诺先生。"柴禾赶紧说，"如果你不转告瑞诺先生，耽误了瑞诺先生发财，你要负全部责任的。"

听说有发财的事，那白人男子才没有关屏幕。屏幕里，共周思看到男子对着里面说了几句话，没有一分钟，柴禾二人听到了屏幕中的声音："请进，瑞诺先生在会客室等你们。"这时，大门开了。

一进大门，一个英俊的青年非常客气地将柴禾和共周思领到了这座城堡似的房子里，带他们到了会客室门前，那英俊青年敲了敲门，听到里面的声音："请进。"推开了门。

会客室的布置没什么特别，只有几张布艺沙发而已。

"请坐。"一个身材魁梧的人说。他看到柴禾和共周思坐下后，跟着也坐下，一挥手，从墙壁里伸出了一个盘子，盘子里有两个杯子，一个水瓶。他将两个杯子放到柴禾和共周思的面前。

"请问你是瑞诺先生吗？"柴禾一坐下就问。

"是的，你们是国际红十字会的人，难怪你们戴着大口罩。"瑞诺用一双警惕的眼睛看着柴禾和共周思，"红十字会租了德林丽曼度假村，每天神神秘秘的。"

"瑞诺先生，我们想租你在海边的三号地。"柴禾说。

"那块地我正准备建度假村，不租。"瑞诺说。

"我们有很重要的用途。"共周思说。

柴禾想，这家伙想敲诈才故意说要做度假村的。那里杂草一片，估计已经落荒一二十年。

"很重要的用途，也不租。"瑞诺说。

柴禾看这家伙无非就是想多要些钱。

"共先生，既然瑞诺先生不租，我们就另想办法吧。"柴禾说着便装着要离开似的。

可是共周思没有理会柴禾的意思，接着说："我们愿意出很高的租金。"

瑞诺见柴禾要走，而共周思愿意出高租金，便装着不情愿的样子说："我要收比平常高三倍的租金，否则免谈。"共周思和柴禾用眼神商量了一下，他们知道，现在时间极其紧迫，每秒钟都关系到成千上万人的生死，别说是三倍的价格，就是五倍的价格也得出。

他们离开了瑞诺的城堡，又去了一、二号地的地主那里，说服他们倒没有费很大的工夫。其中一号地的地主，听说要建医院，便说不要一分钱的租金，但柴禾还是按时价给了他三倍的租金。

谈完了租地的事，他们又去了一、三、五号地实地察看了一番。

"柴警官，知道为什么要选海边吗？"共周思说。

"当然是为了便于隔离病人。"柴禾说。

"不完全是。更重要的是靠海边可以解决饮水问题。"共周思说。

听共周思这样说，柴禾想了想说："确实是，这里建医院，最关键的是饮水问题。建在其他地方缺水的问题很难解决。这个国家缺水。"

"这里的海水可以淡化。"共周思说，"柴警官，我们回去吧。"

"行，我们回去吧。"

他们两个人上了车，上车后，柴禾一边开着车，一边问："共先生，你准备花多长时间来建医院？是一个月还是两个月？这里的疫情等不了那么久。"

"如果在我们国家，三天就够了，在这里估计要四天。"

"四天？"柴禾的脚下意识地刹住了车子，惯性使他们两个人的身子往前冲，额头差点撞到车子前面的玻璃上。

"对呀，四天。"共周思肯定地说。

"这可是一座容纳一万个病人的医院，你四天就可以完成？"柴禾从震惊中缓了过来，车子向德林丽曼度假村驰去。

"还有，四天从哪里找来几万名医生护士，这个国家全部加起来也没有。"柴禾吃惊地说。

"我们不是要建无医生医院吗？"共周思说。

"婷婷，医院设计好了吗？"共周思没有去理会柴禾的惊讶，只是挥手将耳伴和赵构成、汪行知和婷婷连线。

"我们三个人将全世界的设计方案、图纸集中，还有半个小时就可以给你做减法了。"

"方案图纸生成后，立即安排无人运输机，要快。"共周思说。

共周思用耳伴和汪行知他们讨论如何加快建设的速度时，柴禾开着车子进了度假村的大院门，到了刚才小会议室房子的门口。此时，已经是凌晨三点了，共周思他们进了消毒间，换下了防护服。

"知知，成成，怎么样，医院的设计图纸完成了吗？"共周思一进会议室就问。

"我这里已经有一百多万套神舟医院的设计图了，就等你来做共氏减法，从中挑出最好的。"赵构成说。

"不是最好，而是更好。"共周思立即一挥手，打开脑伴，柴禾立即看到医院的模型快速地闪过，速度比闪电还快。不到三分钟的工夫，只听共周思说了一声："好了。"他脑伴的立体影像里，一个梦幻般的超现代化的立体建筑模型出现在了他们四个人的面前。影像让他们有身临其境的感受。这哪里像医院，简直是七星级的豪华宾馆。

"里面有很多人。"柴禾说。

"那是机器人。"赵构成说，"每个病人至少有十个机器人服务。"

"你计算一下一共需要多少机器人。"共周思问。

"原来我设计是按一比六的比例配备机器人的，后来听成成说，全世界有很多国家、公司愿意捐机器人，所以我就按一比十二的比例来设计了。"

"这样会增加运输压力。"共周思说。

"没有问题，这次建神舟医院的所有物资的运输不存在任何问题。"舒玉婷说。

"思思，你太不够意思了，怎么把我落下了。"此时程颖的脑伴立体影像连进了会议室。

"颖颖，你主要是处理时空折叠公司的事，这里全是高科技的事，你插不上手。"赵构成说得有些得意。

"谁说我插不上手？我可以给你们端茶倒水呀。你们别想撇开我。"程颖看起来有些生气了。

"共先生，这么大的工程，怎么施工？谁来组织？谁来指挥？谁来担任医院的院长？等等，这些问题都考虑好了吗？"柴禾用疑惑的口气问。

"这个你放心，柴警官，这几天，你就好好睡觉，或在这里看看我们的热闹。"汪行知说。

"四天后，柴警官，你将在海边看到一个用'共氏算法'建起来的超炫的无医生医院。"赵构成说完便聚精会神地盯着脑伴，双手划拉个不停。

柴禾看看共周思三个人，还有会议室立体影像里的舒玉婷和程颖。他想离开去自己的房间休息，但他不能离开，这里也许需要他，这可是关系到几万、几十万甚至几千万人的生死。柴禾轻轻地将自己的椅子移开，坐在那里看他们全神贯注，双手飞快地划拉着。

会议室里静得出奇。

第四十三章　DNA无人机

一分钟过去了，一刻钟过去了，一个小时过去了，两个小时过去了，会议室里还是很静很静，除了共周思三个人和舒玉婷、程颖她们的立体影像，没有任何声音。

因为担心共周思他们有什么要他做的，柴禾没有离开会议室。他迷迷糊糊地睡睡醒醒了好几次，看到他们三个人繁忙的手，觉得自己没什么可以帮上忙的。但当他蒙蒙眬眬要睡过去的时候，听到了共周思的声音。

"知知，建神舟医院的流程设计好了吗？"共周思问。

"快啦。"汪行知回答，"不过，思思，医院的院长还是很难找。"

"找院长的事我来办。成成已经找到了一百年来三百个全球顶尖医院院长的个人信息。"共周思说，"知知，你还要将全球各科顶尖医生发表的论文、他们写过的病历和病人的检查资料找出来。"

"行，我会将这些信息打包转给你。"

"我建议，先按照现在医院的建制设置呼吸科、传染病科、消化科、皮肤科等等，再将这些功能相似的科室合并组合，尽量简化科室设置。"汪行知说。

"重新设置神舟医院科室的工作，可以用机器人去完成。"赵构成说。

"我正是这样做的。"汪行知说，他停下手，想喝一口水似的，柴禾见状将一个小茶杯递到了他的手里。

"找医院各科室主任的事由知知完成。"共周思说。

"成成，你将全球近一百年优秀的传染病医生发表的论文、看过的病例搜给我。"汪行知说。

"知知，你再将些人的论文、病例压缩成信息包交给机器人公司。机器人公司会将信息包输入机器人，机器人会自我学习自我提高。你在机器人公司提供给你的机器人科室主任中选一个更好的医生当科室主任。"共周思说。

共周思说完，会议室里静了下来，显然，他们在按照共周思的要求，各自用脑伴紧张地工作着。

"思思。"舒玉婷叫了一句共周思。

"等等，婷婷，我忘了一个事。"共周思突然想起了什么说，"是很重要，很麻烦的事。"

"什么事？"汪行知、赵构成和舒玉婷还有一直在影像里的程颖同时说。他们知道，如果共周思说很麻烦的事，肯定是一个他们这些人解决不了的事。

"无论是从空中、海上还是陆地运输机器人、药品、食品到这里，都要经过J国当局的许可。"共周思忧虑地说。

这是一个与科学技术无关的问题，在座的人沉默了。静了一会儿，共周思将目光投向柴禾，意思是说这是目前第一重要的事，只有你能解决了。

柴禾看到共周思这样看着自己，一时不知如何回答。找J国的部长，以他的身份是不可能的，何况还要让这里的最高当局同意开放J国的领空领海，更是不可能的事。可看到共周思这些人正在做天底下无人敢干的事，就觉得自己也应该冒险去试一试、闯一闯。他咬一咬牙，说："这事包在我身上。"

天好像亮了，柴禾拉开了窗帘，海边的朝霞出现在他的眼前，他本想大叫："啊，天亮了，看，多美丽的朝霞。"但看到已经两天两夜没有合眼，现在还坐在那里不知疲倦地工作的三个人，便没有喊出声。

共周思他们全然没有注意到霞光已经照进了这个小小的会议室，听到柴禾答应找J国当局开放领空、领海的事，共周思又将眼睛盯到了他脑伴的立体影像上。

"思思，我们向全球征集建神舟医院的物资、材料、食品、药品、动力系统、海水淡化系统、防护服等等的要求已全部完成。"赵构成打了一个哈欠，想站起来，他站起来的时候又说，"各科顶尖医生关于治疗传染病毒的论文、传染病人的病例以及诊断报告也全部搜集完毕传给了知知。"

"我已经将你的信息打包，传给了各机器人公司。"汪行知盯着立体影像说，"但各个机器人科室主任的想法不一样，很难选择一个更好的。"

"这不关我们的事。"赵构成明显有些困，准备关掉脑伴，打一下瞌睡。

"聪明人的想法是很难统一的。"程颖虽说没有具体的任务，但她一直在影像里和共周思三人一起，"不过思思的共氏算法一定能够找到一个最好的解决方案。"

"不，颖颖，我们只有更好的，没有最好的。"赵构成本来准备靠在椅子上睡一会儿，听到程颖的声音便说。

"对，对，我们的口号是没有最好，只有更好。"程颖急忙说。

"这些机器人头脑真是发达，学习能力也极强，而且每秒钟都有变化，认识时刻都在提高，我不知道哪个更好。"汪行知说。

"还是用思思的试错法吧。"程颖说。

"不能再等了，我来找出更好的吧。"共周思说。

"思思，我们应该考虑如何找到传染病人。"舒玉婷在立体影像里对共周思说。

经舒玉婷一提醒，共周思才想起他们最重要、最难的工作就是找到零号病人和传染病人。据报道，这里仅仅发现了三个皮肤有菊状红肿的病人，但肯定不止这三个，很有可能的是这家医院里的所有人已经被感染。共周思想到赫威斯糜烂的皮肤，心里就揪心般地难受。"必须将这三个人隔离。"共周思心里说，"不，要对整座医院隔离。"可是他认识到他没有能力做到，不将这三个人不隔离，不将整个医院隔离，很快，'珊瑚'病毒就会传播到整个顿柯市，最终将传播到J国，传播到全世界。一想到病毒传染是呈指数级增长的，共周思腾地站了起来，说："成成，我们必须改变思路，病人的隔离是目前最重要的。"

"医院不建了？"汪行知问。

"没有医院，我们怎么隔离传染病人？"汪行知说。

"我们的神舟医院建设要加快。"共周思说。

"神舟医院的建设速度必须加快，原计划四天，现在必须在两天内完成。"共周思又说。

"四天已经是神速了，两天内怎么可能？"汪行知说。但他看到共周思不容置疑的目光，"好吧，你说怎么办就怎么办吧。"

"明天晚上我要看到神舟医院出现在一、三、五号地面上，能够收治菊状红肿病人。"共周思严肃地说，这种严肃的表情，汪行知他们不知领教过多少次，只是立体影像里的程颖看得有些吃惊。她从来没有看到过共周思这么严肃的表情，在她的印象里，他是一个谦和的人。

"我已经在我脑伴里为'方舟行动'任命了神舟医院院长，名叫龙精海，意思是精卫填海。"共周思说，"建医院的事全部交给它，它会按照我的指令完成明天晚上神舟医院的建设。"

"立即启动运输计划。"赵构成看到共周思有些激动，自己也跟着激动起来。

"我再说一遍，神舟医院工程全部交给龙院长，我们全部的精力要转到寻找传染病人上。"

"可是思思，这里的领海、领空开放许可，我们还没有拿到。"赵构成说。

"我来问下柴禾。"共周思说完，立即将他的脑伴传到柴禾的立体影像里，只见柴禾正坐在一条长凳上，显然是在排队等候。"柴警官，许可证的事怎么样了？"共周思问。

"我正在等候部长的接见，可是部长还没有上班呢。"影像里的柴禾说。

"拿到许可证还要多久？"共周思急问。

"还不知道，看这里的办事效率，没有十天也要一个礼拜。"柴禾说。

"思思要求明天就要在海边看到一座神舟医院。"赵构成说。

"医院建设不是计划四天吗？现在怎么变成两天了？"柴禾惊讶地问。

"柴警官，今天下午六点之前，必须拿到海空通行许可。"

"不可能，你就是杀了我，我也办不到。"柴禾不像汪行知他们，没有领教过共周思的厉害。

"今天下午六点之前必须拿到许可，不管你是用什么方式，哪怕是用枪指着部长的脑袋。"共周思看到柴禾对他的要求感到不满的样子，这才反应过来，自己面前的不是知知、成成，而是一个与自己并不十分熟悉的警察。他调整了自己强硬的态度，缓和了一下口气，说："柴警官，知知已经将J国交通部部长府邸的影像和位置发给你了。如果医院里的三个传染病人不马上隔离，将会有很多人痛苦和死亡，赫威斯的痛苦你是看到过的。"

柴禾听到共周思的这些话，对刚才的态度感到抱歉。而后面的话，深深触动了他。现在疫情十万火急，耽误的每分每秒都要付出生命的代价。共周思他们在两天内可以在平地上建出一座一万个病床的医院，而自己连一个许可证都搞不定，自己还是一个警察。"我无论如何都要按时完成任务。"想到这里，他站起身，一挥手打开脑伴，看着赵构成发给他的部长府邸的地图，看着脑伴里的时间，还有八小时。他急急地下了楼，拦住了一部车，将手枪对着开车的人，一把将他拽下了车。他将车子油门踩到最大，飞快地向部长官邸驰去，路上的红灯也不管。

"柴警官，去见部长，你要说你是约翰吉尔钻石公司的。"赵构成对柴禾说。

"为什么要说是钻石公司的，就说我是国际红十字会不就行了。"柴禾不明白为什么要说自己是钻石公司的，难道部长怕钻石公司不成？

"这个部长特别喜欢钻石，尤其喜欢约翰吉尔公司的紫色钻石。"

"部长的爱好都知道了，坐在小会议室里能知道那么多事，还真是神了。"柴禾心想，如果自己想要知道一国部长的爱好，还须到公安数据中心报批。

"柴警官，我已经黑进了部长府邸的保安系统。你就装作是里面的工作人员，大摇大摆地直接进部长办公室就行了。"赵构成用耳伴对柴禾说。

"这伙人还真有能耐，好像什么都能搞定。既然这样，干脆用高技术做个假的海空通行许可证不就行了，还要我花这么多周折跑到这里来。"但柴禾转念一想，也许是他们不能那么做。现在不管用什么方法，早一点拿到许可证才是最重要的。

按照脑伴里赵构成提供的指引，柴禾很容易就来到了部长府邸，赵构成帮自己顺利地避开了总统府的安保系统。但如何叫部长听自己的呢？

这可不是一件容易的事。柴禾下意识地摸了摸自己腋下的手枪，如果实在不行，就只有来硬的了。他是警察，优秀的警察，而且屡破奇案，但这次却要闯入军阀出身的部长办公室，说服这个部长，这还是第一次。他心里直打鼓，但就是上刀山下火海也要闯。他咬了咬牙，抬起手准备敲门时，耳伴里传来了共周思的声音："柴警官，不用找部长了，海空通行许可拿到了。"

听到共周思叫他不用找部长，柴禾紧绷的神经一下放松了下来，但同时又感到遗憾，心想这是哪一出啊？对刚才准备说服部长，实在不行就准备绑架的预案胎死腹中，他有些遗憾。

柴禾不知道，共周思看到柴禾排队等待部长接见的时候，就认为必须有第二套方案以备万一。正好，脑伴里程颖对他说："思思，齐刚找你。"

"齐刚？"共周思一下子没有反应过来。

"对，就是齐刚，紫光公司老总的儿子齐刚。"程颖说。

"共周思，我爸爸叫我问你，许可证的事进展得怎么样了。紫光公司的无人运输机装着机器人正准备出发呢。"齐刚脑伴里的影像也投到了会议室里，一时间，会议室的空间显得有些小了。

"我们还在找。"共周思说。

"听说那边闹瘟疫，灵灵、丽丽现在很有可能在那里，很危险。我爸爸说叫我……"齐刚停了一会儿，一副不愿意说又不得不说的样子，"听从你的指挥，有什么要求你尽管提出来，只要能找到灵灵和丽丽，把她们安全地带回家，紫光公司的资源由你支配。"齐刚又停了一下说，"灵伯伯也是这样要求我的。"

"谢谢齐总，你们已经捐了一万个机器人和无人运输机，灵总也提供了一万个机器人，非常感谢了。"

"共周思，我准备去你们那里。"齐刚说。

"我们这里已经封航了，海上、天上都不允许进。"共周思说。

"没关系，我开潜艇去。"

"你有潜艇？"共周思惊讶地问。

"我爸爸的私人潜艇。他不仅有潜艇，而且还有太空船呢。"齐刚得意地说。

紫光公司有太空船，共周思听说了。只是太空船只有两艘，现在也用不上。"潜艇太慢，到这里没有三天也到不了。"共周思说。

"最多一天就到了。我先坐快艇到靠近J国的公海，再从公海潜入J国的领海，不到一天就可以到你们那里。"齐刚能来，多个人多份力量，再说他的身后还有紫光公司，应该说是一件好事。

"你必须穿防护服来。"共周思提醒齐刚。

"对了，齐刚，灵总的霞光公司在J国有办事处对吧？"共周思好像听灵剑柔说过。

"我爸爸公司也有，在你们那里的顿柯市就有分公司。"齐刚说。

"不知齐总和这里的交通部部长熟不熟。"共周思问。

"什么事？"

"我们的神舟医院靠顿柯市海边，J国已经封航了，需要J国交通部部长签署一份通行许可。"

"这事好办。"齐刚说完，他看到立体影像里的五个人瞪大眼睛看着他，看得他有些不好意思，说，"J国的部长都爱财，给他足够多的钱就可以了。"

"这不是行贿吗？"共周思说。

"这事你们别管了，交给我吧。"齐刚说。

共周思看着影像里的齐刚转身丢下一句话："我明天就到你们那里。"

"紫光公司和霞光公司就是牛。"舒玉婷说。

"世界上其他公司的物资，也已经准备装机了。"赵构成说。

"共周思，我爸爸公司在顿柯分公司的曲总叫我告诉你，J国已经签发了领空领海通行许可。"共周思他们的耳伴里传来了齐刚的声音。

"紫光公司真是神通广大呀。"赵构成说。

"不愧是世界首屈一指的高科技公司。"共周思说。

"好啦，医院的事搞定了，接下来就是解决如何寻找传染病人的问题。"舒玉婷说。

"按照生物科学的办法，首先要有症状的病人到医院就医，医院根据症状做检测。"赵构成说。

"检测项目有血液、心脏、血压、X光、CT、磁共振等等。"汪行知说。

"传染病主要检测什么？"程颖问。

"主要是基因检测，可以测出人患的是什么病。"汪行知说。

"好啦，什么检测细胞质、细胞膜、DNA、RNA、基因、线粒体等等，中学就学了，给人治病，都是吃药，发高烧了就打抗生素，几百年来一直如此。"程颖说。

"传染病病毒问题一直没有解决。"汪行知说。

"人类单用生物技术来解决病毒问题不是更好？"共周思说。

"思思，你有什么好的办法？"汪行知问。

"必须改变。"共周思说。

"思思，你又要改变世界？"程颖说，她特别喜欢听共周思说改变。为了要回实验室和数据库，她记起了在法庭上最后的陈述："我们无权要求你们改变世界，但请你们保护我们改变世界的权利。"她清楚地记得坐在台上的法官听到她这句话时眼睛发亮。改变，使她赢得了那场官司，现在程颖在法律界名声大震。

"细胞、基因、DNA、蛋白质甚至病毒都带电荷。人体是弱电场微平衡。"共周思边站起身，边说，"我的脑伴里的深度学习系统已经将人类近一百年有关病毒侵害人体健康的论文全部学习完毕，但如何才能彻底抵御病毒，现在仍然没有找到一个更好的办法，尤其是传染病毒变异快，随时都可能袭击人类，难以防范。"共周思停顿了一下，提高声音说，"放弃人体是生物体的模式，而是将人体作为一个带电体。我们研究人体就是研究人体的电场。"

汪行知一听到共周思的话，眼睛一亮，脑海里重复着共周思的话："放弃人体是生物体的模型，而是将人体作为一个带电体。"太妙了，太妙了。

"这样问题就简单了，我们寻找传染病人，就只要检测这个人的电阻就行了。"赵构成深受启发地说。

"可全世界这么多人，每一个个体的每个瞬间的电阻值都不一样。"汪行知说。

"我不管每个人每时每刻的电阻值，我只要'珊瑚'病毒吞噬人体细胞引起人体DNA电荷变化的电阻值。"共周思说。

"人体病变会引起人体电场的改变，这个改变的电场必定会发出异变的电场信号。"汪行知说。

"这个电场信号的电磁波就会被侦测到。"舒玉婷说。

"问题是人体的电场信号非常弱，远程很难监测到。我们不可能到每一个人身上去检测吧？"程颖凭逻辑推断说。

"用无人机啊。"共周思说。

程颖见影像里的人听到共周思说用无人机检测人体电场信号时，都用欣喜的眼神看着他。她沉默了一会儿，问："这无人机叫什么名字？"

"叫……"共周思想了一下，说，"DNA无人机。"

"绝！"汪行知双手一拍说。

第四十四章　让病毒无处可藏

"用DNA无人机对人体进行扫描，关键是设计识别'珊瑚'病毒的软件。"汪行知说。

"我来设计。"共周思说。

"病毒会变异，而且变异速度非常快，捕捉十分困难。"汪行知说。

"这就需要软件识别反应非常快。"赵构成说。

"没关系，有量子计算机，用于甄别特定的传染病毒，没问题。"

"思思，DNA无人机要小，不能引起被测人的注意。"舒玉婷说。

"是微型的。"共周思说。

"需要很多，仅顿柯市就要几十万个。"赵构成说。

"没有必要一对一监测，可以分区域扫描侦测。"汪行知说。

"发现菊状红肿病人后，立即进行隔离。"舒玉婷说。

"最困难的是，谁来实施隔离病人的工作？"程颖说。

"只能用机器人。"

"如果病人不同意呢？这里的人防疫意识不强，仅凭我们的DNA无人机检测结果，他们是不会相信的。"程颖提醒大家。

程颖的话在理，技术问题好解决，社会问题他们一下没有办法。

会议室里又静了下来。

"呦呵，怎么这么安静，刚才我在外面听到各位的讨论还是很热烈的嘛。"柴禾走进会议室说。

"不是有神舟医院吗？"

"是将传染病人送到神舟医院，这种事很难办。"共周思将他们讨论遇到的新问题和柴禾说了一遍。

"用机器人、无人驾驶汽车送就可以了。"柴禾立即说。

"这么简单的事，我们怎么会没有想到。"赵构成说，"关键是传染病人不同意怎么办？"

"这还不简单，对于病人、传染病人，不要告诉他实情，就说检测身体不就行了。"柴禾说。

"骗人，好主意，柴警官，不愧是警察出身。"赵构成的话也不知是不是在夸柴禾。

"这不好吧？"共周思说。

"我们是为病人好，有些善意的谎言比真话有效。"柴禾说。

"还有，顿柯市街道上空突然出现那么多无人机，街面上突然出现那么多机器人和救护车，会不会引起恐慌？"程颖说。

"这个好办，叫顿柯市戒严就行了。"柴禾说得很轻松。

"戒严同样也会引起恐慌。"程颖说。

"我看问题没有那么严重。思思，我们不要管那么多，没有什么方案是可以十全十美的。"舒玉婷说，"还有，思思，我们也可以用这种方式找灵灵和丽丽。"

"对呀，我们用无人机找灵灵和丽丽。"赵构成说。

用无人机找灵心和朗声丽的想法，共周思在刚才提出用DNA无人机甄别"珊瑚"病毒时就想到了，只是没有说出来。

"我们不要浪费时间讨论了，立即设计DNA探测无人机模型。"赵构成说。

"模型已经在我的脑伴里了。成成，按照我的模型向全球无人机公司发出生产这种DNA无人机的请求。"共周思对赵构成说。

"好的，我立即办。"赵构成答应了一声，立即在他脑伴的立体影像上划拉着。

"还有，建立一个'珊瑚'病毒分析模型，将DNA无人机侦测到的信号进行病理分析。"汪行知说。

"数字化的'珊瑚'病毒分析模型我已经建立。成成，将我的模型向全球发布，让有能力的机构提出治疗意见，将这些意见汇总给我，要快。"共周思说。

"思思，全球有三万多家公司愿意生产DNA无人机，这些公司按照你的数据模型提出了很多建议。"赵构成说。

"你转给我。"共周思的手在脑伴的立体影像上飞快地划拉着。

"思思，'珊瑚'病毒的分析模型也有上亿条意见。"赵构成说。

"传给我吧。"共周思说。

柴禾看到赵构成在做加法，共周思在做减法，两个人合作默契。看到自己没有什么事可干，便给他们每个人端了一杯水，轻轻地放在他们方便拿的地方。

"好啦，我的任务完成了。思思，同意生产DNA无人机、无人救护车和护理机器人的公司有四万五千六百三十一家，对治疗'珊瑚'病毒分析模型提出意见的有三亿零九百万条。"赵构成说，他顺手拿起柴禾放在他手边的水杯，连喝了几口。

"好了，选了八家无人机、无人救护车、护理机器人公司，治疗'珊瑚'病毒数学模型已经确立。"共周思说。

"成成，DNA无人机和无人救护车现在就要开始生产。"汪行知说。

"对，最好是神舟医院建起来时，DNA无人机、无人救护车也到了。"舒玉婷说。

"没有问题，我现在就向全球发，说我们这里要十万架DNA无人机和一万辆无人救护车。"赵构成说。

"别忘了，还需要一万个救护机器人。"汪行知说。

"思思，神舟医院的院长选好了吗？"舒玉婷问。

"已经在齐天航的无人运输机上。它现在在我的脑伴里。"共周思说。

"让我们看看？"程颖说。

"它正在休息，明天这里的任务，它最重。"共周思说。

"说到休息，各位，你们已经三天两夜没有合眼了，大家还是休息休息吧。"柴禾已经搬来了四张折叠床，他按了一下每个折叠床的小开关，折叠床就自动展开了，"现在我们上床睡觉，谁也不许再讨论工作了。"

"是的，休息一下，思思、成成、知知，我看你们眼睛里全是血丝。"程颖关切地说。

"你们也一样，婷婷、颖颖，你们也去休息一下吧。"共周思说。

"好，我们都把脑伴关掉吧。"程颖说。

共周思他们关上了脑伴和耳伴，在会议室的小床上躺下了。还没有三秒钟，小会议室里就出现了轻轻的鼾声。

他们是应该好好休息了。

还没睡到三个小时，共周思从床上一跃而起，看到其他三个人正睡得香，怕惊动他们，于是又躺了下去。但他睡不着，想到灵心、朗声丽，他又揪心地难受。近两个月，音讯全无，在这个异国他乡，两个女孩该如何逃离战乱和瘟疫啊。他真想现在就去寻找她们，可是自己走了，这里怎么办？这里的疫情也不允许自己就这样离开，他恨不得这里的疫情赶紧结束。时间就是生命，不能这样躺着，必须立即将DNA无人机投入使用。用DNA无人机找"珊瑚"病毒和寻找灵灵、丽丽同时进行。他坐了起来，收起了折叠床，打开了脑伴，与神舟医院的龙精海院长连上了线。

龙精海的立体影像立即出现在脑伴里。

"你好，龙院长。"

"你好，主人，我现在听从你的指挥。"

"你们一起有多少机器人？"共周思问。

"总共有十万零七百二十一个机器人。主人，要不要看看它们？"龙精海问。

"看看吧。"共周思虽说已经看过舒玉婷的设计图纸和机器人公司提供的机器人样品，但还是想看看即将投入使用的机器人。可他又转念一想，现在没有时间去看机器人，而是要看DNA无人机。"对了，这一万个DNA无人机必须找一个总管，找一个像龙精海一样的DNA无人机总管。"

共周思心想，他见汪行知和赵构成也起床打开了脑伴。

"成成，DNA无人机启运了吗？"共周思说。

"还没有，我现在就找无人运输机公司。"赵构成揉了揉眼睛说。

"这么多DNA无人机必须找一个总管，对吧？"共周思说。

"是要任命一个总管。"赵构成说。

"思思，我已经设计了多款不同体积的DNA无人机。由于DNA无人机只有蜜蜂大小，动力有限，不宜远距离飞。必须由DNA无人母机飞到指定的区域，按区域释放DNA无人机。"舒玉婷说。

"无人母机不仅可以装运DNA无人机到指定的区域，还可以用于DNA无人机信号倍增器，将DNA无人机侦测到的每个人体的电场信号倍增给量子计算机，由量子计算机按'珊瑚'病毒分析模型得出这个人是否感染了'珊瑚'病毒。"舒玉婷说。

"要有一个机器总管负责它们的具体任务。"共周思说。

"思思，一万架DNA无人机由三家公司捐献。"

"叫他们赶快运来。"

"他们说三个小时后可以到。"赵构成说。

"快选一家公司生产一个DNA无人机机器人总管。"共周思说，"我已经将DNA无人机总管的要求转给你了，成成。"

"好的。"

"共先生，我们还有三个小时就可以到了。"是龙院长的声音。

"哇，这院长好帅啊，是谁设计的？婷婷，是不是你设计的？是你心中的白马王子吗？"赵构成看到脑伴里的龙精海，由衷地赞叹。

"去你的，这是机器人公司设计的。我的要求是，不仅人长得帅，而且特别和蔼可亲，一看就是一个人见人爱的医生。"舒玉婷说。

"快，思思快看，无人运输机编队，好壮观啊。"汪行知说。

"在哪，我怎么没看到。"赵构成说。

"你点击'天眼'就可以看到，我们已经为这次'方舟行动'租用了三十颗卫星。"共周思说。

"不用租，是一家空间公司提供的，别说是三十颗，就是三百颗也不用钱。"汪行知说。

果然，在汪行知的立体影像里出现了无人运输机编队，一架架无人运输机，就像一团团银色的云朵。

"医院里的机器人也是你设计的吗？"赵构成问。

"不是我设计的，但是我挑的。"舒玉婷说。

"我看看。"赵构成说。

"不能看。"

"为什么？"

"现在就是不能看。"舒玉婷说。

"好啦，思思，DNA无人机已经启运了。"赵构成停下了在立体影像上滑动的双手，又喝了一小口水，说。

"我看看。"舒玉婷说。

"不能看。"赵构成说。

"为什么？"

"就是不能看，这是你说的。"赵构成顶了舒玉婷一句。

"去，没想到你的报复心这么强。"

"我没有这个意思，你看吧。"赵构成顽皮地笑了下，手一划拉，影像里出现了码放得很是整齐的小盒子。

"全是小盒子，没有一点美感。成成，这是你设计的？"汪行知说。

"给你们看看DNA无人机的真容。"赵构成说完，将小盒子在影像里移动，同时，影像里出现了一只蜜蜂的画面。

"瞧瞧，那亮晶晶的蓝眼睛，是微波发射器，电磁波就是从那里发出的。褐色的额头就是信号接收器，接收人体电场信号。看看，两对银色的小翅膀是导航仪，专门定位人体位置的，精确度是毫米级。再看看，小屁股，黄色的，那是信号发送器，作用是将侦测到的人体信号发射到母机的信号倍增器上。"

"等等。"赵构成看到汪行知他们准备夸他的时候，有些得意地说，"你们不要急，再找找，看看可爱的小蜜蜂的六条腿，为什么是咖啡色的？你们知道那是干什么的吗？"

"干什么的？"程颖问。

"你们猜猜。"赵构成有些神秘兮兮地说，见他们没出声，便说，"猜不出就算了。"

"我看是没有什么作用。"舒玉婷说。

"知知、婷婷、成成、颖颖，还有柴警官，运输机到了。"共周思打断了他们的对话。

"真快，就到了，现在还是上午十点不到，不到三十个小时就完成了一座医院设备仪器和医护人员的制造，还能运一万多公里到位，真是神啊。"柴禾惊叹地说。

共周思在影像上划拉着，影像里出现运输机正准备降落的画面。

"共先生，我们去海边看看吧。"柴禾高兴地说，他想，在这小会议室里看立体影像不过瘾。

"是啊，思思，我们去海边实地看看。"赵构成也提出去海边看。

"对了，柴警官，神舟医院周边已经警戒了吗？"共周思问。因为，与当地势力的关系协调由柴禾负责。

"没问题，我已经和一、三、五号地的地主谈好了，他们不会让其他无关人员靠近的。"

"是不是要由当地的军警警戒？"共周思说。

"那几个地主就有自己的保安武装，用不着军警。"柴禾显然已将这里的治安情况摸得一清二楚了。

"你们先去海边吧。"共周思说。

"你不去吗？"汪行知说。

"我还得找到如何治疗菊状红肿病的方法。"共周思说。

"建立消灭'珊瑚'病毒的数字模型？"汪行知说，"要不要我留下来和你一起做？"

"不用，我还要搜索人体免疫系统机理的信息。"共周思的眼睛没有离开面前的影像。

"好吧，我们先去，思思，等会你一定要来啊。"赵构成说。

"主人，我们到了海边，没有看到你。"神舟医院的龙精海在影像里对共周思说。

听龙精海这么说，共周思感觉自己还是必须到现场去。消灭"珊瑚"病毒的数字模型就交给脑伴里的深度学习系统吧，让它把人类几百年以来每次战胜疫情的经验和数据汇总，再边学习边领会边提高吧。

他们在消毒间消了毒，穿上轻便防护服，戴上口罩，便向海边走去。

他们来到海边的时候，看到几架大型无人运输机停在海面上一字排开，运输机的大肚子已经打开，各式大大小小的车辆一辆辆从大肚子里驶出。

一辆银白色的小车径直开到了共周思的面前。

"主人，我是龙精海，向您报道。"神舟医院龙院长像个军人似的向共周思敬了个礼。

柴禾看到，对共周思说："院长怎么像个军人？"

"神舟医院是按军事编制设计的。"共周思说。

"谢谢你，龙院长。"共周思和龙精海握了握手。

赵构成、汪行知、柴禾也一一和龙精海握手，他们认为，实物龙精海比影像里的更加英俊。

柴禾看到一辆辆车子开到地面上展开，一辆车就是一个功能齐全的病房护士站、化验室、检测室、消毒系统、动力系统、给排水系统等等，像从地上长出来似的。柴禾原本想，应该先平整土地，开下水道，预埋电线电缆。可是，这里既没有挖土机也没有建筑工人，一辆辆大大小小的车子展开后自动连接，它们工作得有条不紊，井然有序，连一个指挥的都没有，更谈不施工员。这种建设方式，看得柴禾目瞪口呆。

"看看，那么多机器人，年轻漂亮。"赵构成用手指着排成一排站在那里的机器人赞叹地说。

"美女设计师设计出来的会差吗？"汪行知说。

"主人，您有什么指示？"龙精海站到共周思身边，看着工地上繁忙而又有序的景象。

"按这样的建设速度，可以提前两小时完工了。"共周思说。

"是的，主人，神舟医院很快就可以接诊病人了。"

"可病人现在还不知道在哪呢。"共周思心想。他一挥手，打开脑伴。"共先生，我们已经为您造好了一个DNA无人机总管。"立体影像里一家机器公司的屈经理对共周思说。

"DNA无人机什么时候到这里？"共周思问。

"估计三小时后到。"屈经理说。

"太感谢你们了。"共周思对屈经理感激地说。他想，DNA无人机可以在神舟医院完工前一小时到达。

"不用谢，这是我们应该做的，抗击病毒，我们人人有责。"

"屈经理，可能还需要很多DNA无人机。"

"没问题，你要多少有多少。不过，共先生，为什么要那么多DNA无人机。"

"因为我要让'珊瑚'病毒无处可藏！"共周思说。

第四十五章　X免疫细胞机器人

这是一个用人工智能建设医院的宏大场面，十平方公里的工地上，看不到灯火通明和建筑工人，就是机器人也看不到，吊塔、机器、施工设备一台都没有。只看到一部部车里自动放出一个个大小不一的箱子，箱子与箱子之间、车子与箱子之间、车子与车子之间，自动展开，自动连接。连指挥人员都没有看到一个。看上去一片银色的工地，静悄悄的。听不到机器的轰鸣声和人的说话声。看到一间间房子从杂草丛生的地面上拔地而起，柴禾惊呆了。柴禾转头看着共周思说："这是你设计的？"

"是全人类设计的，是人类智慧的结晶。"共周思说。

"是思思最终定夺的。"赵构成说。

"我只做了两件事。一个是提出要求，明确我们要建一个专门隔离传染病人和治疗菊状红肿病的无医生医院，并在量子网络上发布。再一个就是在全球建设我们的无医生医院的海量解决方案中，找出更好的。"共周思看着柴禾疑惑的脸说。

"用你的共氏算法，也就是减法思维，找到最好的解决方案。解决方案有了，还得实施，这要有人组织协调和指挥。"柴禾的眼神充满了敬佩。

"仍然是我们提出要求，向全球发布，有很多建设承包商响应，并按照我们的要求提供解决方案。我们收集这些解决方案，再优化整合，找到一个最合适的承包商就行了。"共周思没有去看柴禾的脸，而是看着运输机一架一架地卸完箱子和车辆后返航。

"这些工作很复杂。"柴禾看着从大型无人运输机上开出来的一辆辆银色的车说。

"我再说一遍，我的任务是提供要求和抉择，其他的全由人工智能和量子计算机来完成。"共周思觉得和柴禾越解释越复杂。

"还有，从设计无医生医院的那一刻起，量子计算机会自动生成一个机器人院长管理医院建设和医院建成后的运行。这个机器人院长比我们人类更聪明，更忠于职守。"赵构成说。

"共先生，您好。"共周思的耳伴里出现了一个陌生的声音。

"您好，请问您是谁？"共周思说。

"我是DNA无人机领队，屈经理指示我向您报道。共先生，我还没有名字，您给我取一个名字吧。"那个陌生的声音说。

"'珊瑚'病毒是妖怪，一切妖魔在照妖镜下都无处藏身。你就叫'照妖镜'吧。"共周思说。

"我们已经到了，主人，我们就在医院的东南方向。"是"照妖镜"的声音。

共周思和赵构成在脑伴的立体影像上划拉，果然，他们看到从大车子里驰出一些小车子，又从小一些的车子里驰出更小一点的车子，车子一辆比一辆小，各种车子在荒地上找到自己的位置后自动展开并相互无缝连接在一起。

柴禾他们看到一架架DNA无人机依次排开，一辆辆无人救护车排列整齐。他问共周思，一共有多少架无人机和救护车。

"DNA无人机大小共一万架，救护车一千辆，救护机器人两千人。"共周思说。

"知知，我们回去吧，这里就交给龙精海和'照妖镜'吧。"共周思转身上了柴禾的汽车，他在脑伴里对"照妖镜"说，"'照妖镜'，请立即抓捕'珊瑚'病毒。"

"是，主人。"

在他们的立体影像里，出现了三架大型无人机向顿柯市飞去的画面。

三架大型无人机飞到顿柯市上空后，里面又飞出来几十架较大型无人机，随后又从几十架较大型无人机中飞出几千架机身小一些的无人机，最后，他们看到最小的DNA蜂形无人机。这些DNA无人机在空中散开后，好像是一队队侦察兵，深入疫区开始了侦测任务。

"等等，共周思。"共周思的脑伴里传来了齐刚的声音。

"是齐刚。"汪行知说。

"这小子也够快的。"赵构成说。

共周思他们向海面望去，发现一艘潜艇如大鱼般正浮出海面，潜艇浮出水面时激起的巨大浪花在阳光的照射下闪亮而耀目，洁白的浪花被抛起后又纷纷回落到"大鱼"的背上，化作一股股细流曲曲绕绕地滑回大海。

潜艇的背壳打开，一艘像游艇一样的小船离开了潜艇向海边飞快地驰来。不一会儿，齐刚就到了海边，他挥着手边跑边喊："共周思，等等，等等我。"

见齐刚跑来，正准备开车离去的共周思他们便停了下来。他们下了车，向齐刚走去。

"哇，共周思，神舟医院就建好了，真是快。"齐刚看到每分每秒都在变化着的神舟医院工地，好奇地说。

柴禾见到齐刚很高兴，说："齐刚，你来得正好，这里马上要开始收治病人了，赶紧跟你爸爸在顿柯分公司的人联系。"

听柴禾这样说，共周思才意识到，向顿柯市投放的一万个DNA无人机很小，只有蜜蜂般大小，但母机、无人救护车和护理机器人比较大，被侦测的"珊瑚"病毒感染患者如果人数不多的话问题还不大，如果人数过多的话，会引起市民恐慌。在这个没有一个势力可以控制，如同一盘散沙的顿柯市，如果强行隔离病人很有可能会引起社会的动乱。如果这样，全世界捐献的神舟医院、无人和机器人很可能会遭到打砸。他曾看过历史上疫情肆虐时，整个社会陷入疯狂的情景。如果出现这种局面，凭共周思他们这几个年轻的科学家，是无法控制的。齐刚的到来，对共周思解决可能的社会问题是有帮助的。从几次接触的情况来看，齐刚是个热心人。

"思思，我建议我们几个人进行分工。"程颖在脑伴里说。

"我同意，我们分工，这样会更有效率。"柴禾说。

"好吧，神舟医院病人的隔离、治疗由我和知知负责。"共周思说。

"护送传染病人到神舟医院，由柴警官和齐刚负责。DNA无人机侦测'珊瑚'病毒的事由成成和婷婷负责。"共周思说。

"我呢？"程颖听到共周思没有给她分配任务，急问。

"颖颖，你就做机动人员吧，哪里需要你就去哪里。"共周思说。

程颖听共周思安排自己做机动人员，有些不高兴地"哦"了一声。

"大家还有什么意见吗？"共周思说。

自己奔波了一万多公里到这里做一个跑腿的，齐刚心里老大不高兴。再说，父亲要自己到这里来是找灵灵和丽丽的，而不是来找什么病毒的。如果不是父亲要他听共周思的，他才不会理共周思呢。

共周思看到齐刚似乎有些不愉快，便说："齐刚，你还有什么意见吗？"

"我的任务是找灵灵和丽丽，不是找什么病毒。"齐刚直话直说。

"我已经准备了一千个DNA无人机，以灵灵的孤儿院为中心侦测灵灵和丽丽的DNA。"共周思说。

"一千个太少了，至少要一万个。如果DNA无人机不够，共周思，你将DNA无人机数字模型告诉我，我立即让人生产。"

"我的数字模型主要是侦测'珊瑚'病毒的。"赵构成说。

"我有灵灵和丽丽的DNA数据。你们找'珊瑚'病毒，我找灵灵和丽丽，我们分开行动不是更好吗？"

"思思，我觉得齐刚说得对，你就让我和他负责找灵心和朗声丽吧。"程颖说。

"行，颖颖，你就和齐刚一起找灵灵和丽丽吧。"共周思说完又对齐刚说："齐刚，至少一万个DNA无人机，这里离灵灵和丽丽失踪的地方有五百多公里。"

"思思，找灵灵和丽丽不需要DNA无人机。DNA无人机侦测的是人体细胞的DNA，需要很强大的分析识别系统，不如用人脸识别无人机。人脸识别已经用了一百年了，比较成熟和稳定。"汪行知说。

听到汪行知这么说，共周思沉吟了一会儿说："齐刚，半小时后我将灵灵和丽丽的人脸识别模型发给你，你叫无人机公司按照我的模型生产就行了。"

"好的，你要快。"齐刚见自己的意见得到了重视，脸上露出了得意的笑容，他多看了影像。里的程颖几眼，发现这个姑娘是一个美丽的小精灵。

"主人，你看看，怎么样？神舟医院漂亮吗？"龙精海走到共周思的身边说。

"很漂亮，比影像里的漂亮，知知，成成，婷婷你们说呢？"共周思用欣赏的口气说。

"太美了，没想到这么美。"

"奇迹啊。"共周思说。

柴禾看到昨天还是杂草丛生的荒地，才三十八个小时，一座拥有一万个病床的巨型医院就拔地而起了。柴禾看着一排排坐落整齐的白房子，不断地摇着头说："不可思议，不可思议。"如果不是这里不能让人进去，他一定会第一个进去看看，看看这梦幻般的超级医院。

"柴警官，这里至少有一万名全球最顶尖的医生。"汪行知说。

"人呢？"柴禾惊讶地四周望望。

汪行知看着一脸懵懂的柴禾，笑着说："在天上。"

"在天上？"柴禾疑惑地说。

"对，天上。"汪行知回答。

"在云里？"

"在云里。"

"云医生？"

"对，叫云医生。"汪行知笑了。

"亏你们想得出。共先生，你们真了不起。"

"也是被逼的，如果不是这次传染病来势凶猛，如果没有全世界各方的支持，我们也不可能这么快建起神舟医院。"共周思看了一眼柴禾，又说，"是全人类的爱，是全人类共同抗疫的决心，也是全人类的智慧成就了这所医院。"

"就算是全人类的支持建起了这座医院，但是没有你们改变和拯救世界的理想，这所医院也是不可能诞生的。"柴禾的话发自内心，毫无半点的奉承之意。

"成成，DNA无人机已经到了顿柯市上空，注意。"共周思说。

"思思，我们不要站在这里了，赶快回去。"赵构成说。

"对，我们赶紧回去。"汪行知说。

"龙院长，这里就交给你了。"共周思向龙精海挥了一下手，钻进了柴禾的汽车，车子载着他们一行五人，飞快地向国际红十字会驻地疾驰而去。

"主人，我们已经监测到了三个感染'珊瑚'病毒的人。"耳伴里，共周思听到了"照妖镜"的声音。

"是不是善鹿医院里的三个病人？"共周思问。

"你怎么知道？""照妖镜"问。

"请立即跟善鹿医院的院长联系，将这三个病人送上救护车。"共周思说着停顿了一下，"'照妖镜'，你就说你们是奉J国卫生部美兰奇部长指示的。以后都这样说"

柴禾已经通过齐刚父亲在顿柯公司的总经理和J国的最高当局说好了。

"还有，'照妖镜'，你以后就和赵构成先生联系，他是我的全权代表。"

"好的，主人，以后我听赵先生的指令。""照妖镜"说。

"思思，我去顿柯市看看，到实地看看比较踏实。"赵构成说。

"行，成成，柴警官，你们耳伴和脑伴不要关。"共周思说。

"肯定。"赵构成和柴禾齐声回答。

"共周思，人脸识别无人机模型呢？"齐刚问。他看到共周思像个总指挥似的，自己在一旁感到被冷落了，有些不开心。

"已经生成了。我传到你的脑伴上，你可以找无人机公司的屈经理谈生产的事。"共周思说。

"我会安排的。"齐刚心想，我的事不用你管。

"思思，一分钟不到，已经发现了十个感染'珊瑚'病毒的病人。"赵构成说。

"DNA无人机侦测的速度很快，准确率也很高，现在的关键问题是要说服传染病人隔离很难，护理机器人与传染病人交流也比较困难，这样下去，我看一天也隔离不了几个病人。"赵构成有些为难，很是着急。

"思思，要不要让顿柯市政当局出面协助我们将传染病人送到神舟医院？这是顿柯市政当局的责任。"柴禾说。

"成成，柴警官，不要急。你将遇到的困难和'照妖镜'商量，护理机器人都有人工智能学习系统，他们很快就会适应他们的工作，而且很快就会解决说服传染病人的问题，应该比找顿柯市政当局更有效。"共周思说。

果然，三分钟后，赵构成给共周思发来耳伴，说："思思，正如你所说，将遇到的问题和'照妖镜'说了，没到一分钟，这些护理机器人便能很好地与传染病人沟通了。"赵构成高兴地说。

"机器人真是聪明绝顶，不光会做传染病人的医护工作，还会做病人家属的工作。"柴禾今天是大开眼界，本来他来到这里，是调查病毒失窃案的，如今却和共周思他们干起了用高科技抗疫的事。开始他对共周思用人类从未有过的高科技方式建神舟医院和造无人机感到半信半疑，对他们用脑伴就能解决人类面临的大灾难表示怀疑和担心。如今，一座超现代化的无医生医院矗立起来了，DNA无人机也开始了高效精准的侦测。

听赵构成和柴禾说机器人很善于做人的思想工作，程颖说："让我看看。"

"好的，我将机器人做思想工作的影像发到你的脑伴里。"赵构成说。

果然，在赵构成发给程颖的影像里，她看到机器人敲开了一户人家的门，这户人家家里很简陋，不大的客厅里，放着一张缺了腿的桌子和几张高矮不等的凳子，客厅里有五个小孩子，都很瘦，明显是营养不良。机器人一进门就抱起一个十岁左右的小女孩，在她的脸上亲了一口，问小孩叫什么名字，几岁了，其他的孩子多大了，跟她是什么关系。为了逗小女孩开心，机器人学起了小猪小狗叫。机器人和小朋友们交上朋友后，便又和患有传染病的病人拉起了家常，说他的小孩聪明、漂亮、善良。夸他有福气，有这么多孩子，将来一定很幸福。直说得这户人家的男主人放下戒心，很高兴地跟着机器人走。离开这户人家的时候，机器人还对屋里的几个小孩说："小朋友，你们的爸爸很快就会回来的。"

"成成，机器人比人更聪明。"程颖看完这段影像后说。

"学习能力的确很强。"共周思说。

"思思，正如我们所料，善鹿医院的人全部被感染。"赵构成沉痛地说。

"赶快把病人送到神舟医院来。"共周思说。

"已经在路上了。"柴禾说。

"柴警官，市民们有什么反应？"共周思问柴禾，他担心这么大的动静，这里的市民不可能不会有反应。

"龙院长，那里收治病人的情况怎么样？"共周思的脑伴影像切换到神舟医院。只见护理机器人从无人救护车上推出了病人，躺在推车上的病人自动移到了接驳车上，接驳车自动向隔离病房移动。接驳车到了隔离病房门口，病房门自动打开，接驳车自动将病人移到病床上便自动离开。病床自动调节病人头部和身体的高低，病床是智能的，可以根据病人的身体反应自动调节病床的坡度，让病人感觉舒服。当病人感觉舒服后，机器人护士立即给病人戴上了手环。手环戴好后，护理机器人拿针给病人扎了一针。没有看到针筒，也就是说没有药物注射。程颖看不明白，问共周思："思思，那里扎了一针什么？好像没有看到注射药物。"

"颖颖，那是在病人身体里输入了一个纳米机器人。"共周思说。

"纳米机器人起什么作用？"程颖又问。

"纳米机器人会进入人体的血液，自动测量人体血液里的白细胞、红细胞、血糖、血黏度等等。"共周思回答。

"纳米机器人将人体血液、五脏六腑里测量的数据变成电场信号，再将电场信号从人体传到医院的量子计算机上，对吧？"程颖问。

"纳米机器人的作用不仅仅是测量人体里的电场信号参数，还能识别人体的病变细胞，对病变细胞进行修复。"汪行知对着影像里的程颖说。

"纳米机器人就是一个医生，他会根据病人的情况进行治疗。如果这些纳米机器人认为他不能做出正确的判断和决策，它会自动查找一百年来人类医生对相似病例的诊疗方案和顶尖医生发表的相关论文做参考，同时会找全球顶尖医生进行会诊。"汪行知看到齐刚也听得津津有味。

"纳米机器人是万能的，有它，我看就不需要医生了。"齐刚说。

"目前纳米机器人主要的功能是对人体的检测，给人体细胞做初级修复，或者是将一个病变的系统修复，但它不能生成细胞，也不能合成蛋白质。"

"是这样的，对我们杀灭'珊瑚'病毒还是无能为力。"齐刚说，从表情上看，他有些迷惑。

"思思正在研究细胞机器人，比纳米机器人更先进，对'珊瑚'病毒可以更精准地灭杀。"汪行知说。

齐刚没有认真听汪行知的话，而是看到他的脑伴影像里，刚才给病人扎了一针的机器人，换成了另一个机器人。扎针的机器人已经走了，进来的机器人端着一个白色的盘子，从盘子里取出白色的药棉，轻轻地剪开病人的衣袖。齐刚看到病人的伤口呈菊花状，伤口已经糜烂，机器人护士用药粉给病人轻轻地擦洗，擦洗完毕，机器人护士离开。又来了一个机器人护士，端着一个痰盂似的容器，只听病人哇的一声，将胃里的东西呕吐到容器里。齐刚觉得奇怪，机器人怎么知道病人要呕吐？那么及时把容器端来，时间上分毫不差。怎么这么精准？难道这是病人体内的纳米机器人向量子计算机发出了指令，所以才那么分毫不差？齐刚心想，机器人真是神奇，想到纳米机器人，他才隐约听到了汪行知说的"细胞机器人"。

"汪行知，你刚才说什么细胞机器人？"齐刚问。

"是'珊瑚'病毒的克星，X免疫细胞机器人，也叫自适应免疫细胞机器人。"汪行知提高了音量说。

第四十六章　生物电子模型

齐刚听了不是很明白，他用眼神问汪行知。汪行知看到齐刚是要他解释X免疫细胞机器人的作用，便说："菊状红肿病人是因为感染了'珊瑚'病毒，'珊瑚'病毒本身并没有很强的能力使人染病，主要是病毒侵入人体后，人体中的免疫细胞会抵抗病毒的入侵，并与其展开厮杀。但人体的免疫细胞数量和力量都有限，而且杀敌一千自损八百，甚至杀敌二百自损八百，免疫细胞消耗过多时，会引起人体的发热生病。"汪行知见齐刚听明白了，便停了下来。

"你们的X型免疫细胞机器人就是我们派到人体细胞组织与'珊瑚'病毒战斗的部队，用来减少人体免疫细胞的消耗。"齐刚说。

"完全正确。"汪行知说。

"既然有这么好的玩意儿，那就赶紧用上吧。"齐刚说。

"必须先进行临床试验，方能用于临床。"共周思说。

"那就赶紧试验吧。"齐刚说。

"说得容易，这可不是DNA无人机，只是收发电场信号，不用和人接触，X免疫细胞机器人，需要输入到人的细胞组织，必须要得到病人的同意。"赵构成说。

"不仅如此，每个人的免疫力大小不同，而且每天二十四小时变化。设计出这样的免疫细胞机器人不是一件容易的事。"舒玉婷说。

齐刚见他们说得那么复杂难懂，，不置可否，沉默了一会儿后，说：

"共周思，灵灵和丽丽人脸识别无人机，已经在去灵灵孤儿院的途中了，我立即赶到那里去。"齐刚说。

"你去也行，不去也行，我们的脑伴里都可以看到。"共周思说。

"既然在这里可以看到，我就不去孤儿院那里了，我已经叫我爸爸公司J国分公司准备了无人直升机，一有灵灵的消息，我立即前往。"齐刚说。

"知知，X免疫细胞机器人的模型我已经设计好了，我已经和DNA无人机公司的屈经理联系了，他答应马上生产。"共周思说。

"思思，要不要将你的X免疫细胞机器人的模型在网络上发布，征求全球医生和专家的意见。"汪行知说。

"模型正在我的脑伴里向全球征求意见。但再好的模型都必须接受实践的检验，为了赶时间，我们边生产，边完善。你说行不行？"共周思的眼睛没有离开脑伴里的影像。

"也行，我们当务之急是找到X免疫细胞机器人的临床试验病人。"汪行知说。

"我看就请善鹿医院的赫威斯做临床试验病人如何？"共周思转脸问。

"我同意，我看'盲试'就免了，毕竟是特殊时期。我看过赫威斯的伤口和症状，'珊瑚'病毒感染很典型。但为了增加准确性，还需要多一些病人做临床。"汪行知对共周思说。

"把这个任务交给龙精海院长吧，他是世界上治疗传染病最优秀的医生，而且学习能力非常强。"共周思说。

"共先生，你好，我是屈经理，X免疫细胞机器人明天就能送到神舟医院。"共周思耳伴里出现了机器人公司屈经理的声音。

"现在生产好了吗？"

"好啦。"

"用无人飞艇送来吧，只需要一个小时。"

"思思，已经发现不少感染病人了。"赵构成在耳伴里说。

"已经扫描了多少人？"

"扫描了两万多人。"

"有多少人感染了？"

"有两百多人。"

"感染比例万分之一，还算幸运。"共周思说。

"估计还有八小时，就可以将顿柯市搞定。"赵构成说，听得出他对自己的成果还是很满意的。

"成成，顿柯市扫描完成后，立即向顿柯市的外围进行扫描。"

"包括那些被封的城市和村庄吗？"赵构成问。

"当然。"

"如果侦测到有'珊瑚'病毒感染者，我们如何进去将病人带出来？"赵构成刚才还有些高兴，一想到要从封城、封村的地区接出病人，立即忧心忡忡。

听了赵构成的话，共周思也一时语塞。

"思思，护送病人的事交给我吧。"柴禾一直在听共周思和赵构成的谈话，听到两个科学家在社会问题上束手无策，便自告奋勇地说。

共周思听柴禾说他去解决顿柯市以外区域传染病人运送的事，心里踏实了些。

"共周思，这社会上面的事，你交给我们就行了。"齐刚也说，说完后一抬手，用耳伴说："章梨，你准备一下，穿好防护服和口罩，备好钱，随时和我一起行动。"

"好的，齐总，直升机已经准备好。要不要准备几个保安？这里行动不太安全。"章梨说。

"你看着办吧。"齐刚说完，觉得自己是有分量的，便坐在了刚才赵构成的位置，看着共周思和汪行知脑伴里的影像。

"齐刚，人脸识别无人机已经在灵灵的孤儿院展开搜索行动了。"共周思将自己脑伴里的影像给齐刚看。只见影像里，一只只像蜻蜓似的无人机在孤儿院废墟上空盘旋。如果是在夜里，这群蜻蜓无人机可能会像萤火虫似的发光。

"共周思，孤儿院那里好办，那里没有森林树木，但孤儿院外围树林茂密，很难发现并识别人脸。"齐刚担心地说。

"齐刚，你放心，我们设计的蜻蜓无人机是智能的，它不只是能简单地进行人脸识别，还可以自动过滤与人体无关的动物，包括蚂蚁和蚊子，还会自动避开植物、树木以及障碍物。"共周思说。

听共周思说得自信，齐刚的心稍许放下了一些。正如共周思所说，在脑伴的立体影像里，齐刚看到了蜻蜓无人机绕过树木飞行，这些小蜻蜓像人一样聪明灵巧。

"齐刚，如果有任何灵灵和丽丽的消息，蜻蜓无人机会向我们发出信号。"汪行知说。

"齐刚，你的潜艇能不能借给我用用？"程颖一直沉默着，看到自己像个局外人一样，实在忍不住说。

"颖颖，你要潜艇干什么？"共周思好奇地问。

"你们都在忙，我在这里看着心里说不出的滋味。"程颖说。

"是呀，思思，我们在这好像是外人看热闹似的，我们要和你们一起战斗。"舒玉婷刚才有事离开了一会儿，听程颖说到共周思他们那里一同战斗，立即附和说。

"齐刚，行不行？"程颖撒娇似的对齐刚说。

"没有问题。不过我那老头子的潜艇是不借人的。"齐刚好像答应了，又好像没有答应。

"你这等于没说。"舒玉婷说。

"我就说找灵灵，老头子肯定会答应。"齐刚想了一下说。

"婷婷、颖颖，你们就不用来了，这里疫情还没有控制住，来这里风险大。"汪行知说。

"我们穿防护服去。"程颖和舒玉婷同时说。

"婷婷、颖颖，你们现在不用来，来了也是和我们一样住在小会议室里。我们用脑伴联系，你们在那里和在我这里都是一样的。"共周思说。

"思思，你们就想撇下我。"程颖嘟起了嘴。

"婷婷、颖颖，我们的时空折叠公司现在怎么样了？"赵构成在顿柯市的无人救护车上，看着DNA无人机扫描'珊瑚'病毒的情况，盯着每个护理机器人做病人的思想工作，有时还和护理机器人交流说服菊状红肿病人的想法，提出他的意见。护理机器人行事说话完全不按人类的思维方式，而是按照让人看不懂的方法处理问题。机器人说服病人的方式方法赵构成不理解，但还挺管用。

"你们不在，我们公司的事全停下来了。"程颖说。

"成成，有灵灵和丽丽的消息吗？"舒玉婷说。

"舒小姐，我们的人脸识别机器人正在搜寻。"齐刚说，"程颖，按照分工，你现在归我指挥。"齐刚看了一眼影像里的程颖，不知什么原因，他喜欢和她打交道。

程颖说："你吩咐，齐刚。"

"主人，X免疫细胞机器人已经运到。"神舟医院院长龙精海在耳伴里对共周思说。

"好，赫威斯工作进行得怎么样？"共周思问。

"费了一番口舌，但还是同意了。"龙精海说，"现在医院有很多病人都愿意做临床试验，主人。"

"知知，需要多少人做临床？"共周思问。

"龙院长，医院里有多少病人了？"汪行知没有直接回答共周思，而是问龙精海。

"现在有八百多人了。"龙精海回答。

"算了，知知，交给龙院长吧，他比我们更专业。"共周思想了想，说，"龙院长，临床试验的事就交给你了。"

"好的，主人。"龙精海消失在共周思他们的影像里。

"思思，我们看一下医院里的情况。"汪行知说完，便用手一滑，将影像切到了医院里。

立体影像里，齐刚看到了豪华的神舟医院里，护理机器人有序、认真、耐心地照顾病人。他看到一个病房里的病人将护理机器人端来的高能食品丢掉了，将装高能食品的盘子也掀翻了，但护理机器人仍然是微笑着捡起盘子和高能食品，站在一旁，显然，它是等病人息怒后再给他喂食。

齐刚看到，一个护理机器人及时地将痰盂一样的容器对准了病人的嘴，看到病人痛不欲生呕吐的样子。

齐刚又看到一个机器人在给病人按摩，一个机器人在轻轻地抚摸病人的头，还有一个机器人微笑地站在旁边。显然一个站在旁边的机器人，会随时向病人提供服务。看到这里，齐刚才明白，这无医生医院为什么要准备那么多的机器人。

"看看赫威斯。"共周思说。脑伴的影像里出现了赫威斯，赫威斯躺在病床上正在和旁边的一个机器人轻声地说着话。

"共周思，这医院里难道还配备了陪病人说话的机器人？"齐刚问。

"病人需要心理疏导，我们给病人准备了心理机器人，可以减轻病人的病痛，帮助病人恢复健康。"汪行知说，这个陪病人聊天的机器人是个女的，年轻漂亮。

"思思，看来赫威斯不是零号病人。"汪行知说。

"不像，但也难说，从知知搜索的情况看，在顿柯市，他是去过国家最多的人。"

"赫威斯先生，你好。"共周思他们看到龙精海走进了病房，他的身边还跟着一个机器人护士。

"你好。"赫威斯靠头的那部分病床升高了一些，"是不是要给我扎一针？"

"是的，你如果不愿意的话，现在还来得及。"龙精海微笑着说，它一天到晚都是一张笑脸。

"我已经想好了，你扎吧。"赫威斯看上去精神状况不好，但比在善鹿医院看到他时有些好转。机器人护士给他撸起了袖子。龙精海说："你来吧。"龙精海旁边漂亮的机器人护士点了点头。

"赫威斯先生，我再问一遍，你愿不愿意，要知道这一针扎下去是有风险的，说不定病情会加重。"龙精海仍然是笑笑地问。

"龙院长，我在善鹿医院看过那四个年轻人，是他们救了我，我相信他们，完全相信他们。"共周思听了赫威斯后面加重的语气，被感动了。

机器人护士给赫威斯打了一针便离开了，病房里进来了另一个机器人护士。

"X免疫细胞机器人是起什么作用的？"齐刚问，他对扎一针下去就能治愈菊状红肿传染病表示怀疑。

齐刚知道一些简单的病理知识，但他一时表达不清楚，程颖见状说："我来陈述一下我们在中学学过的生物化学。"

"你解释一下，生物学对治疗传染病的机理，我再说说，思思他用人工智能新思维治疗传染病的机理。"汪行知说。

齐刚说："我愿洗耳恭听。"

"其实很简单。现代的生物学理解是这样的，传染病毒一旦被一种介质，比如喷嚏、咳嗽或人体接触从旧宿主带入新宿主，进入到新宿主体内，会被人体的免疫系统发现。病毒细胞和免疫细胞双方会激烈交火。结果是，要么新宿主受不了战争之苦而死亡，要么病毒就被免疫细胞消灭或赶出新宿主，人体重获健康。"程颖说。

齐刚听完程颖的话，说："刚才已经说了，人感染病毒得病，不是病毒有多厉害，而是我们人体免疫系统的过度反应，消耗了过多的免疫细胞导致的，是不是？"齐刚说完，看了一眼汪行知。

"理论上说是这样的，这也是生物学上的解释。"汪行知说。

"共周思的X免疫细胞机器人的作用，不就是帮助人的免疫系统消灭病毒细胞吗？也是生物化学的方法，没什么新奇。"齐刚说。

"齐刚，不一样的。我的理解是，思思设计的X免疫细胞机器人虽说是用生物化学的名字，那是便于人们理解。他的模型机理，不是将病毒细胞当作生物细胞，而是将病毒细胞当作带电体，也就是导体。这个导体一旦进入人体，就会引起人体微电场的变化，人体微电场的平衡就会被破坏，人就会染病。免疫机器人的作用就是进入人体，发现哪里的细胞电场平衡被病毒打破，就会帮助哪里的正常细胞恢复平衡，使人重获健康。思思，我的理解对不对？"

共周思看到齐刚和程颖不太明白的表情，说："切断病毒细胞传播的电源，让病毒死亡。"

程颖问："思思，为什么是X。"

"根据人体细胞的生化模型，病毒是会变异的，而且变异的速度非常快，变异细胞的电量是不可测的X值，免疫细胞机器人必须适应病毒细胞的快速变异，因此所以我们的免疫细胞机器人就称为X。准确地说，应该是自适应免疫细胞机器人。"

"明白了，你的这个机器人改变了几百年来人类治疫生物学模型，是不是？"程颖说。她特别喜欢改变。

"是的。"共周思回答。

"但是否有效，很难说。"齐刚说。

"没有问题，免疫机器人配备了人工智能算法。"汪行知说。

"我的自适应免疫细胞机器人，是用人工智能思维，以量子计算机为工具完成的。"共周思说。

"现在赫威斯怎么样了？龙院长。"汪行知问。

"纳米机器人体检显示，赫威斯身上的菊状红肿在慢慢消退。"龙精海说，"他体内的病毒细胞正在减少。"

"说明我们的生物电子模型是正确的。"汪行知说完，拥抱了一下共周思。

"思思，你真了不起。"程颖喜悦地说。

"先别忙着下结论，龙院长，其他的临床试验病人如何？"共周思心里高兴，但他并没有表现出来，毕竟离成功还很远。

"初步情况，临床试验病人的症状大有好转，主人。"

"不要掉以轻心，我们还必须观察，可能会有反复，病毒不会这么轻易就被消灭的。"

"不怕，我们有人工智能和量子计算机。"

"已经忙了一天一夜了，思思，你们也休息一下吧。"程颖看着满脸倦容的共周思说。

共周思确实很困，他又是一天一夜没合上眼，连打个盹的时间都没有。他在与"珊瑚"病毒斗争的同时，心里无时无刻不惦念着找灵灵和丽丽的事。X免疫细胞机器人临床试验初战告捷，他便立即投入寻找灵灵和丽丽之中。

"齐刚，人脸识别无人机找到线索了吗？"共周思问。

齐刚刚才注意力都集中在看共周思的机器人临床试验上，没有注意他自己的本职工作：找灵灵和丽丽。听共周思说，立即打开自己的脑伴，在脑伴的影像上划拉着。

"共周思，人脸识别无人机还没有任何消息。"齐刚说。

"已经搜索了多少平方公里了？"

"有一百多平方公里了。"齐刚回答。

"继续密切观察。至少要拉网式反复搜索三次，你说呢，颖颖？"共周思说。

程颖见共周思问自己，对刚才忘了找灵灵和丽丽的事感到很不好意思，对她自己的失职感到羞愧。她红着脸，将自己的脑伴立即和齐刚连线："齐刚，我听你的。"

第四十七章　人脸识别无人机救人

"齐刚快看，疑似灵灵的人。"共周思用手指着脑伴里的影像激动地说。

齐刚听说有灵灵的消息，立即将目光投到共周思脑伴的影像上。他看到画面里的人确实有些像灵灵。他也激动地说："快看看在什么地方。"

"离灵心的孤儿院有二百公里，离我们这里有四百多公里。"共周思说。

"快走，我们去找她。"齐刚立即起身，边走边说。

"知知，神舟医院的事交给你啦，我也去了。"共周思对汪行知说。

"不行，我也去。"汪行知说着也起身，要跟共周思一块走。

"神舟医院的事要紧，要密切关注免疫机器人的临床试验。"

"有龙精海院长呢，再说，我们用脑伴就可以知道神舟医院的情况。"汪行知说。

"思思、知知，你们一定要将灵灵和丽丽带回来。"影像里的舒玉婷认真严肃地说，说完，她补充了一句，"灵灵和丽丽是我们的救命恩人。"

"思思，我也要去，你要接我。"赵构成说。

"你那里走得开吗？"

"可以走开，'照妖镜'能力很强，已经对顿柯市扫描两遍了。"

"能确保没有遗漏的人吗？"共周思有点不放心地问。

"万无一失，你放心，再说和知知说的一样，我有'照妖镜'和脑伴呢，你说是不是，柴警官？"

"我也去，找人的事我是专家。"柴禾也说。

齐刚看到有五个人，很是高兴，他喜欢人多热闹，他不假思索地说："行，我去接你们。"他一挥手，给紫光公司J国分公司的章梨发了一个耳伴，对他说："章梨，到德林丽曼度假村来接我。"

不多一会儿工夫，一架无人驾驶的直升机就停到了德林丽曼度假村的院子里，共周思他们跑着上了直升机。

共周思一登上直升机，耳伴里就传来了神舟医院龙精海的声音："主人，免疫机器人临床试验效果非常好，是不是可以向医院里所有的病人注射？"

"最好再观察二十四小时，效果好的话，再向所有病人注射。"共周思本来想说由龙精海自行决定，但这毕竟是关系到人命的事。机器人是很聪明，但情感方面不如人类。

"思思，三天，仅仅三天，我们的抗疫初战告捷。"赵构成一登上直升机就高兴地说。

"了不起，高科技就是高科技，共周思，你们太厉害了。"柴禾说。

见柴禾夸自己，共周思很不好意思，连忙说："柴警官，这不是我一个人可以做到的，我们的背后是整个人类。"

"是整个人类，但我们应该是首功。"赵构成说。

"不要说什么首功啦，找到灵灵我才服。"齐刚说。

赵构成看到齐刚满不在乎的样子，心里有些不高兴，但他还是充满信心地说："没有问题，灵灵和丽丽一定能找到。"

"对，没有我们办不到的事。"汪行知肯定地说。

"还有我，再说一遍，干什么事都必须想到我，不能撇下我。"程颖说。

"那是肯定的，颖颖。还有婷婷，我们是一家人。"

直升机的速度很快，看得出来，齐刚很着急，四百公里的距离，半个小时就到了。

"齐刚，快看，前面有很多房子，应该是一个村镇。"赵构成说。

"深山旮旯里，哪来这么一个村镇。"汪行知说。

齐刚看到了前方的村镇，立即向村镇飞去，他飞到了村镇的上空，准备降落。

"等等，齐刚，这里的情况不明，先将直升机降落在村子的外面，我先到村子里侦查一下再说。"柴禾毕竟是警察出身，警惕性高。

"有什么大不了的？你看，灵灵和丽丽就在村子中心的那座又高又大的房子里。"齐刚不理解柴禾的提醒，直升机向影像里人脸识别无人机显示的方位飞去。

柴禾见齐刚不听自己的，用眼睛看了看共周思和汪行知，希望他们站在自己这边。

"齐刚，我觉得柴警官说得对，我们还是谨慎一些的好。"共周思说。汪行知和赵构成也同意柴禾的意见。

齐刚见大伙都这么说，便不好再坚持，他叫无人直升机掉头，在村镇外两公里的地方降落。

"你们先在这里等等，我先去侦查一下情况，再通知你们。"柴禾说。

"我和你一起去。"共周思说。

柴禾看了看共周思说："齐刚和我一起去吧。"

齐刚听到柴禾要他一起去，立即说："行，我们走。"他心里暗暗地想：我看这里应该没有什么危险。

"齐刚，不能大意，你跟在我后面。"柴禾看着齐刚，说。齐刚见柴禾把自己当成跟班似的，很不高兴。但他还是跟在柴禾的后面。

这是一个不小的镇子，而不是一个村。他们没有想到这个山坳里也如此繁华。镇子有一条街，不宽不窄，但比较繁华，街道两边有不少的铺子，卖的是一些日常用品和小吃。卖小吃的铺子里飘出来的香味，竟让齐刚不自觉地流口水。如果今天不是有要事，齐刚会好好在小吃铺里美餐一顿，尝尝这里的奇特风味。柴禾和齐刚装作是游客，假装看看这个，问问那个。他们发现这里的人都很友好，虽说这里的人看到他们两个都有些好奇，但没有看到警惕，看到的都是微笑。

柴禾走完进镇的这条不到一百米的小街，穿过几条小巷子，便来到了一群城堡似的房子面前。他们看到几个穿便服的人，在城堡似的房子周围走来走去。柴禾轻声对齐刚说："这些人肯定是这里的保安。"

"我们直接进去，找他们要人就行了。"齐刚说完，便径直向城堡的大门走去。可是还没有等他靠近大门，便有几个大汉挡住了他，问道："先生你找谁？"

"我找人，是两个女孩子。"说着便挥手准备打开脑伴，让他们看看灵心和朗声丽的影像。但当他准备挥手的时候，两个大汉架住了他的手，并将他的手拧到背后。齐刚被他们猝不及防的动作，吓了一跳。他立即进行了反抗，他用双脚蹬向两个大汉，准备将他们踹倒，但另两个人的拳头立即揍到了他的脸上。齐刚立刻感到脸上火辣辣的，他腾出手下意识地想摸摸自己的脸，可是当他的手还没有摸到自己的脸上时，头上又挨了一拳。站在不远处的柴禾看到齐刚无知无畏地和四个大汉打了起来。齐刚哪是四个大汉的对手。柴禾看到这四个大汉的格斗动作显然是训练有素。眼看齐刚就要吃大亏，柴禾立刻冲了上去，没有几下工夫，就将四个大汉击倒。在四个大汉倒地的瞬间，他抓起齐刚的手就跑，齐刚还没有反应过来便被柴禾拉着跑出十几米。齐刚奇怪，论个头，自己比柴禾少说高出半个头，体重比柴禾重一二十斤，他哪来那么大的劲。

柴禾拽着齐刚一口气跑了近一百米，在几栋土屋子的旮旯处停了下来，气喘吁吁地说："叫你不要去，你非去，好险啊！"

"这是什么鬼地方，难道里面住了军阀不成？"齐刚有些惊魂未定地说。

"这里非常复杂，地方武装、各种势力割据一方。一不小心你就会碰到一股土匪似的武装。"柴禾说。

"现在怎么办？怎么救出灵灵和丽丽她们。"齐刚有些懊恼地说。

"别急，等天黑了我们再进去救。"柴禾说完，就往来时停直升机的地方跑去。

"柴禾，跑回去干什么？我们还得救人呢。"齐刚不想和柴禾就这样回去。

"我们和思思他们想想办法，人多力量大。"柴禾说。

齐刚和柴禾回到了直升机上，柴禾向共周思他们讲述了刚才惊险的一幕。听完柴禾的讲述，赵构成说："这好办，黑进他们的监控系统就行了。"

"是呀，瘫痪他们的控制，我们常干这种事，而且百分百成功。"汪行知说。

"就是黑进了他们的监控系统，还有高墙大门，还有流动岗哨，我们怎么进去？"齐刚说，他对赵构成的自信将信将疑。

"办法总是有的。"赵构成见齐刚不相信自己，感到有些无趣。

"好啦，成成，你先搜索这里的情况，看看这是些什么人。"

赵构成一挥手打开了脑伴。可奇怪的是，在脑伴的影像里就是查不出这里是什么人的地盘，这地盘的主人姓甚名谁。"是不是这里没有网络？"

"完全有可能，这深山密林之中与外界的联系很少。"赵构成刚才还信心满满地说可以黑进监控系统，现在就像熄了火的发动机，歇了。

"我有办法。"共周思说。

"什么办法？"赵构成听说有办法，立刻来了精神。

"我们有无人机。"共周思说，"多调几架无人机过来，无人机可以将这里的情况摸得一清二楚。"

"看清楚有什么用，人还是不能进去，也不能将人带出来。"齐刚说。

"我有办法。"柴禾说。

"什么办法？"听柴警官这么说，大家立即高兴了起来，齐声问。

"我们来一个声东击西。"柴禾说。

"怎么个声东击西法？"赵构成问。

"我们在围墙边放一把火，看到外边熊熊大火，城堡里的人一定会出来救火，我们趁乱摸进去将人救出来。"柴禾说。

"这办法老土，没有一点科技含量。"赵构成不屑地说。

"你倒拿出一个有技术含量的办法来。"齐刚说。

"山人自有妙计。"赵构成说着，一边用手划拉着，一边用手指着影像，说，"看看，我将人脸识别无人机的母机调来了。"

果然，赵构成脑伴的影像里出现了一个大肚子、像鹰一样的无人机。齐刚说："我们又不能登上这无人机。"

"谁说不能上，无人机的母机可以负荷三百多公斤。"

"我明白了，成成的意思是在城堡里的人出来救火的时候，我们的无人机飞到城堡里去救灵灵和丽丽。是不是这样，成成？"共周思说。

"是这样的，还是你了解我。"赵构成有些得意地说。

"这算什么高科技含量，我们直接开直升机过去不就行了。"齐刚不服气地说。

"我们的母机上有天眼，直升机上有吗？"赵构成说。

"既然这样，我们还等什么？立即行动吧。"汪行知说。

可是，当他们准备用无人机母机去救灵灵和丽丽的时候，对谁去放火、谁来操纵母机的问题发生了争执。大家都争着上母机去救人，尤其是齐刚，他表示，他必须去救灵心和朗声丽。经过一番讨价还价，最后柴禾说："共周思，你在这里指挥，主要是用无人机观察这里的敌情，协调指挥我们的行动。"

"不行，柴警官，我必须去救灵灵和丽丽。"共周思救人的决心很大，看他那神情，像是说谁都别想拦我。

"谁做这里的指挥呢？必须有人将各方面的情况告诉我们行动的每一个人。我们这一次的行动是需要协调配合的行动，只要有一个人出了差错，我们的救人行动就会满盘皆输，而且还会有生命危险。"说到生命危险，柴禾立即想到了疫情，想到了神舟医院的传染病人，想到了"珊瑚"

病毒还没有消灭，想到了疫情或许会向全球扩散。如果向全球扩散，那是非常恐怖的事情，整个人类将面临巨大的灾难。能控制"珊瑚"病毒蔓延的，只有眼前这几个人，万一这几个人有个三长两短，后果不堪设想。想到这里，柴禾吓出了一身冷汗，他在心里想，不能让这些人冒险，必须让共周思他们三个人留在直升机上。说时迟那时快，柴禾"噼啪"三掌，将共周思、赵构成和汪行知击昏了，拉着齐刚下了直升机。刚下直升机又折返回去拿了两套防护服，便向城堡方向跑去，他边跑边在脑伴里对舒玉婷和程颖说："舒玉婷，你做总指挥，指挥协调我们的行动。程颖，你配合舒玉婷和齐刚。"

舒玉婷和程颖见柴禾将共周思他们三个人击昏，开始非常吃惊，但随即明白了他的用意。她们答应了一声说："柴警官，你放心。"

"你们知道怎么弄醒他们吗？"柴禾问。

"知道。"舒玉婷回答。

"如果我们有什么不测，你叫他们快走，征服'珊瑚'病毒的重任就靠他们了。"

"你放心吧，柴警官。"舒玉婷说。

"齐刚，你有什么事尽管吩咐。"程颖说。

柴禾继续向城堡方向跑去，边跑边说："舒玉婷，你让无人机母机跟着我们。"

无人机母机在空中距离他们一百米左右跟着他们。

不多时，城堡的西北方向升起火光，开始火光还不大，不一会儿火越烧越大，柴禾和齐刚通过母机上的天眼在脑伴里观察城堡里的动静。开始城堡里还没有什么反应，但随着火势的增大，城堡里跑出了几个人，渐渐地城堡里出来的人越来越多。看到这个架势，柴禾打了一个响指，无人机立即停到了他的身边，他们飞快地登上了无人机，无人机变成了有人机，悄悄地向城堡飞去。

"柴警官，在你的一点钟方向，离你五十三米，有三个人。"舒玉婷说。

"齐刚，在你的两点钟方向有一队巡逻兵，你们还不能下去。"程颖说。

"好啦，你们可以下去了。但要快，你们的时间只有一分钟。"舒玉婷说。她的话音刚落，程颖又说："等等，齐刚，你们可以在灵灵的那栋楼的屋顶降落。从屋顶往下第二个楼层，就是灵灵的房间。"

"朗声丽呢？"柴禾急问。

"她与灵灵是同一层楼，不过隔了三个房间。"程颖说。

"柴警官，我喊一、二、三，我喊到三时，你们就跳。"舒玉婷说。

"一、二、三，跳！"舒玉婷轻声地喊，舒玉婷的喊声刚落，柴禾和齐刚就从无人机母机上丢下了缆绳，他们抓住缆绳往下跳。他们跳到了屋顶，迅速向四周警惕地观察。此时，柴禾和齐刚都拔出了手枪，他们举着枪，找到了屋顶的通道口。齐刚推开通道口的门，柴禾举着枪殿后。他们背靠着背下了楼梯，也许这里的人都去救火了，也许柴禾和齐刚的动作很轻，他们没有发现有人。

"柴警官，灵灵就在你们下一层的右边房子里，她好像是躺着的。"舒玉婷说。

下了一层楼，齐刚轻轻地敲了几下门，看房内没有反应，又轻声叫了几声："灵儿。"仍然没有反应，齐刚又使劲推了几下门，推不开。

"我来。"柴禾说着从口袋里掏出了一个金属丝似的东西，在屋门的锁上鼓捣了几下，接着拧着门锁，用力一推，门打开了。门一开，柴禾和齐刚就闻到了一股难闻的气味，房间昏暗，没有灯光。齐刚想打开灯看看灵心在哪里。但他开灯的手被柴禾按住了，柴禾打开了微型手电。他们两个人忍住呕吐，寻找着灵心。

"柴警官，你来看看，这里躺了好几个人。"齐刚用微型手电照在几个躺着的人身上，搜寻灵心。

"齐刚，快找，谁是灵心。"柴禾问。

"柴警官，从左边数第三个就是灵心。"影像里的舒玉婷说。

"齐刚，有人向你们走来，而且还带着武器。"程颖说。

听说有人向他们走过来，还带着武器，他们立刻关掉手电。

"齐刚，你看清楚是灵心吗？"柴禾轻声地问。

"躺着的第三个人又黑又瘦，不像。"齐刚说。

"舒玉婷，你再确认一下从左数第三个是不是灵心。"柴禾说。

"不会错，我不仅对她进行了人脸识别，而且还进行了DNA扫描，错不了。"舒玉婷肯定地说。

"齐刚，有两个武装人员正向你们那里走去。"程颖着急地说。听到程颖的话，柴禾借着外面大火射进来的一点点昏暗的光，向齐刚轻声地说："你在门口警戒，我来背灵心。"

齐刚听柴禾这样说，迅速地走到了房门口，他见门是虚掩着的，便轻轻地将它关上。他举着枪，屏住气，站在房门那里一动不动。他看到柴禾抱起灵心后快步地移动到自己身边，齐刚轻声地问程颖："可以走了吗？"

"别出去，他们在你们的门口停住了。"程颖紧张地轻声道。

柴禾用耳朵贴着门仔细地听着，过了一会儿，听到了两个人下楼的脚步声。听着脚步声渐渐走远，柴禾立刻对舒玉婷说："快弄醒共周思他们，叫他们立即到这里的屋顶来接我们。"

"还有丽丽。"舒玉婷提醒柴禾。柴禾回答："我知道。丽丽就在这里的第三个房间。"

"进门的第一个就是。"舒玉婷说。

"好的。"

"柴警官，思思他们开直升机去接你们，被城堡里的人发现了怎么办？"

"管不了那么多了，只能冒险试一试。"柴禾说。

柴禾和舒玉婷说话间，齐刚背起了朗声丽。他们两个人，一人背一个向屋顶跑去。此时，刚刚下楼的两个人发现楼上有动静，便向楼上跑。当他们发现了齐刚和柴禾时，立即向他们射击。柴禾见两个武装人员向他们射击，立即还击。他们一边还击，一边向屋顶撤。当他们跑到屋顶的时候，共周思开着直升机也到了屋顶。激烈的枪声惊动了城堡里的人。枪声大作，子弹密集地向直升机射去，如同白昼的灯光，瞬间照亮了天空。

"快快，柴警官，齐刚。"共周思他们三人大喊。

不仅子弹，还有炮弹也在直升机的身边响了起来，直升机迅速拉升，可是炮弹的速度比直升机更快，而且火箭弹也上来了。

"快启动自救系统。"齐刚大声说，只见直升机做着各种动作，躲避着炮弹的袭击，不一会儿工夫，在炮火的浓烟中，直升机飞远了。

直升机在映着火光的天空中飞行了一会儿，确认已经安全的时候，他们都看着躺在地上的灵心和朗声丽，看到她们又黑又瘦，不省人事，大家都难受得流出了泪水。

第四十八章　形势突变，机器人暴乱

"快，去神舟医院。"齐刚说。

"不行，不能去神舟医院，那里是传染病医院。"共周思听说送医院，赶紧说。他看到汪行知和赵构成给灵灵和丽丽穿防护服，又说："成成，DNA无人机可以给灵灵和丽丽扫描吗？"

"距离太远，可能不行。"赵构成说。

灵心和朗声丽一直处于昏迷之中，直升机上的人急切地呼唤她们的名字，但她们没有任何反应。

汪行知没有带医疗急救器械，他摸着灵心和朗声丽的脉搏说："脉搏跳动很微弱，让她们休息吧。"

听汪行知这么说，大家也停止了呼喊。直升机以最快的速度飞到了顿柯市的上空，DND无人机立即对灵心和朗声丽进行了扫描，她们两人没有感染"珊瑚"病毒，大家松了一口气。

"柴警官，你们红十字会有医生吗？"共周思问。

"我们那里的医生都去顿柯市医院了，现在没有医生。"柴禾说。

"没有医生，有病床就可以了。"汪行知说，"灵灵和丽丽现在需要治疗。"

"红十字会有急救车随时待命，先将她们送到急救车上去，行吗？"柴禾说。

"行，急救车上应该有急救设备和药品。"汪行知说。

直升机降落在度假村的院子里，齐刚和柴禾他们立即将灵心和朗声丽抬上了急救车。

"柴警官，快给灵灵和丽丽准备一个房间。"共周思说。

"不需要房间了，我马上带灵灵和丽丽回国，我爸的潜艇已经在路上。"齐刚说。

听到齐刚说回国，共周思他们才想到到J国已经一个多礼拜了。要不是这里的传染病，应该早都回国啦。此时，他们想起了刚刚成立不久的时空折叠公司。

"思思，成成，我们也应该回国了。"汪行知说。

"你们走了，这里的传染病怎么办？神舟医院怎么办？隔离的病人怎么办？那么多的机器人怎么办？"柴禾听说他们也要回国，着急地说。

"别急，柴警官。"共周思说。

"共周思，留下汪行知医生，你们都下去吧，过不了几个小时，潜艇就会来。"齐刚看到急救车里挤不下这么多人，说。

"知知，你照顾好灵灵和丽丽，她们两人先回国也好，国内的条件比这里好。"

"思思，我们回国吧。"赵构成也说。

听赵构成和汪行知都说回国，共周思看了一眼柴禾，只听柴禾说："这儿怎么办？"

"这里不是我们的事，我们是科技工作者，不是J国当局。我们已帮忙建立治疗菊状红肿传染病人的一整套模型，而且也成功了，我们也算是尽到责任了。"

"我来问问情况。"共周思见赵构成说得有道理，他一挥手，打开脑伴，问"照妖镜"："'照妖镜'，顿柯市的'珊瑚'病毒扫描完成了吗？"

"主人，顿柯市已经扫描完成，共有一千三百四十五例病人，已经送到神舟医院了，现在按照主人的指示在顿柯市周边进行扫描。""照妖镜"回答。

"看来顿柯市的感染人数比我们估计的要少。"共周思问完"照妖镜"，又问龙精海，"龙院长，神舟医院的情况怎么样了？"

"非常好，主人，临床试验已经完成，免疫机器人正用于所有的病人。"

"思思，我们已经设计建立了无医生医院，建立了生物电子模型、X免疫细胞机器人，消灭了"珊瑚"病毒，我们可以回国了。"赵构成再次强调。看来他是回国心切。

柴禾听赵构成说得在理，但还是不放心，说："共周思，这里的一摊事交给谁呢？"

"交给你们红十字会吧。"共周思想了想说，他看到柴禾有些吃惊，便说，"柴警官，我设计了一个机器人总管，这个机器人总管会总管这里的一切，并听从你的指挥。"

"不用交给我了，我也要回国，我建议交给J国当局就行了。"柴警官说。

"可以，你愿意给谁就给谁。"共周思说，"这个机器人听你的。"

共周思他们离开急救车，向他们的小会议室走去。他们到了消毒房，脱下了防护服，来到了小会议室。赵构成打开放在一边的折叠床，往床上一躺说："思思，我彻底征服了病毒。"

"是啊，思思，我们打了一场病毒歼灭战。"柴禾也躺在了折叠小床上。

"不是我们，而是全人类。"共周思说。他没有往床上躺，而是一挥手打开了脑伴，脑伴一打开，立即出现了灵剑柔的画面。

"周思，听说找到灵儿了。"灵剑柔坐在客厅里，夫人尚燕陪着他。

"是齐刚和柴警官从深山城堡里背出来的。"共周思说。

"事情的经过我都知道了，如果没有你的人脸识别无人机，是找不到灵儿和丽丽的。"

"这种人脸识别技术早就有了，算不上什么新东西，我们只是换了一个形式用上了。"共周思谦虚地说。

"人脸识别技术是算不上什么新技术，但要在高山密林中寻找灵儿和丽丽，需要强大的信号处理器，没有你的'共氏算法'，根本做不到。"灵剑柔对共周思的感谢是诚心的。

"什么'共氏算法'，那是外面的谣传。"

"而且你们还打了一个病毒歼灭战，使人类避免了一场大灾难，了不起呀，周思。"

"灵总，您别夸我啦，这是全人类共同的意志战胜了病毒，您不也捐赠了一万个护理机器人吗？"共周思对灵剑柔这样有责任心的企业家是非常尊重的。

"共周思，国际红十字会的秘书长刚才在耳伴里告诉我，顿柯市的市长对你们帮助他们战胜疫情，表示衷心的感谢。"柴禾的语音刚落，共周思他们就听到了房子外面的吵闹声。弓身外望，他们发现不少人正向度假村走来，他们皮肤黝黑，头上裹着红色、黄色和绿色的头巾，脸上绽放着笑容，嘴上露出洁白的牙齿，有的身上还挂着佩带，捧着花。他们走到度假村的大门前，要求门岗开门，但门岗不同意打开，他们就在门前叫喊着共周思、赵构成、汪行知的名字。听到这些人叫他们的名字，共周思对柴禾说，这是什么意思？

"这些人是在向你们表示谢意。"柴禾说，他的话刚说完，就听到了五号地主的声音："你是国际红十字会的柴禾吧，我是五号地的普迈。"

"普迈先生，你好。我是国际红十字会的柴禾。"柴禾说。

"今天我请你们来我的庄园做客。"普迈盛情地邀请道。

柴禾用眼睛望着共周思，共周思连忙摆手，柴禾会意，对着耳伴说："普迈先生，非常感谢您的邀请。共先生他们今晚回国。"

"就算回国也要来我这里坐坐。"普迈见他的邀请遭到了拒绝，明显有些不高兴。

柴禾见普迈不高兴，心里明白，此人不能得罪。神舟医院是建在他的地盘上，神舟医院能够不受外界干扰，主要还是靠此人的武装。可以说，在这场"珊瑚"病毒战役里，J国数他贡献最大。想到这里，柴禾没有再去征求共周思的意见，而是直接说："普迈先生，可以。"

"好，晚上我派直升机去接你们。"普迈在柴禾的耳伴里说。他想，这里离普迈的庄园不远，还用得着直升机吗？但当他看到潮水般出现在度假村边欢呼的人群时，明白了，他们要离开这里，除了直升机，还真出不去。

听到柴禾答应晚上去普迈庄园赴宴，共周思说："柴警官，齐刚的潜艇一到，我们就和他们一起回去。"

赵构成看到外面欢呼的人群，心里乐开了花，这是人生第一次有这么多人给他送花，向他欢呼，使他顿时产生了强烈的英雄感。他想去赴宴，去感受他们的欢乐，被他们当作英雄，抛向空中。但当共周思说到回国时，立即想到了他们的时空折叠公司，想到了他们的世界超一流的实验室和数据库，想到了能使光线弯曲、时空折叠的引力场，还有乌村，还有躺在急救车里奄奄一息的灵灵和丽丽。想到这里，他恨不得立即回国，现在就走。

"共周思，顿柯市市长过一个小时后会来这里拜访你们。"柴禾刚才出去一会儿，回到会议室里对共周思说，"他要当面感谢你给他们市解除了疫情，挽回了几十万人的生命。"

这突如其来的祝贺和欢呼让共周思很不习惯，自己只是尽了一个科学工作者的本分，是人类的共同智慧和努力消灭了"珊瑚"病毒，自己并没有什么大的功劳。共周思不想当英雄，不愿接受那热烈的欢呼。他想躲，可是，现在这里他做不了主，只能听柴禾摆布。

"思思，齐刚让我告诉你，他的潜艇一小时以后就会到。"共周思的耳伴里传来了汪行知的声音。

"正好，思思，我们撤。"赵构成说。

"对，我们走。"共周思一挥手，看到了脑伴里灵心和朗声丽的影像，看到灵心和朗声丽还躺在那里不省人事，更加决心要尽快离开这里。

柴禾看到共周思他们不知是不愿意，还是很不习惯这热烈的感谢方式，看到他们决意现在就要回国，便说："共周思，这里治疗传染病人的工作，你们还得管，哪怕是回了国。"

"那是必须的，我们可以在脑伴里了解这里的情况。"共周思说。

"共周思，你不是说要设计一个机器人，总管这里的DNA无人机、X免疫细胞机器人以及神舟医院吗？"

"就交给龙精海全权负责吧，我等会儿就把这里的DNA无人机、X免疫细胞机器人、生物电子数字模型等集合成一个模型传给你，你再传给J国的最高当局，也就算是这次消灭'珊瑚'病毒的一个科学成果吧。"

"思思，还有半个小时，我们就要出发了。"赵构成说。

"好吧，我们去急救车里将灵灵和丽丽抬到齐刚的直升机上去。"

看到外面围得水泄不通的人群，柴禾对齐刚说："齐刚，叫直升机停到度假村后院。"

直升机立即向度假村的后院飞去，直升机一停下来，急救车也到了那里。他们将灵心和朗声丽抬上了直升机，直升机立即拉升，向海边飞去。

突然，共周思在耳伴里听到神舟医院龙精海的声音："主……人。"龙精海的声音很微弱，一点都不像平时清晰的声音，"它……们……叛……乱……了。"

"叛乱？"听到"叛乱"两个字从共周思的嘴里说出来，大家非常震惊，齐声说，"叛乱？谁叛乱？难道是顿柯市叛乱？"

听说叛乱，共周思脑子里第一个反应是，这里的军阀和各个势力之间打起来了，如果这里的军阀之间开战，或者又有新的叛军进攻顿柯市，对神舟医院和医院里的病人，以及DNA无人机、无人救护车还有护理机器人，将都是灾难性的。要知道这些机器人和无人机，没有逃跑和躲避的思维程序。

"龙院长你别急。"共周思在耳伴里对龙精海说。

"快打开脑伴，看看龙精海。"赵构成提醒说。

共周思听到赵构成的话，立即一挥手，打开了脑伴，脑伴的立体影像里，龙精海躺倒在办公室的椅子上。共周思他们看它呼吸困难，眼睛里的光亮也在渐渐暗下来。

"快救救龙院长。"汪行知说。

共周思干脆利落的手立即在脑伴的立体影像上飞快地划拉着，滑动速度之快，直看得齐刚目瞪口呆，他都没有看清共周思的手，只看到手的影子在闪烁。

共周思立即启动了龙精海的自救系统。龙精海得到启动自救的指示后，恢复了一些体力，它从椅子上坐了起来，眼睛里的光慢慢亮了些。可是，还不到一分钟，当共周思以为龙精海慢慢会恢复过来的时候，突然它又倒了下去，目光又渐渐暗下去了。

共周思看到这种情况，一时有些慌了神，汪行知和赵构成恨不得立即将影像里的龙精海扶起来。

"思思，快看看其他的机器人。"汪行知和赵构成已经打开了脑伴，看到了影像里奄奄一息的龙精海。

共周思立即将影像切换到神舟医院，他发现，医院里的机器人也和龙精海一样，走路摇摇晃晃、撞撞跌跌，动作迟钝。有的机器人对病人不理不睬，机器人之间相互冲撞，还有不少机器人和病人发生冲突，有的机器人居然和病人打了起来。

共周思他们看到护理机器人变得越来越暴力，不仅攻击病人，机器人之间也相互攻击，整个神舟医院一片混乱。

"快看，顿柯市的救护机器人也打起来了。"赵构成说。他看到，无人驾驶救护车也不听指令，在路上横冲直撞，吓得路上的人纷纷躲进了建筑物里。在城市和村镇的路面上，横七竖八地躺着很多小车。DNA无人机也在乱飞，就像无头苍蝇似的。

"思思，不好，医院里的机器人在打砸了，病人吓得躲到了病床底下。"汪行知说。

忽然之间，也不过就是三五分钟的样子，共周思他们建立起来的神舟医院、DNA无人机、救护机器人、护理机器人都濒临瘫痪，消灭"珊瑚"病毒的方舟工程、用共氏算法建立起来的DNA无人机模型、无医生医院的模型、生物电子模型顷刻之间轰然毁灭。速度之快，连方舟工程的总设计师共周思都猝不及防。尽管他做了最坏的打算，设计了整个工程的自我修复和自救系统，还设计了机器人的自律系统，命令机器人不得和病人有任何肢体和语言上的冲突，不能有任何伤害病人的行为。此外还设计了自毁系统。可以说，共周思的设计是思虑万全的。

"思思，怎么办，怎么办？万一没有痊愈的病人跑出来，后果将不堪设想。"赵构成急得脸都白了。

别说是一千多个传染病人跑出医院，就算跑出了一个传染病人，他将会作为传染源，将病毒传染给几万甚至几十万人。那可是人类的大灾难，更是自己的罪过，必须立即阻止机器人的暴乱。共周思立即启动了医院的应急系统，关上了病房的门和医院的门。突然，共周思、赵构成、汪行知和齐刚的头好像被什么撞击了一下，与此同时，直升机也颤抖了一下，接着在空中盘旋起来，好像是一下失去了方向。

共周思四人感觉脑部一阵刺痛。"不好，齐刚，直升机必须飞回去，这样会坠海的。"齐刚听到共周思这样说，立即切换成人工驾驶，自己向海边开去，尽管他拼命地握紧操纵杆，想稳住直升机的下坠，但直升机还是颤颤巍巍地往下降。共周思没有注意直升机的下降，就连灵心和朗声丽两个人的手动了动，并且呻吟了一声，也没有注意。他咬紧牙关，一只手拍打着自己的头，一只手在脑伴的影像上划拉着。

脑伴的影像里，神舟医院的机器人与机器人之间，机器人和病人之间的相互攻击和打砸，使神舟医院此时就犹如火药库，随时可能会爆炸。如果这火药库爆炸，亿万个"珊瑚"病毒可是比火药威力强大数亿万倍。

脑伴的影像里，共周思还看到了本来平静的柯顿市街面，有的地方已经燃起了大火。

突然，共周思大叫一声，抱着头倒在了地上，昏死了过去。紧跟着汪行知和赵构成也大叫了一声倒下。齐刚看到他们倒在地上，开始还感到莫名其妙，没想到自己的头也突然疼痛难忍，接着也抱着头倒了下去。

第四十九章　濒临毁灭之际，给病毒一个"家"

共周思昏倒在地上。身体虽然倒了，但他忍受着大脑的疼痛，用意识飞快地思考，必须立即制止机器人失常、发狂。要制止机器人失常、发狂，必须找到原因。他将这几天建立DNA无人机、X免疫细胞机器人的生物电子模型、无医生医院的量子治疫模型，用他的"共氏算法"搜索检查了一遍，并随即进行了分析，没有发现有什么错误或漏洞，甚至没有发现瑕疵。问题出现在哪？为什么与方舟工程有关的所有系统都出了问题，不仅自己的脑伴受到了如此强烈的攻击，而且所有与自己有关的人的脑伴都受到了波及。

共周思越想头越疼得厉害，他浑身颤抖着，牙齿咬得咯咯作响。问题的核心在哪？是不是自己的算法有问题？不可能啊，自己的"共氏算法"是以人工智能算法为基础上建立的。他坚信自己没有出错。突然，他想到了，问题应该出现在量子计算机上，也就是那台神舟医院的量子计算机有可能中毒了。想着想着，他大叫一声："不好。"如果神舟医院的量子计算机中了毒，那所有与量子计算机联网的人的脑伴都会中毒。X免疫细胞机器人与全球传染病医生的脑伴是连线的，这些医生的脑伴也将和自己的脑伴一样受到攻击，而脑伴与人的脑神经，甚至是人的意念也是相连的。共周思仿佛看到了无数的医生头疼欲裂，像他一样痛不欲生的情景。如果情况进一步恶化，病毒会通过脑伴攻击量子网络，整个人类将面临瘫痪。共周思仿佛看到了全人类抱头鼠窜的景象，吓得他心脏狂跳，浑身大汗淋漓。他双手抱着头，忍着痛，急速地思考：攻击神舟医院量子计算机的病毒会是什么？又是从哪里来的？共周思用他的"共氏算法"以超光速进行排错，试图找出原因，但仍无济于事。此法不行，必须换一种方法，用成成的加法试试。他忍着大脑炸裂般的剧痛，极力睁开眼睛，叫着"成成，成成"。赵构成没有反应。他用眼光扫视直升机内的每一个人，希望他们能帮他，告诉他怎么办。突然，他的眼前一亮，他看到灵心正看着自己，目光中透着深情和思念。这目光像一道闪电划亮了漆黑的夜空，像一股清泉流进了他焦渴的心田，像和煦的春风抚慰着他发烫的躯体。他的精神立即为之一振，一股巨大的力量传遍全身，头脑的疼痛立刻被驱赶得无影无踪。随即他感到脑伴里的力量剧增，刚才还奄奄一息的脑伴，现在动力强劲。共周思深情地看着灵心。他们拼命地向对方爬去。

共周思的脑伴瞬间恢复了正常。他立即又用他的"共氏算法"删除所有错的，留下对的、对的、更对的。所有的变量之中只剩下"珊瑚"病毒这一唯一的新变量。对，就是"珊瑚"病毒袭击了神舟医院的量子计算机，使量子网络中毒！共周思高兴得想一跃而起，但他的身体却不听使唤。他躺在那里，又想，"珊瑚"病毒不是已经被消灭了吗，现在为何又死灰复燃了呢？此时的共周思和灵心仍在深情对望着。他的思维非常快，立即想到了"珊瑚"病毒并没有死，"珊瑚"病毒细胞从X免疫细胞机器人那里得到了能量，通过免疫细胞机器人侵入了与免疫机器人连线的量子计算机，使量子计算机中毒，又通过量子计算机侵入量子网络，使量子网络中毒，最终导致人类的脑伴中毒。"珊瑚"病毒不仅生命力极强，复制迅速，而且非常狡猾，所以感染力非常恐怖，极具攻击性。如何消灭它，保护量子网络，制止所有机器人的暴乱，恢复量子网络正常？

发现问题容易，解决问题很难很难。如何彻底击溃"珊瑚"病毒？此时共周思想到了成成，如果他没有晕倒，他的脑伴还运行正常，他会提供全人类消灭"珊瑚"病毒的方案。他看了看脑伴里的舒玉婷，希望她告诉自己从什么地方开始解决"珊瑚"病毒。他又看了看汪行知，心想，如果他的意识正常，会灵感迸发，给你意想不到的好主意。

他看着躺在他身边昏迷不醒的赵构成、汪行知，心很痛很痛。想到他们在一起的日子，想到刚创立的时空折叠公司。想到"时空折叠"，他灵机一动，心想，在宇宙时空，有使光线弯曲、时空折叠的强大引力场；在人的思维时空里，人的想象、意志也是强大的，它可以弯折思维的时空，使思维里的时空折叠。人的意志、想象的精神力量不就是巨大的引力场吗？小小的病毒算什么，我就不信灭不了你。想到此，共周思立即信心倍增，他望着灵心深情的目光，思考着如何建立降服病毒的模型。

尽管共周思的脑伴已恢复大部分动能，然而不管他如何努力，不管他如何在思维的时空里折叠，用他脑伴的深度学习系统学习人类有史以来治疗传染病的方法、经验、教训，但都无法找到迅速杀灭"珊瑚"病毒的办法。他将自己当成细胞与"珊瑚"病毒进行搏杀，结果是与病毒战斗的时间越长，自己的消耗就越多，力量也越来越弱。从开始的进攻渐渐变成防守，最后溃不成军。

形势万分危急，共周思脑伴里的影像越来越模糊，他闭上眼睛，想到人类量子网络被病毒瘫痪，仿佛看到天空中的飞机失去控制从空中坠落，飞机上几百万人失去生命；仿佛看到了全世界千千万万辆无人驾驶汽车的驾驶系统被病毒感染而突然失灵，到处横冲直撞，无数的路人被撞飞；仿佛看到无数医院手术台上的病人因医生脑伴中毒而无法手术惨死在手术台上；仿佛……这一切太可怕了。共同思不敢去想了，感到了绝望，他已经没有力气去消灭病毒了，他拯救不了这个世界，改变不了这个世界，他闭上了眼睛。他向灵心爬去，他现在唯一的心愿就是和灵心在一起。他感到浑身无力，爬得很慢很慢，一点一点地蹭，灵心也拼命地向他爬去。两个人都向对方爬去，两个人的手都拼命地想抓住对方的手。尽管他们爬得很慢很慢，但他们的距离在一点点地缩短。终于，他们两个人的手握到了一起，就当他们的手握在一起的一刹那，共周思听到灵心很轻很轻、一字一句的声音："思思，回家。"

"回家。"听到灵心说要回家，共周思脑海里出现了美丽的家乡，那清澈的小溪，那金黄色的麦田，还有那皑皑的雪原。这画面犹如一道闪电划破了漆黑的夜空，犹如一场春雨滋润着干涸的地面。他的脑海豁然开朗。

对，回家！每个人都向往着回家。世界上一切生物都有家。人体的细胞有生命，有家。病毒细胞也是生物，有生命，也想有家。开始它找到新宿主后，想安个家，只是希望人体给它们一点点养料、一点点蛋白质，它便在家里安分守己，不会侵害其他的细胞，不会伤害人的健康。可是，自己的所有模型都是要围剿它，使它没有自己的家。和世界上所有生物一样，家的力量是强大的。"珊瑚"病毒是不可能消灭的，因为它也要有个家。自己所有消灭"珊瑚"病毒的理念和模型都是错误的。是人类将"珊瑚"病毒当作敌人，导致了病毒的反抗。人类要与病毒和平共处，给病毒一个家，一个温暖的家。想到这，共周思不知从哪里来的力量，从地面上腾地爬了起来。他飞速地打开了脑伴，然而他的脑伴影像仍然是黑的。他在脑伴里的影像上划拉着，但不管他多么努力，影像仍然是黑的。

他无望地停了下来，极力思考着，他在心里念叨着："量子网络已经被病毒感染，'珊瑚'病毒还不知道人类已有和它和平共处的想法。"量子网络不能用，该用什么方法告诉它呢？共周思想，他的"共氏算法"在高速运行，突然他想到了电子计算机，想到了电子互联网，他心里说："对，不用已经被病毒感染的量子网，用电子网络，用电子计算机与免疫细胞机器人连线，让它们和'珊瑚'病毒谈判。"共周思立即用自己的脑伴与电子网络连线，并将自己的指令输入给免疫细胞机器人，让它们立即停止与"珊瑚"病毒的战斗。刹那间，共周思发现自己脑伴上的影像已经开始清晰了，但还没有完全恢复到正常状态。共周思将脑伴里的影像切换到神舟医院，他想看看龙精海，他发现龙精海恢复了一些知觉，眼睛里透出了一些亮光。他又看看身边躺着的汪行知、赵构成和齐刚，他们的眼珠在转动，这时灵心和朗声丽已经开始恢复了一些意识，但仍然浑身无力，随时都会昏过去似的。

"我要回国。"沉寂的直升机里传来赵构成轻微的声音。随后，汪行知也逐字逐句地吐出了"回家"两个字。与此同时，共周思也听到了耳伴里舒玉婷和程颖亲切的声音："回来。"听到他们的声音，共周思在心里回答："成成、知知，我一定要带你们回国。灵灵、丽丽，我一定要带你们回家。婷婷、颖颖，我们一定会回去的。"

共周思认为已经指令免疫细胞机器人停止战斗，与"珊瑚"病毒谈判。随着战斗的停止，"珊瑚"病毒会撤销对量子网络的攻击，回到宿主那里安家，自己的脑伴就会恢复正常。但是局面完全没有按照他的设想而改变，"珊瑚"病毒并未完全放弃攻击，如果继续这样，传染病人还不可能痊愈，病毒的扩散仍未得到根除。怎么办？怎么办？共周思望着齐刚、汪行知、赵构成以及灵心她们，希望从他们那里得到答案，但他们没有反应。怎么办？怎么办？他又看着赵构成，希望他的"赵氏加法"能给他无数个解决办法，然后通过"共氏算法"找到更有效的解决方案。可赵构成只是有气无力地躺在那里。他又看了看汪行知，想到他说的治疗传染病的生物化学模型，由生物化学模型他又想到自己的生物电子模型，他在心里默默地对自己说："不将病毒细胞作为生物体，而是将它们作为带电体，病毒细胞带负电荷。"想到这里，共周思双手拍了一下，豁然开朗地说："让免疫细胞机器人向病毒细胞释放正电荷。正负电荷相吸，电场平衡了，病毒细胞就会安分，可以与人体的正常细胞和睦相处。"

说时迟那时快，共周思立即指示电子计算机，通过免疫细胞机器人向"珊瑚"病毒释放正电荷阳离子。病毒细胞在带正电荷阳离子膜里安家落户。立刻，共周思的脑伴影像清晰了，赵构成、汪行知、齐刚也恢复了正常。共周思将脑伴里的影像切换到神舟医院，发现龙精海已经恢复了往常的笑容。赵构成发现龙精海此时脸上的笑容特别灿烂。他不停切换着影像里的画面，发现所有的机器人都已恢复正常。

"共周思，刚才是怎么回事？我的脑伴突然失灵，人也昏过去了。"他的耳伴里传来了柴禾的声音。

"没事，柴警官，都过去了，一切照旧。"共周思此时也难以掩饰自己的喜悦。

"思思，回家。"灵心轻轻地对共周思说。

"是的，灵灵、丽丽，我们回家。"共周思说。他想，是灵灵刚才的一声"回家"救了大家，救了神舟医院的病人，救了机器人和量子网络，救了全人类。

家，不仅对人类，对每个生物都具有无比强大的力量。

第五十章　惊魂：磁辐射感染来袭

将J国抗疫的事交给了柴禾，共周思、灵心他们乘齐刚的潜艇到了公海，再从公海坐快艇回了国。回国途中，齐刚忍不住问灵心这两个月的情况，灵心和朗声丽断断续续地作了回答。她们被叛军的炮轰倒下后，不知过了多久，才从炮弹坑里爬出来，先是晕头转向地只顾逃跑，结果在森林里迷了路。后被叛军武装抓住，做了几天的苦力，在难民的帮助下逃了出来。后来又被一伙持枪的人抓住关了起来，被关的地方就是共周思救她们的那个城堡，在那里做了几天的苦力便病倒了。一连一个多月躺在那个房间里，每天虽说有些吃的，但两个人的病得不到治疗。如果不是共周思他们来救，估计撑不了几天。

听完灵心、朗声丽有气无力的讲述，大家都非常难过。

"灵灵、丽丽，我们回家了。"齐刚说。

"灵灵、丽丽，你们好好休息，我们很快到家。"共周思、汪行知、赵构成说。

快艇很快回了国，齐刚护送灵心和朗声丽回了家。共周思他们也回到他们的住宅休息。

回国后的第三天早上，共周思的耳伴里传来了灵心的声音："思思，还记得乌村吗？"

"当然记得，一刻也没有忘。"

"思思，上次我们不是取回了一些矿石、树枝的样品吗，不知现在检测得怎么样了？"

"做了一些分析，有些性能我们还没来得及做，因为红光公司的一些法律纠纷，我们没有时间去做进一步的测试。"

"那能不能现在抓紧测一测？乌村的事，我们要抓紧点。在J国的时候，每当我想起那一大群孤儿，那一个个呻吟的病人，心里就难过。"灵心真是有一颗伟大善良的心，刚从死亡中逃出来，身体还没有恢复，就惦记着失学的孤儿和呻吟的病人。

"好的，我马上就去测。"共周思说。

"那就谢谢你了，如果有什么消息，请你及时告诉我。"

"没有问题。"

"还有，我想尽快去一趟乌村，不知你愿意陪我一起去吗？"

"当然愿意。"共周思说。虽说时空折叠公司初创，寻找引力场的事要立即启动，但直觉告诉他，乌村有他们要找的东西。

共周思给汪行知、赵构成、舒玉婷三个人发了脑伴，叫他们一起讨论研究乌村矿石的事。

"思思，我们是不是又要去一次乌村？"汪行知问。

"如果能把我们的'曲光号'找回来就好了。"赵构成说。

"思思，我在检测分析从乌村取来的样品时，总觉得一种东西在分子之间游离着，这游离的东西好像力图改变分子结构。"

"是矿石还是树枝？"共周思问。

"两样都有。"

"不会是有微磁场吧？"共周思说。

汪行知愣住了，他盯着共周思看了好一会儿，说："思思，你又有奇思妙想。"共周思独到的思维是让汪行知他们折服的地方，他接着说，"你的猜想太有意思了，没准是这么一回事。"

"这个微磁场应该可以测出来，我想尽办法去捕捉这个东西，但都没有办法检测到。"汪行知说。

"既然我们怀疑是磁场，我们就锁定磁场测。"共周思说。

"我们的实验室没有仪器可以测到那微弱的磁场。"汪行知说。

"那就外协，你们知道哪里有仪器吗？"

"我现在就查。"赵构成立即在脑伴上划拉着，不到一分钟，赵构成就有了答案：有一家私人检测机构。

"我们就去那家私人机构。"共周思说。

"那家机构不对外，好像很神秘，我正在突破它的防火墙，看能不能黑进他们的数据库。"赵构成说。

过了十多分钟，赵构成才说："目前我只能进入它的外层，这家机构是外国人开的，专门针对外国的几家世界著名的大公司和研究机构，从来不接另外的业务。"

"明天去试试看，看能不能说服他们帮我们测测。"共周思说。

"好的，我们明天去。"

"我也去。"程颖说。不知什么时候，她的脑伴和他们连线上了。

第二天，共周思他们去了那家私人检测机构，找到部门经理，部门经理说做不了主，又找到他们分管的副总经理，与副总经理谈了很久，副总经理没有同意，共周思要求见他们的总经理。在共周思他们的再三请求下，总经理出来见了他们。无论共周思他们如何恳求，总经理就是不同意，没有其他的办法，共周思他们只有无功而返。在回来的路上，赵构成说他们不同意，我们就偷闯进去，省得那么麻烦。

"我同意。"汪行知说。

"行是行，但不知道怎么进去，像这样神秘的机构，防守肯定很严。这里可不是非洲。"舒玉婷说。

"再严的防守都有漏洞。我来想办法突破他们的安防系统。"赵构成对于"鸡鸣狗盗"之类的特别来劲，只要有什么破坏别人的防火墙、安防之类的事，就特别兴奋，并且不达目的决不罢休。

"行，我们就偷偷溜进去。"共周思说，"成成，还是你来'黑'。"

"没有问题，我现在就'黑'。"赵构成说。

这家检测机构的安防系统确实不像非洲的，也不像霞光公司的，花了一个通宵，赵构成才搞到这家检测机构的建筑结构图，由此搜到了他们的安防系统。

赵构成说："这可是世界最坚固的安防系统之一，我们可以进去，但关键是我们进去后，如何操作仪器，如何进行检测。"

"你们别急，我正在搜他们仪器的说明书和操作手册，搜出来后，我们再进行仿真训练。"共周思在脑伴上滑动着，说。

"没有问题。"汪行知说。

"我干什么呢？思思。"程颖说。

"你？"共周思有些惊讶地看着程颖，想了想说，"你去找一辆大卡车，如何？我们失败了，你直接开着大卡车撞进去接应我们。"共周思看着程颖有些惊讶的样子，忍不住笑了。

程颖看到共周思笑了，撒娇似的说："思思，你别开玩笑了，我到底干什么？"

"开大卡车，撞检测室不行，你就开一辆跑车，躲在一个不容易被人发现的地方，随时接应我们。"共周思说。

虽然不能进入检测室重地，但能参加行动、有任务程颖就高兴。

像上次偷闯霞光公司的实验室一样，共周思他们在那家机构完成了样品的检测。只是上次是检测样品的分子结构，这次是检测分子之间游离的微磁场，更难。

任务完成，他们高兴地回到了共周思的住处兼时空折叠公司办公室。他们刚坐下，共周思的耳伴里传来了灵心的声音："思思，我准备过几天去乌村。"

"灵灵，样品有些问题。"

"什么问题，严重吗？"

"没什么严重，就是想彻底弄清楚我们的一些猜想。"共周思说。

"关键是对乌村有实用价值吗？"

灵心的这句话提醒了共周思，自己过分地追求科学原理，对其是否有实用价值没有去考虑。当灵心问起时，他一时还答不上来。

"思思，你在听我的话吗？"灵心问。

"在听，只是我还没有对实用价值进行评估，你的问题我一时还答不上来。"

"那你们就赶紧评估吧。"

"行，我们立即进行评估，尽快给你答复。"

"好的，乌村那里那么穷，病人多，人的寿命又短，应该值得我们更多地关心。"灵心说，她的心就在弱者的身上。

"是的。"

共周思想，理论上，世界上的一切物质都是有用的，乌村的矿藏、森林肯定有用。经过对矿石的初步分析，矿石应该是炼钢、炼铁的好材料，开发出去，不仅可以使乌村脱贫，还可以致富。乌村的矿石不仅可作为炼钢的好原料，也许还有特殊的作用。如果在分子之间有磁场，也许还有更特别的价值。乌村人的寿命那么短，是不是因为那里的人像矿石那样受到了磁场射线的感染？人体是一种微电场的弱平衡，如果这个平衡被破坏，人就会得病。就像非洲J国感染"珊瑚"病毒的人那样。想到这里，共周思越发觉得有必要弄清矿石里面是否存在磁场。

为了弄清矿石中的游离微磁场从何而来，共周思要赵构成用他的"赵氏加法"从量子网上搜、问。赵构成搜了很多的答案，交给共周思，共周思用他的"共氏算法"很快得到了答案：矿石已经被磁场的射线污染了。

共周思带着这个问题，去问国内一所著名大学里专门研究磁场的知名专家赵教授，赵教授在共周思脑伴的影像上，反复看了很久，最后对共周思说："能够污染砂石，说明那里磁场强度很大。"教授说。

"您认为这磁场对人体有没有影响？"共周思问。

"应该有影响，但影响到底有多大才能造成伤害，那要做测试才能确定。"赵教授说。

"您的大学有这种测试设备吗？"

"我们学校没有，你最好到医学院去咨询。"教授说。

"谢谢您。"共周思说。

当共周思回到他的住处兼时空折叠公司办公室时，除了舒玉婷、汪行知、赵构成，灵心和朗声丽也在。

"思思，灵灵是来问我们什么时候有空和她去乌村，还问样品分析得怎么样了，矿石是不是可以用。"舒玉婷对共周思说。

"思思，乌村的事我一直放心不下，想越早点过去越好。"灵心说。

"矿石是有价值的，而且价值不小，但我们还需做进一步的试验才能最后确定。"共周思说。

"如果有用，有开采价值，我认为，我们就应该向政府建议，或者通过我的慈善基金会的平台，向全世界募捐开发。"灵心听说有价值，很高兴，停顿了一下说，"下一步的工作就是通那里的路，矿有价值，运不出来也不行。"

"还必须找到投资商，那里的开采可是一笔不小的资金。"共周思说。

"我们可以招标。"朗声丽说，可能是在基金会待得时间比较长，朗声丽这位歌唱家也学会了商业运作。

"思思，我们是不是一边将矿石拿到我们的中心实验室做中试，一边检测磁场。"汪行知说，"这样可以加快进度。"

"两方面同时进行当然可以。"共周思说。他心想，现在最重要的是矿石的磁场污染。如果乌村是磁场污染，不就找到了乌村那么多人生病和寿命短的原因了吗？当然这个想法共周思没有说出来，因为有灵心和朗声丽在场，他不想说一个没有得到证实的假设。

"你们说的矿石磁场是什么意思？"朗声丽说。

"没有什么，主要是分子结构的问题，我们正在弄清楚。"共周思对磁场污染的事尽力掩饰过去。

"你们到底什么时候可以和我们一起去乌村？"看到共周思他们犹犹豫豫的，灵心问。

其他人将目光望向共周思，共周思说："快了。灵灵，你能否等我们正式的结果出来再去？"

"是啊，灵灵，过几天也没有关系，没有检测结果，我们的商业策划书也没有办法写啊。"舒玉婷说。

"好吧，那我们先走了。"灵心和朗声丽离开了。

共周思送走灵心和朗声丽后，对他们说："赵教授说，能够污染矿石，说明那里周围的磁场强度很大，而且可能对人身体有影响。"

"难怪在乌村所有的现代化设备都失灵了。"赵构成说。

"必须找到这个强大的磁场，乌村才有救。"汪行知说。

更重要的是共周思还有不能说的担忧，他必须做进一步的试验才能确定。"剩下的样品现在哪儿？"

"在实验室。"汪行知说。

"把它们全部拿给我。"共周思说，"我马上去做进一步的检测。"

"行。"汪行知去拿剩下的样品。没有多久，共周思接过汪行知拿来的样品，离开了研究所。

他现在十分担心这被磁场染污的矿石，是不是也会产生磁辐射。如果是这样，样品产生的辐射会不会对人造成伤害。必须对这些样品进行隔离。但是，防磁辐射的装置这里没有。因此，他第一个要去的地方就是磁场研究所。他以最快的速度来到磁场研究所，按事先约好的，找到了在磁场研究所工作的同学。同学把他接到磁场检测室，检测室主任对此也非常重视，他接过共周思的样品，在一个被厚厚的金属门隔离起来的小屋子里进行检测。共周思站在屋子外面，心里非常不安地走来走去，思考着可能出现的严重后果。如果这矿石有磁辐射，那我们，包括灵心、朗声丽都有可能被磁射线辐射过。我们在乌村有一个多月，灵心她们在乌村工作的时间更长，很有可能被感染。如果被感染，后果不堪设想。刚从非洲抗击"珊瑚"病毒传染的灾难中回来，惊魂未定，又一个灾难似乎从天而降。同学看到他非常不安的样子，劝他放心，请共周思到办公室去等，共周思哪有心思离开这里。不知等了多久，那小屋子的门终于打开了，他跑上前去问："有没有磁辐射？"

"没有。"检测室主任回答。

共周思悬着的心终于放下了，他一把握住了主任的手连声说："谢谢，谢谢。"

"不过……"那主任的"不过"还没有说完，共周思刚放下的心又被揪住了，急问："不过什么？"

"不过，在样品的分子之间好像还有一种射线。"那主任说。

"对人体有害吗？"

"不知道，建议你最好去动物研究所做下测试，先看看这矿石里的射线对动物有什么伤害。"那主任建议，说完和共周思握了握手，便走了。

共周思的同学留他吃了中饭再走。共周思哪顾得吃中饭，他对他同学说："我这一部分样品能不能放在你们的隔离室？这样比较安全，放在其他地方我不放心。"他同学同意了，共周思便拿着一些样品离开磁场研究所。刚没走出多远，又返回来和他同学说："你动物研究所有认识的人吗？"他同学想了想说："正好，我们一个同事的父亲在动物研究所当所长，我给你发个耳伴问问，你去找找他。"共周思二话没说，扭头就走，边走边对他同学说："你赶快联系，我现在就去动物研究所。"

第五十一章　磁场数理模型

共周思到了动物研究所，找到了那位所长。所长很热情，他说在量子网上看过共周思用当代最前沿的科技在非洲抗疫的报道，知道他是一位了不起的青年科学家。他听共周思介绍了乌村的情况，立即亲自带共周思到测试室。和磁场研究所的测试一样，他让共周思在测试室的小屋子外面等。这一次，共周思没有像在磁场研究所那样不安，他坐在那里，静等着测试结果。也就是两三个小时的样子，测试室主任出来了，对共周思说："我们测试了矿石里的射线对老鼠的感染，由于矿石的量很小，因此没有检测到矿石对老鼠的感染。但如果时间长的话……"那主任说。

共周思心里想，如果磁射线的量足够大，时间又足够长的话，就有可能对人体有影响。共周思刚刚放下的心又悬了起来，而且比以前更担心。

如果能够确认对人有影响，那么针对这些，可以采取措施。现在的情况是，有影响，但不知道影响有多大。比如矿石里的射线对人体有害，但到底有多大的量，有多少时间，才能对人体有害呢？不清楚。必须有一个确定的量。而且这个事必须立即解决。灵心和朗声丽每天都嚷嚷要去乌村，如果那里真的有磁射线伤害人体，那后果将是不堪设想的。共周思想，当务之急就是阻止灵心她们去乌村，还有就是尽快地找出射线在多少量和时间内才可能对人体有害。可是这两件事都是难事。第一件事，不能和灵心明说。因为，那射线是不是确实对人体有危害，现在还不能确定。拿这个没有得到证实的结论去阻止灵心去乌村是很困难的。别说是那结论没有明确，就是明确了，灵心也会奋不顾身。必须有一个充分的理由叫灵心暂时别去乌村。找个什么理由呢？共周思想到了灵剑柔，由他出面和女儿说，也许效果会好得多。

共周思没有多想，一挥手准备给灵剑柔发脑伴，但转念一想，他又犹豫了，这个话目前最好也不要说。共周思认为由灵剑柔告诉灵心的作用和自己告诉灵心的作用是一样的。必须想其他办法不让灵心去乌村，必须找到一个比去乌村更重要的事才能阻止灵心去乌村。此时，共周思想起了汪行知、赵构成他们为灵心的基金会开发护理机器人的计划。对，就叫汪行知他们去帮助灵心开发孤儿院的机器人护理系统。

"思思，有什么事吗？"灵心对着脑伴里的共周思说。

"灵灵，上次我们到你这里参观，不是说要开发机器人护理系统吗？现在就开始搞行吗？"

"当然，越快越好。"灵心说。

"事不宜迟，经费不够，我们公司捐。"共周思现在有钱，说话底气足。

"现在我们不缺钱，就缺人手。你知道我们基金会里的活都是苦脏累的活，服务的对象都是孤幼病残，很难招到人，招到了也不能做多久，有的没几天又走了。"灵心有些抱怨地说。

"所以，要从根本解决问题，唯一的办法是机器人护理系统。"

"如果能搞起来，我们就谢谢你了。"灵心说。

"你们的事业就是我们的事业。基金会的智能化改造，由我们包了，但你和丽丽要全程指导改造。"共周思说。

和灵心说完后，共周思一个人坐在那里沉思。他在想，怎么用最快的速度找出乌村磁场射线对人体有害的量。他想啊想，可谓绞尽脑汁。一直想到深夜，也没有想出头绪，迷迷糊糊，他趴在桌上睡着了。

一觉醒来，共周思发现有些凉意，头脑清醒了一些。他又陷入了乌村磁场射线的沉思。他喃喃自语："如果，如果……"他突然用手拍了一下桌子，"有了，如果将矿石里的射线分离出来，收集到一个地方，对这些射线进行分析。在分析的数据基础上建立一个数理模型，用这个模型来推导出射线的量到底要多少才能伤害到人体。"共周思想，当务之急是将矿石里的射线分离出来，或者对矿石里的射线取样，进行分析。他给汪行知发了一个脑伴，与立体影像里的赵构成商量从矿石中取样的事。

"思思，你真是异想天开。缠绕在原子里的射线，怎么可能分离得出来呢？"汪行知听完共周思说完他的想法，立即一口否决了。

"知知，你不要忙着否定，我问你，射线是不是一种波？"共周思问。

"射线是一种波，怎么啦？"

"不是有波过滤器可以过滤不同的波长吗？"

"是啊，有波过滤器。"

"还有，不是有分子筛吗？"共周思说。

"是有分子筛，怎么啦。"汪行知说。

"用分子筛可以将射线过滤掉，用波过滤器可以将射线和分子隔离。"共周思说。

汪行知不得不佩服共周思的思维缜密。他的这个办法或许可以一试。他说："就算你的这个办法行，把射线分离出来了，干什么呢？有什么用？"

共周思想把建立数理物理模型的想法说出来，但他还是把后面的话咽了下去。他说："先把射线分离出来再说。"

"分子筛，我们的实验室有，我现在就去做这个实验。波过滤器估计霞光公司的中心实验室有，我们分头做实验。"汪行知说。

"行，就这么办。"共周思说。现在，他的脑海里在考虑如何解决数理模型的问题。

在原红光公司的实验室和霞光公司的中心实验室，共周思和汪行知用了半天的时间就将射线与分子分离出来了，并将射线收集在一个密闭的容器里。共周思马上带着这个装着射线的容器去找大学教授。在大学教授的帮助下，对射线的强度、频率、波长等进行了检测和测试，取得了比较完整的数据。看着这些数据，共周思思考着如何建立数理模型。

从射线的波长、强度等数据，可以推导出磁场的强度等数据，从磁场的强度等情况，应该可以计算出对人体的伤害的严重程度，但这又要做进一步的测试。共周思不想这么麻烦，他想，如果可以建立一个模型，从数理逻辑入手，那样会更好。他一挥手给赵构成发了一个耳伴，将自己建立乌村磁场数理模型的设想告诉了他，要他在量子网上搜，用他的"赵氏算法"做加法。几个小时后，赵构成将他的结果告诉了共周思。

共周思熬了一个通宵，用他的"共氏算法"做减法，建立了一个乌村磁场的数理模型。数理模型一建立，共周思大吃一惊，乌村周边有一个巨大的磁场。从"曲光号"奇怪地失灵，他就预感到那里有一个神秘可怕的东西。后来，在乌村，所有的现代化设备都没有用，更坚定了他的猜想。从科学原理上分析，能使一切电器失效肯定与磁场相关。当时他想，这里或许能找到他们要找的使光线弯曲、时空折叠的引力场，今天建立的这个模型，这个极其强大的磁场所蕴含的能量，很有可能使光线弯曲、时空折叠。共周思眼前一亮，心情非常激动。真可谓踏破铁鞋无觅处，得来全不费功夫。但是，他一细想，如此巨大的磁场，说明乌村所有的东西都受到磁场射线的感染，那么，灵心他们是不是也受到磁场感染了呢？包括自己这些所有到过乌村的人，是不是也受到了射线的感染。这个感染到底有多大，是否会危及生命？自己的这个数理模型纯粹是理论上的，到底正确性如何，只有得到验证后才能下结论。要证明对人体的伤害有多大，就必须对人做试验。用人体做试验，叫谁做？要知道，搞得不好，这个做试验的人可能会付出生命的代价。想到这里，共周思心狂跳不止，他想，还是先用动物做试验比较保险。共周思决定还是去动物研究所，可他刚出门又想，现在去研究所没有作用，因为必须有磁场，动物必须在磁场射线的作用下才能测出其感染度。还是去磁场研究所，按照数理模型人工模拟出一个磁场，再在这个磁场环境下，测试磁场射线对动物的影响到底有多大。

　　共周思走出会议室，他举头望了望天空，发现天上乌云密布，四周也是阴沉沉的，空气非常沉闷。他有一种透不过气来的感觉。共周思长长地吐出了一口气，又深深地呼出了一口气，仿佛是在水里憋了很久很久，一旦浮出水面，要透口气一样。

　　共周思以极快的速度赶到了磁场研究所，找到他同学，他同学说建立一个模拟磁场，需要花几天的时间。他对他同学说，要以最快的速度一天完成。他同学将他带到研究所所长的办公室，研究所侯所长亲自接待了共周思。所长姓狄，也是科技界的精英，对共周思的人及他的事迹早有耳闻，对共周思也是敬佩有加，尤其对他的非洲治疫的作为非常欣赏，对他的"曲光"项目也特别看好。他经常用共周思的事迹教育他们研究所的工作人员，特别是研究所的年轻人。今天见共周思来找他，他很兴奋。当共周思把来意向他说明，他立即感到问题的严重性。他说："要模拟一个独立的磁场，以我们所目前的力量是有些困难，但我们会想办法。"狄所长对与共周思同来的同学说："你叫办公室通知一下，几位副所长，还有一、二、三、四室主任，请他们立即到会议室开会。"他又对共周思说："你是不是也一起参加？"共周思立即同意，他对狄所长的重视和支持深表谢意。

按照狄所长的要求，研究所的副所长和室主任们很快到了会议室。狄所长将召集的原因同大家说了一遍。随后，请共周思介绍他的模型和要大家讨论研究的问题。听完狄所长和共周思的介绍，大家一个个表情严肃，进行了热烈的讨论。他们每个人都拿出了平生所学，毫无保留地贡献自己的学识和见解。讨论之热烈，是狄所长从来未见过的。虽说时间不是很长，但却是一个共叙真知灼见的会议，是一个科学精英各抒己见的会议。他们好像有一个崇高的精神在激励着。狄所长说："各位，这是关系到几千人甚至几万人性命的问题。"经过激烈的讨论，大家同意抽调出所里的专家骨干，成立一个攻关小组，由全国著名的磁场物理专家李理牵头模拟一个磁场，并由共周思与世界各地的研究机构联网，共同研究。

　　一天二十四小时，共周思和磁场研究所的专家们通宵达旦，废寝忘食，硬是在研究所里模拟了一个磁场。第二天专家们仍然没有休息，对磁场进行了测试，将测试的数据与数理模型进行核对，发现共周思的数理模型基本上是正确的。这让共周思很高兴，同时也使共周思的心情更加沉重。当研究所的专家们离去的时候，共周思没有离开，而是找到狄所长，对他说："狄所长，是不是用模拟磁场对动物在受磁场射线下感染的情况做个试验。"狄所长看着眼睛布满血丝的年轻人，想都没有想就同意了，并且亲自和动物研究所所长通了耳伴。开始动物研究所所长还有些犹豫，当听完狄所长将测试的重要性和前因后果告诉他时，动物研究所所长立即答应了，并且说，他将亲自带着研究所优秀的专家，还有动物过来。狄所长说："现在是晚上，是不是明天他们就过来？"动物研究所所长说："人命关天，越快越好。"狄所长立即通知室主任："今晚，全所加班。"共周思听到两位所长的话，很感动。狄所长没有离去，而是和共周思在实验室等动物研究所所长的到来。

　　"共工，你的'曲光'项目进展到什么程度了？"狄所长在等动物研究所所长的空当，问共周思。

　　"还早着呢。"共周思说，他想了想对狄所长说，"狄所长，请教你一个问题，你认为磁场可以转换为引力场吗？如果磁场强度足够的话，是不是可以使光线弯曲、时空折叠呢？"共周思看着狄所长，希望得到答案。

"理论上应该是可以的。但是怎么在自然界找到这种磁场，也就是你说的引力场是问题的关键。"

听完狄所长的话，共周思想："在乌村里的某个地方就应该藏着一个强大的磁场。"他没有说出来，而是说："如果找到这种磁场，'曲光'项目就成功一半了。"

"我不熟悉'曲光'项目，但我认为，地球上应该是找不到能使光线弯曲、时空折叠这么强大的磁场的。"

共周思不同意狄所长的看法，地球上可能找不到能使光线弯曲、时空折叠的引力场，但人类要想办法让地球上有能使光线弯曲、时空折叠的引力场。

"狄所长，我们的人到了。"动物研究所侯所长说。

"你们真快。"狄所长说。此时，测试室主任，那位牵头攻关的专家李理也来了。

"不快能行吗？这么重要的事。老许，你快将我们带来测试的动物交给他们所的测试室，你和他们一起去测试。"听侯所长的话，就知道他是一个雷厉风行的人。

两位所长让他们的专家全心全意地去测试模拟磁场对动物的感染，其他的人都在会议室里待命。他们在会议室里聊共周思的"曲光"项目，以前，他们在科技报刊上看过"曲光"项目的原理介绍，也从媒体上看过对共周思的报道。他们都认为，只要用光就可以将植物、矿石变成铁、钢、铜等物质，可以想象，那可以节约多少能源，世界上要干净多少啊。他们越说越觉得眼前的这个年轻人多么敢想敢干，多么了不起。就在这会儿，狄所长知道共周思已是二十多个小时没有合眼，一股又佩服又心疼的感情油然而生。狄所长对共周思说："共工，你到我们的休息室睡一会儿，我们在这里，有事我会叫你。"

"不用，狄所长，侯所长，你们先去休息吧，我打扰你们这么久，让你们没有休息，心里真是过意不去。"

"不要这么讲，这也是我们应该做的，我们能够为'曲光'项目做些事，也是非常高兴的。"侯所长说。

是啊，人类，尤其是科学家为改变世界，前赴后继做出了多少开创先河的伟大创举，科学界为了科学理想，团结协作的精神也是激动人心啊。今天专家们的团结协作，充分证明了这一点。共周思想到这里，对狄所长他们说："谢谢！我正在搜世界各地的专家对磁场能量到底有多大才能产生使光线弯曲、时空折叠的引力场的相关论点。"

"侯所长，已经测出了感染猴子的射线的量，是不是要继续测试？"动物研究所来的专家推开会议室的门，问侯所长，侯所长用目光问狄所长，狄所长将目光投向共周思，两位所长共同看着共周思。共周思看到两位所长看着自己，知道他们要他回答那位专家的问题，他说："继续测，加强磁场的强度和增加射线的量。"

"磁场强度的极值是多少？"那位专家又问。

共周思看了两位所长一会儿，意思是征求他们的意见，他们对共周思说："由你来定。"

共周思对那位专家说："极值是猴子的死亡极限。"后面他又补充了一句，"不知行不行？"

侯所长明白，共周思的意思是猴子的死亡是不是会影响到动物研究所以后的试验。侯所长想都没有想，立即和那位专家说："就按共工说的办。"

那位专家答应了一声，关上会议室的门走了。

会议室里顿时安静了下来。

没过多久，那位专家和磁场研究所的测试室主任推门进了会议室，他们给了狄所长一沓纸，纸上标着这次测试的数据。狄所长交给了侯所长，侯所长翻了几页，又交给了共周思。共周思接过侯所长给他的一沓纸，飞快翻看着，每看一页，共周思的心上的石头加重一次。当他看完后，狄所长和侯所长看着共周思的脸越来越沉，是由红转紫，后来是转黑，最后变得煞白。他们明显地感到了共周思的呼吸有些急促，不知道共周思是什么原因，看完测试数据会有这么大的反应。他们又拿过共周思已看过的数据，认真地看起来，他们也没有发现有特别的问题。他们问："共工，有什么问题吗？"

共周思见两位所长问他，才发觉自己刚才有些失态，他尽力保持平静，说："没什么。非常感谢大家的帮忙。大家是不是先回去？"共周思估计此时已是凌晨三点，他们都很困。

他们陆续地离开了会议室，狄所长最后一个走，当他正要离开会议室时，共周思对他说："狄所长，我能用你的会议室吗？"

见共周思还不想走，狄所长对他说："会议室你用没有问题，你不走吗？"

"我还想研究一下测试数据。"共周思说。

"行，会议室就留给你，但你也要早点休息，我看你很累很疲惫。"狄所长说。

第五十二章　冒死一试

共周思一会儿看测试数据，一会儿手指在脑伴上滑动着。他的心情非常沉重。随着时间一分一秒地过去，共周思手指滑动的速度也越来越快。就这样，共周思又熬了通宵，天刚蒙蒙亮的时候，最终的数据出来了。共周思望着这个数据，眼泪都快要流出来了。根据计算，灵心和朗声丽她们在乌村的时间正好是人体受射线感染的时间，也就是说灵心和朗声丽就像乌村的村民那样，已经被射线感染，甚至很有可能像乌村人那样，生命会缩短。想到这里，共周思非常痛苦，痛不欲生。他想到灵心、朗声丽她们刚从非洲死里逃生回来，刚和家人团聚没有几天，如果又得知这个消息，那会是怎样的心情啊。共周思想，命运对灵心和朗声丽为何如此不公，她们为何要选择救助苦难这么一个神圣却危险丛生的事业，她们这样的年龄应该是享受爱情的时候，可她们偏偏将自己投入苦难之中，一次次地使自己面临死亡。如果这些数据是准确的，她们将面临生命的缩短，甚至是被射线造成的痛苦折磨一生，像乌村人那样病痛缠身。共周思想起乌村人一个个面黄肌瘦、骨瘦如柴，一个个眼睛失神、牙龈出血。他感觉到自己的心正在被千刀万剐。但愿这个数据是错误的，或者是不准确的。刚才仅仅是对猴子的测试，根据猴子的测试推测出人体的结果，猴子与人肯定不一样。动物是动物，人是人。对，应该对人体进行测试，才能得到正确的答案。想到这里，共周思刚才绝望的心情好了一点。用人体测试，只有自己。共周思想自己测试，如果测试的结果没有问题，那就说明灵心和朗声丽有可能安然无恙。共周思主意已定，决定自己去做人体测试，现在就去。可当他一起身，发现还是早上六点钟，测试室还没有上班呢。共周思疲困已极，便趴在会议桌上睡过去了，直到狄所长听说有人在会议室睡觉，估计是共周思，赶忙跑到会议室，发现果然是共周思。狄所长坐在那里，看着共周思睡着，他叫任何人都不要发出响声，以免吵醒他。狄所长心想，共周思比自己的孩子还小，这么小的年轻人担负如此重大的使命。直到十点，共周思才醒来，他第一个动作就是看挂在墙上的钟，十点。他一跃而起就往会议室门外冲，他听到狄所长叫他的名字："共工，你还没吃早饭吧？"共周思看到狄所长也在会议室，有些不好意思地说："狄所长，你怎么也在这里？"

狄所长说："我一直在看着你呢。"

共周思说："狄所长，我正要找你呢。"

"你先不要找我，先吃早饭吧。"狄所长说。

共周思一听狄所长说早饭，才发现自己的肚子"咕咕"作响，很饿很饿。会议室的墙壁伸出来装着高能食品的盘子，共周思迅速吃完便迫不及待地对狄所长说："狄所长，我正好找你有事。"

"行，是不是到我的办公室谈？"狄所长说。

"好的，到你办公室。"共周思说。

他们来到狄所长的办公室，共周思关上门，对狄所长说："狄所长，我想用人体做测试。"

"用人体？"狄所长吃惊地问，"用谁？"

"我。"共周思说。

狄所长瞪大着眼睛，非常吃惊地问："你？"

"是的，是我。"共周思坚定地说。

听到共同思的话，狄所长一下子摸不着头脑，他不明白，共周思为什么一定要用人体做试验。用动物做的基本数据已经出来了，用人体没有必要。要知道，人体做测试，危险极大。人体接受射线的照射，会杀死很多正常的细胞，轻则影响健康，重则危及生命。共周思年纪轻轻接受这些测试是不行的。狄所长说："不行。"

"为什么不行？"共同思料到狄所长会不同意。

"我不能让你冒险，因为这个测试可能会危及人的生命。"

"正是因为会危及生命，所以才应该由我来做。"

共周思的话，让狄所长一时语塞，他不知道共周思为什么如此固执，他也固执起来，说："我不同意，这种危及生命的测试，我们所不能做。"

见狄所长不让他测试，共周思有些着急地说："狄所长，请你带我去。"

"我是不会同意对你进行人体测试的，要测，你到别的研究所或测试机构去测吧。"狄所长不为所动。

共周思一时心急，便拿出小孩子的那种脾性，跑到狄所长的身边，摇着狄所长的身子说："狄所长，求求您，行不行，不要紧的，我自己心里有数。一旦有什么情况，马上终止测试不就行了。"

不管共周思怎么百般恳求，狄所长始终不为其所动。无奈之下，共周思耍起小孩子的脾气说："狄所长，您不同意，我就坐在您这里不走。"共周思抱着一个心愿，为了灵心，他决心不顾一切。

狄所长仍坐着不动。

共周思就坐在办公室里不走。狄所长出去了，共周思仍坐在他的办公室不走。

你不测，我就不走。共周思心想。他的心里，一个是和乌村那些人一样的灵心和朗声丽，一个是现在健康、美丽的灵心和朗声丽。他一定要现在的灵心和朗声丽，为此，他宁愿冒死一试。

狄所长又进了办公室，他假装不看共周思一眼，实际上是用眼睛的余光关注着共周思的一举一动。这是一个为了理想可以牺牲自己生命的年轻人，这是一个为了追求科学真理愿意付出生命的人。他很像当年的居里，为了测试镭元素的放射性，不顾生命危险。这个年轻人的精神崇高而伟大，他为了乌村人，真情可感日月。但是伟大也好，崇高也罢，在万事万物中，人的生命是第一位的。他不能让一个天才般的年轻才俊陷于死亡的危险之中。万一有个三长两短，有什么不测，那自己是在犯罪，他一辈子都不能原谅自己。他又多瞥了几眼共周思，看着他年纪轻轻却心事重重，满脸疲倦却在强打精神，又好像很委屈，真是一个小孩子。他的父母看到了肯定会很心疼的。是啊，把这个事告诉他的父母，让他的父母来带他回去。狄所长想到这里，离开办公桌，走到共周思的面前，对共周思说："共工，你的父母呢？"共周思见问他的父母，便像要哭的样子。狄所长莫名其妙，估计共周思是不想告诉他，或者是他的这个事不想让父母知道。狄所长又说："共工，你今天在这里公司知道吗？"共周思一听问他的公司，马上"哇"的一声哭了起来，一下子坐到地上了。共周思的这一举动，吓了狄所长一跳，也惊动了所长办公室的人员，他们跑到所长办公室，看看出了什么事。他们看到共周思坐在地上，委屈地一边哭一边还用手擦自己的眼泪，嘴里还说："狄所长，我的事，千万不要让公司知道。"这番话让狄所长更加丈二和尚摸不着头脑。他们这两天的所作所为，是工作，是职务上的事，为什么不能让公司知道？其实他哪知道共周思的想法。公司知道了，就意味着灵心知道了。要是灵心知道了，肯定跑到这里来，以她的性格，不但不让自己试，为了她的牵肠挂肚的乌村人，她还会亲自上，并且不达目的，她决不会罢休。

"为什么不能让公司知道？"狄所长想问问理由。

听到狄所长的话，共周思哭得更凶了："狄所，您千万不要告诉我公司。"

"你不告诉我为什么不能告诉公司的理由，我现在就告诉你的时空折叠公司。"狄所长说。

听到狄所长这样说，共周思突然停住了哭声，张着惊恐的眼睛盯着狄所长，那眼神让狄所长想起好像受伤又受惊吓的动物，要和他拼命一样。或者是想告诉他，如果你狄所长告诉公司，他会和你拼命，或者是与你同归于尽。共周思完全像个小孩子。如此神情，狄所长也就不坚持要告诉他公司了。他让共周思坐在地上。心想：你一个娃娃，看你还能坚持多久。

看到狄所长没有发耳伴，共周思也停住了哭声，从地上起来，坐在凳子上，但他的眼睛一刻都没有离开过狄所长，生怕他在什么时候有发耳伴的举动。

他们就这么僵持着，直到下班，狄所长要回家，他问："共工，你是不是先回家休息一下，明天再来？"

听到狄所长的话，共周思二话没说，便站起来和狄所长一同出了他的办公室，出了研究所的大门，同学叫也不理，搞得狄所长有些尴尬。狄所长走到十九住宅区，要到家的时候，共周思便停住了脚步。狄所长见他不跟着自己了，便松了一口气。

其实，共周思并没有走远，而且就在狄所长住的楼下，他决心在这里等他明天上班截住他，他一定要他同意让自己做人体测试。他边等边想起了灵心他们。他想打开脑伴，看看灵心他们，但又一想，不能和他们联系。如果和他们联系，不就是告诉他们自己在哪里，那不是等于告诉灵心自己在干什么吗？共周思放弃了发脑伴的念头。但是，与此同时，他想，与其逼狄所长，不如自己想办法。他立即自己行动起来。他想，如果自己的测试在医生的监护下进行的话，狄所长应该会同意让自己做人体测试。他立即将自己的想法挂在量子网上。共周思完成了量子网的操作之后，便来到狄所长的楼下。深夜了，天上没有星星，也没有月亮，天空漆黑的，只有路灯还发出一点点的光。共周思感觉有些凉，用双手抱着自己取暖。夜越深，天气越冷，共周思很想找一个地方避避寒，但他怕自己会睡着。万一明天狄所长一早走了，他不就白等了。他不想自己做人体测试的事拖着。如果灵心她们天就去乌村了怎么办？自己必须在她们再去乌村之前拿到可靠的数据。只要有数据，就可以阻止她们继续去乌村。他蜷缩着身子，在可以看到狄所长出来又离狄所长住的楼比较远的地方跳着热身。同时，也可以借此驱赶睡意。就这样，他坚持到了天亮的时候，才想起昨晚挂在量子网上的设想。他打开脑伴，发现有很多回复。而且，很多医生回复第二天一早就赶来。看到这么多回复，共周思高兴极了。他顾不上等狄所长出现，而是直接去了研究所的测试室。

　　共周思到了研究所的测试室时，有几位穿着白大褂的医生在等着他呢。他赶紧跑过去自我介绍，和他们握手，他们也自我介绍，说是某某医院的。共周思确定这些人都是国内首屈一指的专家。

　　"老时，你昨晚没有值班吗？"来了一位医生，和先到的医生打招呼。

　　"老徐，你也来了。我昨晚值晚班，一下班就赶过来了。"姓时的医生和跟他打招呼的医生握了握手，又向共周思介绍徐医生："他可是我国著名的放射科专家。"接着，他又向徐医生介绍共周思，徐医生盯着共周思看了好一会儿，说："想不到，赫赫有名的非洲抗疫英雄，'曲光'项目负责人这么年轻，太出人意料了。"

后来，又有不少专家赶到了。他们有的是自己坐自动驾驶汽车来的，有的是坐飞机从上海、北京赶来的，还有的医院开来了救护车，停在研究所的外面，仅救护车就有三部，还有附近一座城市的医院将抢救设备都运来了。装着设备的车子停在研究所的外面，车上跳下几个穿白大褂的人员，这几个人一跳下车，便要找这里的负责人。共周思赶紧走上前，向他们道谢，并解释说：这里还没有上班，请他们等一等。

来了十多位医生，他们原来就认识，有些是曾经的同事，他们相互打招呼。当他们相互询问是谁让他们到这里来的，他们不约而同地说是看到抗疫英雄、"曲光"项目负责人在量子网上的消息才赶来的，他们都说能为抗疫英雄、为"曲光"项目出力，他们感到十分荣幸。他们还说他们很想看看"曲光"项目的负责人，都说他很年轻。他们这些人有明星情结，只是他们不崇拜影视明星，而是非常愿意当科技明星的粉丝。当他们看到共周思本人，一个个惊讶得说不出话。他们将共周思抱起来抛向空中。他们都觉得这小伙子太可爱了。

这些人像欢呼胜利一样，欢呼共周思，将他抛向空中的情景被早早来到研究所的狄所长看到了。他觉得很奇怪，这些医生们怎么一大早就跑到他的研究所来了，而且还开来了救护车。他莫名其妙地赶上前去，拨开人群，问刚被抛向空中又落到人群手中的共周思是怎么一回事。共周思才急忙向医生们介绍狄所长。狄所长是我国物理界有名的专家，特别在有关磁场的研究方向功勋卓越。随后，他又向狄所长介绍了这些医生，说这些都是放射专业在全国数一数二的医生，还有救护专家。他们都是在他的脑伴上看到信息后，自愿连夜赶到这里来的。"狄所长，我知道你不让我做人体测试，是因为怕伤害我，现在有这么多专家在，你就放心吧。"

听完共周思的介绍，狄所长很是感动。共周思的"曲光"项目牵动多少人的心，有多少人支持他的"曲光"项目啊。还有共周思的安危，更是让很多很多人牵挂。这么短的时间，这么多与共周思素不相识的专家、医生，从四面八方赶到这里。着不仅是对共周思的关爱，也是对他改变世界事业的支持，这是当代社会的良心的归位和大爱的诠释。与这些人相比，与共周思相比，自己这个号称物理界的著名专家真是自愧不如啊。自己只是简单地想到要保护这个有为的青年，没有想办法去想既可以保护他又可以完成测试的办法，还是这个年轻人先想到了办法。

"外面有点冷，大家到接待室先吃点东西，我们马上安排测试。"狄所长已经叫来了后勤服务中心的人，他们像接待外宾一样将这些专家、医生请进了贵宾接待室，并给大家送上了高能食品。可是这些专家、医生进到贵宾接待室后都说，早餐就不吃了，还是先研究测试方案。有的专家问，谁去做人体测试？当共周思说是他本人时，这些人都愣住了，这也多少宽慰了一下狄所长的心。但与他不同的是，他们在敬佩共周思的同时说，再仔仔细细研究一下测试方案，更全面地做人体保护，要确保万无一失。他们把各种方案推敲了三遍，又经过激烈的讨论，才开始叫共周思走进测试室。

第五十三章　明知山有虎，更向虎山行

就在共周思走进测试室半个小时后，灵心、朗声丽她们来了。当灵心知道共周思现在为了测试射线对人的危害，为了她冒着被射线感染甚至会终身残疾或可能死亡的危险，她热泪盈眶。她想，如果自己早到这里半个小时，自己决不会让他干这个傻事，她会不顾一切地自己走进那间测试室去做测试。朗声丽看到灵心苍白的脸，她知道灵心此刻痛苦的心情。她也知道灵心对共周思的爱有多么深。她在非洲的森林里昏睡的时候，在那随时都有可能被射杀，被土著、野兽夺去生命的时候，心里想到的就是共周思。一个人心里有爱，就有极大的勇气活下去，哪怕有再大的苦难、

再大的不幸，她都要活下去。朗声丽有过刻骨铭心的爱，也有失去爱、失去爱人的痛苦，她理解此刻的灵心。朗声丽看到灵心躲开人群，极力不让自己的眼泪流出来。朗声丽从来未见过灵心如此痛苦过。此刻她对共周思的爱，就像大海的波涛汹涌澎湃，具有摧枯拉朽的力量。朗声丽跑到灵心的身边，挡住大家的视线，给她递过去纸巾，要她抹去脸上的眼泪。灵心耸动着身体抹去眼里的泪花，问朗声丽："丽丽，思思应该没事吧？"朗声丽细声说："没事，你看那么多专家，还有救护车，没有事。"灵心一听有救护车，心又"咯噔"一下。来了救护车，说明这次的人体测试是有危险的。思思，这么大的事为什么不和我商量一下，难道这是一个人的事吗？这么危险的事，为什么不让我与你一起分担呢？我们在乌村的时候，难道不是一起共同面对危险甚至死亡的吗？这次，你为什么就不能让我分担一点呢？灵心在心里对共周思说。灵心的眼泪又不止地落了下来，尽管她有坚强的意志，面对枪林弹雨和呼啸而来的炮火而无惧色，但第一次面对爱人的生死，却脆弱无比，这种感情，没有经历过的人是无论如何也体会不到的。

突然，测试室的门开了。灵心一把抹去眼泪，冲到测试室门前，问："里面的人怎么样了？"她发现那人满脸严肃，也没有理会她，她的心一阵狂跳，她想，里面的思思肯定凶多吉少。她又看到四周的专家医生，发现他们的表情也很严肃，她的心如同惊弓之鸟，那根脆弱的神经仿佛要绷断。她想入非非，想到共周思在里面痛苦地呻吟着、挣扎着。她仿佛听到了他痛苦的叫唤声，听到了他在叫她的名字。她感受到了共周思的痛苦，感觉到他正在紧紧地抓住她的手。灵心紧紧地抓住他的手，对共周思说：思思，坚持住，坚持住，你要活下去，你不能丢下我不管。我们还有很多未竟的事业，你还有"曲光"项目，那是一个改变世界的壮举，你答应过我，无论遇到什么困难都要完成啊。我们还有乌村，那里的人们需要我们去救助，你还要帮我建机器人护理系统，还有非洲抗疫的事没有彻底结束。思思啊思思，你不能离开我，我需要你啊，你还记得乌村那棵老槐树吗？我们在皎洁的月亮下一起畅谈人生，畅谈理想，畅谈改变世界、拯救世界的梦想。灵心仿佛就在共周思的身边，乞求他不要离开自己。她仿佛在泣血的心越来越痛苦。

不知过了多久，测试室的门打开了，灵心冲了进去。她看到躺在那里的共周思，不顾一切地奔到他的身边，叫喊着他的名字。旁边的人不知道怎么回事，只是觉得眼前这位美丽的姑娘爱躺在那里的青年，当他们知道她就是慈善基金会的灵心时，他们一起为他们的爱情而感动。

共周思用手摸着灵心对她说："灵灵，没事，医生说了，没有什么事，射线没有我们想象的那么严重。"刚才他已经问过医生了。听医生说，只有受这射线辐射三个月以上，人体才会有感染。而灵心他们在乌村只有两个来月。因此，灵心和朗声丽也没有受到感染，共周思心里的一块石头落了下来。他看着泪眼蒙眬的灵心，说："灵灵，不用担心我，刚才医生们已经用他们带来的医疗设备帮我做了检查，我的身体好着呢，我的血压、心跳、红白细胞等等一切正常。"他又转过身去对刚才检查身体的医生说："刘大夫，你说是不是？"刘大夫说："是的，没什么大碍。"灵心听到刘大夫的话，才破涕为笑，说："思思，你刚才真是吓死我了。"

共周思下了测试床。当他走出测试室的门时，发现屋外围满了守候他的人。他向他们一一握手道谢，他发现汪行知、赵构成、舒玉婷还有程颖也来了。令共周思奇怪的是，媒体记者们也来了。他为引来这么多的人感到内疚和不安，他向他们道歉。但对共周思的道歉，记者们纷纷发表讲话："今天的行动，充分说明当今这个社会人们关心科学进步，崇拜有作为的科学家是主流。"这么一个行动，经记者们一总结，又提高到一个新的高度。那些医生、专家，还有研究所的人，平时对记者是怀疑的，但对今天记者说的话，他们是肯定的。

共周思从磁场研究所回来的第二天，在自己住处兼时空折叠公司办公室与舒玉婷讨论"时空折叠号"实验车最后的设计方案时，听舒玉婷说灵心要去乌村，吓了一跳。自己在做人体测试的时候知道，人在乌村那样的环境里待上三个月，就会被射线感染，人一旦被射线感染，体质会直线下降，身体完全恢复是不可能的。灵心已经在乌村两个多月了，再在那住不到一个月，就会被感染，那后果难以想象。他在心里发誓不让灵心踏进乌村半步。可是如何跟她说呢？这是一个为了自己的信念不怕牺牲的人。如果将实情和她说，不仅不能阻止她去乌村，还会让她觉得她更有责任去那里救助他们，更有责任去帮助那里的村民脱离苦难。现在唯一的办法，就是自己去乌村，去寻找那磁场，去寻找那能使光线弯曲、时空折叠的引力场。

共周思的主意已定，立即行动。为了去找那能使光线弯曲、时空折叠的磁场，必须做充分的准备。他用脑伴给灵剑柔发了一封信，详细介绍了乌村射线的危害，请他无论如何要阻止灵心去乌村。写到射线的危害时，他乞求灵剑柔帮帮灵心，帮帮他自己的女儿。在写完给灵剑柔的信后，他又给灵心写了一封信，在信里告诉她，自己要去找那能使光线弯曲、时空折叠的磁场。磁场可以转换为引力场，那是"曲光"项目的关键。也许乌村那里就有能使光线弯曲、时空折叠的引力场。为了实现"曲光"项目的梦想，我将和你一样不怕牺牲。

共周思查询了很多防辐射设备的公司，购买了防辐射服和测量磁力线强度的设备，还带了很多高能食品。一切都准备妥当后，他只身一人背上行囊向乌村出发了。他关闭了一切通信，以不惜一死的决心，义无反顾地去寻找能使光线弯曲、时空折叠的磁场和将那强大的磁场转化并造福人类的巨大引力场，从根本上消灭磁场对乌村的危害。这也是灵心的梦想。

共同思没有进乌村。他从自己建立的数理模型上分析，乌村的位置是处于磁场的末端，磁场的中心应该离乌村有一定的距离，但是到底多少距离，数理模型没有给出确切的答案。共周思估计至少有两百多公里。共周思路过乌村时，远远地望着乌村那袅袅的炊烟，想起和灵心在一起的日子，心情既激动又难过，想起和灵心在一起唱歌，一起游泳，一起经历危险、相互帮助的情景，心情激荡。当他想到，以后可能再也见不到她，不禁鼻子酸酸的。他向乌村和村前那棵老槐树瞥了最后一眼，便毅然决然地继续向前。

走了几天崎岖的山路，越过了很多条小溪，共周思来到了一条河流前。他望着眼前宽阔的河流，水很急也很清，他估计这河很深。共周思会游泳，但要横穿这湍急的河流他还没有把握。他的大脑在快速地思考着如何过去。他举头望了望天空，天上没有一丝云彩。没有别的办法，只有强渡。共周思将他的行囊绑在自己身上，一下子扑到了水里。水很冷很冷，冷得共周思浑身起了鸡皮疙瘩。他顾不了那么多，因为水流很急，如果自己不以最快的速度游过去的话，就会被河水冲下去。他忍着浑身的寒冷，向前方游去。他抗击着冲向他的水流，极力向前游。他游啊游，开始有力量与水流搏击，没有多久，他的力量在逐渐减弱。他顽强地与急流搏斗，终于力量难支，只得任凭水流将他冲向他方。水流翻滚着向前，共周思也翻滚着向前，水流一会儿速度很快，一会儿又像跑着的马儿一样，停下来喘口气。没有多少时间，共周思身体好像失重一般，垂直地坠落下去，他感觉到被重重地摔到了不知什么地方。他不想让自己沉下去，尽力浮起来，无奈，力量不够，挡不住身体的下坠。就这样，共周思无助地任凭水流的摆布。当共周思的身体往下沉到一定深度的时候，他感到一股强大的水浪将他托起，又推向更大的深渊。共同思就这样被水流肆意地推来推去，最终重重地摔到了一块石头上，痛得他眼冒金星。

好一会儿，共周思被浑身酸痛痛醒。他咬牙睁开眼睛，四周朦朦胧胧的。他抬起疼痛的右手吃力地揉了揉眼睛，周边还是朦朦胧胧的。他只隐隐约约地看到两边都是悬崖峭壁，翻腾的浪花在两边的峭壁中间穿过。自己躺在峭壁中间的一块崖石上。下面，奔腾的急流正呼啸而过，上面是繁星密布的天空，共周思觉得自己已经陷入了绝境，往哪都没有办法出去。面对如此绝境，共周思非常绝望。但他心有不甘，原以为会被磁场的射线击碎，没想到一条河流就将自己陷于走投无路，只能在这崖石上等死。不行，不能躺在这里等死。任务还没有完成，自己不能被小小的河流难倒。他挣扎着站起来，透过朦胧的水雾，发现两个峭壁之间并不太宽，只要穿过这飞奔的水流，到达峭壁边，就有一线希望。他用眼睛目测着自己到前面两块崖石的距离，有一丈多远，要是自己发挥正常的话，是可以跳过去的。但是，万一跳不过去，掉进水里，那奔腾的水流会把自己吞没。没有万一，只有跳过去一条路。共周思屏住呼吸，闭上双眼，咬紧牙关，心无杂念，拼出全身的力气，跳到了前面那块崖石上。当他看到自己的双脚站在崖石上的时候，他用手拍了拍自己的胸膛，长长地吐出了一口气。他又跳过了几块崖石，便来到了峭壁脚下。他抬头望了望，没有看到顶。他转身望了望身后，"轰轰"直响的水流击起的浪花溅到了脚上。四周没有路，只有攀上峭壁，才可能有生的希望。但爬上峭壁，简直比登天还难。

共周思打开背包，取出一块高能食品，给自己补充了能量。他又从行囊里拿出一套登山装备。他将行囊背在背上绑好，拿着登山锤，向峭壁走去。他用登山锤试了试，觉得还行，便向上攀登。共周思一步一步地往上攀。为了节省力气，他慢慢地爬。好在这峭壁不是一块峭石直上，中间也有些突起的岩石。这样共周思有一落脚的地方就可以稍微休息一下。共周思站在突出的崖石上喘了几口气，接着爬，他要一鼓作气爬上去。共周思爬得艰难，也很辛苦，手都磨破了，但他要求自己每一步都爬得很稳很稳。如果走不稳，稍有不慎，自己将掉进万丈深渊，死无葬身之地。他几次趴在崖石上，觉得崖石不牢，就想办法找另一块崖石。爬着爬着，他的体力也渐渐地下降。他向上望望，发现还没看到顶。他想往下看，但他害怕极了。峭壁越来越难爬，突出的崖石之间的距离越来越宽，每一次身体向上时，自己的手臂都非常吃力。有几次，手没有抓住崖石，身子往后一倒，好像就要跌下去，跌到峭壁下面的水流里，他惊出一身的冷汗。有一次，脚下没有踩稳，踏落几块崖石，他听到崖石滚落在峭壁上和掉进崖底的水里发出惊天的声音，那声音回荡在这峡谷之中，令人恐惧。几次共周思都以为自己要像那几块崖石一样掉进崖底了。

他越向上爬，越感到力不从心，越感到恐怖。他大汗淋漓，这汗多半是吓的。他精疲力竭，几次想放弃，不如像碎石那样掉进深渊，随急流而去，倒也痛快解脱。但是，那只是一刹那。他想起灵心，想起没有磁场射线污染的乌村，想起"曲光"项目，想起自己的梦想，信心陡增。不知道哪来的力量，他把登山锤狠狠地插进崖石里。他一次次地将登山锤插进崖石缝里，一次次地用手将自己提起，以豁出去的劲头，拼命往上爬。一个人有了追求，有了信念，有了牵挂的人，就会激发出惊人的力量。他想到自己找到了磁场，找到了他和汪行知他们梦想找到的能使光线弯曲、时光折叠的引力场；想到成功的那一刻，他站在灵心面前，灵心向他欢呼，向他跑来，和他拥抱在一起。伟大的力量只为伟大的目标而诞生。他既不向上看，也不向下望，他的全部注意力就在两只手和两双脚之间，不管前面还有多少的距离到达崖顶。他一步一个脚印地往上攀。即将登顶的时候，他的手举向空中，向崖顶抓去，但抓空了，由于用力过猛，身体一下子失去平衡，往后一仰，眼看就要掉下去。说时迟那时快，他的身体迅速条件反射，不顾一切向前扑去，砸在了崖顶的石块上。几块石头从崖顶滚落下了悬崖，好久好久才发出"轰轰"的响声。共周思就势一滚，身体躺在崖顶上。此时，他看到了天上的星星、月亮。此时，他的心情豁然开朗。也许是因为太困太累太乏，共周思昏了过去。

第五十四章　去磁心

一连几天，灵心没有听到共周思的消息，她觉得奇怪。这天，灵心给共周思发了一个耳伴，没有应答，发了几次，都是没有应答。她跑到共周思的研究所找到汪行知他们，他们说他们也在找共周思，但就是找不到他。他们又发耳伴给程颖，问她知不知道共周思去哪里了。程颖说她还想知道呢。为什么共周思不见了？他们非常奇怪，一个大活人，一个朝夕相处的人，突然一下子人间蒸发了。他们又四处打听，仍然没有找到共周思的踪影。一个人无缘无故不见了，这可是非常严重的事情。灵心找到她的父亲，告诉他共周思不见了。

灵剑柔知道共周思是干什么去了，因为共周思给他发了脑伴，告诉了他去磁场里寻找能使光线弯曲、时空折叠的引力场。灵剑柔当时看到这封脑伴里的邮件时，为共周思为了实现改变世界的梦想不惜牺牲自己而震撼了。他这是以身殉道啊，了不起啊，了不起！看着看着，灵剑柔不由得老泪纵横。他是一个意志坚定犹如磐石的人，在他的一生中只流过两次泪，一次是母亲去世，一次是在非洲找女儿。这一次流泪是被共周思的精神感动的。当他女儿向他打听共周思的去向时，他记起了共周思的叮嘱，而且还要他阻止灵心去乌村，因为那里有生命危险。灵剑柔这几天就忙于如何想办法阻止女儿去乌村。他想到了一个办法，就是由政府将乌村隔离起来，唯有政府派军队像戒严似的将乌村隔离起来，才能阻止灵心进入乌村。但要完成这项工作并非易事，因为政府要一级一级地呈报，一级一级地批复，直到中央政府。在政府还没有批下来之前，灵剑柔尽量不让女儿离开自己的视线，他派人远远地跟踪着灵心。当然，还不能让女儿发现，一旦被发现，灵剑柔知道后果。但任何后果与被射线感染的后果比起来，都是微不足道的。看到这几天灵心失魂落魄的样子，灵剑柔很心痛，他很想分担女儿的痛苦。灵剑柔和夫人尚燕商量，是不是让齐刚来陪陪灵心。灵剑柔这话一出口，他自己都觉得那根本无济于事。灵心的整个心思，除了她的慈善事业，就是共周思，齐刚不可能帮她分忧。

灵心度日如年，茶饭不思，身体一天天地消瘦下去。她和汪行知他们一起找了一个星期，仍然没有共周思的下落。灵心问汪行知他们，是不是要报警。他们说要和灵董事长商量一下。灵心带着他们找到灵剑柔，问他是不是报警。灵剑柔此时也认为共周思肯定是凶多吉少。他考虑再三，为了给女儿他们有个交代，让女儿死心，让她经过痛苦之后过上平静正常的生活，同意了报警。

报警后的第一天，灵心没有得到消息，第二天、第三天都没有警方的消息，第四天警方仍然没有共周思的消息，找到共周思的希望越来越渺茫，到第五天，仍然音讯全无，灵心绝望了。她想不通，共周思怎么会突然之间失踪。她坚信，共周思不管为什么，无论如何都不会瞒着自己不告而别。难道自己做了令他不高兴的事？灵心努力回想这段时间自己的言行，实在想不起自己哪件事做得不对，哪件事会令他不高兴。难道出了意外？可是，自己查遍了这一个月所有车祸、非正常死亡的情况，死的都是有名有姓的，没有一个是无名的。难道还真像美国大片那样有外星人把共周思掳走了？那只是电影里的故事，在地球上没有出现过这样的例子。灵心百思不得其解。

这天，汪行知、赵构成他们叫来程颖，程颖当然知道灵心她病了。自从共周思失踪后，她也茶饭不思，自己也病了，只是她极力克制着不让别人发现。汪行知叫她来劝解灵心，说凭程颖的三寸不烂之舌，凭她在法庭上的雄辩，定能将灵心从痛苦之中拯救出来。汪行知他们对她说这些话，她感到悲哀，他们只看到灵心病了，难道没有看到她也病了吗？难道没有看到她消瘦了不少吗？难道没有看出来她也深爱着共周思吗？要她去劝解灵心，首先她连自己都劝说不了，还怎么去劝灵心。这些是程颖的心理活动，她埋在心里没说出来，也不会说出来。她看得出来，灵心爱共周思，共周思也爱灵心，他们的爱情是伟大的。她答应汪行知他们去试试。

"灵灵，我是颖颖。"程颖给灵心发去了脑伴。脑伴里出现了灵心的立体影像，立体影像里的灵心和平时判若两人，与刚从非洲回来时没什么两样。

"乌村的脱贫项目，我们的样品已经全部检测完毕了，就等着投资商投资呢！你不是可以找到投资商吗？"程颖说。

灵心说："我想明天就去乌村，你们能跟我一起去吗？"

汪行知回答灵心："我们当然和你一起去，那里有我们的救命恩人。”

舒玉婷说：“我们有帮助乌村脱贫的责任，这是思思说的。”

程颖扫了舒玉婷一眼，那意思是说，不要在灵心面前提共周思的名字。舒玉婷向程颖伸了下舌头，做了一个鬼脸，那意思是说：我说错了。

“好，我们就这么说定了，明早八点到这里集合，我们一起去乌村。”灵心关掉了脑伴。

灵剑柔听到女儿又要去乌村，而且明天就去，心“咯噔”一下沉了下来。

他看到女儿进了自己的卧室，跟着也进了女儿的卧室，问：“灵灵，你明天就去乌村吗？”

“是啊，本来早就应该去的，只是一直在等检测数据就没有去。”

“你的机器人护理系统不是没有完成吗？”

“那个事可以放一放，乌村那里的孤儿、失学儿童每天都在增加。”灵心说，“他们更需要帮助。”

见到女儿如此坚定，灵剑柔知道自己的劝说是没有用的。他现在觉得唯一阻止女儿去乌村的法子就是告诉她真相。他想让灵心看共周思的邮件，但又怕引起女儿的痛苦。灵剑柔看女儿在整理东西，他的眼光随灵心的身体移动而移动。灵心看到了父亲的担心，便说：“爸爸，你有什么事吗？”

灵剑柔见女儿问自己，为了女儿，他顾不了那么多，他对灵心说：“灵灵，我这里有共周思发给我的邮件，也有他让我转交给你的一封信。”

听到共周思有给自己的信，灵心立即问：“在哪儿？”

“在我的脑伴里。”灵剑柔打开脑伴给灵心看。

她看着看着，越看越觉得共周思伟大。共周思爱自己，但他更爱这个世界，更爱这世界上每一个人。那是超越个人情感、穿越心灵的大爱。没有这种大爱，他不可能做出牺牲自己的骇世之举。灵心看了一遍又一遍，她比以往任何时候都更爱共周思了。她止住眼泪，抹去脸上的泪痕，她要去乌村，她要找共周思。灵心收拾完行李，给父母留了一封信。此时已是凌晨三四点了，她看了看父母的房间，便轻轻地离开了家门。

灵心判定，共周思肯定去搜寻磁场中心了，要找到共周思，必须知道磁场中心在哪。怎么找呢？灵心一挥手，脑伴里出现了上万条如何找到磁场的答复。灵心采纳了购买测量磁力强度仪器的建议，也采纳了带上防磁辐射衣的提醒。这些都准备完毕，灵心带上充足的高能食品就出发了。

灵心先到了乌村，乌村村民见到灵心，几乎是倾村出动，他们热情地跟她打招呼，拥抱她，请她到自己家里吃饭，他们献出了最珍贵的土特产，取出了封存多年的酒。灵心看着热情、淳朴、善良的村民们，更加感到了责任。她认为共周思的想法更伟大。找到磁场，从根本上将这些苦难的村民救出来，使他们免受辐射。灵心觉得，共周思和自己真是心心相印。乌村村民准备派两个村民陪她寻找共周思，但她坚决拒绝了。她不想让乌村的任何一个人为自己冒险。

离开乌村之前，她再次来到村前那棵老槐树前，站在那里好久，想起与共周思一起畅谈时的情景。灵心依依不舍地离开老槐树，然而迈着坚定的步伐，去找共周思。然而，乌村周边方圆那么大，到哪里去找呢？共周思是去找能使光线弯曲、时空折叠的引力场，也就是磁场，也是磁场强度最强的地方。她从包里拿出磁强仪看了看，毫不犹豫按照磁强仪指示的方向走。她鼓起劲，以最快的速度赶路。开始路还好走，走着走着她发现路越来越不好走了。前面出现了一座高山，山上没有路，她必须自己边开路边走。天下起大雨，开出的路泥泞难行。山坡很陡，她几次滑倒了，山上的荆棘划破了她的皮肉，雨水从她被划破的地方淋下，火辣辣地痛。她忍着痛，坚持着往山上爬，爬上去又滚下来很多次。经过这样反反复复，她才爬到了山顶。当她站在山顶上时，两条腿都快站不住了。俗话说，上山容易下山难，她望着山下没有路，有的只是荆棘、藤条和窝草。她顾不了那么多，她望望天上，天上下着雨，只是比刚才上山的时候小了一点。她一咬牙就往山下走。她几乎是半滑半滚地下了山，身上的雨衣、衣服都被磨破了，身上也磨出了一条一条的血痕，血和雨水混合在一起，从她的身上、衣服上流下来。

下了山，她发现前面是一望无垠的草地，草地翠绿翠绿的，平整得像是被人修剪过一般。草地上开满各种颜色的花，姹紫嫣红，既美丽又壮观。她将疲乏的身体往草地上一滚，双眼向天空望去，望着天上飘移的白云，非常令人心旷神怡。她一时忘了刚才的疲劳，也忘了火辣辣的伤口，尽情地欣赏起这美丽的风景。看着看着，或许因为太疲劳了，她睡了过去。当她醒来的时候，太阳已经升起，她赶快爬起来把行囊背在背上，向着太阳的方向走去。她走着走着，发现地面越来越软。越走，她发现自己的脚陷得越深，她觉得不对头。她的心里怦怦直跳。自己是不是走进了沼泽地？正当她发觉自己不能继续前行的时候，她的双脚在往下沉。她想拔出一只脚，另一只脚一受力，陷得更深。她站那里动弹不得，她慌了，举目环顾，四周除了绿茵茵的草地和美丽的鲜花迎风飘扬之外，没有一点动静，空旷得叫人有点害怕。她此时感到叫天天不应，叫地地不灵，孤独无助。

她在一段惊慌之后，头脑在急剧地想办法。她想啊想，一时想不到办法。她看到渐渐西沉的太阳，她认定自己命绝于此了。人有时是很脆弱的，自己经历过那么多苦难，今天怎么就被陷在这里了呢？但她想，天无绝人之路，共周思不是经常念叨着爱迪生的名言吗？无法不想的事是不存在的。她又四处张望，她的目光看到了自己的身体，想到了自己背上的背包。如果把背包丢掉，身体不就轻很多吗？她慢慢地解开背包的背带，当她解开背包准备扔掉的时候，她想起背包本身并不重，但面积大，如果自己趴在背包上，整个身体的面积比脚底面积大很多。她想将背包扔在地上，然后人趴在背包上。她把心里的想法反复考虑了好几次。她提醒自己，千万要想好，如果没有想好想透，万一有个差池，很有可能就陷下去爬不出来了。

她经过反复思考，决定按刚才的想法做。她把背包放在自己胸脯可以压到的地方，然后身体慢慢地趴在背包上，再慢慢地提起自己的双脚。她在脚和上身之间仔细地搞好平衡，生怕哪个地方没有平衡好会导致不可收拾的后果。就这样，虽然她身体陷进去了一点，但当她双脚离开之后，身体也就没有进一步陷下去了。她重重地呼了一口气，好像死里逃生似的。她用脚尖顶着地，双手撑着压在身下的背包，将身体的重心慢慢地往自己的双腿上移。经过一番艰苦细致的工作，她总算站在了草地上。她看着眼前几个深深的脚印，长长地吁了一口气。她心想，真险啊！但是，必须过这个沼泽地，刚才的经历使她惊魂未定。她想，必须找一个万全之策，不能让自己陷进去，必须在天黑之前走出这个沼泽地。

　　她转身望了望，那是刚才爬过的山。她想如果有一条船，在沼泽地上撑过去就好了。灵心往刚才的山里走。她从背包里拿出带来的军用匕首，砍了几棵大一些的树，又砍了一些小的枝条，再割一些蒿草。她把那些枝条和蒿草拖到沼泽地旁边。她聚精会神地做起像船一样的草木垫子。她知道，做船是不行的，因为沼泽地虽然有浮力，但撑不住船篙。应该做两个草木垫子。人站在一个垫子上，将另一个垫子移到前面，然到人移到前面的垫子上，如此往返交替，将自己移出沼泽地。她制作草木垫子用了一点时间。她估计着自己做的垫子的大小，先用一个垫子在沼泽地上试了试，发现面积小了一点，而且也不牢固。她又做大了一点，加固了一番。她又试了试，感觉差不多。她又考虑到前面的沼泽地情况未知，是不是和这里的一样？"不行，最好是加大加固一些。"她又从山那里砍来比较粗的树枝，加固了草木垫子。她觉得很重，一个人移不动。她又想了一个办法，让垫子在沼泽地上移，这样就像船在水上一样，移动垫子就会省力很多。各种准备都做好了，她就将背包放在草木垫子上。她就像拉着船下水一样，移着两个垫子向沼泽地走。

　　就这样，灵心一前一后地移动着草木垫子，从后一个垫子慢慢地跨到另一个垫子上。当她移到沼泽地一半，刚要跨到另一个垫子上的时候，发现垫子下沉得很快，她慌忙跨到另一个垫子上。可当她刚跨上去的时候，垫子就开始很快地下沉。她发现在垫子上的时间必须很短。不行了，必须加快速度，否则在这沼泽地中央随时都有可能陷进去。经过一段时间紧张快速的动作，灵心感到在垫子上稳当多了，垫子也没有快速地往下陷。灵心估计，距离走出沼泽地应该不远了。她不时望望身后的沼泽地，看着自己拖垫子拖出的拖痕。她为自己感到庆幸。当她终于走出沼泽地，稳稳地站在草地上时，心里有一种胜利的喜悦。她此刻已经疲惫至极，她唯一想到的是好好地休息一下，好好地睡一觉。她又饿又困，躺在地上睡了过去。

第五十五章　真情与时空折叠

灵心离开家之后，灵剑柔才发现女儿留给自己的信。当他看到灵心的信时，如觉五雷轰顶，天旋地转。虽然他知道灵心看了共周思给她的信后会有激烈的反应，但没有料到她会这么着急要去乌村。现在女儿不仅要去乌村，还要去找共周思。共周思都走了很多天了，生死未卜。再说，即使共周思还活着，在那原始森林中到哪儿去找。她这是自己送死啊。灵剑柔敬佩女儿有一颗善良而伟大的心，但也认为她常常没有理性。你就是去找，也不要一个人去，我与大家一起想办法，大家的力量不是更大吗？不是可以更好地救出共周思吗？自己孤身一人，一个女孩子，在茫茫的原始森林，还不知有多少野禽猛兽、多少狂风暴雨要面对。

灵剑柔想到这时，不禁心惊胆战。他先是给朗声丽发了一个脑伴，问她灵心的事她是否知道。朗声丽说，她的脑伴接到了灵灵的信息，说她要离开基金会一段时间，具体干什么，灵灵没有告诉她。朗声丽说，她也在找灵心呢。本来灵剑柔想将灵心一人去乌村、去找共周思的事告诉她，但话到嘴边，没有说出口。灵剑柔怕一旦告诉朗声丽真相，她肯定也要去找灵心。灵剑柔没有多想，决定自己去找女儿。开始，他还准备带一个助手，或组织一支队伍，这样人多力量大。但一想到危险性，那可是去找强大的磁场啊，任何一个人接近这强大的磁场都将凶多吉少。他决定一个人独自前往，他知道，在乌村，在乌村方圆几百公里的地方，一切现代化的工具都没有用，只能用原始的代步工具。对，骑马，乌村那里肯定有马。灵剑柔毕竟见多识广，遇事多谋。灵剑柔对夫人尚燕说这几天要出差一段时间，请她好好地照顾自己。

他去了一家体育用品商店，购买了一些运动器材，包括登山用的工具和设备，做好了应急用的各种准备。他叫他的光帆工厂做了一套最轻的防磁辐射服，带上充足的高能食品便一个人向乌村进发。当然，他没有去过乌村，他让人带他到了乌村，在乌村，找了一匹健壮的马，便一个人骑着马向磁强仪上显示磁力线最强的方向去找他的女儿。开始灵剑柔走得还很顺利，体力消耗也不太大，一路上有草，他可以让马吃一段时间的草。但马跑得太慢太慢，有时还不听话，你想快，马反而慢下来。灵剑柔真后悔，不该骑马，还不如骑自行车快，像这样的速度，什么时候才能找到女儿。有时他恨不得自己跑步去找女儿。

就这样，他走了一天一夜后，发现天气越来越冷，他的恒温衣不起作用，幸好他带了一些御寒用的衣服。他将带来的衣服全部穿上，仍然觉得很冷。他看了看天气，太阳正当天呢。他觉得这太阳一点都不暖和。不仅不暖和，他反而觉得它正洒下寒流呢。他骑在马背上，催着马快跑。但是，马走得再快，他也觉得慢；马走得再快，也不能帮他御寒。他冻得哆嗦着，后来又扑在马背上，希望马的体温能够能让他取取暖。马的体温是可以给他取点暖，但那点温度是远远不够的。因为，他发现马也冻得在打寒战。走的速度明显减慢，他怎么赶它也没用。无奈他只好下马，自己增加运动来取暖。可是，天公不作美，下起了冻雨，米粒大的冰雹打在树枝上"沙沙"作响，打在他的脸上有些痛。他还发现路面也冻了，走在上面脚打滑。一路上的跋涉，消耗了灵剑柔大量的体力，他又冷又饿。他很想停下来，坐下来休息一下。但他不能停下来，因为四周都是冰，连树枝上都挂了冰溜子。他只能忍着饥饿，冒着冻雨，一步一步地前行。他看了看前面，山路崎岖，不知道何处是尽头。他突然感到孤独无助，此时，他想起女儿，想到她现在有多困难，她现在肯定遭遇着比自己更加艰难的处境。他想到女儿可能还随时面临危险和死亡，恨不得马上赶到女儿的身边对女儿说："孩子，别怕，爸爸来了。"

想到女儿的处境，灵剑柔不知从哪来的力量，他把马的缰绳扔掉，他不要骑马，在这样不知前面有多艰难的情形下，一个人走比牵着一匹马走要好得多。他从背包里取出高能食品，用颤抖的手塞进自己嘴里。他听到自己的牙齿咬食品的"咯咯"声，因为食品也被冻住了。灵剑柔又从包里取出折叠的拐杖。这拐杖的下面是尖的，而且有三个尖尖的不锈钢爪子，可以稳稳地插进地面，将拐杖牢牢地固定在地上。灵剑柔双手抓住这拐杖，一步一步地往前挪。他现在只有一个信念，尽快走出这天寒地冻的地方。灵剑柔在心里千万遍地呼喊："灵儿，你在哪里？你在哪里？"心里的呼喊不知不觉喊了出来。他一边将他的拐杖艰难地插进冻土，一边双手吃力地拿着杖杆，身子靠住杖杆休息一下。他已经疲倦至极，换作一般人，肯定会瘫在地上，但他心里有女儿，而且全部的心都在女儿那里。他要赶到女儿那里去帮助女儿，正是因为灵剑柔脑海里全是女儿，全是女儿那可爱的脸庞，使他有了常人所没有的伟大力量。灵剑柔对女儿的父爱，给了他惊人的力量，使他不惧严寒，不惧饥饿，不顾一切地往前走去。他心里只有一个信念：不顾一切找到女儿。

共周思，为了找到能使光线弯曲、时空折叠的引力场，为了免除乌村的苦难，为了改变世界的伟大理想，不怕千难万险，不怕牺牲，毅然前行。

灵心，为了寻找自己的爱人，为了拯救世界，不惜冒死前行。

灵剑柔，为了寻找女儿，不惧崇山峻岭，不顾一切地毅然前行。

汪行知、赵构成、舒玉婷、程颖、朗声丽他们已经知道共周思、灵心不顾生死去找磁场。他们深感震惊！因为他们知道找到这磁场几乎不可能的，就是找到了，也会因强大的磁辐射而失去生命。他们被共周思的奉献精神和为了科学真理舍生忘死的行为感动得热泪盈眶。他们决心要像共周思一样，一起去寻找那磁场。当大家商量马上一起出发的时候，只有程颖提出了不同的意见，她说："我们这样去除了送死，能救得了思思吗？"汪行知他们听到程颖的话，刚开始都认为她胆小、懦弱，在他们中间，只有她不关心共同思。因为她与共周思朝夕相处的时间比他们少多了。我们可是一起同生共死的战友啊，看到这群人不理解她，还冤枉她，程颖伤心得要流泪。她心里想，我比你们任何一个人更爱共周思。她忍着没有让眼泪流出来。她说："亏你们还是科学家，难道就找不到一个比你们这样蛮干更好的办法吗？"

程颖的话提醒了汪行知这些年轻的科学家们，必须想一个万全之策找到共周思。他们经过激烈的讨论，得出一个结论，必须发动全社会的力量寻找科学家共周思。他们立即行动。首先，由程颖在量子网上向社会各界发出呼吁，请大家帮助他们寻找共周思。赵构成通过有能力防辐射的研究机构、高等院所，寻找防磁辐射的办法和材料。汪行知他们自己动手，思考着如何救共同思。

几个小时后，全世界各地的回复就像雪片似的飞向程颖和赵构成那里。对共周思和灵心的行动，有感动的，有敬佩的，有惋惜的，有捐钱的，有提出解救方案的，有自愿和他们一起去解救共周思的。从纷纷而来的回复中，程颖感受到了社会的真情。向赵构成发来的回复，大多从科学、医学、技术的可行性方面提出了意见，还有的公司直接给他们寄了防辐射的用品，甚至还有的防辐射研究机构向他们提出建防辐射车的方案，并给他们传来了图纸和模型。由于要抢时间，他们甚至直接寄来了防辐射车。汪行知他们觉得这个防辐射车的建议非常好。"知知，我也认为防辐射车的建议很好。"赵构成说。

"防辐射车是好，但这车如何开到磁场那里？要知道那里一切现代的动力都失效。没等车靠近那磁场，车就开不动了。"舒玉婷说。

"还有，怎么发现灵灵、思思他们呢？"朗声丽插话说。

"人可以穿防磁辐射衣。"赵构成说。

"人类还没有一样东西可以绝对地防极其强大磁场的辐射。只有距离足够大时才能避免磁场的辐射。"汪行知说，自从共周思走了以后，汪行知就是这里的头儿。

"那怎么办？这也不行，那也不行，难道我们在这里干瞪眼吗？"

"共周思以前不是说过，我们可以利用磁场的强大能量作动力，制造磁力车。"汪行知站起来说。

赵构成他们望着他，请他继续说下去。

"任何磁场都存在两极。那我们就在'时空折叠号'上也装上一个磁场，这个磁场可以随磁场的正负极的变化而自动变化。"汪行知说。

"你的意思是说利用正负两极相吸的原理，让强大的磁场将我们的'时空折叠号'吸过去？"程颖虽然不是学理工的，但那正负相吸的原理还是懂的。

"干脆叫磁力飞艇。"舒玉婷说。

"动力问题怎么解决呢？"朗声丽说。

"利用磁悬浮呀，那磁场的能量不是很大吗？我们只需要利用一下磁场的斥力就行了。"汪行知回答他们的问题。

"还有，"朗声丽又问，"我们如何发现灵心、共周思和灵心的爸爸呢？"

大家又一起把目光投向汪行知。

这个问题汪行知一时还没有想到，他被问住了。

"利用卫星遥感探测。"舒玉婷说。

"你们不是说所有的现代装备在那都无效吗？"程颖问。

"利用磁场的引力将我们吸过去，利用它的斥力将我们浮起来，这样消耗了磁场的磁力。我们装上消磁机，造成局部的无磁场区域。这样，我们的现代化设备就可以用上了。"汪行知说。

"我看可以，我们少废话，现在就干。我们多抢一分钟，共周思他们就少一分钟危险。"

汪行知他们以最快的速度一天内就将"磁力飞艇"建好了。现在的磁力飞艇不像"曲光号"实验车，而是一个扁扁的椭圆形的飞艇。它外面涂了一层灰蓝色的涂料，据说可以反射和吸收射在它上面的磁力线。一天后，汪行知、朗声丽、赵构成、舒玉婷、程颖坐上了磁力飞艇，他们每个人身上都穿了银光闪闪的防辐射衣，头上戴着防辐射的头盔。他们一个个登上飞艇，很像一群宇航员。他们怀着不成功便成仁的决心，出发去把共周思、灵心、灵剑柔他们三个人救回来。

磁力飞艇的发动机发动了，"呼"的一声从地上腾空而起，可以感受到巨大的震动和发动机吹起的旋风。

汪行知在驾驶着磁力飞艇。驾驶舱里比较简单，有一个显示高度的仪表盘，一个反映磁场强度的指示仪，还有一个卫星遥感图像仪。从这些显示屏上可以清楚地看到探测范围内的人。赵构成坐在他身边的副驾驶的位置，他主要的任务是观察磁场的强度。

朗声丽坐在飞艇舱里，心想，早设计出这磁力飞艇就好了，灵心、共周思和灵心爸爸就没必要受那个罪了。现在也不知道他们的生死，但愿这一次能救回他们。

没过几分钟，磁力飞艇就到了离乌村不远的地方。这时，乌村这里热闹非凡，已经聚集了上万人，而且人越来越多。他们是在赵构成、程颖发出呼吁书之后来的。来到这里的，有青年学生，有公司职工，有国家机关的公务员，有军人，有商人，还有世界各类公司派出的搜救队伍，有的公司还派出了医疗队。救援物资堆成了山，有帐篷、矿泉水、方便面，所有的日常生活用品应有尽有。他们来这里的目的十分明确，都是为了搜救共周思、灵心、灵剑柔他们三个人。一群群志愿者，一车车物资，彰显了人类珍视生命、热爱科学的崇高精神。

磁力飞艇继续向磁场中心方向搜索着飞行。突然，汪行知他们感觉到磁力飞艇的飞行速度越来越快，艇身有些抖动，并加速往下跌。他们朝外看，四周都是悬崖峭壁。他们感觉飞艇正向地心里跌落，仿佛跌进了深渊。显示屏显示磁场强度越来越强，吸引力也越来越大。"知知，这里有巨大的引力场，也许就是我们要找的能使光线弯曲、时空折叠的引力场。"

"如果这样，思思一定在这里。知知，赶快搜。"程颖说。

汪行知抓紧操纵杆，叫朗声丽他们系好安全带，抓紧扶手。朗声丽他们赶紧按汪行知的要求做，同时，他们的眼睛紧盯着显示屏不放。当磁力飞艇震动得越来越厉害时，汪行知他们也越来越感到有股热浪向他们迎面扑来。他们顿时大汗淋漓，汗水从头盔、脸上、上身一直向脚下淌。不一会儿，汪行知他们就汗流浃背，浑身湿透，他们恨不得脱掉防辐射衣，摘掉头上的头盔。这时，磁力飞艇也不听操纵，在往地心坠落中翻滚着。汪行知立即将磁力飞艇磁力机的磁力强度开到最大。磁力飞艇上下翻动，在颤抖中缓慢艰难地向磁场中心靠近，同时探索着共周思他们。也许过了很久，突然，朗声丽看到显示屏上有一个热点在移动。她大声说："那里有人，快降低高度。"赵构成、程颖和舒玉婷他们立即沿着朗声丽手指的地方看去，果真发现有一个红点在移动。汪行知赶紧下降高度，那个光点慢慢变大，变成一个人的轮廓。渐渐地大家看清楚了那个人的面孔，"灵董事长。"朗声丽说。

"是灵剑柔董事长。"舒玉婷说。

飞艇很快降落在距离灵剑柔不到五米的地方。灵剑柔有些惊恐地看着突然降落在身边的这个庞然大物，一时不知如何应对。但当他看到两个人从上面跳下来，把自己抬上磁力飞艇时，才知道他们是来救他的。当他惊魂未定地坐在磁力飞艇里，认出朗声丽他们时，他立即说："丽丽，快，快去救灵灵，快快！"

"灵董事长，灵心在哪儿？"汪行知问。

朗声丽说："汪行知，我们赶快去救灵灵，救共周思。"

"往哪里去？"汪行知问灵剑柔。

"我也不知道，我是从上面的峭壁上跌下来的。"

这么高跌下来，居然还安然无恙，大概是灵剑柔身上的防护服起了作用。防护服上的反射磁力线有分解磁力的功能，在反射磁力线的作用下防护服产生了浮力。因此，灵剑柔应该是从峭壁上飘落下来的。

灵剑柔刚一上来，磁力飞艇就离开了地面。也就在经过这个巨大的山坳的时候，磁力飞艇好像被巨大的引力吸引一样，直接往一个方向飞去。无论汪行知怎么阻止，也无济于事。

"真是见鬼，哪里的引力有如此之大？"汪行知说。

"我们可能跌进了磁场中心。"赵构成说。

磁力飞艇又在往下跌。

"知知，快打开斥力器。"赵构成说。

"真是活见鬼，越忙越出错，竟然忘记打开斥力器了。"汪行知说。斥力器开启以后，磁力飞艇下降速度减慢了不少，但还是在往下掉。

"成成，快看屏幕，有两个亮点。"程颖急促地说。

"对，是有两个亮点，而且还在运动。"朗声丽说。

"可能是思思和灵灵他们。"汪行知说。

"对，快，知知，快开过去。"舒玉婷说。

"从磁力飞艇下降速度和仪器数字看，这里就是我们要找的能使光线弯曲、时空折叠的引力场。"汪行知说。

"快看思思和灵灵！"赵构成大喊。汪行知、舒玉婷、程颖、朗声丽顺着赵构成手指的方向，看到了共周思和灵心向对方奔跌，最后拥抱在一起的画面。

弯曲的光线

WAN QU DE

GUANG XIAN

下

光线

引 力 旋 涡

方文桂 著

百花洲文艺出版社
BAIHUAZHOU LITERATURE AND ART PRESS

目录

第一章　太空船送病人到太空医院突遭导弹袭击

"成成，快把我们的太空船开过来！"共周思大声呼喊。

"我们的太空船还是试验船呢。"共周思的耳伴里传来赵构成的声音。

"婷婷和知知病了，必须送到太空医院。"

"我们还没有飞行许可！"

"管不了那么多，救人要紧！"共周思说。

"好，我去开太空船。"

"先生，请让让。"一个美丽的姑娘推着几个儿童病人正在往共周思这边挤。

共周思发现是灵心，他对灵心说："灵灵，你怎么也过来了？"

"思思，怎么啦，你也在这里？"灵心擦擦额头上的汗珠，又往共周思那里挤了挤。

"婷婷和知知一直昏迷不醒。"共周思说。

灵心赶紧挤到共周思的担架车旁边，他的旁边是公司测试部的主任，叫胡海，灵心也认识，她向胡海点了点头，胡海也叫了一声"灵会长"。

灵心摸了摸舒玉婷和汪行知，发现他们不省人事，她着急地叫了他们的名字，发现他们没有反应，说："思思，现在怎么办？"

"成成搜索了这种病，目前地球上没有办法治，灵灵，你这几个小孩难道也是这种病？"

"也是，我们孤儿院的孩子们正在睡觉，突然有很多小孩恶心、呕吐、头昏，眼冒金星。"

"有多少孩子？"

"这所孤儿院有十四个，严重发烧不退的有十三个。其他孤儿院也有不少，具体数据还在统计。"灵心说。

"昨天晚上，我和婷婷、知知正在对太空船做最后的测试，他们两个突然头昏眼花、呕吐，没多久也昏迷了。"

"去医院看得怎么样？"灵心问。

"市内各大医院束手无策，可能是神经系统出了问题。"

"我们的儿童医院也是这样说的。"

一股人群的力量，将灵心和共周思冲开了，他们又用力挤在了一起。灵心由于受到了很大的挤压，说话有点喘。

"思思，我没有开船的密码。"共周思的耳伴里传来了赵构成的声音。

灵心也听到了，说："思思，我们的太空船可以飞了？"

"灵灵，经过几百个日日夜夜的奋战，我们的太空船昨晚通过了最后一次测试。"共周思难掩自己的喜悦和自豪。

灵心很高兴："祝贺你，你的梦想成真了。"

"不是我，是我们，是我们的公司，是我们的成功。"说完，共周思深情地望了望灵心，灵心也深情地望了望共周思。

"灵灵，我这里还有十几个不省人事的小孩，怎么办？"灵心的耳伴里也响起了朗声丽的声音。

灵心对共周思说："我们的太空船可以载十几个小孩吗？"

"具体能载多少人我也拿不准，但还是让他们过来吧！"

"丽丽，你把他们带过来吧！"

"你们现在在哪？"朗声丽说。

"我们现在市第六医院，和思思在一起，思思他们的太空船就要出发了。"

"太好了，思思他们太了不起了，我现在马上带这些孩子赶过去。"朗声丽停了一会儿又说，"灵灵，街上到处都是人，很难走，估计到你那儿要一个小时。"

听到空中的声音，人群又开始相互挤推起来，场面更加混乱了。人群中混杂着痛苦的"哇""啊""难受""我不想活了"的喊声，叫喊声此起彼伏。人群像浪一样，每个人都挤得一会儿倒向东，一分儿倒向西。共周思也被这人浪推得站立不住，他们都拼命地护着自己身边的担架车，有几次不是胡海以及和灵心一起来的护工拼命护着，他们的担架车就被挤倒了。

"灵灵，你在哪里？"灵心的耳伴里传来了齐刚的声音，"你发一个位置过来，我带几个人过去。"

灵心即刻一挥手，通过脑伴将自己的位置发给了齐刚。

不一会儿，灵心和共周思感到一股力量传导到他们的身上，又从他们的身上传导到周围人的身上。灵心听到了齐刚的声音："哥们，用力挤出一条道来。"同时，他们也发现了齐刚周围有五六个大汉，很快，一条通道打开了。共周思和灵心跟着齐刚，推着担架车往后挤。

"思思，太空船飞不起来。"共周思的耳伴里传来了赵构成的声音。共周思将耳伴的声音放大，让灵心和齐刚都听到。

齐刚听到灵心急切的声音，却没有什么表情，他心里只知道，当今世界上只有他爸公司的太空船是最大、最好的，尤其是全世界太空船的引擎几乎都采用他爸公司的磁力引擎。共周思一挥手打开了脑伴，眼前立即出现了立体影像。在影像里，赵构成开着太空船刚飞起来，又降了下来，再升空，又降了下来。

"成成，你真笨，你除了大数据搜索，什么都不会。"共周思想了一下，又说，"你看下操作影像不就可以了吗？"

"哎呀，又忙又急的，这么简单的东西都不记得。"赵构成打开了操作影像，不一会儿共周思看到太空船飞了起来，可是太空船刚飞起来，又降了下来。共周思刚想说他怎么这么笨，便看到太空船刚着地，程颖便爬上了太空船。

这时，灵心和齐刚看到空中出现了一个很大的太空船，上面闪烁着紫光公司的徽标和"紫光公司"四个大字。

"刚刚，是你爸公司的太空船，能把我们这些病人送上去吗？"灵心问齐刚。

齐刚看到他爸公司的太空船，脸上露出了得意的神情，他瞥了共周思一眼，回答灵心说："我看这是去接哪位重要人物。接我们？我看是想都不要想。"听声音，共周思觉得齐刚不仅得意，还有些傲慢，甚至对他们有些轻视。

"快让开！"一队全副武装的军人在不远处驱赶着人群，将人群隔离到两边，开辟了一大块空地，并快速围了起来。紫光公司的太空船停了下来，很快，一架武装直升机停在了太空船的旁边，从直升机里面推出了一辆车，这辆车一上太空船，太空船便腾地消失了。

几乎在紫光公司太空船消失的同时，共周思的时空折叠太空船便出现在空中，这艘太空船的外观比刚才那艘寒碜多了，不仅小，而且黑乎乎的，一点都不光鲜。但如果你对太空航行有点常识就知道，共周思的时空折叠太空船外观非常符合宇宙空间动力学原理。你看那船，线条多么流畅，穿过大气层时，它受到的阻力要比紫光公司的太空船小。

"思思，到处都是人，我没有办法降落。"赵构成说。

共周思看到刚才军人开辟的空地上已经挤满了人，看到自己公司的太空船在头顶盘旋。

人群中突然响起："我们要上太空医院！""我们要上太空医院！"远处传来商店门被砸、汽车被掀的声音，火光和浓烟也在不断地增多，人们歇斯底里的叫骂声盖过了军人的呵斥声。这时，传来了枪声，还有装甲车的轰鸣声。但是要平息这场骚乱，就是派出更多的军人估计短时间内也很难解决。如果这情势不迅速扭转，就算太空船停下，也难逃被砸的厄运。共周思看着在空中盘旋的时空折叠太空船，不知所措，心急如焚！他看看担架车上的舒玉婷和汪行知，还有灵心担架车上的儿童病人。这时，他又看到朗声丽带着八个儿童病人，在齐刚的护送下和灵心会合。灵心看到了共周思焦急的目光，但一点办法都没有。共周思对灵心说："一定会有办法的，一定会有办法的。"

突然，空中传来了程颖的声音，她的声音通过太空船上的扩音器，响彻了方圆几公里的天空："朗声丽，来一首。朗声丽，来一首。"

"朗朗在这里！"人群中一个男孩的声音几乎与程颖同时响起，这两句喊声真是奇妙，人群顿时安静了下来。不知道哪边传来了响亮而又整齐的声音："朗朗。""朗朗。"程颖也是急中生智，想让朗声丽的歌声转移人群的注意力。没想到这里有朗声丽的粉丝，这些粉丝还真是有力量，他们很快在朗声丽面前开辟出一条通道。也就是这一会儿，他们搭起了一个简易的台子。

朗声丽本来已经不唱歌了，但面对随时可能要暴动的人群，看到躺在担架车上的舒玉婷、汪行知和十几个病人儿童，在灵心和齐刚的要求下，她登上了台子。果不其然，听到了从天边而来的声音，人群顿时安静了下来，只听朗声丽在唱："我想，我想有一个梦，在那遥远的地方，那里有我的故乡，有我的亲人爹娘……"这里没有音响，但朗声丽的声音激昂，音色饱满，像那冬日的阳光般温暖，又像那和煦的春风，抚慰着人们的心田。她的声音将整个旷野充满，四周静悄悄的，人群中没有了声音，连直升机的轰鸣声、军人的脚步声和汽车的马达声也停止了。

趁人群还在倾听朗声丽歌声的时候，共周思他们将担架车上的病人抬上了太空船。

齐刚上过他爸公司的太空船，眼前的太空船与之相比，简直就像一个简陋的船棚子，里面只是可以站人而已，也没有医疗救护设备。"这些人在这船上，万一有什么紧急情况怎么办？"齐刚看了看说，"思思，这船也能载这些病人，你不是开玩笑吧？"

"勉强吧，刚试制出来，还来不及装修。"共周思说。

"是呀，思思，这里一件医疗救护设备也没有，安全吗？"灵心也说。

"思思，我看还是算了吧，这风险太大了。"赵构成也说。

"要想办法弄一套医疗救护设备来。"程颖说。

"灵灵，我们还是把这些小孩子送回去吧。"齐刚说着便要推儿童病人的担架车，灵心见状也犹豫起来。

齐刚的提议得到了众人的响应，用这太空船去太空医院的风险比在地球上的风险更大。

大家动手将担架车向船舱门推去，准备下飞船。

"这里还是有救护设备的。"一时匆忙，共周思忘了介绍船里齐全的救护设备，那是为人在外星球上遇到生理问题如生病等而配备的。他指着从舱内推出的医疗器械和药品，说："当时设计这艘船时，没有考虑到用来运送病人。"

他们看着医疗器械和急救药品，觉得太少，还是坚持要让这些病人下船，尤其是齐刚，坚持要灵心将生病的孩子送下船。他推开了舱门，可是他们听到了朗声丽近乎沙哑的声音，预感到人群又要开始骚动了。

就在这时，共周思看到了舒玉婷的耳朵和嘴角渗出了血。如果不立即将他们送到太空医院，他们在地球上死去的可能性比冒险送到太空医院要大得多。他看着外面黑压压一片的人群，说："如果现在还不走，留在这里，他们也是等死！"

看到外面拥挤的人群，听着朗声丽快挺不住的歌声，看着舒玉婷和孩子们嘴角渗出的血，灵心一咬牙："刚刚，你下去，我带他们和思思一起走！"

程颖和赵构成也将推到舱门口的担架车又推进了太空船，将他们安置好。

齐刚见势不好再说什么，关上了舱门，但他心里还是非常不乐意。

共周思见齐刚关上了舱门，立即发动了太空船，但超载的警报开始响个不停。共周思说："严重超载，必须有人下去。"

齐刚第一个挪开身子，但见大家都没动，便又停下了。

"刚刚，还是你下去吧，你个头大，身体重。"灵心说。

齐刚见灵心叫他先下船，心里还是暗自高兴的，但他在灵心和程颖面前还得争强，不能丢了男人的面子，便说道："还是成成和颖颖，还有你先下去吧。"

"你们都下去，这船多一个人就要多消耗一份能源。"共周思点名道，"刚刚、灵灵、颖颖、成成。"见他们不动，便一个个地来拉。齐刚顺势走到了舱门口，赵构成和程颖也被拉到了舱门旁。齐刚拉开门，他们又听到了爆炸声，人群又开始骚乱。

"刚刚，快下去，保护丽丽，那里还有几个小孩。"灵心说。

"颖颖、成成，你们快走，如果再不走，我们就都走不成了！"灵心推着她们两人下船。

"那你呢，灵灵？"齐刚叫着。程颖和赵构成也不同意下船，但被共周思强行推下了船。他们一到地面，灵心便大喊："思思，快开船！"

时空折叠太空船"嗖"的一声离地而去，飞向了天空。

共周思驾驶着太空船向空中飞去，船里躺着十五位小病人，还有舒玉婷和汪行知。

灵心忙着照顾他们，她一边擦拭舒玉婷嘴边的血迹，一边问："思思，我们到太空医院要多久？"

"导航告诉我们需要125分钟。"

"我们不能更快一点吗？"

"现在离开地面才3分钟，太空船还在大气层内，大气层有空气，船不能飞得太快，如果飞得太快，船体与大气层的摩擦会产生高温，我们的船体不能长时间经受这种高温。"

"我们的船不是用你们的'曲光'技术生产的吗？不是特别耐高温吗？"

"是的，这是我们公司的优势。目前，我们的太空船是世界上耐高温性能最强的太空船。"共周思有些自豪地说。

"我们还是最快的吧。"灵心说。

"对，我们还是最轻的。"

"思思，今天怎么会出现那么多的病人，而且还死了很多的老人，尤其是女人和孩子。你知道是什么原因吗？"

"我也感觉到很突然，肯定是地球哪里出了大问题！"共周思说。

"时空折叠号，我们是空中管制。时空折叠号，我们是空中管制，请你们立即返航。"船舱里传来了声音。

"糟糕，我忘了，我们的太空船是一个试制品，没有航行许可证。"

"请立即返航。"预警声音响个不停。

灵心用眼神问共周思："怎么办？"共周思一时也不知如何是好，他望着灵心，想问她应该怎么办，当然他知道灵心不可能回答他。他又想问问舒玉婷和汪行知，但他们不省人事。共周思咬了咬牙说："不管它。"他将太空船的速度开到最大，很快便躲过了三架空中管制飞机。

"我们躲过了他们的飞机。"灵心高兴地说。她看了看窗外的蓝天和朵朵白云，看到太空船飞越在白云之上，灿烂的阳光射进舱里，照在孩子们的脸上，她将窗帘拉上。

"不要紧，船舱的玻璃是特别设计的，隔热且防紫外线。"共周思说。

太空船躲过了空中管制飞机，船舱里静了下来。

"思思，太空船成功了，我们下一步做什么？"灵心问。

"灵灵，还记得我们当时建造太空船的目的吗？"共周思问。

灵心说："让人类坐太空船到外星球就像到我们地球上的任何一个城市一样方便。"

"在外星球建一个很大很大的医院，将地球上不能医治的病人，以及像这次突然增加的病人，送到我们的太空医院里治疗。"共周思说。

"我也是这样想的。"灵心说，"现在呢，思思？"

"现在就是用太空船运送地球上的病人到太空医院去治疗。"共周思说。

"是的，还要有更多更大更快的太空船。"

"更大更快的太空船，需要更强大的动力，而目前地球上的引擎，数齐刚他爸公司的磁力引擎最好。但速度还是不够快，尽管我们将飞船的舱体材料做到了最轻，动力还是不足。"

"你的意思我明白，我们要造出更强的引擎。"

"找到一种物质，使我们的飞行速度接近光速。"

"哇，思思，你又要改变世界了，真了不起。"灵心向共周思靠了靠，将头放到了他的肩膀上，没一会儿就睡着了。

"时空折叠号，你们即将飞过最后的空中警戒线，请立即返航。"船舱里又传来了空中管制那讨厌的声音，将刚因疲劳过度睡着的灵心吵醒了，她睁开眼睛说："思思，怎么办？"

"闯过去。"共周思心想，到了现在，只有冒险一闯。

"能行吗？"

"我们正在救人，不管那么多。"共周思语气坚定。他对着驾驶舱的话筒说："空中管制，我这里有十五名儿童病人和两名患病的科学家，我们必须将他们送到太空医院。"共周思相信他们不会向自己的太空船开火。说完，他按响了太空船的喇叭，并立即将自动驾驶改为人工驾驶。他不是宇航员，但他自幼喜欢飞行，在飞行器方面有着惊人的天赋，而且如今驾驶着自己设计的太空船，更是得心应手。

"思思，快看，前面有飞机。"灵心指着驾驶舱窗外说。

"是的，有三架。"共周思不知道这三架飞机是从什么地方冒出来的。

这三架飞机离太空船越来越近，几乎是贴着共周思的太空船飞，有几次差点和他的太空船撞上了，如果不是飞机躲开了，太空船一定会船毁人亡。共周思也吓出了一身冷汗，心突突突地跳个不停。他打开了喇叭，想听听他们到底在说什么。喇叭一打开，便立即传来了空中管制的声音："时空折叠号，请立即返航。再不返航，我们将向你开火。"

共周思全神贯注地躲避着那三架飞机的堵截，空中管制下达了最后通牒："再给你最后十秒！"

"9、8、7……"喇叭里传来了空中管制的声音。

灵心紧张地看着共周思。

喇叭里又传来了"5、4、3……"，快要数到1而又没有喊出来的瞬间，共周思急中生智，按下了驾驶舱里的一个按钮。与此同时，围堵太空船的飞机驾驶员眼前出现了一道光束，但他们没有看到被击中的太空船，太空船在他们的眼前消失了。

不到一秒钟，共周思用隐形技术在危急时刻逃过了攻击。隐形技术是共周思的得意之作，当时大家都不同意太空船采用隐形技术，是共周思力争并偷偷用上的，没想到今天派上了用场。

"还有二十秒，我们就可以逃出地球的空中管制了。"共周思说。灵心听了共周思这话，紧绷的神经才稍稍放松了一些，可是共周思的话音刚落，那三架飞机又跟了上来。共周思知道，他的太空船隐形功能的持续时间只有不到八秒。看到贴上来的飞机，共周思泄气了。看来，今天是无法逃脱空中管制了，必须返航。

"思思，你们怎么样了？"这时驾驶舱内响起了程颖的声音。听到程颖的声音，共周思看了看舱内还在昏迷中的汪行知和舒玉婷，想起他们与自己一起设计建造太空船的日日夜夜。他看着灵心，这个自己钟爱的人。如果现在放弃，按照空中管制的要求返航，自己怎么对得起婷婷、知知还有灵心，以及这船里的十几个孩子。他想起了送他们去太空医院的承诺。共周思是一个非常重承诺的人，言出必行。尤其是灵心，一直这么相信自己，几次不顾个人安危跟随自己。共周思顿时感觉一股热血直冲脑门，他的大脑像计算机一样运行，那速度几乎是世界上所有计算机速度之和，现在他可以准确地计算出那三架飞机什么时候发射。共周思的太空船终于在导弹的火光中突破空中拦截，在千钧一发之际，在灵心的心跳到喉咙眼，紧张得闭上眼睛时，共周思按下了仪表盘上的又一个按钮。这是一个太空船加速度的按钮，是共周思为了紧急情况下能安全逃脱设计的。他在磁力引擎外又增加了一个辅助引擎，在这个引擎里，共周思加了一点核聚变物质。核聚变物质可以产生巨大的能量，使太空船的速度达到光速的十分之一。这点核聚变物质，是共周思用了五年的时间才在实验室提取出来的，今天，在千分之一秒的时间里就用完了，他感到非常可惜。

共周思的太空船在那三架飞机发射的导弹火光中跑得无影无踪。

第二章　太空船脱险，共周思被捕

"灵灵，我们终于成功了。"共周思高兴地吹起了口哨。

"我们成功了。"灵心也高兴地说，她看着刚才因躲避导弹而东倒西歪的担架车和车上的病人，接着说，"我们还有多久能到太空医院啊？"

"我们已经飞出了大气层，我们还可以加快速度，空中管制管不了我们。灵灵，你去休息一下。"

"不用，趁现在还有点时间，我来给婷婷和知知检查一下吧。"灵心打开随身带来的急救箱，拿出听诊器和测压计，给舒玉婷和汪行知检查起来。共周思从太空船的医疗箱中取出药棉和负离子水，给他们擦去耳朵、鼻子和嘴角的血迹。处理完这些后，灵心实在太困了，便趴在一个小孩子的担架车上睡了过去。

共周思看着睡着的灵心，给她盖上了一条毯子。他回到驾驶舱，将太空船调到了自动驾驶上。他也是一天一夜没合眼，加上刚才脱离空中管制过程中，精神高度紧张，他现在觉得疲惫不堪，也在驾驶椅上睡了过去。

"嘟、嘟、嘟……"一阵警报声将共周思吵醒，共周思一看，是太空船燃料不够了。

"没有道理啊，才飞了不到一个小时，就没有燃料了。"共周思心里怀疑。他想了想，可能是因为刚才为了躲避导弹的袭击，启动了加速飞行的引擎，在这十分之一光速的情况下，太空船船体会变形，船体承受温度高达上万度。尽管离地球已经有一万多公里，但还是有稀薄的空气，为了使船体不被融化，引擎必须在瞬间提供巨大的能量。而这巨大的能量是太空船正常行驶所需的上万倍。这一近似科幻小说中飞船跃迁的速度，几乎用尽了太空船所有的燃料。

"又有新情况吗，思思？"灵心被仪表盘上的"嘟嘟"声惊醒。

"我们的燃料不够了。"共周思说。

"够到太空医院吗？"灵心问。

"很难说，就是到了太空医院，能量也不够我们回地球。"

都怪自己太鲁莽了，一心只为救人，没有想那么多，对太空环境的估计也不足。

"思思，你也不要去太空医院，到了那里也进不了，因为病人太多了，整个太空城已经戒严了。"共周思的耳伴里传来了赵构成的声音。

"思思，你们还是先回来吧。我们在地球想想办法，比如我们中医。等病人少了，我们再想办法去太空医院。"程颖也劝共周思。

听到他们的声音，灵心也望着共周思说："思思，我们先回去吧。"

共周思左右为难，自己费了九牛二虎之力，都到太空城的边境了，心有不甘；不回去，又进不了太空城，就是硬闯，像刚才突破空中管制那样，是可以闯进去的，但又回不了地球。他长叹了一声，心里对舒玉婷和汪行知说："婷婷、知知，我一定要把你们再送进太空医院。"

共周思掉转了太空船的航向，他看了看浩瀚的宇宙，将太空船调到了自动驾驶上，对灵心说："你休息吧。"

灵心说："你也休息吧。"

共周思点了点头，他们太累、太困了，一闭上眼睛，就睡着了。

可是没过多久，突然，共周思和灵心不知道被什么东西撞醒，身体随着太空船东倒西歪。

"灵灵，太空船好像被什么东西撞了。"共周思说完赶紧扶住将要翻倒的担架车。

　　灵心往窗外一看，有很多大小不一的石头般的东西飞快地撞向太空船，只看得她心突突突地狂跳。

　　"可能是碰上了陨石雨了。"共周思说。

　　灵心看到共周思握着操纵杆，全神贯注地驾驶着太空船躲避着陨石，太空船剧烈地晃动着，显然是被陨石撞上了，驾驶舱的仪表盘上红、绿、黄、蓝的指示灯闪烁不停，太空船受损严重。

　　不一会儿，太空船又翻起了跟头，灵心拼命扶住担架车，但她一个人无论如何也不可能忙得过来，何况她自己也随着太空船一起翻滚。有几个病人翻出了担架车，随太空船起落。他们本来就身患重病，很难经得起这样的折腾，已是危在旦夕。

　　"快看，思思，前面有一个巨大的石头。"随着灵心的喊声，共周思看到正前方一个体积是他太空船几倍的陨石飞快地向他们撞来，速度之快，太空船根本无法躲避。灵心吓得闭上了眼睛。共周思准备闭上眼睛，等待一死。但就在他快要闭上眼睛之时，他看到了舒玉婷和汪行知，看到他们生死未卜地躺在太空船里，此时他后悔自己的一时冲动，不仅没有及时救治他们，反而害了他们。如果自己没将他们带上太空船，那么至少他们现在还在地球上，或许他们不会这么快就死去。此时的共周思非常痛心和懊悔。

　　什么是英雄？英雄就是胸怀宏大的未竟之事而在面临绝境时，内心的殊死抗争会使他的潜能瞬间迸发出可以照耀整个宇宙的火花。共周思心里在抗争：我不能死，灵灵更不能死，我还要救婷婷和知知。共周思脑伴的计算机里灵光一闪：将太空船停在陨石上，这样才能避免船毁人亡。太空船似乎心有灵犀，几个复杂而又非常迅速的动作，翻了几翻，滚了几滚，停到了即将撞上太空船的陨石上。

　　过了很久，说是很久，也就是不到几分钟的时间，共周思第一个睁开了眼睛。接着，他看到了灵心的眼睛也睁开了，他俩彼此看到了对方，但他们都没有办法站起来，只能相互向对方爬去。当他们爬到了一起，便相互搀扶着靠着太空船的舱壁站起来。

"思思，我们还活着吗？"灵心说。

"哈哈哈，我们居然还活着。"共周思靠着舱壁，挽着灵心说。灵心尽力稳住自己想站起来，但身子还是往下沉，共周思赶紧扶住了她，但他自己的腿一软便跌倒了。他们这样反复几次，才颤颤巍巍地站了起来。

突然，他们看到了太空船窗外的亮光，赶紧相互搀扶着移到窗前仔细看，才发现太空船已经停在了地球上，眼前出现的亮光是城市的亮光。他们用手擦了擦眼睛，眼前的一切是真的吗？不会是在做梦吧？他们又相互对视了一下，那意思是告诉对方他们还活着。他们又向外看了看，看到了一辆闪着灯的救护车向他们开来。这时他们又听到了警车的警笛声，共周思和灵心想：我们不仅还活着，而且还有人来救我们了，看来我们真的回到了地球。

不知从哪来的力气，共周思和灵心快速地来到了舒玉婷和汪行知以及十几个小孩子那里，发现他们的鼻孔和嘴角不再流血了，但他们身上的衣服被撕得支离破碎，露出了血肉模糊的身体。共周思和灵心吃力地把他们抬上了担架车。

"思思，我们赶紧打开舱门，让外面来的人来救他们吧。"灵心说。

"也对，我们现在赶紧打开舱门。"

太空船损坏得非常严重，共周思用上全身的力气也打不开门，灵心过去与他一起，费了很大的力气才将舱门打开。

舱门一打开，共周思和灵心相互搀扶着走出舱。地面上的人赶紧将舱梯与太空船的舱门连上。共周思发现，他们的太空船就停在陨石上。当时这个陨石有他们的太空船几倍大，现在几乎变得与太空船一般大。他再看看太空船，外面已经烧得焦煳煳的。共周思明白了，陨石在进入大气层后便燃烧，而太空船的材料由于耐高温，虽然与大气层的空气摩擦产生了高温，但没有燃烧。不过共周思想，如果再晚十几分钟，太空船一定会被烧掉。

"共周思，你违反空中管制法，被逮捕了。"共周思一着地，就被警察铐上了。这是共周思做梦也没有想到的，灵心更是吃惊地看着警察将共周思铐上，不知道这是怎么回事。

"警察先生，你弄错了吧？"灵心惊愕地说。

"没有错，他不就是共周思吗？"这时，灵心和共周思才发现眼前的警察不是中国人，这脚下的土地也不是中国的土地，他们的汉语还是通过软件翻译出来的。

两个警察不由分说，将共周思塞进了警车。其中一个警察对灵心说："灵小姐，请你照顾好那些病人！"

共周思倔强地不肯跟他们走，挣扎着也要去舒玉婷和汪行知的担架车那里。他用手摸了摸他们，说："婷婷、知知，我一定会把你送到太空医院。"他对跟着自己的灵心说："灵灵，让你受苦了。"灵心摇了摇头，说："思思，你放心，我会照顾好他们的。"

"你们想把他怎么样？"灵心问个子小些的警察，她本想提出和共周思在一起，但这么多病人，她不放心。

"当然是由你们中国警方带回你们中国。"小个子警察说。

"这位先生身负重伤，需要医治。"灵心说。其实她也身负重伤，比共周思的伤更严重，她额头的伤口上血迹还是湿湿的。

"你们放心，你们政府警方已经在来我们国家的途中，你们政府的要求是尽力救护病人，但这位共先生必须单独关押。"

第三章　太空船之战序幕拉开

共周思为救战友，不惜冒着生命危险，驾驶他公司的太空船，而且还成功地突破空中管制的消息，齐天航第一时间就知道了。他原来以为共周思的时空折叠公司只是一个创业公司，是一群乳臭未干的小孩子玩过家家，搞不出什么名堂，可是今天真是出乎意料。

"等等，陶季，你放慢点。"齐天航看到眼前的立体影像说。

"怎么了，齐总？"陶季问。

"你们没有看到刚才有个地方断了一下吗？"齐天航走到另一个立体影像前，对着影像的画面说。

"我没看到。"房子里的立体影像上出现了紫光公司技术部、战略部、太空情报部、舆情部的头头们。

"你重新开始放，陶总。"陶季是太空情报总监，负责整个大气层以及外太空的情报收集工作，直接向董事长齐天航负责。

立体影像从共周思驾驶太空船离开地球开始，还没有三分钟就遭到空中管制的警告，齐天航他们看到共周思对警告无动于衷，看到灵心在护理病人、小孩子们。

"这些人真是小孩子过家家。"战略总监竹梅说，他看到齐天航横了他一眼，便不吭声了，把已经到嘴边的"这简直就是胡闹"咽了回去。

"看，出现了三架战斗机，看他如何躲过。"说话的是舆情总监果算子，看上去年轻干练。

"等等，等等，怎么突然太空船消失了？"太空情报总监陶季说。

"那是隐形了。"齐天航轻轻地说了一句。

"共周思居然生产出了隐形材料，我们的隐形材料还在实验中呢。"技术总监花月看了一眼黑着脸的齐天航，说话的声音立即轻了许多。

立体影像里，他们看到共周思的太空船成功地躲避了战机的拦截，最后成功逃过了导弹的轰击。

"停！"齐天航说，他的语气从来就是果决而坚定，他看着立体影像说，"往后倒。"停了一会儿又说，"再倒。""再停。""再进。""再倒。""再停。""好，停！"

这时立体影像的画面上，太空船在导弹爆炸的火光里毫发未损。大家一脸愕然，另外他们不知道董事长为何对这如此感兴趣。只见齐天航凝视着画面，一脸的严肃。他们屏住呼吸，不敢打扰齐天航的沉思，过了一会儿才听到齐天航的声音："你们看明白了吗？花月？"齐天航对技术总监花月说。花月是一个女人，看上去六十岁开外，但实际年龄超过了一百岁。大家都不明白她为何看起来如此年轻，从常理上讲她从事的是过度用脑的工作，也就是一项劳心的工作，应该容易苍老。大家都问她原因，她自鸣得意地说："用脑有益于健康，用心可以防老。"此时，她见齐天航问她，一时也不知道怎么回答，她在齐天航审视的眼光下，沉思良久，最后终于说："共周思的太空船明明被击中，但后来又这么快出现在影像里。"

"我问的是原因！"齐天航的声音中有些不快。

"我，不明白。"在这个满屋子的紫光公司的高级职员里，花月是唯一一个对齐天航不胆怯的人，她实话实说。

屋子里静得很，大家都不说话，盯着齐天航看。

"火光和太空船重叠，为何太空船却丝毫未损。这说明什么？说明太空船跑掉了！"齐天航对技术总监说，"你将这瞬间的画面分解，再分解，你会发现其中的奥妙。"齐天航又将脸对着舆情总监果算子说："我看现在整个世界都会很热闹。大家的话题都是共周思那个年轻人，大家对他的太空船将会非常感兴趣。当然，还有我那位儿媳灵儿。"说到灵心这个名字，齐天航露出自豪的笑容。

"真不知道从哪个地方冒出这么个傻小子。"舆情总监回避着齐天航对他这句话非常不满的目光，说，"齐总，这次灾难来得突然，估计全世界死亡人数在十万以上。而且，除非有我们的太空船，否则整个人类束手无策。"

"我们公司股价已经一飞冲天。"战略总监竹梅说着，难掩自己高兴的心情。

"只是不知道这次灾难的原因是什么。"技术总监花月说。

"事实证明齐董事长的太空船项目多少是有远见的。"战略总监竹梅说。各部总监个个称是。当然，他们也是有远见的。

"你们各个部门一小时之内，将你们对共周思的太空船的技术与我们的太空船的比较情况报上来。这对太空船的市场影响很大，尤其是技术部要分析为什么太空船明明被导弹击中却完好无损。"

立体影像在齐天航的办公室里消失了。他走到办公桌旁的椅子上坐了下来，一只小狗跳到了他的腿上，他摸了摸小狗，伸展了一下身体，做了个深呼吸，办公室立即变成了一个公园。他绕过身边的一条长方形的凳子，便走到了一条弯曲的小路上。小路的两旁是绿茵茵的草坪，草坪上点缀着红、黄、白、紫等各色小花，一阵微风吹过，齐天航又做了一个深呼吸。他抬头看了看天，天空是蔚蓝蔚蓝的。齐天航特别喜欢一个人在这怡人的环境里独自散散步，呼吸呼吸那醉人的清香。他走到一个湖边正想脱衣跳入水中时，突然想起了什么，轻声地叫了一声"刚儿"，齐刚立即站在了他的面前。当然这是齐刚的立体影像，而不是齐刚本人，但和真人没什么区别。

齐天航对齐刚说："刚刚，你怎么能让灵心上共周思的太空船呢？"

齐刚说："我劝过，但她不听。"

"共周思的太空船怎么样？"

"不怎么样，比我们的太空船差远了。"

"共周思的那个公司叫什么公司？"齐天航挥手让齐刚坐下，他自己也坐在湖边的一个小凳子上。

"叫时空折叠公司。"

"你对他们了解得多吗？"

"不算很了解。"齐刚不想将自己是时空折叠公司股东的事告诉父亲。

"灵儿好像在那家公司有股份？"

"是的，是她父亲给了她一部分钱。"

"这我知道，灵儿父亲向我汇报过，当时我认为是一笔很少的钱，就同意了。"齐天航眼光向四周扫了扫，继续说，"当时对那小子的公司没注意，没想到却搞出东西来了。"

"爸爸，没什么，比我们的还是差太远。"齐刚说。

"你对共周思有多了解？好像你们经常在一起。"齐天航说着站起来跳了跳身子，他没有去看从椅子上起身的齐刚。跳了一两分钟后，他觉得周围的空气好像暖和了一些，阳光也明媚了一点，空气从清新变成了花的香味，这是他喜欢的花香。

齐刚说："不是很了解。"

"他是怎么做到的。记得红光公司的漆天成向我报告的时候，说共周思是'曲光'项目的负责人，没有太空船项目。"齐天航说话间，旁边的湖水变成了一片森林，齐天航走在原始森林里，穿过森林枝叶的阳光洒在了他的身上。

"后来，共周思离开了红光公司，自己创业办了时空折叠公司。"齐刚也随着齐天航走动。

"只记得他们是去找什么矿。下面的矿业公司向我汇报过，他们认为那矿虽有些特别，但基本上没有什么作用。"

"他们还在找一种引力场。"

"对，找什么能使光线弯曲的引力场。我的几位老总还笑话他们呢，说在地球上那是不可能的事。"

"我也是这么认为的。"齐刚随着父亲的意思说，但没想到齐天航瞄了他一眼，齐刚感觉到了父亲的不快。

"世界上没有什么不可能的事。"齐天航话题一转，问，"刚儿，你跟灵儿怎么样了？"

"没什么，还好。"齐刚显然不想将灵心与自己的关系因为共周思而疏远这一情况告诉自己的父亲。

"我是喜欢灵儿的。"齐天航举了一下手，一个侍从送来一杯茶递给了他，齐天航品了一口，放回到侍从端着的盘子里，"她是那么善良。"

齐天航的耳伴里传来了战略部竹梅的声音："齐总，他们都到了。"

"叫他们等等。"齐天航说，他转过身对身边的齐刚说："共周思是一个天才。"

齐天航眼前的景象消失了。他的眼前又出现了他的办公室，他坐在自己的椅子上。这时，一个秘书似的人在他耳边轻声地说了几句话，大家看到了齐天航的脸上出现了罕见的表情，但很快就恢复了正常。

"舆情部，你先说说全世界对共周思之举的反响。"齐天航说。

"共周思已经被外国的警方收押了。"舆情总监果算子说。

"这我知道了，我问的是世界各国媒体的反响。"齐天航说。

"一片赞扬之声，认为共周思打破了我们紫光公司的垄断，为救人不怕牺牲，是英雄之举。"舆情总监还没说完，技术总监赶紧打断了他的说话："就那几个毛孩子，也想和我们竞争，想都别想。"

"别说大话。那立体影像分析得如何？"齐天航的脸色很是严肃。

"我们将那段视频解析了，将火光和太空船重叠的影像分解成三十多万个组合，发现那在瞬间，时空折叠太空船的速度几乎接近光速。"技术总监花月用手擦了擦额头上的汗。

"不，我估计，那瞬间的速度，几乎是科幻小说中飞船跃迁的速度，远远大于光速。"齐天航的表情更加凝重。

"这是人类目前还不可能达到的速度。"花月说。

"时空折叠公司太空船的引擎是我们公司的吗？"齐天航问。

"齐总，没有通知市场部的胡总监来开会。"战略部的竹梅说。但他的话音刚落，市场总监的立体影像就到了会议室，他说："时空折叠公司太空船的引擎是我们公司的，是一个临近报废的磁力引擎。"

"这说明我们的引擎性能很优越。"战略总监竹梅说。

"我们的磁力引擎的最高速度是千分之一光速，而且还要看船的重量。"花月说。

"他们的太空船不是重量轻吗？"舆情总监果算子说。

"再轻也不行。"花月说。

"共周思肯定找到了一种物质，可以为太空船提供能源。"齐天航说。

"除非他用核聚变作推力。"花月说。

"可能比核聚变的威力更强大。"齐天航说。

"难道还有比我们的磁力引擎更强大的推进引擎？"战略总监竹梅说。

会议室中交头接耳起来。

齐天航说："我们必须查出时空折叠公司太空船采用了什么新的物质作燃料，隐形材料是如何做出来的。大家立即行动起来！"他扫视了一下大家，语气坚定地说，"要不惜一切代价！"说完他又补充了一句，"特别是共周思这个人。"

第四章　挑战垄断，迎接太空时代的到来

共周思被关在一个昏暗不明的小房子里，里面只有一张很窄的床和一张凳子。他躺在小床上，虽然这里比太空船上随时可能船毁人亡的情况好些，但他想到婷婷和知知的痛苦，更加难受。他牵肠挂肚地担心着舒玉婷、汪行知的安危，回想起舒玉婷、汪行知他们一起试制太空船的情景。

"思思，你怎么冒出造太空船的想法？"舒玉婷吃惊地问共周思。

"我在乌村和灵灵聊天时想到的。"共周思说。

"为什么会这么想呢。"

"灵灵问我'曲光'项目的材料的用途时，当时头脑里灵光一闪说可以造太空船。"

"主要是灵灵想用太空船送更多的病人去太空医院吧。"舒玉婷说。

"因为'曲光'项目的材料可以减轻太空船的重量，这样就可以多送些病人。"

"你当时是为了报答灵灵的救命之恩才想到的吧。"

听了舒玉婷的话，共周思没说什么。

"思思，婷婷，你们在说什么呢？"汪行知走了进来。

"思思又一个伟大的梦想，造太空船。"舒玉婷说。

"好啊，我看太空时代就要来临了，太空移民是人类的梦想。"汪行知说。

"思思要将这个梦想变成现实。"

"变成真的，有什么不可能？我们的'曲光'项目当初不是被他们认为是天方夜谭吗？现在不是也做成了？"汪行知挥了挥手，从房子的地板里伸出了长方形的桌子和几把凳子。他坐到一张凳子上说，"思思，婷婷，你们饿了没有，我可是一天没有吃东西了。"

"不是你提醒，我也忘了吃，肚子还真饿了。"舒玉婷说着也走到桌子旁，她对共周思说："思思，你也过来吧。"

"行，叫灵灵、丽丽还有齐刚他们也一起来吧。"共周思的声音刚落下，他们的实验室立即变成了一个会议室，只是灵灵还坐在她基金会的办公室里，朗声丽正在那里审批文件，她的旁边还站着一个文职人员，齐刚坐在他的房车里，赵构成此时正在家看电影呢。

"和大家说说。"舒玉婷急切地说。

"等等，还有颖颖呢？"共周思说。

"是呀，怎么能把我忘了呢，婷婷，你这么没有良心。"程颖的立体影像也出现了，她坐在车里。

"颖颖，怎么能把我的大律师忘了，没有你把实验室中心数据库要来，我们现在将一事无成。"舒玉婷接着说，"告诉大家一个消息，思思又有一个新梦想。"她故意停了一下，想看看大家的反应。果然，大家都在催促舒玉婷说："有什么梦想，你快说呀！"

"造太空船！"

"造太空船？！我们能行吗？"大家几乎齐声说，除了舒玉婷和汪行知。

"先不管能不能，先说好不好玩。"舒玉婷说，她一挥手，实验室的墙壁里伸出了一个盘子，盘子里有几杯橙汁，舒玉婷拿过一杯喝了一口。

"当然好玩。"程颖说，"到外太空去看看星星，肯定刺激。"程颖下了车，正向实验室走来，"灵灵，你说说。"

"我赞成，我听说外太空有太空医院，地球上有的病人可以到太空医院去治病，以前思思和我说过。我赞成，只是不知道我们行不行。"

"我一直有这么一个设想，如果大家没有什么意见，我马上就进行可行性论证。"共周思将一个食品放进了嘴里，这个高能食品营养丰富，是食品公司根据每个人体内的纳米机器人计算出的细胞饥饿值和个人口味参数值，通过营养感应器的数据调配远程定制的。

"我反对。"齐刚在他的房车里随着音乐扭动着身姿呢。

"你反对？"舒玉婷一点都不感觉意外，因为齐刚对共周思的每一个设想几乎都表示反对，"理由呢？"

"理由很简单，我爸公司有。"齐刚喝了一口水说。

"你爸是你爸，我们是我们。"赵构成顶了齐刚一句。

"那不是瞎折腾吗？"齐刚一点都不怕他的反对会遭到这么多人的反对，"你说呢，颖颖？"齐刚尽管知道自己的意见是孤立的，但他仍然希望有人会支持他的观点。

"我同意思思的设想，太空船不能让你爸公司一家垄断。"

"那可是要很多的钱啊。"齐刚一提到钱，大家就沉默了，因为大家知道，造太空船是非常烧钱的。

还没有等齐刚把话说完，汪行知打断了齐刚的话说道："太空时代马上就要到来，太空船有巨大的市场前景，我同意。"

"是的，做事情畏首畏尾的，什么都干不成。等什么，如果条件都具备了，还要我们干什么？思思，我支持，干！"赵构成挥了挥手说。

"我也同意，我相信思思。"灵心说。

除了齐刚，大家一致同意。

"请大家能否立即赶到我们的实验室来。"共周思见除了齐刚大家都同意，便说。

"行，我马上过来。"大家都知道共周思的脾性，说干就干。

刚才的长方形餐桌已经缩回了房间的地下，地板上伸出了一张长方形的会议桌和一些凳子。不一会儿，一个会议室就出现在实验室里。共周思见人都坐下了，便说："先给太空船项目取一个名字吧。"

取名字这活儿很简单，但要取一个好名字是一件很难的事，这些年轻人一时都沉默了。齐刚冒了一句："我看还是要给我们的公司取一个响亮一点的名字。"

"我们的材料公司的名字不是很好吗？"汪行知说。

"现在我们不是要造太空船？"齐刚说。

"那你说取什么名字。"

"取名我又不在行，这活儿还是让给思思吧，因为我们大家都不会做的事都得交给他，只有他能做。"齐刚是实话实说，但这里有刁难共周思的成分。

"对哦，思思，还是你取吧。"灵心望着共周思说。

程颖说："思思，取名字的事还是让大家回去想想，过几天，我们再讨论吧。"

"也好，现在我提议一下我们的分工。"共周思说。

"思思，你就说吧。你怎么说，我们怎么干。"舒玉婷说。

"好，我的建议是，第一是技术设计，这是婷婷的专长。第二，太空船的结构设计，由知知负责，这也是他的强项。第三，动力工程，我看由灵灵和刚刚负责。"

齐刚听说让他负责动力部分，以为自己的耳朵听错了，他对技术一窍不通，灵灵也是一样。要说负责引擎这么高难度的技术工作，那是想都不敢想，"我干不了。灵灵你干得了吗？"

"是啊，思思，我又不懂技术。为太空船提供动力这么重要的事，我怕搞不好会耽误我们的太空船项目。"灵心说。

"灵灵，你们别急，听我说，我想我们对太空船引擎这方面的技术都知之甚少。但是灵灵，你爸公司是生产光帆的，刚刚，你爸公司是生产磁力引擎的。如果，你们能将太空船的引擎和光帆弄到，我们的太空船至少成功了一半。你说呢，婷婷？"

"不行，不行，我爸公司的磁力引擎绝对不对外出售，而且我加入我们的公司也是瞒着我爸的，如果让他知道我在我们这个公司投资，而且还参与与他公司有竞争关系的太空船项目，非灭了我不可。思思，你饶了我吧。"齐刚又是摇头又是摆手。

"你呢，灵灵。"

"我试试看。"灵心说。

"既然刚刚有难处，引擎的事就交给我吧。"共周思说。

"资金呢？"灵心问。

"我来负责吧。"程颖说，她知道共周思肯定要她负责资金的事，如要对太空船项目融资，她还是有些信心的，因为送地球上的病人到太空医院医治、宇宙遨游、移民外星球等毕竟是人类的梦想，估计会有大量资本进入。

共周思来到他的另一个实验室。这是一个小型的实验室，是他一手创建的。他在提炼一种能源，如果成功，将对地球有革命性的影响。他从大二的时候就建立了这个数学物理模型，进行了大量的计算。大学毕业后，他用工资和技术专利所得，先是建立了这个实验室，后来慢慢扩大，实验的设备也添置了不少，人员增加到了如今的三个人。

"共工，不知什么原因，今天我们俘获了一个粒子，但很快就不见了。"共周思走进实验室，一个青年工程师对他说。

"继续观察，小李。"

"好的。"

"小吴，核聚变物质的提取工作进展如何了？"

"还没有。"

共周思问一个穿着紫色工作服的年轻女孩："王蕊，我给你的乌村的K8号矿石化学结构检测分析了吗？"

"正在检测。"叫王蕊的女孩说。

"请抓紧。"

"好的。"王蕊说，"共工，听说我们要造太空船，我能参加这个项目吗？"

"你怎么知道的？消息传得这么快。"

"你一个月前说的。"王蕊说道，"那天你来我们实验室，对着我们三个人轻声说了一句：哥们加油干，没准核聚变物质能为我们的太空船项目所用。"

"我那是随口说说。"共周思说。

"我们知道，共工你说到，就一定会做到。"王蕊说。

共周思盯着王蕊看了一会儿说："谢谢，你认为会成功吗？"

"一定会成功的。"

"你为什么这么有信心？"

"因为我们有世界上最优秀的科学家。"王蕊很自豪地说，"共工，我想加入你的太空船项目。"

"为什么，这里工作不好吗？"

共周思当然明白她有话要说，他用眼神鼓励她说。

王蕊鼓足了勇气说："共工，我都在这里干了八年了，一点成绩都没有，我都不好意思再在这里干下去了，怕辜负了你的期望。"

"我们做的基础研究工作，耗时是很长的。"共周思靠在实验室的台子上，他将台子上的一杯水递给了王蕊。

"可八年一点进展都没有。"

"这很正常，因为我们的实验与众不同，别人是通过实验得出正确的结果。"

"难道我们不是这样吗？"

"我们是通过实验得出错误的结果。"

"共工，难道我们是在试错？！"王蕊惊讶地问。

"对，就是这样。"共周思看到王蕊这么精辟地总结出他的方式，很是肯定。当他看到她似乎又有话要说但欲言又止的样子，便又鼓励她道，"芳芳你还有什么要说？"

"共工，你知道大家背地里给你取了什么外号吗？"

"哦？我还有外号？大家背地里说我？我还是第一次听说呢，取了个什么雅号？肯定很难听吧。"

"也没什么不好听的，大伙给你取了一个外号叫'共减法'。"

"共减法？！有意思。"共周思听到了他的外号是"共减法"，笑了，"芳芳，你认为这个外号适合我吗？"

"以前我不理解，现在我是理解了，人家喜欢做加法，你却喜欢做减法，与众不同。"

"芳芳，你的工作非常重要，如果成功，那可是要改变人类的。因为我们研究的是目前人类的化学周期表上没有的物质，这种物质对太空船的作用是划时代的。"

"思思，你能过来一下吗？"共周思耳伴里传来程颖的声音，他看着激动的脸上浮出两朵红晕的王蕊，向她点了点头，摆了摆手，做了一个安静的手势走出了实验室。

在去程颖办公室的路上，共周思挥手打开了脑伴，脑伴里出现了程颖办公室的立体影像，程颖和其他几个人，还有齐刚也在那里，他的一左一右还坐着两个人。

"颖颖，融资方面的事，你做主吧。"共周思知道是融资方面的事。

"你还是听听吧。"程颖说。

齐刚介绍来的是科理投资基金。坐在齐刚右边的黎利是科理公司的CEO，他看到共周思进来时，立即站了起来，共周思迎着他伸过来的手，握了握。

"共总，他们提出要控股我们公司。"程颖今天穿了一件深蓝色的短夹克，夹克里面是一件紫色的点格衬衫，瓜子脸上白里透红，显得非常漂亮，精神而又干练。齐刚不用看，他始终是那么英俊。

听到程颖的话，共周思没有马上表态，他向齐刚瞥了一眼，那位科理公司的CEO说："共总，我的公司是世界上数一数二的投资公司，我们在全世界投资过上千个项目。"

"你们为什么对我的公司感兴趣，要知道我们是一个小公司。"共周思说。

"我看了你们公司的基本情况介绍，老实说，你们公司是不大，也没有多少业绩。但我们认可你的理念，认可你们的未来。"

"他们也认为太空时代即将到来。"齐刚插话说。

"那只是一种设想，能不能成功还未知。"共周思接过齐刚的话说。

"我们就喜欢你这种务实的人。"黎利说。

"你们控股，我们是不可能接受的。"程颖说。

"我们担心的是公司做大后，你们现在的人才难以跟上。而且，你们是一个科技研发公司，有世界上一流的技术人才，但如何管理企业，恐我直言，你们还不能胜任。"黎利语气肯定，从企业的经营管理到战略规划和市场营销，一套一套的，让共周思有些不耐烦，程颖几次想打断他的话，都没有成功。好不容易等黎利说完了，共周思也决定不与他的公司合作，他借口还有事，对程颖说："你们继续讨论，我有事先走了。"

来谈投资的公司不少，程颖接待了几百家，但都没有谈成功。最后还是灵心动员了她爸公司，齐刚自己也凑了一部分钱，虽然不够，但钱少有少的用法。他们公司的全体员工不要一分钱薪酬。他们都奔着一个目标，一定要让太空船飞起来。

这天，共周思到采购经理庐世野那里问材料的情况，庐世野对共周思说："思思，乌村矿的周边来了不少公司，都在做勘探准备开采。如果我们不对乌村矿进行保护，恐怕很难再为我们所用。"

"这个事你去找颖颖，让她去乌村谈。我们与乌村有协议，没有我们的允许，其他公司是不能在乌村进行勘探和开采的。"他看到庐世野还要诉苦，便说，"你去找颖颖吧。"

"等等，世野，我问你，我们自己的曲光材料够造一艘太空船吗？"

"多少吨？"

"也就是两三吨吧。"

"勉强够。"共周思看到庐世野要走，便又叫住他，"世野，我问你，引擎的事落实了没有？"

"没有。"

"为什么？"

"因为全世界的高能太空船引擎，只有紫光公司一家有，但他们不卖。"

"不卖，找齐刚。"

"找啦，齐总说他不能出面，就是出面也没有用，他说他老头子对公司的磁力引擎控制得特别严。"

"就没有其他办法可想了吗？"共周思问，太空船项目最关键的是引擎，没有引擎，一切都是空谈。

"没有办法，除非偷。"

"那就偷。"共周思说。

听共周思这么说，庐世野停下了要出门的脚步，转过身来，他很惊异地看着共周思，他很意外"偷"这个字会从这位严谨的科学家嘴里说出来。如果不是对共周思充分了解，他会认为这位先生的人品有问题，但此刻，共周思单纯、简单得令人吃惊。

共周思看着盯着自己满脸狐疑的庐世野说："你吃惊什么？他齐天航搞垄断，我们不能偷？"共周思说得振振有词。

"偷什么？偷他们的图纸，还是偷他们生产引擎的设备和材料？"

"就偷他们的引擎。"共周思说，"不过不能叫偷，要想一个好说法。"

"有什么好说法？"

共周思想了想，说："叫借，对，就叫借，我们借过来用，用完了还给他们。"

庐世野叹了一口气，觉得这位赫赫有名的科学家单纯得有点可爱，便转身要走。

"哎呀，你别走，我们商量一下，看看怎么个借法。"共周思说。

"那里防守严密，我没有办法偷。思思，你去想办法，我去找颖颖，看看我们在乌村的矿，再不制止他们，我们公司生产的原料就没有了。"庐世野边走边说。

共周思看到庐世野不搭理自己，便自言自语地说："自己想办法就自己想办法，我又不是没干过。"他想起突破灵心她爸公司的安防系统，进入中心实验室检测乌村矿石那次，就是神不知鬼不觉的。当然，上次是有灵心帮助，这次齐刚肯不肯帮忙，就很难说了。因为齐刚不是灵心，紫光公司也不像霞光公司。想到这里，他便联系汪行知，汪行知的影像立即出现在了共周思的身边。

"知知，你知道紫光公司的仓库在什么地方吗？"共周思问。

"你找他们的仓库干什么？"汪行知被问得莫名其妙，他正在按上次的分工，满世界地寻找宇宙飞船的资料呢。他已经攻进了很多的网站，但很多军方的网站还是进不去。

"你先别管，我要你找到紫光公司存放磁力引擎的仓库地址，还有他的安防系统的详细情况。"

"好的，明白。"

"还有，关于太空船的资料，要尽量多，找到之后给舒玉婷和赵构成。"

"那是肯定的。"汪行知说，"是不是先找紫光公司的仓库？"

"是的。"

交代完汪行知，共周思又想到隐形材料的事。如果太空船能够隐形那该有多好。但是，耐高温隐形材料是很难生产的，以前红光公司在应时震的带领下，经过几年研究都没有什么成效。后来因为"曲光"项目，在引力场下，用一种特殊的光进行光谱分析，得到了它的分子结构。红光公司被霞光公司收购后，隐形材料的分析数据就归霞光公司所有，他看过程颖从霞光公司要过来的数据，但没有找到隐形材料的数据。

"应老，您好！"共周思与红光公司原首席科学家应时震取得联系。

"思思，你好，好久没见了。"

"应老，您最近身体好吗？"

"还不错。"

"您都一百二十岁了，身体还这么健康，听您声音还是这么年轻。"

"你还记得我的年龄，真是多谢你了。"应时震说。

"今天是9月23日，还有十天，就是您的一百二十岁的生日了。"

"哎哟，我的生日你都还记得，谢谢你了思思。"

"我离开红光公司也就八年，不长。"

"听说你已经找到了引力场，也试制出了'曲光863'号材料，祝贺你，思思。"

"也是在您的指导下完成的，当初没有您的支持，我们的'曲光'项目不可能进行，您是我的恩师，我现在非常想念我们在红光公司一起搞科研的日子。"

"是啊，那段日子确实很开心。你博士毕业到我们研究所的时候，朝气蓬勃，有一股子冲劲，思思，你现在怎么样？"

"我和舒玉婷、汪行知还有赵构成他们成立了一个创业公司。"

"这我知道，你们年轻有为，如果我年轻三十岁，一定和你们一起干。"

"您永远是我们的导师，您虽然不在我的身边，但您的精神一直激励着我们，应老，我们现在计划搞太空船项目。"

"好啊。太空时代即将到来，在红光公司，你就多次向漆天成向我建议搞太空船项目。"

"应老，我们现在搞太空船项目是不是有点晚了？"共周思说。

"现在整个太空船行业已经被齐天航垄断，技术标准也是由他们制定的，这是极不利于科学发展的。思思，你一定要打破这种垄断。"应时震讲话有些激动。

"应老，您是否还记得，我们曾经研究过隐形材料？"

"隐形材料？我想想。"共周思耳伴里的声音停了一会儿。

"我想起来了，是做过检测，我记得数据存放在数据库里。"应时震说。

"数据库里找不到。"

"你等等，思思，让我想想，让我想想。哦，我想起来了，我这里应该拷贝了一份，我找找，明天发给你。"

"好的，谢谢您，应老。您多保重身体！"

第五章　在异国夺回太空船

"共周思，有人来看你。"一个叫喊声打断了共周思与应时震的对话。共周思从对话中缓过神来，睁开眼睛，发现自己还是躺在关押室的小床上，房间里暗暗的。刚才看守的警察打开了门，门外的灯光射了进来，他才勉强看清里面的东西。他揉了揉眼睛，跟着那个警察来到了警察局的办公室里，他看见程颖和柴警官坐在那里。

"柴警官，现在就把共先生交给你们。"昨天将共周思带到这里的那个警察说。说完，他打开了共周思的手铐。

"你好，共先生，你还认识我吗？"柴警官说。

"认识，你是柴警官。"

"思思，你可是受苦了。"程颖看到共周思，觉得他瘦了，脸上的胡子也长了，心痛地说。

"对不起，共先生，我们必须公事公办。"说着，柴警官又给共周思戴上了手铐。

"柴警官，你能不能不给思思戴上手铐。"程颖皱着眉头说。

"要做给外国人看看。"

"颖颖，灵灵、婷婷和知知他们怎么样了，他们有危险吗？"共周思一离开警察局便问程颖。

"灵灵睡了一天一夜，现在基本上恢复了。婷婷和知知还在医院里，只是现在医院人满为患，他们还住在走廊上，病情没有什么好转。"

"我们赶快回去，必须想办法救他们。"共周思说。

他们走进刚停在身旁的汽车，汽车立即飞快驶离警察局。

"我们现在去哪里？"共周思问。

"回国。"柴警官说。

"共先生，你多亏了这位程颖小姐，是她说服了我们局长，要我亲自来带你回去的，而且一刻也没有停，还动用了专机。"柴警官的语气里带着敬佩。

"我也没什么，我只是给你们的局长看了看思思驾驶太空船的影像和各大媒体的报道，都说思思不顾个人安危救人是英雄的壮举。"

汽车到了一个小型的机场，说是机场，其实就是一块平地。即将上飞机的时候，共周思对程颖说："我们的太空船呢？"

"还在那里。"

"没有运回国？"

"没有，已经破损不堪了，没有什么用途。"程颖说。

"谁说没用？"共周思停下脚步说，"我去看看。"

"这恐怕不行，我们必须在十小时之内带你回国。"柴警官说。

"让我去看看，行不行？"共周思恳求道。

"我们赶快去，时间或许还来得及。"程颖也说。

柴警官犹豫了一下说："行，我们去看看再说。我也想去看看这是一个什么样的东西，竟然能逃过战斗机的拦截和导弹的袭击。"

他们跨进自动驾驶汽车，以最快的速度风驰电掣地向太空船坠落的地方驰去，不一会儿便到了。

"等等，好像有人。"自动驾驶汽车猛地停了下来，他们立即跳下，躲在一块石头旁，观察着前方太空船的周围。晨曦中，柴警官发现有两个人影正向太空船移动。在离太空船还有大概二十米的时候，那两个人影突然就不动了。他们在东张西望，好像是在等待着什么。

"我们上。"柴警官说，他腾地跃起，向太空船快步走去，共周思和程颖也快步跟上了。还好，上太空船的梯子还没有撤去，他们很快就上了太空船。只是在打开舱门时，三个人一起用劲才把门打开。

进入太空船，共周思很快用目光扫视了一遍，发现没有什么大的变化，然后他进入了驾驶舱。驾驶舱变形得非常严重，仪表盘的玻璃有很多已经破碎。他着急想打开嵌在驾驶台下面的一个抽屉，但抽屉扭曲变形了，他拼命地撬，才将抽屉撬开。"还好，黑匣子还在。"他将小匣子捧在胸前，长长地吐出了一口气。

共周思还想看看太空船的引擎是否还在。同样，进引擎室的门依然费了很大的劲，走进去一看，引擎的各种设备大部分已经变形了。共周思看了看，引擎应该没有大的损坏，说明这艘太空船修修还是可以用的。他对跟在他身边的柴警官说："这艘太空船应该运回国内。"

"运回国内？我们没有接到指示。"柴警官说。

"请你立即向国内请示。"共周思说，他的表情是严肃的。

"对，柴警官，请你现在就请示吧。"程颖也说。

"而且，请用加密通信。"共周思补充说。

"我的加密级别也不低。"柴警官说着，便打开了脑伴，想用立体影像与他的上司罗东局长通信，但立即被共周思制止了。"不能用影像，影像的流量大，很容易被侦测到，你用我的，我的通信是经过特殊处理过的，一般的技术很难侦测到。"

"罗局，我现在多加国B区的一个小山上，在时空折叠太空船上。共周思要求我们将太空船运回国。"柴警官让共周思发出了他们所处地方的立体影像。

"我同意，我看过空中管制中的时空折叠太空船，这是十分先进的太空船，绝不能留在国外，现在我立即请示总局。"听到罗东局长的话，共周思和程颖很兴奋，柴警官的耳伴又传来了罗局长的声音，"柴禾，你在那里别动，也不要挂电话，听候我的命令。"

"我们就在这里等。"他们坐在太空船上，看到了太空船里的血迹，担架车也基本散架了。

"柴禾，我们大使馆的人两个小时后就会到。"罗局长通过共周思的脑伴说。

"行，我们就在这里等两个小时。"柴警官说，"等会儿，罗局，大使馆的人来有什么用，必须是飞机来，最好是武警直升机来。"

"这些就不用你操心了。"

"那好吧。"柴警官嘀咕一声，"我们头儿就喜欢训我。"

"可我看得出来，你们头儿还是很喜欢你的。"程颖说。

"那是当然，他是我的老师、教官，我跟着他已经十年了。"柴警官得意地说，他走到共周思的旁边，拉着他坐在担架车的架子上说，"共先生，你还真能折腾，从乌村到小破城市，一路折腾到太空了，你这跨度也太大了吧。"

"柴警官，我路上跟你说的调查这次突然出现这么多病人的原因的事，回去以后一定要落实。"程颖跟柴警官说。

"那是肯定，这么大的灾难，我们地球上的人是不可能做到的。说不定是外星人干的，科学家们说是暗物质，你说呢，共先生，你是科学家。"

"这么大的灾难一次就死了几万人，各国政府肯定要给人民一个交代。"

"船里面的人听着，请你们立即下船，我们是多加政府的国防军。"共周思他们三人正在谈论着如何去调查事故原因的时候，突然听到太空船外面有人在喊。

"这是怎么一回事？"柴警官立即跃地而起，迅速拔出了随身带的手枪，"难怪，我刚才看到两个鬼鬼祟祟的人影。"他立即跑到了船舱窗边靠着舱壁，从窗户看向外面，他看到外面有一辆装甲车，车上有一个人正架着机枪对着太空船。装甲车的两旁还站着两个全副武装的军人，地面上还有两个人，同样是荷枪实弹。柴警官看到这个情势很奇怪，政府军为什么对这艘破太空船这么感兴趣？难道他们要这艘太空船？从各方面看，这艘太空船都能改作战舰。

要知道，这太空船放在这里已经二十多小时了，这之前，多加政府都干什么去了，这事有些蹊跷。

"里面的人听着，请你们立即走出来。"喇叭又响了。

"给你们三分钟考虑，三分钟再不出来，我们将强行攻进去。"喇叭里的声音比之前的高多了，也严厉多了。

"怎么办，柴警官。"程颖问。

"我们出去不要紧，但这船上有非常多的技术机密。"共周思说，"再说核聚变物质已经消耗殆尽，但核聚变安全装置还在，这可是世界唯一一台核聚变安全装置，绝不能被别国政府拿去。如果这么先进的设备被别国政府拿去了，那么将是公司乃至国家的巨大损失。"

"能不能毁掉？"柴警官说。

"毁掉很可惜。"共周思说。

"思思，我记得我们的太空船不是有隐形功能吗？我们隐形，他们不是就看不到我们了吗？"程颖说。

"是有隐形功能，但那是在引擎可以提供能量的情况下。"

"那我们就启动引擎。"柴警官说。

"可是我们的引擎已经没有燃料了。"共周思叹息说。

"还有最后一分钟。"外面的喇叭在喊。

"外面的人听着，我是中国政府的高级警察，这艘太空船是我国政府的财产，我奉命在这里等待中国大使馆来人将这艘太空船运走，你们没有中国政府的允许，不得上这艘太空船。"柴警官的声音虽然没有外国的喇叭声音大，但也不小，而且很威严。听到柴警官的喊话，外面静了一会儿，喇叭又响了起来："我不管你们是哪国政府的，这艘船在我多加的国土上，就归我们多加国政府管辖，你们必须无条件地让我们接管。"

"我们中国大使馆的人正在来这里的路上。"柴警官说完转身低声对共周思说："共先生，现在只有冒险发动太空船，启动隐形模式。"

"你们别想拖延时间，再给你们三分钟，否则，我们轰掉这艘太空船。"外面喇叭继续说，同时，共周思他们还听到了枪声和起哄声。

共周思几次发动太空船都没有成功。

"不要停下来，共先生，我们只剩下一分三十秒了。"

看到共周思急得满头大汗，程颖用手帮他擦掉额头上的汗珠："思思，不着急，看看还有什么其他的办法。思思，你不是什么事都有备用方案的吗？想想看。"

"对，我在引擎上加了一台备用引擎，以防太空船动力耗尽。多亏你提醒，颖颖。"

"那就赶快去启动备用引擎。"柴警官说。

"颖颖，我去发动引擎，这个引擎一启动，你立即按下这个紫色的按键，太空船的隐形模式就会启动。"

"好的，思思，你快走。"

共周思箭一般地奔到引擎室，按下了备用引擎的开关，就在外面的人数到1时，太空船在国防军射击的火光中，不见了。太空船不仅隐形了，而且还飞走了。太空船在不到一秒钟的隐形时间里也飞出了几千公里。他们在一个比较平坦的山地上着陆。着陆时，太空船还是狠狠地摔在了山地上，将共周思他们三个人撞得头破血流。

"好险啊。"柴警官从船舱的地板上爬起来说。他摸了摸伤口，只见鲜血直流。

共周思找来了医疗箱，从中取出酒精和药棉，递给柴警官和程颖："柴警官，请立即将现在的位置告诉罗局长。"共周思说。

"还用你的脑伴吧。"柴警官说。

柴警官向罗局长报告了刚才多加政府国防军要夺取太空船的事，罗局长马上向总局做了汇报，总局向外交部通报了情况，外交部询问了多加政府，多加政府告诉外交部，多加政府根本没有派出什么国防军。

"那伙武装力量又是从哪里来的？"共周思问柴警官。

"我也不知道啊，这些小国家的政府像走马灯似的换，政府根本管不了武装军人。"

"我们的人大约还有多少时间到？"程颖问。

"不知道。"柴警官沿着窗户边走来走去，警惕地看着外面。

共周思和柴警官、程颖乘坐中国政府派出的运输机回到了中国。在共周思的再三要求下，太空船被运到了时空折叠公司。太空船一到他们公司，共周思便立即安排对太空船进行全面检查和维修。共周思安排好了这些事后，便和程颖立即赶到医院，去看望舒玉婷和汪行知，还有那十几个儿童病人。

"思思，你总算回来了，把我们都急死了。"灵心和朗声丽正在医院里。

"现在病人有增无减，思思，我们太空船要抓紧修。"灵心说。

"就是修好了也运不了这么多人啊。"共周思看到满医院的人，难过地说。他看着不省人事的舒玉婷和汪行知苍白的脸，心里非常痛苦。他开始怀疑自己这样做是不是对的，如果不是他把舒玉婷从她的服装设计中拉出来，不是他将汪行知从医院带到"曲光"项目上来，不是太空船项目超负荷的工作透支了健康，他们也许不会躺在医院里。他对他们有一种负罪感，也强烈地感觉到自己有义务和责任治好他们的病！他咬了咬牙，对朗声丽说："丽丽，你去和机器人公司说说，叫他们派最好的护理机器人来，二十四小时不得间断。你说呢，灵灵！"

"我也是这样想的，无论如何，至少要先稳住他们的病情。这边我们也尽力想其他办法。"灵心说。

"颖颖，我们赶快回公司，要加快维修太空船。你不是说整个舆论都在赞扬我们公司，也有很多投资公司愿意投资我们公司吗？我们要造更多更大的太空船。"

"好的。"程颖回答。

"我也去，思思。"灵心一听要建更多的太空船，将更多的病人送往太空医院，她就激动。她对朗声丽说："丽丽，你在这里的工作交给你的助理，去一趟机器人公司，找几个护理机器人来，好吗？"

"没问题，灵灵，你去吧。"

"我们去太空船车间。"共周思对跟着他的灵心和程颖说。

第六章　顶级科学家失踪

在一个咖啡馆里，齐刚一个人正在喝闷酒。咖啡馆里灯光柔和而温馨，正播放着莫扎特的"小夜曲"。

这时，一个温柔的低音在他的耳边响起。齐刚抬头瞥了对面那个人一眼，随即，他感觉到有点不对劲，他怎么一下子就坐到自己的桌上来了。

"先生，你坐错了地方了吧？"齐刚不悦地对坐在对面的那个人说。

"没有坐错，你是齐刚先生吗？"

"对呀。"

"是紫光公司老板齐天航先生的公子吗？"齐刚没有吭声，他不喜欢别人提到父亲，齐天航的儿子这个称呼使他很不自在。

"你是不是因为看到媒体铺天盖地地颂扬共周思，都赞扬他拼死抢救病人的事迹，而一个字也没有提到你而闷闷不乐？"

"奇怪，这人怎么对自己这么了解？"齐刚心里想。他不得不向对面的坐客多瞥了几眼，发现他年龄好像比自己大几岁，有一张秀气的脸，齐刚看到对方像一个书生似的，不像社会上的小混混，至少看上去不像个坏人，便也没说什么，而是继续喝他的闷酒。

"想不想让自己的社会声誉高过共周思？"那人发现齐刚送到嘴边的酒停顿了一下，继续说，"想不想造出比共周思更好的太空船？"他看到齐刚的眼睛盯着自己看，又继续说，"想不想让你心爱的姑娘对你刮目相看。"

"这个人简直就是一个魔鬼，怎么把自己的心思看得一清二楚。"齐刚心里想，但也不动声色，继续一言不发。

"凭你的条件，这些你都能做到的，只要你愿意。"那人继续鼓噪着。

齐刚欲言又止。他斜着眼看着那个人，不吱声，他告诫自己要警惕来路不明的人。他问坐在对面的人："你是干什么的？"

"我是网奇猎头公司的，我叫奇书学。"

"找我干什么？"

"我有一家公司，你特别适合到那家公司做CEO。"奇书学向齐刚跟前凑了凑，齐刚下意识地向后靠。

"那是一个干什么的公司？"齐刚问。

"也是一家生产太空船的公司。"

"据我所知，这世界上生产太空船的公司，除了紫光公司就是我们的时空折叠公司，没有第三家。"

"某种意义上来说，是准备生产太空船的公司。"

"原来是一家空壳公司。"齐刚心想。对面这位坐客的一番话让齐刚认为他就是一个骗子，幸好自己没有说错话，他站起身来说："先生，你认错人了。"

齐刚留下奇书学坐在那里，但他一点也不尴尬，独自一人喝他的小酒。

齐天航坐在可以按照他的喜好而出现场景的办公室里，听到一个婴儿的哭啼声，似乎是他的声音在轻轻地说："宝贝不哭，不哭，爸爸陪你玩。"他聚精会神地注视着眼前的情景，沉浸在父爱的情感中，以至于舆情总监站他身边他都没有注意到。舆情总监站在那里，不敢吭声，因为他知道，此时是齐天航最快乐、最投入的时刻，谁要是在这个时刻打搅他，他肯定不高兴，他若不高兴，你就没有什么好下场。

一只小猫跳到了齐天航的腿上，他抱着猫，才发现舆情总监站在那里，当然舆情总监看不到齐天航眼前的场景。

"有什么事吗？"

"齐总，关于共周思和时空折叠公司的大量报道，几乎都是赞扬共周思和他的太空船的。"舆情总监说。

"你先说说资本市场。"齐天航说。

"资本市场也反应强烈，他们好像找到了一座金矿一样，很多资本跃跃欲试，想投资时空折叠公司。"

"我们公司太空船的股价呢？"

"也在飙升，但飙升的速度在减缓。我估计有相当一部分投资转向了共周思的公司。"

"长期影响呢？"

"我认为会对我们公司形成极大的挑战。"

"我需要的是你们找出击垮共周思他们的办法。"齐天航一边放下怀里的猫，让它在地上跑，一边说，"你们舆情要反击。"齐天航停了一下，看着舆情总监说，"你知道人最弱的时候是哪个阶段吗？"

"当然还是在摇篮里的时候。"

"那你还在等什么？"

"齐总，我们手里没有过硬的资料。"

"怎么没有，他们的引擎是怎么弄到的？"齐天航停了一下，接着说，"对了，你叫技术总监、市场总监过来。"

市场总监和技术总监的立体影像立即出现在了他的办公室。

市场总监说："时空折叠太空船的引擎是从我们仓库里偷走的，是我们研发中心报废的一台试制品。"

"他们怎么能偷到我们仓库的东西，安保部呢？"听到有人竟然从自己公司的仓库里偷走公司的东西，这着实让齐天航很不高兴，他看着应声而出的立体影像里的安保总监说，"你们一点都没有察觉到吗？"

"我们的磁力引擎被偷了？"安保总监被齐天航责怪，挺不服气的，他看看舆情总监说。

齐天航将脸转向舆情部监，意思是说："你该说清楚吧。"

舆情总监要当面揭安保总监的底，他还是不太情愿，但到了这个份上，齐天航要他和安保总监当面对质，就不得不说："你敢说，我们公司研发中心没有少一台引擎吗？"舆情总监不仅负责全公司的舆论情报、可行性策划、社会动态，以及政治经济变化对公司的影响，还负责全公司的情报安全等。像齐天航公司这样的商业帝国，有相当完善和强大的情报系统，情报人员渗透进了方方面面，就连公司内部的员工、管理人员甚至高管都在他们的监控之中。情报人员已经探知，共周思的太空船引擎就是突破紫光公司的安保系统偷走的。至于是怎么偷走的，他们正在查。

安保总监对自己世界一流的安保系统还是很自信的，他不服地说："你有什么证据说共周思太空船的引擎是我们公司报废的引擎？"

"我当然有情报来源。"舆情总监说。

"这还不容易，你查一下不就行了吗？"技术总监对安保总监说。

"我这就查……"安保总监的声音明显小了很多，"我们是少了一台废弃的磁力引擎。"在齐天航的盯视下，他又说了一句，"到底是怎么丢的我们可以查，但也不能证明共周思太空船的引擎就是我们丢失的引擎。"

"不是丢，是被偷。"齐天航很严肃地纠正安保总监的话。他转过身对舆情总监说："不好找吗？试问这个世界上有哪家公司可以生产磁力引擎？"

"是的，我明白了，齐总。"舆情总监的影像即将消失之际，齐天航叫住了他说："资本市场要有行动，你去查一下他们的资金从哪来的？股东又是谁？"

"我们查了，他们的初始资金基本都是从股东那里来的。"舆情总监说。

"他们股东都是谁？"齐天航问。

"这些股东你都认识，其中有灵心，还有……"舆情总监停了一下，没有说下去。

"不要吞吞吐吐的，有什么直说。"

"刚刚也有股份。"

"我儿子齐刚，这逆子哪来的钱。"

"他也有我们公司的股票，变点现就行了。"

"叫刚刚撤资，以后他股票变现必须经过我批准。"

"那灵心呢？据说她的资金是她父亲的霞光公司给的，当然也有她自己筹集的资金，还有朗声丽的。"

"霞光公司的灵剑柔向我汇报过有一笔资金给其女儿作投资，我当时没有想到投的是时空折叠，所以我就同意了，现在，我让灵剑柔把资金撤回来就是了。"

"我还有一个办法让共周思的公司资金断流，如果您同意的话。"

"好吧。我要他的资金断流。"齐天航说着，叫住了即将要走的舆情总监，对技术总监说："你分析出了时空折叠太空船的引擎在导弹击中一瞬间的速度吗？"

"正如您说的那样，那一刻的速度超过了光速，就是像科幻小说中的跃迁速度，那一刹那没有时间和空间。"

"这个世界上什么物质能使太空船有这样的速度？"齐天航。

"我们分析了全世界的航天器，也查了全世界的资料，可以说，地球上没有这种物质。"

"但现在有了，共周思找到了。"齐天航说，"而且是一个没有什么知名度的年轻人。"他说完，停了很久，大家都不知道他在想什么，"如果我们能有这种物质就好了。"

"我立即安排人，把这种物质弄到手。"舆情总监说完，看了看齐天航，见齐天航点了点头，便走了。

"你们也各自忙去吧。"齐天航挥了挥手。

"程颖，我跟你一样的想法，这么大灾难的原因一定要调查清楚。"柴警官在他的警察局办公室里和程颖说。

"柴警官，首先要弄清楚得这种病的原因是什么，也就是人为什么会得这种病。"程颖坐在办公桌旁的影像出现在柴警官的眼前，他们就像在一间办公室那里面对面地坐着。

"应该先从病人入手，找出病因。"程颖继续说。

"你现在有空吗？我们一起去医院找医生，调查一下病因。"柴警官说。

"我现在忙得焦头烂额，不知什么原因，原来投资我们公司的那些投资机构突然一夜之间消失了。更令人气愤的是，原来各大媒体对我们公司一片赞扬之声，变成了一片谴责之声，说什么我们是拿小孩子的生命开玩笑。还说我们剽窃。真是见鬼！"程颖越说越激动。

"程颖，你别急，这世上如果有什么最不靠谱的，应该就是媒体了。我最反感的人就是媒体人，翻手为云，覆手为雨，唾沫星子满天飞，语不惊人誓不休，颠倒黑白，混淆视听，你不要去理睬他们就好了。"

"不理不行，要知道，舆论杀人啊。"程颖端起桌上了茶杯喝了一口，继续说，"昨天我们公司在北大、清华的招聘会，门庭若市、热闹非凡，报名者踊跃，有很多博士、博士后，报名人数与实际要招的人数是一万比一，可今天却是门可罗雀。"

"我看这舆论的力量也太强大了。这世界上没有比舆论更强大的东西。"

"我深有同感，我们警察经常会被社会舆论界弄得焦头烂额，精疲力尽。"他边说着边用自己的耳伴与罗东通话："罗局，找我？好的。"

"程颖，我们的头儿找我。"

"好的，你先忙，但调查灾难的原因要抓紧啊。"程颖的影像消失了。

柴禾走进罗局长的办公室，发现他的办公室还坐了两个人。罗局长介绍说："这位是卫生总署的魏新，另一位是环保总署的郭光晨。"罗局长介绍完二位，又向那二位介绍柴禾："这位是我们警察局最能干的警官柴禾。"

四个人在罗局长的小桌旁坐下。

罗局长说："各位，这次的人类灾难来得突然，引起了各国政府的高度重视。"

"是的，全国各大医院都挤满了人。"卫生总署的魏新说。

"治安案件也是急剧上升。"柴禾说。

"政府已经成立了特别应急领导小组。我们的任务就是在特别应急领导小组的领导下，找出这次灾难的原因。"罗东说。

"我们卫生总署已经组成了一百人的专家队伍，分赴各病人集中的城市医院，正在对病因进行检测。"魏新说。

"我们环保总署也抽调了一百人的专家队伍，分赴病人比较集中的城市，对气候，水文等公共产品和服务进行了严密的监测。"

"这么多的人得病，这么大的范围，我看是环境污染造成的。很难说是人为破坏能办到的，除非……"柴禾拉慢了语调。

"除非什么？"卫生总署的魏新说。

"对，柴禾，你说说，大胆说。"罗东也鼓励他说下去。

"除非是外星人所为。"柴禾忍了好久，才冒出这么一句。

"外星人？在哪里？"大家还以为柴禾真的知道点什么，当听说是外星人时，便一笑而过。

"媒体上不是说这里出现外星人、那里出现外星人，还有什么外星人降临地球。"柴禾说。

"媒体是媒体，现实是现实。柴禾请你严肃认真一点。"罗局长说。

"外星人要谋害人类，我找不到动机。但是最近有不少怪异的案子，却不得不让人警觉。"柴禾挥了挥手，从墙壁中伸出的两杯红茶就端到了魏新和郭光晨的面前，他们端过茶杯喝了一口。

"有什么怪异现象与这次的灾难有关吗？"魏新说。

"有没有关系，我也说不准，但同时出现不得不引起怀疑。"柴禾说。

"柴禾不要扯远了，还是讨论如何找出这次灾难的原因吧，否则，全国人民的唾沫都会把我们淹死。"罗东说。

"确实是这样。"环保总署的郭光晨说。

会议室里静了下来。

"我们今天一下子也讨论不出原因，还是等我们的专家们拿出检测数据再说吧。"卫生总署的魏新说。

"已经下午两点了，我们先用午饭吧。"罗局长挥了挥手，办公桌缩进了地板后，墙壁里伸出了餐桌，餐桌上放了四个盘子，盘子里放着四份食品，四个长方形的方块，每个人将盘子里面的方块吃掉，四个盘子缩进了墙壁后，又在每人的面前出现了四杯热水。他们没有去拿热水，过了一会儿，四杯热水缩回了墙壁。

"我们按照分工，尽快行动吧。"罗东说。他见魏新和郭光晨走了，叫住了也准备走的柴禾。柴禾坐到了罗局长办公桌对面的椅子上。

"柴禾，科学院的万向东博士失踪多久了？"罗局长盯着柴禾说。

"已经有一个星期了。"

"他是怎么失踪的？你还记得吗"

"说是在家里不见的。听他的老婆说，她当时出去接外甥女，回到家里就发现他不见了。前后也就不到十分钟。"

"家里有没有什么异常？"

"没有，连换洗衣物和日常用品都没有动。"

"这件案子，上面追得紧。"

"罗局长，最近一个月，已经有三名科学家失踪了，为什么上面偏偏对万向东的失踪特别感兴趣。"

"可能是他身上有非常重要的国家机密。"罗局长停了一下，想了想又说，"柴禾，你分析过这些失踪科学家的共性吗？"

"你是指他们的性别，还是他们的科学领域，或是年龄和爱好？"

"我是指，他们的人生观或者叫世界观之类的。"

"这我倒没有注意，我立即去调查。"

"还有，你认为他们的失踪与这次的灾难有什么联系吗？必然的或是偶然的。"

"前后出现，既有必然的联系，也有偶然的联系。"

"你就好好把他们的失踪联系在一起吧。"罗东盯着柴禾看了一会儿说，"这两个案子是目前局里最重要的案子。这场灾难全国瞩目啊，科学家失踪的案件上面也是盯得紧啊，还有灾难引起的打砸抢的刑事案件也在这段时间集中爆发。局里是忙得焦头烂额，我也没有更多的力量来配合你，你能者多劳，这段时间你就辛苦一下吧，等这段时间忙完了，我就提你为副局长，分管刑侦。"

柴禾听得明白，罗局长意思是忙完这段时间，即如果侦破了这场灾难和科学家失踪案，就把自己提拔为副局长，但柴禾对这两个大案却没有一点信心。

罗东看柴禾对提拔一事没有太大的兴趣，又说："要不要我给你派两个助手？"

"不用不用，你知道我喜欢一个人独来独往。你只要告诉技术处和信息处听我的指挥就行了。"

"这没有问题，你大胆放开了去做吧。"

柴禾接受了灾难案和失踪案的侦查。

第七章　到外星球建太空医院、太空船工厂

"思思，我爸爸要我将我在我们公司的股本撤走。"灵心看着共周思轻轻地说。为了撤资这事，她和爸爸争论了好久，她不明白为什么要撤资，更不同意撤资。灵剑柔没有和她说为什么，但灵心看到爸爸似乎有难言之隐。

真是天有不测风云，记得共周思自从多加政府回国后，受到了英雄般的欢迎和喝彩，投资他们公司的人一时云集。英雄般的欢迎和歌颂对共周思来说没什么，但投资者的热情让共周思激动不已，他设想着如何将太空船建得更多更大更好，能载更多的人。他怀着更大的梦想找到了灵心。正好灵心那天也忙完了工作，见共周思来找她高兴地说："思思，难得今天有空。"

"我有高兴的事想和你分享呢。"共周思说。

"是不是你回来后遇到了高兴的事太多，你一激动，又有奇思妙想了？"灵心跟着他离开了办公室。

"思思，灵灵，很晚了，吃了饭再说吧。"朗声丽对灵心和共周思说。

"行，灵灵，你吃点东西。"共周思说，他们走到从墙壁中伸出来的餐桌旁，从餐桌上的两个盘子里拿了两个方块食品，便对朗声丽说："丽丽，我们先走了。"

共周思和灵心一同走出爱心慈善基金会的大楼，穿过一条马路，他们便进入了街心公园。

"思思，又有了什么奇思妙想，快跟我说说。"灵心扬起美丽的脸庞望着共周思，共周思不由得更加激情满怀。

"灵灵，我想到外星球上造太空船。"

"到外星球？到哪个外星球？地球上不能造吗？"

"经过这次的实践，我感觉我们的太空船速度太慢。"

"我们的太空船不是比紫光公司的太空船快吗？"

他们在林间小道上边说边走。当他们走到一个长椅旁，共周思招呼灵心一起坐下，这时，他们看到一对对小情侣相互依偎着散步，灵心说："不管时代怎么改变和发展，人们还是喜欢在郊外的公园里散步，你看那些人。"灵心指了指前面的一对站在树下拥抱的青年男女，说，"这情景就像在二百多年前的电影里的镜头一样。"

"再过一千年、一万年，爱情也永远不会消亡。"共周思和灵心相互深情地望了望。

"我还是想问，思思，我们为什么一定要去外星球建太空船，地球上不能建吗？"

"太空船不仅要大，更重要的是要快。你想，我们如果到外太空的太空医院，靠我们这样速度的太空船，耗时太长。"

"速度快，就能载更多的病人去太空医院。"灵心说。

"是啊，如果用我们现在的太空船运病人，一天运不了多少人。"

"这次我们在造太空船的过程中，发现有一种元素，可以极大地提高我们太空船的速度。这种元素，目前元素周期表上还没有。"

"元素周期表上没有的元素，你是怎么找到的？"

"是我用了八年的时间提取出来的，很少很少。外星球上有一种物质可以提炼出这种元素。"

"汪行知搜索了这种物质在外星球上的可能性。我对他的数据进行了归纳和分析，发现在离我们几亿公里的星球上有这样的物质可以提炼出这种元素。"

"就像你之前寻找弯曲的光线那样，去外星球上寻找那种物质？"

"对的。"

"思思，如果你到外星球上去建太空船，我就到你的那个星球建医院。"

"太空医院？"共周思站了起来。灵心也站了起来："怎么，不行吗？"

"当然可以。"共周思牵了一把灵心，灵心挽住共周思的手，在公园的小路边走边说。

"你想想，思思，地球上有那么多的病人，如果用你又快又大的太空船送到我们建的太空医院，不是一件很有意义的事吗？"

这时，月亮已经升了上来，洁白的月光穿过公园婆婆的树枝之间洒在共周思和灵心脚下的小路上，就像是洒下了白花花的碎银子，灵心踩在那月光上，继续说："思思，上次是改变世界，你这次在改变人类。"

"我的梦想没有那么高，我只想能尽快建成又大又快的太空船，将婷婷、知知还有地球上的病人送到太空医院去医治。"

"如果我们有自己的太空医院，婷婷和知知他们就不用排队等。"灵心高兴地说。

"但是，要到外星球上去，现在的太空船是不行的，就我们的现在的速度，飞到外星至少要几十年。"共周思仰望了一下天空。天空除了皎白的月亮，还有繁星密布，灵心看见满天的星星，对共周思说："你的那颗星星，我可以看到吗？"

"我的那颗星星，我们取名为狼牙星，和地球差不多大，是在太阳系里面。"

"我们看到的是什么星系？"

"我们看到的主要是银河系。"

"银河系有两千多亿颗恒星，还包括行星。"

"我知道什么是恒星，什么是行星。比如太阳就是恒星，有自己的运动轨道，就像我们的地球，围着太阳转，就是行星。"

"这次坐我们太空船，还没有好好看看外太空，真是遗憾。"灵心说。

"你当时忙着照顾那些病人，顾不上欣赏外太空的美景。这不要紧，等我的太空船建成了，我们两人一同遨游太空。"

"我们还可以在外星球上旅行，看看那神奇的世界。思思，我们的梦想能实现吗？"

"能不能实现我不敢说，但应该努力。"

"我认为我们一定能够实现太空梦。"

"对，就叫太空梦，这名字好。"共周思看着灵心说，一阵凉风吹来，他哆嗦了一下。灵心看见说："思思，你是不是有点凉？"共周思说："不用，可能是我的衣服没有自动调节好温度，让我一时觉得有点凉。"共周思说。

"你这几件衣服已经穿了好几年了吧。"

"我也不知道。"共周思说。

"有空换了，时间长了，衣服的恒温功能会衰减。"

"灵灵，我们当务之急是找到资金。"共周思说。

"听颖颖说，有一大把一大把的资金要投我们公司。"

也就是朝夕之间，情况发生了大逆转。现在不仅没有一个投资机构投资，就连灵心的投资她爸也逼着她撤。

"思思，还有灵灵，你们也在这里。"齐刚风风火火地走进办公室，他擦了一下额头上的汗，一屁股坐在灵心旁边的沙发上，"我的投资被我爸发现了，非逼我撤资不可。而且必须是今天。"

"刚接到了采购部经理的电话，他说传感器必须先打款才能发货。"

"以前不是先发货后三个月再付款的吗？"共周思听到一个个关于资金的坏消息，有些不太耐烦，"那就不买了。"

"可制造车间很着急。"

"以后再说吧。"共周思说。

"还有，思思，财务部说，银行正在收紧我们的资金，要求我们提前还款。"颖颖在立体影像里说。

真是屋漏偏逢连夜雨。破烂不堪的太空船还没有开始修呢，公司就要散伙了。共周思从来没有碰到过这种情形，他不知如何应对。他们这里除了程颖当过公司高管，还知道应对之策外，其他均是技术专家，还有就是灵心、朗声丽这样的艺术家，对市场运作、公司商务一窍不通。

　　"颖颖，你说怎么办？"共周思用求救的目光看着她。

　　"是啊，颖颖，我们现在怎么办？"朗声丽也问程颖。

　　"我不管，今天我不带走资金，我爸非杀了我不可。"齐刚说。

　　"你嚷什么？你的投资都变成了设备和那艘太空船，你要资金没有，要设备，只有那艘破太空船，你就拆去吧。"

　　齐刚听到这话，立即说："那就把太空船卖了吧，正好我们公司也开不下去了。"

　　"齐刚，我怎么觉得你是在幸灾乐祸。太空船卖给你行不行？"赵构成一直看不惯齐刚，即刻说道。

　　"灵灵，你的资金怎么办？听我爸说，他已经叫你爸将你的资金撤掉。"齐刚说。

　　原来是齐天航下的命令，她知道父亲从来不敢忤逆齐天航的意志，对于灵剑柔来说，齐天航的话就是圣旨，他不敢不从。从齐刚的话里她也明白了父亲的难言之隐，自己对父亲的不满也就释怀了一些。只是那晚与共周思畅谈的梦想，这一会儿就变成泡影了。她将目光从齐刚身上移到了共周思的身上，发现他红润坚毅的脸庞今日看来也憔悴了。灵心的怜惜之心油然而生，她下定决心，不管父亲高不高兴，也不管父亲是否惧怕齐天航，她决不撤资。

　　"反正……"齐刚还想说，灵心打断了他的话："刚刚，你不要说了，让思思想想。"齐刚这头倔驴才闭住了嘴。

　　大家都沉默了，整个屋里陷入了宁静。大家望着沉思的共周思不知如何是好，共周思没有去看大家，他把目光移到别处，在墙上的一幅画上停住了。这是一幅《蒙娜丽莎》油画，他记得当时是朗声丽给他挂上的，她说如果你遇到什么想不通的问题，或有什么想不开的事，就看看《蒙娜丽莎》她那宁静的微笑，会让你烦躁的心情平静下来。以前共周思遇到什么难题无法攻克而心情郁闷的时候，就会看看这幅《蒙娜丽莎》。他会与蒙娜丽莎会心一笑，但今天，他怎么也笑不起来，这是遇到了生平从未遇到过的难题。他不知道如何处理这突如其来的矛盾。他久久凝视着蒙娜丽莎，头脑里空空的，平时处理问题快如闪电，今天却是一片空白。他想，想不明白就不要去想了。他心一横，站了起来，走到了门边，打开办公室大门，出了门。他转身看到灵心、赵构成还有程颖也跟着他走出办公室。他停下来说："你们先休息一下，让我好好想想。"

共周思出了门，一辆自动驾驶的小车停到了他的跟前，他上了车向公司办公室方向看了一眼，发现灵心他们还站在那里，共周思心里一阵难过。这是他第一次离他们而去。"去K18区。"自动驾驶汽车嗖的一声离开了。不到三分钟，共周思来到了一片森林里，他一下车，另一辆小区的通勤车就将共周思接进了车。小区通勤车先将共周思送进电梯，电梯将共周思送到了二十楼，出电梯后，又一辆楼层通勤车将他接进了车，车子转了几个弯，便将他送到了一个空旷的房间里。

进了这个房间，共周思想先坐下来，一张沙发立即出现在他的背后，他坐了下来，周围也出现了田园景象，他的眼前出现了金黄色的稻田，也闻到了稻田的芳香。共周思向远处看，他看到了远处连绵起伏的巍巍群山。这旷野的美景和芳香，将共周思郁闷的心情驱散了不少。他站起来，想倒在床上蒙头大睡，一张大床立即就出现在他的眼前，共周思倒在了床上，便睡了过去。他回想自己，想起自己在孤儿院长大，直到现在也不知道自己的身世，不知道自己的父亲母亲是谁，只有一件宇航服让他猜测父亲可能是一个宇航员。他有一个愿望，带着这件宇航服去找自己的生身父亲，但他一直没有这个机会。博士毕业后，他被招聘到红光公司，一到公司就被委以重任，跟着公司的首席科学家应时震搞研发，凭他的勤奋和天赋脱颖而出，组织了一系列材料的研发，取得了一系列的专利。在应时震的指导和支持下，他创建了全国首屈一指的实验室，以及和世界各大公司、科研机构联网的数据库。后来提出"曲光"项目的设想，与红光公司的董事长闹翻，离开了红光公司，和几个志同道合的年轻人一起创立了现在的公司。他们找到了能使光线弯曲、时空折叠的引力场，做出了超强超轻的材料，使人类逐渐告别高炉冶炼时代。按灵心的说法，也算是改变了世界，虽远没有灵心说的那么伟大，但至少改变了世界一点点。可是，当我们开拓太空领域，建造太空船，却遇到了人类从未有的灾难。本来自己的太空船是一个试制品，可为了救自己的战友，却冒险开着太空船去闯外太空，差点船毁人亡。大难不死之后，本以为可以大展宏图，放飞梦想，去外星球上建太空船，还有灵心的太空医院。可现实就是这么残酷。现在自己也不知道该怎么办，他想不出应对现在这个局面的办法。不管怎么想也没有用，大脑就像短路了一般，一片空白。干脆不想了，睡一觉，一切都等明天再说吧。他刚这样想，这房子里全暗了。慢慢地，慢慢地，共周思睡着了，睡得很沉很沉，一觉睡到了大天亮，直到太阳射进了他的房间，照在了他的床上、他的眼睛上。他睁开了眼睛，一跃而起，准备起床。他刚要起床的时候，想起昨天的事，不知道今天又能干些什么，于是他又倒了下去，脑子里急速地运转。他心想今天该干些什么呢？公司是不能去了。公司那么多逼债的，他无所适从。那么去哪呢？去乌村，对，去乌村，到那个地方去看看。打定了主意，他起了床，床立即缩到了地下。一个卫生间又出现在他的面前。他洗漱完毕，房子里出现了一个公园，早餐已经放在公园里的小桌子上。共周思坐在圆桌旁的小椅子上，将一个方块食物放进了嘴里，以往他会一口吞进肚子，但今天，他将小方块含在嘴里细嚼慢咽起来，品尝着这美味的食物。共周思看着眼前绿茵茵的草坪和身边的鲜花，他用手摸了摸。一只只小麻雀飞到了他的身边，向他欢快地叫着。他捧起小麻雀，用手轻轻地抚摸着它的羽毛，用嘴亲了一下，手一扬放开了它，小麻雀展开小翅膀快乐地飞走了。他看着小麻雀快乐的身姿，不由得感叹着自己还不如这些麻雀快乐和自由。

共周思站起来，准备离开这个房间，房间立即变成了一个空旷的房子。住这个小区的人大多数没有自己固定的住房，小区会按照每位登记住户的信息和作息需要，通过小区的信息中心自动调剂住房的大小。这样可以节约大量的房源，比传统的住宿模式至少可以节约三分之一的空间。

共周思离开房间，房门自动关上了。楼层通勤车立即带着他转了几个弯，打了几个折，送他进了电梯，电梯将他送到了一楼，他出电梯又上了一楼的通勤车，通勤车又将他送到了停在马路旁的自动驾驶汽车上。他一上车，就说了一句"去乌村"，自动汽车飞速行驶在平坦的公路上。

第八章　乌村奇迹

共周思居住的城市离乌村有五百多公里的路程，自动驾驶汽车一个小时就到了。

"思思，欢迎你。"乌村村长郝志浩带领十几个村民站在村前的那棵大槐树下迎接共周思。

"怎么灵灵没有来？"郝村长的老婆站在村长身边问道，她怀里还抱着一个一岁不到的小娃娃。

共周思与每个人握手，他对一个帅气的小伙子说："根仔，你都长这么高了，都成帅小伙了。"那个叫根仔的小伙子腼腆地笑了笑。

"他现在是我们村小学的校长了。"

"还记得我们当年在乌村教书的情景不？"共周思说。

"记得，当时你和灵灵、婷婷为我们设计修建的学校还在呢，我们要不要看看？"郝村长说。

"好啊。"

共周思跟着郝村长边走边看，只过了八年，这乌村变化真大。当年封闭、多病的破败深山小村如今焕然一新，共周思看到了一栋栋别墅，每个别墅都有一个小院子。经过其中一栋别墅的时候，共周思停了下来，郝村长赶紧打开别墅的大门，说："这是我家的房子。"

共周思一进门，映入他眼帘的是一个花园，花园里有葡萄架，上面挂着一串串葡萄，还有葱郁的蔬菜，绿油油的，格外悦目。花园中有一个鱼塘，鱼塘里有几只鸭子和鹅在游荡，它们一会儿钻进水里，一会儿又浮出水面，抖抖身上的水珠，"呱呱呱""哦哦哦"地叫着。

"我们村里每家每户都有一栋这样的别墅。"郝村长高兴地说着，话里透着喜悦和自豪。

"好，真好。"共周思感叹地说。

他们参观完了郝村长家的院子，边走边看，不一会儿来到一栋二层的楼前。

"思思，这就是当年你们为我们建的学校。"郝村长说。看到房子之间的球场，共周思想起他们在乌村遇险，后来被灵心和朗声丽救起的情形。后来他和灵灵他们一起为这个贫困、多病的小山村办教育，教这里的人识字。灵灵从她的基金会中拿出资金，为乌村建立了第一所学校，从城里请来了第一批教师，运送来了第一批教学器材。他也根据这里绝大多数村民是文盲的实际情况，设计了学校的学习计划和课程，和舒玉婷他们一起编写了教材。

"思思，我们现在的学校比以前要先进多了呢。我们这些村民说，将这学校拆了，建一所新的学校，但我没同意。这是你们的心血，应该保留下来做个纪念。"郝村长动情地说。

"共工，要不要去我们新学校看一看？"那个帅气的小伙子说。

"可以，看看你们的学校有多少学生。"共周思说。

"所有的适龄儿童都上学了。"小伙子说。

"思思，你和灵灵办的扫盲教育班还在呢。"郝村长说。

"现在还有不识字的人吗？"

"还有一些，我们留下这个扫盲班主要是为了灵灵和你。"

"谢谢你们，如果没有不识字的，扫盲班就撤了吧。"

"就是没有不识字的，全村的人都有文化了，这个班还是不能撤。"

"为什么？"共周思有些奇怪地问。

"我们还有科盲啊。"

"科盲？"共周思听到郝村长说出"科盲"这两个字，有些吃惊，仅仅八年，这些村民就从不识字到学习了科学知识，真是了不起。郝村长又说："思思，我们还有一个科普班，由学校的校长当班长。"

"好，这是个好办法。"共周思赞赏道。

"科学改变生活嘛。"小伙子说。

"如果不是思思你的科学探索，发现了我们乌村的矿藏，就没有我们乌村的今天。"

他们说着，来到了一栋建筑面前，郝村长说："这是村医院，旁边那小房子是当年你和灵灵为我们村建的医疗站。"

"当时，村里的人死活都不愿意看病，你们宁愿相信你们祖上传下来的草药，也不相信我们为你们带来的中西药。还有为小孩打疫苗，你们更是觉得恐怖，记得当时为给一个小孩打疫苗，灵灵是苦口婆心地劝了一天一夜。"

"当时，第一个接受疫苗的小孩就在这里。"郝村长把那小孩叫到身边，对共周思说，"她叫苗苗，是为纪念全村第一个打疫苗的人而取的名字。"小苗苗跑到郝村长身边，牵着他的手，怯怯地看着共周思。共周思走过去，抱起了她，在她的脸蛋上亲了一口："好孩子，你真了不起。我记得给你打疫苗的时候，你一点都不怕，没有哭。"

小苗苗笑了，笑得那么灿烂。

"浩浩，你们村现在人均寿命情况怎么样？"共周思将郝村长拉到一边问。

"城里来的医生专家说，我们的寿命长了很多。他们说以前我们村的人寿命短是因为我们贫穷，医疗条件不好，现在我们富裕了，生活条件也好了，大家都很健康。这几年，按照你们没来之前的情况计算，有很多活不了多久的，现在都还健健康康的，我看再活十年二十年都没有问题。"

"那太好了。"共周思听完非常高兴，这是近年来听到的最让他高兴的事。

"思思，中午了，我们去食堂吃中饭吧。"郝村长说。

他们一行来到了乌村的公共食堂，乌村的人都到公共食堂用餐。

"这食堂是免费的，村里出钱。"郝村长说。

"饭是统一每人一份，两菜一汤，每天不一样。"

"一日三餐，村里的人都在这里用餐？"共周思问，他接过郝村长端过来的小盘子。刚才跟随他们参观的人也在这里用餐，他们就在共周思旁边找空位坐下，共周思对那个帅小伙说："坐到我这里来。"

"你们也有公共食堂吗？"郝村长问。

"我们是由食品中心根据各人的身体需要配制的，比你们这里要方便一些，我们那里没有公共食堂。"

"记得你们刚到我们村的时候，你们在我家一起吃饭，说实在的，那是我们第一次与外面的人一起吃饭。"

"现在的条件与那时真是天壤之别啊。"共周思又感叹了一句。

"真是多亏了你和灵灵。"

"我们也没做什么。"

"如果不是你们发现的矿，我们还不知道要穷到什么时候呢。"郝村长端过共周思吃过的餐具，递给了那个帅小伙。

"对了，思思，你这次是不是要到矿里去看看？"

"是的，我是想去看看，听说这里来了不少探矿的人。"

"是来了不少。"

"他们探到了什么吗？去没去我们的矿区？"

"没有，你的矿区我是派了十多个人，每天二十四小时巡逻。"郝村长说。他见共周思站起来，他也站了起来。

"防守是很难的。"

"现在政府已将这里的矿区封闭起来了，不让开采，除了你们。"

"现在我们在矿区还有多少人。"共周思问。

"没有人，思思，你忘了，采矿区是禁区，由机器人开采，机器人由你们公司远程控制。"

"是这样的，我都忘了。"共周思说。

"浩浩，我想到灵灵他们救我的地方去看看。"共周思说。

"行。"

"还有那次和我们一起去勘探的那位向导，他在吗？"

"在。那时他还没有名字，现在他的名字就叫向导。他是我们村对这方圆几百里情况最熟悉的人。"

"我们走吧。"共周思说。

"你叫向导过来。"共周思对那个帅小伙说。帅小伙一挥手，用耳伴联系了向导，不多一会儿向导出现在他们的面前。向导看到共周思，高兴地拉着共周思的手跳了起来，说："灵灵，还有丽丽、婷婷、成成、知知，他们怎么没来？他们还好吗？"他拉着共周思一个劲地问。

"他们还好，他们很想念你呢。"共周思拥抱了向导一下，他清楚地记得在暴风骤雨中向导一个人拉着帐篷的绳子，不让帐篷被狂风刮走的情景。那么大的风，他一个人挺在暴雨中，形象非常高大。那一刻，他看到了乌村这个偏僻小村的人的质朴和善良，也看到了他们的力量。

"思思，现在是不是再去走一遍我们当年走过的路？"向导说。

"他想去看看当年被救的地方。"

"如果有时间，我们再去那湖里游游泳。"向导对共周思说。向导在前面带路，共周思和郝志浩随后，一路上村民一个个都冲着共周思笑，笑得非常热情、灿烂。

"你看我都忘了，我们找辆车去吧，到那里还有一段路呢。"郝村长说。

"不用，走走，顺便看看。"共周思道。他指着前面的稻田，又弯腰抓了一棵稻穗说，"今年的庄稼看来收成很好呢。"

"思思，我们已经不太到田里干活了。这里的活全部由机器人做了，播种、施肥、收割都是智能化的，而且我们稻田已经全部外包给了农业公司。"

"变化真大啊！"

"我也没有想到有这么大的变化，简直像是在做梦。"郝村长说。

"仅仅是过了短短的八年，人类的进步、发展以神速来形容一点也不为过。"

"我们这种耕种方式，一百年前其他的地方就有了，只是我们一百年来因为与世隔绝才落后的。"向导说。

"你们村里是不是已经没有人务农了？"共周思问。

"有一个农村合作公司，负责与各个农业公司联系，管理管理村里的农业收支就行了。"

"与农业有员的人很少了吧？"共周思问。

"也就是村里人口的百分之一二。"郝村长说。

"其他人都干什么呢？"

"服务业，比如说旅游。"郝村长指着向导说，"他就是旅游公司的总经理兼总向导。"

"当时我就认为你们村旅游资源丰富，山清水秀，民风淳朴，来旅游的人肯定少不了。"

不知不觉，他们来到了共周思他们当初遇难的地方。向导对共周思说："你当时就昏倒在那株大树下。"共周思走到大树旁，这棵大树没有特别的地方。

"我当时是饿得昏倒的。"共周思说。

"舒玉婷倒在那棵树上，离这里有差不多一公里。"向导带他们走到另一棵大树旁，这棵大树只不过比刚才那棵粗一些，高一些。

"这棵树也没有什么特别。"

"记得当时婷婷的脸是煞白煞白的，呼吸好像都快停止了。"

"知知和成成呢？"

"知知是倒在那块地上，成成四脚朝天地躺在地上。"向导说。

"幸亏你发现了我们，不然我现在也不可能站在这里。"共周思站在那里，想起当年和婷婷、知知一起探索，一起顶风冒雨找矿的情景，想起他们两人现在还躺在医院，不由得心一沉，刚才的好心情一扫而光，非常可恨的是，自己却束手无策，这让他的心更痛。

"思思，在想什么？脸色突然这么难看。"郝村长看到共周思一下子脸色发黑，不知道出了什么事，赶紧问。

共周思不能将婷婷和知知的事告诉他，便说："没事。我们回去吧。"共周思在心里默念着：婷婷、知知，我一定救你们。

"我看到你们一个个都昏迷了，我一个人不能将你们都带回去，我就跑去找村里的人帮忙，正好灵灵带着一个医疗队来我们村给我们治病。"向导没有注意到共周思心情的变化，自顾自地说，大概他非常自豪是他发现了共周思他们。

他们回到村子里的时候，天已经黑了，共周思看到当初学校的操场上已经生起了篝火，周边已经围坐了不少人。

"思思，村里的人听说你来了，不知道如何欢迎你，经过讨论，一致认为举行一场篝火晚会欢迎你。这是我们村最古老，也是最隆重的欢迎仪式。"

共周思他们走到一排桌子旁边，他还没坐下，便不断地有村民到他面前跟他打招呼。

"共老师，您好！"

"共老师，您好！"向他问好的人，有的共周思认识，但不记得名字，都是他教过的学生。

"共老师，还记得我吗？"一个漂亮的姑娘站在了共周思面前，她俏丽的脸蛋上泛起了红晕，"我叫小糖果，每次你教我认字，我就吵着要吃糖果。"

"哦，记起来了，为了让你学认字，我没少带糖果，没想到你都长这么大了，出落得这么漂亮。"共周思说，"现在还想不想吃糖？今天我可没带糖啊。"

"她现在是我们村文化旅游的形象代言人。她叫余舒语，今天的篝火晚会由她策划和主持。"郝村长说。

"共老师，您好！"一个英俊的男青年站到了共周思的面前，向他提了一个与刚才余舒语同样的问题。

"你？你等等，让我想想，让我想想！"共周思不停地敲脑袋，说，"让我想想，别急，别急，我一定能想得起来。"突然"啪"的一声，共周思一拍手说，"我想起来了，你叫鼻涕王，是不是？"

那个英俊的男青年见共周思叫他不雅的小名，涨红了脸说："那是很久以前的事了，共老师，我已经不流鼻涕了。"

"可你那时候经常流鼻涕啊，尤其是我去你家让你认字的时候，你的鼻涕流得特别长，每次我去你家都要带一大包纸。"

男青年叫宋机，他红着脸说："共老师，别再说了，怪不好意思的。"

"是不好意思，那么大的小孩，还一天到晚拖着长长的鼻涕。"共周思笑着说。

"这小伙子现在可有出息了，他是我们村最有文化的人，高中已经毕业了。"郝村长说。

共周思伸出手和这个英俊的男青年紧紧地握了握手，尽管自己比他们也大不了多少岁。

"他是我们今天篝火晚会的男主持。"郝村长说。

这时，空中灯光比操场上的篝火照得还亮，随即一个年轻的男声通过扩音器在操场上响了起来。

第九章　乌村篝火晚会

"各位父老乡亲。"共周思循声望去，听到了刚才向他打招呼的余舒语的声音。

男女声同时说："大家好。"

女声说："八年前，我们在座的都还记得，我们这里还是一个极其偏僻贫穷的山村。"

男声说："我们过着吃不饱、穿不暖的生活。"

女声接着说："村里99%是文盲。"

男声说："通电，是想也没有想过的事；通路，那是比登天还难。"

男女声一齐说："八年后的今天，再看看我们的乌村，富裕、文明，没有病人，也没有文盲，我们的路通向全世界，没有电的历史已经一去不复返。这些幸福是谁给我们的？"余舒语和宋机停了停，同时提高了声音，"那就是我们的恩人——共老师。今天他来到我们村，让我们以热烈的掌声欢迎我们的恩人。"两个主持人快步走到共周思的面前，对他说："共老师，请上台让我们村里的人都看看您。"

共周思不善于在公众场合讲话，他不接受乌村的人将他视为恩人。再说，当初在乌村还有灵心、婷婷他们几个人，今天只有他一个人在这里，自己一个人站在台上接受乌村村民谢礼，共周思是无论如何不能接受的。他对两个主持人说："谢谢乌村人，谢谢你们。"

"共老师，您一定要上去。"余舒语说。

"是啊，思思，你就上台和大家见个面吧，我们村里的人都把你当作神，没有见过你的人，都渴望见到你。"

共周思盛情难却，只好走上台，拿着余舒语的话筒说："乌村的父老乡亲，大家好！"共周思向大家鞠了一个躬，"记得八年前，我们团队四个人在这里遇难，饿昏在我们乌村的树林里，是向导发现了我们，是他，是你们乌村人救了我们。你们乌村人是我们的救命恩人。今天，请允许我代表舒玉婷、赵构成、汪行知，"共周思想到舒玉婷、汪行知还躺在医院里生死未卜，不禁悲从心来，眼里噙着泪，声音哽咽着继续说，"向你们表示衷心的感谢！"共周思说着，又向大家深深地鞠躬，他没有看到，在场的人也向他鞠了躬，他们的眼睛里满是泪光。

"各位父老乡亲，让我们举起酒杯，向今天没有来的灵心、朗声丽、舒玉婷、赵构成、汪行知，表示我们衷心的感谢！"两个主持人停了停又说，"父老乡亲，请大家向共老师敬酒。"说完，他们两人先来到共周思的面前，道："共老师，谢谢您！"

共周思拿起酒杯向大家致敬，与宋机和余舒语碰了碰杯，将酒一口喝下。

几杯酒下肚，场面热闹起来了。共周思看到两个主持后面一排排拿着酒杯的人，心里暗暗叫苦，他用眼睛看着身边的郝村长，希望他能给自己解围。只见他笑而不语，没有办法，共周思只得和他们一个个干杯。好在敬他酒的人并不要求他把酒杯里的酒全部喝掉，因此，他与大家碰杯后，为了表示敬意，向他们鞠躬。上来敬酒的有几百人，共周思都一一向他们鞠躬，直累得他腰都伸不直了，但他很兴奋，他是怀着感恩的心向他们鞠躬致意的。来敬酒的村民们鞠的躬更深，有的是鞠两下，有的是三下。

敬酒仪式完成后，操场上的桌子全部撤走了，只剩下共周思和郝志浩坐的那张桌子。这时操场上出现了几十个身披绸带、穿紫色背心的青年男子，他们胸前吊着一面大鼓，腰着还挂着一个小鼓。只听一声吼叫，整齐的脚步踩在地上"嚓嚓"作响，地面随之震动着。"咚咚"的鼓声和脚步声交相呼应，像一支军队迈着整齐的步伐走来。他们挥舞着手中的鼓槌，一会儿敲击鼓皮，一会儿敲打鼓缘，节奏欢快而清脆，手中的红、绿绸带，随着鼓声上下翻舞。操场上空的灯光一闪一闪，就像秋夜里的一只只萤火虫在空中列队起舞。"咚咚"的鼓声，"嚓嚓"的脚步声，"嘿嘿"的喊声，组成一幅震天动地的画面，给人一种力的坚定和对目标的执着向往。观看的人群随着这鼓声和脚步声一起大声地呼喊，交织成了一部进行曲在空中滚过。

鼓点渐去后，操场上来了两头公牛，这两头公牛身披红、黄两种颜色，红牛、黄牛各为一队。这时，骑在牛身上的人跳了下来，分成对阵的两边。他们各自后退几米，然后站住，虎视眈眈地看着对方，牛的鼻孔里发出"呼哧，呼哧"的响声。

一声哨响，两头牛立即弓着背，飞快地向对方冲去。只听"咚"的一声，两头牛的牛角和脑袋猛烈地撞在了一起，拼命地顶着对方，双方没有丝毫的松懈和退让，脚都嵌进了泥土里。两头牛就这样顶在那里，僵持了好一会儿，牛嘴里吐着白色的唾沫，鼻孔不时"呼呼"地喷着气。终于，黄牛顶不住红牛的进攻，向后退了好几米。红牛看到黄牛败了，便向后退了几步后发疯似的向黄牛撞了过去。在红牛的撞击下，黄牛又退了好几米。

"黄牛，加油！""红牛，加油！"这时操场上的人群中发出了喊声。

共周思也在为黄牛使劲，希望它能顶住。终于，黄牛顶住了红牛的疯狂进攻，站稳了脚跟，在红牛竭尽全力进攻而喘口气的那一刹那，把头往左一压，用牛角顶住了红牛的脖子。红牛猝不及防，身子向旁边一折，失去平衡将要倒下。千钧一发之际，黄牛拼尽全身的力气，向红牛发动了猛烈的攻击，红牛被黄牛撞翻在地。这时，共周思听到红牛发出了"哞"的一声。随着一声哨响，黄牛先胜一局。

就在第二场角斗比赛即将开始的时候，共周思看了看操场上又多了不少人，大家兴高采烈地观看着比赛。他想，乌村人以前长期与世隔绝，平时的娱乐很少，这牛角斗比赛和刚才的击鼓表演，应该是他们农闲之时的娱乐生活。

"嘟……"随着一声口哨响，两头牛又上场了。共周思看到这两头牛表现得很斯文，它们不是一上场就要来一个生死相撞，而是相互盯着对方转圈圈。显然，它们任何一方都不希望主动发动攻击，而是冷静地观察，窥视着对手，都希望抓住机会打对手一个措手不及。这时，黄牛假装着向红牛发动强攻，却发现红牛没有做出任何反应，便停了下来。红牛看黄牛停了下了，仍然不动声色地转起圈圈来，就这样，两头牛相互转着圈。这种情况可急坏了观众。

"红牛，进攻！加油！"

"黄牛，进攻！加油！"

"黄牛冲上去！"

"红牛冲上去！"

或许是受观众喊声的影响，只见红牛跑了起来，看样子，红牛要向黄牛发动攻势，而且这个攻势很猛，好像要将黄牛一次性顶翻。这时，黄牛以为红牛要从左侧进攻，就防备着左边，可是，正当黄牛全力防止红牛向其左侧进攻的时候，红牛则向右侧发起了攻击。刚才红牛只是佯攻，当黄牛全神贯注地防备左侧的时候，红牛出其不意，让黄牛措手不及。眼看着黄牛就要被红牛掀倒，只见黄牛沉着冷静地将身子向左侧一折，那折的速度之快，躲过了红牛的进攻，把观众都看呆了。红牛原本胜券在握，没想到却扑了一个空。趁此空当，黄牛埋着头，弓着背，以极快的速度调整角度，向红牛的肚子撞去。红牛因速度快，无法及时将头调整到迎击黄牛的角度，身子被黄牛当腰撞得一个正着，站立不住，倒在了地上。

这场比赛，看得共周思目瞪口呆，这两头牛战术的运用，堪比人类打仗。黄牛两次都眼看着要败了，却在最后一刻反败为胜。人们都说，像猪一样蠢，像牛一样笨，这句话并不准确。共周思想，不要盲目相信常识，因为常识也会骗人。

角斗表演结束，两头牛被牵离操场，村民运来了柴火，堆成一个小小的柴丘。这时，余舒语和宋机同时说："乡亲们，篝火晚会现在开始。"宋机从一个村民手中拿过一只火把，走到共周思的跟前，对他说："共老师，请您点燃篝火。"

共周思接过火把，和村长郝志浩走到篝火旁，将火把高高举起，对着余舒语举在他面前的话筒大声说："愿我们乌村的明天像今天的篝火一样辉煌灿烂，日子越过越红火。"共周思说完，将火把抛向了柴丘的丘顶，熊熊燃烧的火把在空中划成一个光亮、透明的光弧。与此同时，操场上的灯光没有了。火把落到柴丘上时，立即"轰"的一声，柴火燃烧了起来。

"乡亲们，为了欢迎我们的恩人共老师。"余舒语说。

"为了乌村的明天。"宋机说。

"让我们跳起来吧。"余舒语跑到共周思眼前，拉着他的手，"让我们唱起来吧。"宋机也跑到共周思的跟前，拉着他的另一只手。他们又牵着郝志浩的手、村民的手，他们相互牵着手，很快围着篝火形成了一个圆圈。

"吼""吼""吼"，人群中响起了吼声，此起彼伏。不到一分钟，吼声集中成有节奏的声音，坚强有力，动人心魄，回荡在静谧的夜空。

"乡亲们，唱起来。"余舒语对着话筒大声喊。

"乡亲们，让我们唱起来！"宋机大声地说。

人群中响起了"让我们唱起来"。

"吼，吼，吼！让我们唱起来。"

"吼，吼，吼。"

"我们跳起来。"

"吼，吼，吼。"

"我们心连着心。"

"吼，吼，吼。"

"我们跳起来。"

"吼，吼，吼。"

人群中的吼声一浪高过一浪。

"我们手拍着手。"

"吼，吼，吼。"

"我们唱起来。"

"吼，吼，吼。"

人群中手拍手的掌声，清脆响亮。

"吼，吼，吼。"

"我们脚踩地。"

"吼，吼，吼。"

"我们脚踩地。"

"吼，吼，吼。"

"我们跳起来。"

"吼，吼，吼。"

突然，围着的人群向前进。

"我们向前。"

"吼，吼，吼。"

"我们向前。"

"吼，吼，吼。"

"我们向前。"

"吼，吼，吼。"

人群向前走了三步又突然转身向前。

"我们向前。"

"吼，吼，吼。"

共周思开始并不知道如何跳这里的篝火舞，只是跟着余舒语和宋机一起吼，一起唱。渐渐地，他也主动随着他们的吼声一起吼，一起唱。人群中的吼声、喊声，就像铿锵有力的音乐，不仅悦耳，而且震撼人心。这是他生平听到的最能激起他的动力、焕发他的激情的吼声。他开始的声音并不大，但随着人群的声音越来越大，他的声音也越来越大，变得歇斯底里，手掌也拍得越来越响，脚踏地的声音也越来越响。他随着人群一会儿向前，一会儿转身，一会儿又向前。他望着眼前的篝火，火助着风，风助着火，熊熊燃烧。

共周思望着这场景，被这些朴实、热情的村民感动了。他一会儿望着围着篝火唱歌跳舞的村民，一会儿看着腾腾向上的火焰，一会儿仰望着繁星密布的天空。他心潮澎湃。

围着篝火的人圈，越来越大，不断有人涌进人圈里，吼声、歌声、脚踩地的声音，越来越响，篝火越烧越旺。歌声、吼声、篝火燃烧发出的噼啪声交织在一起，响彻云霄。

突然，宋机和余舒语几个人抬起了共周思，将他抛向空中，旁边的人接住他，又将他抛向空中。这时，人群中再次响起："共老师。""吼，吼，吼。""我们唱起来。""吼，吼，吼。""共老师。""吼，吼，吼。"

共周思被人群抛向空中一圈后，又回到了余舒语和宋机的身边，耳朵里传来的仍然是"吼，吼，吼""共老师""吼，吼，吼""共老师"的声音。

两个小时过后，声音逐渐减弱了，村民们开始跑过来和共周思握手或者拥抱告别。人群散去后，操场上只剩下共周思和郝志浩、宋机、余舒语等几个人。

"思思，到我家去休息吧。"郝志浩说。

"不用了，浩浩，你们回家休息吧。"共周思转身拥抱了余舒语、宋机，说："谢谢你们为我做了这么多，这个篝火晚会真是棒极了。"共周思伸手握住郝志浩的手，然后他们相拥在一起。

"浩浩，你先回去，我想一个人走走。"共周思松对郝志浩说。

共周思看着仍然燃烧得很旺的篝火，看着仍然繁星密布的天空，他的心从刚才的热烈和欢快中走出来。他站在那里，凝视着呼呼上蹿的火苗。

过了一会儿，共周思望了几眼操场旁的教学楼，又想起了与灵心一起在这儿教小孩子的情景。他下意识地离开了操场，向村前的大槐树走去。他走得很快，步履坚定。

共周思走到这棵千年老槐树的旁边，看到树下的地面上斑斑点点的银光，他想起也是这样一个夜晚，天上也是这样一轮明月，天空也是这样繁星密布，他和灵心坐在这棵槐树下，畅谈他的梦想。共周思清楚地记得，灵心问他的梦想是什么，他当时回答："找到一种物质，能在光的作用下改变结构。"

"变成什么呢？"

"变成钢、铁等各种性能的材料。"

"然后呢？"灵心问。

"到时就不用炼钢、炼铁了，用光就可以生产各种材料。"

"那是改变世界。"

"也算是吧。"

"你的梦想是改变世界，这很伟大。"灵心说。

"你呢？"共周思问。

"我的梦想很简单，帮助更多的孤儿和残疾儿童。"

"你是在拯救世界。"

"我没有你想的那么伟大。"

"拯救世界也是改变世界，你更了不起。"共周思说。

"我们的梦想都是一样的，改变世界。"

"对，我们在改变世界。"

他们说着，便依偎在了一起。

想到这里，共周思的心非常温馨，八年过去了，他们都实现了各自的梦想。他在离乌村几百公里的地方找到强大的引力场，虽说那引力场没有弯曲光线的强度，但在这个像地心的地方，用乌村特有的矿藏生产出了超轻超硬的耐高温材料，乌村也因此改变了面貌。以前这里的村民脸色蜡黄，病多命短，而且没有文化，现在你看看，满脸红光，幸福快乐。共周思在心里对灵心说："灵灵，如果你看到现在的乌村，你会非常欣慰，你会为自己当年的付出而骄傲和自豪的。"

这时起风了，共周思打了一个寒噤。他突然想到他的团队，想到舒玉婷和汪行知，想到他们和自己一起离开红光公司、一起创业、一起建造太空船的情景，想到他们现在还躺在医院里，还有这次灾难中成千上百万的病人，那么多病人要用太空船送到太空医院，这些让他心如刀绞。想到这里，共周思的胸中燃起一股激情："没有什么是办不到的，没有什么是不能改变的，当时我们的'曲光'项目，开始不也被认为是天方夜谭吗？后来我们不是也成功了吗？没有我们的'曲光'项目，哪有乌村的变化？"他的眼前一会儿是乌村人蜡黄的脸，一会儿是舒玉婷、汪行知和满医院的病人没有点血红色的脸。这些脸交织在一起，仿佛在向他呼喊："思思，救救我。"共周思的心里腾地燃起一团火焰，这火焰腾地照亮了前面的路。"灵灵，让我们再改变一次。"共周思自己对自己坚定地说。

共周思腾地站了起来，他一挥手，没到一分钟，一辆汽车就停在了他的面前。他钻进汽车，没有马上关车门，而是再看了一次老槐树，瞥了一眼繁星密布的夜空，心里说："谢谢你，乌村。"

第十章　共周思和齐刚大打出手

"柴警官，思思已经三天不见了，也没有任何信息。你上次说有许多科学家失踪，思思不会也失踪了吧？"程颖站在柴禾的立体影像里，对他说。

"是啊，最近又有一家大公司的总工程师失踪了。"柴禾看到程颖立体影像中有些慌张的脸，说。

"以前，也会有几天不见的时候，但从未失去过联系。"程颖说。

"最近有什么意外的事吗？"柴禾说。他正在看脑伴里最近失踪的几名科学家和专家的背景资料。

"意外谈不上，但烦心的事不少。"

"什么烦心的事？说给我听听，帮你分析一下。"

"都是关于公司的事，与你们失踪案没有什么关系。哦，对了，柴警官，灾难原因调查进展得怎么样？好像现在病人的数量基本稳定了。"

"正在调查，真是忙死我了，又是灾难调查，又是失踪案。这两种案子都是从来没有碰到过的。"柴禾说着挥了挥手，从他桌子旁的房壁里送出来一杯热咖啡，他端起咖啡喝了一口，"颖颖，我发现这些失踪的科学家有一个共同的特点，都是身怀绝技，而又对现状不满的人。"

"那他们可能对社会不满。"程颖说。

"你是一针见血，非常正确。"柴禾说，"但思思不属于这种类型。"

"思思从来没有对哪个人不满，更谈不上对社会不满，他是立志改变世界、拯救人类的。"程颖说。

柴禾正要关掉影像，但他又想起了什么事，对程颖说："我们局长开会时，我听同事们说，齐刚向我们警察局报了案，说是他父亲公司的一台磁力引擎被人偷了。"

"你等等，柴警官，你说什么？齐刚？"程颖打断了他的话。

"对，齐刚，他有紫光公司的授权书，我听到我的一个同事问他有没有线索，齐刚说你们公司有最大嫌疑。"

"齐刚说我们公司偷了他父亲公司的磁力引擎？"程颖又打断了柴禾的话。

"对，我亲耳听到的。"

"我们公司也是他齐刚的公司。"

"这没有什么不行的。"柴禾说，"颖颖，我的头儿叫我，先不和你聊了，不知道又有什么事，这年头像疯了一样。"

"行，你去忙吧。思思的事请你抓紧。"

程颖关掉影像，刚想用耳伴与灵心联系，共周思的影像就出现在她的眼前。程颖喜出望外地对共周思说："思思，你到哪去了，我们都以为你失踪了，我刚才还向柴禾要人呢。"

"丢不了，我马上会去公司，你去告诉一下灵灵还有成成。"共周思说，程颖看到共周思在他的楼层通勤车上。

"颖颖，你快到制造车间来，齐总带了几个人过来，要将我们太空船的引擎拆下来。"太空船制造车间主任在影像中说。程颖在脑伴里看到齐刚正带着两个人与车间主任交涉。程颖看着眼前的影像，大声对齐刚说："刚刚，你要干什么？"

"我爸公司的磁力引擎少了一台，他们怀疑是我们偷了，我叫他们拆下来看看。颖颖，你来得正好，你跟他们说一下，拆下来看一下，如果不是，装回去就是了，免得警察局的人来了就不好了。"齐刚说得理直气壮。

"紫光公司说丢了就丢了，我还说我们丢了太空船呢。"程颖就知道齐刚是在找借口搞破坏，前天是他吵着要撤资，今天又来拆太空船的引擎。

程颖看到齐刚没有理睬她，扒开车间主任，带着两个人径直走向太空船，便大声喝止他，他也不听，不得已，她将影像切换到共周思那里。

"颖颖，有什么事，看你脸色这么难看。"共周思说。

"思思，你快来吧，刚刚要拆下我们太空船的引擎。"程颖气愤地说。

"刚刚拆引擎干什么？"共周思莫名其妙地说。

"他说他们怀疑我们偷了他父亲公司的引擎，他要拆下来看看是不是。"

"那就让他拆吧。"共周思很镇定地说。

"这没有道理，是非法的，如果今天不阻止，此例一开，以后任何一家公司说丢了东西，都可以来拆我们的太空船。不出三天，我们公司的太空船便会被五马分尸，思思！"

"齐刚是股东，而且是大股东，这个公司也是他的，他要拆你有什么办法，让他拆好了。"共周思仍然不把它当成很严重的事，把程颖气得六神无主，在心里嘀咕：今天这是怎么了，这两个男人是不是病了？程颖想了想，突然说："这公司不仅是齐刚的，也是你的，还是我的，我不能让他拆。"说完，程颖准备关掉立体影像。

"等等，你不要去，等我来好吗？"共周思知道程颖的脾气，她会亲自去阻止齐刚的，但她根本阻止不了齐刚。

"好吧，我等你来。"程颖说。

共周思没过一会儿就到了公司制造车间，这时齐刚正指挥他带来的两个人，在太空船的机房拆引擎呢。

齐刚见共周思站在那里看着他们拆，脸上没有事似的，觉得非常奇怪。他原本以为共周思会阻止他的，他也准备好了一套说辞来搪塞。齐刚想，今天真是好运气，共周思这小子看来是不想搞这个太空船了。齐刚尴尬了一小会儿，便对共周思说："思思，我爸公司说他们丢了一台磁力引擎，怀疑我们的太空船上的引擎就是他们公司丢失的那台，让我拆开看看。"

"师傅，那个螺丝在那下面。"共周思对左边的一个工人师傅说，"不对，你那扳手不对，要用套筒扳手。"

齐刚见共周思没接他的话，也没有搭理他，反倒觉得没趣，他只看见程颖眼里冒火地看着他。说实在话，这个公司里，齐刚与其他人都说不来，但是与程颖说得来，程颖对他也不错，没有把他当成一个纨绔子弟来看。因此，看到程颖愤怒的目光，心里还是有点怵，他不敢看程颖的眼睛。

齐刚带来的两个师傅，费了好大的劲都没有办法拆下引擎，两个师傅停下手里的活，看着齐刚，问还要不要拆。见此情况，齐刚一时也不知如何是好。

"刚刚，还是让我们的工人来拆吧。"共周思和车间主任说："喜子，你带几个人把引擎拆下来。"

齐刚见车间主任在那里动也不动，脸色又不好看，便从那两个自己带来的师傅手里拿过扳手，自己跑到引擎那里准备钻到下面亲自去拆。车间主任见状，叫来了他车间的两位师傅："胡启，你带刘刘下去拆。"

共周思说："喜子，你就在这里，今天上午把它拆下来，交给刚刚。"共周思说完，自己下了太空船，程颖和齐刚也下了太空船。

今天共周思的举动给了齐刚很大的面子，齐刚还是比较满意的。他觉得应该表示一下："思思，你不要怪我，是我爸逼着我干的。"

"没关系，反正这个公司好歹也有你一份，而且你是大股东，你要拆便拆。"共周思说的这话，齐刚爱听，说明共周思一直把他当作大股东看。他以为共周思一直不把他当成公司的一分子，认为他就是一个有钱无脑混日子的人。他看到共周思没有再搭理他，只顾与程颖说话，心里便生出一丝的不快。他又上了太空船，与带来的两个师傅一起去拆那个引擎了。

"颖颖，有没有人愿意投资我们的公司？"共周思和程颖走到车间的休息室，坐下来问程颖。

"只有几家小投资机构，没有一家大的投资公司。"程颖说。

"齐刚是想撤资吗？"

"想，你不在，他来找过我两次，说是他爸爸逼他撤的资。对啰，你这几天都到哪里去了？"

"我去了一趟乌村。"

"啊，你去乌村了，那里怎么样了？"

"好极了，真是出乎我的意料啊。"

"那里的人还总是生病？"

"没有，一个个身强体壮。"

"孩子们都在上学吗？听你们说那里的孩子以前都不上学的。"

"全部上学了。颖颖，这一趟乌村之行，使我明白了一个道理。"

"什么道理？"

"这世界上没有什么东西是不可以改变的。"共周思高兴地说。

"是啊，没有什么东西是不可以改变的。"程颖深有感触地说。

"等会儿我把我在乌村的影像发给你们，我们大家一起看看。"共周思停了一会儿又说，"遗憾的是这次你们都没有去，如果你们都去了，一定会终生难忘的。尤其是他们办的篝火晚会，全村人围着熊熊燃烧的篝火一起吼，一起唱，一起跳，场面非常壮观。"程颖被共周思说得想立即看到影像了，她从未见过共周思这么快乐过。她感叹地说："乌村人多亏你，多亏你的'曲光'项目。"

"不，是我要感谢他们，是他们救了我们。"共周思沉思了一会儿说，"颖颖，婷婷和知知怎么样了？都好几天没有去看他们了，我现在想去看看他们。"说着，共周思就起身往外走。程颖看着他要离开这里，便说："思思，这里怎么办？"

"你就让齐刚检查检查。"共周思说完便钻进自动驾驶汽车走了。

程颖对齐刚还是不放心，她得留下来，看着齐刚。不多会儿，她发现喜子用叉车将引擎铲下了太空船，放在了车间的地上。

程颖上前去，对齐刚说："你检查检查吧。"

"我又不会检查。"

"不会检查你拆下来干吗？"程颖没好气地说。

"拿到我爸的公司去呀，他们有技术人员和设备，可以检查。"

真是荒唐，自己公司的东西丢了，就怀疑别人偷了，不分青红皂白就到人家公司拿，这不是强盗行为还是什么？她往齐刚面前一站说："不许拿走。"

程颖的行为有点出乎齐刚的意料，还好，齐刚保持了一点绅士风度，没有和程颖吵。他径直走上叉车，坐在驾驶座上，将引擎铲了起来，然后往车间大门开去。他边开边对着带来的两个工人中的一个说："叫公司派一辆皮卡来。"

　　程颖见齐刚要将引擎铲走，便大步向前挡在了叉车的前面："齐刚，我说不行就是不行。"随后，她立即将齐刚要将引擎铲走的事和共周思说了，共周思听了便说："不行，那引擎是我们公司太空船的心脏，检查检查可以，但不能拿走。颖颖，你拦住，我马上就来。"

　　"齐刚，思思也说不行。"程颖说。

　　"颖颖，你让开，我必须拿走。"

　　"除非你从我身上轧过去。"程颖态度坚决。她叉着腰站在那里，威严挺拔。

　　齐刚见状便停车，但没有熄火，他跳下来去拉程颖，想把她拉开，可是，车间主任以为是齐刚想对程颖动手，便带着车间的几个工人立即到了程颖的身边。

　　一边是以程颖为首的车间工人，一边是齐刚和他带来的两位师傅，双方都站在那里对峙着，局面一时僵住了。

　　"这是怎么了？自己人对上了？"共周思一进车间就看到这场面，有些吃惊。

　　"思思，你来得正好，程颖不让我把引擎拿走。"齐刚坐在叉车的驾驶舱里，刚才共周思对他的态度，让他以为共周思会同意他将引擎拿走。

　　"你不是拆下来看看，检查检查吗？"共周思说，他让喜子和工人们散开。

　　"我和程颖说了，我没有带检查设备来，没有办法在这里检查。"齐刚说。

　　"对，刚刚，你是这公司的股东，这公司有你的一份，但你也只是一份，这公司还有大家的股份。程颖没说错，你不能拿走这引擎。"

"我什么都不要，我就要这引擎，我的股份值这台引擎吗？"齐刚觉得理亏，有些慌了，便蛮横地说。

"但你要问问其他的股东同意不同意。"还是程颖说。

"我不管，我今天一定要拿走这引擎。"齐刚发动了叉车，说，"你们让不让，不让我就从你们身上轧过去。"齐刚做出要向前开的样子。

"齐刚，你敢。"共周思看着齐刚真向前开，这时被共周思叫来的工人站在了一起，靠着程颖形成了一堵人墙。

齐刚看到这个情况，这么明显向他示威，便嚷道："谁怕谁，我就不信你们不怕死。"说着还真向着人墙冲过去。

这时，轮到共周思目瞪口呆了。这个平时叽叽歪歪的二愣子样的人虽然大大咧咧的，不把别人放在眼里，但从没有丧失过理性。今天，他真是胆大妄为。

别看程颖是一个弱女子，她毫不退缩，挺身迎着齐刚的铲车。眼看真要撞着了，说时迟那时快，共周思一个箭步跳上了齐刚的铲车。与此同时，齐刚踩刹车的脚也猛地往下踩，共周思拉起手刹的手和齐刚踩刹车的脚同时用力，铲车吱的一声刹住了。但由于齐刚和共周思用力过猛，车子就地转了两圈。同时共周思掀倒了齐刚，把他掀到了地上。

共周思在齐刚倒在地上的同时也跳下了车，他伸手要将齐刚拉起来，出乎在场所有人意料的是，齐刚一跃而起对着共周思的脸就是一拳。要知道，齐刚是跆拳道黑带，身材魁梧，他被比他矮半个头的共周思摔在了地上，觉得颜面尽失。也不知道今天是太阳从西边出来了还是什么其他的缘故，齐刚又恨又怒，恶从胆边生。共周思被齐刚猝不及防的重拳打得倒退了两步，他费了好大的劲才止住了跟跄的脚步，站住了。此时程颖看到共周思的右脸颊青紫，鼻子和嘴角都流出了血。她大声对齐刚喝道："齐刚，你疯了！"

平时，程颖总是帮着齐刚，是公司里唯一一个对齐刚有好感的，但今天齐刚的行为使她愤怒。

共周思也被齐刚的举动激怒了，说："好，齐刚，我们今天就好好较量一下。"说着，他也勾起双拳，双脚左右运动，眼睛紧紧地盯着齐刚。

突然两个人都发疯一般冲向对方，霎时"咚"的一声，两个人拳头和身子撞在了一起，他们抓住对手的身子，扭打起来。双方都使出浑身力气，都想将对方摔倒，可是谁都没有得逞。

突然，共周思的双手松开了齐刚，向后退了两步。齐刚也松开了抓住共周思的手，向后退了一步。程颖看到两个人都怒瞪着对方，好像他们都在等待对方的破绽。他们移动着身子，转着圆圈。

齐刚突然向共周打出右拳，共周思往左一躲，可他上当了，齐刚其实打出了左拳。齐刚的左拳打在了共周思的头上，共周思的头嗡了一声，一时似乎失去了知觉，身子往右边一倒，差点跌倒在地上。共周思好不容易站稳，摇了摇头，恢复了思考。这时他想起了昨晚的斗牛表演，黄牛虽处处被动，但它却能反败为胜。他现在要做的是等待时机，给齐刚一个自以为是的机会。共周思躲避了齐刚的进攻，回避着他的拳头。齐刚见共周思一直躲着自己，有些得意，心想，你共周思不是也会武术吗？你的中国功夫呢？碰到我的跆拳道一点招都没有。共周思，你就是一个没有什么真功夫的人，只会一些花拳绣腿，平时大家对你是尊敬有加，没有几个人尊重我，我今天一定要让你出尽洋相。他想着，又向左进攻，乘共周思不备，一记左拳又打在了共周思的肩头上。共周思痛得肩头一阵发麻，心里暗道，这齐刚还真不愧是跆拳道黑带，拳头确实有力。共周思忍着剧痛，头脑里又想起了昨晚两头牛的角斗。没想到，今天自己也像那头牛一样，与人角斗起来。他又想起了那黄牛在眼看要被红牛顶翻在地时，出其不意地突然向红牛最薄弱的地方，也就是红牛的腰部攻击。想到这，共周思突然向齐刚冲去，并将自己的脑袋暴露在齐刚的双拳打击范围，果然齐刚迅速抓住了这难得的机会，双拳向共周思的脑袋打过来。共周思突然埋着头，躲过齐刚的双拳，挺着头向齐刚的腰部撞去，速度之快，让齐刚躲闪不及，被撞出几米远，重重地跌倒在地，浑身钻心地痛。他坚强地想像往常一样来个鲤鱼翻，可是两次都没有成功，最后咬牙站了起来，发现额头上的汗珠直往下掉，嘴角上湿漉漉的。他用手擦去额头和嘴角上的血，大叫一声："共周思，我跟你没完。"说着，他猫着腰，不顾一切地向共周思撞去，共周思看见齐刚不顾一切的样子，估计他已经失去理智，也向齐刚冲去。

齐刚和共周思都拼命向对方冲去，眼看着两个人就要撞得即使不粉身碎骨也要断胳膊断腿，突然，他们面前出现了一个人，这个人他们都熟悉，是灵灵。他们立刻止住了脚步，齐刚的冲劲大，但他还是差一点撞到了灵心的身上。共周思并没有使很大的劲，因为他原本想冲向前用身子顶住齐刚，缓冲他的冲力。

"撞啊！"灵心看到他们在自己的身边停了下来，说，"为什么不撞了呢？"她看到两个男人都愣住了，便叫，"都有本事，在自己的公司里打起来。多英雄呀！"她看了看鼻青脸肿，鼻子、嘴角都流着血的共周思，又看了看嘴角也流着血的齐刚，真是又心痛又好气，"有什么大不了的事，非要大打出手。"

"灵灵，刚刚要拿走我们太空船的引擎。"共周思说。

"刚刚，你要引擎干什么？你要造太空船？"灵心问齐刚。

"是我爸要我拿走的。"

"刚刚，这太空船对我们公司很重要，不拿走行吗？"灵心对齐刚说，齐刚还要说什么，灵心接着说，"伯父那里我去说，他老人家若要问你，你就说是我不同意拿走，行吗？"

齐刚清楚，如果照灵心说的做，自己的老头子肯定不会说什么，不知道什么原因，父亲特别喜欢灵心，只要灵心开口，老头子没有不答应的。

灵心看着共周思，用自己的袖子给他擦去脸上的血迹，齐刚看到这一幕，脑海里出现了他们小时候在一起玩的场景。灵心摔倒了，齐刚把她扶起来；齐刚摔倒了，头上流了血，手上破了皮，灵心给他擦。可如今，灵心再也不关心自己了。齐刚的眼角渗出了眼泪，他没有去抹自己眼角的泪水，而且是默默地一步一步地往后退，用模糊的眼睛看着灵心给共周思擦去嘴角上的血迹。

"刚刚，你等等。"灵心给共周思擦完血迹，准备也给齐刚擦去脸上的血迹时，齐刚已经悄然上了外面的车。

第十一章　核物理学家失踪

"白工，你们专家的报告出来了吗？"柴禾问环保总署的白杨。

"基本上出来了。"白杨说。

"水没有问题？"

"我们检查了三个月来水厂的记录，没有发现什么异常。"

"看记录没用，记录可以做假。"

"我们也看了监控影像，也没有发现问题。"白杨说。

"食品呢？"

"全国就几家大的食品公司，我们也没有发现问题。"

"食品的原料呢？"

"我们正在调查。"

"大的食品原公司也就是几家，查起来应该快。"柴禾说。

"我们正在日夜加班。"

"是要加班，人命关天。"

"空气呢？空气污染查了吗？"柴禾想了一下，对环保总署的白杨说。

白杨接过柴禾的话说："空气每天都做了检测，自从上世纪雾霾给人类造成污染危害以来，建立了空气实时检测的制度，现在维持得很好。"

"看来环保方面没有什么问题了，白工，你说对吗？"

"现在还不能这么说。"白杨眼珠子转了转说。

"卫生总署对环保总署的情况有什么意见？"

"环保方面我们也派人参加了，与白工刚才说的差不多。"卫生总署的易史太说。

"等等，差不多是不行的，事情往往坏在差不多上。"柴禾说。

"应该是一致的。"

"应该是什么意思？应该是一个不确定的词，你要肯定或否定。易史太同志，你不是搞技术的吧？"

"他是一名处长，但是有高级工程师的资格。"

"我希望你以工程师的身份说话，肯定和否定。"柴禾一挥手，从墙壁里伸出一个托盘，托盘上出现了三杯咖啡，他们每个人都急不可待地喝了一口。

"我们参与环保方面一起调查的同志回来向我们报告说，结论和环保总署专家的结论是一致的，绝对一致。"卫生总署的易史太一字一句地说，见他这样说话，柴禾笑了。

"你们卫生总署的情况，请你谈谈。"

"我们检查了病人。"

"怎么样？"柴禾着急地问。易史太见柴禾认真而着急的样子，也笑了，他说："病人的症状基本上都差不多。"

"请不要用差不多。我们办案要证据，可不能用差不多、基本之类的词。"

易史太听了，微微地摇了摇头，继续说："病人基本上都出现了呕吐、头痛、心律不齐、眩晕、发抖、发热、大量掉头发等等，我是说基本是这些症状，因人而异，概率上与年龄、性别、体质强弱有关。我们只能说基本，不能说绝对。"

"身体强壮的病症要好一些是吧？"

"基本是这样。"易史太说，大概是他平时说"基本"说习惯了，因此"基本"这个词出现的概率多，"再补充一点，体质弱的不一定得这种病，体质强的也不一定不得这种病。"

"这是不是病毒感染？"柴禾说。

"病毒感染应该有感染源。"易史太说。

"我的意思是要有病毒源。"易史太加重了一点语气。

"我明白了，请继续说。"

"我们调查了可能产生病毒源的地方，包括了人和动物。"

"所有的都调查了？"柴禾对易史太的话表示怀疑。全国有那么多人，那么多动物，这么短的时间怎么查的呢？

"所有的！"这次易史太用了肯定的语气回答，他见柴禾还是不太相信，说，"我们有科学的抽样方法，有大数据，有全国联网的病原体监测网，每天24小时不间断。"

"外国动植物呢？"柴禾问。想起上次与共周思在外国抗疫的经历，他就心惊肉跳。

"我们有专门的动植物检查机构，这应该是环保总署的职责范围。"

"对，是我们的范围，我们这次也查了，没有发现问题。"白杨说。

"进入我国的外国人呢？每天有千万人次，你们都查了吗？"柴禾的这句话倒是问住了在座的两位，对所有入境的人进行检查，这可不是他们两个部门可以办到的事。

"这动作太大了，我们做不了主。"易史太说。

"谁能做得了主？"

"国家有关部门。"

"那就请国家有关部门批准。"

"就是批准了，恐怕也难以执行。"白杨说。

"再难也得干，这次是上百万人，如果不找到原因，下次就有可能是上千万人。你我也可能在下次的灾难中不能坐在这里谈工作了。这事必须得做。"

"柴警官，我和白工商量了几次，也和两个专家组讨论了几次，大家比较倾向于放射性疾病。"易史太说。

"放射性？核辐射？你们可别吓唬我。"

听到核辐射，柴禾心里"咚咚"作响。如果怀疑是核辐射，无疑调查的担子又将压在他的身上。突然，他由核辐射想到最近连接失踪的核物理学家，想到是不是有一个组织在犯罪。想到这里，他不寒而栗。"这射线或者说核辐射感染的事只是一个猜测，千万别说出去，这可是会引发恐慌的大事。"柴禾很严肃地说。

"是不是可以做些这个层面的调查，如果万一是核辐射，必须尽快找到核辐射源，否则，下次还会出现。"白杨说。

柴禾何尝不知道这里的利害关系，可此事太重要、太敏感了，如果是有组织的犯罪，或者是恐怖组织所为，那可不是他们这几个人可以解决的。

"我们可以找到这种辐射源吗？"柴禾问。

"目前，我们没有做这方面的工作。"白杨说。

"哪怕有范围也行。"柴禾说。

"我个人认为，以离我们三公里的地方为中心向外辐射。"

"这个辐射面有多大？"

"你们这里有地图吗？"

柴禾一挥手，办公室里立即就出现了一幅地图，柴禾用手点击出高斯市，又点击出离高斯三百多公里的地方，说："这可是一片深山密林，怎么找？"

"可先派无人机探测，测定哪里是射线密度高的区域就行了。"白杨说。

"这是一个好主意。"

"我们的环保总署有核辐射检测仪。"白杨说。

"我希望你亲自去。"柴禾对白杨说。

"那是肯定。"

"好，我们今天就先到这里，立即行动。"

"柴警官，我和白杨一起去吧。"

"那更好，明天这个时候能有结果吗？"

"我们尽量快一点。"

"谢谢！"

柴禾送走了易史太和白杨，一个人坐在办公室，回想刚才他们说的话，感到身上的担子太重了。他敏锐地意识到，科学家的失踪和这次灾难有关系。如果有核辐射，他更认为与失踪案有关，根据这段时间的排查，他认为失踪科学家有一个共同的特点，人生不顺，却都希望改变，有强烈的改变自己境遇的欲望。如果这些科学家被别有用心的人利用，后果不堪设想。如果没有关系，他们为什么会在这个时候先后失踪？柴禾认为世界上的事有因必有果，同时，有果必有因。更为关键是，失踪的科学家中就有核物理学家。

"必须尽快找到这些科学家，找到核辐射源。"柴禾心里下定决心。

"颖颖，你最近在干什么呢？"柴禾一挥手，程颖的立体影像就出现在他的身边，他看到程颖正在车间里与工人们一起维修太空船。本来，时空折叠太空船的车间是不对外开放的，但因为柴禾的身份和出于对他的信任，程颖他们就对他不设防了。

"柴警官，还在忙那两个案子？有眉目了吗？"程颖一边为工人师傅们拿这拿那一边说。

"有一点进展，但是没有什么头绪，你能让共周思、赵构成到我们警局来一下吗？"

"思思忙得焦头烂额，我们时空折叠公司面临撤资的撤资，逼债的逼债，都快破产了。"程颖递了一条毛巾给车间主任喜子。

"千万别放弃，绝对要顶住，不能破产。一定要打破紫光公司的垄断。"

"一家公司垄断，不涨价才怪呢。"

"颖颖，不能让他们垄断，我对垄断深恶痛绝。"柴禾说。

"可是，我们也没有那个力量，我们的力量太小了。我们刚擦出一点火花，就即将被他们踩灭。"

"不怕，星星之火，可以燎原。我看好共周思和你们。"柴禾说。他理了理自己有点乱的头发，擦了擦红肿的眼睛。

"目前关键是缺资金，当然也缺人，现在是军心不稳，已经走了不少人，剩下的骨干可能也要走。"

"也是，一分钱难倒英雄汉。颖颖，有什么需要我们帮忙的吗？"柴禾说。

"有一件事，不知你能不能帮个忙。"

"什么事？你说。"

"我们公司的舒玉婷和汪行知，现在还躺在医院的走廊上，能不能让他们住进病房，我们也好照顾。"

"医院的床位是一床难求。行，我想想办法。"柴禾从抽屉里取出一支雪茄，拿起打火机准备点火，但想想还是放弃了。他将雪茄放在鼻子底下闻了闻，捏在手里摆弄着，接着说，"颖颖，还是叫共周思和赵构成到我这里来一下吧。我这里迫切需要他帮忙。"

"他们又不是警探，不会破案，能帮你什么忙？"颖颖跑来跑去，忙出一身的汗，她用毛巾擦了擦红彤彤的脸蛋，说，"你有他们的脑伴，用影像和他们说就是了。"

"你通知他们比较好，毕竟他们也很忙。"柴禾还是要程颖通知他们。

程颖知道柴禾要找他们两人的原因。赵构成搜索重要数据的能力无人能比，而共周思总结归纳的速度又快又精准。这两个人，赵构成做加法，共周思做减法，在大数据里一加一减，可以说是珠联璧合。如果共周思和赵构成能加入柴禾的专案小组，那可谓是神助力。

"好吧，我来通知他们到你那里去一趟。"程颖边说边离开车间。

"思思、成成，你们来了。"柴禾看到共周思和赵构成站在他办公室的门口，向他们打招呼，他没有去开门，而是取下挂在墙上的枪别在腰上，"不巧得很，共工、赵工，野外发现一具尸体，我现在要赶过去，我们边走边谈吧。"

共周思、赵构成和柴禾钻进了一辆自动驾驶汽车，汽车载着他们三个人风驰电掣地向东郊驶去。在车上，柴禾对他们两个说："赵工，你帮我搜一下这次灾难和科学家失踪这两件事联系在一起的可能性。共工，你帮我分析一下，如果这两件事有联系是什么样子，没有联系又是什么样子。听说你的试错法很管用。"柴禾在风衣的口袋里掏出雪茄，想抽，但还是只是闻了闻，在手上摆弄着。

"没有问题，你将所有的资料传给我。"赵构成没有和警察共过事，他喜欢看侦探小说，尤其是其中的心理分析。如果是高智商的杀人案，他更感兴趣。所以当柴禾让他分析科学家失踪和这次灾难有没有联系时，他就感觉这事非常有挑战性，所以他当即高兴地答应道："没问题。"

"共工，你有问题吗？"柴禾问共周思，此时共周思心思还停在刚才与齐刚的冲突中，没有回答柴禾的话。柴禾看到共周思左脸青紫了一大块很惊讶，想问，但话到嘴边又咽了回去。

柴禾和共周思、赵构成三人到了东郊的一片树林里。

"这里怎么没有人？"共周思说。

"你的意思是没有派人拉出警戒线？"柴禾说。

"是啊，这里什么都没有，尸体怎么被发现的？"赵构成说。

"尸体是被一群郊游的年轻人发现的，他们报了案以后，我们就立即对这里进行了远程控制，也进行了远程警戒。"柴禾说。

"你是说，任何一个人进入警戒线内都会被警告？"赵构成说。

"对，会遭到警告。"

"那你叫我们过来干什么？"

"看现场啊。"

"现场不是可以远程看吗，也就是将这里的现场通过立体影像移到你们警局。"

"那些仅是外部的。要破案，还是要到现场，而且要做尸检，等一会儿法医就会过来。"

不一会儿工夫，一个高大的警察驱车来到了现场，还有其他技术人员。柴禾一挥手，随即手指一滑，他的眼前立即出现了近期失踪的十名科学家的头像，他看了看这十个头像，俯下身子又看了看地上死者的脸，越看越觉得像最近失踪的一位核物理学家。他看了四五遍，确定死者就是那位核物理学家。

"小李，你现在就分析他的DNA。"柴禾对法医小李说。

"好的，我马上！"也就几分钟，死者的DNA数据就传到了柴禾的脑伴上，柴禾立即对死者进行了比对，发现完全吻合。

"柴警官，发现了什么没有？"共周思是碍于柴禾的面子，加上赵构成要看看警察是怎么破案的，邀他一起来，所以他才到这与他的工作风马牛不相及的地方来的。他现在心心念念的是如何筹集资金保全时空折叠公司，保全他的太空船。

"与最近失踪的一位核物理学家一模一样。"柴禾回答共周思说，见共周思吃惊，又说，"共工，最近三个月，先后有十名科学家失踪，这是唯一发现的失踪者的尸体，其他人还生死不明。"

"最近不幸的消息特别多，昨天，我看媒体上报道，失踪的人数还在增加。"共周思说。

"确实是这样。"

"难道和这次灾难有关系吗？"

"当然有关系。"

"我听颖颖说，你们正在调查这次灾难的原因。"共周思说。

"对的，这也是我找你们来的原因。"柴禾关了脑伴，从尸体旁边走开，他们找到一块平坦的草地，坐了下来。

"共工，听说你以前以自己的身体做过辐射实验？"柴禾问。

"是的，当时我怀疑灵灵他们可能受到磁力线的辐射，因为乌村那里有一个强大的磁场，我们的电子设备在那里全部失灵了。"

"结果呢？"

"有一定量的辐射，但不会致命。"共周思说，"当然在那种环境里时间长了，肯定对身体有影响。"

"你的意思是乌村有一个矿，那里的矿有放射性？"

"是的，对人体细胞有影响。"

"说得准确一些。"

"肯定有影响。"

"赵工，你搜索一下，我们地球上目前这种病人，是不是与辐射有关，或者就是射线感染引起的。"

"这个结论我早就提出了。"赵构成说，"我和思思的结论是一致的。"

"也就是说，地球上可能存在着一种放射性物质，导致了这次灾难性的事故，而且很有可能是核辐射。"

"理论上是成立的。"共周思说。

"思思、成成，这辐射和核物理学家的失踪、死亡有关联吗？"柴禾问。

"如果是核辐射，问题就很严重了。"共周思说，"但核辐射污染应该能检测出来，这个技术并不难。"

"环保部门正在探测，很快就会有结果。"柴禾说。但他刚说完，耳伴里又有声音对他说："柴警官，西郊又发现了两具女尸。"

"发现女尸，你叫刑警他们去处理就是了，这事不归我管。"

"罗局叫我通知你的，这两具女尸很离奇。"柴禾耳伴里的声音说。

"怎么个奇怪法？"

"你到了那里就知道了。"

"你先说，你不说，我就不过去了，我这里忙着呢。"柴禾说。

"简单地说，人的生物特征都没有了，心脏停止了跳动，但是意识还在，还有脑电波。"

"这真是离奇年代，离奇的事特别多。"柴禾对共周思和赵构成说，"两位科学家，要不要看看离奇的事？"

赵构成立即高兴地说："行啊，我去。"他见共周思不想去，便看着柴禾，意思是说：你跟共周思说。

"共工，去看看吧，离奇的案子，肯定用得上你的超级大脑。"他看共周思仍不想走，便拉着他的手说，"思思，我知道你心思，不就是齐天航的公司要起诉你，说你窃取了他们公司的知识产权，对吗？"

"我刚才和齐刚干了一架，怎么一会儿就有诉状了？"共周思心想。

"打官司，你们公司有人才啊。"柴禾说。

"你是指颖颖？"共周思说

"对。要回你的实验室、数据库可是轰动全国司法界的经典案例。"柴禾说。

"这次不一样。"共周思心里清楚，"是一个小官司，遇不到上次那位首屈一指的大法官。"

"你放心，没有首屈一指的大法官，但你有我们正义的大众。"柴禾说，"跟我们一起走吧。"

共周思不好意思推辞，只得跟着柴禾上了一辆停在他身边的自动驾驶汽车。

第十二章　时空折叠公司濒临破产

汽车向西郊急驰而去。

和刚才一样，现场没有警戒线，但有几位便衣警察在勘察周围。柴禾带着共周思和赵构成，来到了两具女尸的旁边，尸体已经用白布遮着，一位警察走过来对柴禾说："柴队，人都死了好几天了，还像没死的人一样。"那位警察掀开白布的一角对柴禾说。

柴禾用手探了探尸体，发现皮肤特性跟活人一样。他干脆将白布全部掀开，惊奇地发现，躺在地上的女尸除了身体不能动，其他与活人没什么两样。

"你确认她们两个死了？"柴禾问那位警察。

"确实没有了心跳。"

"你不是说还有脑电波吗？"

"的确，大脑还很活跃。"

"这真是奇怪，我从来没有见过这样的情况，没有心跳，大脑却还活跃的死人。"柴禾给两具尸体盖好了白布。

"死者有伤痕吗？"共周思问。

"没有。"

"外伤和内伤都没有？"共周思又问。

"都没有，死得很蹊跷。"柴禾说。

共周思掀开白布，围着尸体看了一遍，又将尸体翻来翻去地看了一会儿。

"是不是和活人一样？"柴禾说。

"是的，看不出有什么区别。"共周思说。

赵构成也说："稀奇，稀奇。"

"没什么稀奇，这是一具机器人尸体。"共周思说。

"什么？什么？是机器人？"柴禾两眼惊异得瞪得大大的。

"是机器人。"共周思肯定地回答。

"没有心跳，却有意识，这怎么解释？"柴禾说。

"心脏和大脑是分开的，这很好理解。"共周思说。

"有道理。"赵构成说。

"心脏和大脑的意识是两个独立体。"共周思说。

"你是说人脑分离？"柴禾说。

"没什么不可能。别说是人脑可以分离，就是四肢和身体都可以分离。它们可以分属不同的控制，甚至是可以远程的。身体在一个国家，控制在另一个国家，甚至是外星球。"共周思说。

"外星球？你的意思是，我们地球上有外星球人活动？"柴禾瞪大了眼睛问。

"有什么不可以吗？"共周思说。

"完全有可能，你们不是想到外星球上去吗？"柴禾说。

"对，我们的梦想就是开着太空船，到外星球上去。"赵构成说。

"是这样吗？思思，自从你上次驾驶太空船独闯太空，我就对你敬佩得五体投地。"他看到共周思的眼神忽然亮了一下，说，"思思，你的梦想一定会实现的。从你一眼就能判断那尸体是机器人可以看出，你的大脑就是不一般。"柴禾敬佩地说，他沉吟了一会儿又说，"机器人为什么会被杀。"

"不，应该说是被停止。"共周思说。

"停止？你的意思是说没死？"柴禾说。

"我的意思是停止，而不是终止。"共周思说。

"它们还有可能活着？"柴禾看了地上被白布盖着的尸体一眼，警惕地站了起来，走了几步又说，"它们随时可能活过来。"

"不，是被激发。"共周思说。

"被激发？被谁激发？"柴禾问。他虽然屡破大案、奇案，但这类高科技的案子，他觉得自己的头脑不够用了。他想，没有死？不对，被停止的机器人为什么会在这荒郊野外？是谁抛弃了它们？为什么抛弃它们？为什么只是抛弃？也就是说被停止而不是被终止。还有外星人，这一切的一切，最近接二连三地发生，难道外星人要入侵地球？

"柴警官，这两具尸体怎么办？"那位警察问。

那不是尸体，又不是人，也没死，还随时可能活，柴禾心想。你问我怎么办，我还想知道怎么办呢。前两件大案子，十名科学家离奇失踪，今天又发现一个已经死亡。核辐射在哪？不知道。还有就是被停止的机器人。什么原因更是不知道。前两件案子他已经无力招架，如果今天的机器人案子也要我来管的话，那干脆杀了我算了。他向那位警察瞥了一眼说："这案子我管不了，你问罗局吧。"

那位警察真的向罗局长做了汇报，没一会儿，他对柴禾说："柴警官，罗局长叫你听耳伴。"

柴禾抬了抬手，耳伴里传来了罗局长的声音："柴禾，这案子你不接谁接？"

"罗局，你饶了我吧，前两件案子还没有丝毫眉目，现在又加一个，你还要不要我活了？"柴禾沮丧地说。

"柴禾，这局里就你一个人忙是不是？我们每个人都忙得要飞起来了，你是我们局最能干的警探，非你莫属了。"罗局长认真地说，"再说，这个案子说不定与前两个案子有关联。"

柴禾见罗局长要挂耳伴，急忙说："等等，罗局长，我实在忙不过来，我弟弟的案子还没有破呢。"

"柴禾，这样吧，你来当局长，我去当你那警探如何？看你怎么对付上面每天的训斥，每天怎么面对百姓的唾沫，行不行？"耳伴里静了一会儿，罗局长说，"怎么样，换吗？柴禾，你过来。"

柴禾急忙地说："不行，不行，我哪有那本事，我接，我接还不行吗？"真要去当那局长，每天看那些上级的脸色，应对嚼舌根的媒体、记者，他会自杀。

柴禾想了想，说："抬回去，找一个房子，严密看管起来。"他有点庆幸地看了共周思和赵构成一眼，心想，以后破案也得用科学家呢。

"思思、成成，我们走吧。"柴禾说，"今天多亏了你们。"

"不用客气。"赵构成和共周思一同上了柴禾的车。

共周思一上车，耳伴里立刻传来了程颖的声音。

"什么事那么急？"共周思问。

"法院的人要封我们的银行账户。"程颖在耳伴里说。

"封账户？为什么？"

"紫光公司起诉我们剽窃他们公司的知识产权。"

"是哪项产权，值多少钱？"

"够买下四个我们的公司。"程颖说。

"值四个公司？一个废旧的引擎值那么多钱，这分明是讹诈。"共周思心里很是愤怒。

"还有，齐刚也起诉了我们公司，要求用我们的太空船抵他在我们公司的股权，如果我们公司不在三天之内还清他的投资，也要用太空船诉讼保全。"

"柴警官，我们先回公司。"共周思说着便和赵构成下了车。

共周思和赵构成赶到公司的时候，程颖正在跟灵心说话："灵灵，你过来一下，你爸爸公司的律师到我们公司来要求退股。"

"怎么，霞光公司也要撤资？"共周思有些吃惊地问。

"他们的律师正在会议室，这是他们公司的授权书。"程颖说。

"灵心没有做通她父亲的工作？"共周思说。

"我估计是灵剑柔说服不了股东，或者有什么其他的原因。"

"我们有钱给灵灵吗？"共周思说。

"账上的钱被冻结了。"

"还有没有其他的办法。"

"没有办法。"

"卖资产呢？"

"你以为我们还有什么资产可卖，连太空船都被齐刚给保全了。"

"齐刚这混蛋，当初我们就不应该让他入伙。"赵构成说。

"实在不行……"共周思沉吟了好一会儿，说，"实在不行将我的中心实验室作价抵给灵剑柔。"共周思说。

"那不行，思思，那可是你八年的心血，还有舒玉婷、汪行知他们。"赵构成极力反对。

"中心实验室不能抵，我们是花了九牛二虎之力要回来的。"程颖说。为了要回这实验室，她可是废寝忘食，使尽浑身解数才做到的。

"可是我们现在就剩下中心实验室和数据库这点财产了。"共周思坐下来说。

赵构成也坐下，和共周思一起坐在沙发上，说："思思，这个公司可以没有，但中心实验室和数据库不能没有。"

"公司没了，我们还能东山再起。实验室和数据库没有了，我们再创业就很困难了。"程颖说。

听他们这样说，共周思也就没有再说什么。大家陷入了沉寂。

"颖颖，我爸公司的律师在哪里？"灵心一到程颖的办公室就问，她见共周思和赵构成在这里，便说，"我想和他们谈谈。"

"就在我们的那间小会议室里，我和你一起去。"程颖说。

霞光公司的律师见灵心走进来，赶忙站了起来："灵会长。"

"是我爸爸叫你们来的吧。"灵心客气地叫他们赶紧坐下。

"是董事长让我们来的。"两位律师中的一位说，"我看灵董事长也是迫于董事会的压力，也是没有办法。"

"你们既然是董事长的律师，麻烦你们帮我考虑一下，我把我在霞光公司的股份卖掉来抵投资，不知道行不行？"灵心说。

"你卖掉霞光公司的股份，必须经董事长同意。"一位律师说。

经过父亲同意没有可能，为了不让父亲撤资，她是和父亲辩论过几次了，她对父亲说："公司又不缺这点钱，为什么要撤资呢？"父亲的回答是：太空船项目投资风险太大，必须撤出来。她回想起父亲那口是心非的表情，她问父亲："是不是齐伯父逼你的？"

灵剑柔说："没有。"

"没有，我是听齐刚说的。"

"齐刚是乱说。"

灵心见父亲还是坚持撤资，便拿出以前灵验的手段撒娇地说："爸爸，你就答应女儿，行吗？你看共周思的太空船项目，正是用钱的时候，你这个时候撤资，那不是要将他的太空船项目毁掉吗？"

"我们不撤资，他们太空船也飞不起来。"灵剑柔这次一反常态，不管女儿如何撒娇也不松口，"灵灵，他的太空船差一点把你害死了。一想起这件事，我就怕。"灵剑柔站了起来，在房间里来回走着。

她见灵剑柔这么坚决，很是失望地说："爸爸，我真不理解你的做法。"说完便离开了。

想到这里，她非常难过，觉得自己对不起思思。在他这么困难的时候，不仅不能帮他，而且还增加了他的困难。尤其是她想起了他们两人在街心公园月光下说起的梦想，更是惭愧。

共周思看到灵心郁郁的表情，知道她的心思，"灵灵，没有关系，你爸爸撤就撤吧，大不了公司破产就是了。"

共周思从乌村回来，一直想将乌村的变化告诉她，刚才一见到她，本想将乌村一行的事告诉她，但被公司的事打断了，现在见到灵心在说公司的事，便急忙打断她的话，说："灵灵，我刚从乌村回来。"

"你去乌村了？乌村怎么样了？"灵心一听到乌村，脸上立刻浮现了笑容。

"你还记得当年我们教村民识字时，一个叫小糖果、一个叫鼻涕王的孩子吗？他们都长成帅小伙和漂亮的大姑娘了，他们还专门为我办了一场篝火晚会呢！"

"是吗，太好了。"灵心高兴地说。

"他们都非常想念你，想见到你。"共周思说。

"当初我们刚到乌村的时候，那里那么落后，那么贫困，根本就不像现代社会，我们还以为回到了远古时代。"灵心说完，又想了想说，"思思，我们没有必要气馁。八年前，乌村那么落后、困难，你们的'曲光'项目那么艰难，不是也闯过来了吗？你在外星球上造太空船的梦想一定会实现的。"

"还有你的太空医院，也一定能实现，就像我们当年在乌村的大槐树下说的。"

"这次你到大槐树那里去了吗？"

"去了。"

"大槐树一定会保佑你，我觉得那棵槐树有灵气。"

"是的。"

程颖和赵构成见他们谈得投机，便离开了办公室。共周思和灵心发现办公室只剩下他们两个人的时候，便反应过来，回到了公司被逼债的现实中。

灵心的到来并没有阻止那两位律师的行动。"现在怎么办，思思？"灵心问，她为共周思着急。

共周思没有正面回答灵心的提问，而是说："灵灵、颖颖，你们有空吗？我们去看婷婷和知知。"

程颖停顿了一下，看了看会议室里的两位律师，一咬牙，说："不管他们了，我们去看婷婷和知知。"

"我也正想去看看他们，有好几天没有去看他们了。"灵心说。

第十三章　齐刚初涉神秘基地

到了市第六人民医院的时候，朗声丽已经在那里了。现在舒玉婷和汪行知已经换到了病房，是上次颖颖请柴禾帮忙换的。他们两个人病房，相隔几间房。灵灵的基金会派了两个护理机器人，负责料理他们的日常生活。共周思他们还可以远程监控。医院本来只允许在规定的时间里探望病人，但自从这次灾难之后，因病人太多，这规定实在执行不了。共周思他们看到舒玉婷比在立体影像中感觉要好一些，但仍然没有大的起色，还是昏迷不醒，形同植物人。他们叫着舒玉婷的名字，她也没有任何反应。

他们从舒玉婷的房间出来，又来了汪行知的病房，还没有走进房间，就听到里面有人在大声叫骂。

"医院里的医生都是他妈的饭桶，我爸都昏迷一个星期了，一点好转也没有。"一个中年男人把病房里的凳子都踢倒了，看到共周思他们进来，声音变得更大了，"你们看看，这哪里是人住的地方，简直就是猪圈，甚至连猪圈都不如。"

共周思他们没有去理会那个中年人。这里的境况确实太差，刚才他们也是好不容易挤进来的。他们走到汪行知的病床边，握着他的手，轻轻地叫着他的名字："知知。"汪行知没有任何反应。

他们一个个表情沉重，而更加沉重的是共周思，看到舒玉婷和汪行知，他的痛苦难以言表，他想如果不是自己将舒玉婷从服装设计公司拉来，将汪行知从手术室拉来，不是自己的太空船项目，他们就不会躺在这里。他们都是过度劳累，身体虚弱才病倒的。他想起灵剑柔对灵灵说过的话，太空船项目太危险。他看了一眼灵心，她和朗声丽默默地跟着自己。舒玉婷、汪行知现在这种情况，是他害的，他是罪人。如果太空船项目再搞下去，灵心肯定要坚持跟自己去外星球，那可是生死难卜的外星球啊。

继续太空船项目，能实现自己在外星球建太空船的梦想，用太空船载更多的病人去外星球医院医治，但也有可能置灵心，还有颖颖、成成于危险之中；不继续太空船项目，舒玉婷、汪行知将继续躺在医院里，很难醒来。共周思进也不是，退也不是，他的心像是被两只有力而无情的手在撕扯着，剧烈疼痛起来。他感到一阵眩晕，心跳也急剧加速，整个身子像要倒下去。他赶紧用手去抓住身旁的东西，他的身旁却没有东西可抓，只有灵心。他抓住了灵心，灵心见共周思往她身上倒，赶紧扶住了他。

"思思，你是怎么啦？脸色这么难看。"灵心扶住共周思说。

"怎么啦，思思？"朗声丽见状，也赶紧过来扶住共周思。

赵构成也赶紧过来帮忙。灵心和朗声丽一起把共周思架出了拥挤嘈杂的医院，在医院前面的草坪上坐了下来。

"没事，没事，只是有点头晕。"共周思说。

灵心用手摸了摸共周思额头说："还好，温度不高。"

"要不我们去急诊室看医生。"朗声丽说，她也摸了摸共周思的额头，又用手摸了摸自己的额头。

"没事，没事，一会儿就好。"共周思说。

共周思说得轻松，但灵心他们倒挺担心的，他们知道共周思太累太累。

共周思缓过神来。

"我有个想法，想听听听大家的意见。"共周思声音比较轻，他们听得出，他确实很累很累，而且孤立无援！

"灵灵，我们公司申请破产行不行？"共周思好像是已经考虑了很久。

"破产？"灵心吃惊地说，她很惊讶地看着共周思。

"对，破产。"共周思没有去看她和朗声丽惊异的目光。

"我唯一担心的是灵灵和齐刚的股本，公司可能没有钱还了。"

"我的钱不用还。"灵心说。她打定主意，这次要与爸爸抗争到底，如果还不行，自己就亲自去找齐天航。

"实在不行，就把我的实验室和数据库变现，还灵灵和刚刚的股份吧。"说到这里，共周思鼻子也塞了。

可他们听到这句话，心里都是一沉，这个实验室是共周思的命根子。没有了实验室，他没有了魂。他们看到共周思很痛苦，不由得眼睛模糊了。

"思思，如果破产，也没有必要卖掉实验室，因为实验室不在公司的名下。"程颖说。

"当时，实验室是作为知识产权作价入股的吗？"共周思没有多想，只是随口这么一说，因为他对公司资本之类的没有什么兴趣。

"当时在注册时，考虑到公司的风险，没有将实验室和数据库作价投入公司。"

"程颖，你真行。"灵灵和朗声丽说。

"我不同意，思思。"赵构成说。

"还有，婷婷和知知的护理费用，这是一笔不小的开支。"共周思继续说。

"这笔费用我们基金会出。"灵心接着说。

"这笔钱，我出。"朗声丽说，她说这话是有底气的，她想，真到了那个时候，自己大不了去卖唱。

"我也出。"程颖说，"大不了我去开一家律师事务所，这笔钱我出得起。"

"我也出得起，大不了我去办一家搜索公司，这笔钱对我来说根本不叫钱。"赵构成胸有成竹地说。

听到他们的话，共周思更加感动。身边的这几个人，个个身怀绝技，他们有自己的事业，有光辉的前途，也个个身价不菲。如果不是跟着自己，他们的生活想有多幸福，就有多幸福。为了他们，他更坚定了破产的决心。

"此事因我而起，我必须还清你们的钱。"共周思说。

沉默了很久，他们并不是因为公司破产而难过，而是为共周思而难过，为共周思放弃理想而难过。

"思思，我知道你的心思。"程颖说。

听程颖这么说，大家都想听她说。他们都希望她能说服共周思不要破产，不要放弃。

"你是怕太空船项目做下去，会陷我们于危险之中，因为你不想我们重蹈婷婷和知知的覆辙。"程颖说。

共周思没有吭声。

"你还觉得对不起我们。"程颖继续说，"思思，我们可以告诉你，我们跟着你一起吃苦、受累、冒险，有时是冒生命危险，是因为我们心里都有一个和你一样的梦。"程颖停顿下来，两眼定定地看着共周思的眼睛，说，"因为我们也想为改变人类做些什么。"

"对，这是我们共同的心愿，我们无怨无悔。"灵心、朗声丽、赵构成齐声回答。

听着程颖的话，共周思再也抑制不住自己的泪水，两颗泪珠从眼睛里滚落下来，真是英雄有泪不轻弹，只是未到伤心时。他赶忙将脸侧过去，不让他们看到，他们越是让他感动，他的决心就越是坚定。他在心里说："灵灵，丽丽谢谢你们。我们的梦想，一定要实现。"说完，他便起身离开了。

"思思，还是要申请破产吗？"程颖看着共周思离去的背影又问了一声。

共周思"嗯"了一声，便径直走了。

"哇，好棒。"站在齐刚隔壁一间射击室的古总大声称赞。

齐刚看了看头顶上的影像，发现他打了十发子弹，发发击中靶心，得意地笑了笑，说："小意思。"他从小就喜欢射击，是一个射击高手。

"齐刚，我们去赛马如何？"古德说。

"没问题。"齐刚说完走出射击室,他牵过一位小姐给他递过来的缰绳,跨上高大的赤色马。他见古德骑上了一匹高大的白马,对古德说:"古总,我们去哪?"

"跟我来。"古德说完,扬鞭纵马飞奔而去,齐刚紧跟他的后面。

自从在太空船车间打了一架并输了之后,尤其是看到灵心对共周思以及对自己的态度,齐刚绝望了。他找到上次咖啡馆里遇到的奇书学的联系方式,给他发了一个耳伴。

"你好,怎么想起我来了。"奇书学说,齐刚耳伴传来了他得意的声音。

"你在哪?"齐刚没好气地问。

"有事吗,齐先生?"

"你想不想见我,不见拉倒。"齐刚不耐烦地说。

"别着急,齐刚先生。"齐刚耳伴里传来了不慌不忙的声音。

"好吧,再见。"齐刚要关耳伴。

"等等,等等,齐先生,我去找你。"奇书学看齐刚要挂耳伴,着急地说。

"我去找你。"齐刚打开脑伴,脑伴里出现了立体影像:奇书学正站在高尔夫球场上,戴着小红帽,穿着一身黄色的运动服,双手放在球杆上,旁边站着两个球童,一副休闲得意的样子。齐刚非常不高兴,他恨不得暴揍那小子一顿,但他克制着自己的情绪,没好气说,"我马上过去。"

齐刚驾驶着他的私人飞机,飞了不到一个小时就到了奇书学说的高尔夫球场,他们在球场边一个咖啡屋里见面。

"你到底是干什么的?"齐刚一落座,没等奇书学开腔便说。

"我告诉过你,我是猎头公司里专门发现全世界人才的人。"奇书学挥了挥手,一杯咖啡就放在了他的面前。

"你找我干什么?"齐刚对奇书学没有好脸色。

"我们不仅发现人才，"那小白脸吸了一口咖啡说，"还挖掘人才，而且是绝世人才。"那小白脸开始自吹自擂起来，他列举了很多世界上知名的人物。齐刚对这些毫无兴趣，他感兴趣的是他要自己干什么，有什么目的。

"齐先生，我们还会给各类人才提供一个平台。"

"你能给我提供什么平台？"

"有一个公司的老板想要你。"

"哪家公司？"

"你去了就知道。"奇书学说。

"怎么去？"齐刚说。说完，他就后悔自己不由自主地往那小子的套子里钻。

"我带你去，现在就走。"奇书学用手扫了一下台子角上的小灯付了款，见齐刚还在犹豫，便拉着他的手说，"齐先生，我现在就带你去。"

要是往日，齐刚不会轻易跟一个陌生人走，但他今天憋了一肚子的火，心一横，便不由自主地跟着他走了。

齐刚开着他的私人飞机，没飞两刻钟，便发现自己已经飞到了另一个国家。

"还有半小时，就可以到目的地了。"奇书学说。

齐刚有些后悔飞到别的国家来了，虽然他也经常到外国旅游，但那是旅游，路上也有很多伴。可今天身边就这个人，不仅不熟悉，而且还可能心怀不可告人的目的，但他鬼使神差地就听了这小子的摆布。

齐刚的私人飞机飞过一大片的森林，接着又飞过一片大海，飞过几座大山，穿过几十公里的沙漠，在耸立着千仞万壁的高山中穿行了十几分钟，终于停到了一个算是比较平坦的沙漠上。他一下飞机就有一阵风沙向他袭来。他下意识地转脸躲过风沙，但风沙刮个不停，他用上衣将自己的脸遮住才得以下飞机。一下飞机，一辆高大的吉普便接他们上了车，车上的正副驾驶座上坐了两个人。

"古老板正在那里等你呢。"坐在副驾驶座的人说。

齐刚往车外四处张望，发现车子驶过一片沙漠后，又驶过一片树林，接着驶过一座岗亭似的建筑，齐刚没有看到人，但他猜想，那里面肯定有人，说不定还是武装人员。齐刚心里嘀咕，这里好像是一个什么秘密基地。他有些好奇，也感觉到刺激，但他一点害怕都没有。

大吉普在一个门前停下，齐刚看到大门缓缓打开，里面是一片绿茵茵的草坪。再往里看是栋城堡似的别墅。他们在别墅前面下了车，大吉普就开走了。别墅的门自动开了，他和奇书学走了进去，里面还有一个院子，院子里有假山、水池和大树。沿着用碎石铺成的小路又进了一扇门。齐刚好奇的是，进这栋别墅后就没发现一个人。他从小也是在这样的别墅里长大的，家里服务人员成群，当然大多是他父亲公司的机器人。齐刚五岁时就失去了母亲，父亲齐天航一直单着。

"欢迎，欢迎，齐先生，早就听说齐天航有一个英俊的儿子，今天一见，果不其然。"齐刚和奇书学进入大厅，有个小个子男人快步来迎接他。齐刚机械地伸出手和那人握了握，他看了一眼那个人，发现他个子不高，但干练，脸有些长，额头有些高，鼻子有些大，嘴巴特别大，与其瘦小的脸板不相称。齐刚觉得，他的一双小眼睛特别犀利。

"齐先生，这就是古老板。"奇书学说。

要是一般的人，来到异国他乡，又是这么一个神秘甚至带有恐怖意味的深山沙漠之中，一定会害怕，胆小一点的，牙齿都会吓得打架，可是齐刚一点也不害怕，反而觉得很有意思。

古德见到齐刚，感觉自己找对了人，他思忖，此人堪当重任。

"古老板，千里迢迢地把我请到这里来，为什么？"齐刚一坐下便说。古德以为齐刚会先欣赏这里的景色，没想到齐刚根本就没多看一眼。他不得不佩服齐刚，到底是世界首屈一指商业帝国的公子，见过大世面，一出场就不同凡响。"齐先生，没有什么事，就是和你玩玩，听说你射击、骑马没有对手。"提到射击、骑马，齐刚眼睛一亮，长这么大，在这两样面前，如果自己是第二的话，没有人敢说第一。但齐刚心想，你们不可能找我来就是射击、骑马的，他说："古老板，有什么话就直说。"

"不急，你先住下来，我们先切磋切磋骑马、射击，再说其他的事。"古德说着，随即一挥手，两个极其漂亮的小姐就款款地向他走来。

齐刚惊叹她们的美丽，心想，这个古德到哪找的这样世界罕见的尤物，见到这样的女人，没有一个男人不动心的。但齐刚是何等人物，他一眼就看出她们是机器人。能够造出这样无比美丽的机器人，足见眼前这个古德的公司很不简单，恐怕在机器人制造方面，父亲的公司要略逊一筹了。

"我们还是说你们到底要我干什么吧。"齐刚一点都不为两个美人所动。

古德一见这两个小姐都不能打动齐刚，心里更加喜欢上了齐刚，要知道，所有到这里来的人，只要见到这两位小姐出场，没有一个不乖乖就范的。古德不禁好奇起来，今天见到的这个人绝非等闲之辈。他挥了挥手，两个绝色小姐退了下去，奇书学也会意退了下去。

"给你一个非常渴望的平台。"古德说。

"什么平台？"齐刚问。

"你喜欢什么平台？"

"你不是研究过我吗？你应该知道我喜欢什么。"

"我不光知道你喜欢什么，而且还特地为你设计了一个平台。"听了古德的话，齐刚一下子提起了神，他望着古德，希望他说下去。

古德不想这么快就和盘托出自己的计划。他转移着话题说："齐先生，你去休息一下，明天再说吧。"他又要挥手，可立即被齐刚制止住。

"古老板，别又拿你美人计那一套来对付我了。"

"美人计对你没有用，但灵心，你却是放不下。"古德说完，锐利的眼光直射齐刚的双眼。

"这……"齐刚要说什么，又马上打住自己的话。

"还有，共周思你也放不下，不，应该说不放心。"

齐刚觉得古德的话直戳他的心，但他还是不吱声。

"我可以帮你打败共周思，夺回灵心。"古德知道抓住了齐刚的要害，很得意。

打败共周思，这是齐刚最强烈的愿望。自从这小子出现，灵心就向着他，还有共周思身边的那些人，都围着他转。自己不仅被边缘化，而且自己想尽办法都融不进共周思他们的那个圈子，他们一直将自己看成一个很有钱但不学无术的纨绔子弟。

"齐先生，现在可以去休息了吗？"古德见齐刚还想说下去，但古德不想说了。他自信已经抓住了齐刚的心。

第十四章　共周思放弃太空梦做上班族

齐刚没有要古德给他的两位小姐，而是一个人按照招待人员的引导，住进了一个宽敞明亮的大房间，从这个房间可以看到前面的树林和树林背后的高山。他冲了一个澡，在房间的阳台上坐了一会儿。昨天与共周思打架擦破的嘴唇，遇水后有些火辣的痛。想起共周思，想起古德的话，再看着前面的灯光，他下决心要干一件惊天动地的事。

齐刚开始是睡不着，在床上辗转反侧，脑子里全是灵心、共周思、朗声丽、程颖这些人。

第二天一早，就有人叫他，并将他带到了古德的办公室。古德这时已是一身戎装。他看见齐刚来了，把一个包丢给了他。

"走，齐刚，我们去兜兜风。"古德说。

"去哪？"

"去射击和骑马。"

齐刚和古德两个人策马扬鞭，两匹马一红一白像是离弦的箭一样沿着赛马场飞奔起来，齐刚跑了十多圈，一时兴起，见古德远远地落后于自己，便在马背上转起来。齐刚的马术确实出类拔萃，看得赛马场的人都呆了。他们从来没有看到过如此高超的马术。要知道这两匹马是这赛马场最快的马，生性刚烈，一般的人骑上它，不被它甩下马就很不错了，何况还要在上面表现复杂的动作，就更难了。

齐刚听到场上的一阵喝彩，心里高兴极了，他又临场发挥，在马背上空翻了几个360度后稳稳地坐在了马背上，不仅在场上的人都喝起了彩，连古德也大声叫绝。

齐刚从没有这样高兴过，更没有这样被人喝彩过，他一时觉得这生活应该是他所向往的，或者说就是他喜欢的生活。他收紧了缰绳，放缓了速度，与古德策马而行。

"齐刚，你真像三国时的吕布，英俊威武。"古德说。

齐刚最喜欢别人说自己像吕布。他和古德走了一阵子，问古德："古老板，你直说，要我干什么。"

"给你一个公司，专门管理世界上绝顶聪明的科学家。就看你敢不敢。"古德说。

管理科学家，这大大出乎齐刚的意料之外。他对科学没有兴趣，对科学家更是知之甚少。他一脸懵懂地看着古德，不知道说什么好。"有点吃惊是吧？齐刚，告诉你，你别看那些世界顶尖科学家聪明绝顶，但在生活中完全像个孩子，你只要像在家管小孩那样管理他们就行了。"古德说。从他的经验来看，齐刚与小孩子也差不了多少，小孩管小孩，一定能管得好。

"他们都是些什么人？"齐刚说。

"我带你去看看他们。"古德和齐刚一起下了马，将缰绳丢给跟在他们身后的马童。

"不过，齐刚，你还有一个同等重要的任务。"古德说。

"网罗人才，扩大你的队伍。就像绝大多数公司不择手段扩大渠道和增加收入一样，你的任务就是不断增加你的人。"古德说完，指了指前面的房子说，"你管理的对象就是那栋房子里的人。"

"颖颖，你看到思思了吗？"灵心在耳伴里问程颖。

"没有，他只是在我的脑伴里发了一份授权委托书，全权委托我处理公司和他个人的资产，就再也联系不上了。"程颖在耳伴里说。

"脑伴的地址也没有吗？"

"对，我的也被他卸掉了。"程颖说。

"问过成成和丽丽吧？"

"问过了，他们也没找到思思，包括我们公司所有的人，都没有他的消息。"

"这是怎么一回事，到他住的地方去找过了吗，颖颖？"灵心焦急地问。

"他住的地方是变化的，没有固定的住址。"程颖说。

"是的，我也忘了，我们都是没有固定住址的。"灵心说。

"不会有什么其他的问题吧？"灵心又说。

"还有其他什么问题？"程颖没有灵心想得那么细，她最近忙着按照共周思的要求向法院递交申请破产的材料，焦头烂额。

"不会生病住院，没有告诉我们吧？"灵心又担心地说。

共周思病倒住院不告诉他们是完全有可能的，程颖想，但她没有多说什么，而是说："灵灵，你也不要着急，再等等，才一两天不见。"

共周思并没有失踪，上次从医院门前草坪上离开灵心和程颖他们以后，他径直去了一趟自己的实验室，在那里待了三天。自从上次太空船上使用了他这个实验室研制出来的化学元素作为辅助动力，实现了超光速的飞行之后，尽管只是实现了几百公里的突破，但毕竟验证了他的化学元素提炼方法是正确的。只是这种物质极其难找，并且合成得到这种物质也是极其少的，提炼的时间又特别长，因此，实用性并不大，只有到外星球上去才能找到富含这种元素的矿。汪行知在病倒之前，说他已找到了离地球十八亿九千六百万公里的星球上有这种矿，但是，太空船要飞这么远距离，也需要五年以上的时间。共周思苦苦地思索，如何加快太空船的飞行速度，而最关键的是提炼出K8V元素。想着想着，他大脑灵光一闪，想到了一个办法，便又和实验室的三个人研究讨论提炼方法，一连研究了三天三夜。

共周思离开了他自己的小实验室，来到了宿舍。宿舍按照他的脑伴发出的想法，变换了场景，房子比以前的大了些。他想大睡三天三夜，因为以前他从来没有好好睡过，没有了公司，没有了太空船项目，没有了重担，他感到从未有过的放松。他一连三天都在房间里，屏蔽了所有的信息，撤掉了一切与外界联系的方式。

到了第四天，共周思开始感到有些无聊。他上网打游戏，开始他学得很慢，渐渐地，他喜欢上了游戏，一路过关斩将。没多大工夫，便做了一个部落的酋长。然而也就是三天的光景，他对游戏又不感兴趣了。为了打发时间，他玩起了围棋，但仍然是两三天的光景，也不玩了。

共周思成天在自己住的房子里，一举手，想吃什么喝什么，房子墙壁就伸出什么满足他，还可以在虚构的鸟语花香的公园里散步，呼吸树林、田野的芳香，但这些外在的东西只能满足他一时的心情，他还是觉得心里有事，放不下。他想：看来自己需要找一份工作，再说，他也不能永远不和灵心他们见面吧。尤其还有舒玉婷、汪行知，一想起舒玉婷、汪行知，他内心就有一种冲动。

共周思一打开耳伴和脑伴，里面响起了一连串的"思思，听到请回复"的声音，灵心、程颖、朗声丽和赵构成的最多，令共周思十分奇怪的是竟然还有齐刚的声音。齐刚的声音出现了三次，从声音里，共周思可以听出不像是问他要钱，好像是邀他叙旧似的。最后一个是柴禾打来的。共周思犹豫是否要和他们联系。他犹豫再三还是先和程颖联系了。

程颖听到共周思的耳伴，立即赶到了共周思住的地方，她还带上了赵构成。她遵照共周思的要求，没有通知灵心和朗声丽。

"都急死我们了，思思。"程颖说。

"也是，思思，怎么和我们玩起了躲猫猫？"赵构成责怪道。

程颖和赵构成进入共周思的房间，房间里的床已经缩进地板下了，原来放床的地方出现了一个小方桌、四把椅子、几个茶杯，共周思一举手，房间墙壁上伸出了茶水，共周思给他们每人倒上了一杯。

"颖颖、成成，最近公司的事把你们累坏了吧？"共周思坐在椅子上，手里握着茶杯，他喝了一口，看着他们有些憔悴的脸说。

"是好忙，而且还烦。"程颖说，她看到共周思气色不错，想必他有什么事已经做了决定。

"颖颖，这破产的事忙完了，就会轻松下来。"共周思说。

"思思，我们一定要破产吗？"程颖说。

"你不常说，天无绝人之路，再挺挺，也许就过去了。"赵构成说。

共周思没有说什么。

"成成，你给我搜搜看，有哪个太空船公司或研究机构招人。"共周思说。

"你要去打工？"程颖和赵构成惊讶地问。

"对，出去找一份工作，比闷在家里强。"

"你这样的人，哪家公司敢要？"赵构成说。

"为什么？"共周思问。

赵构成没有回答。

"思思，你确实考虑好了？"程颖理解此时共周思的心情，但她想劝劝他考虑清楚，话到嘴边又咽了回去。

共周思看到赵构成没有给他搜，说："你不搜，我自己来。"

"行，我给你搜。"赵构成一挥手，手指一滑，他的眼前立即出现了一段有关太空的信息。

不到一分钟，赵构成说："思思，我给你筛选了二十个备选单位。"

"你说说看。"程颖说。

"第一家是国家航空航天研究所，招聘多名工程师，各种各样专业的都有。"

"不选，不适合。"程颖说。

"第二家是航空器材公司，招传感器专业，与你的专业不太符。"赵构成说。

"第三家是在航空界排名第十的公司，在英国。"

"国外的思思不会去。"程颖说。

"第四家是研究宇宙飞船引擎的，思思可以去试试。"

"还有呢？"共周思说。

"同样是一个太空研究所，不过是私人办的。"赵构成说。

"这家可以考虑。"共周思说。

"这家资金怎么样？"程颖问。

"资金有点紧，正准备上市呢。"赵构成说。

"上市是个好机会，还可以搞个原始股。"程颖说。

"还有呢？"共周思问。

"第六家是光帆研究所，比较适合你。"

"光帆，灵灵爸爸的公司也是生产光帆的。"程颖说。

"这家也可以考虑。"共周思说。

"还有呢？"程颖问。

"不用找了，就去宇宙飞船引擎研究所吧。"共周思边说边起身。

"现在就走？"赵构成问。

"对！"

"先去收拾一下自己吧，你这样胡子拉碴地去应聘不太好吧？"程颖说。

"我是去应聘，又不是去做礼仪先生。"

"好吧，我们陪你去吧。"程颖说。

"不用，我一个人去就行。再说，你们还有很多事要忙呢。"共周思说。

共周思先去了宇宙飞船引擎研究所，面试官看到他的名字，像吓了一跳似的问："你就是共周思？"

"是的。"共周思看到面试官惊异的样子，说。

"我们是招工程师，对不起，你不适合。"面试官没有理会共周思问为什么，便直接叫下一位。

隔了一天，共周思去了光帆研究所，面试官盯了共周思好久，而且似乎也想了好久，便说："共先生，你是时空折叠公司的CEO吗？怎么公司不办了？"

"对，不办了。"共周思爽快地说。

"为什么？"面试官好奇地问。

"办不下去了。"

"我们看过你驾驶太空船独闯太空的立体影像，那么先进的太空船，怎么就不做了呢？"

共周思不想多说什么。

"共先生，我还是劝你把你的太空船做下去，到我这里来是太屈才了。对不起，我们不能招你。"

共周思见面试官这么说，也不想说什么，便离开了光帆研究所的面试现场。

碰了两次壁，共周思反思了一下自己，他剪了一下过长的头发，刮掉了胡须，到服装店买了一套西装，配了一条紫色的领带，而且还认真地做了一些功课，整理了一些资料。他走出房间上了楼层通勤车。通勤车载着他东拐西拐停到了电梯旁，上次是二十层，这次是三十五层。他下了电梯，又上了楼层通勤车，通勤车将他送到了马路旁，他一挥手，便上了自动驾驶出租车。他上车后说了一句："飞船动力研究所。"

飞船动力研究所在南郊，从共周思住的地方去那里有段路程，共周思坐着车子出了城。他从车内往外看，看到路两边挺拔的白杨树，心情从未有过地舒畅。

突然几辆救护车挡住了道路，自动驾驶系统告诉他："先生，前面发生交通事故，堵两公里，估计至少要两个小时才能疏通。是不是需要找其他的路去飞船动力研究所？"

"可以。"共周思说。

车子很快上了另一条路，路上的车子不多，出租车跑得飞快。

"还有多少时间？"共周思看了看表问。

"还有15分钟。"

"能不能再快点。"共周思着急地问。他心想，如果15分钟到，要迟到三分钟。

"对不起先生，这里限速100公里。"

共周思看了看路边的限速标志，才知道这是一条限速公路，他无奈地摇了摇头，好不容易等车子停了下来，发现距离研究所大门还有两公里。他看了一下表，只剩下三分钟了。他急得跳了起来。为了赶时间，他要穿过一片绿茵茵的草坪，草坪旁边上"禁止踩踏草坪"的牌子也没注意。当他跑过一半草坪的时候，一个管理员冲了上来拦住了他，共周思管不了那么多，他绕过管理员往研究所跑，但还没跑出几步，又被管理员给抓住了。共周思拼命想挣脱，但管理员死死地拽住他说："先生，你没有看到那牌子吗？"

共周思停下来看了看管理员手指的方向，看到了"禁止踩踏草坪"的牌子。

"罚款一百元。"管理员拿出了罚单。

共周思立即掏钱，可是口袋里没有钱，可能是今天换了衣服没有带钱，他只能说："我没钱。"

"没钱不许走。"管理员不让共周思走。

"我转给你吧。"他一挥手，从他的脑伴里转给了管理员，共周思转完钱，便又往研究所方向跑，刚跑了几步，又被管理员喝住，要他往回走，共周思只能折回去。也许是因为太急，在往回跑出草坪时，被草坪的小栅栏绊了一跤，将新买来的裤子臀部的线给拉开了，他心想："糟了，这怎么见人？"他看了一下四周，还好，除了管理员，没有其他的人，他便继续向研究所的大门跑去。

当共周思走到面试室的时候，面试官们刚刚离开。

"先生，你是来应聘的吗？你来晚了，面试结束了。"一个正在打扫面试室的工作人员对他说。

"怎么就不能等等呢？"共周思轻声地说。

三个单位的面试都不顺利，共周思感到有些气恼，没有办法，他只能在脑伴上搜。他抱着试一试的想法，找到了一家《太空惊奇》杂志社，这家杂志社是一栋独立的大楼，环境不错。共周思没有像前几次那样进行面试，而是去杂志社的研究所见了一个负责人。他们聊了不到十分钟，负责人就说："你明天来上班吧。"

第二天，共周思便去了《太空惊奇》杂志社上班。一上班，那位负责人就给他发来了一大堆邮件，要他对邮件里有关描写太空的所有作品进行科学原理和逻辑评价。这是他感兴趣的，他全神贯注地工作起来。

共周思很快就适应了杂志社的工作，没多久，他开始喜欢上了这里的工作，因为杂志社的那些科幻作品让他脑洞大开，他不仅与作者有共鸣，还深深地为作者的想象所折服。如果将来还能从事太空事业，这份经历对他一定是非常有帮助的。

第十五章　齐刚收购时空折叠公司

日子一天一天地往前走。法院已经受理时空折叠公司的破产申请材料，程颖的任务也告一段落。她离开时空折叠公司，自己办了一家律师事务所。她选择了一个离市中心比较远的地方，竖起了她的律师事务所的牌子。她的律师事务所的名字叫"飞名智能律师事务所"，挂牌的那一天，她请了共周思和灵心、朗声丽、赵构成他们来一同祝贺。灵心、朗声丽、赵构成都来了，还有时空折叠公司的中层管理人员以及工程师都来祝贺了，唯独共周思没有出来。在那次的挂牌仪式上，灵心一连问了程颖好几次请没请共周思，共周思为什么没有来。看着灵心那着急的样子和日渐憔悴的面庞，程颖差一点将共周思的情况告诉她，但她想起共周思的嘱咐，终究是没有告诉灵心共周思的情况。她不知道共周思为什么这样做，他这样做，对灵心来说太残忍。

赵构成成立了一家"索索索"大数据公司，他没有办公室，而是在他的脑伴里注册，并发布了消息。

灵心、朗声丽还是热衷于她们的慈善事业。

"灵灵，还是没有思思的消息吗？"朗声丽看着灵心每天魂不守舍的样子，茶饭不思，人也渐渐消瘦了不少，很心疼。

"灵灵，非洲孤儿院那里人手不够了。"朗声丽见灵心没有回答她的话，估计是灵心昨天看到共周思的名字心里难过，便故意扯开了话题。

"联系非洲那边的机器人公司，再派一些机器人过去就是了。"灵心见朗声丽想说什么又没说，"是不是资金有困难？"

灵心平时不大管资金的事，资金事务基本上都是朗声丽管，但朗声丽一般不大开口向灵心要资金。但这次灾难，儿童病人增加，医疗支出剧增，导致基金会的资金难以周转。以前，如果资金一时周转困难，灵心父亲的慈善基金可以调拨一部分应应急，但自从灵剑柔坚决要撤资的事发生之后，父女俩就闹翻了，灵心就再也没有回过一趟家。

灵心看到了朗声丽欲言又止的样子，知道资金出了问题。灵心想，这资金怎么像传染病一样，从时空折叠公司传染到了基金会，自从灾难发生后，社会的捐助也迅速减少，如果这样下去，有些孤儿院就要关门了。

"实在不行，只能卖掉我的一些版权了。"朗声丽说。

"你的版权已经卖掉不少了，这也不是长久之计。"灵心说。

"先应当前的急再说吧。"

资金方面是一个问题，但灵心目前的困难中，最让她寝食难安的是共周思的安危，十多天不见人影，会不会凶多吉少？

一晃一个星期又过去了。这天，共周思刚在办公室里坐下，他的顶头上司、项目负责人凯轩，带着一个人走了进来，凯轩对共周思说："这是我们杂志社社长。"

"我叫刘益。"

共周思看到的是一个有气质的中年男子，中等身材，浓眉大眼，嘴唇棱角分明，说话的语气平和亲切。他坐在共周思的对面说："你的名字不叫张山，真名是共周思，对吗？共先生。"

共周思为了应聘，改了自己的名字。来这里才一星期，他们是怎么知道自己的名字的。他看到对面的刘益没有什么恶意，便说："是的，我的真名叫共周思。"

"赫赫大名的共周思，能够生产出超光速的太空船的传奇人物共周思，坐在这个小小的阅读房里，真是太委屈你了。"刘益和蔼地说。他见共周思没说什么，便又说，"这也没什么，英雄也有落难的时候，共先生，想不想东山再起？"

共周思还是没有说话。

室内静了一会儿。

"不要紧，共先生，你再考虑考虑，过几天我们再聊。"刘益说完便与项目负责人凯轩走了。凯轩走到门口时，转过身对共周思说："我们社长认识很多朋友，而且非常乐于助人。"

共周思没有把他们的建议放到心里。

"算子，最近很忙是吧？"齐天航对站在身边影像里的舆情总监果算子说。他的语气平静，但脸色并不好看。

"共周思那小子去《太空惊奇》杂志社上班去了。"果算子说。

"已经上了多少天的班了？"齐天航的语气仍然平静。

"已经一个星期了。"舆情总监的额头上沁出了细小的汗珠。

"一个星期才告诉我。"

"我认为这不是什么要紧的事，所以就没有向您报告。"果算子有点沉不住气了。

"我不是说过，一切与时空折叠公司有关的事都要及时告诉我吗？这当然包括共周思。"

"是的，我以后一定将共周思的一举一动及时向您报告。"果算子见齐天航的脸没有再沉下去，喘了一口气说。

"时空折叠公司的其他人呢？"齐天航继续问。

果算子一一做了汇报。

"齐刚也已经离开了那家公司，只是他的股本目前要不回来了。"果算子看了看齐天航的脸色不像刚才那样难看了，便又说，"灵心的股本也要不回来了。"

"其他股东的本钱都要等着法院将时空折叠公司的资产拍卖了才能拿回一部分。"这时，法务总监的影像也站到了齐天航的办公室。

"你们调查过时空折叠公司，如果将公司的资产全部拍卖，能偿还多少股本？"齐天航问。

"我们测算了一下，明确地说，只能偿还三分之一。"法务总监说。

"他们还有资产吗？"齐天航盯着舆情总监的眼睛问。见到齐天航盯着自己问资产的事，茫然不知如何回答。他将脸转向法务总监，意思是说：这应该由你来回答。

"还有共周思的实验室和数据库没有算进去。"

"为什么没有算进去？"齐天航说。

"因为那不是时空折叠公司的资产。"法务总监回答。

"是谁的资产？"

"属于共周思的个人财产。"

听到法务总监这么说，齐天航没有说下去，而是转移话题："大家知道我们公司最缺的是什么，最不缺的是什么？"大家都不作声，舆情总监果算子说："我知道我们公司最不缺的是什么。"

"最不缺的是什么？"法务总监问。

"是钱。"舆情总监说出这句话，脸上露出得意的笑容，先前被齐天航逼问的紧张脸色一扫而光。

"这是明摆着的事，没什么好回答的。"这时，太空情报总监陶季的立体影像也进到了齐天航的办公室。

"最缺的是什么？"齐天航继续问，他对前一个问题的回答不置可否。

"最缺的……"站在办公室立体影像中的人在努力思考着，他们都希望很快找到正确的答案，并且第一个说出来。

"最缺的当然是人才啦。"技术总监也进来了。

"这也叫答案吗？"几个人齐声说。齐天航没有说话。

"你们好好想想，如果我们公司有共周思、赵构成他们这样的人才，他们最先进的隐形材料也造出来了，超光速的'跃迁'引擎也有了，不是人才是什么？"法务总监说。

人才决定一切，人才是财富，这是很浅显的道理，齐总不会问这么简单的问题，他一定另有深意，他们都叹服齐总的眼光和远见卓识。大家都沉默了，办公室里静静的。

还是技术总监的胆子大一些，她说："齐总，我们愚笨，都想不出我们公司最缺的是什么，我们觉得好像什么都不缺。"

"是啊，齐总，我们公司什么都不缺，要钱有钱，我们公司的货币可以在世界流通，要人有人，我们可以满世界地招人挖人，尤其是齐总您爱才，我们公司汇聚了全世界最顶尖的人才。"太空情报总监说。

齐天航看着手下这帮人，在众人眼里，他们可是精英中的精英，可齐天航看不到这些人有什么过人之处，都是一些泛泛之辈。他觉得他们的回答平庸，非常平庸。他居高临下，高屋建瓴地说："我们最缺的是控制力。"

"控制力？"在场的人听了惊叹地说。但他们心里与齐天航的说法正好相反，他们公司一直都不缺少控制，紫光公司自己就可以制定规则，就拿太空来说，政府颁发的飞行许可，必须要紫光公司签字。在这个世界上，在他们的感觉中，没有齐天航办不到的事。控制力，我们缺吗？更说不上最缺。

齐天航见他们不理解，便有些伤感地说："你们不明白呀，不明白。"

"齐总，您给我们说说，我们笨，理解不了您深邃的思想。"

齐天航没有直接去回答他们的话，而是说："如果，我们能控制共周思的公司，多好啊。"齐天航说完，关上了他们的立体影像。立体影像在他的办公室消失后，他想了想，又打开了舆情总监果算子的立体影像。

"齐总，我明白您是什么意思了。"舆情总监以为齐天航叫他出来是问对公司为什么最缺控制力这个问题的理解。

齐天航本来是不想再提这个问题的，他没刨根问底的习惯，对于下属，他从来只说前半句，下半句由他们自己去理解和琢磨。见舆情总监要说他的理解，他倒想看看这个自以为最聪明的人会说些什么。

"我的理解是，我们将共周思的公司并入到我们公司，不就是控制了这家公司吗？齐总，还是您伟大，站得高看得远。"舆情总监谦卑地说。

听到果算子这番话，齐天航既高兴又不高兴，他转换话题说："算子，我问你，我儿子刚儿现在在干什么？"

"刚刚？他为了去查看共周思的太空船的引擎是不是我们公司的，和共周思打了一架。"

"与共周思打了一架？"齐天航听说齐刚打架，而且还是和共周思打架，大吃一惊，"哪个打赢了？"

"刚刚让了共周思，吃了一点小亏。"舆情总监说。

"就是打输了。那他现在干什么？"

"前几天有人看到他驾驶着他的私人飞机飞越边境了。"

"他出国干什么？"

"不知道，可能是玩去了。"

"从小游手好闲，不干正经的事。"齐天航说，他想了想，对果算子说，"就叫他去收购时空折叠公司，代表我们的紫光公司。"

"齐总，这是一个好主意。齐刚是您的儿子，自己人。"果算子说。

齐天航一挥手，可是齐刚并没有出现，他挥了几次手，齐刚的影像就是没有出现。

"齐刚这小子，到哪去了，你去给我找回来。"齐天航交代舆情总监。

第十六章　大量机器人死亡

齐刚现在的身份是猎头公司的总裁，古德给他配了一位助手叫陈晓。这人粗看长得还行，个子不高不矮，身材不胖不瘦。但细看，就发现额头小、眼睛小、鼻子小。

"丽丽，晚上有空吗？我请你喝咖啡。"齐刚出任猎头公司总裁后第一个要找的人就是朗声丽，这个世界著名的歌唱家。齐刚记得古德交代他的话：我们要找的就是那些身怀绝技而又处境不佳的人，朗声丽符合这个条件，因为她在歌坛声名显赫，却在基金会默默无闻地干些侍候病人、孤儿的活。朗声丽平时和齐刚也说得来，将朗声丽挖到他们的公司，齐刚认为还是有把握的。

朗声丽看到了齐刚的立体影像，看到了他身边的陈晓，这个人，朗声丽从来没有见过。

齐刚看到朗声丽看了陈晓一眼，明白朗声丽的意思，说："这是我的助理，陈晓先生。"

"你现在有助理了？"朗声丽随意地说。她正在与基金会工作人员交代工作："你把我的这个专辑拿去，看看能卖多少钱。"

齐刚听到了朗声丽的声音说："丽丽，你卖你的专辑干什么？"

"基金会缺资金。"

"缺钱找我呀。"齐刚说，他见朗声丽没有接他的话，继续说，"丽丽，晚上出来我们坐坐，我可以解决你的基金会的资金问题。"

"还是找你那富得流油的老爸？"朗声丽说。

"根本不需要我老爸，要知道，我现在的身份是星探猎头公司总裁，我认识很多有钱的人。"

朗声丽听说能解决基金会的资金问题，这是目前灵心最头痛的问题，便说："行，在哪里？"

"就在离你们基金会不远的'迪迪'茶室。"齐刚高兴地说。随后，他又交代了朗声丽一句，"千万别告诉灵灵。"

晚上下班后，朗声丽稍事打扮整理了一下，换了一套体现女孩子朝气的衣服，来到了齐刚约她的茶室。

齐刚已经坐在那里，他的那位助理没带来。齐刚见到朗声丽先是与她拉家常，并没有和她说及时空折叠公司破产的事。

朗声丽听齐刚说让她做公司的形象代言人，笑了笑。以前有很多公司通过各种渠道找她，想让她做公司的形象代言人，她一律谢绝了。这些情况齐刚是知道的，今天，齐刚相邀提起此事，朗声丽不明白齐刚的用意。

"丽丽，我知道你以前拒绝了很多世界大公司形象代言人的邀请，但我说的这家公司，开的价非常高。"

朗声丽不置可否，没有说话。

齐刚见朗声丽不说话，又说："薪酬是以前那些公司的十倍以上，丽丽，你们目前不是很缺钱吗？比卖你的专辑更赚钱。"

酬劳确实是非常高，而且基金会又缺钱，确实够诱人的，但是她已经答应过赵康尔，不做与慈善无关的事，她没有对齐刚的话表态。

"丽丽，还有一家公司想成立一家慈善基金会，想找一个基金经理，从事与你现在一样的工作，也是办孤儿院，帮助那些失去父母的孤儿。"

"哦？那好啊，找到人了吗？"朗声丽说。

"我打算推荐你去。"齐刚说，他见朗声丽对这个感兴趣，就继续说，"丽丽，你跟着灵灵也有五六年了吧，每天任劳任怨地工作，那么辛苦。"

"我愿意。"朗声丽说。

"我知道你愿意。但你有没有想过自己独立开展一番慈善事业？"齐刚说。

自己独立开一家慈善基金会，她以前是想过，但那只是一个闪念，从没有多想，今天听齐刚这么说，倒想得时间长了一点。

齐刚看到朗声丽有些动心，便说："你不可能一辈子跟着灵灵吧。再说，你如果单独成立一个慈善基金会，与灵灵从事一样的事业，客观上也是帮了灵灵的忙，两全其美的事，何乐而不为呢？"齐刚为自己临时想到这些话，而且还能打动朗声丽，有些窃喜。他发现自己光顾着说话，两个人在茶室里干坐着。他按一下茶桌上的一个蓝色的灯，茶桌上立即出现了茶单。

"丽丽，你喜欢喝什么茶？"齐刚问，"来一杯龙井吧。"

"随便。"朗声丽说。

齐刚点了一下茶单，两杯龙井就从墙壁伸出来。

"如果你同意的话，我就给你介绍到那家基金会去。"齐刚给朗声丽送过去一杯茶说。

"等等，刚刚，你跟灵灵说过了吗？"朗声丽说。

没想到朗声丽会让他问灵心。他停了一会儿说："还没有和她商量。如果你没有意见，如果你要我和她说说，或者说灵心不同意的话，我做做她的工作是可以的，她也应该让你展示自己了。"

"让我和灵心商量一下。"朗声丽说完停顿一下，想了想说，"多好的一家公司，我们思思、灵灵花了多少心血，太空船都造出来了，说破产就破产了。"

"现在思思在干什么？我给他发脑伴，没有回复。"齐刚说。

"他自己打工去了。多可惜。"朗声丽说到这里，便责怪齐刚说，"刚刚，应该怪你，逼着思思还你的股本，你缺那点钱吗？"

"我也没有办法，是我家老头子逼着我干的。"齐刚这话倒是真的。

"你就不能和你老爸谈谈吗？让他缓缓。"朗声丽说。

"我家老头子从来说一不二，没人能收回他的话。"

"就是亲儿子也不行吗？"

"我？不敢。"齐刚说的是真话。

"灵灵也是为撤资的事与她爸闹翻了。她已经几个星期没有回家看她爸了。"

"都是独裁者。"齐刚说，"丽丽，思思现在是在哪里打工？"

"在《太空惊奇》杂志社上班。"

共周思在打工，他听了心里开心，你共周思也会沦落到打工的境地，你看我，现在是总裁，管理好几十人，而且都是世界顶尖的科学家，论学术和才华远在你之上。

"刚刚，去另一家基金会的事，我看就算了。灵灵现在是困难时期，我不能在这个时候离开她。"

刚才齐刚还以为朗声丽会松动，如果自己再进一步做工作，估计朗声丽会同意到那家他自己杜撰出来的基金会。他没有想到朗声丽对灵灵一片忠诚，别人难以动摇。

齐刚沮丧地说："丽丽，你也先别拒绝，能不能考虑一下。"他见朗声丽只是笑笑，没有反应，又说，"丽丽，你就算帮我一个忙行吗？我刚当上猎头公司的总裁，第一件事就干砸了，多没面子。"齐刚的声音有些在哀求了。

看到齐刚这近乎向她哀求的样子，朗声丽似乎动了恻隐之心。但她马上还是拒绝了齐刚的要求，因为他提的两件事违背了她的原则。朗声丽起身，对齐刚说："刚刚，对不起，我帮不了你。"

"丽丽，你再考虑考虑。"齐刚还不死心。

"还有，刚刚，刚才我说思思在外面打工的事千万不能跟灵灵说。"朗声丽走了几步，又转身对齐刚说，她已后悔和齐刚说了共周思的事，因为程颖告诉她共周思打工的事时，对朗声丽千叮咛万嘱咐，不要和灵灵说。

齐刚听到朗声丽最后的话，心中一喜。共周思和灵心有嫌隙，这也是今天找朗声丽最大的收获了。齐刚看看朗声丽离去的背影，心里狠狠地说："到时候你们一定会来求我的。"

"刚刚，你让我好找啊。"齐刚准备用手指点一下茶桌上的买单按钮，紫光公司的舆情总监果算子坐在了他的对面。

"你好，果总监，找我干什么？"齐刚没好气地说，他不愿理睬果算子，这些人都是他父亲的走狗，他离开茶桌。

果算子见齐刚执意要走，便拉着齐刚的手说："刚刚，坐下，是你父亲要找你。"舆情总监说。

"我爸找我，肯定没好事。"齐刚想，但他还是坐了下来，对果算子说，"什么事，你快说。"

"你爸要你接收时空折叠公司。"

听到接收时空折叠公司，齐刚来劲了。那就意味着共周思是他的下属，还有灵心、朗声丽都得听他的，这是一个好事，可是他转念一想，没有那么简单的事，老头子从来对他都是不放心。

"你爸爸的意思是将时空折叠公司并入我们的紫光公司。"

"并购？"

"对。"

"而不是让时空折叠公司破产？"

"对，只是交换一下法人代表而已。"

"将共周思的法人代表换上我？"

"没错。"

"这有什么难的？"齐刚说。他想，共周思现在就不想干了，何况，时空折叠公司已经负债累累。

"你的任务不仅是接收时空折叠公司，更重要的是接收共周思，不能让他离开时空折叠公司。"

"让他为我服务？"齐刚先是高兴，后是摇头，说，"这几乎是不可能的。"齐刚想了一下又说，"既然将时空折叠公司并购到我们紫光公司，要共周思干什么，他的太空船不是也被我们收购了吗？"

果算子看着齐刚，心里说，这个齐天航唯一的儿子，真的是一点都不了解自己的父亲。

时势变化真快，不到一个月的时间，齐刚就从一个无所事事，每天只是打打枪、骑骑马的闲人变成一人身兼两份重任的要人。他一下子觉得自己高大起来。他不知道这两个重担的难度，也不知道这两个重任的利害关系，但他觉得自己非常重要。他对果算子说："要我怎么干？"

"具体怎么干，会有人告诉你。"果算子一挥手，齐刚眼前的影像中出现了一位小姐。这位小姐长得非常好看，而且非常有气质。他十分好奇的是父亲给他派了一位女秘书，以前老头子很少让他接触女性，对他说得最多的是灵心，把灵心看成是他的儿媳妇。他和灵心也确实到了谈婚论嫁的地步，如果不是共周思的出现，灵心没准已经成了齐天航的儿媳妇。

齐刚等面前影像里的小姐消失后，说："怎么给我派了位小姐，我不要。"

"女的不要，就给你派一个男的。"果算子说完，齐刚的眼前出现了一个英俊的小伙子，齐刚一看就喜欢上他了，说，"这个我喜欢。"

"好，刚刚，具体怎么收购时空折叠公司，你的助理会告诉你。"

"他叫什么名字？"

"他叫尚尊。"果算子说完便离开了茶室。

现在的齐刚身兼两大使命，一个是收购时空折叠公司，另一个是将共周思留在时空折叠公司，做自己的下属。后一个非常难完成的使命，他能做到吗？

柴禾最近真的很忙很忙，忙得简直是脚不贴地。上次两个被停止的机器人，被管控在一个秘密的屋子里，24小时有人看守。可是，不到二十四时，又在南郊发现了三具机器人尸体，这次不是被停止，而是被终止了。没过几天，北郊又发现了五具机器人尸体。可是，没有一家公司报案。按照现行的法律，机器人就像人一样有身份证明，有出生地。换句话说，世界上有多少机器人是有数据可查的，就像人一样，如果死亡了，死者是谁，警察局是可以查到的。大多数情况下，机器人死了，是会有人报案的。可这次十个机器人的死亡，没有任何公司和个人报案或发声明。

按说十具机器人尸体算不了什么大案，但这消息被一个小报的记者披露了，还引起了不小的震动。人们关心的不是机器人的死亡，而是这些不明身份的机器人的死因。这个社会，人们已经十分依赖机器人了，如果机器人也像这次灾难那样，成千上万地死亡，那对人类来说也是灾难。

因此，小小机器人死亡的事件，又变成了公众担心的仅次于这次大灾难的事件了，警察局的压力与日俱增，柴禾都要崩溃了。

令柴禾欣慰的是，环保总署和卫生总署专家传来了好消息，这次大灾难不是核辐射引起的，而是神秘的电磁辐射引起的，而且范围基本上确定在靠近西南边境方圆1000公里的范围。而高斯市是离边境最近的大城市。平时，大家对电磁辐射的危害虽然逐渐有些认识，但也仅仅是谈论而已，没有引起足够的重视。但是经过这次灾难，病人成倍地增长，环保总署和卫生总署调查结果一公布，电磁辐射成为世界公害了。而对于这么一个公害，有一名专家在媒体上提出了"磁霾"这个名词，就像以前的雾霾那样，但是比雾霾更严重，更能置人于死地，更难治理。这减轻了警方的舆论压力。但科学家离奇失踪的事一直还没有头绪，不仅没有头绪，消停了一两个礼拜的失踪案，现在又出了一起。

这天柴禾的办公室出现了两个女子。

"我爸爸已经不见有一些日子了。"那位年轻的女孩说。

"我们找遍了所有他可能去的地方，也问了可能认识他的人，都没有见到他。"

"你爸爸是从事什么工作的？"

"我爸爸是一位物理学家。"女孩显然很焦急。

"有工作单位吗？"柴禾问。

她们沉默了一会儿，显然是女孩的母亲说："原来在一家物理研究所，后来辞职在一家公司的研究所做事，后来又辞职，自己做研究。"

"他具体研究的是什么？"柴禾问。

"具体的我也不太清楚，只是听我爸爸说是搞什么高能物理的。"

"高能物理，能不能说得更具体点？"柴禾说。

"我爸爸从来不对我们说他的实验，他的实验室也不许我们靠近。"

又是一个搞物理的科学家失踪，更加引起柴禾的重视，要知道，高能物理有可能与武器的研究有关。

"能不能带我去他的实验室看看？"柴禾说。

"行的。"女孩说。

第十七章　离奇的案发现场

　　柴禾和那母女俩上了车。失踪科学家的实验室离得很远，在城市郊区的一个农场里，如果不是她们母女带路，是很难找到的。这是个隐藏在一片甘蔗地里的建筑物，实验室场地很大，有十几亩地，基本上都是平房，周围是两米多高的围墙。

　　"你们经常来这里吗？"柴禾将车停在围墙的前面，他下车后看看周围，问，"进去过吗？"

　　"我爸爸从来不让我进去。"女孩说。

　　"也不让你母亲进去吗？"

　　"我只进去过一次。"女孩的母亲说。

　　"今天两只狗怎么不叫了呢？"女孩说。

　　"以前这里有狗吗？"

　　"以前有两条狼狗把守大门。"

　　"是啊，我们前几天来找他的时候，这狗还在呢。"女孩的母亲说。

　　"这里你不来，怎么知道你爸爸就是失踪了呢？"柴禾对女孩说。

　　"因为不管我爸爸多忙，他每天都要用耳伴给我发条消息，问问我的情况。"

　　"每天？每天什么时候？"

　　"每天，时间没有规律。"女孩说。

　　"这五年，天天如此。"女孩的母亲说。

　　"给你发吗？"柴禾问女孩的母亲。

　　"发得不多。"

　　"都说些什么呢？"柴禾问。

　　"问个好而已。"女孩的母亲说。

　　他们推门进去，走进院子，母女俩惊呆了，她们昨天还看到的机器设备，一夜之间全没了。

"怎么是空的？"柴禾说。

"一夜之间，那么多的机器设备搬到哪里去了呢？"女孩说。

"昨天还在这里？"柴禾问。

"昨天我和妈妈最后一次来这里找父亲时，这里满屋都是机器设备。"女孩说。

"平时，你爸爸就一个人在这里做实验吗？"

"有不少的机器人为他工作。"

"连机器人也不见了。"柴禾说，他感觉到这个案子不同寻常，他和母女俩将十几栋房子走了一遍，没有发现任何的机器设备，连一个螺丝钉都没有看见，而且房子里地面上干干净净。

"史时，你把刘刘立即叫到北郊的一个农场来。"柴禾感到问题的严重性，他向局里的调度发了一个耳伴。

"柴警官，刘刘正在处理超市被抢的案子呢。"柴禾的耳伴里传来了值班警察史时的声音。

"我不管，你叫他立即开直升机到我这里来。"柴禾严肃地说。

"是罗局长叫他去的。"

"我不管那么多，我有警察局的最高授权，请你立即执行我的命令。"随后，柴禾将授权编号发给了他，报完授权编号，又在耳伴对史时说，"请你通知监侦部，立即对这里方圆100公里的区域进行封锁，耳伴里有我的位置。"

"好的，柴警官。"耳伴里传来史时的声音。

"对不起，我前面忘了问你，你爸爸的名字叫什么？"柴禾确实忙忘了，连起码的办案常识也忘了。

"我爸爸叫司徒师。"女孩说。

听完女孩说的名字，柴禾的脑伴里立即出现了司徒师的头像以及他的简历，与其他失踪科学家的共性也是工作不顺，思想行为荒诞不经。不同的是，他们每一个人都有与别人不一样的世界观，这个司徒师认为人类对地球巧取豪夺，总有一天地球会报复人类，人类唯一可以救自己的是脱离地球。他的这种观点，在他年轻的时候说得最多，参加工作的前三年就很少说了。他从研究所实验三室主任的岗位上离开后，就变得沉默寡言，以致之后离开了研究所。司徒师的学术造诣方面，简历上只是说他在物理学研究方面有极高的天赋，尤其在高能物理方面。

柴禾看完司徒师的简历，敏锐地感觉到这里肯定隐藏着一个阴谋。

"隆隆"的声音由远而近，一架武装直升机停到了离柴禾几米远的地方，从直升机里跳下六个人，前面一个穿着便衣，而后面五人都是全副武装。穿便衣的跑到柴禾的面前敬了一个礼，说："柴警官，罗局长叫我向你报到。"

"我不是叫刘刘来吗？怎么来的是另外一个人，这个人根本不认识。"柴禾心中嘀咕。

"我叫王虎，属于特警队的。"

"请你对围墙里的房子实行警戒。"柴禾说完，就叫那母女俩上了他们来时的车，他听到王虎的声音："柴警官，要警戒多久？"

"你们听罗局长的命令吧。"柴禾关上汽车的窗玻璃，汽车"吱"的一声开走了，车子后面扬起一阵灰尘。

可是，车子还没有开出去十分钟，柴禾又将车子开了回来。他见王虎已将他们六个特警分成了三个小队，围着围墙进行巡逻，他对王虎说："王队长，把你的人撤了吧。"他本来就没有叫特警来，这个时候叫特警来起不到任何作用。

"撤掉？"王虎说。

"对，撤掉。"柴禾说。

"行，撤掉就撤掉。"王虎对其他六个人说，"撤。"很快，他们就上了直升机，没多一会儿就消失了。

特警们走后，柴禾先是围着围墙勘查起来，这么多设备、仪器，听这母女俩说，少说也有上百吨，在一夜之间运走，肯定是用机器设备运走的，没有起重机，光靠人是不可能一下搬走的。既然是用了机器，就不可能不留下痕迹。他仔细地查看，希望能找出蛛丝马迹。可是，还是没有找到一点点线索。柴禾看了看天上，心想，全部从空中运走？他感叹地对自己说："最近真是离奇的事越来越多。"

"柴警官，你弟弟的案子明天上午10点审判，你能来吗？"柴禾的耳伴里传来了程颖的声音。

"明天，我一定去。"柴禾说。

"柴警官，我们发现了一个神秘的电磁波。"柴禾的耳伴里传来了另一个人的声音，这个在他耳伴里说话的人是他的一个线人。柴禾有很多线人，分布在各行各业。这个线人叫伯史中，是一个网络爱好者。

"你跟踪了吗？"

"这个电磁波非常诡秘，很难跟踪。"伯史中说。

"你找不到它，找我干什么？"

"柴警官，不是我找不到，要想找到它，代价很高。"伯史中说。

"你不就是要钱吗，小子，告诉你，找到那个电磁波，而且对我有用，我才会付钱。"

"你总是那么抠，没趣。"伯史中说完就挂断了耳伴。

"思思，明天法院审判柴警官弟弟的案子，你能来吗？"共周思眼前的立体影像中，程颖在她律师事务所的办公室整理着满桌的材料。她担心地说，"我对明天的案子心里没底。"

"颖颖，你一定能行，上次帮我要回实验室和数据库的官司，你做得非同凡响，在法律界引起了轰动。"共周思鼓励她。

"那是经济方面的案子，是我的长项，而且运气好，碰到了一个非常好的法官。明天是刑事案子，对刑事案，我吃不准。"

"法律都大同小异，主要是逻辑关系，讲究的是证据和事实。颖颖，我们都会帮你。你先叫成成帮你搜索一下案例，或许对你有帮助。"

"好的。"程颖听到有他的帮忙，立即信心倍增。她一挥手，赵构成的影像立即出现在她的面前，赵构成正在和他的一个客户交谈。赵构成在影像中说："颖颖，最近忙吗？"他看到共周思也在影像里，又对共周思说："思思，你在杂志社工作挺轻松吧？"

"不错，这里是一个富有创造性的地方，每天都能接触到许许多多奇异的想法。"

"你喜欢有想象力的工作。"赵构成说。

"成成，有一个刑事案件，是柴警官弟弟涉嫌杀人案，你帮他收集一下古今中外这方面的案件。搜集完了，将资料发到我的脑伴上。"共周思说，"别忘了，再用你的各种手段，搜集颖颖委托人的证据，不管是对颖颖有利还是没利的。"

"我现在就搜。颖颖，你把案子的材料发给我。"赵构成说。程颖将柴禾弟弟涉嫌杀人案的资料发到了赵构成的脑伴上。

"这是小事一桩，思思、颖颖，我一个小时以后发给你们。"

"好的，我等着。"

"还有，颖颖，把你的辩护词和对方辩护律师团队的资料发给我。"共周思说。

"好，我现在就发给你。"程颖说，"成成，我也发一份给你。"

"好的，颖颖。"

共周思、赵构成他们忙着看程颖发给他们的案子材料。

"颖颖，你好，大律师。"程颖正在修改辩护词，耳伴里传来了齐刚的声音，同时，她的身边也出现了齐刚的立体影像。

"齐刚，找我有事吗？我现在正忙着呢。"程颖对齐刚最近的表现没有一点好感，以前，她认为他只是游手好闲，不务正业，但现在他就是一个可憎的小人。

"大美女，不要拒人于千里之外，我们以前还一起创过业，还都是时空折叠公司的股东呢。"

齐刚是哪壶不开提哪壶。程颖立即一挥手，关掉了脑伴，齐刚的立体影像立即消失了。

可是没过一会儿，程颖的耳伴又传出了齐刚的声音："大美女，别急，让我把话说完，否则，我就将共周思现在在哪上班告诉灵心。"

听齐刚这么一说，程颖只得说："你是怎么知道的？"

"思思是个大活人，这有什么难的？这事只有像灵心那样只知道做慈善事业，极其单纯的人才不知道。你们也够狠心的，让灵心一个人承受相思的煎熬。"

齐刚今天还是说了一句人话，是否告诉灵心共周思的事，她也确实为难，看到灵心的痛苦，于心不忍。可想起共周思的嘱咐，又不能说。程颖认为还是要告诉灵心共周思的近况，她已经邀请了灵心和共周思一同参加法院的审判，到时可以让他们两人见一面。

齐刚见程颖没有说话，便又和程颖连上了脑伴。

"颖颖，我爸爸决定不撤资了，而且还要注资，这是好消息吧？"听到齐刚这么说，程颖当然很高兴。如果齐刚不撤资，还要向时空折叠公司注资，也就是说时空折叠公司不用破产了，又可以和思思、成成、灵灵在一起了。但是，她对齐刚的话还是半信半疑。

"颖颖，我当然知道你怀疑我说的，等你明天打完了官司，我到你办公室聊聊，我有紫光公司的授权委托书。"

"行，明天我们办公室见。"程颖说，说完关掉了齐刚的立体影像。

"等等，颖颖，我还可以为你做件事。"齐刚说。

"为我做事？"程颖心里想，你齐刚能为我做什么事？

"我可以为你明天的案子，请一个一流的辩护团队。"齐刚有些自鸣得意地说。

"那要花很多钱。"程颖有些惆怅地说。

齐刚说："你知道，我从来不缺钱。"

"你能搞定你爸，对吧？"程颖说。

"你们以为我除了只会从我老爸那里拿钱，就不能自己挣钱是吧？"齐刚不快地说，他很想将他现在已经是一个世界有名的猎头公司总裁的身份告诉程颖，但想想还是算了。

"你到底要不要，颖颖？"齐刚看到程颖问，程颖也看着齐刚，她觉得今天的齐刚真是焕然一新，明显比以前自信多了。

如果齐刚的出现是在共周思的影像之前，也许程颖会有点心动，毕竟这是自己的第一个刑事官司，有一流的辩护团队加入，自己胜算的可能性会大增。但有了成成和思思，程颖对其他的帮助就一点都不感兴趣了。她看到齐刚今天变了一个样子，再说他不撤资了，还要注资，对齐刚的讨厌也暂时消失了。她叫了一声"刚"，第二个"刚"还没有叫出口，便改口道："齐刚，谢谢你的好意，思思和成成已经在帮忙了。"

"那好，有他们两个超级大脑，你明天一定是稳操胜券。预祝你颖颖。"齐刚说。

"谢谢。"

"明天的法院审判我一定去，去看看我们大美女法庭辩论的风采。就像上次你夺回思思的实验室和数据库一样。"

"欢迎。"

关掉齐刚的影像联系后，共周思的立体影像立即出现在了程颖的面前。

"成成，你也一起过来。"共周思说。不一会儿，赵构成也出现在程颖面前的立体影像里。

"颖颖，你的委托人，也就是柴警官的弟弟是无辜的。"共周思说。

"怎么说，你有证据吗？"程颖问。

"因为你的委托人患有梦游症。"共周思说。

"啊，梦游症，你们是如何知道的？"程颖听到"梦游症"就明白了，但她需要证据。

"我查到了你的委托人的病历。"赵构成说。

"成成，你们这么一说就通了，警察说被害人倒在地上，我的委托人手里拿了一把刀，手上和身上满是血迹。"

共周思进一步地分析说："他可能是梦游走到被害人房子门前，发现门是开的，推门进去，发现地上的尸体，地上还有一把刀。他捡起来看看，可能还推了推被害人满是血的身体，而此时，你的委托人的神志是不清醒的。"

"这样就能解释动机了。"程颖说。

"还有。"赵构成说，"我给你看一下那晚的影像。"说着，他用手指在眼前滑了一下，程颖和共周思看到一个神情呆滞的男青年跌跌撞撞地推开了被害者的家门，一进门，还没有走三步，就被一具尸体绊倒，他的身子正好倒在刀上。他下意识地用手握住了刀，从地上爬起。程颖看到这些影像，激动得不行，说："成成，你从哪里弄来的影像。"

"从你的委托人的脑伴中找来的。"赵构成说。

"委托人的脑伴？"程颖又问。

"成成就有这个本事，他能进入别人的脑伴。"共周思说。

"这太好了，有你们的帮助，我明天一定能稳操胜券。"程颖说。

"但是……"赵构成说。

"但是什么？"程颖以为赵构成还有什么别的不利于委托人的证据。

"我的这个影像能成为法庭的证据？"

"你是说，你获取证据的途径是非法的。"程颖意识到这一点。

"而且，这个技术目前我也不想被公开。"赵构成说。

"没问题，有你的这个影像，我就胸有成竹了。"

"那个梦游症病历分析的证据是可以采用的。"共周思说。

"行。"程颖高兴地说，她停了一下，对共周思和赵构成说，"成成，思思，你们加入我的律师事务所吧，最近我的案子特别多，大多数是刑事案。"

"我给你推荐几个机器人公司。"赵构成说，"机器人律师辩护、分析证据现在已经很普及了，包括破案。"

"机器人的效率很高。"共周思说，"一个顶一百个，有时上万个。"

机器人律师，刚才齐刚跟他说过。想到齐刚，程颖对共周思和赵构成说："思思，告诉你们一个好消息。"

"有什么好消息？"赵构成问。

"齐刚给我发了脑伴，说他不撤资了，而且他爸爸的公司还要注资。"

"齐刚不撤资？而且要注资？"赵构成有些惊讶地问。

"是的。"程颖和赵构成望着共周思。

共周思听到这个消息，有些意外，但他没有说什么。

程颖和赵构成看到共周思无动于衷的表情，不知道他有什么想法。

赵构成说："突然一百八十度大转弯，令人怀疑。"

"我看齐刚是真的。"程颖说。

"事可能是真的，心就未必是真的。"赵构成说。

"成成，我明天就不去旁听你们的法庭辩论了。"共周思没有理会他们两个征求他对齐刚注资看法的目光，而是对程颖说。

"为什么？"程颖听共周思说明天不去参加他的法庭辩护，心里咯噔一下。

"我明天有事，再说，我去也帮不了你什么忙，成成和你去法庭。"

第十八章　机器人律师事务所

程颖看见柴禾正在他的汽车里等她上车时，说："柴警官，请等等。"她跑到柴禾的身旁问，"柴警官，这次灾难的事调查得怎么样，有眉目了吗？"

"有点进展，已经基本上可以确定是电磁辐射造成的。"柴禾说。

"找到电磁辐射的源头了吗？"程颖问。

"现在我这里人手不够。现在的案子，要么不出，要么就出大案，而且是科技大案，像我这样的刑警，智商真的跟不上了。"柴禾拉上车窗时又对程颖说，"叫共周思务必找我一下。"

"好的，我一定转告。"

齐刚打开脑伴找程颖，看到了柴禾离去的背影。同时耳伴里传来了老板古德的声音，脑伴也出现了古德的立体影像。"齐刚，这柴警官不是一个平凡的人物。你看他的简历。"齐刚看到了眼前柴禾的简历。

柴禾是高斯市警察局最优秀的刑警，他毕业于国内最著名的警察大学刑侦专业，是那所学校一等一的高才生，大三实习时，帮助当地警察侦破了一个连环碎尸大案。以他的能力和才干，高斯市警察局局长的位子应该是他的，而不是比他晚几届的师弟的。他现在只是一个小小的警官，但每次完成的任务都是警察总署最优秀的警探也完不成的任务。

柴禾简历介绍完后，齐刚耳伴里的声音说："齐刚，这个人应该是我们公司搜猎的对象。"

"搜猎警察局最优秀的警探？古德这是要干什么？"齐刚心里想。

"齐刚，你听到了我的话吗？"古德在齐刚的立体影像里看到齐刚不解的表情。

"听到了。"

"你要密切注意这位柴禾先生的行踪。"古德说。

"好的。"不管是否知道古德的意图，齐刚也只能先答应下来，对齐刚而言，他才不去关心什么警探，他只是关心灵心、共周思、朗声丽、程颖他们。

"有事找我吗？"齐刚看到古德的立体影像消失了，便赶紧找程颖。

"颖颖，你以前都叫我刚刚，现在怎么直呼我的名字，我听了别扭。"齐刚不像是开玩笑，又像是开玩笑。

"有什么事你就说吧。"程颖对他昨天他跟她说的注资的事感兴趣。

"我们找一个地方，要不到我办公室里来。"齐刚说。

"不了，我明天一个案子要开庭，现在没空。"程颖说。

"你开庭辩护，一定很精彩。明天我一定去。"齐刚说。

果不其然，原告的律师团队，说他们是超豪华、超一流一点都不过分。清一色的黑色西装，红色的领带，男的英俊、干练、伟岸，女的美丽、端庄、高雅。再看看程颖这边，简直可以用可怜来形容她的寒碜，除了她，只有被她临时拉来的助手和赵构成两个人。从气势上看，程颖已经处于劣势。

审判长宣布开庭，由原告的代理人陈述。陈述人是一个非常漂亮的年轻女子。她的声音不仅抑扬顿挫，而且非常悦耳，无论是推理还是煽情，都很透彻，且扣人心弦，令人信服。共周思看到赵构成传来的影像，心想，今天的法庭辩论，程颖取胜的概率很小。这位美丽的女代理人说完后，整个法庭鸦雀无声。法庭里的法官，包括那些书记员，还有旁听者都认为程颖的委托人杀人了。

轮到程颖辩护，程颖向旁听席上看了一眼，她没有看到共周思，也没有看到柴禾，只看到了齐刚。她看到齐刚向她竖起了大拇指，奇怪的是，朗声丽和灵心今天也没有来。

程颖一开口，共周思发现她有些怯场，替她捏了一把汗。但程颖这种状态也就是几秒钟的事，几秒钟后，程颖的思维和辩护立即上了道。紧接着，她用坚决的语言、翔实的证据，让局面有所扭转，加之赵构成不断地提供"弹药"，根据赵构成提供的资料，共周思不断地向程颖提供精准的分析和判断，直接推导她的下句要说什么。

今天的辩护，使法庭里的人大开眼界，他们似乎不是在听他们有罪无罪的辩论，而是在听精彩的故事和看演出，在欣赏美妙的图画和动人的音乐，如果不是审判长敲下法槌宣布休庭，择日再审，法庭里的人都不愿意离开。

虽然今天法庭没有宣布结果，但共周思相信程颖胜券在握。程颖、赵构成走出法庭，看到柴禾向他们跑来。

"怎么样，颖颖？"柴禾问。

"没问题，我们的美女大律师出马，你的弟弟就没事了。"齐刚跑过来见柴禾问程颖，便说。

"你弟弟本来就没有杀人。"赵构成说。

"你那么有把握？"柴禾对赵构成说。

"亏你还是一个著名的警探，搜集证据的功夫还不如我。"赵构成说。

"我不是很忙很忙吗？再说了，我弟弟的案子，我必须回避。"

"回避，回避，再回避，你弟弟都要死了，还回避个屁。"赵构成说。

"到底怎么样？"柴禾问程颖。

"你放心，如果你感兴趣，成成会将你弟弟不是凶手的铁证发给你。"程颖没有说今天法庭辩护的事。

"现在就发给我。"柴禾说。

赵构成手一挥，柴禾的脑伴里立即出现了赵构成昨天给程颖的影像。柴禾紧张地看完影像，如释重负，感叹地说："真是老话说得好：高手在民间。赵构成应该到警察局来，我们太缺少你这样的高科技专家了。"

"比我厉害的还是思思。"

"对对，还有思思。上次他一眼就看出那具尸体不是人的尸体，而是机器人的，那两具机器人尸体不是死了，而是被停止了。"

"机器人被停止？还是第一次听说。"程颖说。

"还有非洲的抗疫之战，世界震动。"柴禾说。

"没看到思思呢，在我的印象里，你们要么不出现，要出现就是一同出现。"

"你找他？"程颖问。

"我找思思。"柴禾说。

"你们警察局找他干什么？"程颖说。

"最近的案子一个接着一个，一个比一个离奇。"柴禾说。

"怎么离奇？说给我听听。"赵构成一听离奇的案子，马上来了劲，他看着柴禾问。

柴禾看看四周，发现只有程颖、赵构成还有齐刚，他知道他们的底细，便压低声音说："上次两个机器人停止之后，又有八个机器人被终止，这还不算，昨天还发生了一个咄咄怪事。"

"什么怪事，你快说说。"赵构成急切地问。柴禾见赵构成听案子那专注的神情，感觉又可笑又可爱。

"你别急，成成。昨天有一对母女来报案，说是她的父亲失踪半个月了。"

"失踪的是一个什么人？"齐刚问。

"又是一名科学家。失踪就失踪吧，奇怪的是连这个科学家的实验室也一夜之间消失了。要知道，那可是成百上千吨的设备。"

"都搬走了？"齐刚说，他想，一个晚上搬走上千吨设备不容易。

"可是，现场没有一点点搬运的痕迹。"

"用直升机从空中搬的。"齐刚说。

这么简单的可能性，谁不会想到，还要你来说。柴禾没有回答齐刚的话，而是对赵构成说，"成成，你能叫思思到我这里来一下吗？"

"要去，我们两个一起去，缺了我思思不会去的。"赵构成说。

"当然是你们两个一起来。"柴禾说完，向程颖握手："程大律师，谢谢你，我弟弟的案子就拜托你了。"

"没有任何问题。"程颖没有说话，而是赵构成替她回答了。

"你忙去吧，柴警官，我会叫思思去找你的。"程颖对柴警官说。

"请多关照。"尚尊向程颖伸出了手，程颖也伸出手和他握了握。

"这是我的助理尚尊，你们都是学法律的，应该是同行。"齐刚说。

"是吗？"程颖应答道。

"向程律师学习。八年前程小姐夺回共周思的实验室和数据库的官司，那精彩的辩论，震动了全国的法律界。"明显，这个尚尊想和程颖拉近关系。

齐刚他们进了程颖的律师事务所，坐下后，程颖说："齐刚……"程颖刚想说什么，齐刚便打断她的话说："怎么还叫齐刚，叫刚刚。"

"好，就叫刚刚。"程颖说。

"第一步就是你们到法院撤掉破产申请。"齐刚助理尚尊说。

"来不及了，申请已经送到法院差不多一个月了，撤掉不是那么容易，因为法院已经成立了清算小组。"

"如果你们没有意见，我来给你们办。"尚尊说。

程颖知道紫光公司神通广大，但她不放心地说："我们还是先谈好，再去撤销破产申请。否则，万一说不好，破产申请撤了，再要申请就不好了。"程颖说。

"也行，我们现在就谈谈吧。"尚尊说。

"颖颖，我们就这样干坐着？你总得给我们倒两杯茶吧。"齐刚说。程颖一挥手，从墙壁里伸出了一个托盘，托盘上有两杯茶，程颖递给齐刚和尚尊。

"尚先生，你先说吧。"程颖说，她坐回了自己的椅子上。

"还是程小组先说，如果不破产，你需要什么条件？"尚尊说。

程颖想了一会儿，说："刚刚还是你先说吧。你们的条件是什么？"

尚尊望着齐刚，齐刚也望着尚尊，没有说话。

见他们不说话，程颖也不说话。

大家都沉默了。

齐刚说："没必要干耗着，尚尊你先说吧。"

"好吧，齐总叫我先说，我就先说吧。"尚尊停了一下，端起了茶杯抿了一口说，"我们公司的意思是，只要你们撤回破产申请，我们紫光公司全额收购你们公司。"

"全额收购？"程颖问。

"不仅全额收购，而且是出十倍的价。"尚尊说。

"十倍？！"程颖重复了一句，她以为自己听错了。

"十倍。"尚尊说得斩钉截铁。

真是大手笔啊，程颖在心里说。程颖不得不佩服齐天航这个商界传奇人物，一出手就不同凡响。

"不过……"尚尊看着程颖，又看了看齐刚说，"还有两个条件。"原来有条件，程颖心里说。她看着尚尊说："什么条件？"

"第一，时空折叠公司成为紫光公司的全资子公司。"陈晓说。

"第二呢？"程颖问。她心里想，这个问题不大。

"齐刚先生是时空折叠公司的法定代表人和CEO。"

"就这两点？"

"齐刚先生成为CEO，仍在第一点之内。"

"第二个条件呢？"

"第二个条件是考虑到时空折叠公司的太空船项目的需要，共周思先生的实验室和数据库必须转入到时空折叠公司。"

"实验室和数据库属于共周思的个人资产，我做不了主。"程颖明白了，紫光公司不是冲着时空折叠公司来的，而是冲着共周思的实验室和数据库来的。她瞥了齐刚一眼，心想，这小子什么时候变得如此聪明了。

程颖其实不知道，这些收购条件的花样，齐刚他不知道，也不懂。他只对控制时空折叠公司感兴趣，对灵心、共周思感兴趣，当然还有程颖、赵构成、朗声丽。

"不急，程颖小姐，你先听我把条件说完。"

"我不急，你继续说。"程颖心里想，看你们今天能出什么幺蛾子。

"共周思的实验室和数据库，可以按市场价估价的二十倍，由紫光公司收购到时空折叠公司。"

"市场价的二十倍？"又是一个大手笔，紫光公司真的是有钱，很有钱。

"这事我还是做不了主。"程颖说。

"我们知道你做不了主，但我们也知道你对共周思的影响力，尤其是有关知识产权方面的。"

两个条件，一个比一个优惠，确实令人心动。程颖想，她不知道齐刚的葫芦里卖的是什么药，但有一点是肯定的，尚尊今天提出的方案肯定是比破产好。

"如果你们十倍价收购时空折叠公司成为紫光公司的全资子公司，也就是说，原有的股东将股本以十倍的价格卖给你们，对不对，尚先生。"

"是这样的。当然，我们希望原来的股东都能留下来，毕竟这个公司很需要人才，尤其是你们五位顶尖的人才，不过，你们必须无条件听从齐刚先生的。"

条件出人意料的优惠，但这事太大，程颖做不了主，必须和思思他们商量才能答复，特别是实验室和数据库的事，必须征得思思的同意。

尚尊、齐刚在等待程颖的表态。

"这事事关重大，我也做不了主，但我会把你们的意思转达给共周思和灵心他们。"

"行，请你们尽快答复我们。"尚尊说。

"我爸爸的意思是不要超过三天。"齐刚说。

齐刚说完这些话，尚尊望着他有些发蒙，他心想没有谁交代他要时空折叠公司三天内答复啊。

程颖听到齐刚说三天，觉得时间有些仓促，她说："三天恐怕不行。"

"齐总的意思是最好三天，因为我们也要尽早做决定，但如果程小姐你们时间确实不够，我们再通融一下也行。你说是吧，齐总？"

"本来是不能超过三天的，但考虑到都是老朋友，我再跟我爸爸说说，缓缓也行。"齐刚说。

"我马上跟思思他们联系。"程颖起身说。

尚尊看到程颖起身，马上也站起来说："我们等待你的答复。"说完便离开程颖的办公室。

"尚尊，你先走吧。"齐刚说。等尚尊离开了程颖的办公室，齐刚对程颖说："颖颖，我们也已经一段时间没有见面了，我们出去坐坐。"

"齐刚，我还得马上将今天的事告诉思思、灵灵他们，你不是要尽快吗？"程颖坐在办公桌的椅子上，没有起身，也没有搭理他。

"哎呀，颖颖，叫你不要叫齐刚，叫刚刚不行吗？"齐刚有些生气了。

"好，以后就叫你刚刚，行了吗？"程颖说。她仍然没有起身。

"走吧，颖颖，我有要紧的事跟你说。"齐刚一副很诚恳的样子。

"还有比收购我们公司的事更要紧的事吗？"

"是关于你自己的。"

"我自己还有什么大事，我怎么不知道。"

"当然是你自己的，而且极具挑战性，尤其对你。"

"那就在这里说吧。"程颖说。

齐刚想了想，望了一下她的办公室，说："行，就在这里说吧。"

"有个离奇的案子，你接不接？"齐刚观察着程颖的表情，果然，程颖脸上显出了兴趣。

"案子？离奇？"程颖说，"你说说，是什么离奇的案子。"

"机器人被害的案子。"

"机器人被害，这不是警察局的事吗，跟我这个小律师有什么关系？"

"机器人的主人告另一个人杀害了他的机器人。我不知道我是否说明白了。"

"听明白了，机器人的主人指控另一个机器人的主人，是一个机器人的官司对吧？"

"对，还是你厉害，到底是大律师，逻辑能力强。"

程颖心想，刚才柴警官还说，出现了被终止的机器人尸体，这里又是机器人被害的官司，看来有关机器人的案子将来会越来越多，趁早介入这方面的法律纠纷，对自己事务所的工作有所帮助。可是她转念一想，齐刚怎么弄到这类案子的。就这几天齐刚的表现来看，他完全变了一个人似的。她有点不放心，于是对齐刚说："刚刚，你哪来的这种官司？"

"忘了告诉你，颖颖，我也开始创业了，我有自己的公司。"齐刚说着给她递过去一张电子名片。程颖一看，齐刚现在是一个猎头公司的总裁了。

"齐总裁，祝贺你。"程颖看到齐刚的变化，还是很高兴的，"你专门找名人？"

"不，准确地说，专门挖掘各类顶尖人才并为他们服务。"齐刚见程颖高兴了，他也高兴起来，"比如说，我现在有一个投资人，特别想创办一个机器人律师事务所，想找一个世界一流的法律方面的专家做合伙人。"

"机器人律师事务所？"

"对，他认为，随着机器人的增多，机器人的权益如何保障将是一个世界范围的大问题。"齐刚看着程颖的脸，看她有什么反应。

"这倒是一个具有挑战性的事。"程颖的兴趣又增加了一点。

"如果你愿意，我可以介绍你给他们公司，他们正需要你这样的专业人才。"齐刚说。

"我？"

"对。"

"不行，不行，我对机器人这种高科技的玩意一点都不懂。"程颖立即拒绝。

"不懂，不正是你感兴趣的地方？"

"我都不懂，还感什么兴趣。"

"因为不懂才有挑战性，我们的颖颖最喜欢挑战。尤其是挑战自己。"

齐刚今天这话，真是士别三日，当刮目相看。她多看了齐刚几眼。以前真是看低他了，不仅是她，包括思思、灵灵都错看他了。

"还有，你有你的优势。"齐刚又说。

"我有什么优势，在机器人方面还有别人没有的优势，我怎么不知道。"

"你有思思、成成这两个超级大脑呀。"齐刚说。

齐刚这句话倒提醒了程颖，在高科技方面，他们两个人算是世界上独一无二的天才，听柴警官说，共周思不是一眼就看出那两具尸体是机器人了吗？

"怎么样，我说得对吗？"

"让我想想，但是，刚刚，当前的首要任务是时空折叠公司的起死回生。"

"这与你去当那家公司的合伙人并不矛盾，现在很多人都有两个职业。"

"这恐怕不行。"程颖说。

"为什么不行，难道法律上不合法？"齐刚有些不解。

"我必须全心全意地帮着思思将时空折叠公司经营好。"

程颖说完后又开始忙她的事。

"颖颖，这可是一个好机会。有很多律师想去做这个合伙人，是我说动那个投资人的，说你是最好的人选。"

程颖看到齐刚满脸的诚恳，心动了，她说："刚刚，等我忙完我们时空折叠公司的事再说好吗？"

"行，我等你的消息。"齐刚说完站起来准备走。

"刚刚，你不想和思思、灵灵他们一起来讨论一下时空折叠公司的事吗？你可是大股东，而且还是将来时空折叠公司的总裁。"程颖让齐刚留下来。

齐刚见到程颖对做机器人律师事务所的合伙人感兴趣，心里有些宽慰，在朗声丽那里碰了一鼻子灰的不快也消失了。他坐下来准备等程颖召集共周思和灵灵他们开股东会议，但转念一想，自己既是收购者，又是被收购者，身份有些尴尬，还是不参加为好。他起身对程颖说："颖颖，我就不参加了，你们讨论研究就行了，我相信你们。"

第十九章　机器人太空船工厂

程颖立即用脑伴联系共周思，可是联系不上。联系了灵灵，灵灵好像病了，看到她躺在自己的床上，声音有气无力。

"灵灵，你这是怎么了，病了？"程颖惊奇地问。

"就是身体不舒服。"在立体影像里，灵心的声音很轻。

"灵灵，妈给你炖了一碗参汤，快喝，你已经一天没吃饭了。"程颖看到灵心妈妈端着碗，坐在灵心的床上。

灵心赶紧起来，接过妈妈端来的碗，然后放在床头柜上，她妈妈用手理了理灵心散乱的头发："灵儿，到院里走走吧。"

"不了，妈，我想躺着。"灵心说。

"灵灵，出来走走。"程颖把自己的立体影像拉到了灵心的房间。

"颖颖，找我有事吗？"灵心坐起来将自己的身子靠在床头上。

"事倒没有什么事，这样吧，我把思思、丽丽、成成一起拉到你的房间吧。"程颖说。

灵心听程颖这么说，立即说："颖颖，你等等，等我洗漱一下。"说着便从床上下来，刚站在地上，又晃了晃，她妈妈赶紧扶住她。

过了一会儿，灵心走出漱洗室，看上去很虚弱，脸色苍白，但还是那样楚楚动人。她换上了平时穿的夹克，夹克是黑色的，但衬衣是白色的，身体还是那么凹凸有致、曲线优美，整个人看上去有一种柔弱的美，叫人怜爱无比。

"颖颖，我们去客厅坐好吗？"说着就往她家的客厅走，她母亲想搬来椅子给她，被她拒绝了。

程颖跟着灵心的立体影像到了客厅。

灵心坐在客厅的沙发上，对程颖说："好啦，颖颖，你把他们叫来吧。"

"好的，灵灵，你坐会儿，我马上拉他们到你那里。"

没多久，赵构成、朗声丽他们的立体影像就出现在了灵心家的客厅里，灵心看到朗声丽在孤儿院给生病的小孩子喂药，成成正坐在他的办公室里聚精会神地看脑伴，他们看到灵心，都齐声说："灵灵，你生病了？"

"没有，就是感冒了，躺了几天。"灵心尽力装着没事一样，但她还是难以掩饰她身体的虚弱。

事关重大，程颖费了很大的劲，才在一个好像离城市很远的郊区工厂车间里找到了共周思。共周思接收了程颖的立体影像。程颖二话不说，立即将他拉到了灵心的跟前。

灵心一看到共周思，眼泪夺眶而出，二十七天的思念，魂牵梦绕，二十七天的牵肠挂肚，茶饭不思，日想夜盼，发疯似的想见到他，今天终于见到了。她怨他，怨他为什么这么久都不见她；她恨他，恨他为什么丢下她，对她不闻不问，恨他连一声道别的话都没有留下。她不明白自己做错了什么，让他这样狠心地对自己，难道他不爱自己了吗？要抛弃自己了吗？她在心里无数次地呼喊："思思，给我一个理由。思思，你难道都感觉不到吗？人们都说，相互爱着的人会有心灵感应，我的病痛，难道你就没有一点感觉吗？或者是你感觉到了，却没有一点反应。你是那么残酷无情的人吗？我不相信，我不相信。你不会忘记在老槐树下一起畅谈改变世界的梦想，天上的月亮可以作证，绝不会忘记。我们一起带着婷婷和知知还有那么多小孩，置生死于不顾，勇闯太空，浩瀚的宇宙可以作证。还有我们一起跌入无尽的深渊，终于找到了你要找的能使光线弯曲、时空折叠的引力场。就在我们心心相印，面对死亡的那一刻，我们同时仰望天空。那满天的星星也可作证，你不会抛弃我的，难道你有什么难处？即使有不可克服的困难，难道你不能和我说吗？我们不知道面对过多少次困难，我们不都是一直携手同行的吗？思思！你需要我怎么做？思思，到底是为什么，为什么这样对我，为什么？"灵心再也控制不住自己，号啕大哭起来。

共周思一见影像里的灵心，犹如万箭穿心，二十几天不见，信息全无，他知道她的想念，他自己又何尝不是。他咬牙横下心不见她，他的心也在泣血，共周思看到灵心憔悴苍白的脸，心痛得人和魂魄都被她吸走了。他真想抱着她说："灵灵，对不起，对不起，我何尝不是日夜想念你，失魂落魄地想念你，你想的，就是我想的啊！我知道你爱我，但是，你不知道，你有多爱我，我就有多爱你吗？而且比你的爱更深。"他看到灵心号啕大哭，他真想抱着她，对她说："灵灵，对不起，原谅我，原谅我！"

共周思和灵心两个人的深情让赵构成、程颖、朗声丽看得十分感动，也被他们的爱情深深打动。他们悄悄地停在旁边，也落下了眼泪。

立体影像里，共周思和灵心用表情相互倾诉着分别之苦。等他们慢慢地平静下来后，程颖说："灵灵、丽丽、成成，齐刚今天找到我，说他父亲的公司想收购我们的时空折叠公司。"

"刚刚怎么没来呢？"灵心问。

"他现在是身兼两职，他说他很忙，他就不来了，我们怎么决定他都支持。"程颖说。

"齐刚还身兼两职？这好像是太阳从西边出来了。"赵构成说，"他身兼哪两职？"

"第一，他是紫光公司收购我们公司的全权代表，将来是收购后的时空折叠公司的CEO。"

"他当CEO？我退出。"赵构成立即说。

"你现在不要用老眼光看齐刚，他现在变了，变得你都不认识了。"程颖说。赵构成笑了一下，没有说什么。灵心听程颖说齐刚的变化很大，而且听程颖的意思是齐刚在向好的方面改变，心里很是高兴，便说："颖颖，刚刚还有一个职务是什么？"

"刚刚现在是一家猎头公司的总裁，名字叫星探猎头公司，专门发现人才，而且据刚刚自己说，是一家专门挖掘世界顶尖人才的猎头公司。"程颖说。

"思思，你在干什么？"赵构成说。大家听赵构成这么说，便都将目光转向了共周思的立体影像，他们看到共周思站在一台打印机前面，旁边有工程师模样的人正在与他说着什么。共周思听赵构成问他，转身对赵构成他们说："我正参观世界上最顶尖的制造工厂。"

"思思，程颖刚才说的话，你都听到了吗？我们公司有救了。"赵构成对共周思说。

"听说了，成成，这是件好事。"共周思说。他离开了那位给他讲解的工程师，加入他们中间。

灵心现在的心情好多了，她心上厚厚的乌云也散开了。她看到共周思瘦了很多，走路也不像以前那么矫健了，心痛地说："思思，你在忙什么呢？"

"是啊，你又要干什么？"朗声丽也问，她见灵心的心情好转，气色也好多了，心里特别开心。这二十几天，灵心病倒的日子里，她忙坏了，灵心如果再不回到基金会，她恐怕也会累倒的。

共周思没有回答朗声丽，而是说："颖颖，你们的会，我还是不参加了，你们怎么决定我都同意。"

共周思对付出大量心血的时空折叠突然不感兴趣，大大出乎程颖的意料，程颖原以为，听到时空折叠公司能起死回生，第一个感到高兴的应该是他。

他们不知道，共周思现在有新的事要做。

几天前，共周思如往常一样坐在办公桌前，准备看一个作者写的科幻小说。可是当他刚坐下，杂志社社长刘益来到他的办公室对他说："共先生，要不要出去散散心？"

听到社长叫他去散心，共周思有些惊讶。他以为社长是和他开玩笑，便说："昨天的这些小说还没有看完呢，凯经理要我作评价。"

"你以后再看吧，这个事不急，我来和凯轩说。"刘益和气地说。

"我也不知道到哪去散心，还是待在办公室里踏实一些。"共周思说，确实，他自从到这家杂志社上班以后，就屏蔽了与外界的一切联系，每天上班、下班，还有就是每隔一天去医院看舒玉婷和汪行知。每次看到他们，他的心就痛一次。因此，办公室的人都说他的脸一天比一天阴沉。

"陪我出去走走行不行？"刘益说。

"与您出去走走？"共周思有点奇怪地问，他见刘社长点了点头，便起身和他走出了办公室。

他们一同上了路边的一辆自动驾驶出租车，共周思坐在车里没有吭声，他不知道社长会带他到哪里去。

"共先生，紫光公司收购你们公司的事，你已经知道了吧？"刘益说。

"不知道。"共周思奇怪，他怎么知道这个收购的事。

"听说是十倍的天价，一大笔钱呀。"刘益说。他见共周思没有说话，好像也不太关心他的公司。

"共先生，你们公司的太空船确实不一般。"刘益今天想调动共周思的思想，找共周思感兴趣的话题，"如果时空折叠公司被紫光公司收购，太空船也就归他们公司了。据说，那太空船有很多世界上最先进的技术，对吧？共先生。"

"也没有什么太先进的东西。"共周思谦虚地说，但他对自己的太空船有深深的感情。

刘益见共周思对他的太空船感兴趣，便说："你们的太空船有不少世界最领先的技术，比如说隐形技术，这隐形技术目前在军工领域有应用，在民用方面，你们是第一个使用。"

"那没什么，当时我将隐形涂料用上，也没有想到要派上什么用场，只是涂上去试试而已。"共周思说。

"除此之外，你还发明了一种让太空船以光速行驶的引擎，这在地球上是绝无仅有的。"刘益说。

共周思听到社长谈到光速引擎，大吃了一惊，这么绝密的引擎，他是从哪里知道的？他望着坐在他左边的社长，满脸狐疑。

"你不要吃惊，共先生，很多人从你的太空船躲避导弹的袭击的画面中已经分析出来了。"

共周思他可能不知道，就是因为这个立体影像，现在有很多人盯上他了。

"到了。"刘益说。

共周思跟着刘益下了车，他一眼望去，发现他们来到了一个巨大的绿油油的草地前。草地里面是一片丛林，丛林里隐隐约约可以看到一栋二层楼的房子。

"请跟我来。"刘益对共周思说。

共周思跟着刘益，走进了这栋房子的大厅。

真是无巧不成书，在这个大厅他碰到了柴禾，柴禾一见到共周思便高兴地说："真巧，在这里碰到你。"

"真巧，柴警官也在这里。"共周思接过柴禾伸过来的手，跟他握了握，共周思忙向柴禾介绍了刘益，同时也向刘益介绍了柴禾。他们互道了"幸会""幸会"。

柴禾见共周思和刘益要继续往大厅里走，便叫住了他，并把他拉到一边说："共工，上次我让程颖叫你找下我，她没跟你说吗？"

"我很少与程颖联络。"

"共工，现在有八个机器人被终止。之后，不断有机器人被终止，每天有三五个。"柴禾说。

"每天有三五个机器人被终止？"共周思有些吃惊地问，自从上次灾难发生后，每天有不少人死亡，现在连机器人也不能幸免，事态确实很严重。

"现在，政府严令我们警察局查出原因，以免引起社会恐慌。"

"也是，我们这个社会离不开机器人。那么你到这里来是？"共周思问。

"当然是要了解机器人被终止的原理。"柴禾说。

"到这里？"

"对，你不知道这里有一个世界有名的机器人公司？"

"没注意，我是被我们社长带到这里的，他是说陪他散散心。你有什么收获吗？"

"没有任何收获。"

"要了解机器人的运作原理，才能更好地破案。"

"说得也是，希望你能多帮帮我。"柴禾说。

"没有问题，我对机器人了解一些，但并不精通。"共周思看到社长一直在等他，并不时地向他这边看，便对柴禾说，"柴警官，今天我就不和你聊了，社长在叫我。"

"行，思思，你先忙，我找时间向你请教。"他看到共周思急忙向社长走去，突然想起什么说，"思思，请等等。"柴禾跑到共周思的面前，他先向刘益挥挥手，意思是说，不好意思，再耽误一会儿。刘益也向他摆了摆手。柴禾对共周思说："思思，我碰到一个非常奇怪的现象，上千吨的设备一夜之间消失了，地上没有丝毫的痕迹，厂房也是好好的。你帮我分析分析。"

"上千吨的设备一夜之间消失？"共周思说。

"对，地上没有一丝一毫的痕迹，地面和房子都是好好的。"听了柴警官的话，共周思闭着眼睛想了想，柴禾屏声静气地看着他，他心里想，这个人在想什么？

"柴警官。"共周思睁开眼睛叫了柴禾一声。

"我在呢。"柴禾看到共周思仿佛是从梦中醒来似的。

"你听说过'障眼法'吗？"共周思说。

"听说过，意思是说我们听到看到的东西不一定是真的。"

"对，你看到的现象不一定是真的。"

"难道有人会使障眼法？"柴禾好笑地说。

"现在有一种技术，可以远程控制人的视网膜，也就是可以远程改变眼睛看到的景象。"

"有这样的技术？也就是有人在很远的地方，可以控制我眼睛看到的场景？"柴禾更加好奇地问。

"如果这个人认为有必要，而他又有这个技术，理论上他是可以做到的。"

柴禾听到共周思这么说，眨了眨眼睛，心想，这太恐怖了。

"思思，你说我现在应该怎么办？"柴禾心想，如果共周思可以一天到晚跟着他多好，自己可以随时向他请教。

"我建议你再去现场看看，以你的聪明才智，一定能发现什么。"共周思见柴禾没说什么，便向等在那里的社长走去。

柴禾想起什么，但看共周思急忙向刘益跑去，就不好再问什么了。本来他还想要告诉他这次灾难的原因找到了，是电磁辐射造成的。共周思跑到刘益的跟前对他说："对不起，耽误您了。"

"他就是柴禾？"刘社长问。

"对，他就是柴禾。"共周思回答。

"一个非常了不起，也非常厉害的警探。"

"对，非常了不起，非常爱学习。"

"了不起的人都非常爱学习。"刘益说，"他到这里来干什么？"

"他来破机器人被终止案子的，他说最近机器人被终止的案子很多。"

"最近的事确实很多。"刘益和共周思边走边说。

"共先生，你对机器人知道得多吗？"

"从资料上了解一些，实际的知之甚少。"共周思说。

"那么今天，我就让你看看世界上最大的，技术最全、最先进的机器人工厂。"

"先生，请问你们要参观什么？"一个漂亮的礼仪小姐端了一个盘子，盘子里面有水果和饮料。刘益从水果盘里取了一个高脚酒杯，喝了一口，问共周思，要不要也来一杯，共周思摆了摆手，说："谢谢。"

"我们去参观你们的造船厂。"刘益说。

"好的，先生，这边请。"礼仪小姐非常有礼貌地说。她用手做了一个请的手势，便带着刘益和共周思往左边一条道走。

"这里不是生产机器人的工厂吗？怎么还有造船厂？"共周思好奇地问。

"这里有制造机器人的工厂，也有生产其他东西的工厂，比如说造船厂。"

几句话的工夫，一个通勤车似的小车停到了刘益和共周思的身边。

"先生，请上车，我就不陪你们了。"礼仪小姐说。

共周思上了车，他见礼仪小姐没有上车，便问她为何不上车。他的话还没有出口，那礼仪小姐便说："这辆车会带你们去造船厂。"

通勤车悄无声息地开着。共周思坐在车上，四周望望，发现除了林荫小道，就是平坦的草地和草地边一排排的白杨树。他看过不少工厂，但像这样美丽的花园工厂所见不多。

"共先生，在想什么呢？"刘益见共周思一边看，一边在想着什么。

"也没想什么，我是第一次见到这么漂亮的工厂。"

"将来你的工厂也会和这里一样漂亮。"

听到刘益这么说，他便又想起了自己的时空间折叠公司，想到自己的工厂是租的郊区的一个破败的厂房，是他们自己动手将厂房修理好的。当时，大家凭着一股子热情，硬是将那不毛之地将要倒塌的厂房改造成了一个现代化的工厂，但和这个花园工厂比起来，那真是天壤之别！

"到了，共先生。"刘益说。共周思回想着自己公司，没注意已经到了造船厂。他被眼前的景象惊呆了，这厂房之大，共周思都看不到边，造船车间里也看不到人。

"这里是智能化生产。"刘益说。

"智能化？我可以想象到，但这么大，工序的配合衔接如此紧密，倒出乎我的意料。"共周思边走边看边惊叹地说。

"这里生产什么船？"共周思跟着刘益往造船车间里面走去，他们走了很久，仍然看不到头。

"据说，这是造宇宙飞船。"刘益说。

"造宇宙飞船？"共周思一听说宇宙飞船，精神立即振奋起来。

"能造宇宙飞船，应该也能造我们的太空船吧？"共周思说。

"应该可以，但也可能不行。"

"为什么会这么说，他们的原理是一样的。"共周思说。

"我说可以，正是如你所说，它们的原理是一样的。但我听说你们的太空船用了超轻、耐高温的材料，目前，这种材料只有你们一家公司能生产。"刘益说。

共周思认为刘益说的是正确的。目前他们公司的超轻、耐高温的材料经过太空船的检测试用，证明是可行的。"如果他们要，我可以给他们。"共周思慷慨地说。

"应该说是卖给他们。"刘益补充说。他非常喜欢共周思的单纯和无私。

第二十章　移动工厂和N维打印机

共周思越看越感兴趣。他不知疲倦地在车间里走来走去，他认为就是在这里待上三个月，也学不完这里的先进工艺和技术。他自己边走边看，忘记了时间，午饭也忘记了吃，直到车间的灯亮了，他才看了看外面，天已经很黑了。这时，才想起刘益一直跟着自己，才恍然大悟地说："刘社长，我都忘了时间，让您跟着我这么久，实在对不起。"

"没关系。"刘益跟着共周思，一直在观察着他。

"我们走吧，刘社长。"共周思说。

"共先生，如果你还想参观参观，我陪着你。"刘益没事一样地说。

"不行，不行，搞得您午饭都没吃。"共周思站在那里，看看往哪走能离开这个车间。刘益见共周思是在找出路，便挥了挥手，不多一会儿，一辆通勤车便停到了他们面前。

"我们走吧。"刘益对共周思说。

"走吧，刘社长，真是对不起！"共周思诚恳地说。

"不要见外，共工。"通过今天和共周思的接触，他更喜欢这个年轻人了。

他们离开造船车间，来到大厅时，还是那位礼仪小姐对他们说："欢迎下次再来。"

共周思和刘益又上了自动驾驶出租车，共周思不禁感叹地大声说："真是收获太大了。"

共周思的赞叹，是刘益所需要的，也是他这次带他来这里的目的，他觉得他今天的目的基本上达到了。

"共先生，如果你有兴趣，明天我带你去参观另一个工厂。"刘益说，共周思看到了他亲切的笑容。

"另一个工厂？还有比这更好的吗？"共周思说。

"对，虽比不上这家机器人工厂，但也是世界上首屈一指的工厂。"刘益说。

"去，一定去，明天早上几点？"共周思迫不及待地说。

"上班的时候，我来找你。"刘益看到面前的这位年轻人好学的劲头，愉快地说。

"不，我去找您。"共周思心想应该是自己主动。

第二天一早还没有上班，共周思就早早地来到了刘益社长办公室的门口。

"共先生，来得这么早，等我好久了吧？"刘益见到共周思站在他的门口，既是意料之中，又是意料之外。

"我也是刚到。"其实共周思已经早到了一个小时，他也知道来得太早，刘社长还没有上班，但共周思的腿不听使唤似的，早早地就来了。

"那么，我们走吧。"刘社长没有开办公室的门，径直跟共周思说。

"好吧。"共周思高兴地应着。

刘益带着共周思直接上了电梯，一进电梯，刘社长就按了上行键，45楼。

"我们不是去看工厂吗？怎么上楼？"共周思说。

"我们坐直升机去。"刘益说。

共周思跟着刘益出了电梯，来到了层顶。他看到层顶的平台上停了一架直升机。他跟着刘益登上了直升机，刘益等共周思坐稳后，便按了几个按钮，直升机飞向天空。

"我们要看的工厂远吗？"共周思问。

"不远，但还是有点距离。"

"刘社长，昨天的机器人造船厂太壮观了。"

"今天我们要看的也是最先进的。"刘益说。

刘益的话，说得共周思心痒痒的。

刘益驾驶着直升机先是飞过城市的上空，接着飞过一片森林，飞过一大片草地，又沿着海边飞了一阵子，最后在海边的一个沙滩上停了下来。直升机一停，就有一辆小车停到了刘益和共周思的身边，刘益让共周思先进了小车。小车"吱"的一声，载着他们两个人离开直升机，飞快地在沙漠上行驶。小车的后面，一条条车辙随着小车向沙滩、海边延伸。

这家工厂与昨天的机器人造船厂不一样，进去后，没有大厅，而是一个展厅，展厅里摆了很多形状各异的设备，外面的颜色也不同。

"刘社长，这好像是N维打印机。"共周思指着一台机器说。

刘益看着共周思所指的机器，这台机器形体看上去非常轻巧。他看着这台机器的说明，对共周思说："这台机器可以打印很多设备和配件。"

"我看过N维打印机，我们自己也设计过N维打印机，我们的太空船也有用N维打印机打印的零部件，但比起这里的打印机要差多了。"

"我们去找他们的经理。"刘益说。

"你好，你们是要找我吗？"刘益的话音刚落，一个二十多岁的经理就站到了他们的面前。刘益看这个人很年轻，上下打量了一番，说："你是分管什么的经理。"

"我是这里的总经理。"这个年轻人说。

"这个展区的？"

"不，公司的总经理。"这个年轻人没有去理会刘益怀疑的目光，而是开始介绍："我们这个展厅展示的只是我们公司产品中很少的一部分。"

"你们还有什么产品？"共周思感兴趣地问。

"不是我们有什么产品，而是你想要什么产品，我们都可以打印出来。"

"我们提供想法给你，你就可以打印出来？"共周思又问。

"对。"

"我看到资料上介绍，客户提供图纸及模型，N维打印机就能打印出设计者想要的东西。"

"那是常规的制造，我们有更先进的制造。"那个年轻人说，"两位先生，如果你们感兴趣的话，能否到我们的会客室，让我向你们介绍介绍我们公司的特种制造。"

"我们还是想看看你们的全部产品。"共周思说。

"我们的产品很多很多。"

比起昨天的机器人造船厂，这里应该是一个袖珍工厂，共周思有点失望。

"这位先生，请问你怎么称呼？"年轻的总经理对共周思说。

"他叫共先生，我姓刘。"刘益介绍说。

"共先生，我们是定制式移动工厂，我们的工厂没有固定的生产车间。"

"没有固定的生产车间，如何生产出设备？"

"我们将设备化整为零，将客户要的设备的零配件打印出来，运到客户的工厂，再给他们组装起来。"

"大型设备怎么办？"共周思好奇地问，移动工厂，有意思，新颖。

"再大的设备也能化整为零，然后集零为整。"年轻的总经理又说，"客户不提供图纸、模型，只提供产品的功能、用途，也可以制造出来。"

"你的意思是，只要我能想出来的，你们都可以办到？"共周思越发好奇，他看了刘益一眼，发现他平静得很，一点都不对总经理的话感到好奇。

"我们甚至可以帮你想，想到你想不到的东西，只要连到你的脑伴就是了。"

"也就是他们有一个大型的自我学习的机器。他们可以根据客户大脑里构想的东西自动设计出客户想要的东西。"刘益说。共周思听他说，认为刘益对这个公司已经很了解了。

"好，那我现在想要一个核聚变元素，你们能给我生产吗？"共周思突然向这位年轻的总经理提出了一个尖锐的问题。

"这种元素我们生产不出来，我们不能生产能源。"年轻的总经理回答，"我们只能打印你想要的东西。"

"我想要宇宙飞船引擎。"

"用途？"

"引擎，肯定是为飞船提供动力。"

"引擎可以打出来，但引擎的动力原料你要提供给我。"不管怎么说，共周思心想，能将引擎打出来，也是不简单，自己需要这方面的打印技术。

"请你把你们公司产品和服务的资料发给我吧。"共周思说。

"好的。"年轻的总经理说。随着他的一挥手，共周思的脑伴收到了一个资料包信息。

既然没有什么东西要看，共周思用眼神向刘益征求了一下意见，刘益知道共周思的意思，便对年轻的总经理说："我们今天就不打搅你了。"说完，他们起身和年轻的总经理告辞。

共周思和刘益按原路返回了杂志社。和刘益分别的时候，共周思对刘益说："刘社长，这两天真是太感谢你了，让我大开眼界。"

刘益伸出手,和共周思握了握说:"没什么,只要对你造太空船有帮助就行。"

刘益这话让共周思很吃惊,他怎么知道自己还想造太空船,他从来没有在杂志社说过要造太空船。

共周思下班厚接到了程颖的影像联系:"思思,晚上有空吗?"共周思看到了立体影像中的程颖。

"今晚我想去看看婷婷和知知。有什么事吗,颖颖?"

"我想股东们是不是要讨论一下紫光公司收购我们公司的事?"

"上次我不是说了,这件事你定就好了。我完全相信你。"共周思说。

"上次是影像会议,我们还是要坐在一起研究一下,思思,我们已经很久没有坐在一起了。"

"等我看完了婷婷和知知之后再开可以吗?"共周思说。

"我和你一起去吧,我也有一段时间没有去看他们了。"程颖说。

"好的,我们在医院见。"

共周思到了医院,推开舒玉婷病房的门,程颖已经在里面了。同时他看到了灵心。共周思和灵心四目相对时,就像两个携带巨大能量的电极,瞬间产生了炫目的光花,如果不是在舒玉婷的病房,还有程颖在,他们会紧紧地抱在一起。而目前,他们含情脉脉地相互看了一会儿,便将视线移开了。

"听医生说,婷婷的病没有任何好转。"灵心握着舒玉婷的手,轻轻地抚摸着。

共周思每次看望舒玉婷和汪行知,他的心就像被刀子割了一次,痛得他牙齿战栗。虽然他离开了时空折叠公司,放弃了他的太空船,但只要看到病床上不省人事的舒玉婷和汪行知,想用太空船送他们去太空医院的冲动就像一股强大的电流通向全身。对舒玉婷和汪行知的愧疚感甚至是负罪感,让他心如刀绞一样地痛苦。他暗下决心,用心对舒玉婷和汪行知说,我一定会完成你们未完成的事业，也一定会将你们送上我们自己的太空医院。

现在太空船项目有了转机，紫光公司收购我们的公司，阻碍我们的资金问题解决了。太空船可以继续造了，我有信心，一定会造出一流的太空船。共周思在心里说。

"婷婷，告诉你一个好消息，我们的公司不用破产了。"还是灵心心细，她将这好消息也跟舒玉婷分享，她和汪行知都是时空折叠公司的创始人，他们俩也是因为太空船项目而病倒的。

共周思也说："婷婷，你快好起来，我们可以一起飞向太空了。"他接过灵心的话说。

没多久，朗声丽和齐刚也来了，最后来到舒玉婷病床前的是赵构成。

"正好，我们公司的股东在一起了，让我们讨论一下我们公司被收购的事。"程颖提议。

"在这里不好吧？这里这么挤，而且是在病房，收购是一个机密的事，不能随便透露的。"齐刚说。

"我还是想和婷婷、知知他们在一起。"灵心说。

"这好办，我们把他俩的立体影像放在我们会议室就行了。"赵构成说。

"好吧，我们公司的股东会就到我们公司的办公室开吧。"程颖说。

可她又想了一下后又说："还是到我事务所的办公室，我们公司的办公室已经被法院的破产清算小组的人用了。"

他们从舒玉婷的病房出来，又去看望了汪行知，他们又将时空折叠公司不用破产、太空船项目可以继续的喜讯告诉了他。

他们来到程颖的办公室，坐下后，舒玉婷和汪行知的立体影像也放在了他们中间。

"刚刚，你还是将你爸爸公司收购我们公司的要求和大家说说吧。"程颖对齐刚说。

"还是你说吧，颖颖，你说得比我清楚。"齐刚说，齐刚左边坐的是程颖，右边是朗声丽，赵构成坐在离他比较远的地方。

"也没有多少要说的，大致就是紫光公司以我们公司市价十倍的价格收购我们公司，之前已经说过了。"

"紫光公司还算大方和公平。"赵构成说。

"关键还有两个条件，对吧，刚刚？"程颖说。

"是的。"齐刚说。

"还有两个条件？"朗声丽问。

"一是刚刚必须成为CEO。"说完，她见大家都保持沉默，便要说第二个条件。

"等等，颖颖，那我们的思思呢。"朗声丽问。

"是啊，思思呢？刚刚他又不懂太空船的技术。"灵心说。

"我没有意见，只要太空船项目能继续就行。"共周思说，"第二个条件呢？"

"第二个条件就是……"程颖看了一下齐刚，便说，"刚刚，还是你说吧。"

"颖颖，还是你说吧。"齐刚说，他不想在座的会产生什么误会，尤其是灵心。

"你说比较好。"程颖说。

"我说就我说，我爸爸意见是，思思的实验室和数据库必须并入新的时空折叠公司。"齐刚说完，脸上泛起了微红。

"啊，这怎么行？思思的实验室和数据库好像并不是时空折叠公司的财产。"赵构成说，"对吧，颖颖？"

"确实，实验室和数据库不是公司的财产，是思思个人的。"程颖说。

"对啊，思思个人的财产，凭什么并入新时空折叠公司？"朗声丽也附和着说。

"你们别急，等我把话说完。"齐刚看到大家这么维护共周思，心里就很不高兴。

"有话快说。"赵构成说。

"思思的实验室和数据库，按市场估价的二十倍注入新时空折叠公司。"齐刚看着大家，心想你们应该满意了。

"你的意思是思思可以得到市价二十倍的钱？"赵构成说。

"是的。"齐刚说。

程颖和灵心都知道，这不是钱的问题，这是思思的血汗，而且也是他将来科学研究的必要条件和基础。程颖想，就是给再多的钱，思思也不会卖，何况……

可是出乎所有人意料的是，共周思说："我的实验室和数据库并入公司，不要一分钱。"

共周思的话让大家都惊呆了。实验室和数据库是思思的命根子，怎么就这样无偿地送给紫光公司。当初从红光公司夺过来，颖颖可是费了很大的力气。

共周思的表态也使齐刚大感意外："思思，你要想清楚，如果并入紫光公司，就意味着实验室和数据库就是紫公光司的财产，而不是你的了。"

"当然。"共周思说。

共周思同意，可大家心不甘，赵构成嚷道："我不同意，虽然实验室和数据库是归思思的名下，是他的私人财产，但那里也有婷婷和知知的付出，不能白白地送给别人了。"

"思思，你不能这样草率地做决定。"程颖是学法律的，又在大型上市公司做过高管，她知道，这个无价之宝一旦送出去，就要不回来了。绝不能让这种事发生。她想了想，字斟句酌地说："思思，还是要看时空折叠公司掌握在谁的手里。如果是外人，或者是别有用心的人，我们不就葬送了十分宝贵的科研成果？不行，绝对不行。"

"颖颖，那是思思的财产，你凭什么说不行？"齐刚看到这几个人反对，尤其是程颖还坚决反对，心里很不愉快。

"我想，虽说实验室和数据库并入时空折叠公司，但只要时空折叠公司仍然掌握在我们的手里，太空船项目还能继续进行就行，对不对？思思？"程颖问共周思，共周思点了点头。

"可是，颖颖，你刚才说，齐刚是新的时空折叠公司的CEO，而且是紫光公司的全资子公司，那不就是把我们扫地出门了。时空折叠公司怎么可能还掌握在我们的手里，应该百分之百地掌握在紫光公司，也就是齐刚的手里。如果这样，还不如破产算了。"赵构成今天憋着一肚子的火。

"但是，如果破产了，我们也是一分钱都得不到啊。"朗声丽说。每次公司开会，她都像局外人一样，从不发表意见。最近灵心病了，基金会急需资金，资金的事情弄得她焦头烂额。因此，如果能得到一笔钱，也可以解决基金会的燃眉之急。

"丽丽说得对，破产以后，我们也得不到太空船，与其贬价拍卖，不如让紫光公司收购，多少还能得到一笔钱。"灵心说。

今天是怎么了，灵灵和丽丽从不说钱的事，怎么突然对钱感兴趣了。赵构成看着共周思，想听听这位满怀太空梦的现任时空折叠公司的CEO怎么想的。

程颖、灵心和朗声丽也看着共周思。

"成成、颖颖、灵灵、丽丽，还有婷婷、知知，你们想想看，如果紫光公司收购我们，紫光公司有世界上最好的太空船和磁力引擎，他们公司有世界上一流的人才和极其丰富的资源，他们一定会将新的时空折叠公司经营好。这是时空折叠公司最好的归宿。我的实验室和数据库放在我这里也没有什么用，当年让法院判给我，也是考虑到放在红光公司没有用，放在我这里能发挥更好的作用。既然这样，实验室和数据库并入新的时空折叠公司就是一件好事，只要对太空船的研发有好处，我认为，实验室和数据库是谁的并不重要。"

共周思这么说，大家也就不好说什么了，赵构成虽然不乐意，嘴上也没再说什么。

齐刚当然高兴，他原以为第二个条件是最难实现的，没想到共周思很快就答应了，他不得不佩服共周思的胸怀。

程颖却另有想法，他不会这么轻易让紫光公司占这么大的便宜。

"既然这样，今天的会就开到这里了吧。"赵构成说，"颖颖，公司的事你做主，反正新的时空折叠公司我是不参加了。"

"我也会退出。"共周思说。

第二十一章　磁灾

大家对共周思退出，既理解又不太理解。理解的是，新的时空折叠公司CEO换成了齐刚，齐刚既不懂公司管理，更不懂技术，在他手下干活，共周思会很不习惯。不理解的是，太空船是共周思的梦想，是他的命根子，到外星球上建太空船工厂，建太空医院，寻找新的能源和原石，还有能使光线弯曲、时空折叠的引力场，这是他的使命，就这样放弃了。这不符合他的性格，尤其是灵心想不通。

"思思，你不在时空折叠公司，你计划去干什么？"灵心关心地问。

"继续上我的班。"共周思回避着灵心含情的目光说。

"太空船不搞了？"程颖不相信共周思说的话。

"没钱，没平台，怎么搞？"赵构成说，"思思，我支持你，过一下轻松的好日子。"

"那婷婷和知知他们呢？"大家听灵心这么说，都将目光投到了办公室中舒玉婷和汪行知的立体影像上，看到他们不省人事的脸，办公室一起沉静下来。

“思思，这样行不行，我就做一个挂名的CEO，时空折叠公司的一切还像以前那种，由你做主。”齐刚看到了舒玉婷和汪行知的生死未卜的脸，想起以前他们在一起的日子，那时与舒玉婷和汪行知的关系也很密切的，他们也一起射击、骑马。

程颖、赵构成都吃一惊，这齐刚今天怎么也对共周思大方起来了，是良心发现还是做做样子的？

“是真的还是假的，齐刚？”赵构成不相信。

“当然是真的。”

“我不相信。”赵构成又说。

“你不相信，我也没有办法。但我可以签署文件。”齐刚有些急了，他看到灵心赞许的目光，这种目光他很久没有看到了，心里像照进了一缕阳光般地温暖。他转过脸，对程颖说：“颖颖，你来拟法律文件，我签字，你们总相信了吧？”

“我怕这事会变。”赵构成还是不相信。

“赵构成，你到底要怎么样？”齐刚大声对赵构成说。

“我信不过你。”

“你混蛋。”

“你才混蛋，要不是你成天嚷嚷着要撤资，还要怂恿你爸来封我们公司的资产，封我们的账煳，我们也不会破产。”赵构成对齐刚憋着一肚子的火，脸也涨红了。

“我爸是我爸，我是我。”齐刚站了起来。他特别不喜欢别人说他是依附自己的父亲，在他父亲的羽翼下过活。他恨他爸，恨他爸也从来不把他当一个独立的人来看，事事都在他的掌控之下。

灵心和程颖看着齐刚和赵构成要打架的样子，赶紧叫齐刚坐下，如果不是灵心和程颖劝，赵构成准备站起来和齐刚干一仗。

赵构成几乎是吼着说：“你带着一帮人，跑到我们的太空船车间，拆我们太空船引擎干什么，这难道也是你爸叫你做的？”

齐刚一下子被击中了要害，没有了声音，身子也坐了下来。

"思思，如果像齐刚说的那样，你可以考虑。"程颖对共周思说。

"是啊，思思，什么都没有改变，只是换了一个名义上的总裁。"灵心说。

"我们得到的是时空折叠公司的起死回生，得到的是大笔资金的投入。"朗声丽也说。

"我看世界上没有这样的好事，我从来不相信天上掉馅饼的事。"赵构成就是不相信齐刚。

听到了赵构成的话，齐刚心想，这小子总是和我过不去，今天必须好好修理一下这小子。他腾地站了起来，指着赵构成大叫着说："赵构成，今天我要好好揍你一顿。"

赵构成也毫不示弱，他也腾地站了起来，撸起了自己的袖子，说："谁怕谁。"

论个头，这是一场一看就知道胜负的肢体较量，齐刚个头比赵构成高出一个头，身材魁梧，而赵构成一看就是一个文弱书生，满脸的秀气，绝不是打架斗殴的料。

就在齐刚和赵构成箭弩拨张之际，灵心也站了起来，说："刚刚，你是有力无处使了，上次和思思打架，今天又要和成成打，不找人打架你就难过是不是？"灵心明显是喝止齐刚。

齐刚听灵心这样一说，便立即坐了下来，嘴里嘀咕着说："算了，看在灵心的面子上，今天就不和你计较了。"

齐刚坐下，赵构成也被共周思拉到了他的座位上，虽然他们嘴上没说，但心里却想，随时奉陪，谁怕谁。

见大家都劝他留在时空折叠公司，共周思看看舒玉婷和汪行知，又看看灵心、朗声丽、赵构成、程颖他们，心里就像十五个吊桶打水，七上八下的。在来之前，他打定主意退出时空折叠公司，不再让他们陷入危险之中。放弃，一定要放弃，他心里无数次说。可是，一看到舒玉婷、汪行知还有那么多病人，他的潜意识告诉自己，不能退缩，自己只有前进，没有退路可走，他必须将他们送到太空医院，这是自己对他们的承诺；而在外星球建太空医院，是自己对灵心的承诺。

"让我想想。"共周思说。

他们从认识共周思以来，从未见他遇事犹豫，他的决策总是迅速而果断，比任何人都快很多。今天，不知何故，遇事犹豫不决。大家看着他想，静等他的答复。

共周思站了起来，在办公室里走了几步，他想说，我加入，但他突然说："灵灵、颖颖，我不加入。"

灵灵本来感觉到共周思是会继续留在时空折叠公司的，因为她知道他是个责任心很强的人，为了婷婷、知知，他会留下来。但当共周思说不加入时，她深感意外。

不仅灵心感到意外，就是程颖、朗声丽也感到意外，齐刚更是吃惊地望着共周思，心想，你不想救婷婷和知知了。

"思思不加入，我也不加入。"赵构成说，"而且，那个什么十倍的股本我也不要了。"

共周思说："股本我也不要。"

"实验室和数据库呢？"齐刚问。

"并入新的时空折叠公司。"共周思说。

共周思和赵构成不加入新的时空折叠公司，灵心和朗声丽还有程颖对太空船又不懂，也就都说："我也不加入，并且不要股本。"

齐刚又看到了共周思的胜利，看到在座的人都向着共周思，心又像被戳了一下，很难过。他想知道为什么，但他无论怎么想也不明白。他咬了咬牙，脸色阴沉了下来。

"颖颖，我们今天的会就开到这里吧。"共周思说。

"我看也没有什么事要说的，我还有事，先走了。"赵构成向立体影像中的舒玉婷和汪行知说了一声"保重"。

"我也走了。"共周思说，他用充满感情的双眼看了看舒玉婷和汪行知，便咬了咬牙，离开程颖的办公室。

"思思，等等我，我们一起走。"灵心说。

听到灵心的话，共周思的脚步本能地停了下来，但他没有转过身。程颖只见他咬紧牙关，脸色极其难看。他一昂头，只说了一声："我有急事。"共周思不理灵心，灵心的心仿佛被雷击一样，痛得全身麻木，脸上青紫。她刚站起来准备和共周思一起要走的身子，重重地跌坐在座位上，她感到浑身战栗，头一阵阵昏眩。朗声丽看到灵心这样，急忙走到灵心的身旁，叫了一声"灵灵"，便用她的双手抚摸她的头。

程颖当然看到了灵心痛不欲生的反应，她也发现共周思今天的反应不太正常。她坚信肯定发生了什么大事，否则共周思不会如此。

齐刚看到了共周思的拒绝，开始有点意外，但随后，心里有一种说不出的窃喜，他不明白共周思的行为，但他认为这是自己的机会。

"齐总，老板找你。"齐刚的脑伴里传来了他的猎头公司经理的声音。齐刚听着，立即对程颖说："颖颖，我先走了。"

齐刚又和灵心、朗声丽打了一声招呼："灵灵，丽丽，我改天再找你们，我先走了。"

灵心咬着牙，对程颖说："颖颖，我们也走。"她看到程颖过来扶她，便说，"不用，我能走。"她走了几步，晃了几下，差点跌倒。她们转身和舒玉婷、汪行知告别。

灵心和朗声丽走了，剩下程颖一个人在办公室发呆，她望着立体影像中的舒玉婷和汪行知，自言自语："今天是什么日子？"今天共周思的表现很反常，她很担心。

"颖颖，你下午有空吗？"程颖的耳伴中传来了柴禾的声音。

"柴警官，你弟弟已经被无罪释放了。"程颖还在考虑着怎么才能弄明白共周思今天的过度反常，因此声音显得有些恍惚。

"颖颖，你的声音听起来好像不太舒服。"

"没有。"程颖反应过来了，说，"对不起，我刚才正在想一件事。柴警官，下午有什么事吗？"

"颖颖，想请你让共周思和赵构成下午到一个案发现场。"

"到哪个案发现场？"

"来了就知道了，我把位置传给你。"

"好的，但我不知道思思和成成下午有没有空。"

"请你一定要告诉他们，务必请他们帮我一个忙。"柴禾说。

柴禾下午接了共周思后，又去接了赵构成，本来共周思对柴禾说自己不一定要到现场，将他的立体影像拉到现场就行了，但柴禾说，一定要在现场进行技术指导，还说还有其他的事请教他。

共周思和赵构成与柴禾一起到了现场。柴禾下车后对共周思说："我今天挖地三尺也要找到这些设备被弄走的秘密。"

"用得着这么大张旗鼓吗？"共周思指着一台大型的挖掘机说。

"我也不知道到底怎么找，先用笨的办法或许能解决问题。"

"根本用不着这么多这么大的设备。"共周思说。

"不动机器设备怎么行，你不是说有障眼法，可以远程控制别人的视觉吗？我看他们能不能控制机器。"

"我们可以先用X射线探测一下。"共周思说。

"X射线？"柴禾问。

"对，有一种X射线探测仪，只要用X射线照射这房子，就可以探测到这房子里是不是曾经被损伤过。"共周思说。

"对，我怎么没有想到，只要用X射线照一下，如果看到损伤，说明确实有障眼法，说明有一个神秘的力量在监视着我们。"柴禾说完，又对耳伴说："小陈，你叫技术部找几台X射线探测仪来。"

过了一会儿，他听到耳伴的声音跟他说，技术部没有X射线探测仪，便说："我不管，你找罗局长，叫他给我找，你说这很重要。"

"我们还要这些设备吗？"柴禾问共周思。

"你叫他们回去吧。"共周思回答说。

"这么多的机器设备被运走，而且不留痕迹，肯定是从空中运走的。"赵构成说。

"这是肯定的。"柴禾说。

"你们警察不是有空中监视吗？查一下就行了。"赵构成说。

"我们查了，那天晚上的空中监控，没有发现任何异常，更没有发现飞机从上空飞过。"

"这么大的动静，你们的监视网都没有发现，说明作案者屏蔽了现场。"赵构成说。

"这不可能，从里没有发现有任何现场被屏蔽，任何人都不可能躲过我们的监视系统，何况还要屏蔽这么大的区域。这可不是破译密码那么简单。"

"柴警官，我认为成成说得有道理。"

"这说明，这些犯罪分子越来越复杂了。"

"柴警官，X射线探测仪搞来了。"一位警察带着两台X射线探测仪对柴禾说。

"思思，你说怎么做？"柴禾问共周思。

"你们先对这里的房子进行探测，如果发现他们的结构和材料的特征有什么不同就记录下来。"

"柴警官，我能加入你们案子的现场吗？"柴禾的耳伴里传来了程颖的声音。

"可以。"柴禾应了一声，程颖的立体影像立即出现在他们中间。

"柴警官，我们用X射线探测仪对这里进行了探测，没有任何反应。"负责探测的那位警察说。

"没有反应？"柴禾看看那位警察，又看看共周思，他想问问共周思有想法。

"一点反应都没有？"共周思问。

"一点反应也没有。"那位警察肯定地说。

"我们去看看。"共周思说着，和赵构成、柴禾跟着那位警察来到了探测现场。

"将探测仪的功率开到最大！"共周思对那位技术员说。

"已经开到了最大。"操作工指着探测器上的一闪一闪的红灯说，"再大的话，仪器就要烧掉了。"

"还有没有功率更大的？"共周思问那位技术员。

"没有，这是可搬动的最大功率的探测仪。"

听到技术员这么说，共周思就没有再说什么了。他看看房子的墙壁，用拳头捶了捶，用脚踢了踢，没有什么反应。

"柴警官，找得到铁锤吗？"共周思问。

"你弄把铁锤来。"柴禾对那位警察说，一会儿那位警察递过来一把铁锤给共周思，共周思抡起铁锤就砸，墙被砸出了一个小坑。

"再给我找来电钻和梯子。"共周思说。

很快，一位工人搬来梯子和电钻，共周思站着可伸降梯上，手里拿着电钻往上爬，爬到了屋顶。

"思思，小心。"程颖在立体影像中说。

"没事，颖颖。我就不信。"共周思爬到屋顶，举起电钻向屋顶钻去，大家只听到电钻"哧哧"的响声，但没有看到有任何物体被电钻钻出来，钻着钻着，感觉电钻在空钻。

"大家听到了什么吗？"共周思在屋顶大声地说。

"好像电钻没有钻到东西，电钻在空钻。"柴禾和赵构成都说。

"这说明了什么？"共周思爬到梯子边问。

"这说明屋顶是空的。"共周思走下梯子，跳到了地上。

"这说明，地上的设备是从空中搬走的。"柴禾说。

"这需要很大的吊机。"程颖说。

"不是吊机，而是直升机搬走的。"共周思说。

"而且是重型直升机搬走的。"柴禾说。

"吊走这么多设备机器，不是问题的关键，关键的是重型直升运输机可以躲过我们的监视网。"赵构成说。

"那还不简单，隐形不就行了。"共周思说，"柴警官，我们是不是要考虑一下，这个神秘的组织为什么如此兴师动众地搬走这里的设备。"共周思说。

"说明这里的设备很重要。"程颖说，"这个失踪的科学家是干什么的？"

"是高能物理学家。"柴禾回答说。

"思思，我发现最近有一个神秘的组织在活动。"柴禾说。

"有个神秘的组织？"共周思问。

"而且是玩高科技的。从最近一系列的离奇案件看，这个神秘组织的能量不小。"

共周思对这神秘组织没有很大的兴趣，但他对这次灾难的原因很感兴趣，"柴警官，上次你说电磁辐射导致了大量的伤亡和感染，是什么东西有这么大这么强的辐射？"

"我们环保组的专家认为这是一个灾难性的电磁辐射，他们给它取了一个名字：磁霾。"

"磁霾？这个名字还真是恰如其分。"程颖说。

"说'磁霾'好听一些，我看叫'磁灾'更准确一些。"共周思说。

"对，就叫'磁灾'。"柴禾说。

第二十二章　XY23333号星球

"柴警官，我们撤吧？"那位拿X射线探测仪的师傅和那位警察走到柴禾的面前，对他说。

"你们走吧。"

"我们也走吧？"共周思和柴禾说。

"行，我看这里也没有什么事，但我们已经找到了答案。"柴禾说。

"什么答案？"赵构成和程颖都问。

"有人用隐形的重型直升运输机一夜之间将这里的上千吨的仪器设备搬走了。"

"要赶快将这个神秘的组织找出来。"赵构成说。

"当务之急是将造成电磁辐射的罪魁祸首找出来。"共周思说。

"共先生，你认为这么大的磁灾是怎么产生的？"

"除非有一个巨大的磁场。"共周思说。

"地球上有吗？"

"据我所知，地球目前没有发现。"

"如果地球上有这种磁场，应该不会突然之间爆发。"赵构成说。

"成成，你搜一下，地球历史上出现过这种大的电磁辐射吗？"他们边走边说上了车，因车子空间小，程颖的立体影像无法在车子内显示，便用耳伴与共周思他们联系，她对找出"磁灾"的真凶很感兴趣。

共周思和柴禾都不说话，在等赵构成的搜索结果。

他们三个人没有吭一声下了车，又一同走进柴禾的办公室。共周思、柴禾看着赵构成在紧张地忙碌着。

"好啦，思思，我把搜到的资料发到你的脑伴上了。"赵构成说完一挥手。

"成成，发现什么没有？"柴禾问。

"等一下，你看思思怎么说。"赵构成说。

柴禾和赵构成此时看到立体影像中的程颖也盯着共周思，共周思也像刚才赵构成那样，全神贯注地看着眼前的脑伴。

办公室里很静，如果有一根针掉到地上都能听到。

终于，共周思开口说："没有，地球上从来没有出现过如此大能量的电磁辐射。"

"地球上没有，有没有外星人来地球搞破坏呢？"赵构成说。

赵构成这句话，好像是提醒了在场的每个人，是啊，据说外星人在地球上活动频繁。

"外星人犯的案子，叫我这个地球上的警察怎么破？"柴禾泄气地说。

"我看科学家失踪也和外星人的活动有关。"共周思说。

"算了，算了，你们这些超级大脑，想象力太丰富，外星人来地球搞破坏也想象得出来，你们信，我不相信。"程颖说，她平时是信任共周思的，但外星人到地球来害人的事，她是不相信的，因为她是学法律的，讲究因果关系。

"我也就是这么一说。如此强大的电磁辐射，肯定是哪个地方的磁场爆炸了。"共周思说。

"磁爆炸只能产生在宇宙之中，难道宇宙中的磁爆影响到地球了？"赵构成说。

"如果是这样，地球上的系统也能够监测到。我查了一下，那晚病人突然增多的区域，有相当多的设备、仪器都失灵了十几分钟。"赵构成说。

"这么说，可以肯定，这次灾难的罪魁祸首是磁爆，但到底是地球人所为的还是外宇宙人所为，我们现在不得而知。"柴禾说。

程颖说："柴警官，我们还必须查下去，如果不查个水落石出，并把其根除，下一次又来一次磁爆，不知又有多少人要遭殃。"

"说不定，下次我们这几个就会躺到医院里，像婷婷和知知一样，或者直接消失。"赵构成说。

"这事想想就恐怖，一定要挖出真凶。"柴禾激动地说。

"柴禾，快到我办公室来一下。"柴禾的身边出现了罗局长坐在办公室的立体影像，罗局长满脸疲倦。

"不知道又有什么复杂难办的案子，这段时间，哪是人过的日子，我都一个月没有见到家人了。"

"谢谢你们，思思，成成，还有你颖颖。这几个案子有什么进展，我会及时通知你们。"

"共先生，你在哪里？"共周思的耳伴里传来了刘益的声音。

"刘社长，我在市警察局，找我有事吗？"共周思说。

"也没有特别的事，你到社里来找我一下。"

"好的，我马上去社里。"共周思说完对程颖的立体影像说："颖颖，我先走了。"赵构成也说："颖颖，再见。"他和共周思上了停在路旁的汽车。

立体影像中的程颖显得很是孤单，她心里有很多问题要问共周思。

"齐总，你爸要你到他那里去。"齐刚助理尚尊对齐刚说。

齐刚刚从古德那里出来，心里想着古德对他板着脸说："齐刚，最近工作好像没有什么进展。"

"有进展，程颖有意向加入你指定的那家律师事务所。"

"我目前需要的是共周思和柴禾这两位。"古德说。

这两位可不是能轻易说服的人，齐刚心想，他说："这两位不太容易吸收到我的公司。"

"虽然很困难，但我想你会有办法办到。"古德脸上没有一丝的善意，齐刚对他没有好感。

"齐刚先生，最近来了一个科学家，你知道吗？"古德说。

"是叫凌树青，高能物理学家。"

"你不管他是干什么的，你只要像管理小孩子一样照顾好他的衣食住行就行了。"

对这些科学家，还有管理这些科学家的工作，齐刚开始时的新鲜感现在已慢慢淡下来了。这种近似打杂的工作，他没有什么兴趣。古德对柴禾感兴趣的事，他也不太关心。他现在真正关心的是共周思和灵心。现在老头子要找他，肯定跟共周思和灵心有关。

齐刚一年也难得和父亲齐天航见上一面。如果要见父亲，还要预约，虽然齐天航就只有齐刚这么一个儿子，但在齐刚心目中，自己就好像是一个孤儿似的。虽然父子俩不大见面，但齐刚感觉到父亲的影响无处不在，背后总有齐天航的眼睛在看着他，他浑身的不自在。

齐天航的办公室在顶楼。紫光公司的办公大楼就像一棵参天大树，树干十分粗大，枝叶繁盛。这是一个意大利建筑师设计的，树干就是一个光伏发电厂，里面除了紫光公司的核心部门以及部门的头头之外，其余的地方就是为整栋办公大楼提供动力。枝杈是各个执行部门的办公室。办公大楼的建筑材料都有吸收阳光和雨水转化为能源的功能，就像是植物的叶子在光的照耀下产生光合作用一样，将办公大楼里产生的二氧化碳转化成氧气。这栋办公大楼就是一个小型城市，城市里有的，它那里都有。

这次齐刚不是去父亲齐天航的办公室，而是到紫光公司的太空中心。他来到了这个中心，里面已经坐着紫光公司的核心成员，如太空情报总监陶季、舆情总监果算子、技术总监花月等。他们见到齐刚，都上前热情地打招呼。齐刚向大家一一点头，便找到一个空座位坐了下来。

"刚儿，你坐到我这里来。"齐天航说。

这是破天荒的，齐刚从未见过父亲让自己坐到他身旁，而且今天的语气也是从未有过的亲切。他坐到了父亲旁边的一个座位上。

齐天航对太空情报总监陶季点了点头，陶季手一挥，在座的眼前立即出现了浩瀚宇宙的景象。齐刚看到了繁星密布的宇宙，又看到了一个个由小到大的星球，星球的颜色有蓝色的、褐色的、红色的，有圆的、椭圆的，有旋转快的、旋转慢的，还有的像是被气雾包裹着，有的星球被小的星球围着转。慢慢地，有个星球变得越来越大，上面的凹坑里的黄色岩石也清晰可见。

"根据我的情报，目前世界上有几个国家正准备登上这颗星球。"陶季说。

"这叫什么星球？"花月问。

"目前这个星球，人们叫它为XY23333号。"

"在太阳系还是银河系？"有人问。

"这个星球有什么特别的呢？"又有人问。

"据人类星球研究所的研究表明，这颗星球最适宜人类居住。"

"也就是说，人类可以移民到这个星球？"

"是的。"陶季说。

"现在有哪个国家或公司登上了这颗星球？"果算子问。

"这个你不应该问我，你是舆情总监，地球上的情报，你比我清楚。"陶季望了一眼齐天航说。

"目前，除了我们紫光公司之外，还没有人发现这个星球。"果算子说。

地球上的人类还没有发现这个适合人类居住的星球，但被他这个太空情报总监发现了，陶季的脸上露出了得意的微笑，他望着齐天航说："这项工作是在齐总的亲自领导下完成的，是齐总发现了这颗星球。"

"现在的问题是，我们怎么去这颗星球？"齐天航说。

大家将目光投到了这颗星球上，星球表面有绿色，这说明，这颗星球上有植物，也极有可能有水。这是个重大的发现，或者说是个划时代的发现。

"首先，应该证实这个星球适宜人类居住，证实这个星球有水，有氧气。"陶季说，他的脸上仍挂着笑容。

"那还不简单，向它发射探测器，探测这颗星球是不是有空气和水。"舆情总监果算子刚才被太空情报总监抢白了一顿，面子上挂不住。

"最核心的问题是，这颗星球离我们有1.59光年，我们的探测器飞到那里要几十年的时间。"

"时间是太长了。"花月说。

"在这几十年的时间里，很难保证地球上有哪家公司会抢在我们的前面，先到达这颗星球。"

"那样我们就失去先机了。"花月说。

"也失去了商机。"齐天航说。他一直没有说话，他坐在那里闭着眼睛，像是在闭目养神。他停顿了一会儿又补了一句，"也失去了发现这颗星球的意义。"

见齐天航这么说话，大家也就不吭声了。

"核心的问题是，我们探测器的速度能否达到光速。"果算子打破了沉默，他将脸转向花月说。

花月见舆情总监将目光投向她，便立即说："目前地球上还没有任何一个飞行器的速度可以达到光速。"花月说。

"谁说没有？"齐天航突然睁开了眼睛，从座椅上站了起来。

"不可能有超过光速的飞行器。"花月仍然用肯定的语气回答。

"是这样吗？大家想想。"齐天航在中心会议室里走来走去。大家的目光随着他的脚步移动。他走了几步又说："大家再想一想，再想想。"

会议室沉寂了下来，大家都默不作声。也不知道过了多久，只听齐天航说："大家还记得共周思的太空船吗？"

提到共周思的太空船，大家才恍然大悟。

"共周思的太空船在导弹的火光中突然消失的那一刹那，速度超过了光速。"花月说。

"他是怎么做到的？"陶季说。

"不知道。"花月说。

"他，一个乳臭未干的小孩子能做到，难道我们不能做到吗？"果算子说。

"是啊，我们是世界上一流的公司，要钱有钱，要人才有人才，难道还会败给共周思？"陶季看到齐天航听到将共周思叫小孩子时不悦的眼神，便将后面的几个字吞了回去。

"不知共周思是从哪里找到了那种物质，可以使船的速度达到光速。"

会议室里又陷入了沉默。

"刚儿，收购时空折叠公司的工作，你做到哪一步了？"齐天航问齐刚。

"再过几天吧。"齐刚回答。

"共周思同意将他的实验室和数据库并入新的时空折叠公司？"齐天航继续问。

"同意了。"齐刚说。

"他出了什么价？"

"无偿的。"齐刚说。

"共周思有那么傻吗？"陶季说。

"分文不取？"花月问。

"分文不取。"齐刚说。

"原股东共周思、灵心还有赵构成他们呢？还留在公司吗？"齐天航又问。

"他们都离开新的公司。"

"都离开？"齐天航从椅子上站了起来，一脸的严肃，"共周思也离开自己创建的公司？"

"他们拿一笔钱走人，是明智的选择，留下来也没有什么用。"陶季说。

"他们没拿一分钱走。"齐刚说。

听到这里，齐天航显然有些激动了。他走到会议室里，在每一个人的面前盯着他们看。他没有说话，又默默地坐了回去。过了一会儿，他挥了一下手，齐刚助理尚尊的立体影像出现在了会议室里。

"时空折叠公司太空船的引擎技术分析了没有？"齐天航问。

"我们并购后的第一件事就是按照您的要求，将时空折叠公司太空船的引擎进行分析，发现引擎用的是我们的磁力引擎。"尚尊说。

"我说了，他们没有什么新的发明。我们的磁力引擎是世界一流的。"花月说。

"是世界上最好的。"陶季也说。

"只是，我们发现，除了我们的磁力引擎之外，他们十分巧妙地增加了一个辅助推进系统。"尚尊说。

"还有另外的辅助推进系统？"花月问。

"我们分析是他们备用的。"尚尊说。

"这个备用系统的技术水平怎么样？"陶季说。

"对这个备用推进系统，我们的专家一筹莫展。"尚尊说。

"那个超光速，就是这个推进系统实现的。"齐天航沉重地说。

"你是说，我们的科学家没有办法破译时空折叠公司太空船的辅助引擎的技术系统？"花月听了尚尊的话，觉得像是在打她的脸，脸上浮现了红色。

"确实是一筹莫展。"尚尊肯定地说。

"没想到，共周思这乳臭未干的小孩子，竟然还留有一手。"舆情总监愤愤地说，但他发现齐天航向他投来了不满的目光。

"刚儿，你刚才说，共周思离开了时空折叠公司，他现在干什么？他为什么离开他心爱的太空船项目，这不符合他的性格。"齐天航问齐刚。

"他现在在一个杂志社上班，据说对太空船不感兴趣了。"齐刚说。

"他为什么会这样，你们分析过吗？"齐天航盯着齐刚问。

"估计他是太累了吧，或者是太空船的项目太难搞。"齐刚说。

"累和难，对共周思都不是理由。"齐天航说。他转向会议室中的其他人问："你们说说。"他见会议室里的人都没有回答，又说，"我要的是共周思的光速引擎，你们能给我吗？"

"齐总，光速引擎我们没有也就罢了，那颗星球一下子去不了也就算了，反正地球上也没有任何人可以去。这个地球上的人类无论如何都不可能在我们之前登上那颗星球。"太空情报总监说，他见齐天航有些焦虑的样子，又一个劲地看向齐刚，想给齐天航找一个台阶下。

"你们知道什么叫坐井观天吗？"齐天航看着刚才说话的太空情报总监说，"你们研究过共周思吗？"

"没有，我没有研究过。"陶季说。

"算子，你研究过吗？"齐天航又问舆情总监果算子，果算子也以摇摇头作答。

"我要告诉你们，共周思的梦想不仅是太空船，他还要到外星球上建造船厂，还要用外星球的资源建太空医院，不仅给人类看病，还要给越来越多的星球上的人看病。"

听齐天航这么说，齐刚心里觉得奇怪，以前和共周思、灵心他们在一起时谈的梦想，自己从未向父亲说起过，父亲他是怎么知道的。他从心里佩服父亲情报的收集能力，可以说是神通广大。

"共周思的这些设想，是对我们太空船和太空医院项目的一个严重的挑战。"太空情报总监陶季说。

"那只是一个幻想而已，离实现还远着呢。"舆情总监果算子说，尽管齐天航过分地称赞共周思，但他对共周思一直是不屑一顾的。

"现在共周思不是放弃了吗？说明他的那些设想只是空想。想挑战我们在太空技术方面的霸主地位，简直是痴心妄想。"花月也说。

真是一群蠢货。齐天航在心里骂他们。他真不想和这些人再讨论下去。他站起来说："一个造出世界上第一台光速引擎的人，一个白手起家，造出第一艘隐形太空船的人，一个独自驾着太空船不顾自己安危突破导弹袭击的人，一个异想天开在地球上寻找能使光线弯曲、时空折叠的引力场的人，一个世界第一个用自然光生产世界上超轻、耐高温材料的人，一个用高科技取得非洲抗疫胜利的人，一个心怀=梦想的年轻人，这种人，决不会放弃。"他停下话，墙壁处伸出了一杯红茶，他径直走过去，端起茶杯喝了一口，说，"就是他自己本人想放弃，这个世界也不会允许他放弃。"齐天航转过身来，面对着大家说，"请问，在这个世界上，面对稀世珍宝谁不想自己能拥有？"他又转过身去，将端在手中的茶杯重重地放在刚才的小台子上，一句一顿、铿锵有力地说："我要共周思的心。"他一挥手，会议室的人全部离开了。

"刚儿，你等一下。"齐天航叫住了也要离开会议室的齐刚。

会议室现在只剩下齐天航父子。

"刚儿，陪我在这里坐坐。"齐天航向齐刚招手。齐刚向父亲那里靠了靠。已经有一年没有见到父亲了，齐刚发现父亲老了许多，也憔悴了许多，齐刚心里有一种难以名状的感情。

"刚儿，我问你，你和灵儿的事，进展得怎么样了？何时可以举办婚礼？"齐天航轻声亲切地问。

自从共周思出现后，灵心就逐渐地离齐刚越来越远了，这使齐刚非常难过。齐刚是喜欢灵心的，但现在灵心爱上共周思了。这实情，他不想和父亲说，也不敢和父亲说。"还好。"齐刚应付了一句。

"灵心是一个很好很好的姑娘。"齐天航看得出齐刚和灵心的关系不是很好，在齐天航的眼里，灵心应该也必须是自己的儿媳妇，他看到齐刚不吭声，又说，"有什么难处，和爸爸说说。"

"灵心现在和共周思相处得比较好。"齐刚本不想说，他怕说了父亲会责怪他，说他这么一个青梅竹马的姑娘都守不住，说他无能。但今天看到父亲难得的亲切，便如实说了出来。

"又是共周思。"齐天航说了一句。他没有再说什么，只是咬了咬牙。齐刚看到父亲又挥了挥手，从墙壁中伸出一个台子，台子上面有一个花瓶，只见父亲一直在盯着这个花瓶看。齐刚也不敢作声，陪着父亲看着这个花瓶。良久，齐刚才听到父亲说："刚儿，你知道这花瓶是什么吗？"

"就是一个花瓶。"齐刚如实说。

"这是一件稀世珍宝。"齐天航深沉地说，"但也是一件易碎的稀世珍宝。"说完，他转过身来对着站在自己身边的齐刚说，"所有的稀世珍宝都是易碎的。"说完，便拿起花瓶，然后手一松，砰的一声，花瓶掉在地上，碎了。

齐刚不明白父亲齐天航这一举动和最后的话是什么意思。他只记得在离开会议室时，父亲说："要是飞儿在就好了。"

齐刚从父亲那里出来，又想起古德想要得到共周思的话，他不理解为什么父亲和古德都要得到共周思。他不仅不理解，更加不甘的是灵心的心也向着共周思。他现在身负两个难以完成的任务——将灵心的心从共周思身边夺回来，将共周思吸收到古德的公司。这两个不可能完成的任务，因为父亲的介入，似乎有了一线生机。齐刚首先给灵心发了耳伴，同时，又向她发出了一个立体影像，但都没有得到回应。他又向朗声丽发了一个耳伴和影像，仍然是音信全无。"她们都干什么去了呢？难道她们都不理我了？"齐刚心里想，有些沮丧，他又给程颖发了一个耳伴。程颖接了他的耳伴："刚刚，你找我有事吗？"

第二十三章　灵心舍身救人

"没事就不能找你了，我的大律师？"齐刚说，"颖颖，我们上次说的机器人律师事务所的事，想通了吗？"

"我和思思和成成商量了一下，他们也同意开一个机器人律师事务所。"程颖说。

"思思和成成同意一起加入吗？"齐刚听说共周思和赵构成同意开机器人律师事务所，觉得是吸引共周思的好机会，就愉快地说。

"他们不会加入我的律师事务所，但他们同意给我提供帮助。"程颖高兴地说。

"这是一件值得祝贺的事。颖颖，我请客，把灵灵、丽丽叫到一起，现在就把她们叫过来。"齐刚说。

"灵灵和丽丽，我已经好几天没见到了。"程颖说，从她的话里可以听出她现在就有些着急。

"不见了？她们能上哪去呢？"齐刚问。

"我也不知道。刚刚，我这里很忙，你去找找灵灵、丽丽她们可以吗？"程颖话音刚落，几乎是同时，齐刚对程颖说："等等，有灵灵的消息。"同时，他们的耳伴里传过来了呼叫灵心的声音。他们赶紧打开脑伴，眼前立即出现三十几层楼的楼顶站着一个人，只见这个人脸色蜡黄，浑身消瘦，手里还牵着一个三五岁的小孩子，那孩子也瘦得只剩下一个骨架子，仿佛一刮风就会吹倒。楼下已经架起了弹簧海绵垫子，消防车和救护车灯光一闪一闪的，围观的人群把现场围得水泄不通。

这时，直升机上的摄像镜头对准了楼顶上慢慢移动的三四个人，走在最前面的正是灵心。

"快，颖颖，我们赶紧过去。"齐刚说。

"对，刚刚，我们赶紧过去。"程颖说。

齐刚和程颖两个人边看脑伴，边驱车向灵心那里赶过去。

"丽芳、丽芳，你能听到吗？"灵心向站在屋顶边缘牵着孩子的程丽芳慢慢地移去。

"你们站住，别过来。"程丽芳的声音很小、很弱，灵心和跟在后面的朗声丽还有慈善基金会的两名工作人员便站着不动了。

"灵会长，你是一个大好人，谢谢你救了我的小女儿，可是我不想活了，也活不下去了。"

"你一定能活下去，请相信我。"灵心说。

"我丈夫走了，我公公、婆婆走了，我的大儿子也走了，他们得的是一样的病。这病是治不好的。"

"这种病可以治好，一定能治好的。"灵心眼睛盯着程丽芳的眼睛，身子还是向程丽芳那里慢慢移动着，朗声丽见状，也随着灵心慢慢向程丽芳移去。

"如果你们过来，我现在就跳下去。"程丽芳说完，她的身子晃了一下，吓得他们立即止住了脚步。

"灵会长，感谢你为我们家做出的一切，这几天，你为我的公婆，我大儿子端茶送水，喂饭喂药，还为他们倒屎倒尿，真是难为你和丽丽两位大姑娘了，真的万分感谢。"程丽芳说着说着眼泪便从她那无光的眼睛里流了下来，"灵灵，请让我这样称呼你，因为，他们都这样称呼你。你和我们非亲非故，却如此帮助我们。"程丽芳哽咽得说不下去了。

"丽芳，是我对不起你，没能治好你公婆和孩子的病，是我无能。"灵心痛心地说。

"灵灵，我不能再拖累你们了，你看看，你和丽丽这几天都瘦成什么样了。这么美丽的姑娘，现在和我一样瘦，脸一样黄，如果再这样下去，我们母子俩非将你们拖垮不可。灵灵，我求求你不要救我们了。"

"丽芳，一切的痛苦我们一起来承担。"灵心在说的过程中，一直没有停下脚步。程丽芳牵着那个只有五岁的小女儿。这是两条生命啊，她不能眼看着她们走向死亡。虽然这几天她和她的基金会照顾着许许多多已病入膏肓的病人，她也知道这些病很难治愈，但她仍拖着疲惫得将要崩溃的身体，只为让他们看到生的希望，让他们在绝望中看到人间的温暖和爱心。她的精神和肉体已经难以支撑下去了。当她听到程丽芳要跳楼的消息，她不顾一切地一口气爬上了楼顶，她现在是摇摇晃晃拖着两条腿往前挪。她告诉自己要挺住，如果自己倒下去了，那就是两条生命走向了死亡，她是不会原谅自己的。她额头的虚汗沿着她的脸直往下淌。她拼着全身的力气，像没有事一样对程丽芳说："丽芳，你能听到我说的话吗？"

"灵灵，你不要劝我了。反正我的病也治不好了，迟早也是要死，与其在世上成为别人的麻烦，不如早点去见我的丈夫和儿子。"

"可你还有一个小女儿啊，你难道要她和你一起走吗？"

"我女儿也没几天活了，与其让她在这个世界上遭罪，不如和我一起走。"灵心提到程丽芳的小女儿，程丽芳痛苦地看了一下小女儿，眼中泪光闪闪，但她咬紧牙对灵心说。

"丽芳，你相信我吗？"灵心的牙咬得咯咯作响，她以极大的毅力控制住发抖的身体，一步步向程丽芳移动。

"相信，这个世界上你是我唯一相信的人，但没有人能治好我们母女的病。"程丽芳哽咽着边说边往屋顶边缘的小平台走去。

"等等，丽芳！"灵心看到程丽芳离屋顶边缘越来越近，急了，大叫了一声。

程丽芳听到了灵心大喊她的名字，抬起的脚又停了下来。灵心大步走过去，站上了边缘的平台，她感到一阵眩晕，身子下意识地晃了一下，随即发出了一声"啊"的喊声。灵心拼命地控制住身体，程颖和齐刚看到这一幕，惊得心都跳到了嗓子眼，他们在心里呼喊：灵灵，挺住，要挺住啊。

程丽芳看着灵心在向自己慢慢地走来，吓得浑身瑟瑟发抖，她听到灵心对自己说："丽芳，一切都是我的错，没能救活你的丈夫还有你的儿子。"

"灵灵，别过来，千万别过来，快退回去。"

"丽芳，如果你不回去，我也绝不回去。"灵心站住，没有再向程丽芳走去，"如果你跳下去，我也会跳下去。"

灵心的话，像雷声滚过天空，震撼着在场的每个人的心和灵魂。她的声音并不大，甚至还很羸弱，但人们都听到了，都感动了。这种置自己生死不顾来救人的精神，真是惊天地，泣鬼神。大家都被感动得流下了热泪。

"哇"的一声，人们先是听到小女孩的哭声，接着是程丽芳的哭声，只见母女俩从边缘平台上跳回到了屋顶。小女孩拉着母亲的手，飞快地向灵心跑去。母女俩一下子跑到了灵心的跟前，灵心将小女孩抱起来，她也不知道自己哪来的力气，三人抱在一起大声痛哭。灵心抹去自己脸上的眼泪，拍着她们轻声说："丽芳，过去了，不哭了。"可是，程丽芳感觉到灵心的身子在往下沉，开始是缓缓地，接着突然滑倒在了地上。母女俩赶紧抱起灵心，这时，朗声丽和楼上的警察立即上前将灵心抬了起来。

第二十四章　灵心冒死平息绝望病人的暴动

灵心在医院的病床上，她一睁眼就看见了朗声丽、赵构成，还有程颖和齐刚。她努力转头四处张望，没有发现共周思，心里沉沉的。

"丽丽，我已经躺了几天了？"灵心起床，但很快被朗声丽按了下去。

"已经三天三夜了。"朗声丽说，其实朗声丽的身体也很虚弱。

"都三天三夜了，不行，我必须起来。"灵心接着要起床。

"灵灵，有什么事，你就交代给我们办。"程颖说。

"对，灵灵，有什么，你说一句就行了。"齐刚也说。

"丽丽，我发现最近自杀的人越来越多了。程丽芳安置好了吗？"

"已经安置好了，齐刚帮忙安排在了第一医院。"朗声丽说。

"谢谢你，刚刚。"灵心将目光投向了齐刚。

"哪里话，我们都是自己人。灵灵，你那舍己救人的精神已经引起了轰动，好多人都想来看看你。"齐刚说。

"灵灵，你总算醒了。"灵心母亲提着一个篮子，从里面拿出不少吃的。

"妈，不用拿那么多吃的给我，我这里吃的应有尽有。"灵心说，

"爸爸怎么没来呢？"

"老头子，你躲在外面干什么，怎么还不过来？"病房外的灵剑柔进了病房。别看灵剑柔是一个超级公司的老总，但在女儿面前却有点怯，主要是前段时间不顾灵心的反对，甚至是哀求，坚决将时空折叠公司的股金撤回来的事，伤透了女儿的心。从此，父女俩有三个月没见面。灵剑柔明知自己做得不对，但为了公司，他选择伤害女儿。他深感对不起女儿。

"爸爸，坐到我这儿来。"灵心叫父亲坐在自己身边。程颖和朗声丽赶紧让出一条路，让灵剑柔坐到了灵心身边。

"灵儿，是爸爸我对不起你，你能原谅爸爸吗？"灵剑柔在灵心的面前就像一个犯了错的孩子。

"爸爸，那件事都过去了，不要再提了。"灵心握着父亲的手说。

"是啊，我爸已经以溢价十倍的价格收购了时空折叠公司。"齐刚说，"时空折叠公司还在。"

"是，我听说了，天航真是大手笔啊。"灵剑柔对齐刚说，"刚儿，听说你现在是时空折叠公司的CEO，要把太空船再送上太空。"

"我会的，叔父，我会的。"齐刚说。

"那就好。"灵剑柔往四周看了看，说，"刚儿，怎么没有看到思思呢？"

朗声丽和程颖听灵剑柔找共周思，赶紧扯了扯灵剑柔的衣角，她们看到灵心的脸立即阴沉了下来。灵心说："丽丽，我们基金会几个孤儿院生病的孩子现在怎么样了？"

"不要管他们了，灵灵，你就安心养病吧，他们都很好。"朗声丽的话音刚落，她的耳伴里传来了柴禾的声音，朗声丽的脸也立即阴沉了下来。灵心看到了朗声丽脸上的变化，立即问："丽丽，有什么事？是不是又有病人要自杀？"

朗声丽一边听柴警官的话，一边安慰着灵心。

"丽丽，你必须告诉我，是谁的耳伴？"灵心说。

"是柴警官的。"程颖说，她心想柴警官有什么事要找慈善会。肯定又出现了自杀的人，要灵心去救助。灵心不能再去了，没准她又不顾自己的生死。这次是万幸，程丽芳及时醒悟过来，万一碰到一个一心求死的，灵心就凶多吉少了。不行，必须阻止灵心再去犯险。

"丽丽，叫柴警官将他的耳伴移到我的耳伴上来。"程颖说。

程颖走了出去，和柴警官通话，柴警官在程颖的耳伴里说："颖颖，现在只有灵心出面，才有可能制止这一暴动事件。"随后，柴警官将事情的情形和可能的后果向程颖说了一遍。听着听着，程颖的脸越来越暗，听完柴警官的话，程颖转身向病房走去找灵心，可她发现灵心已经站在了病房的门口。没有办法，程颖将柴警官叙述的情形向灵心说了一遍，程颖本不想将柴警官说的话告诉灵心，但那关系到几千条人命的大事，程颖不能那么做。

灵心听完程颖的口述，立即和程颖离开医院。齐刚和灵剑柔不知道发生了什么事，便跟着灵心离开了医院。灵心看到父母亲还有朗声丽、齐刚他们都跟着自己，便停下来对他们说："爸、妈，刚刚、丽丽，你们都回去吧，我没事。"

"叔叔，阿姨，你们都回去吧，灵灵有我们呢。"齐刚说。

"对呀，伯父、伯母，你们回去吧，灵灵有我们照顾呢。"朗声丽也这么说。

"那好吧，丽丽、刚儿，灵儿就交给你们了。"灵剑柔看到女儿坚持要自己走，加上有齐刚和丽丽照看，便对灵心说："灵儿，要保重身体。"

"爸爸，你放心吧，我没事。"灵心立即对程颖、齐刚和朗声丽说："你们也回去吧。"她见程颖他们不肯离开，并坚决要和灵心一起去完成一般人难以解决的难题，没有办法，只得依他们。她一挥手，一辆车子就停到了他们面前。上车后，灵心说了一句"一号公路"。车子"唰"的一声便向郊外的一号公路驰去。车子一上一号公路，灵心立即说了一句"白水湾”。

“那里有两派人斗殴，相互残杀。”程颖说。

“他们为什么要相互残杀？”齐刚不解地问。

“到了那里就知道了。”程颖说。

“快点，再快点。”灵心一再向汽车发出指令，汽车速度越来越快，简直就是风驰电掣，不多一会儿，车子便在柴警官临时搭起的指挥部停下。灵心他们一下车，柴警官就带着两个警察迎了上来，并一一和他们握手。

“灵会长，真是麻烦你了。这件事，我想只有你能解决。”柴禾说。

灵心一下车，就看到了一队荷枪实弹的警察站在指挥部的两旁。他们被柴禾领进了临时指挥部的会议室。

柴禾等灵心他们都坐下，一挥手，会议室就出现了远处的立体影像。

“这是一辆车，里面有治疗电磁辐射病的药物。”柴禾指着立体影像中的一辆运输车说。灵心他们看到了一辆白色装着印有红十字集装箱的车子停在了那里。

“大家都看清了吗？”柴禾问灵心他们，见他们都点了点头，便又挥了挥手，立体影像里又出现了一群人，他们一个个面黄肌瘦，大部分是老人、妇女和孩子。看他们那虚弱的身体，便知道他们病得不轻，而且一个个被病痛折磨得痛不欲生了。他们有的坐着，有的相互靠着，但没有一个站着的，这些病得弱不禁风的人围坐在一起，还有几位身体看上去也病得不轻的人在他们的周围走动，这几位还不时地与围坐的人群交头接耳，好像是要给他们交代什么，或者是在征求什么意见。

“他们都在干什么？”齐刚问柴禾。

“他们在等待着答复。”柴禾说。

“等待什么答复？”齐刚又问。

柴禾没有去回答他的问题，而是又一挥手，立体影像又出现了一个场景。在这个场景里，与前一个场景一样，也是有几千号病人围坐在一起。

"这和上一个一样，也是一群病人。"齐刚说。

"对，两伙人都是病人，只是第二个场景的人比第一个场景的人多几百个。"

"你们看，柴警官，这些人开始反应了。"程颖指着立体影像说。

"人也在增加。"灵心说。

"有不少看上去没有生病的人也加入进来了。"朗声丽说，"这些没生病的人可能是病人的家属。"

"看看，他们一个个慢慢站起来了，看上去有些激动。"齐刚说。

"他们在喊叫：'反正活不了了，绝不能让第六医院拿走药品。'"

"他们是为了抢那运输车里的药品，对吗？柴警官。"灵心问。

"对，这群人是第六医院的，另一群是第三医院的，他们都想将车里的药品抢到手。"柴禾说。

"你不是在破科学失踪案和电磁辐射案的大案吗？怎么管这事？"程颖说。

"我的头儿说，这和电磁辐射引起的灾难有关，因为这些病人的病就是因电磁辐射引起的。反正我命苦，哪有难事，我的头儿就让我去哪里。"

"双方已经对峙多久了？"灵心问。

"已经两天两夜了。"柴禾说。

"这两天两夜，没有人来劝导吗？"齐刚问。

"劝了，劝说的人都换了七八批了，越劝越激动。"柴禾说。

"这可是一群绝望的人的生死搏斗啊。"程颖说。

"两群对生不抱指望的人，为活命而斗争，可以想象，他们什么事都做得出。"柴禾说。

"他们都是病人，我们有责任解救他们。"灵心说。

"他们都是弱者，我们应该帮助他们。"朗声丽说。

"快看，这边的人站起来了，好像要开始行动了。"齐刚说。

"是在向运输车运动。"柴禾说，他一挥手，会议室立即出现了另一群人的影像，影像里，另一群人也就是第三医院的病人也站起来了，他们表情激动，眼睛中露出让人恐惧的光。

"两群人都在向运输车运动。"柴禾说完，用耳伴说，"三中队，立即阻止第三医院的人，五中队，请立即制止第六医院的人，不许他们向运输车辆靠近。"柴禾说完，又挥了一下手，两个立体影像便出现在会议室的中央，灵心他们看到，警察们站成人墙，阻止人群的移动，但警察的人数太少，抵挡不住疯狂的人群的移动。人群像海浪一样向前，警察们拼命抵挡，举着盾牌撑在地上，脚在渐渐移动，地上擦出了一条条深深的印痕。警察们用肩扛着盾牌拼命地抵住越来越大的压力，密密的汗水从他们的头上流下来。

两边的人群都歇斯底里地向运输车压去，人群高喊着"不活了"的口号，这是世界上绝无仅有的将死病人为生而搏的画面。我们看到过为了生存而奋不顾身拼搏、厮杀的画面，但绝没有看到过将死的病人拼命的景象。这群被病痛折磨得奄奄一息的人形成的力量是惊人的，也是任何力量阻挡不了的。

柴禾看到警察们没有力量阻挡这群病人，如果不及早控制这局面，一场流血事件将不可避免。柴禾激动之下，大喊："罗局长，请立即派防暴特警来，不，应该派一支军队来。我这里顶不住了。"

柴禾打开了耳伴的扩音功能，让在场的人都能听到。柴禾耳伴里传来了罗局长的声音："我马上派一个中队的防暴特警过去。"

"一个中队不够，至少一个大队！"

"好，我派一个大队过去。叫他们荷枪实弹，对一些不法之徒就地处理。"

"不行。"灵心大叫一声，语气坚定而又果断。

"说不行的是谁？"柴禾耳伴里传来了罗局长严厉的声音。

"是灵会长。"柴禾说，"是我叫她来的。"

"双方只有不到三米了。"朗声丽惊恐地大叫。

"现在就是派防暴特警也来不及了。"

"让我去吧。"灵心轻声地说了一句。灵心的话声音很低，很轻，但在这会议室里有似一声惊雷般的响亮震撼人心。程颖看到灵心真的向门外走去，边走边说："柴警官，把你的警察撤回来吧。"灵心的声音仍然很低，很轻，但仍然震撼人心。

当灵心的身影消失在会议室门口之时，室内的柴禾和齐刚他们才反应过来，他们第一反应是不能让灵心一个人去，一个弱女子手无寸铁，两边是发了病的人群，她会被这群人撕掉。危险，太危险了。

"让那两群疯子去打、去斗好了，那是他们的选择，与我们有什么关系，与灵心又有什么关系。"齐刚心里这么想。齐刚紧跟在柴禾的后面，跟在后面的还有程颖和朗声丽。

灵心看到他们紧跟着自己，便边走边对他们说："你们不要跟过来，快回去。"

柴禾说："灵会长，危险，你不能去，不能去。"

齐刚和朗声丽也大叫："灵灵，你不能去，不能去啊。"

"现在没有更好的办法了。"灵心也大叫，"你们不能过来，不能过来，求你们了。求求你柴警官，把你们的人快撤走，快撤走。"

灵心向人群跑去，边跑边喊："丽丽，快叫他们回去，人多了不好。"灵心又对柴禾说："柴警官，让我一个人去试试，难道还在其他更好的办法吗？快将你们的警察撤回去。"

"大家停下。"柴禾说，大家停了下来，"灵心说得对，我们去无济于事。"大家看到灵心跑进两方即将合拢的人群。

这一切如果有远程摄像，而且还是慢镜头，任何人都会看到在警察撤走的同时，两边人群尖叫着"死""活"。他们挥舞着拳头、棍棒向前冲。还有就是灵心奋不顾身跑向两边即将合拢的人群中间，大家紧张的心"突突"地狂跳，担心灵心不是被疯狂的人群乱拳乱棒打死，便是被他们踩成肉泥。这一切看得柴禾、朗声丽、齐刚他们心脏好像要从嗓子眼里跳出来了。可是，灵心毫无惧色，她冲到两群人的中间，站在两边人群即将合拢的一点点间隙之间，也就是在两群人要拼得鱼死网破的千钧一发之际，柴禾闭上了眼睛，他后悔不应该叫灵心来，是自己害死了她。在这一刻，朗声丽的眼睛里泛出了泪花，在这危急的时刻，她恨自己没有和她在一起。齐刚和程颖吓得浑身战栗，他们恨自己没有阻止住灵心，本来他们是可以阻止她的。他们都闭上了眼睛。

但是在他们闭上眼睛的那一刻，他们听到灵心说了一句："我是灵心。"隔了三秒钟，又听灵心说："你们要冲，就从我的尸体上踩过去吧。"这声音仍然很轻，但仍然具有无与伦比的力量。柴禾他们立即睁开了眼睛，他们看到奇迹发生了。两边的人群刹住了脚步，他们担心的一切并没有发生，他们听到了人群中的声音："是她，是灵心，就是那个冒死救丽芳母女的大善人灵心。"另一边人群也有人喊："停下来，快停下来，她就是灵心，她救了丽芳母女俩，我在影像上看到过她，我认识她。"

两群人立即停止了向前冲的脚步，他们都停在了那里，没有了打杀的喊声，挥舞的拳头和棍棒也放了下来。他们静静地站在原地，无声无息。

"请大家各向后退十步。"灵心说。

两边的人群向后各退了十步。

"请大家再向后退十步。"灵心说。

果真，人群又向后退了十步。

"谢谢大家，谢谢你们。"灵心向两边的人群鞠了三个躬。

"大家相信我吗？"灵心走到第六医院的病人面前，只听病人们回答："相信。"

灵心又走到第三医院的病人面前问："大家相信我吗？"

病人们也回答："相信。"

灵心看到柴禾他们惊魂未定的样子，用眼神制止了他们到她这里来的举动。

"还有一个请求。"灵心看到两边的人还是站在那里，又说，"你们能不能坐在你的原来的地方，站着很累。"

两边的人群坐到了原来的位置上。

灵心又跑到两边的人群，对他们说："请你们选出五个代表，讨论一下这车药品分配的问题。"

两边的人果然如灵心所要求的，各自选出了五位代表，并且还推选出了一个首席代表。这些代表被邀请到了指挥部的会议室，这时，警察已经全部撤走了，临时指挥部只剩下柴禾和几位工作人员。

"你们也走吧。"灵心对齐刚和程颖说。

"我们还是留下来吧，我们作为工作人员，他们不会在意的。"程颖说。事态没有完全平息，这时走，程颖不放心。

"对，我们留下来。"齐刚也说。

"让他们留下来吧，多几个人，他们估计也不会在意。"柴禾说。

第六医院的病人代表先到，随后第三医院的病人代表也到了，他们坐在了一起。朗声丽提前将指挥部会议室的会议桌摆出了一个椭圆形，灵心坐在他们中间。

"我们大家今天是不是在一起讨论一下这些药品的分配方案？"灵心见代表们到齐了，便对他们说。

"这批药品是我们先发现的，如果不是我们知道了运输药品的车子和路线，第六医院的人根本不知道这里有药品，也不可能来挡运药车。"第三医院的首席代表名叫徐藏，五十多岁，脸瘦而黄，一开口就露出他还渗着血的牙齿，说话的声音微弱，但他的修养很好，举手投足之间，可以看得出是一个知识分子。

"你们胡说，明明是我们先发现了这批药品，是我一个在药品监管局的朋友告诉我的。"第三医院的首席代表叫张风，年龄应该在八十岁左右，如果不是被这场电磁辐射感染，应该是一个很魁梧的人。他的脸色泛着黄色，额头的皱纹很深很细，眼睛无神无光，看上去病得不轻。

两边的人七嘴八舌地为谁先知道这批药的信息吵了起来，争吵的声音也渐渐高了起来。灵心没有吭声，让他们吵。两边的人吵了一会儿，也许以为生病，没有什么力气，争吵声便渐渐低了下来。可是当会议室静了一会儿后，第三医院的人说："这批药品必须先满足我们三医院，剩下的才能给你们六医院。"

"不行，坚决不行。"第六医院的代表说。

"不行也得行。"第三医院的代表说。

"你们试试看。"

"试试看就试试看。"第六医院有个代表站了起来。

第三医院的代表看到第六医院的人站了起来，也站了起来，双方好像要打起来。

看到这个情景，柴禾用眼睛看着灵心，他看到灵心也站了起来，说："各位，不要争了，听我说几句好吗？"

两个医院的代表还有想吵的，但听灵心这么说，都被首席代表叫停了。"不管这批药品的消息是谁先知道的，首先这批药品属于全市电磁辐射病人的，你们说对不对？"灵心说。

"我不管其他医院的，我们医院的病人必须先用，用不完的才能给其他医院。"第三医院的代表说。

"不行，必须无条件地满足我们医院的病人。"第六医院的代表说。两个医院的代表又要吵起来。

"各位，我想问大家一个问题，如果这批药品连一个医院的病人都不能满足的话，你们看怎么办？"

灵心的这个问题，一下子问住了他们。

"我不管，这车药品先运到我们的医院再说。"第六医院的代表说。

"你们的六医院有多少病人，你知道吗？"灵心问第六医院的首席代表徐藏。

徐藏想了一会儿说："不知道。"

"你们今天来了多少人？"灵心又问。

"大概上千吧。"徐藏说。

"六医院的病人全部都来了吗？"

"没有，还有一些年纪大的病人，他们走不动路，躺在医院的病床上。"

"三医院的呢，你们今天来了多少人？"灵心问第三医院的首席代表张风。

"一千多人吧。"张风回答。

"是不是和六医院的一样，还有躺在医院病床上没有来的病人。"灵心问。张风回避了灵心盯着他的目光，迟疑了好一会儿才说："是的。"

"我再问你们一个问题好吗？"灵心对两个医院的代表说。

"灵会长，你问吧。"两边的代表说。

"如果这批药品交给你们六医院的徐先生分配，你准备怎样分配？"灵心看着徐藏说。

"这个问题我没有想过。"徐藏不好意思地说。

"你呢？张先生？"灵心又问三医院的张风。

张风想了想，说："将药品平均发给每个人。"他生怕自己的回答不足以让人信服。

"如果这些药品，不够每个人分呢？"灵心又问。

"一定够，那么一大车，绝对够我们医院的人分。"张风说。

"如果药品真的不够分，你打算怎么办？"灵心继续看着张风问。

"不够，那就先给那些病情重的人吧。"张风接过了灵心的话说。

"回答得很好，谢谢你张先生。"灵心望着徐藏，问："你说呢，徐先生，你是否同意张先生的意见？"

徐藏被灵心盯得有些不好意思，他支支吾吾地说："当然是先分给病情重的人。"

"非常好，你们都是有爱心的善良的人。"灵心将目光从他们的脸上移开，对他们十个代表说，"你们知道全市有多少没有进医院治病的病人吗？"

"不知道。"徐藏和张风都说。

"有十二万四千五百六十二人。"灵心说。

"有十二万多人，那么多？！"张风、徐藏还有其他的几个代表都有些吃惊。

"也就是说，还有很多病人没有机会得到治疗。"灵心说完，她挥了一下手，会议室的中间立即出现了一个立体影像，影像里，一个十分简陋的房间里，床上躺着一个年迈的病人，只见她骨瘦如柴，眼窝深陷，一个同样瘦得皮包骨，看上去只有十来岁的小女孩正端着碗，有气无力地对那年迈老人说："奶奶，起来吃一点东西吧。"小女孩伸出有些颤抖的小手，将端在手中的碗放在了床头柜上，她吃力地爬上床，用双手抱着奶奶的头。她想把奶奶抱起来，可是抱起来奶奶又倒了下去，抱起来又倒下去。小女孩倒在奶奶的身上喘着气，只听老奶奶用微弱的声音说："琪琪，不用你抱了，奶奶自己会起来。"老奶奶用皮包骨头的手撑着身体，吃力地想撑起自己的身子坐起来。可是她的双手发抖，撑了好几次，最后还是倒在了床上。这时，小女孩又用瘦弱的双手去抱奶奶，她对奶奶说："奶奶，我们一起用劲。"

奶奶说："好，孩子，我们一起用劲。"小女孩用无力的声音说："一、二、三。"祖孙俩一同用力，老奶奶才坐了起来，小女孩用力过猛滚下床来。她下了床，两脚发抖地站在地上，用同样发抖的双手端起床头那碗麦片粥。由于浑身有些颤抖，小女孩喂给奶奶的粥洒到了床上，奶奶用颤颤巍巍的手擦了擦洒在床上的粥。小女孩艰难地给奶奶喂完粥，自己便倒在了老奶奶的怀里。

看到这里，会议室里很静很静。柴禾和程颖的眼睛湿润了。两个医院的代表们也是屏着呼吸，不敢大声出气。

灵心又一挥手，立体影像里又出了一个场景，在一个桥墩下面，一个十几岁的小孩，身上裹着一件破衣服，很瘦很瘦。除了一双转动的眼睛能看出他还活着，那张脸看上去与死人没什么两样。他靠在护栏上瑟瑟发抖。"这是一个被病痛折磨得无法行动的小男孩。"灵心说，"我们找到他时，已经濒临死亡。"

　　灵心又一挥手，会议室时的立体影像里出现了一排排帐篷。帐篷里横七竖八地躺着一排排的病人，大多是妇女和小孩。

　　"这些人是我们慈善基金会从全市各个角落聚集来的，由于病人太多，我们基金会的帐篷根本不够用。他们拥挤在一起，有很多人还大小便失禁。"朗声丽再也说不下去了，站到会议室对着立体影像说。大家都没有注意到朗声丽来到了会议室，他们全神贯注地看着影像。

　　立体影像里，灵心背着一名妇女，那名妇女的呼吸已经很微弱了。灵心将她背到一个帐篷里，发现这个帐篷里已经挤满了人，她又背那名妇女走进另一顶帐篷，另一顶帐篷也挤满了人。灵心背着这个身材比她高大的妇女，四处寻找可以安身的帐篷。突然那名妇女"哇"的一声开始呕吐起来，呕吐出的污秽物从灵心的头上、脸上顺着脖子流了下来。灵心没去理睬那些呕吐物，如果你在现场，你一定会闻到那难闻的酸臭味。灵心背得越来越吃力，人们已经看到她几次停下来喘着气，她想找个地方靠着歇歇，但周围根本就找不到可以让她靠一靠的东西。她拖着越来越沉的脚步，向一间又一间的帐篷走去，最后她实在是背不动了，倒在了一个帐篷的门口。就在灵心倒下来的时候，灵心背上的妇女的下身流出了黏稠的液体，不用猜，肯定是那名妇女的大小便。就是在自己倒地的那一刻，灵心也用自己的身体护着那位妇女，让她倒在自己的身上，任凭那妇女的大小便和呕吐物流在自己的身上。虽然那些污秽物弄得灵心满身都是，浸透了衣服，但是灵心没有一点厌恶的表情。她坦然地擦去脸上的污物，歇息了一会儿之后，在一个赶来的年轻女孩的帮助下，将那名妇女安置了下来。

　　会议室中的人再也控制不住自己，眼泪夺眶而出。就是柴警官这位见过很多残酷血腥凶杀现场的警探，也感动得流下了泪水。他为灵心无边的爱心感动。两边的病人代表都哭出了声，他们站了起来，抹去眼角的泪水，对灵心说："灵会长，这批药品我们不要了，你发给比我们更需要的病人吧。"他们走出了会议室，说，"灵会长，你太伟大了，太了不起了，你放心，我们马上撤。"

一场绝望病人的暴动就这样被灵心这位弱女子凭借一己之力化解了，柴禾感受到灵心大爱的巨大力量。

第二十五章　药品车在眼皮底下离奇失踪

警察和病人都撤了，会议室里只剩下柴禾、灵心他们。

"柴警官，车里是什么药品？"灵心问。

"是最近研究出来的能缓解电磁辐射病痛和防止病情加重的针剂。"柴警官说。

"有多少？"朗声丽问。

"具体有多少，我也不清楚，这批药品是要运到市应急中心，由中心分配给各医院的。"

"我们临时收容所有份吗？"朗声丽问。

"估计没有。"柴禾说。

"那就加入分配行列。"灵心说。

"没有问题，包在我身上。"柴警官说。

"柴警官，如果没什么事，我们也撤了。"灵心说。

"好的，今天真是太谢谢你了，灵会长。"柴警官说。

"不用客气。"灵心说。

可是就在他们即将离开指挥部的一刹那，柴禾的手下向他汇报："柴警官，药品车不见了。"

"什么？不见了？"柴警官瞪大着眼睛，惊愕地问。

"确实不见了。"

"快，我们去看看。"柴禾二话没说，就向运输车那里冲去，灵心他们也向刚才停运输车的地方跑去。

"真是见鬼，怎么就没了？"柴禾在刚才停运输车的地方转来转去，一会儿在地上寻找，一会儿向四周眺望。

"我们的人是什么时候撤走的？"柴禾问跟着自己的手下。

"你下令撤的时候，距现在也就是一刻钟。"

"谁这么大的能耐，在这么短的时间里就劫走了药品车。"柴禾想了一会儿，对耳伴说，"找监控中心。"

"你好，柴警官，有什么事情要我效劳？"柴禾耳伴里传来了监控中心值班人员的声音。

"请帮我查一下，61号区，一辆白色、挂着集装箱、车牌号是GM7693的大卡车。"

"请问什么时间段的？"值班人员问。

"前二十分钟。"

"好的，柴警官，白色、车牌号为GM7693的大卡车，15分36秒前，在61号地区98分区不见了。"监控中心值班人员说。

"以98号分区为中心，向外围搜查，从地上到空中。"

"好的。"

"行了，你将监控立体影像发我，我直接看。"柴禾说。

监控中心说："请将你的授权编号告诉我。"

柴禾离开灵心他们一段距离，将他的授权编号告诉了监控中心的值班人员。柴禾的眼前立即出现了一个立体影像，柴禾也没有顾忌灵心他们，将立体影像和他们共享。他们看到了立体影像中清晰的图像，看到了天空中闪亮的星星和高低参差的大楼以及大楼中的灯光，还有一条条高低交错的公路，公路上的车辆不多。他们努力寻找着，可就是没有发现车牌号为GM7693的大卡车。

"难道又是像共周思说的障眼法？"柴禾说，"或者像共周思说的影像屏蔽？"

"柴警官，必须找到这辆车和车上的药品，否则没有办法向两个医院的病人交代。"朗声丽说。

柴禾当然明白找不到药品车的后果。如果找不到这批药品，灵心也没有办法向刚才两个医院的人交代。可是，药品车不翼而飞，到哪里去找这批药品？显然，这又是一起高科技犯罪的案子，农场里的那个实验室设备不翼而飞的案子还没有破，又出现了和那个案子手法如出一辙的情形，柴禾很沮丧，但他更着急。因为这起药品莫名失踪的案子与那科学家和他的实验设备失踪案的缓急不一样。他觉得如果在24小时内找不一这批药品，那两个医院的人说不定又会暴动，而且还会影响到其他的医院和几乎所有的病人。

灵心也很焦急，这批药品，可以减缓很多病人的病症，她是亲眼看见过那些痛不欲生病人的样子，真切地感受到这些病人的苦难，还有病人亲属的苦难。这批药品太重要了。

柴禾一挥手，立体影像消失了。柴禾在原地转着圈，大脑在飞快地思考，心里一个劲地问："怎么办？怎么办？"

"柴警官，还是把思思找来吧。"程颖说。

"对。"柴警官双手一拍说，"我怎么没有想到，只有他能解决问题。"

听到要找共周思，灵心的眼睛立即一亮，对灵心的反应，齐刚看在眼里，但他只能将不快藏在心里。

"赶快，赶快联系思思。"柴警官说。

"好的，我立即联系他。"程颖答应着，立即向共周思发出了耳伴。

"怎么联系不上？"程颖说。

"我再试试看。"柴禾说，他用耳伴与共周思联系也联系不上。

"丽丽，你也来联系一下看。"程颖对朗声丽说。

"好的，不过你们都联系不上，我可能也不行。"朗声丽向共周思发了一个耳伴，仍然是联系不上。

"刚刚，你也试试。"程颖说。

"我？"齐刚说，"我恐怕更不行。"正如齐刚所说，他也联系不上。现在只剩下灵心了，大家都将目光投向了她，灵心很清楚自己联系不上他，因为她已经向共周思发出过无数次的耳伴、脑伴，但都没有得到答复，思思好像凭空消失了一样。她本不想再与他联系，但看到大家要她联系共周思的目光，又不好拒绝，只得向共周思发送耳伴，同样没有任何回应。

"找下成成。"程颖说，说着她向赵构成发送了一个耳伴，"成成应该知道思思在哪里。"

"颖颖，找我有什么事情吗？"程颖的耳伴里传来了赵构成的声音。

"我们想找思思，你知道思思在哪里吗？"程颖在耳伴里问。

"我也好几天没有看到他了。给他发过几次耳伴，都没有找到他。"赵构成说，"颖颖，有急事的话，可以到杂志社去找找他。"

"好的，我去杂志社找他。"程颖关掉了耳伴对柴禾说，"到《太空惊奇》杂志社去找他。"

"我来找。"柴禾说，他直接找到了杂志社的办公室，问共周思这几天在不在上班，杂志社办公室的人回答说，他们问问看。

"柴警官，共先生有一段时间没有来上班了。"杂志社的人回答说。

"问下你们社长，是不是派共周思出差了。"柴禾说。

"我问了，我们领导说，没有分配他出差的任务，领导也在找他呢。"

"柴警官，我们到他的宿舍去看看。"程颖说。

"我来。"柴警官说。

"CTC区居委会吗？"柴禾说。

"是的，CTC区居委会，请问需要为你找谁？"

"我们找你们社区的共周思先生。"

"共周思是我们社区的住户。"

"我是市警察局的柴禾，编号为956837，我们要你找下共周思先生。"柴禾说。

"我们社区的住户是移动的，住户没有固定的住房。"社区服务室的人说。

"你给我查一下最近有没有叫共周思的出入你们社区的记录。"

"好的，请等等。"社区服务室的人说。大家等了一会儿，服务室的人说："我这里只有共周思先生一个星期前进出社区的记录。"

"好的，谢谢。"

"也就是说，思思不见已经一个星期了。"朗声丽说。

听她这么说，大家面面相觑。尤其是灵心的脸更加忧郁了，她终于忍不住了："思思到哪里去了呢？不会也失踪了吧？"

"也有可能，最近有不少科学家失踪，像共周思这样的人才，很有可能被失踪的。"柴禾这么想，但他没有将这话说出来，只有放在肚子里。共周思的事以后再查，眼前药品车失踪的事要紧，他看到齐刚离开灵心他们，到一边去发他的耳伴去了。

"我认识一个朋友，他是个极客，可以帮我们找到那批药品。"齐刚回到柴禾的身边说。

"你？"程颖说，她不相信他。

"你们瞪着我干什么？你们不信？我可是猎头公司的总裁，专门搜集各路人才。"齐刚的声音明显有些得意。

"你的那个极客朋友在哪？能到我们这里来吗？"柴禾问。

"我们去找他，他不会离开他的工作室的。"

"在哪？"柴禾问。

"在郊区树林里的一个木房子里。"齐刚说。

"叫他发个位置给我，我们这就过去。"柴禾说。

"我们还是先找到思思，再找这批药品。"程颖说。

"两个同时找。"柴禾说，"我已经通知了我们局的搜寻中心，叫他们找共周思。如果找到共周思，叫他们立即告诉我。"

叫柴禾这么一说，灵心的脸色舒缓了一些："我们现在就走吧。"

"去哪里，灵灵？"程颖问。

"先去找药品吧。"灵心说。

他们上了柴禾的警车，警车便"呼"的一声向齐刚说的那个极客的木房子驰去。

柴禾的警车开得飞快，时间不多就到了树林旁边。柴禾的助手发现前面没有了路，便停下车子，说："头儿，我们下车吧。"柴禾他们下了车，柴禾一挥手，他的脑伴里就出现了那个极客的木房子，也出现了通向木房子的弯弯曲曲的小路。正当他们要按照柴禾脑伴指引的方向去木房子的时候，柴禾的脑伴里出现了那个极客的图像，柴禾发现这个极客看上去年龄很小，还只是一个小孩子，估计也就是十五六岁，稚气未脱。在他的身后是满屋子的仪表和电脑，仪表和电脑上闪着五颜六色的灯。他就坐在这个仪表和电脑堆里，笑着对柴禾说："我不认识你，请让齐先生和我说话。"

立体影像立即在柴禾的脑伴中消失，柴禾转过脸去看着齐刚，他听齐刚说："我会按照你的要求将钱打到你的账上，但我们必须找到那辆药品运输车。"

"已经找到了。"随着那个极客的声音，一个立体影像便出现在了他们中间的空地上。他们看到了与那辆运输车一模一样的白色大卡车，而车牌号是GM7693。柴禾和灵心看到这辆车，心里别说有多高兴了。他们很想问这辆车在哪里，柴禾和灵心的话还没有问出口，只见立体影像里就出现了一排字，这排字告诉了他们这辆车的准确位置。

"在一个郊区破房子里，离这里也就是一百多公里。"柴禾说，"我们快走。"

"最好是叫直升机来，那里有段路车子不好走。"柴禾的助手说。

"可以，你叫罗局长派一架直升机来，并对那个地区进行监控，不准任何人靠近那辆车。"

没几分钟，一架直升机就停到了柴禾他们的面前，他们立即登上了直升机。

他们坐上直升机，都对齐刚投去了赞许的目光。齐刚也好像是完成了一项非常光荣而又艰巨的任务似的，脸上也浮现了喜悦的表情。他很少有这样的感觉，尤其是得到灵心对自己的赞赏的目光。他格外兴奋，因为已经有很长一段时间没有见过灵心今天这种目光了。他发现，那个古德或者那个公司还是神通广大的。可是，当他想到刚才古德的话，他的脸马上阴沉了下来。"齐刚，我帮你这个忙，是为了让柴禾对你有好感，也是让柴禾知道你对他有作用，以便你渗透到他的警局。你必须随时报告他们的情况。更重要的是要将柴禾吸引到我们公司里来。"

"怎么了，刚刚，又有什么事让你不高兴了？"灵心看到齐刚脸上的变化，很高兴地问。

"没什么，没什么，我们马上就可以找到那批药品了，我很高兴。"齐刚高兴地说。他看了看灵心，发现她又黑又瘦又憔悴，心里一阵难过。

"我们下去。"柴禾助手说，程颖这时发现，直升机已经停在了湖边的草地上。他们立即下了直升机。

柴禾很快就跑到了运输车的旁边，立即就去开车上集装箱的门，这时他才发现，门是锁着的，而且是密码和视网膜锁，必须有密码和应急中心药品监控员的视网膜才能打开。柴禾没想到这药品的控制这么严。

"必须打开它。"程颖说。

"对，必须打开它，我们必须确认药品还在不在里面。"灵心说。

"肯定在里面，你们没看到这锁和门完好无损吗？"齐刚说完，他就去拉集装箱门的把手。

"等等，先别动。"柴禾的助手说，"程颖和灵会长说得对，万一这车被人动过手脚就不好办了。"听柴禾的助手这么说，齐刚缩回了他的手。

"叫罗局将那个监控员带到这里来。"柴禾对他的助手说，"一定要快。"

十几分钟后，一架小型的直升机便来到了这湖边，在这十几分钟的时间里，柴禾已经对运输车的周围进行了观察。

一个中等身材的中年男子下了直升机，跟在他身边的还有一个年轻人。他们掏出了证件给柴禾看，柴禾边掏出了证件给他们两个人看。

"请将集装箱的门打开。"柴禾对他们两个人说。

"我先来。"那个年轻人说着便走到了集装箱前，输入了一串密码。随后，中年男子也走到了集装箱门前，他按动了一下门上的按钮，一道蓝光扫描着他的脸，大约一分钟，门自动打开了。

集装箱的门一打开，柴禾和灵心就立即登上了运输车，走进了集装箱里。可是当他们走进车厢里时，眼睛立即瞪得老大，他们看到车里空空如也，没有一盒药品。柴禾看到这场景，一屁股坐在了集装箱的底板上。"难道老天就是要捉弄我，我怎么这么倒霉，让我碰到这一件件离奇的事。"他埋头想了很久，对来的两个人说："难道这运输车里根本就没有装药品？"他看到两个人不明白他的意思，于是又说，"难道说，药品根本就没有装进这辆车？"

"肯定装上了车。"那个中年男子说。

"有什么证据可以证明药品装了上了车？"柴禾说。

"你可以调装车时的监控影像。"年轻人说。

"对，看监控影像。"柴禾站了起来，说，"我要看药品运输车装车监控影像。"他的话音刚落，立体影像便出现在了他的眼前。柴禾跳下车，站在大卡车边上，边看影像边看这辆大卡车。他发现影像里的大卡车与这辆实实在在的大卡车一模一样，没有丝毫的差别。

"现在怎么办？"灵心看着这辆空卡车说。

"我来问问那个极客，这小子骗我。"齐刚跳下车，其他人也随他跳下了车。他们只听齐刚说："你小子骗我，这车子是空的，根本没有什么药品。"齐刚的声音有些激动，他停了停，继续说，"我要的是药品，而不是空车子。"那个极客说："什么？你当时只是叫我找失踪的车子，没有叫我找药品。"

齐刚大声吼道："你真是会钻空子。"齐刚又停了一会儿，接着又大声嚷嚷道，"我现在不管，你能不能找到车上的药品，或者告诉我药品被谁劫走了，或者告诉我药品现在哪里！"齐刚满脸怒气地停了一会儿，又说，"好好，你要多少钱？""多少时间？""什么，还要找古先生，再让古先生找你？"齐刚说着，脸色铁青。

"搜索中心，找到共周思没有？"柴禾大叫，"还没有找到？"柴禾停了一会儿，低声嘀咕，"难道真的失踪了？"

"齐刚，你的那个极客怎么说？"柴禾看到齐刚与那个极客通耳伴。

"说是过一会儿答复我。"

现在大家都没有办法。他们就坐在运输车旁的草地上，等待着那那个极客的答复。

柴禾抓住地上的一个小石头重重地扔向了前面的湖里，他看着石头掉到水中溅起的水花说："都是那个该死的电磁辐射害的。"

"柴警官，电磁辐射的元凶查到了吗？"程颖问。

"如果让我找到元凶，我非宰了他不可。"柴禾愤愤地说。

"颖颖，找下知知和婷婷的医院，思思每过一两天都要去医院看他们的。"灵心说。

"对，找下医院。"程颖说。

"婷婷、知知没有知觉，找他们也没有用。"朗声丽说。

"医院里总该有人，是否会有人看到过思思？"灵心说。

"将医院的监控影像调过来看看就知道了。"程颖说。

"没用，市医院所有的监控影像都查过了，没有共周思的踪影。"柴禾说。大家都束手无策了。

"我们待在这里也不是个办法，不如回市里，向上面汇报，看看怎么办。"柴禾站起身，他对还坐在地不动的灵心他们说，"走吧。"

"不等那个极客了？"齐刚问柴禾。

"我们还是边走边等吧。"柴禾向直升机走去。

"柴警官，如果还有十二小时找不到药品，我怕两个医院的病人会闹事。"灵心担忧地说。

"岂止是闹事，简直是要暴动。而且我看是全市的病人要暴动，所以我必须赶紧回去请罗局长做好防暴的准备。"他看到最后一个上飞机的灵心说，"我也要准备被开除了，这批药品是在我手里丢失的，我难辞其咎。"

"柴警官兢兢业业，不会就这样被开除的。"灵心握住齐刚伸过来拉她起来的手说。

"开除没有关系，反正我也不想干了，对付这些高科技犯罪，我的知识储备不够了。灵会长，只是枉费了你冒着生命危险平息这场流血冲突，最后由于我们的原因而功亏一篑，实在对不起你。"

"这不怪你，柴警官。"灵心说，"当务之急是找到药品，才能防止病人冲突。"

"看看能不能再向国际急救中心要一批药品。"刚才来帮柴禾开锁的年轻人说。

"对，这是个好办法，我怎么就没想到。"柴禾说完，便向罗局长发了个耳伴，请求政府出面向国际急救中心再调一车药品来。

"什么，不可能。"柴禾听到了耳伴里罗局长的答复。

"据我所知，这车药品是通过非常渠道才弄到的，只有几个市有。"

"国际急救中心还有这种药吗？"灵心问应急中心的中年管理员。

"应该还会有一些，但肯定不会给我们市里了。"中年管理员说。

"就是有，他们也不会再给我们了。罗局长刚才说，上面领导出面都没有用。"柴禾说。

"灵灵，丽丽，我们还是等那个极客的答复吧，如果一个小时不答复，我再来想其他的办法。"齐刚想，他管理着那么多科学家，这里面肯定有能人异士，能够解决这高科技的"打劫"，"灵灵，相信我。"

第二十六章　少年极客

"好了，那小孩联系我了。"齐刚将耳伴打到了共享，大家都能听到。

"齐刚，这批药品在什么地方，我找到了。"

"找到了？在哪？快说！"齐刚看了大家一眼。

"别忙，要我告诉你这批药品的下落，你必须付出代价。"那个极客说。

"要多少钱，你快说。"

"这次我不要钱。"

"不要钱，你要什么？"齐刚不解地问。

"你必须无条件地答应我，我才说。"

"你不说，我怎么答复你？"齐刚没好气地说。

"你如果和我说条件，那我就不说了。"那个极客关掉了耳伴。

"齐刚，你答应他，不论他提什么条件都答应他。"柴禾说。

"对，答应他。"灵心说。

齐刚回发了耳伴给那个极客。

"怎么样，想通了吗？要知道每一分钟都是很可贵的。"

"如果我不答应呢？"齐刚是一个倔脾气，更有三分火性。

"很简单，这批药品不知道有多少人想要。"那个极客漫不经心地说。

"好好，我答应你，你说，你什么条件。"

"我要柴禾听我指挥一年。"

"柴禾在警察局上班，怎么听从你的指挥？"齐刚说。

"这么简单的条件都不能答应，那就算了。"那个极客说。

"等等，我答应你，柴警官在警察局上班，只能在业余的时间听从你的指挥。"齐刚用眼睛看着柴禾，柴禾向他点点头。

"齐刚，你别答应得这么快，蒙我，这事你说了不算。"别看一个十五六岁的小孩子，智商很高，不愧是个极客，"这样吧，这个条件我不要了。"

"等等。"齐刚看着柴禾他做手势，又是指嘴形，他明白柴禾的意思，你提出的条件我都答应了，你答应告诉我药品在那，或者至少让我们看到这批货吧。

"条件变了。"那个极客说。

"变成什么条件了？"齐刚心里一沉，怕这小孩子变卦，"你还是让我看看药品吧。"

"我才不傻呢，只要我将这批药品的影像发给你，你的警方会立即跟踪我的信号，找到这批药品的位置。"说完这句话，那个极客笑了起来，他继续说，"不过不要紧，我现在已对我们信号作了加密处理，警方就是要破译加密密码，至少要二十四小时，在这二十四小时里，这批药品早已不知道去向了。"

这是一个很鬼的小孩子，柴禾想，但他又想，这小子背后肯定有高人，否则一个小孩子，不可能有这么老练，就是极客，也只能是在他的专业上，谈判上不可能有这般老到。

"好了，算你狠，你说说你现在的条件吧。"齐刚也急了。

"我要共周思。"那小孩好像是随便说出来的话。

"共周思？"齐刚急问，这大大出乎他的意料了。

"共周思。"这个条件不仅出乎齐刚的意料，而且也出乎在场所有人的意料。

"要共周思，共周思和这些药品有什么关系？"柴禾立即问道。

显然那个极客听到了柴禾的话："这你别管，若要得到这批药品，就必须将共周思交给我。"

这里没有人知道共周思在哪，这个条件没有办法答应。而且，就算共周思在这里，或者可以联系到他，也不能让共周思去。柴禾凭自己做警探的经验，觉得这里面必定有阴谋。这个小孩子的背后肯定有人，而且这个人的手段令人恐怖，这些人肯定与最近科学家失踪有关联。

"喂，小孩，我警告你，如果你不将药品的藏匿地点告诉我们，我们将以窝藏罪逮捕你。"柴禾一直克制着自己，现在他终于不想克制自己了。

"可以，你可以来逮捕我，来呀，我等着。"那个极客一点都不紧张，轻松地说着，脸上还挂着笑容。

"你要共周思干什么？"程颖说。

"他是我的偶像。我只要看到他一个人驾驶太空船独闯太空，就热血沸腾。"

"可是，共周思不在这，我到你那里去怎么样？"灵心说。

"你是谁？"

"我是灵心。"

"灵心……"那个极客沉吟了一下，"我想起来了，你是慈善基金会的会长。我看过你在楼顶上不顾生死救那对母女的影像，我也看过你冒着枪林弹雨救难民，被叛军炸飞的报道，你也是我崇拜的偶像，你的影响力太大了，让我想想你来行不行。"

"我也去。"朗声丽说。

"你又是谁？"那个极客问。

"我是朗声丽。你难道没听说过我吗？"

"丽姐，你的歌唱得太好了，你一张嘴，就将广场上的骚动平息了，我从来没发现歌声居然有那么大的力量。你过来？让我想想。"

"我也过去。"程颖说。

"你又是谁？"那个极客问。

"我是程颖。"

"程颖，我不认识，到我这里没有什么用。"那个极客说。

柴禾见灵心他们自告奋勇要去当人质，只为换取这批药品，感动了。他放下了身段，对那小孩说："我是高斯市的警探，担任要职，有全国警探最高授权，只要你告诉我们这批药品的下落，我可以保证不以窝藏罪逮捕你，并保证你的人身安全。"

"这位警察大叔的话，我不爱听。"那个极客明显不高兴了，"你让灵姐到我这里来吧。"

"为什么要让灵心去？她只是个做慈善的。"齐刚一直在一边看着他们的交涉，并没有想到事态会发展到这个地步，"我是紫光公司老板的独生子，只要你让我去你那里当人质，你要什么，无论是名还是利，我爸爸都会给你。"

齐刚自告奋勇，让灵心他们觉得他像是变了一个人似的。

"你们都不要命了，我一个人去。"灵心说，"小弟弟，只要你能告诉我们那批药品的下落，我就到你那里去。"

"我想不通，你们为什么不让共周思来。我只要共周思，难道共周思是个胆小鬼？还怕我这个小孩子吃了他不成？"听那小孩的话，他明显不高兴，"给你们三分钟，如果我还没有听到共周思的消息，我们的交易就停止。"那个极客关掉了耳伴。

此时，大家把目光都移到了柴禾的身上。

"显然，这个小孩子是要共周思，但到底要共周思干什么？是为了名还是为了利？还是其他的阴谋？"柴禾说。

"我看，他根本就不知道药品的下落，是骗我们的。"齐刚说，"灵灵，柴警官，我们还是算了，现在考虑到时如何应对病人的暴动吧。"

"不行，一定要找到这批药品，否则灵灵要失信于所有的病人。"朗声丽说。

柴禾看了看时间，还有十一个小时。要想知道药品的下落，必须找到共周思，可是共周思音讯全无。找不到共周思，就意味着找不到药品。找不到药品，灵心将没有办法向病人们交代，因为这批药品是医院的病人撤离了现场才失踪的。失踪药品事小，但是灵心失信于整个因为电磁辐射而生病的病人们，会生不如死的。这是大家无论如何不能接受的，尤其是柴禾，他不能让这事发生，因为灵心是他请来的，如果柴禾没有请灵心来，灵心也不可能参与到这件事里来。想到这里，柴禾一个人默不作声地向直升机走去。大家看到他上直升机，便也跟着上直升机。

"我们走。"柴禾说。

"现在走，这批药品怎么办？"灵心着急地说。

"政府能解决吗？"朗声丽说。

"罗局长他能保证将药品搞到手吗？"灵心又问。

"他没有说什么，只是让我们回去，别再插手这件事了。"

"插手？我们不插手，那么多病人等着这批药，你知道他们被病痛折磨得有多痛苦吗？而且我们已经深陷其中，我们不能撒手不管，我们不能退缩。"灵心声音不太大，但大家都听出了斩钉截铁的坚定，"请将直升机停下来。"说完她向直升机的门口走去，她看到直升机还在爬升，便离开了座位说："请开门。"

柴禾看到灵心着急的样子，便对驾驶员说："停下吧。"当直升机开始下降时，他又对灵心说："灵会长，我们还是飞回去吧，这里又没有药品。"

"对呀，灵灵，现在也不知道药品在哪里，在这荒郊野外的，也不便于我们行动。"程颖说。

听程颖这么说，灵心就没有再坚持，"刚刚，三分钟已经过了，怎么没有那个小弟弟的声音。"

"没有那小孩的耳伴。"齐刚说。

"那就再联系他，联系上了，我来跟他说。"灵心说。

齐刚用耳伴不断地向那个极客发消息，但一直没有得到对方的接受。

灵心看齐刚一直联系不上那小孩，便对齐刚说："刚刚，将耳伴号告诉我，我来试试。"

齐刚将耳伴号告诉了灵心，灵心立即向那小孩发出了信号，奇怪的是，对方很快就接受了灵心的联系："灵姐，你还有事吗？"

"小弟弟，你能告诉我，你今年多大了吗？"灵心亲切地说。

"十五岁。"

"你是一个网络爱好者对吗？"

"我是一个极客。"

"网络很好玩吧？"

"不仅是好玩，而且还乐翻了天。"

"你知道这次电磁辐射灾难死了多少人吗？"

"知道，死了十万九千八百六十四人。"

"现在有多少病人，你知道吗？"

"我知道医院里住满了，但具体的数字我不知道。"

"现在在医院里有八万六千七百三十八人。"

"有这么多？"

"还有没有住进医院的病人，没住进医院的病人有多少你知道吗？"

"有多少？"

"三十五万八千七百人，还有其他城市的，死的病的不计其数。"

对方没有吭声。

"你知道比你还小的病人有多少吗？"

"不知道。"

"十三万九千七百三十三人。"

"有这么多？"程颖发现那小孩的情绪有了一点变化。

"是啊，你想不想看看他们？看看他们都被病痛折磨成了什么样子。"

"我不想看，那样子肯定很惨。"那小孩说。

"我建议你还是看看。"灵心用脑伴向那小孩发了一个立体影像，但对方没有反应。

"小弟弟，我能看看你的影像吗？"灵心见对方还没有回答，便继续说，"我向你保证，决不向任何人透露你的位置，并且你看我发给你的影像时我不看你的影像。"

"好吧，我只给十秒钟，看在你是我偶像的分上。"那小孩在耳伴里说。

灵心挥了一下手，便将她的基金会在全国各个地区收集的十五岁以下病人的现状发给了那小孩。

果然不出灵心所料，大概过了三分钟，她听到了那小孩的哭声，"灵姐，那个抱着小孩的人是你吗？"

"是我。"

"爬过肮脏下水道救出三个快要断气的孩子的人，是你吗？"

"是的。"

"是你用你的嘴给那个满脸污泥、不省人事的小孩子做人工呼吸，是吗？"

"是的。"

"给那浑身都是屎尿、快断气的小孩子擦洗的人，是你吗？"

"是的。"

"那个从倒塌的房子里背出两个小孩子，为了不让倒塌的房子砸到小孩身上，用自己身体挡住的人，是你吗？"

"是的。"灵心每一句回答都是那么平静。

直升机里的所有人，包括驾驶员，还有应急中心的两个人，却难以平静。与此同时，他们听到灵心耳伴里传来那小孩的哭声。

"灵姐，你真伟大，我为我将你作为自己的偶像而自豪。我马上将那批药品的准确位置发给你。"那小孩说。可是，那小孩刚说完，又说，"等等。"

刚才大家还以为小孩子会立即将那批药品的位置告诉灵心的，听到那小孩说"等等"，刚放松下来的心又悬了起来，真是孩子的脸，说变就变。

"小弟弟，有什么要求，你就提。"灵心说。

"灵姐，你真的可以为救人不顾自己的性命吗？"

"你说呢？"灵心说。

"迄今为止，我也只是看到了影像，我还没有真正看到。"

"你要怎么样，才能相信呢？"灵心问。

"灵姐，你会为那批药品不顾生死吗？"

"你知道这批药品可以缓解多少的痛苦吗？"

"多少？"

"至少一万。"

"那好，灵姐，你能为这批药品，从直升机上跳下去吗？"

"可以。"灵心坦然地说，她又站了起来，向直升机的舱门走去。

"那你就从直升机上跳下去。"

大家看到了灵心径直走向直升机的舱门，以他们对灵心的了解，灵心会真的跳下去，柴禾第一个站起来阻止灵心，后面是朗声丽、齐刚和程颖，他们同时站起来，拦住了灵心。

柴禾向直升机驾驶员使了一个眼神，意思是不能开机门。

灵心看到站在她面前的柴禾、朗声丽、程颖和齐刚，她平静地看着他们，站在那里，用眼睛盯着他们。但任凭灵心怎么盯着他们看，他们都没有半点退让的意思，当然灵心也没有丝毫的退让，她站在那里，脸色平静，慢慢地转向严肃，转向坚定，不达目的决不罢休。其实柴禾也好，齐刚也罢，就是程颖这位最能洞察他人心思的才女，也不明白灵心此时的心情。共周思十多天不呼唤自己，使她心如刀绞，当她最需要共周思的时候，共周思没有像从前那样立即出现站在自己的身边，她不理解，不明白共周思为什么这样做。她反思自己，难道是自己做错了什么吗？自从这次灾难发生以来，她为了救护病人，身体已经快挺不住了。她多想思思能在自己的身边出现帮帮自己。可是，思思不仅离她而去，甚至连他的人都不知所终，连警察都找不到他，难道他遇到了不测？如果他有什么三长两短，灵心她也不想活了。因此，当那个小孩子要她以死来换取那批药品的时候，她认为这是一个机会，以自己的死，让自己到另一个世界去看看，也许有看到思思的机会。她认为这是上天的一个恩赐，她以一种赴死的眼神盯着他们，想着与思思一起的每一个日日夜夜，想起在乌村的槐树下，在公园的草坪上，想起一起建太空船，想起两人一起闯太空。一件件，一幕幕，她，流泪了。她双眼噙着泪水，看着面前的朗声丽、程颖和齐刚，她含着闪闪的泪光直穿他们的心底，他们被她的爱心所震撼。灵心的泪光，是一种无坚不摧的力量，那是她对理想的执着，那是超越生死的崇高信仰。眼泪从一个有着钢铁般的意志、超越生死的人的眼中流出，那是一种让人震撼而难以抗拒的伟大精神，在这个伟大精神的面前，没有人愿意违背她的意志，如果你违背了她的意志，你就是对伟大、崇高的爱的肆意亵渎，那是犯罪。

"可以。"柴禾再也没有办法抗拒灵心那具有摧枯拉朽力量的眼神。他看在场的人都像木偶似的凝固在那里，又大喊了一声："开门！"直至柴禾大喊了一声"开门"，直升机的驾驶员才打开了直升机的门。与此同时，朗声丽、程颖和齐刚让开了路，怀着沉痛、不甘、悲愤及不说清的复杂心情，含着眼泪看着灵心向机门走去。世界上有无数的生离死别，但眼看着自己的朋友赴死，想救又不能救，那撕心裂肺、无力无奈的情感，使每个人热泪盈眶。灵心看到他们如此悲痛，泪水滚滚落下："对不起，丽丽、颖颖、刚刚，我，先走了。我要去找思思了。"灵心走到机门前，纵身一跳。

就在灵心的双脚即将离开机舱门的时候，只听到灵心的耳伴里传出来"停、停！"的叫声。

说时迟那时快，朗声丽他们随即上去抱住了灵心。与此同时，机舱门立即关上了。

"灵姐，我投降，我投降。"那小孩说，随即，他给灵心的脑伴发了一张药品的图像，图像中有这批药品的地址，"放药品的地址我发给你了，但能否成功地将那批药品拿出来，那就要考验柴警官的能力啦。"

"等等，小弟弟，你知道是谁劫了这批药品吗？"柴禾问。在说话之前，他已经将图像发给了罗局长。

"至于是谁劫了这批药品，与我无关。你们什么时候将共周思交给我，我就告诉你更多的信息，告诉你们想找的电磁辐射的元凶。"小孩说完又要关掉自己的耳伴。

"等等，小弟弟，你为什么一定要找共周思？"灵心问。

"因为我想和他一起到外星球去玩。"那小孩好玩似的说。

"但是我们现在找不到他。"灵心说，她希望这神通广大的小孩子能帮她找到共周思。

"那是他不想让你们找到，我也找不到他。"那小孩说，"你们见到他，就告诉他，我很想和他一起玩。"那小孩说完便关上了耳伴，任凭灵心他们怎么联系，他都没有接受。

第二十七章　神秘基地

"柴警官，我们现在马上去找药品。"灵心说。

"我们不用去了，罗局长已经派最精锐的反恐特警过去了，保证将那批药品夺回来。"柴禾说。

"对呀，灵灵，我们还是回去吧，你也很累了。"朗声丽说，齐刚、程颖也说先回去。程颖和朗声丽扶着灵心坐在直升机的椅子上，灵心刚坐下去，便倒在朗声丽的怀里，昏了过去。

"柴警官，我们当下最急迫的事是赶快找到思思，听那小孩子说，找到思思，他便会将造成电磁辐射的元凶告诉我们。"程颖说。

"但是，共周思就像是人间蒸发一样，一点消息都没有，怎么找？"柴禾说。

"思思肯定是躲起来了，他不会消失。"程颖说。

"为什么他就不会消失？听柴警官说，最近不是很多科学家失踪吗？"齐刚的心情是复杂的。

直升机飞了不到半小时，便停到了警察局的停机坪上，应急中心的两个管理员和柴警官握了握手，又和朗声丽、程颖和齐刚三人握了握手，说："非常荣幸，我们能见到大歌唱家和大慈善家。灵会长的事迹太让人感动了。"

下了直升机后，齐刚的耳伴里传来了古德的声音，齐刚听得出来，古德很不高兴。古德以命令的口气，叫他立即到他的办公室去。

共周思自从那次跟着杂志社的刘社长去参观了机器人工厂，看到了机器人生产飞船的生产线，后来又到了N维打印制造厂，看到他们的设计和制造，非常震撼。那藏在内心的太空梦又蠢蠢欲动了。他现在身无分文，连那倾注了他和赵构成、舒玉婷、汪行知和几百名工人心血建造的太空船也没有了，虽然那是一艘破旧的太空船。自己的实验室和数据库也放弃了。但他的梦想是很难在他的心底连根拔除的。不仅如此，这个梦想不断地冲击着他的思想，他的灵魂。尤其是在医院看到舒玉婷和汪行知，还有满城随处可见在痛苦挣扎的病人，在外星球建更大更快的太空船，将舒玉婷和汪行知以及地球上的病人送上自己建的太空医院的梦想，不断地向他发出呐喊。他一连几天都茶不思饭不想。

"共先生，这几天魂不守舍的，是不是有什么心思？"刘益社长像是路过共周思的办公室似的，站在他的面前对他说。

共周思好像有什么秘密被人发现了似的，红着脸说："没有，刘社长，您请坐。"共周思从椅子上站起来，从旁边搬过一把椅子，请刘益坐下。

"是不是觉得在这里上班，埋没了你的才华？"刘益坐在了共周思的对面。

"没有，没有，这里挺好的，也挺适合我的。"共周思说。

"共先生，我们可以开诚布公地谈一谈吗？"刘益说。

自从上次参观后，共周思对刘社长极有好感，不仅因为刘社长风度儒雅，对他彬彬有礼、语气和蔼，而且共周思认定刘益如此神通广大，绝不是一个简单的人。

"当然可以，刘社长。"

"共先生，我知道你以前是干什么的，你也不会甘心在我这个小小的杂志社里。"刘益笑着对共周思说。

共周思想说什么，但他没有说出来。

"共先生，是不是还想去实现你的太空梦？"

"刘社长，我的梦已经死了。"共周思回避了刘益的眼光，将头转到了一边。

"不要不好意思，共先生。我说了我们可以开诚布公。"刘益从共周思的言谈举止中，感受到共周思的单纯和可爱。

"你还有什么东西放不下？"刘益继续说。

共周思沉默着。

"你有两个最亲密的战友，还躺在医院里，你无时无刻不想将他们运到太空医院去救治，对吧？"刘益见共周思没有回答，又说，"你放弃不了你对你最爱的人灵心到外星球上建太空医院的承诺，因为你是把承诺看得比生命还重要的人。"

共周思听到刘益说出了他的心声，便转过身，看着刘益说："是的，那确实是我的梦想。"

"有梦想就要去实现。"

"我努力了，甚至拼命了，但梦想还是没有实现……"

"而且，还害了自己最亲的人，比如舒玉婷、汪行知，还有灵心，对吗？"刘益说。

"你怎么知道的？"共周思吃惊地问。

"你说是不是？"

"是的。是我无能，没用。"共周思说。

"但你一直放不下。"刘益说，看到共周思又沉默了，便接着说，"你认为自己现在要钱没钱，要人没人，不可能东山再起了，对不对？共先生。"

"是。"共周思重重地说。

"共先生，关键问题是你想不想东山再起。"

"想又怎么样？不想又怎么样？"

"想就有办法。"

共周思觉得刘益今天不像是以一个社长的身份在跟他谈话，他对刘益的身份有些怀疑。

"共先生，如果你不反对，我带你去一个地方。"刘益起身，共周思也起身，上次他和刘社长走了两次，使他眼界大开，这次刘社长又要带他走走，虽不知道是要去干什么，但他乐意。

刘益带共周思来到楼顶，登上了他的私人直升机。共周思看到了蓝天白云、鳞次栉比的房子和一片片的森林，接着，他看到了大海。直升机飞越大海后，进入共周思眼帘的是群山峻岭，接着直升机下降了高度，掠过森林的树梢之后，便在群山之间穿越。共周思看到了悬崖青苔包裹的岩石，以及在岩石间矗立的青松，还有岩石间开出的那些红的、黄的一簇簇的小花，它们的枝叶在直升机盘旋时螺旋桨划起的气流中摇曳着。共周思喜欢这劲松和各种不知名的小花。穿过了一座座峻岭悬崖之后，直升机又围着山顶绕了几圈，来到了一个平坦的沙丘上。在直升机驾驶舱的前面，共周思看到了一排排、一栋栋的厂房似的建筑，直升机在一栋楼前的地上停了下来。

　　"刘社长，这里是什么地方？"共周思下了直升机，看着面前的一大片建筑群问刘益。

　　"这是我们几个记者发现的，听说以前是一个生产基地，不知什么原因人去楼空。"刘益走在前面，共周思紧跟其后，他们走进了建筑群。可是，里面空无一人，共周思感到奇怪的是，厂房里面连一台设备都没有。

　　"刘社长，不知这里有没有电？"

　　"你是说生产用的水、电和气，是吧？"刘益说。

　　"还有通信、生活设施。"共周思说。

　　"我也不知道有没有，我们来找找看。"刘益说。

　　他们在这里建筑群里从南走到北，从西走到东。无论怎么看，共周思都认为这是一个大型的基地，共周思不明白在这悬崖峭壁之间，怎么会有这么一个基地，这凭空而起的新建筑群，是怎么建起来的。

　　"这些建筑材料是从哪运来的？刘社长。"

　　"我也不知道。"

　　"而且这里没有信号。"共周思说。

　　"是吗？我没有注意。"刘益试着向外发了几次耳伴和脑伴，都没有反应，"这就奇怪了。"

"这里与世隔绝，就好像是一个世外桃源。"刘益边走边说。

"要是能和赵构成联系上就好了，让他查一下，就可以分析出这个地方原来是干什么的。可是，没有信号，和他也联系不上啊。"

"难道这里是外星人建的？"共周思想了想说。

刘益听到共周思的话，愣了片刻，心想共周思的观察力真是很强。

"不管是外星人建的，还是其他什么人留下的，我看给你做太空船生产基地还是不错的。"刘益说着，暗自观察着共周思的反应。

"我看是可以作为造船厂。"

"你的意见是，将这里作为你将来去外星球的实验工厂？"刘益佩服共周思想象力和思维的敏锐。

"只是，到哪里去找人，造太空船的设备、材料怎么运进来？"刘益说。

"用机器人，我刚才看到一个厂房，好像那里是专门生产机器人的。"

"你看到了？"

"我看到了。"共周思说。

"共先生，没有信号怎么办？毕竟还是要和外界联系的。"刘益问。

"不和外界联系也好。"共周思脱口而出。

听共周思这么说，刘益知道共周思不愿意与外界联系的意思。他想了一会儿，说："太空船的材料还是要运进来的。"

"我们租三颗专用卫星，只为我们服务，其他的信号全屏蔽掉，你说行吗？"共周思说。

"我看行。"刘益笑了，听到共周思的话，感觉他已经开始策划后面如何制造太空船了。

"只是这租三颗专用卫星，要不少钱。"刘益说。

一听到钱，共周思沉默了。他没有余钱，现在除了温饱之外，没有其他节余。想到这里，共周思心一沉，对刚才一时兴奋说出来的话感到后悔。

刘益当然看出了共周思的心思，他对共周思说："世界上的事总是办法比困难多的。"

共周思看着刘益，摇了摇头。

"你刚才的设想很好，值得一试。"刘益鼓励共周思。

"没有钱，没有办法试。"共周思灰心地说。

"人的思想解放了，就会有钱。你没有发现你浑身是宝吗？"刘益说。

"思想怎么个解放法？"

"能不能给你提点建议？"刘益说。

"不是建议，而是指教。"共周思说。

"你可以融资，或者找合伙人。"

"找合伙人，我原来的合伙人都已经散了。"

"那就重新找。"

"不知道到哪里去找。"共周思的态度还是不太积极。

"找不到合伙人，就在资本市场上找。"

"以前程颖也是这么说的，我们也这么做了，可是资本市场太复杂，明明好的东西，偏偏说是坏的，对吧？"

"就像妖魔鬼怪，对吧？"

"就是，明明我们的太空船是好项目，也快成功了，有很多投资机构要加入，可以突然一夜之间，投资全撤光了，前一个晚上还是英雄，第二天就变成魔鬼了。"

"你是说你吧？共先生。"刘益说，他见共周思沉默，又说，"那你就不要和资本市场打交道，像你这样的科学家，搞实业的，是经不起资本市场折腾的。"

"刘社长，我们回去吧。"

"好吧。"

刘益和共周思往回飞，路上，共周思心中有疑虑想问刘益，但又不知道如何开口，他犹豫了好久，说："刘社长，你不是开杂志社的吧。"

"为什么这样说？"

"你知道得那么多。"

"正是因为开杂志社，才能接触到各类精英哪。"刘益边驾驶着直升机边说。

"你对我也很了解？"

"对的，因为每一个到我们社就职的人，我们都必须做背景调查。"

"原来是这样。"共周思说。

直升机上沉寂了一会儿，共周思好像忍不住了似的，对刘益说："刘社长，上次你带我参观了机器人工厂和打N维打印制造厂，再加上刚才的基地，还有你说的找投资机构，我想我还是可以再建太空船的。"

"是吗？那很好啊。"刘益听到共周思说想再造太空船，心里很高兴，"打算怎么造，能告诉我吗？"刘益将直升机打到自动驾驶挡，转身对着共周思说。

"我们可以以刚才去过的地方作为基地，用机器人来生产。因为机器人不需要空气，也不需要吃喝拉撒，只需要能源就行。能源可以从太阳中取得。"

"是个好主意。"刘益说，"机器人从哪里找呢？外星球上可没有机器人工厂。"

"就在外星球上生产。"

"生产机器人的材料，从哪里来呢？"

"也在外星球上就地取材。"

"这些材料外星球上有吗？"刘益问。

"我们以前研究过，太阳系中有几个星球有我们需要的材料。"

"经过证实吗？"

"没有，因此，我想去外星球上实地考察。"共周思看着刘益的脸说。

"你想一个人去？"

"对，我一个人去。"共周思说。

刘益盯着共周思看了好久，认为坐在面前的年轻人确实不简单，敢想敢干。

"要去外星球，首先要有太空船，否则，怎么去？"刘益说着，直升机已经停到了杂志社大楼楼顶的停机坪上。

共周思先下了飞机，随后又用手牵了一把刘益，"刘社长，我能继续和你谈谈我的设想吗？"共周思说。

"好呀，到我办公室去。"刘益说。

到了刘益的办公室，刘益一挥手，办公室里出现了一张咖啡桌和两把皮质的椅子，他们面对面地坐在椅子上，刘益又一挥手，两杯咖啡就放到了咖啡桌上。

"共周思，你说说你的设想。"

"刘社长，其实，造太空船并不复杂，我们只需要出构想就可以了。"

"为什么这样说。"

"因为机器人会自主设计，可以与我互动。"

"机器人的学习能力比人还要强，是吗？共先生。"

"将我们的想法告诉机器人，机器人根据我们的想法把设计图纸交给N维打印制造厂，他们的智能制造会进一步优化制造工艺和流程，使太空船更加先进。"

"你的意思是，只要将你的设想交给机器人工厂，机器人工厂会出图纸？"

"不，将机器人和我连线，我和机器人互动，我们相互学习，相互提高。"共周思说。他看了看刘益有些惊愕的表情，继续说，"我还可以与全世界的科学家连脑，利用全世界的数据和智慧。"

"让全世界的科学家加盟？"

"向全世界的科学家请教。"

刘益明白了，共周思将相关数字和科学家关于太空船的各种方案和设想汇集总结，进行分析，最后得出最佳方案和设想。当然，这个过程肯定还包括机器人的自我学习和参与。共周思真是一个超人，这人一定能成大事。

"最主要的问题是太空船引擎的最关键部分N维打印机很难打印出来。"

"方案可以出，但制造还得有特别的工艺和技术以及物质和材料。"共周思说。

"关键是找到具有强大推力的物质。"刘益说。

"这种物质不难找，关键是安全可控，比如核聚变。"共周思停了一会儿，说，"一定要让太空船达到光速，甚至超过光速。"

"目前人类还做不到这点。共先生，你还是想想别的方法。"刘益很明白，目前地球上要达到十分之一光速的引擎都没有。

"目前人类没有，但是总会有的，什么事不是都有第一次吗？"

"对，我想你成为第一个将太空船速度提到光速的人。"

"提到光速，我看也没有什么了不起。"共周思心想，他的太空船就曾在极短的时间里达到了光速，甚至超过了光速。

刘益听到共周思将太空船超光速说得那么轻松，如果不是对共周思进行了一些了解和研究，他会认为共周思为人轻浮，在吹牛。现在看到共周思说得如此肯定，他信了。

"共先生，如此，你就开始行动吧。"刘益说。

"但还是需要资金。"共周思刚才还是信心满满，现在脸上浮上了愁容。

"资金的事，我来解决；技术制造的事，你解决。行吗？共先生。"

"行，我们说干就干。"共周思站起身，又说，"刘社长，我们的太空船项目，请不要声张出去。"共周思很担心，如果让齐刚以及他爸爸的紫光公司知道，肯定会阻挠。如果让灵心他们知道，他们肯定要加入这个团队。登上外星球，那风险是很难预测的。

"没有问题。我只负责筹款，其他的事你说了算。"刘益爽快地答应。

共周思离开了刘益的办公室，便直奔舒玉婷、汪行知的病房。自己已经十多天没有亲自到医院来看望他们了。十多天，他都是通过立体影像看望他们的。每次看到他们，心里就会无比痛苦。今天，共周思就像获得了新生一样，坐在他们床前，将与刘益的计划告诉了他们。

要是往常，共周思必将这一重大决定和喜讯告诉灵心、朗声丽和程颖他们的，但是经历过太多的危难，他不能将重建太空船的决定告诉他们。以共周思对灵心的了解，如果自己去外星球，她一定会跟着自己去的。灵心去，朗声丽和程颖也一定会去。他决不能让他们再冒险了。

不能告诉灵心他们，共周思决定了。但是否要告诉赵构成呢？共周思犹豫了。赵构成是他的好搭档，是他的得力助手，他的大数据搜索，世界上无人能及。他们两个是最佳组合。共周思非常非常需要赵构成，他需要赵构成和自己共同奋斗。可是，告诉了赵构成就等于告诉了灵心他们。共周思陷入了两难之中。为了保险起见，共周思决定先不告诉赵构成。

第二十八章　机器人助手

太空船的构想是现成的，共周思的大脑里就有。但要改进，尤其是引擎要做深入的研究。为此，共周思一头钻进了他的独立实验室，由于没有资金，原来在独立实验室的三个工程师已经离开了。现在共周思要重新开始试制可控核聚变装置，只有将他们请回来。

"共工，我们还要恢复太空船项目吗？"原实验室的工程师王蕊说。她是第一个被共周思请回来的工程师。

"只是有这个想法，但没有最后决定。"共周思对王蕊一直想参与太空船项目工作的事一直记在心里。

"现在我们要重新做吗？"王蕊问。

"当然是重新开始，但我们不在原来的实验室。"共周思说。

"不在原来的实验室，那在哪做？"

"在一个很偏远的地方，而且与世隔绝。"

"能看到很多人吗？"

"不能，就我们两个人。"共周思想看看王蕊脸上的反应，但王蕊脸上没有任何反应，"而且与家人也不能有联系。"

"那是什么地方？那么神秘。"

"只是偏僻，但说不上神秘。"

"我们原来的地方不是很好吗？为什么要到又远又偏，没有人的地方去？"王蕊不解地问。

"因为，那里有我们现在没有的能源。"

"动力确实是一个问题，如果有足够的动力，我们提炼聚变材料和试制可控核聚变装置的速度会快很多。"

"那里有非常充足的能源。"

"那我去。"

"王工，你也不要急着答复我，还是好好想一想，但是要保密。"

"我们的实验，我一直都保密，你说是吗？共工。"

"这我知道，我也放心，所以我还是找你。"

"行啦，我答应你啦。共工，我都跟了你八年了。"王蕊说。

听王蕊这么说，共周思记得王蕊刚到实验室的时候，还是一个刚出学校的大学生。共周思也比她大不了多少。现在，八年一晃而过，原来的小姑娘现在已经是大姑娘了。由于实验室提炼核聚变材料特别花时间，王蕊将大多数时间泡在实验室，至今还没有谈恋爱。

“共工，我只有一个心愿。”

共周思还没等王蕊说完，便接过她的话说：“我答应你，等我找到了合适的人，我一定让你到太空船项目上来。”

“而且，我要做你的助手。”王蕊噘着小嘴，有些撒娇似的说。

“好，没有问题。”

“咱们一言为定。什么时候走？”王蕊问。

“三天后，我来接你。”共周思离开了王蕊。但没过久，他怀疑自己找王蕊是不是找错了，让王蕊一个大姑娘去那人迹罕至的深山里，安全是一个很大问题。“算啦，不找人了，还是自己一个人干吧。”

共周思将实验室的设备、仪器和原材料等装了几个大箱子，乔装好，让外人看起来认为只是普通的货箱而已。有一些非常稀少的提炼原料，用防爆的材料封装好，放在了自己随行的行李箱中。说是行李箱，但其实仅仅是一个手提箱而已，手提箱里放着一个盒子，盒子里据说是父亲给自己的一件宇航服，共周思从来没有穿过。有几次他想偷偷地躲着人穿一下，但不知什么原因就是没有穿。

第三天，共周思没有去接王蕊，而是一个人乘刘社长来接他的直升机，去了那深山里的无名基地。

“共先生，你一个人住在这里，估计要待多久？”刘益停下直升机和共周思一起从直升机上搬下那些箱子。

“我也不知道要多少时间，我看一两个月时间应该要吧。”

“共先生，我已经给你租了三颗卫星，我们可以用我们专用频道联系。”

“那太谢谢你了。”

“仪器你都带足了吗？”刘益问。

“带足了，半年的。”

“不过不要紧，你缺什么就告诉我，我给你送过来。不知道这里的条件能不能满足你的实验要求。"

"我发现这里电源的功率非常大，在地球上很少有这么大功率的电源。"共周思说。

"你看过了？"

"上次我就观察到了，否则我也不会将我的实验室搬过来。"

"你为什么不带个助手来，你一个人连个帮手都没有。"

"这么一个荒凉的地方，怎么好叫人家来。我看看，这里能不能找到机器人。"

"对啦，你上次说这里也有制造机器人的车间。"

"对的，我这次去找找看。"

"或许机器人比人更能帮助你工作。"

"对，我怎么没想到，刘社长，你下次帮我找机器人公司订一个机器人来。"

"什么类型的？"

"要物理学家型的。"

"我明白，给你送一个来。"

"行，这事慢不得，越快越好。"共周思说。

刘益帮共周思搬了三个箱子到一间空的，也像是一个实验室的房间里。

"共先生，去看看你住的地方。"

"不用看，我就住在实验室里。"共周思说。

"这里怎么住？"刘益说。

共周思跳上了一个台子，往后一躺说："这里不是很好吗？"

"吃呢？"

共周思打开箱子，从里面取出了两个盒子，打开一个黄色的盒子对刘益说："你看，这个盒子里是高能食品，可以为我的身体提供蛋白质。"他关上盒子，又打开了一个绿色的盒子说，"这是浓缩的营养素，可以提供给我各种营养成分。"

"吃喝拉撒全在这间实验室？"

"对的，全在这里了。"共周思打开实验室的箱子，高兴地说，"刘社长，最让我开心和愉快的是在实验室的日子。我读大学的时候就常常在实验室里一泡就是几天几夜，那阵子说多开心就有多开心。"

"为什么那么开心？"

"因为我每时每刻都怀着希望，希望实验取得成功。"

刘益帮着共周思把一个人搬不动的实验仪器搬到了台子上。

"如果有可能，我真想一辈子就待在这个方寸大的实验室里。"

刘益想，共周思看来是一个苦命的人。

"刘社长，你早点回去吧，明天帮我找个机器人助手来。"共周思说着，将三个箱子里的实验设备和仪器都放在了实验室的台子上。

"我帮你整理一下再走吧。"刘益说。

"时候已经不早了，再晚飞回去就不安全了。"共周思说。

"这里有灯吗？"刘益说，他用手按了一下墙上的开关，头顶上的灯亮了，"有灯就好。"

"这深山里，你一人怕吗？"刘益放心不下，想到共周思一个在这空旷的阴森的深山里，觉得这次的行动有欠考虑，"要不我今天就留下来陪你吧？"

"不用，不用。"共周思夺下刘益手中拿着的一个小钳子说，推着刘益向外走，"刘社长，不用担心我，没事的，没事的。不要耽误了明天机器人的事。"

"好吧，共先生，有什么事立即呼叫我。"刘益说着好像想起了什么事似的，跑着上了直升机。很快，他又从直升机上下来，手里拿了一把手枪递给了共周思。共周思接过手枪说："刘社长，你放一百二十个心，我什么都不怕。"

刘益又看了看实验室的上面，又用手敲打着墙壁，又检查了一下门，没有发现什么异常后，便不放心似的离开共周思这新建立的实验室。

共周思将刘益送上了飞机，看着直升机的螺旋桨旋转起来，目送着直升机消失在夕阳的余晖里。

共周思送走了刘益，周边立即寂静了下来。共周思深深地吸了一口气，觉得这里的空气凉飕飕的。他抬眼向远处望去，只见眼前的岩石的颜色从明亮的青黛色变成灰暗色。深山里的天黑得很快，不到几分钟天便完全黑了下来，共周思看着天空中的点点繁星，还有那轮圆盘似的月亮，很大很亮。此情此景，共周思心里明白，自己将有一段时间，只能与这满天的繁星和那轮明月，还有这些坚硬的岩石做伴了。

共周思感到欣慰的是，这里有巨大的电力可用，这解决了他提取聚变物质需要的能量。不像在原来的小实验室，只能在全市用电低谷的时候才能开始实验。这里可以全天候地做实验。他将实验设备开到自动挡，在这硕大的建筑物里开始了工作。他想，这么大的建筑物就是一个很大的厂房，这里肯定有一个控制中心。那这控制中心在哪里呢？如果要巡查这些厂房，恐怕三天三夜也巡不完，共周思大脑一闪念，认为控制中心应该是在最高的那栋楼。想到这里，他便向那栋最高的大楼跑去。

那栋大楼估计有二十几层，共周思一进大楼，便看到有十多部电梯。共周思随便走到一部电梯前，按了一下上行按钮，电梯的门便开了。正好，这部电梯可以直达顶楼。共周思进了电梯，关上电梯门，电梯便悄无声息地上行，很快就到了顶楼，并且自动打开了门。共周思走出电梯，眼前是一个大厅，大厅装修比较简单，没有什么特别的。他径直往前走，推开了一扇很大的门。一进门，共周思被前面的情景深深吸引并感到震撼。这里不仅大，望不到边，里面全是仪表和大大小小的屏幕。他估计，屏幕没有上万部也有八九千部，中心一块大屏幕，也是一眼看不到边，屏幕下面有很多开关和按钮，还有很多指示灯。共周思发现里面比较暗，他在门旁的地方找到了开关，一按开关，里面的灯亮了。灯亮之后，这里显得更宽阔了。他想，如果这里是控制中心，原来肯定有很多很多人，应该是这片建筑最繁忙的地方。他走到一些键盘旁，用手敲击着键盘，发现这里的键盘手感非常顺滑，非常舒服。他也从未坐过如此舒服的椅子，全身的肌肉感到很放松不说，那舒服的感觉渗入了全身的每个感觉细胞。他坐上椅子一会儿，全身的疲倦便全部消失。他闭目养了一下神，算是放松一下自己。他要找到这里的总控制系统，但无论他怎么找也找不到。他不停地找，也许是急中生智，也许是下意识的，他一挥手，就像打开脑伴似的，看上去无边无际的屏幕上展现了这群建筑物的立体图像。他好不容易找到了机器人制造车间。

共周思站起来，又在控制室里找控制室屏幕的开关。令共周思非常遗憾的是，这里的机器人制造车间是空的。有设备，但共周思不知道是干什么的。他又挥了挥手，主屏幕上又出现了机器人制造车间的说明，以及机器人制造的图样和文字，告诉共周思在机器人制造车间制造机器人的流程和设备的操作说明。机器人的制造流程和设备的操作说明的信息量非常浩瀚，共周思一时半会也看不完。他快速地浏览了一遍主屏幕上的图样和文字，知道这个车间可以制造机器人。共周思想，将来这个车间可以为自己的外星球造船厂提供机器人，或者为将来外星球造船厂和太空医院以及外星球的机器人工厂提供样板。共周思看着、想着，突然，他想到这里可以为灵心的慈善基金会提供机器人。灵心不止一次地和自己说过，他们基金会非常缺人手。还可以为程颖生产机器人律师。共周思想到这些笑了。

共周思又一挥手，主屏幕上出现了建筑群的动力系统。他发现，这里的动力系统，是用核聚变的方式提供的，他明白他的实验室为什么有那么强的电流了。如果这里的核聚变系统可以为将来的外星球造船厂、医院等提供能源。共周思又挥挥手，主屏幕上出现核聚变动力系统的结构图和文字说明，而且有文字和符号注明的，这是共周思熟悉的，他认真地看了起来。看着看着，他发现这里核聚变动力系统和自己的实验室的原理和工艺惊人地一致。共周思心里一阵狂喜。他用手一挥，将这套核聚变动力系统拷贝了下来，以便自己的实验室借鉴。

共周思心想，这里有无穷的宝藏，等待自己去挖掘。不知不觉中，外面的天已经亮了，此时，他发现自己饿了。他摸了一下口袋，发现自己没有带食品，食品还在实验室里呢。他离开了控制中心，实验室的情况也让他牵挂，一天没有在实验室，核聚变物质提取的进度情况也需要随时掌握。再说，刚才看到主屏幕上核聚变动力系统和核聚变可控装置，对他也有极大的启发，也需要他回实验室对实验的工艺流程做些调整。

共周思离开了控制室，回到了实验室。他顾不上腹中饥饿，对实验的工艺流程进行了重新设计。一直到深夜两三点，他才取出高能食品和营养素吃了起来，吃完以后，他又看了看实验的各项数据，便躺在实验室的台子上睡了起来。可是，他今天无论如何都不能入睡。有这样一个好地方，真是上天对他的恩赐，按目前的情况来看，在这里建太空船是一个最理想的地方。这里比地球上的任何一个地方都适合。如果这时灵心、成成、颖颖还有婷婷和知知他们都在，那该有多好啊。想到他们，共周思真想将这些天遇到的好事告诉他们，邀请他们到这里来，看看这世界上最好、最先进的集研究和制造于一体的地方，他想灵灵他们也会欣喜若狂的。共周思甚至看到了灵心的笑容。

自己的心也狂跳起来。他越兴奋越是睡不着，可以说这是半年来最为高兴的时刻。快到天亮了，共周思也带着笑容睡着了。有节奏的轻轻的鼾声，说明了他的安宁和踏实。

刘益一早就来到了共周思的实验室，他见到共周思躺在实验室的台子上，脸上带着微笑，不忍心叫醒他。他坐在实验室里，看着实验室的仪表上的灯闪烁不停。他坐了一个多小时，看看时间确实太晚了，自己还要赶回去，便叫："共先生，共先生。"叫了好一阵子，才叫醒共周思。

共周思睡觉很警觉，这是他二十几年来养成的习惯。因为二十几年来，他有做不完的事。这次睡得那么沉，还是第一次。

"刘社长，你来了。"共周思跳下台子，揉了揉眼睛，他看到刘益的身后还有两个机器人，"刘社长，你带了两个机器人来。"

"是的，一个做你的实验室助手。"刘益指着一个个子高些，看上去非常英俊的小伙子说，"他叫顾云，是物理学博士。"叫顾云的机器人立即来和共周思握手，并说："共老师，你好。"

"你好。"另一个机器人还没有等刘益介绍，便主动与共周思握手，"共老师，我负责你的衣食住行。"

"这个叫吕一天。如他所说，由他照顾你的生活。"刘益说。

"我一个人可以照顾好自己。"共周思觉得刘益派机器人照顾他没有必要。

"你好，共老师，我决不会给您添麻烦。"那个叫吕一天的机器人说。

"还有，他可以保护你的安全。"刘益说。

"这里应该挺安全的。"共周思看了一下外面。

"这里人迹罕至，深山野外，我不放心。"刘益说。

共周思见刘益这么说，便没再说什么了。

第二十九章　机器人自我繁殖

"共先生，感觉怎么样。"刘益问。

"太先进了，这里是一个奇迹。"共周思赞叹地说。

"对你造太空船有帮助吗？"

"这是生产太空船的最佳场所。"共周思说，"刘社长，你是怎么发现这个地方的？"共周思的喜悦之情溢于言表。

"我不是跟你说了吗，是我们的一个记者发现的。"

"我怀疑这是外星人留下来的。"

"是吗？"刘益愣了一下，说，"何以见得。"

"这里不仅先进，而且自成体系，是一个独立的系统。"

"你是说，这里应有尽有？"

"除了人，应该什么都不缺。"

"你不是说，这里有机器人制造车间吗？"刘益说。

"是有机器人制造车间。但怎么制造机器人，我不懂，必须要有机器人制造专家。"

"我们不是去过机器人工厂，叫他们造一些机器人来不就行了吗？"

"但还是要有人管哪。"

"机器人还可以自我复制。"刘益说。

"你是说，机器人自己生产自己？"共周思瞪大眼睛说，他越发觉得眼前的社长不是一个杂志社的社长，而是一个见多识广、博学多才、神通广大的智者。

"就像人会繁殖那样。"

"有道理，机器人也会自我繁殖。"共周思说。

"我们从机器人公司订几个机器人作为原型，然后让其自我复制，行吗？"共周思又说。

"我看行。"刘益说，"但是这个机器人原型必须由你来设定。"

"让他和我的脑伴连线不就行了吗？"

"这也是一个办法，你和它们相互学习，相互提高，你们的相互交融可是人类最强的超级组合。"

"还没有人这样做过？"共周思问。

"应该有人试过。"刘益说，他和共周思在两栋大楼之间的马路上边散步边说，"这样做，也有安全隐患，因为你的思维也有可能被机器人利用甚至控制。"

"这就要看我和机器人之间，谁能控制谁，或者谁的影响力更大。"

"共先生，这个方案不是一个很好的方案，我建议你还是不要将你的脑伴和机器人的思维连线，以免祸及自身。"

"如果这种和机器人的融合对太空船的制造以及到外星球上建造船厂、建太空医院有利的话，就可以冒险试一试。"共周思停下脚步望了望刘益说。

"但是，我建议你还是多做些最坏的设想，人类也曾有被机器人危害的案例。"刘益拉着共周思向路边的一个小草坪走去。当他们走到草坪边的一个长椅子的时候，刘益对共周思说："我们坐下来说吧。"共周思坐下来看了看天上的蓝天白云："刘社长，我有一个设想，不知行不行。"

"什么设想，说来听听。"刘益认为共周思的思维敏捷，智商超高，他很喜欢他。

"将机器人和N维打印机融合。"共周思说。

"你的意思是让机器人利用N维打印机打印你需要的设备？"刘益的语气让人觉得他认可了共周思的设想。

"N维打印机本身也是智能制造，如果让机器人和打印机融合，它们可以相互学习，相互提高，共同解决设计和实际生产中的问题，使得太空船的生产更快更好。"共周思说。

"还要加上你的脑伴，三位一体，让创意、设计、制造深度融合，这将创造出奇迹。"刘益高兴地说。

"我的脑伴可以与人类的脑伴连线，将更加强大。"共周思说。

"好，就这么定，我这就去机器人公司和N维打印制造厂。"刘益说完起身就走。共周思看到刘益站起来也跟着站了起来："刘社长，生产机器人的材料和零配件还没有，这些应该让机器人公司和打印公司负责运过来。"

"共先生，你在这里找找看，这里既然有机器人制造车间，就应该有制造机器人的原材料。"

"你说得对，我马上去控制中心查这里的仓库。"共周思说着就往控制中心大楼走去。

"共先生，太空船的关键是太空船引擎的动力。"刘益对共周思说。

"核聚变材料的提炼是关键。"共周思对刘益说完，并没有向控制大楼走，而是去他的实验室，他在路上用脑伴的立体影像和机器人助手顾云取得了联系。

"共老师，我在实验室等你。"共周思脑伴里立体影像中的顾云说。当共周思即将到达实验室的时候，吕一天打开实验室的大门，将共周思迎了进去。吕一天向刘益摆手表示再见。

共周思将实验室的实验流程和要做的实验目标以及要求、操作规程告诉了顾云。

"原理很容易明白，我们的关键是提取足够的核聚变材料。"共周思说。

"我明白，还有核聚变可控装置，共老师。"顾云答应了一声。

共周思又将提取核聚变材料的要求跟顾云说了一遍，便直奔控制中心大楼。

吕一天紧跟着共周思，这让共周思很不习惯。

共周思在控制中心一待就是十几个小时，他弄明白了，这里有他生产太空船所要的所有材料和物质。他很奇怪，地球上为什么会有这样一个基地，好像是专门为自己设计定制的。当然共周思没有去细想。因为此时的共周思一门心思想尽快将太空船制造出来，尽快去外星球。

第二天一早，刘益又给共周思弄来了三个机器人，还有三台N维打印机。在放下这些打印机和大箱子之后，刘益便对共周思说："共先生，你找到了生产机器人和太空船的材料吗？"

"找到了，应有尽有。"共周思高兴地说，"刘社长，我怀疑这里一切是外星人给我们留下的，否则怎么会有这么一个样样齐全的超级先进的生产基地。"

听到共周思的话，刘益的脸上掠过一丝不易被人察觉的神情。

三个机器人站在那里，笑容可掬，等待着共周思的指示。仅一天的时间，又不知从哪里来了一辆车，他看到一辆像是通勤车的小车"唬"的一声停到了三个机器人的旁边，共周思惊讶地望着它。

"先生们，请上车吧。"吕一天说。

"上车？上车去哪里？"共周思一脸莫名其妙地问。

"去机器人制造车间。"吕一天说。

真是神奇，吕一天怎么会知道我要去机器人制造车间，他叫三个机器人上了车，自己也上了车，车子飞快地向机器人制造车间开去。

共周思叫三个机器人从原材料仓库运来制造机器人的材料，便又回到了打印机那里。"共老师，我要将这台打印机搬到太空船车间去。你回实验室吧。有事的话，你叫我。"吕一天说。

就这样，从刘益给共周思运来机器人、N维打印机开始，共周思就一头扎在了深山峡谷里的基地中，殚精竭虑地制造着他的太空船。确实像他和刘益说的那样，三个机器人复制出了三十个机器人，这三个机器人又生产出了三十台N维打印机。共周思每天早上七八点，和三十个机器人中的三个机器人连线一个小时，将前一天的制造情况进行总结，制定计划，排除错误，将最好的方案留下来。N维打印机制造太空船的工作基本上由机器人去完成，共周思很少指挥，他唯一的要求就是看到结果。令共周思非常满意的是，每一个结果都让共周思满意，而且常常能出乎他意料地又快又好。按照这个速度，共周思预计，最多三个月，他们的太空船就会完成。这是一个神奇的速度，如果是用原来的工艺和人员生产，就是三年也完不成。机器人帮了他很大很大的忙。机器人的自我学习和自我提高的能力，常使共周思拍案叫绝。它们经常提出好的建议和创意，甚至超越了共周思的思维，同时也不断激发共周思的想象和创意。尤其在制造流程上，机器人突破了人类按部就班的一丝不苟的渐进方式，而是常常忽略过程，直奔结果。这使共周思大开眼界，也颠覆了共周思从小所受的教育。

这天，共周思走到了空旷的太空船组装车间，高大的太空船正在进行漂亮的隐形涂料的喷涂工作。这是共周思的杰作，也是目前人类唯一一艘有隐形功能的太空船。

突然，共周思发现，喷涂工艺不对，机器人没有遵照共周思的设计要求——隐形涂料至少要喷二十层底漆。这些机器人直接将面漆当成底漆喷。他喝住了机器人，可是这些机器人根本就不听共周思的，继续干他们的活。共周思着急得大声严厉地喝叫，它们依旧无动于衷。共周思从没有碰到过机器人不听指挥这种事。这时，他才知道，他们只听他们上级的指令。共周思越级指挥，对这些机器人不灵。共周思拍了一下自己的大脑，向他直接领导的助理，发出了停止喷涂底漆的指令。

可是，当共周思将指令下达给车间负责人时，车间负责人却告诉共周思，经过它们工程中心的讨论计算，将面漆当作底漆使用，隐形性能不会受到影响，反而在太空船穿越大气层时，耐温性能会有很大的提升。"共老师，经过我们测试，可以提高涂层耐温性。"车间负责人说。

"你把测试的流程和结果全部发给我。"共周思说。

"已经传给你了。"

共周思立即在脑伴里阅读了车间负责人发过来的测试数据，果然，涂层的工序减少可以增加太空船的耐温性，而丝毫不降低太空船的隐形性。共周思不能理解，这些机器人为什么不请示他就擅自决定改变既定的工艺流程。但他又转念想，也许是擅自做主，才使太空船的制造进度非常快。这也许就是这些机器优于人类的地方。这些只认目的、不拘泥于过程的机器人和N维打印机，将彻底颠覆高端技术的生产。这是人类必须适应的新的社会生产方式。

"共先生，没有想到，三个月有如此神奇的表现。"刘益经常来，但他从来没有到过太空船的装配车间。这天，他被共周思请到太空船的装配车间，看到太空船的雏形，非常震撼，"共先生，你可是又瘦了，操碎了心啊。"

"刘社长，我们必须加快、加快再加快！地球上有多少病人在等待到太空医院救治。"共周思每隔两三天就要在立体影像里看望舒玉婷和汪行知。而每看一次，就会锥心地痛，痛得他难以自制，而且这种感觉随着太空船的逐渐完成而越来越强烈。

共周思和刘益登上了太空船的舷梯。共周思继续说："刘社长，这可是人类第一艘用机器人和N维打印机造出来的太空船。"

刘益停下了登梯的脚步，望着共周思说："共先生，你将是改变人类制造史的人。你非常了不起。"

"刘社长，我想的是，人类将人从具体的劳动中彻底解放出来。"

"我认为，人类应该按宇宙的分工做好自己的事。"

"对的。"共周思说。他牵着刘益的手，走进了太空船的驾驶舱。布置得非常紧凑而且具有科幻感的驾驶舱里，有着各种各样的仪表，还有一排排开关按键和指示灯。

"请坐。"共周思扶着刘益坐到了驾驶舱的椅子上。刘益往驾驶窗外望去，映入他眼帘的是连绵起伏的群山。

"共先生，核聚变的材料提炼得如何了？"

"快了，由于这里有巨大的能源，提炼的速度是我们以前的几十倍。"

"还有，可控核聚变装置试制出来了吗，这可是最核心也是最重要的任务。"

"也是最难的任务。"

"那机器人顾云怎么样？"

"非常优秀。他简直是思我所思，想我所想。"

"与你共振。"

"常常比我学得快。"

"用机器人做科学研究，现在已经流行起来了。"刘益站了起来，离开驾驶舱，说，"去船的引擎室看看。"

"引擎还没有放进去，还在设计。"共周思说。

"你下一步计划是做什么？"刘益问。

"如果我们的太空船顺利升空，或者能够运到ZZ6973号星球，我想第一个任务就是去勘探核聚变材料的宝藏，以及如何在外星球上生存。"

"这可是一个充满风险的工作。"

"肯定是。"

"为了降低风险，是不是先派机器人去勘查后再说。"刘益和共周思走下了太空船。

"刘社长，这次与机器人的合作告诉我，有很多过程是可以省略的。"

"你们的意思是，送人去外星球直接干？"刘益说。

"在外星球上先建立一个模拟实验室。"

"还是要有人去外星球，包括电磁辐射的病人。"

共周思看到刘益望着自己，脸上很严肃，他没有说话。

"共先生，我认为，我们可以好好享受机器人和远程控制自动化的技术成果。"

刘益的话，共周思当然明白，但他有自己的想法和主意。

"刘社长，今天我想搭你的直升机回市区。"共周思说。

"是应该回市区走走，你在这与世隔绝的深山里也有两三个月了吧。"

"整整八十天。"共周思说。

"我们现在就走吧。吕一天跟你走吗？"刘益问。

"他就待在这里帮我照料一下太空船的生产吧。"

"它行吗？"

"行。他按照我的意思做，从来没有出过差错。"

共周思和刘益回到了市区。

第三十章　实验动物学研究室

回到市区的第二天，共周思就去了动物研究所。他一走进动物研究所的大门，便直接去所长办公室找侯所长。

"侯所长，你好。"共周思敲了几次门，里面没有反应，他便轻轻地推开了门，只见办公室里面一个年纪七八十岁的长者坐在那里看文件。他听到有人叫他，应了一声："请进。"头也没抬。

"我叫共周思，您还记得我吗？"共周思走到了侯所长的跟前。

"共周思？"侯所长见到共周思，立即抬起了头，他打量了一下眼前的这个年轻人，当他确认眼前的人是共周思时，立即站了起来。

"是共工，我们的大英雄，好几年没见了。快请坐。"侯所长赶紧握着共周思的手，请他在办公室的沙发坐下。

共周思环顾了一下侯所长的办公室，发现与很多年前没有什么变化，还是那么简单，一张办公桌，一对单人沙发。

侯所长挥了一下手，从墙壁里伸出来了两个茶杯和一壶茶。侯所长将茶放到了共周思跟前的茶几上。

"共工，自从上次在医院用我们研究所的老鼠、猴子做实验，检测它们电磁辐射的影响之后，已经有八年多没有见面了吧？"

"是的。"共周思说。

"听说，你们找到了能使光线弯曲、时空折叠的引力场。"

"严格来说，我们找到了超轻、耐高温的材料，这是我们运气好，碰巧的。"

"这种划时代的技术是不可能碰运气的，现在国家在将你们的这项技术向全国推广，将彻底废除炼钢厂。"

"是的，国家正在强力推行这项技术。"

"共工，我还听说，你们还生产出了太空船，你还驾驶着太空船想去太空医院。我看到了你驾驶太空船的立体影像，媒体上播的。"

"可是我们的太空船不成熟，失败了。"共周思说。

"失败乃成功之母。能生产出这样的太空船非常了不起。现在病人这么多，都等着太空船送他们去太空医院呢。可奇怪的是，当时媒体大量报道了你们的英雄事迹后，突然没有了下文，而且还有些负面新闻。对那些不负责任的记者写的那些鬼话，我是不信的。"

"谢谢您的信任，侯所长。"

"共工，你今天来找我有什么事？"侯所长问。

"有很多事要请教，有很多事请您帮忙。"

"没有什么问题，我会鼎力相助。"

"谢谢您，侯所长。"侯所长的慷慨和热情，使共周思想到了八年前请他们研究所给动物做电磁辐射实验时的慷慨和热情，心里十分感动。

"我还是想用你们的动物做实验。"

"可以，没有问题，什么时候要，现在就要吗？"侯所长问，"还是像上次做电磁辐射实验时那样，在那家医院？"侯所长想了一下又说，"共工，如果是做电磁辐射实验，现在不用到医院了，我们研究所就可以做。"

"你们所有这种设备？"共周思一听他们所有电磁辐射实验设备可以给动物做实验，也很高兴，这样，在外星球上做的实验就不用再找第二家了。

"共工，我们两年前新成立了一个实验动物学研究室。"

"太好了，你们有实验动物学研究室。"共周思从资料上看到，实验动物学已经成为生命科学研究的重要基础，在医学、药学、制药、生物制品、农药、食品、化工、航天、放射、交通、环保等领域都得到了广泛的应用，这对他在外星球上建太空医院有极大的帮助。

"你可以分享我们的信息数据库。"

"谢谢侯所长，我现在是想在非常封闭的环境中做动物学实验。"共周思不想说出自己的真实用途，他对自己到外星球上去的想法是保密的。

"无论你在哪里做动物学实验，我都全力支持。"

"我们需要一些动物，如老鼠、猴子、兔子等。"

"没有问题。"

"还有测试实验的一些设备和仪器。"

"全套提供。"

"不知道这些实验设备和仪器市面上可以买到吗？"

"不用买，到我这里搬就是了。我们的专家、工程师都可以任凭你调遣，工程技术人员你要吗？"侯所长的话，使共周思十分感动。

"专家和工程技术人员我们目前还不需要。不过，侯所长，我可以借用他们的大脑。"

"大脑怎么借？"侯所长疑惑地问。

"就是让他们的脑伴和我的连线。"共周思说。

听共周思这么说，侯所长沉吟了一下，然后说："行，我一定做好这些专家、工程技术人员的工作，让他们和你的脑伴连线。"

共周思知道这工作很难做，因为这牵涉到个人隐私，如果连上，自己相当一部分的隐私将被公开。除非这个人有高超的技术垒起不可攻破的防火墙，而一般人没有这种高超的技术。共周思看到了侯所长一闪即逝的为难，便说："侯所长，这事要和你们的专家商量，必须征得他们的同意才行，千万不能勉强。"

"我会做好他们的工作，共工，你放心。"侯所长说，"共工，不知你们的实验是不是跟这次灾难有关。"

"有一定的关系。"

"什么叫一定的关系？"

"因为，有些动物要在一定的射线下生活。"

"是不是与你的太空船项目相关。"侯所长看到共周思想说什么，而又没有说出来，他明白了共周思的意思，不表态就是默认。

"我现在就将我们研究所数据库的账号、密码告诉你，你将有查阅我们研究所数字库的授权。"

共周思用感激的目光看着侯所长："非常感谢侯所长的信任。"

侯所长很快将他们研究所数据库的账号、密码告诉了共周思。

通常，侯所长是没有权力将最高授权给共周思。显然，侯所长是打破了常规，冒着被处分或者被判刑的风险告诉他的。

"这里面，有研究所几百年来所有的实验数据，希望能对你的科学探索有帮助。"

"有几百年的数据，真是无价之宝。"共周思一直很激动。

"至于那几位科学家，我看商量一下，告诉他们的脑伴号码，你和他们说，可以吗？"

"非常感谢侯所长。"到这份上，共周思只有连连感谢，没有其他语言能表达他的感激之情。

"侯所长，能不能去参观一下你们的实验动物学研究室。"

"没问题，我带你去，顺便也给你介绍一下实验室的专家和工程师。"

"谢谢！"

共周思跟着侯所长去参观了实验动物学研究室，和实验室的专家、工程师们见了面，使他受益匪浅，也丰富了他将来到外星球对人适应外星球上生活的实验内容。

参观完实验动物学研究室后，侯所长又带共周思参观了研究所的数据控制中心，并让共周思实地进入数据库。果然，令共周思非常震撼，里面确实有几百年的实验数据。

共周思离开了动物研究所，来到了以前自己做测试的市第一人民医院，医院里挤满了病人。他找到院长办公室时，办公室主任问他找谁。

"我找龚院长。"共周思礼貌地说。

"请问你是谁？"办公室主任问。

"我叫共周思。"

办公室主任上下打量了共周思一下说："龚院长已经调走两年了。"

"龚院长调走了？找下你们现在的院长行吗？"共周思说。

"你预约了吗？"办公室主任说完这句话，便埋头去看他的文件资料了。

"对不起，我没有预约。"共周思说。

"没有预约，我们院长这几天的工作都排满了，没有时间接访任何人。"

"就打扰十五分钟，麻烦你通融一下。"

"别说是十五分钟，就是一分钟也不行。先生，你还是先走吧。如果你确实要找我们的院长，我先给你登记一下，一个星期以后再来吧。"办公室主任说。

共周思看到这状况，继续求办公室主任见院长是不可能的了。他离开院长办公室，便直奔物理研究所。五年前为了判断灵心在乌村磁场辐射对身体的危害程度，共周思在这个研究所以自己的身体做实验。当时，这个物理研究所的所长不管共周思怎么说，就是不同意共周思用自己的身体做实验，因为那风险太大了。后来，不知是什么原因，共周思说服了这个研究所的所长，才让共周思用自己的身体进行了测试。共周思记得当时来了很多救护车，还有全国甚至世界各地的医生都赶到了这个研究所，准备等共周思遭遇不测时对他进行抢救。

这时共周思想起灵心，这些日子里共周思压抑着自己不去想她，但灵心无时无刻不出现在他的脑海里。刚才在市第一人民医院被院长办公室的主任拒之门外时，他就想找几个病情严重的病人，与他们的脑伴进行连线，掌握这次电磁辐射病人的病况，作为将来建太空医院时的临床资料，提高医治的准确性。灵心那里的病人多，本来是一件很方便的事，但共周思压制着自己找灵心的冲动。可现在看来，找灵心的慈善基金会是最好的选择。而且，到外星球建太空医院，将地球上的病人送到太空医院去医治也是她的梦想。共周思想了想，他临时改变了主意，他用耳伴联系了赵构成。

"哎呀，思思，你终于出现了，我们都以为你死了，或者是失踪了。快说，这段时间干什么去了？"赵构成听到共周思的声音，简直乐坏了。他不让共周思说话，一股脑地抱怨共周思。

"死不了。成成，我的事不许你和任何人说，而且我的耳伴号码要绝对保密。"共周思说。

"怎么这么神秘？"赵构成不解地问。

"而且只能我找你，你不要找我。"共周思的话是严肃的，赵构成听得出来。

"今天你找我是什么事？"赵构成说，"思思，我们都很想见你，尤其是灵心，她想你都瘦得不成人样了。"赵构成是一个搞技术的，说话不知道轻重。他说完这句话，听不到共周思的声音，耳伴的那边很久很久没有声音。他叫了几声"思思"，仍听不到共周思的回声。他以为共周思断了他的耳伴。他挂断了共周思的耳伴后，又向共周思的耳伴发了通话请求，可耳朵里传来的是："此耳伴号码不存在。"赵构成明白了，共周思的耳伴号码是动态的，每时每刻都变化的，他不主动与别人联系，别人是很难联系得上他的，除非双方有特别通道。

赵构成的话使共周思很痛苦，他不能找赵构成，通过赵构成找灵心或者朗声丽，不让灵心知道自己在干什么是不现实的。

共周思心想，必须与地球上的病人的脑伴联系上，而且还要有各门专科的医生。不可能带医生和病人去太空医院，因为有危险，但脑伴可以与他们的脑伴连线，以便将来在外星球上与他们沟通咨询实验情况。这是太空医院建立起来的基本条件。

"如果能咨询到一个从太空医院回来，并且已经痊愈的病人，那就更好了。"共周思心里说。但是，这个人到哪里去找呢？这次的电磁辐射灾难仅高斯市就有几十万病人，但能够到太空医院去治疗而且返回地球的很少，最多也就是几十个人，而且这些人都是社会地位很高的人。若要去找这些人，是一件非常困难的事。

"刘社长，问你一件事，你认识地球上去过太空医院的人吗？"共周思找到刘益问，因为他觉得刘益神通广大，社会上又有很多关系，去过太空医院的人，他应该清楚。

"去过太空医院的人？"刘益说。

"对，如果我们去外星球建太空医院，这些去过太空医院治疗的人，可以为我们提供太空医院的具体情况，这可以帮助我们在建太空医院上少走弯路。"

"这是一个好主意。太空医院的具体设置，你可以在脑伴上查。"刘益说。

"我还是想要第一手资料。"

"行，我找下地球上去过太空医院的人。"刘益一挥手，打开了杂志社的信息库，"地球有三十五个人去过太空医院，并且每一个人的病都治好了，也平安地回到了地球。"

"都是一些什么人？"共周思问。

"都是一些富商、社会名流和军队将领，当然也有一些科学家和明星。"

"你认为哪些人会帮助我们？"

"我认为他们都会帮助你。"刘益肯定地说。

共周思思考了一会儿说："找军队将领是不是好些？"

"军人豪爽、直率，找他们，我认为行。"刘益说。

"你查一下，军队将领中哪些人比较容易沟通。"

"找李从军。"刘益用手滑了一下，说，"他现在退役了，原来是一个空军情报部的少将。"

"住在哪？我现在就去。"

"住在我们市郊区的一栋别墅里。"

共周思告别刘益，便直奔李从军的别墅。

第三十一章　人体细胞再造仪

"你就是共周思？"李从军少将听说是共周思造访，二话没说便将共周思迎进了他家的客厅，等共周思坐在他们对面便给共周思递了一杯碧螺春。

"李将军，冒昧打扰您了。"共周思客气地说。

"不用客气，能见到你，我很高兴。"李从军说，他见共周思要问他问题，便摆了摆手说，"共先生，你能否先回答我一个问题，你是怎么躲避导弹袭击的，我们的飞行员都在问我这个问题。"

"我也不知道。"共周思看到李从军不相信的眼光，说，"我当时根本就不知道有导弹来袭。"

"我问过当时向你发射导弹的飞行员，他们说，就在他们的导弹将要打到你的太空船时，却发现你的太空船不见了。他们当时都不相信自己的眼睛。因为他们离你很近，你不可能在极短的时间里躲避他们的导弹。"李从军望着共周思的眼睛说。

"李将军，我真的不知道当时的情况。"共周思说。

"难道你们的太空船有自动躲避打击系统？你做过这种设计吗？这个设计是怎么实现的？"共周思看到了李从军急切的目光。

"我是做过这种设计，当时只是防陨石和太空中的碎片及垃圾，没有想到防导弹。"

"我们主要关心的是，这是如何实现的？"

"我们有一个辅助引擎，可以在极端的情况下启动。"

"据我的分析，这个引擎的推力巨大。"

"这个引擎是用核聚变物质推动的。"共周思如实地说。

"我们都知道有核聚变材料，但如果应用到太空船中却是一种非常困难的事。"

"我们做了特殊的装置。"共周思说，他看到李从军好奇而又想知道秘密的目光。

听到共周思的话，李从军深深地明白了高手在民间的道理。核聚变装置，装在太空船里，给太空船增加推力和速度。如果用在我们的战机上，那将使我们的战机所向无敌。如果能说服共周思将他的太空船技术转到军用，那是一件非常好而且意义非常重大的事。但他看到共周思几次回避谈核聚变装置的事，就不好再深究。毕竟他们也是初次相见。

"不说这些了，共先生，你找我有什么事？"

"您去过太空医院吧？"共周思问。

"对，去过。哇，那太空医院太先进了，也太神奇了。"李从军满怀喜悦地说。

"他们是怎么给您治疗的？"共周思问。具体的医院治疗从脑伴里都可以看到，但共周思需要的是第一手资料。

"我也只是有一些模糊的记忆。只记得，我被推进一个机房，又推入了一台机器里面。过了两三个小时，出来时，我感觉到浑身轻松。真是奇怪，原来病得浑身难受，经过治疗，感觉像是得到了重生一样。"

"现在怎么样？"

"好得很，精力旺盛。"

"您知道您被推进去的机器是什么机器吗？"共周思问。

"不知道。"

"网上介绍说是细胞再造仪。"

"细胞再造仪？"

"对，能修复并重组人体的细胞，而且还可以对人体的基因进行改造。这机器太先进了。"李从军说，"不知我们人类是否可以造出来？"

"能造出来，但必须是在外太空的环境中才能起作用。"共周思说。

"核心问题，还是要到外太空中建太空医院，我们人类能做到吗？"

"肯定能做到。"和李从军说了这么多，共周思发现他并不能向自己提供太空医院的许多细节。但有一点收获是很大的，那就是细胞再造仪的作用。这次去外星球最好带上细胞再造仪，用动物研究所的动物在外星球用细胞再造仪做实验。但是到哪里去找到这样一台机器呢？

李从军看到共周思在沉思，便说："我从那细胞再造仪里出来后，在被送上太空船返回地球之前的这段时间里，在太空医院逛了逛，发现那里真是人间仙境。"

"李将军，谢谢您今天的接待。"共周思现在心思转到了那台细胞再造仪上，没心思去谈太空医院的其他构想。他站起来，握手向李从军告别。

李从军还有很多话要说，也有很多事要问，他看到共周思要走，有些遗憾地说："共先生，我们还能见面吗？"

"以后我还会向将军您请教的。"

"请教说不上，是我要向你学习。"李从军谦虚地说。

共周思从李从军的家里出来，心里惦记着细胞再造仪的事，他认为，首要任务是找到细胞再造仪。他又找到了刘益。

"刘社长，你知道地球上哪有改变人的基因组合来治疗疾病的机器吗？"共周思问刘益。刘益在开会，听共周思找他，便中断了会议，在小会议室里与共周思交谈起来。

"目前我们没有发现，但我们可以尝试制造生产。"

"自己生产？"

"对，细胞重组的原理非常简单。"刘益说。

"或者，我们可以利用宇宙中的射线来改变人体的基因构成，从而去除人类身体内的病变细胞基因。"共周思沉思了一会儿说。

"太对了。"刘益对共周思的学习和自我提高能力十分惊叹。

"我们就可以在外星球上制造这种设备。"

攻克了一个难题，或者说是有了攻克难题的方法，共周思高兴了起来。他回到了住所，躺在从地板上升起来的床铺上，一挥手，他的脑伴里出现了一个电影幕布，他想看一会儿电影。他用手一滑，找到了一部古代神话电影《封神演义》。他喜欢看神话剧，每看一次，他都激动一次，为祖国博大精深的文化而激动。看着看着，共周思睡了过去。

和往常一样，只要一入睡，共周思就会梦见灵心他们，梦见和他们一起工作、学习、生活的情景，一起在原始森林的寺庙里休息、唱歌，一起在乌村勘探，一起游泳……共周思在梦里既是享受也是痛苦，梦做完了，人也醒了。

到外星球建造太空船厂和太空医院两个任务之中，太空医院的任务最重。共周思想把准备工作做得认真再认真，细致再细致。因为太空医院是要给人治病的。在这个太空医院里，不仅要给病人治好病，而且还要让治好病的人回到地球上。对于医院，共周思是外行。汪行知是医生出身，可他现在还在医院里。带医院里的人去外星球肯定不可能，还是要和地球上的医院院长进行脑伴连线。共周思打开脑伴，想看看原来给自己做电磁测试的龚院长，现在调到哪个医院去了。他将龚院长的名字输入脑伴，脑伴立即出现了龚院长的介绍。脑伴显示，龚院长现在在外省的一家省级医院当院长，上面有他的联系方式。共周思向龚院长发去了耳伴，耳伴里传来了龚院长浑厚的男中音。

"你好。"耳伴里是龚院长的声音。

"龚院长，您好！"共周思对龚院长说，"我是共周思，还记得我吗？"

"共周思，记得记得，你的名字我一直记在心里。"龚院长说。

"我能和你立体影像吗？"共周思说。

"好啊。"

共周思向龚院长发出了立体影像，龚院长的影像立即出现在共周思的面前。"龚院长，您还是像以前那样儒雅。"

"共周思，你倒是比以前又黑又瘦了。是不是被那个太空船项目折腾的？"

"反正比较忙。"共周思知道最近又黑又瘦的原因，日夜操劳是一个方面，更重要的是睡眠很少，而且常常失眠。

"你找我有什么事？"

"我想向您咨询一下建医院的资料，不知道您有没有。"

"建医院的资料脑伴上可以查得到，各种各样的医院都有。"

"我想建综合型的医院。"

"网上也可以查到。"

"我还是想听听您的意见。"共周思当然知道如何建一座医院，但还是要找一线专家的第一手资料，"龚院长，如果我要建一座医院，有不明白的地方可以请教您吗？"

"没有问题。"

"可以随时向您请教吗？"

"二十四小时都行。"龚院长爽快地回答。

"还有一些医疗器械方面的问题，是否也可以随时向您请教？或者说直接和您脑伴连线。"

"没有问题，如果我回答不了，我可以组织我们院里的专家会诊。还不行的话，我可以和全国甚至全世界的医学专家一起讨论回答你的问题。"龚院长望着共周思说。

"太感谢您了。"共周思说，"龚院长，您先忙吧。"共周思发现自己在和龚院长谈话的时候，有很多人找龚院长，共周思不好意思和龚院长说下去。

"好，共周思，你有什么事可以直接随时找我。"

"谢谢！"

就在与龚院长说话的时候，他耳伴里出现了柴禾的声音。他打开耳伴说：“柴警官，你找我？”共周思奇怪，他的耳伴是屏蔽的，不知柴禾是怎么知道他的动态号码的。

“几个月不见了，我们都以为你失踪了。”柴禾说。

“那几位科学家失踪的案子进展得怎么样了？”共周思问。

“还是没有头绪。”柴禾说，“最近又有一个人工智能方面的顶级专家不见了。”

“人工智能方面的专家？”

“从这些失踪科学家从事的专业来看，可以说囊括了当前最前沿的科学和技术。”

“这个人工智能专家从事什么方面的研究？”

“机器人的自我复制。”柴禾忧心地说，“如果这门技术被别有用心的人利用，对人类社会的危害就太大了。”

“机器人的自我复制这项技术并不是很复杂。只是各国政府出于伦理、道德原因一直加以严格控制，才使机器人没有泛滥。”

“就是这个道理，如果这个专家被反社会组织利用，后果不堪设想。”

听着柴禾的话，共周思想起自己基地上的机器人制造车间以及机器人的自我学习和自我复制能力，确实令人吃惊，当然共周思没有从坏的方面去想。

“思思，一直找不到你，我们怕你被坏人掳走了，就像那些失踪的科学家那样。因此，你一与赵构成联系，我们相关部门立即锁定并追踪了你的耳伴频道与你联系，你现在没事就好了。”

“我还在杂志社上班。”共周思不想将现在做的事告诉柴禾。

“思思，你要答应我，必须随时保持和我们联系。”

“柴警官，电磁辐射的元凶找到了吗？”

“有些眉目了，只是牵涉的势力非常强大，可能是外国的。我还得找到更多的证据。”

"有眉目就是一个好的开端，祝你成功。"

"思思，我和程颖都不相信你会放弃太空船项目。"柴禾说，"希望你尽快造出太空船，尽快将地球上的病人送到太空医院，否则，我会被活活折磨死。"

"为什么这么说？"

"因为现在不仅是病人动不动自杀闹事，搞一系列的群体事件，就连病人家属都出来打砸抢了。我们的罗局都病倒了。"柴禾一个劲地诉苦。

"你们警察真是很辛苦。"

"如果有一则报道，说是人类有自己的太空医院，而且有足够的太空船，可以将所有患病的人送到自己的太空医院，那就可以让病人的情绪稳定下来。"

"这一天会到来的。"

"思思，我希望是你在外太空建人类自己的太空医院。"柴禾说，"你是我接触到的最优秀的科学家。"

"谢谢柴警官的鼓励。"共周思一个人在深山里，很久没有听到别人的鼓励，听到柴禾这么说，他心里觉得暖暖的。

"我们用立体影像见一下行不行？"其实柴禾可以随时和共周思通立体影像，因为他有这个特权。但对共周思，他不想用这个特权。

"柴警官，没有问题，只是有时我忙，不能及时接受你的影像。"

"没关系，你忙你的，我只是碰到一些高科技的案子没有办法想请教你时，才打扰你。对了，思思，生产光帆的企业，是不是和电磁有关？"

"是的，光帆就是太阳光打到帆上，产生电磁压力，也就是电磁压，电磁压力转变成电磁场，电磁场产生电荷，从而产生推动力，使飞船或太空船飞行。"

"我的理解是光帆本身就是一个电磁场，对不对，思思？"

"对。"共周思回答说。

"我明白了，谢谢。思思，我们下次再聊。"柴禾挂断了耳伴。

第三十二章　探秘光帆工厂

"灵灵，你也在这里？"柴禾来到霞光公司灵剑柔的办公室，他没有想到的是灵心也在这里。

"柴警官，你今天怎么到这里来了？"

"我办案路过这里，顺便看看你爸爸灵总。"柴禾说。他坐在灵剑柔办公室的另一个单人沙发上，"灵总，你有一个非常了不起的女儿。"

灵剑柔听到柴禾夸她的女儿，脸上露出了自豪的表情。

"灵会长，上次真的感谢你，否则不仅会发生流血事件，而且局面将非常难以控制。"

"那是我应该做的。"灵心看到柴禾找她爸爸有事，就说，"爸爸，我先走了。"灵心又对柴禾打了一声招呼："柴警官，我先走了。"

柴禾见灵心要走，本来他想将找到共周思的事告诉她的，因为她曾经请他寻找共周思。

灵心见柴禾好像有什么事要说，便问："柴警官，是不是有了思思的消息。"

"是的。"柴禾接过灵剑柔递过来的茶说。他看到灵心听说有共周思的消息，那个高兴劲，就像是一个十几岁的小孩，脸上立即绽放出喜悦的笑容。

"他现在在哪？"灵心急切地问。看她的样子，好像要马上见到共周思。

"具体在哪我没问。"

"你们不是有定位系统吗？找一下就知道了。"灵心仍然是急切的样子。

人身定位系统可不是随便可以用的，柴禾心想，但是嘴上没说。

"请你告诉我思思现在耳伴的号码。"

"他的号码是动态的，没有固定的号码。"

"你是怎么找到他的？怎么和他联系上的？"

"用我们的侦测系统找到他的。"

"那现在能不能用你们的侦测系统和思思联系上？"

"一般情况下是不行的，但灵会长的事就是我的事，我帮你找。"柴禾说完就向共周思发去了耳伴，但对方没有回答。再发了几次，对方仍然没有接受。柴禾向灵心摇了摇头。

"灵儿，思思找到了就是好事。今天难得柴警官到我们公司，让我们先聊聊好吗？"灵剑柔对灵心说。

"我去妈那里。爸，你好好跟柴警官聊吧。"

"你好久没见你妈妈了，你妈想你呢。"灵剑柔说。

"我也很想妈。"灵心说，"柴警官，你忙完就告诉我，我来找你。"

"好的。我忙完了，一定会去找你，我们一起找思思。"

"太谢谢你了，柴警官。"

"你太客气了。"柴禾说。

灵剑柔和柴警官看着灵心走出办公室，灵剑柔说："思思找到就好了。"

"灵会长很想见到思思。"柴禾说。

"柴警官，找我有事吗？"灵剑柔知道柴警官有事要和他谈。

"也没什么事，就是路过，慕名过来看看您。您可是我们敬佩的企业家，为全世界的太空船提供光帆。"

"全世界95%的太空船的光帆都是我们公司生产的。"灵剑柔停了一下，又说，"还有全世界的宇宙飞船、飞行器太阳能板，也是我们公司生产的。"

"灵总，我是一个科盲，对高科技产品一窍不通，你能给我介绍一下你们公司制造光帆的原理吗？"

"光帆，顾名思义，就是利用太阳光作为动力，就像船的风帆，用风作为动力推动船航行。"

灵剑柔和共周思说的原理是一样的。

"你们的产品与电磁有关系，对吗？"

"是的，而且关系很大。"

"与电磁场关系很大？"柴禾加重了语气。

"是的。"灵剑柔肯定地说，"如果柴警官感兴趣，哪天有空，我请你去视察一下我们的生产线。"

"好的，好的，正好我今天有空，去参观一下你们的光帆生产线，让我长长见识。"柴禾说。

灵剑柔一挥手，向他的办公室发了一个耳伴，不一会儿，来了两个中年男子。

"柴警官，生产基地不在市里，在郊区，坐我的直升机去吧。"灵剑柔说。

"今天就有劳灵总你了。"

"等一下，我的灵儿一起去行吗？"灵剑柔说。

"你决定，正好可以在路上继续联系思思。"柴警官说。

"灵儿，你来我办公室一下。柴警官和我要去看看光帆工厂，你也一起去吧。"

不一会儿，灵心就来到了灵剑柔的办公室。她换了一身衣服，看上去英姿勃发。她一见柴警官，就说："柴警官，帮我联系一下思思好吗？"

"我马上给他发耳伴。"柴警官抬了一下手，给共周思发了一个耳伴。

过了一会儿，没有人接受。柴禾又重发了两次，仍没有听到共周思的回应。

"思思可能很忙，过下我再发。"说着，柴禾就和灵剑柔他们上了直升机。

"柴警官，你知道思思最近在干什么吗？"灵心问柴禾。

"我没有深问他最近在干什么，我主要是看他人还在不在。"柴禾说完也后悔没有问共周思最近一段时间在干什么，只顾问一些电磁方面的事。

"柴警官，最近还是很忙吧？"灵剑柔看到女儿一个劲问柴警官共周思的事，便故意扯开话题。

"有时忙，有时也还好。"柴禾这句话并非实话，实话是他非常非常忙。

"灵总，你说，如果我们有很多的太空船将病人送到太空医院去治病，那可是一件功德无量的事啊，你们公司可以生产太空船吗？"

"生产太空船是紫光公司的事，我们只负责为他们提供太空船配套的光帆。"

"你们公司和紫光公司是兄弟公司？"

"差不多，但他们公司比我们公司大很多。"灵剑柔说，"柴警官，到了。"

柴禾看到直升机在下降，他往下看，看到了一排排整齐的厂房、郁郁葱葱的大杨树，还有四通八达的马路在厂房之间穿过，马路上有不少大小车子在行驶。

直升机在一栋高楼的顶上停下。柴禾看见霞光公司的两个工作人员朝这走来，灵剑柔一下直升机，那两个工作人员就过来接他们。

"柴警官，这是我们光帆工厂的刘厂长和总工程师。"灵剑柔向柴警官介绍道。

"打扰了。"柴禾一一和他们握了手，灵心也和他们握了手。

"欢迎光临。"两位工厂负责人说。刘厂长对灵剑柔说："我们先从哪里看起？"

"听柴警官的。"灵剑柔说。

"我只是来学习，长长见识的，一切听从您的安排。"柴禾说。

"灵总，从原料还是从成品看起？"刘厂长问。

"柴警官，你说呢？"

"能不能先看看成品，我没有见过光帆，只见过风帆。"柴禾说。

"我也只看过风帆，还没有见过我们公司的光帆呢。"灵心说。

"那我们就看成品光帆吧。"灵剑柔说。

柴禾一行乘电梯下了楼后又上了一部电动车。坐上电动车，他们在厂房间穿行。柴禾看到如此漂亮、整洁如花园般的工厂，不禁感叹说："真漂亮。请问灵总，这个光帆工厂有多少人？"

"也就两个人。"

"才两个人。"

"我们是全自动智能化生产。"刘厂长说，"好了，我们到了。"

他们进了一个大厅，这个大厅是一个展厅，里面有一个光帆样品。

刘厂长指着这个光帆说："这就是光帆。"

柴禾先看到一个镜子一样的东西，再仔细一看，是一个非常光洁的薄膜。

"这就是光帆？"

"是的。"

"好像不太大。"

"这光帆可以展开的。"刘厂长按下了一个按钮，只见光帆徐徐地展开。

"这风帆完全展开，有几平方公里那么大。"

"有那么大？"

"必须最大限度地接收太阳光，也就是光子的电磁压力越大越好。"总工程师说。

"电磁的压力越大，给太空船的动力也就越大，对吧？"柴禾问。

"对的，就像风越大，帆的阻力也越大，风帆给船的推力也就越大。"

"也就是说，帆越大越好。"柴禾一边用手摸着光滑的光帆，一边对总工程师说。

"是越大越好，但总有个限度。"总工程师说。

"我们最近减少了光帆的展开的面积。"刘厂长说。

"减少面积不就意味着光帆提供的动力减少了吗？"柴禾说。

"我们增加了光帆的电磁强度。"

"光帆也带电磁场？"柴禾随口问。

"我们最近强化了我们光帆的电磁场。"总工程师说。

"那是不是需要很大的电磁场才能使光帆有更大的磁场？"

"对的，非常非常大的磁场。"刘厂长肯定地说。

"电磁场对人体有害吗？"柴禾说。

"如果是很大的电磁场，当然对人体有害，而且非常有害。"刘厂长说。

"你们是怎么防范的，我是说，你们的工人是如何防范的？"柴禾边看光帆边走边问。

"我们工人不接触电磁场。"刘厂长说。

"那什么东西接触电磁场？"柴禾问。

"是机器人操作，并且进行了层层的屏蔽。"总工程师说。

"有没有可能万一的情况呢？"

"我们这里没有万一，我们每一道工序都采取了几层预防措施。"刘厂长说。

"我是说万一，有什么后果？比如说，机器人和自动控制失控，对人有什么后果。"

"那后果是非常严重的。"刘厂长说完这句话，看了看灵剑柔，便没有继续说下去了。

柴禾见刘厂长说话戛然而止，便不好再问下去了，但他今天来霞光公司光帆生产线的目的达到了。

"灵总，我们去看看您的其他生产线。"柴禾又围着光帆转了两三圈，仔细看了光帆样品。

"行，我们去看看光帆压制厂。"灵剑柔说，"灵儿，你去吗？"

"去，爸爸，我一直想到你的工厂来看看。爸爸，你真了不起。"灵心高兴地说。

灵剑柔很难得听到女儿夸自己，听女儿这么一说，便更加热情地邀请他们去看光帆压制厂。

柴禾听灵剑柔邀请他，感觉他此行的目的已经基本达到，本想不去，但为了进一步了解一些事情，便也乐得同意了。

他们登上了灵剑柔的直升机，经过一个多小时的飞行，飞到了一个四周都是山的凹陷地带。这个厂坐落在一片平坦的草木葱郁的平地之上，占地不大，从直升机上看估计也就是几十亩地。工厂的厂房最高的也就是四层楼这么高。

"柴警官，这是压制厂的高厂长，也是技术总监。"灵剑柔下了飞机后，向柴禾介绍前来迎接他们的一个高个子中年男子。

"你好，高厂长，打扰你了。"柴禾赶紧和高厂长招手。

"你好！柴警官，非常欢迎你来我们这里指导工作。"高厂长说，"灵总，她就是您的千金灵心吧。"高厂长和灵心握了握手。

"你好，高厂长。"灵心赶紧上前，和高厂长握手。

"真漂亮！我们大家都说灵总有一个非常漂亮和伟大的女儿，今天一见，果真是名不虚传。"

"高厂长，你这里的生产进度，最近好像停下来了。"灵剑柔说。

"因为厂里加强了安全方面的改造，生产进度放缓了一些。"高厂长说。

"紫光公司在催货呢。"灵剑柔说。

"高厂长，你这里的生产，有安全方面的隐患吗？"柴禾问。

"我们这里的安全标准是全世界最高的。"刘厂长说。

"为什么？"柴禾显得很随意地问了一句。

"因为，如果我们的安全出了问题，危害巨大。"刘厂长说。

"柴警官，我们先到高厂长的办公室，在那里可以看到光帆压制厂的全貌。"灵剑柔说。

"还是直接去生产现场吧。"柴禾说，"你说呢，灵灵？"

"好呀，让我也看看光帆是怎么压制的。对了，思思的太空船用了我们公司的光帆吗？爸爸。"

"没有，他们的太空船用的是另外的动力系统，灵儿。"灵剑柔说。

"柴警官，请穿上防护服。"高厂长拿了几件防护服给他们穿上。

"这就是防护服？"柴禾接过防护服说，"和我们穿的衣服一样嘛。"

"对，这是最先进的防护服，可以隔离电磁辐射。"高厂长说。

"这里还有电磁辐射？"柴禾问。

"有的，而且还很强。"高厂长说，"来，给你。"

高厂长带着他们来到一大块玻璃幕墙前面，给他们一人一副眼镜。

"这眼镜有什么用？"灵心问。

"你戴上向玻璃里面看看就知道了。"高厂长说。

他们戴上眼镜朝玻璃幕墙里面看去，看到里面有很细很细的红橙黄绿青蓝紫各色光线，就像织布的线丝一样。他们看到不同的光线织成布一样的物质，最后被压在一起，形成了光膜。

"我们的眼睛看到的光线是被放大了一亿多倍的，肉眼是看不到的。"

"难怪我们没有戴上眼镜看里面什么也没有。"柴禾说着，沿着玻璃幕墙向前走去，他离开灵剑柔一段距离，说："高厂长，你过来看，这里的光线和刚才看到的不一样。"

高厂长赶紧跑到柴禾的身边，对柴禾说："是一样的，光线从本质上说都是磁力线。"柴禾见离灵心和灵剑柔有一段距离，便说："高厂长，我们站在这里会有电磁辐射吗？"

"我们穿了防护服，没有问题。"

"万一的话会是什么情况？"柴禾一边看里面光膜的纺织，一边用眼睛瞥了一眼灵剑柔，灵剑柔正在向灵心解释什么，便说，"高厂长，请问，如果你这里安全出了问题，会是什么情况？"

"不会出安全问题，我们有全世界最高的安全标准。"

"我是说万一。"柴禾一直好像很随意地问。

"万一也就是电磁辐射，我们做好了防护。"

"极端情况呢？"

"除非是电磁爆炸，也就是'磁爆'。"

"磁爆的破坏性有多大？"柴禾转过脸来，看着高厂长问。

"如果发生这种情况？"

"高厂长，请教一下，到底会怎么样？"

柴禾又以一个警探的目光扫视了一下在左边与灵心说话的灵剑柔，他的这种扫视，没有经过特殊训练的人是察觉不到的。

"磁爆产生的辐射，方圆几百里公里都会受到影响。"

"高厂长，你这里的工作人员有多少？"柴禾看到灵剑柔和灵心向他们这里走来，说。

"我们这里就我一个人。"

"这么少？"

"其他的都是机器人。"灵剑柔说。

"再请教一下，高厂长，机器人不用穿防护服？"柴禾试探地问。

"不用。"

"那它们不怕电磁辐射吗？"

"不是怕不怕的问题，而是辐射对它们没有什么影响。"高厂长说。

"灵总，高厂长，请教你们，是不是所有的机器人都不怕电磁辐射？"

"不是，我们的机器人是经过防辐射设计的，其他的就很难说了。"灵剑柔和柴禾边走边说。

"柴警官，还要看什么吗？"高厂长问。

"这就完了？"柴禾说。

"对。"

"就这么简单？"柴禾惊讶地说。这么大的公司，就这么简单，不可想象。

"我们主要是搞研发。"灵剑柔说。

"是一个名副其实的高科技公司。"

灵心看到他们参观完了，对柴禾说："柴警官，你再与思思联系一下。"

"好的。"柴禾答应一声，随即给共周思发出了耳伴。一连联系了好几次，仍然没有回应。

"不知道思思干什么去了，灵灵，我继续找，一有消息我会立即通知你。"

"麻烦你了。"灵心说。

"灵灵，你也不要着急，从我上次和思思通耳伴的情况来看，他最近的状态不错。"

听柴禾这么说，灵心没有说什么，但从她的表情来看，柴禾知道灵心担心共周思。

第三十三章　齐刚的太空船升空

"灵灵，你在哪？"灵心的耳伴里传来了朗声丽的声音。

"我在我爸爸的工厂里。找我有事？"

"也没有什么大事，你忙吧。"耳伴里的朗声丽说，但灵心明白，如果没什么大事，丽丽是不会找她的。

"灵总，我们赶快回去吧，打扰你半天了。"柴禾说。

"好吧，我们回去。"灵剑柔说。

"柴警官，你在哪里？方便影像吗？"柴禾的耳伴里传来了他助手姚娜的声音。

"我马上回局里。"柴禾说。

"剑柔，你在哪？"灵剑柔的耳伴里传来了紫光公司齐天航的声音。

"天航，我正和柴警官在我的光帆工厂参观。"灵剑柔说，柴禾发现灵剑柔刚说完，就切断了耳伴。

回到灵剑柔的霞光公司后，他们便各自忙各自的事去了。

柴禾一回到局里，姚娜正在局里等他。

"柴警官，我们做了一位年轻科学家的工作，他愿意在各主要媒体发表反社会的言论。"姚娜说。

"娜娜，我想了一下，让一位年轻的科学家做那种事，风险太大，而且会把事搞砸。"柴禾对姚娜说。

"我们也没有其他更好的办法。"姚娜说。

紫禾说："还是我自己去吧。"

"你怎么去，你不是什么专家，也不是科学家，有什么用？"姚娜听说柴禾自告奋勇地去闯虎穴，瞪大眼睛惊讶地说。

"我的知名度怎么样？"

"你的知名度不亚于任何一位资深的科学家。"

"这就够了。"

"但你没有什么反社会的议论和行为，你一直在维护社会的正义。"姚娜说。

"这不要紧，人是会变的。"柴禾说。

"你去我也去。"

柴禾笑着说："你去有什么用。"

"你一个人去我不放心。"姚娜说。

"这事先不要说，姚娜，罗局长在办公室吗？"

"罗局长躺在医院里呢。"

"进医院了？为什么？"

"累的，压力太大。"姚娜说，"有事可以用我们警局的频道和他立体影像联系。"

"我现在就和罗局联系。"柴禾说完，脑伴上就出现了罗局长躺在病床上的影像，病床上的罗局长脸色苍白，显得很是憔悴。

"柴禾，我正在找你，你刚才到哪里去了？"罗东严厉地问柴禾。

"罗局长，我有事向你汇报。"

"柴禾，你不要向我汇报了，是我向你汇报。"

柴禾见罗局长这么说，一头的雾水："罗局长，发生什么事了？"

"你未经请示，擅自跑到灵剑柔的霞光公司看这看那的干什么？"柴禾心里想，真看不出灵剑柔这样的世界知名的企业家，玩两面派，刚才还和他有说有笑的，一转脸，就背后告状。他刚才还对灵剑柔赞叹有加，还排除了对他们公司有可能是这次电磁辐射灾难的罪魁祸首的怀疑。如此看来，霞光公司有可能就是这次"磁灾"的元凶，必须对他们进行侦查。

"罗局长，我是偶然路过霞光公司，顺便到灵剑柔办公室坐坐，受他的邀请去看他的光帆工厂的，并不是对他的公司进行调查。"

"柴禾，你不要欺瞒我了，是你的潜意识带你去的。"罗局长看到柴禾还想解释，便又说，"到他办公室坐就坐，还要去看工厂，还要东问西问，人家不怀疑你是在调查他们吗？"罗东是吹胡子瞪眼睛。

"罗局长，我发现他们霞光公司的光帆工厂有重大嫌疑。"柴禾并没有去认真琢磨罗东为何这般生气，而是将自己真实的想法说出来。"到此为止吧。柴禾，不要东闯西荡的，否则，我也保不了你。"罗东一挥手，关掉了立体影像。

　　本来柴禾对是否要将霞光公司作为"磁灾"元凶进行立案调查还在犹豫。因为从霞光公司董事长灵剑柔的行为来看，他不像一个道德败坏的人，再加上灵心，他认为一个没有道德、只有利益的人不会有像灵心这样心怀大爱的女儿。他不能就凭一次参观产生的一些怀疑就立案。但罗局长今天反常的表现，让他觉得有必要对霞光公司做进一步的调查。可是，如果罗局长不同意立案，凭自己一个人的力量，要想去霞光公司这样的世界级的大公司进行调查是十分困难的。柴禾想，像霞光公司这样的高科技公司，必须有高科技人才，调查才能展开，否则，别想获取任何有价值的线索。谁能帮助自己呢？在自己认识的人当中，最理想的人选非共周思莫属。但让共周思调查灵心父亲的公司，共周思会干吗？找赵构成。柴禾想，但赵构成也是灵心的朋友，而且他只会利用大数据搜索材料，做最终判断还得依靠共周思。柴禾想着想着，想到自己个人力量的渺小，感觉到自己跟不上高科技突飞猛进的时代，他叹了一口气，摇了摇头，算了吧，自己没有金刚钻，就不要去揽那瓷器活了。

　　"柴警官，你在哪？"柴禾耳伴里传来齐刚的声音。

　　"刚刚，我在局里，你找我有事吗？"

　　"我们时空折叠公司明天上午要举行太空船升空典礼，你能来吗？"齐刚说。

　　"你们的太空船要升空？太好了，我一定去。"

　　"那好，我们明天上午十点见。"

　　"好的。"

　　"柴警官，又有太空船升空了？"姚娜看到刚才还是满脸愁容的柴禾，现在听到齐刚的太空船即将升空，顷刻之间高兴起来。

　　"多一艘太空船，我们就可以多载一些病人去太空医院，就可以多救治一些人，这是功德无量的好事啊，比我们东窜西窜地做些无用功强太多。娜娜，我真恨自己不该去上什么警校，危难时刻，我发现自己真是无用。"

"危难之际见真情，柴警官，你是真男儿。"姚娜有些动情地说。

"真情有用吗？"

"谁说没用，如果我们查出磁灾的元凶，我们就可以将这些人绳之以法。"

"但也不能救那些电磁辐射病人的命啊。"柴禾动情地说。

他只要一想到那些痛不欲生的病人，心里就有一种要他们摆脱痛苦的冲动。

"但你可以制止这种灾难的发生。"姚娜说。

听到姚娜的话，柴禾盯着姚娜的脸定定地看了好久，最后说："我们走。"

"去哪？"

"去找……"柴禾想了一会儿，说，"找程颖。"

"找程颖干什么？"

"因为程颖是可以说服共周思的人。"柴禾说。

"找共周思，造更多的太空船？"姚娜紧跟着快步离开办公室的柴禾。

柴禾没有回答姚娜的话，一路上，他什么也没有说。

"齐总，各大主要媒体我都联系了，他们都答应今天会来参加我们太空船升空典礼。"齐刚的助手尚尊说。

"所有的媒体都要来，包括那些著名的自媒体。"齐刚说。齐刚这几天很忙，也很高兴。今天他一大早就醒了，严格地说，他昨晚激动得一晚没有睡。今天他的太空船就要升空，他齐刚也是世界名人了，他将一洗在灵心他们这些人心里是一个不学无术的纨绔子弟的耻辱。他齐刚也是一个对社会有用的人，而且是一个不可或缺的伟人，因为这个世界上，可以造太空船的人，除了父亲，也就是自己了。他要让父亲看看，虎父无犬子，老子英雄儿好汉。想着第二天的风光，齐刚在凌晨五六点才睡了一会儿。

"灵灵，你们来了。"齐刚见到灵心和朗声丽，非常高兴地迎了上去。

"祝贺你，刚刚。"灵心今天来得比较早，也花了些时间打理了一下穿着，看来灵心的身体也恢复得差不多了，容光焕发。

"刚刚，灵灵的意思是，你们太空船第一个要做的事就是载我们慈善基金会生病的孩子们去太空医院治疗。"朗声丽说。

"没有问题。我的太空船愿为你们基金会服务。"齐刚豪爽地说。

"真的，刚刚？"灵心高兴地望着齐刚说。

"这还有假？"齐刚肯定地说。

"颖颖，你来了。"齐刚快步迎上程颖，和她握手，"还有柴警官，感谢你来参加我们太空船升空典礼。"

"今天真是嘉宾如云，怎么没有看到思思呢？"程颖说。

"是啊，刚刚，你没有邀请思思吗？"朗声丽说，也是替灵心问。

如果要齐刚显摆的话，他最想在谁的面前显摆一下？肯定非共周思莫属。这么风光的事，他会漏掉共周思吗？不会。"请啦。"

"他会来吗？"灵心急问。

见到灵心这样问，齐刚刚才还是阳光明媚的心头，突然飘过了一片乌云。但他很快将那不快抛在脑后，因为，他马上就要让共周思看到他的成功之举。"我联系不上他。"

"齐总，典礼马上就要开始了，齐董事长还没有来。"齐刚的助手尚尊向灵心他们点了点头，对齐刚说。

"他不来就算了。"齐刚心想，父亲不来更好，更自由。

"刚刚，今天风和日丽，是个好日子。"

"齐总，今天的场面非常壮观。"柴禾的助手姚娜说。

为了今天的典礼，齐刚请了国内最有名的典礼策划公司进行了设计布置，场面非常宏伟。灵心他们一眼望去，只见高大的太空船装点得花团锦簇，蓝色的太空船上披挂了一条条的各公司和政府祝贺的彩幅，天空有很多垂挂着五彩缤纷条幅的气球。如果你在直升机上向下俯瞰，你会发现，今天典礼场面不亚于任何一个世界级歌星的演唱会。本来齐刚准备邀请世界著名乐队现场表演，但被父亲齐天航制止了。为此，齐刚很郁闷，他还狠狠地骂了一顿他的助理尚尊，骂他不该将自己对典礼的设想告诉父亲。尽管如此，齐刚今天的典礼也堪称世上一绝。不仅名流云集，而且为了表示他的爱心，他还特地邀请了一百多位病人代表，以表示他齐刚的太空船是专为病人而造的。齐刚的这一举动，可以说是空前的，也是灵心最为高兴的。

"刚刚，病人方队在哪？"灵心问齐刚。

"灵灵，我带你去。"齐刚说着，便拉着灵心和朗声丽向病人方队走去。

"不仅有病人方队，还有科学家方队。"程颖说，"柴警官，我们去科学家方队看看。说是科学家，也就是时空折叠公司的太空船设计团队，他们我都认识。"程颖说。

"程颖，你知道他们的太空船使用了光帆吗？"柴禾说。

"我们原来的太空船好像没有用光帆。"程颖说。

"你怎么知道？"

"因为光帆是灵灵他爸爸公司生产的，如果用了，我肯定会听思思提起。"

"我估计齐刚的太空船会用到灵剑柔公司的光帆。"柴禾说。

"我们去问问就知道了。"程颖说。

他们走到科学家方队，程颖与一个年长的人握手说："李工，你好。"

"你好！程颖。"

"祝贺你，李工，你是我们时空折叠公司的首席设计师，几个月的时间将太空船设计生产出来，真了不起。"

"没有什么，都是用思思他原来的图纸，没法跟思思比，差多了。"李设计师说。

"为什么这样说？"程颖问。

"严格地说，这艘太空船还不完全具备升空的条件。"李设计师有些忧虑地说。

"你跟齐刚说了吗？"程颖说。

"说了，他说，没有一件东西会是十拿九稳的，飞起来再说。"李设计师说。

"最坏的结果是什么？"程颖觉得事情有些严重。

"也没有什么。"李设计师说。程颖感觉到李设计师回避了她的问题。

"李工，我想问你一个问题，你的太空船用了光帆吗？"柴禾问。

"你是指哪一艘？"

"你们现在这一艘。"

"用了，光帆是紫光公司的。"李设计师说。

"也就是说上一次的太空船没有用光帆，对不对？"

"是的。"

"为什么不用？"

"是思思不同意用。"

"他为什么不同意用？"

"他说，生产光帆需要用非常强大的磁场，不安全。"李设计师回答。

"原来是这样，谢谢你，李工。"柴禾说。

"各位来宾，各位朋友，大家好。"这时，典礼的高音喇叭响起来。

"时空折叠公司的太空船升空典礼现在开始。"女主持人的话音刚落，典礼广场上响起了《欢乐颂》音乐。音乐过后，是高斯市市长致贺词，接着是齐刚讲话，齐刚的讲话一改过去的作风，满篇讲话充满了爱心和希望，用词谦虚，让灵心他们另眼相看。齐刚讲完后，是病人代表以及病人家属发言，当然，还宣读了世界各大公司的贺词。

"最后，请我们时空折叠公司的总裁齐刚先生下达太空船升空的指令。"女主持人有些激动地宣布。在场的人们的目光一起投向了太空船，只听齐刚大声说："5、4、3、2、1，升空。"随着齐刚的一声令下，太空船腾地消失了，广场上立即爆发出雷鸣般的掌声和喊叫声。

在一片欢呼声中，齐刚被主席台上的人抬了起来，抛到了空中，人们高喊着："齐刚！齐刚！"

突然，也就在太空船升空十几秒后，人群中的欢呼声震耳欲聋的时候，人们听到空中响起了巨大的爆炸声。刚才还是欢腾的海洋，此刻到处是纷纷飘下的碎片，现场的人立即四处逃散。顷刻之间，一片狼藉。广场上，只剩下齐刚和灵心他们，还有高斯市市长以及李设计师等不到二十多个人。灵心看到齐刚即将昏倒在地上，腾地跑过去扶住他。灵心跑的速度之快，反应之快，就是柴禾这样经过特殊训练的人也比不上。

"刚刚，你醒醒。"灵心大声呼喊着她怀里的齐刚。

"你醒醒。"朗声丽也赶过来扶住齐刚，柴禾和程颖他们立即搬过来一张椅子，让齐刚坐在椅子上。

"快叫救护车。"姚娜说。

"别，别。"齐刚轻声地说。齐刚慢慢恢复了过来。当他看到眼前焦急地呼喊自己名字的灵心时，不禁流出了眼泪，喃喃地说："灵灵，完了，灵灵，我完了。"

"没事，没事，刚刚。"

"驾驶员逃生了吗？"

"齐总，还是你想得周全，驾驶员是机器人。"李设计师说。

"机器人也是'人'，它安全吗？"

"已经安全着陆了，现在被我们公司的人抢救回公司了。"

"当时，齐总坚持要自己驾驶太空船，是我不同意，最后我们折中，用机器人模拟。"李设计师说。

"幸亏用了机器人。"朗声丽说。

"李总，你分析得对，这次的升空条件还是不成熟，是我鲁莽了。"

"没关系，刚刚，失败是成功之母。"灵心说。

"灵灵。"齐刚握住灵心不断安抚着自己的手说，"我是不是很没用，这次思思要笑话我了。"

"思思决不会笑话你。"灵心说，"我为你感到骄傲和自豪。"

"对，刚刚，如果思思在场，他一定会为你感到骄傲。"程颖和朗声丽都说。

"尤其你在讲话中说为了救助苦难的人们而造太空船，我们听到都非常感动。"灵心抓紧了齐刚的手。

太空船试飞失败了，齐刚的心里悲痛万分，但有灵心他们的安慰，使他心里有了些温暖。他站了起来，放眼望去，看到一片狼藉的广场，心里茫然而又失落。他就像这个空荡荡的广场，心里倍感孤独。尽管灵心此时站在自己的身边，但刚才提到共周思的时候，从她的话音里听得出，灵心的心一直是向着共周思的。

齐刚没有理会灵心他们，而是一个人向台下走去。他的助理要跟着他，被他喝开。人们只看到他慢慢地走，不知道他要走向何处，朗声丽、柴禾想跟上去，被灵心叫住了："丽丽，柴警官，让他静静吧，他也很累！"

第三十四章　太空船工厂机器人造反

共周思一直很忙，他忙着采购去外星球的实验设备，忙着用自己的脑伴和各专业的科学家交流，不知是这些科学家也向往外星球，还是共周思的精神感动了他们，他们的脑伴都和共周思连上了线。

"思思，告诉你一个消息。"刘益找到共周思跟他说。

"有什么好消息？"共周思问。

"是一个不好的消息。你原来时空折叠公司的太空船，在升空后爆炸了。"刘益说。

"时空折叠公司的太空船，你是说新的时空折叠公司也生产出了太空船？"共周思高兴地说，他没有听到刘益说的后半句，"刚刚也能生产太空船了。"

"是的，但失败了。"刘益说。

"失败了，没关系，下次再来。"共周思说。

刘益觉得很奇怪，共周思对时空折叠公司的太空船失事一点也不吃惊，而且这般淡定。

"要不要看看庆典的立体影像？"刘益问。

"他们开了庆典？"共周思说。

"随着太空船的爆炸，庆典从大喜到大悲。"

"刘社长，我不想看影像。"共周思说。

"你的好友灵心、朗声丽、程颖她们都去了，是不是看看他们？"刘益知道共周思想看，但他看到共周思咬牙拒绝了。

"刘社长，我们还是查一下，我们去ZZ6973号星球需要的实验设备和仪器吧。"

"我看你已经准备得差不多了。"刘益说。

"刘社长，差不多恐怕还不行，必须十全十美。"

"是这样的，思思，你是不是多带几个助手去？"

"就我自己去就行。"共周思说，"今天再准备一下，明天我就可以返回基地去了。"

"好，我明天送你去。"刘益说。

第二天一早，共周思坐上刘益的直升机回基地。到了基地，他和刘益将这次置办的仪器设备放下后，刘益便开着直升机走了。共周思放心不下太空船车间，他目送刘益的直升机离开基地的上空后，便立即坐上通勤车，一下车直奔太空船车间。可当他一进太空船车间，便被眼前的景象惊呆了。

太空船车间的机器人有的躺在地上，有的垂头垂手地站在那里，有的趴在太空船上，手里还拿着测试工具。当共周思看到他的助手吕一天时，发现它已是奄奄一息，只听它断断续续地说："主……人……有人……"

"有人，有谁？"共周思赶紧跑到吕一天身边，将它从地上抱起来，一边握着它的手，一边问。

"破……坏……"吕一天有气无力地一字一句地说。

"吕一天，你是说有人搞破坏？"共周思急问，他见吕一天非常吃力地点了点头，然后又闭上了眼睛。

共周思环顾了一下四周，这里哪有人？他想，这个基地非常秘密，不会有人发现这里，更不会有人来。但眼前的现状，又不得不让他怀疑有人对这里进行过恶意破坏。共周思不明白，谁会来这里搞破坏呢？他将吕一天放到工作台上，让他平躺着，他一挥手，让自己的脑伴和控制中心的控制系统连线上，并对基地周围方圆一百公里的区域进行了扫描，看看这几天是否有人来过，或者是有什么不明物来过这里。共周思的眼睛紧盯着脑伴，控制中心的微波雷达360度地全速扫描。加密的微波雷达，可以扫描到地上、空中，哪怕一只小蚂蚁也能看到，但扫描的结果是什么也没发现。当共周思从太空船车间跑到基地的控制中心时，也没有发现任何异常。监控系统告诉共周思，这里一切正常。

是什么东西导致机器人的运行被停止了呢？共周思想起柴禾在郊区发现的两个被停止的机器人，后来这两个机器人又被终止，而且是在警察的严密保护下被终止的，也就是死亡。难道有人远程控制了这些机器人？

管不了这些，先将集装箱里的实验设备搬上太空船。共周思已经预感到时间很是紧迫，自己要抓紧时间。

共周思开着吊机将仪器、设备从集装箱吊出来，然后又用铲车将运进了太空船，装到星际车上。忙完这些，已是凌晨三点了，共周思躺在太空船的地板上睡了过去。

"主人，主人，你醒醒。"共周思睡梦中隐隐约约听到有人叫他，他挣扎着睁开眼睛，蒙眬中看到吕一天正在叫自己。

"吕一天，有什么事吗？"

"主人，这里危险，快走。"吕一天吃力地说。

共周思听说这里危险，立即坐了起来，这时，他看到吕一天还躺在地上，它的身后是身体拖出来的深深的痕迹。显然，吕一天已经身负重伤。

"去哪？吕一天。"

"去控制中心。"吕一天在太空船的地板上艰难地说。

"好，吕一天，我们去控制中心。"共周思站起来，就往太空船的舱门那里走，刚走出几步，发现吕一天没有跟上来，便折回身去说，"吕一天，跟我一起去控制中心。"

"主人，不要管我，你快走。"吕一天艰难地向共周思摆了摆手。

"我们一起走。"共周思将躺在地上的吕一天抱起来，扶着他一起向舱门走去。

"主人，你必须快走，不要管我。"吕一天用力想挣脱共周思，但共周思就是不放手。共周思索性将吕一天背在身上，出了太空船的舱门，向控制中心跑去。尽管是在跑，但由于背着吕一天，速度和走差不多。途中，吕一天几次要共周思将它放下来，但共周思都没有听他的。直到走进控制中心的大门。共周思累得摔在了地上，大口大口地喘着气。"主人，快关上门，打开防护围栏。"

共周思不顾精疲力竭的双腿，非常吃力地站起来，拼尽全力，打开了防护围栏的开关。共周思按下开关，身子便倒在地上，昏了过去。吕一天见共周思又昏倒在了地上，便向共周思那里爬去，可是当他爬到共周思的身边时，大脑觉得被什么东西一击，浑身痉挛，也静止在地上了。

共周思躺在地上，他感觉过了很久，又好像时间很短。他被耳伴里的吵闹声吵醒了。吵闹声越来越大，到后来变成了尖叫，叫声让共周思实在受不了了，便关上了耳伴。

突然发生的变故，让共周思莫名其妙，也不知所措。他关掉耳伴后，下意识地一挥手，打开了脑伴，打开了太空船车间的立体影像。共周思看到刚才被停止的机器人围住了太空船，有的站在太空船的顶上，有的站在太空船的舷梯上。共周思将立体影像移到太空船的驾驶舱，发现驾驶舱里有几个机器人，它们有的坐在驾驶舱的驾驶椅上，有的站在那里，有的东望西望，摸这摸那。

突然，共周思看到这些机器人像听到了什么命令似的，全部停下自己的动作，向一个方向跑去。共周思看到驾驶舱里的机器人离开驾驶舱，舷梯上的机器人跑下舷梯，站在太空船周围的机器人向工厂的大门处跑去。很快，共周思看到它们跑到了一起。当它们跑出太空船车间的大门后，共周思便发现这些机器人正向他的控制中心跑来。共周思感觉到它们在喊口令，就像是一支军队喊着冲锋的号角，去攻打一座堡垒似的。当它们靠近控制中心的时候，共周思看到这些机器人停止了脚步。它们围住了控制中心，站在那里，面对着控制中心。共周思很奇怪，它们站在那里干什么？这些机器人守在这里，很可能是为了看住自己。

这些机器人的大脑已经被人控制了。是谁控制了这些机器人的大脑呢？共周思不知道，但他想知道，他连线了刘益，但奇怪的是刘益的耳伴、脑伴都联系不上。必须想办法出去，否则会被困死在这里。共周思走到开关那里，正当他要准备打开防护围栏的时候，只听吕一天紧张地说："主人，千万不要打开防护围栏。"共周思看到吕一天艰难地向自己爬过来。

"为什么？"共周思不解地问。

"因为，这些人已经被人控制了，目的就是守住你，不让你出去。"吕一天勉强站了起来，吃力地扶住控制台说。

"它们困住我干什么？"对吕一天的话，共周思半信半疑。

"因为它们要的是太空船。"吕一天说。

"你怎么知道的？"共周思问。

"因为我的程序是为保护你和太空船设计的，它们没有办法攻破和改变我的程序。我只是中毒。"吕一天说。

"那我们现在怎么办？"共周思问。

"主人，请你将你的立体影像移到太空船。"吕一天说。

共周思立即将脑伴中的立体影像移到了太空船，进入共周思眼帘的影像是三个戴着口罩和墨镜的人。共周思没有去思考他们是怎么发现这深山里的太空船工厂的，第一个反应是立即阻止他们。可是，怎么出去呢？自己已经被困在控制中心，又与外界联系不上。这里除了自己，就是身负重伤的吕一天。

共周思坐在被自己的机器人如铁桶般住的控制中心，他的超级大脑在急速地思索着解决办法。

第三十五章　柴警官辞职

"齐刚，这个太空船厂真的是太先进了。"柴禾对齐刚说。柴禾想起最近自己到霞光公司了解有关电磁场和电磁辐射的情况，被罗局长训斥了一番后，他觉得霞光公司生产光帆可能是这次磁灾的元凶。尽管罗局长严厉禁止他对灵剑柔的调查，但柴禾没有去理睬罗局长的禁令，而是独自一人又去了霞光公司的光帆工厂，化装深入到基地的人造电磁场的现场，与生产现场的人交流。

"刘师傅，你在这里工作多久了？"柴禾找到了这个车间唯一一个不是机器人的工人问。

刘师傅回答："三个月零十天。"

"这里工作对身体有影响吗？"

"没有什么影响。"

"一点也没有？"

"要说一点没有也不现实。"

"最坏的情况是什么？"

"磁爆后产生的电磁辐射，那可是要命的。"刘师傅说。

"你这里发生过吗？"柴禾觉得刘师傅和上次在这里参观时高厂长说的一样。

"至少我工作的时间里没有。"

"你知道，最近我们市死了很多人的灾难吗？"

"知道。"

"你认为是什么原因导致的？"

"这个嘛……"刘师傅欲言又止。

柴禾见他不愿谈下去，便说："有人说，是电磁辐射造成的，你说对吗？"

"肯定是，百分之百是。"

"如果你这里发生磁爆，会有多严重？"

刘师傅没有再回答柴禾的话，而是警惕地看着柴禾。柴禾看也问不出什么了，便告辞了。可他还没有走多远，又返回来问："刘师傅，谢谢你。再请教你一个问题，你知道我们市还有哪家公司用人造磁场生产光帆的吗？"

刘师傅开始还是不吭声，但他看到柴禾不肯走。他望了望柴禾，看到他满脸的诚恳，想了想便说："市里还有一家生产磁帆的。"

"还有生产磁帆的？"柴禾吃惊地问。

"他们叫磁帆，但和我们光帆的生产原理是一样的。"

"也是用人造电磁场生产的？"

"对。"

"和你们公司的规模相差多少？"

"就光帆和磁帆这两个产品来说，规模差不多。"

"还有用人造磁场生产的工厂吗？"

刘师傅想了想说："紫光公司的磁力引擎，应该是用人造磁场生产的，不过我不能肯定。我只是从理论上说。"

紫光公司，世界超级大公司。听到这个名字，柴禾心里一震，但也只是一刹那的表情。

"谢谢你，刘师傅。"柴禾告别刘师傅，离开了霞光公司的光帆生产车间。

离开霞光公司，柴禾直接去了紫光公司。他先是跟紫光公司的董事长办公室联系，董事长办公室主任让柴禾等等。

"你和齐总说，我是顺路来拜访他的。"柴禾说。

"好的。"董事长办公室主任在耳伴里说。

不多一会儿，董事长办公室主任在柴禾耳伴里说："柴警官，我们齐总欢迎您去见他。"

都说紫光公司的董事长齐天航深居简出，是个神秘的人物，见他比登天还难，但今天在柴禾看来，齐天航并不像外界传说的那样。

紫光公司的办公大楼是全世界独一无二的建筑，柴禾早有耳闻。今天，一到办公大楼的旁边，就有一辆车停在了他的面前，从车上下来一位漂亮的小姐，对柴禾说："柴警官，请。"

"你是？"柴禾问。

"我是齐总办公室的，我叫廖秀。"廖秀热情而礼貌地说。

柴禾上了廖秀的车，车子开了几分钟，来到了一排电梯面前，柴禾以为要下车，正准备打开车门。

"柴警官，不用下车。"廖秀说。

车子和人一同进了电梯，没多久，便又出了电梯。柴禾随廖秀下了车。柴禾一出电梯，一位英俊的男子正站在那里迎接柴禾。

"柴警官，齐总正在恭候您。"那位英俊的男子说。

柴禾和那位英俊的男子进了办公室。令柴禾十分惊讶的是，办公室并不大，也不算豪华，办公桌很普通。办公室里坐着一个慈祥而瘦小的长者，慈眉善目的。从外表上看，无论如何也不像一个世界一流企业的老板，柴禾看到这个长者放下怀里的一只非常漂亮的白色小猫，站起来说："柴先生，非常欢迎。"

可是柴禾还没说话，耳伴里就传来罗局长的声音："柴禾，你在哪里？"

"我刚到紫光公司齐总的办公室。"柴禾说。

"立即回来！"柴禾耳伴里的罗局长厉声说道。

"有急事吗？罗局长。"柴禾一边与耳伴里的罗局长说话，一边频频和向齐总点头，表示抱歉。

"命令你，立即到我的办公室来。"罗局长的命令不容置疑。

"行，我马上过去。"柴禾关掉耳伴，对齐天航说，"齐总，实在不好意思，局里有急事要我回去。"

"没关系，欢迎下次再来。"齐天航礼貌地伸出手，和柴禾握手。

柴禾顾不得和齐天航寒暄，而是匆忙地离开了齐天航的办公室，他回头向齐天航摆了摆手，看到齐天航也笑着和他摆了摆手。

柴禾对齐天航的印象非常好。

柴禾赶到罗局长的办公室时，看到罗局长身上还穿着医院的病号服。他正躺在他的办公椅上，听到柴禾的脚步声，睁开眼睛看着柴禾说："柴禾，你坐下。"

柴禾就在罗局长的办公桌前的椅子上坐下："罗局长，出什么事了？那么急。"

"你最近东跑而窜、不务正业的，在干什么？"罗局长一脸的严肃。

"在调查造成这次电磁辐射的元凶，有些眉目了。"柴禾看到罗局长与以前大不一同，以前他从来没有对自己这么严肃过。

"柴禾，局里对你最近的工作业绩非常不满意。"罗局长说。

"我的工作是没有做好。"

"我们非常重视的科学家失踪案你不去调查，却去查跟案子毫不相关的电磁辐射。"

"科学家失踪和机器人被终止的案子，我也在全力调查。"

"柴禾，局里的意思是，你的工作不得力，决定将你调出专案组了。"

"为什么？"

"不为什么，这是命令。"罗局长脸色没有任何缓和的迹象。

"我不理解。"柴禾莫名其妙。

"局里的意思是要你脱掉这身警服！"

"开除出警局？"柴禾瞪着眼问。

"是我力保，才让你仍然留在警局。从现在开始，你休假去吧。"

突如其来的命令，使柴禾蒙了。他不知道自己做错了什么，或者是哪里得罪了什么人。作为警探，得罪人，甚至得罪一些重要人物，以前也是常有的事。但每次都有罗局长护着他。可这次，他没觉得得罪了什么人呀。柴禾的大脑急速地回想最近做的每件事，并对可能有错的事进行了过滤。他实在想不出自己哪里出了问题。

罗局长望着满脸不解的柴禾说："休假期间，你不得从事任何与警察有关的活动，你就是一个没有任何职务的普通人。"

柴禾没有说话，还在沉思。

罗局长和柴禾都没有说话，办公室里一片寂静。

"是不是因为我最近到了霞光公司和紫光公司？"柴禾终于理出了一些头绪。

看到罗局长没有反应，想到自己日夜操劳，常常是通宵达旦地工作，除了案子还是案子，不仅职务一直是个警官，没有提升，到了结婚的年龄连恋爱都顾不上谈；却因为去了一趟霞光公司和紫光公司，被无情地停职，一股不平和委屈涌上心头。他极力控制着自己的情绪，说："罗局，我辞职。"说着，他摘下警徽和佩枪，丢到了罗局长的办公桌上，站起身，离开了罗局长的办公室。

柴禾从罗局长办公室跑出来，一头扎进自己宿舍的床上，抱头大睡，每天除了吃喝就是睡觉，他要将十多年没有睡的觉都补回来。他一连睡了三天三夜，第四天早上他醒来时，再想继续睡下去的时候，却怎么也睡不着了，没有了以前的紧张和忙碌，反而觉得心里空荡荡的。他一挥手，从墙壁里伸出一份早餐。他又一挥手，刚才的床缩进了地下，地上又伸出一个小方桌。他坐在桌前吃早餐，刚吃完早餐，耳伴里传来了齐刚的声音："柴警官，早上好。"

"齐刚，你好。"柴禾应道，齐刚明显已经没有了太空船出事时的痛苦，而且还有碰到了什么好事的感觉。

"我上次和你说起的，我朋友有个公司，有没有兴趣去看看？"

听齐刚这么说，柴禾以为齐刚知道他辞职离开了警察局，他心里想，齐刚真是消息灵通。

柴禾并没有理会齐刚，因为他想出去旅游，看看外面的世界，他不想再涉足与警探有关的行业。

"是一个世界著名的环境保护机构，纯公益性的。"齐刚说。

柴禾没有吭声。

"比如，这次的灾难原因，他们就在调查。"

听到齐刚说到这个机构也在调查这次灾难，柴禾心里一动，但他立即赶走了心动的念头，仍然没有吭声。

"柴警官，在吗？你可以到这个机构去看看，也许对你调查这次电磁辐射有帮助。"

齐刚是否知道自己已经辞职了？柴禾一下子难以分辨。但他仍然没有答复齐刚，他移开话题说："齐刚，你的太空船项目还搞吗？"

"搞啊，为什么不搞？"齐刚说。

柴禾以为上次的失败后，齐刚不会再去造太空船了，因为齐刚没有那么强烈的动机。

"有多少病人要去太空，这是一个善事。"齐刚说。齐刚变化如此大，令柴禾意外，齐刚最近一系列的行为，说明他真的是关心病人。"柴警官，出来散散心吧，说不定对你破案有帮助呢。"齐刚继续劝柴禾，"反正也没事，看看除了当警察之外，自己还能做些什么其他的事。"

"好吧，我去试试看。"柴禾一挥手，小方桌缩进了地下。他离开宿舍准备和齐刚去那个环保机构。就当他离开自己的小区，即将跨上汽车的时候，他仔细想了想，给程颖发了一个耳伴。

"颖颖，最近忙吗？"柴禾在耳伴里说。

"柴警官，你好。"程颖说。

"有空吗？我到你那里去坐坐。"

"手头的案子多得出奇，尤其是机器人相互攻击、被害的案子直线上升，对了，柴警官，你的机器人案子进展得如何？"

"还是见面再说吧。"

"你过一个小时过来，等我忙完手头的一份起诉书。"程颖说。

结束和程颖的通话，柴禾没有去齐刚邀他去的环保机构，而是做了另一件事。

"郭老板，拿酒来。"柴禾推门进了一个酒吧。

"哎呀呀，大警探今天怎么有空光临我的酒吧。"从酒吧里面走出一个油头粉面、大腹便便的中年男子，他满脸堆笑地和柴禾打着招呼。

"少废话，快拿酒来。"柴禾坐在吧台前的高脚凳上大声叫喊。

"柴警官，酒保还没有上班呢。"酒吧的老板谦卑地说。

"你自己给我斟酒，怎么了？不行吗？"柴禾还是大声地叫。

酒吧老板打开了吧台的灯，说："柴警官，你要什么酒？"

"最烈的酒，58度的二锅头，是不是档次低了？"

"最烈的威士忌，怎么，舍不得？"

"没有我的二锅头烈。"

"是，是，那就二锅头。"老板给柴禾拿来一瓶二锅头。

"给我打开。"

"行行，我打开。"酒吧老板打开了酒瓶盖子。

"你也来一瓶，陪我喝。"

柴禾拿过酒瓶就往自己的嘴里倒，一口气喝了半瓶。他见酒吧老板只抿了一口，便嚷嚷道："你也给我干。"柴禾用酒瓶狠狠地碰了酒吧老板的酒瓶，又一口将瓶中的酒喝完。柴禾见酒吧老板只喝了一点，便夺过他的酒瓶，对着自己嘴将整瓶酒倒了下去，酒从他的口中流到了下巴、脖子和身上。柴禾全然不顾，举起酒瓶看了看，说："再拿两瓶来。"

酒吧老板从酒柜里又拿出来一瓶二锅头说："给你，柴警官。"

"怎么就一瓶，两瓶，你再给我一瓶。"柴禾一瓶酒下肚，脸上慢慢地红了起来，声音也越发粗了。

"不行，不行，柴警官，不能喝了。"酒吧老板见柴禾一个劲要他喝，便急忙推脱道。

"我叫你喝你就喝。"

"不行，不行，我不会喝酒。"

"你喝不喝？你不喝，你相不相信我把你的酒吧砸烂？"

"好好，柴警官，我喝我喝。"酒吧老板吓得赶紧接过柴禾递过来的酒瓶，看着柴禾有些发红的脸说。

柴禾举起酒瓶一口气又喝下了半瓶，"喝，快喝。"他又对酒吧老板说。

"怎么没有陪酒的小姐，快叫出来陪我喝。"柴禾的酒喝得差不多了，嘴里呼呼地呼着酒气。

"现在还没有到上班时间。"酒吧老板见柴禾喝得过量了，胆怯地说。

"我不管上没有上班，你叫她们现在就上班。"他见酒吧老板没有动，便将酒瓶砸在吧台上，只听噼啪一声，酒瓶砸得粉碎，吓了酒吧老板一跳。本来酒吧老板也是见过世面的人，如果是一般的小警察捣乱或发酒疯，他还不至于这么害怕，可柴禾是什么人，他可是有名的大警探。酒吧老板不敢怠慢，立即一抬手，只听他叫："开工了！还在睡觉？我不管，你们立即到酒吧来！立即。"

没多久，三个没有化妆但衣着性感的漂亮小姐就站在了柴禾的面前。酒吧老板对她们使了一个眼神，三个小姐立刻围了上去，她们一起搂着柴禾，吊着他的脖子，在柴禾的脸上亲了起来。

柴禾从没有见过这种场面，以前他的案子都是有重大社会影响的大案要案，与这些娱乐场所的小姐打交道并不是他的职责，也不是他的特长。今天三个年轻漂亮的小姐一见面就黏到了身上，一时有些慌了。他回避着小姐的搂抱，但没有成功，小姐们连搂带抱，将他抱到了一张沙发上。也许是酒精的作用，柴禾使劲地摇了摇脑袋，睁了睁眼睛，好像是想了想，便与一个小姐送来的脸吻到了一起，吻完这个又去吻另两个。这两个小姐不但不躲，反而嘻嘻哈哈地应和着，看柴禾很开心似的，又开始在他身上乱摸，柴禾招架不住，突然大叫一声："老板，拿酒来。"他没有看到刚才的酒吧老板，就噌地站了起来，那三位小姐被这突如其来的举动吓了一跳，同时也被柴禾撞倒在地。

柴禾还没看到酒吧老板，便大声叫唤："老板滚出来。"他仍然没有看到人，便大声问三位小姐："你们老板叫什么名字？"

"叫李杨。"三位小姐见柴禾这么凶，怯怯地回答。

"李杨，滚出来。"柴禾叫了一通，看到没有什么反应，便举起身边的凳子砸了起来，只听到酒吧里桌子、凳子、玻璃等被砸的声音。柴禾边砸边骂："狗日的，竟敢不理我。"砸东西看来没效果，干脆将酒吧里的桌子掀翻，砸破的玻璃、破损的桌子和凳子满地都是。柴禾正发疯地砸东西发泄的时候，酒吧里出现了四个大汉，其中两个身材彪悍，身上的衣服都裹不住他们的饥肉。

柴禾看到满脸横肉的四个大汉，不知从哪来的勇气，不但不退缩，反而很高兴地向四个大汉走了过去，边走边说："要打架是不是？"

那四个大汉也没有言语，而是径直向柴禾走去。三位小姐看到，一边是柴禾，一边是四个彪形大汉。她们认为，这下柴禾要倒霉了，不被这四个大汉打死，也会打残。

可是，令三位小姐吃惊的是，就在他们五个人缠在一起动手的一刹那，那四个大汉全部滚倒在地，痛苦得"嗷嗷"直叫。只听柴禾大声叫喊："还有没有人上来，再来四个、八个老子也不怕。"他看酒吧里没有反应，又一把抓起在地上打滚叫唤的一个大汉，向他的腹部打了一拳，只听那大汉哇哇地大叫一声又倒在了地上。"怎么还没有人来。"他看到缩成一团的三位小姐，对她们吼道："看什么看，快报警啊。"他见三位小姐没有反应，便想了想说："你们不报，我报。"他一挥手，说："真斯酒吧发生凶杀案，快来。"柴禾还不解恨似的，又抓起地上的一个大汉。不过他看到吓得发抖的大汉，没有打他，而是按住他，对其他三个大汉说："你们不许走，谁也不许走。"

很快，三位小姐听到了警笛声，一辆警车停到了酒吧的门口，从上面跳下四个警察。他们推门进来，看到满地狼藉，四个大汉捂着肚子躺在地上，他们的眼光掠过缩在角落的三位小姐后，便看到了柴禾。年长的警察制止了身边的一个年轻警察叫柴禾的名字，说："统统带走。"他们没有去带柴禾，而是将四个大汉和三位小姐带走了。柴禾站在说："等等，我是柴禾。"

"那就一起带走。"年长的警察说。

"走就走，怕什么，反正老子已经不是警察了。"柴禾对着那几个警察大声地说。

"你不当警察了？"那个年轻警察说。

"老子不当了。这个社会，好人坏人都分不清楚，老子不干了。"

"你可是我们学习的榜样，柴警官。"那个年轻警察说。

"那都是骗人的，骗人的。"这些警察听得出，柴禾极为不满。

"柴警官，少说两句吧。"年长的警察说。

"为什么要少说，老子辛辛苦苦、没日没夜干了十多年，破了多少大案要案，如今却是被开除的下场。"

第三十六章　柴警官、齐刚进入神秘太空船厂

去派出所的路上，其他的人都不说话，一路上只有柴禾发泄着对社会的极度不满。在这些警察的心里，现在的柴禾跟以前的柴禾是两个极端。

到了派出所，柴禾被程颖保了出来。

"怎么回事？柴警官，怎么打架斗殴，像个小混混似的。"前往程颖机器人律师事务所的路上，程颖问。

"不要叫我警官了，我已经不在警察局了。"柴禾说。

"我听说了，但我想问问你发生什么事了。为什么会这样？"程颖说。

"因为这个社会有病，而且病得很重，没有必要去维护了。"柴禾对程颖大声说道，怒气十足。

"为什么有这么大的变化，柴禾。"程颖按柴禾的要求，没有叫柴警官。

"到你们所里，我再告诉你。"

柴禾和程颖到了她的机器人律师事务所。

"颖颖，我是不是有些滑稽，我退出了维护人类社会公平和正义的行列，你却去维护机器人的公平和正义。你是不是认为将来人类的公平和正义要用机器人来维护？"

程颖没有回答柴禾的话，而是说："柴禾，我认为你还是适合当警察。"

　　"为什么？"

　　"因为你的正义感太强了，而且身手非常好。"

　　"可我不觉得。"

　　"好了，柴禾，你不是到这里有话和我说吗？"

　　"我想请你帮我做一件事。"柴禾坐在程颖办公室的沙发上，喝了一口程颖递来的绿茶说。

　　"什么事？"

　　"媒体上的事。"

　　柴禾和程颖说了半个小时，也是发泄对社会的不满、愤恨。他离开程颖的事务所，便发了一个耳伴给齐刚，和他说想去他以前给自己介绍的环保机构。齐刚听了很高兴，二话没话便和柴禾一起来到了那个环保机构。

　　"你就是柴禾？"接待他们的环保机构负责人说。

　　"对，我就是柴禾。"柴禾看到这位负责人惊讶的目光，点了点头说。

　　"对不起，我们不需要你这种对社会和人类不友好的人。"

　　"谁说柴警官对社会和人类不友好，要知道，他可是专抓坏人的，而且抓了很多很坏的坏人。"齐刚说。

　　"可是，他现在不是。"那位负责人说。

　　"何以见得？"齐刚又问。

　　"你打开你的脑伴看看。"那位负责人说。

　　见这位负责人这么说，齐刚和柴禾两人立即挥了一下手，打开了他们自己的脑伴，又手一滑，他们看到了各主流媒体的醒目标题："昔日的警探，今天的大流氓"。标题下还附有柴禾在酒吧调戏小姐、与小姐又吻又摸、打砸酒吧，以及出言不逊大骂社会的图片和影像。有的媒体还用粗大的黑体字描述柴禾："堕落的警察。"各主流媒体和不知名的小媒体、自媒体都将柴禾作为一个反社会的小丑似的人物来描述，无所不用其极地抹黑柴禾。柴禾觉得，十多年的警察工作，破了不少大案、要案都没有出名，没想到自己一次打砸斗殴和发表了一些言论，倒出了大名。他苦笑着摇了摇头。

齐刚听到了自己的耳伴响了，他走到一边，只听耳伴里的古德对他说："齐刚，你将柴禾带来见我。"

"叫柴禾去见你干什么？"齐刚问。其实齐刚也就是这么随意一问，但耳伴里的古德却说："叫你带来就带来，不要问为什么。"

柴禾见环保机构不要他，心里很不高兴地说："齐刚，我们走吧。"

"柴禾，我们老板想见你。"齐刚说。

"你老板？你老板不是你爸爸齐天航吗？前几天我们见过一面，很和蔼的一位长者。"柴禾说。

"是吗？你怎么想到去看他？"

"我只是路过，想见见世界超级公司的老板。"柴禾和齐刚钻进了停在他们身边的小车。

"齐刚，你怎么还有老板？"

"是一个国际猎头公司的总裁。"齐刚说。

"专门搜集人才的猎头公司？以前好像听说过，总部好像在非洲。"柴禾说。

"是的，我们老板非常重视和爱惜人才，不仅如此，他还会因才施用，给各种各样的人才提供一个施展才华的平台。"齐刚说着说着有些得意起来。

"就是说，他们的公司集中了很多像科学家那样的人才？"柴禾问。

"是不是科学家，我不知道，但是这些人都非等闲之辈。"齐刚说。他们下了车，来到一架直升机面前，齐刚请柴禾上了直升机。

"很远吗？齐刚。"柴禾不解地问。

"也不远，一个半小时就能到。"

"你的老板不在国内，在国外？"

"是的，在非洲。"

"齐刚，你的老板见我干什么？"柴禾问，又说，"我又没有什么特别的本领。"

"你可是闻名的大侦探，你可能自己不觉得。"

"没有你说的那么夸张。"柴禾心里也这么想的，"我只不过是小小的警官，职务是最低级别。"

"反正是我们老板点名要见你。"

"你的老板叫什么名字？"

"他的名字叫古德。"

柴禾问完便沉默了下来。直升机里一时没有了声音。

"齐刚，我问你一个问题。"飞了一个多小时后，柴禾还是不想让时间白白虚度。

"柴禾，我今天发现你有很多问题要问。"

"这可能是我的职业习惯，不要见怪。"柴禾说。

"你问吧。"

"这个古德是哪里人？"

"他说他是非洲人。"

"以前是干什么的？"

"他说他以前是一个建筑工程师。"

"现在他的公司有多少人？"

"这个我没有问过。"

"看来，你对他知道得并不多。"

"是不多。"

"但你是怎么认识他的？"

"是他派人来找我的。"

"还说服了你，也就是当今世界一流公司老板的公子加入他的公司？"柴禾说，"看来，这个公司对你有相当大的吸引力。"

"开始，是纯粹好奇，也是好玩，没有特别的目的。"齐刚当然不会将灵心爱上共周思以及共周思的成功对他的刺激这些实情对柴禾说。

"我看他找你或许因为你是齐天航的儿子。"柴禾没有将"有利用价值"这句话说出来。但齐刚明白他的意思，齐刚最不喜欢的是自己做任何事，人们都将他与自己的父亲挂钩。

"齐刚，我还是很佩服你的，你毕竟在很短的时间里造出了太空船。"柴禾看到齐刚心里不太高兴，便夸奖了他一下。

"虽然说失败了，但我们还可以造第二艘太空船。"齐刚说。

"如果这样，你比共周思还厉害。"柴禾又夸了齐刚一下。

"柴警官，你如实地告诉我，我和共周思相比，哪个更好，或者说是更强一些。"

"两个人都非常优秀。"柴禾说。

"哪个更优秀一些？"齐刚眼睛看着柴禾的眼睛。

"各有千秋，不好比。"

"我一定要打败共周思。"齐刚咬着牙说。

难怪有人说，若要成功，必须有朋友；如果想要大的成功，则必须有强大的敌人。柴禾想，齐刚是把共周思当成敌人了。但他们都爱着灵心。人类到处充满着矛盾，而且无解。

"到了，柴警官。"齐刚说。

"叫我柴禾吧，我已经不当警察了。"柴禾说。

他们一下车，立即被接上了专车，车子行驶得飞快，柴禾感觉得到车子的速度比他们平时的速度快三五倍。柴禾往窗外看，他发现，不能透过车窗玻璃看到外面，就像刚才坐的直升机的窗玻璃一样，是被遮光板遮住的。这使柴禾有一种不好的感觉。

车子直接开进了屋里，柴禾一下车，就和齐刚被带到了一个房间。柴禾以其警察特有的敏锐觉察出，带他们的这个人是军人，他想这个人大衣里或许藏了武器。

"幸会，幸会，大侦探。"古德大声叫着和柴禾握手。这是一个看起来十分平常的男人，但柴禾以警探的眼光判断此人非等闲之辈。

"这就是我们公司的总裁。"齐刚向柴禾介绍说。

"我叫古德。"古德热情地招呼柴禾坐下，他也坐在柴禾的旁边，绽放的笑脸让柴禾感受到他的热心和好客。

"齐刚，你要不要先休息一下？我顺便带柴先生到公司转转。"古德笑着对齐刚说。

"不用，古总，你有什么事就直说吧。"齐刚说。

"不急，你还是去看看你管理的那些科学家吧。"古德说，他看到柴禾听到科学家的反应，便说，"柴先生，我们这里就有你要找的科学家。"

"啊？"柴禾心里大吃一惊，但他的脸上还是不动声色。柴禾的大脑里思考着古德为什么跟他说出失踪科学家就在他这里的秘密，难道他不知道自己就是曾经负责科学家失踪案的警探吗？难道他不怕自己出去后带警察来这里吗？他为何那么自信？能做出如此不同于常人举动的人肯定不是一个凡人，这使得柴禾对古德另眼相看。

"柴先生，我们这里有很多像你一样被社会的不公平抛弃的人。他们都像你一样满怀改造这个社会的抱负，但又无处施展。他们到我这里来就会像金子一样闪光，像雄鹰一般展翅飞翔。而且我可以肯定，他们是在从事人类最有意义的事业。"

不得不承认，这位古德身上有一股神奇的吸引力，有一种让现实扭曲的气场，让人不自觉地按照他的思想去思考，去行动。可是，让柴禾万般不解的是，古德找自己干什么？自己并没有那些科学家的学识，只会破案，这里难道有古德破不了的案子？

"柴先生，你是不是觉得你在这里是英雄无用武之地？"古德笑着说。

"说不上什么英雄，但我确实是一个无所长之人。"柴禾说。

"你是觉得在我这里不能发挥你的作用？"古德说。

"是这样的。"柴禾不得不佩服眼前的这个古德，他能看穿人的心思。

"现在就有一个案子，等你去破。"

"你这里也有案子要破？"柴禾惊奇地说。

"我们的科学家发现了一个神秘的生产基地，但我们的科学家研究了几个月，就是找不出是谁的生产基地。真是一群没有用的家伙。"

"生产基地，生产什么？"齐刚好奇地问。

"生产太空船。"古德看了一眼齐刚说。

"生产太空船？这个世界上，除了我爸爸的紫光公司和我的时空折叠公司，没有第三家公司生产太空船。"齐刚说。

古德仍是没有看齐刚一眼，而是对柴禾说："柴先生，你能帮我们查出是哪家公司的生产基地吗？"

"古先生，我可能要让你失望了，连那些一流科学家都不能研究出来的事情，我是肯定不行的。"柴禾说。

"你不试试，怎么知道自己不行呢？"古德说。柴禾感觉到他对自己的信任，同时也有期待。

"古总，你知道这个生产基地在什么地方吗？"齐刚说。

"我的科学家已经突破了他们的屏蔽防护通道。"古德说。

"他们的太空船造得怎么样？"

"比你的先进万倍，甚至比你爸爸公司生产的太空船还要先进。"

"那里的防卫怎么样？"齐刚问。

柴禾知道齐刚的意思，他是想将那里的太空船抢过来或偷过来。古德当然也明白齐刚的意思，他也好奇地看着齐刚，好像突然对他很感兴趣似的说："那里除了一个活人之外，其余的全部都是机器人。"

"机器人生产太空船？"

"不光生产是机器人负责的，连设计也是机器人负责的。"古德说。

"那还不容易，我们派人将太空船偷出来就行了。"齐刚说。

真不像世界一流公司老板儿子说的话，竟然说出"偷"字。齐刚也感觉自己说错了话。他看了一眼柴禾，只听柴禾说："齐刚话糙理不糙，既然那艘太空船那么先进，不如偷出来，自己研究。再说了，只有到了现场，我才能找到那个神秘的生产基地的线索。"

听到齐刚和柴禾的话，古德开心地笑了："好主意，我们马上行动。齐刚负责偷太空船，柴禾负责侦查这个太空船生产基地是谁的。你们看行不行？"

柴禾和齐刚交换了一下眼神，齐声说："行。"

就这样，齐刚和柴禾在一位科学家的带领下来到了共周思在深山峡谷里的太空船生产基地。

第三十七章　争夺太空船大战

"这艘太空船确实先进，你看这外壳的涂层，多厚实，一看就知道可以耐极高的温度。"齐刚对柴禾说。

"去驾驶舱看看。"柴禾说。

他们一同去太空船的驾驶舱，齐刚赞赏地说："驾驶舱太好了，比我的驾驶舱宽敞多了。"他拍了拍仪表说，"一看这仪表，就知道比我的太空船不知先进了多少代。这哪是人生产的？！"他看到随他们一起来的计算机专家从包里拿出一个匣子一样的东西，贴在驾驶舱的一个操作面板上，一挥手，双手在他的眼前滑动起来。显然，他是在试图找到开动这艘太空船的密码。

"这里是用上了人脸识别系统。"柴禾说。

"我就是要破译出人脸识别系统的密码。"那位科学家说。

"齐刚，你们在这里忙吧，我到生产现场去看看。"说完柴禾走下了太空船的舷梯。

真是奇怪，这里空荡荡的，怎么一个人都没有。柴禾心里说。他与其说是来破案，寻找这家工厂的主人，不如说是出于好奇。他知道，凭自己在高科技方面的那点知识，在这里根本派不上用场。但不管怎么说，既然来了，就不能无所事事，自己就应该把它作为一个案子认真对待。

令柴禾奇怪的是，古德说这里的制造全部是机器人完成的，可是这里没有发现一个机器人，当然就是机器人站在柴禾的面前，他也分不清是机器人还是人类。他沿着这艘科幻般的太空船的外围走，边走边观察。除了流畅的生产线上的机器设备，柴禾没有看到活动的东西。"必须找到活动的东西。"柴禾对自己说。他估计齐刚他们一时半会儿启动不了这艘太空船，便又继续往外走。"难道这艘太空船是从天上掉下来的？"柴禾心里想。

"柴禾，不要走得太远了。"柴禾耳伴里传来齐刚的声音。

"你们弄完了吗？"柴禾问。

"这艘太空船太先进了，我们根本无法启动它。"齐刚有些沮丧地说。

"刚刚，要抓紧时间啊，这里可能随时会有人来。"柴禾说完突然想起，下直升机的时候好像看到一座很高的塔，他估计那里可能是基地的控制中心。他迅速跑出太空船车间，向最高的那座建筑跑去。他跑到这座塔前的时候，惊呆了。他发现很多人围住了控制塔。柴禾立即刹住了脚步，躲在另一个房子的墙边观察这些人。柴禾判断，这些应该就是古德说的机器人了。但它们围在那里干什么呢？看样子，它们是想上那座高塔的塔顶，可不知为什么没有上去，而是停在塔底下。难道它们是在等待着什么人，或者被一堵无形的墙挡住了？到底是什么原因，柴禾不知道。他想，只有等天黑再混入这群机器人当中一探究竟了。

柴禾目不转睛地盯着这群机器人。

齐刚和那位科学家在紧张地破译开启太空船的密码，只见那位科学家满头大汗，齐刚还一个劲地在一边催促他快点，不时地到驾驶舱的周边向外看，看看外面有没有人来。

共周思看到驾驶舱里的两个人正在紧张而聚精会神地注视着他们眼前的控制系统，共周思知道他们在看自己的脑伴。他很担心，一旦他们破译了密码，攻破了操作系统的防护系统，他们就可以将太空船开走。如果他们开走了这艘先进的太空船，自己几个月的心血将付之东流不说，若这么先进的太空船被他们这帮坏人控制，用太空船上的先进技术做坏事，那对人类来说也许是场灾难。共周思越想越急，也越害怕。他对身边的吕一天说："吕一天，必须想办法出去。"

"可是那些人把我们围得水泄不通，出不去啊。"吕一天说。

"难道我们就眼睁睁地看着他们开走我们的太空船？"共周思不甘心地说。

控制室里又陷入了寂静。

"主人，有人。"吕一天突然说。

"有人？是谁？"共周思立即打开自己的脑伴，他看到脑伴里的立体影像里有一个人正向那些机器人走去。见有人走过来，立即有几个机器人围上去，那意思是不允许他向前走。

"你好。"柴禾友好地向那几个机器人打招呼。他发现没有一个机器人搭理他，而是围着他，挡住他的去路。

柴禾看到它们挡住自己的去路，就一边用眼睛扫视其他的机器人，一边向旁边运动。

见柴禾向另一方向运动，便又有几个机器人围上去。

不让上去，说明这里是一个非常重要的地方，也许正如自己想的，这里就是控制中心。只要进入这个中心，就可以知道这里到底是哪家公司的生产基地。而且这里很有可能就有一个非常强的人造电磁场。霞光公司的光帆工程师不是说了吗，太空船的引擎用的就是磁力引擎，而生产磁力引擎就有可能有人造电磁场。这里也许就是造成这次磁灾的元凶。想到这里，他趁机器人不注意的时候，突然向塔上冲去。

柴禾的这一动作来得太突然，当这些机器人反应过来的时候，柴禾已经冲出了好几米。柴禾这么一冲，吸引了十多个机器人去追赶柴禾，并试图拦截他。

这一场景被共周思看到了，共周思立即抓住这一时机，对吕一天说："快，我们冲出去！"他们打开控制中心的门，一挥手将门封死，向塔底下跑去。

"主人，不要走正门，我们走应急通道。"

"对，快，快！"

共周思和吕一天飞快地向下跑去，他们跑到塔的中部的时候，与迎面冲上来的柴禾相撞。遗憾的是，这两个曾经很熟悉的人此时都以为对方是机器人，柴禾怔住了一会儿，但共周思没有放慢自己的脚步，而是以最快的速度往下冲。柴禾也没有多想，也是一个劲地往上冲。他身后的机器人发现上面又有人下来，立即又自动分派了一部分去追共周思他们，另一部分继续拦截柴禾。

共周思管不了那么多，铆足了劲向下跑，吕一天在前面已经撞倒了好几个试图堵截他们的机器人。

"马立士，让我们走。"共周思认出前面挡住他们的机器人，他叫的马立士是太空船装配车间的主管。

叫马立士的机器人怔了一下，但很快带着几个机器人堵上了共周思和吕一天。

"主人，不要管它们，它们造反了，我们向前冲吧。"说时迟那时快，吕一天冲上去掀倒了几个机器人，为共周思冲开了一条路。

又有好几个机器人堵上来了。吕一天不管三七二十一，一律将它们掀倒，给共周思冲开了一条路。共周思也没有注意到吕一天此时已经遍体鳞伤了。

终于，他们冲出了机器人的重围，向太空船车间飞快地跑去。他们跑到太空船车间的时候，发现更多的机器人在后面追赶着。

共周思跑进了车间，看到了太空船。他向太空船拼命地跑去，他边跑边挥手，太空船驾驶舱的门打开了，伸出了一个舷梯。舷梯伸出来的同时，共周思发现有两个人正站在驾驶舱的门前，显然他们是想阻止共周思进入驾驶舱。

"吕一天，我们一起对付那两个人。"共周思向吕一天发出指令。

"好的，主人，我来。"还没有等共周思反应过来，吕一天大喊一声，以迅雷不及掩耳之势，将那两个人扔下了舷梯。与此同时，吕一天站在驾驶舱的门口，共周思听到吕一天嘴里很吃力地吐出了两个字："主人。"便慢慢地倒下了。共周思立即抱起他，大声呼喊："吕一天，吕一天。"此时，追赶共周思的机器人已经追到了舷梯，它们正要向舷梯上爬。眼看就要逼近驾驶舱门的时候，吕一天突然又站了起来，拼出最后一点力气，将舷梯从驾驶舱的门上扛了起来。它将共周思推进了驾驶舱，而它自己和舷梯以及那些已经爬上舷梯的机器人一起摔了下去。共周思看到吕一天为了救他而牺牲自己，流着泪大声地呼喊："吕一天，吕一天……"

刚才在驾驶舱被吕一天扔到地上的齐刚醒了过来，在共周思跑进车间的时候，他就认出了共周思。这让他非常意外，共周思不是已经失踪半年了吗？齐刚认为共周思是躲起来了，没想到他一个人躲在这深山峡谷里造太空船，而且是世界上最先进的太空船。齐刚又佩服又妒忌。最终妒忌战胜了佩服。他想，如果共周思造出世界上最先进的太空船的消息让灵心知道了，灵心刚刚向自己倾斜的心，肯定又会全部倒向共周思。他从地上站了起来，大声地呼叫。急切之中，齐刚将这些机器人当成了自己人。这些机器人不认识齐刚，不可能听他的指挥，听到齐刚的喊声，一点反应也没有，而是将倒在地上的舷梯抬起来，往太空船上靠。

共周思从驾驶舱里看到蜂拥而来的机器人，立即启动了太空船，太空船拔地而起，像一支利剑般地射向天空，看得站在地面上的齐刚和那位科学家以及已经冲进控制室的柴禾目瞪口呆。

第三十八章　太空船遭遇"引力旋涡"，提前降落在外星球上

共周思的太空船刚进入大气层，便传来空中管制的警告，这使他想起上次驾驶太空船去太空医院的情景。共周思很讨厌空中管制的声音。如果不是这次突发事件，他可能会向空中管制中心申请太空船的飞行许可，但听说那需要比较多的时间，而且还要经过紫光公司的技术认证。共周思想到这里，十分不明白，人类为何要这般自己约束自己。而且他非常反感紫光公司，这是紫光公司在利用政府权力实施垄断。

当空中管制第二次发出警告时，共周思将太空船飞行设置成隐形模式，太空船立即在雷达上消失了。顷刻之间，太空船飞过了太空，进入了外太空。共周思又将飞行模式恢复成正常。

按照赵构成的计算，太空船以光速飞行到达目标星球，需要一小时三十分五十四秒。但太空船用光速飞行的时间很短，也就是三十秒钟，大部分时间还是以光的三十分之一的速度飞行。共周思测算，如果按照现在的速度，太空船飞到ZZ6973号星球，需要一个多月的时间。ZZ6973号星球是目前人类发现的距离地球最近、适合人类生存的星球。这是赵构成在海量的天文数字中搜索出来，经共周思的排错法分析得出的，只是人类还没有真正去过这颗星球。一直以来。共周思很想去这颗星球，只要一想到能去这颗星球，他就会热血沸腾，情难自禁。现在，他开着太空船真的要去

那魂牵梦绕的星球，便难以自已地激动。

到达ZZ6973号星球需要一个多月的地球日，在这一个多月的时间里，共周思有很多事要做。

"成成，在吗？"共周思打开了自己的脑伴，向赵构成发出了立体影像。

"哎哟哟，思思，你这个鬼东西，到哪个深山修道去了？"赵构成在立体影像里说。

"你猜我现在在哪里？"共周思笑着说。

"我看看。"赵构成边说边看，"你好像在驾驶舱里，难道，难道你是在开太空船？"

"还是你有眼力，我正在飞向我们找到的ZZ6973号星球的太空船上。"共周思高兴地说。

"你这小子，太自私了，这么好的事，为什么不叫上我。"显然，赵构成很是不满。

"成成，你知道的，到达ZZ6973星球并在上面勘察，需要一段时间。我放心不下的是婷婷和知知，你必须经常去看他们。"共周思沉重地说。

"这个不用你说，我是隔三岔五地去看他们，灵灵、丽丽还有颖颖也会常去看望他们。"赵构成说，"说起灵灵他们，思思，他们都很想你。"

提起灵心他们，共周思的脸转向了一边。当共周思再次将脸转向赵构成时，赵构成看到共周思的眼睛红红的。

"成成，他们还好吗？"共周思问。

"都很好，除了灵灵。"赵构成说。

"灵灵怎么了？"共周思急问。

"也没什么事，只是前段时间大病了一场。"

"灵灵病了？什么病？"

"什么病？你比我更清楚。不过现在已经好了。"

"好了吗？"共周思说。

突然，赵构成和共周思的立体影像中断了，影像上出现了雪花点，过了大约三分钟，立体影像又恢复了。

"刚才可能是外太空的电磁干扰。"共周思说，"成成，我们以后通信可能就不容易了。"

"是的，思思，你有几个人陪你去？"赵构成问。

"没有人陪我，本来计划带一个机器人助手一起去的，可临时发生了一些变故，那个机器人牺牲了。"

"你一个人去那个陌生的星球？太冒险了，思思，你不能去，回来吧！"赵构成着急地说。他认为共周思就是一个二愣子，为达到目的，从不顾及自己的安危。

"回去？成成，你是在开玩笑吧？这是多么难得的机会。"共周思忍不住得意地说。

"你的事，我要不要和灵灵说说？"赵构成突然问了一句。

这事共周思还真的没有认真想过，他一时沉默了。他急速地思考着要不要告诉灵灵，如果告诉灵灵，她会为他日夜担心；不告诉她，她也会日夜担心。共周思左右为难。最后，共周思说："成成，你能帮我拿个主意吗？"

"这件事……让我想想。"赵构成说，他想了一会儿，说，"我认为还是告诉她比较好。如果不告诉她，让她长期不知道你的死活，等于是杀了她。"赵构成又说，"思思，你是不知道，那段时间没有你的任何消息，灵灵失魂落魄的样子，可是形同僵尸一般。"

赵构成说的话，深深地打动了共周思。自己又何尝不是日夜思念着灵灵，但与其让灵心跟着自己冒生命的危险，不如狠心地离开她。共周思又咬紧了牙关，对赵构成说："成成，拜托你不要将我的情况告诉她，行吗？"

"为什么？"赵构成不解地问，他认为共周思这个人对灵心太残忍了。

"不为什么。"

立体影像里又是一阵雪花点，联系又中断了。赵构成等了一会儿，试图重新和共周思联系，可一连试了好几次都没有成功。

共周思和赵构成失去了联系，他的太空船颤动了几下旋转起来。共周思知道这不是气流的作用，而是各恒星之间引力的作用。共周思突然大喊一声"不好"。这是太空飞行中宇航员最不愿看到的，也是最可怕的灾难——"引力旋涡"，就像船在大海中航行遇到旋涡一样。共周思一时思考不出应对之策，太空船飞速地旋转，并且翻着跟头。共周思在驾驶舱里，也随着太空船东倒西歪地翻着跟头。他被撞得头破血流。突然，共周思又感觉到太空船颤动，好像要散架似的。难道就这样完了吗？共周思心里想，ZZ6973号星球的影子还没有看到呢。他怪自己没有将"引力旋涡"考虑到太空船的设计之中。算了，是福不是祸，是祸躲不过。他想起这句古话，闭上眼睛，任凭太空船折腾。突然，他想到了"引力弹弓"效应。对，太空船中有利用星球引力加速太空船飞行的设计。"引力旋涡"有向心力，必然就有离心力；向心力很大，但离心力也不小。宇宙中各星球的"引力旋涡"本质上都是各星球作用力与反作用力的结果，因此可以利用"引力旋涡"中的离心力，将太空船弹出旋涡。想到这里，共周思迅速奔向太空船控制室中的"引力弹弓"按钮。但他被太空船颠得东倒西歪，不是跌倒在地，就是撞到驾驶室的各种仪表上。共周思终于历经千难万险趴到了"引力弹弓"的按钮上。"引力弹弓"按钮一按下，太空船腾地像箭一样弹了起来。与此同时，共周思发现太空船的速度也运行到了二倍光速，就像科幻小说中的"跃迁"速度。在这一刹那，没有时间，也没有空间。当共周思缓过神来，他从驾驶舱里的仪表上看到，现在太空船离ZZ6973号星球只有不到三个小时的地球时间了。真是因祸得福，节约了90%的时间。原计划一个月，现在只用了三天的时间。

经过一个小时的飞行，太空船先是按照ZZ6973号星球自转的反方向渐渐地减速。随着速度的放缓，太空船慢慢地在ZZ6973号星球上试降落。共周思随着太空船翻了几翻后，终于停在了ZZ6973号星球上。在太空船下落的过程中，共周思透过驾驶舱的玻璃，观察这颗星球的外貌。他发现这颗星球既像火星又像金星，有黑色的岩石，还有赤红的像沙漠一样的山脉，还有几处像水一样的东西。他没有看到环绕这颗星球的气环，估计这里可能没有空气，也就是没有水分子组成的空气。

当太空船在ZZ6973号星球上停稳后，共周思长长地舒了一口气。他揉着受伤的胳膊和腿，用手擦去额头和嘴角的血迹，一挥手，一套宇航服便穿到了身上。他离开驾驶舱，向后舱走去。他打开了太空船的后舱，来到星球的地面上，才发现太空船正好停在了一块巨大的黑色岩石上。如果太空车要开出太空船的后舱，就可能摔到比太空船停靠的岩石低几米的岩石上。

共周思向下面看了看，咬了咬牙，开着太空车离开了太空船的后舱，太空车重重地摔在了岩石上。共周思站在上面，用脚踩了踩，感觉很坚固，便开动升降机，升到和太空船的后舱一样的高度。他又走进太空船的后舱，将太空船的后舱与升降机升起的一个长方形的大箱子无缝连接。他将太空船后舱的实验设备搬上了升降机。最后，他将关着老鼠和猴子的笼子放进一个特别的箱子里。完成这些后，他降下升降机，将从太空船搬来的仪器放在太空车上面的小屋子里。共周思休息好一会儿，便又随升降机进入太空船的后舱，将自己的生活设备和日用品装进升降机，搬进了太空车上的小屋子里。

太空车里的实验检测仪器，随着共周思的一挥手，自动找到了自己的位子并摆放好。随着时间推移，这个太空车上的小屋子便成了共周思的实验室和起居室。这个小屋子和地球上的宿舍和实验室没什么两样，只是空间更小，设备仪器和动物实验室布置得更紧凑，这些都是基地的机器人设计的。看到这些布置巧妙的场景，共周思想起了生产基地上日夜辛劳、不知疲倦的机器人，一股对它们的感激之情油然而生。他想如果带上几个机器人，比如将机器人吕一天带在身边，那该有多好啊。共周思躺在实验室中架在空中的小床上，手一挥，又在眼前一滑，打开了太空车上的通信系统和影像系统。通过影像系统，他从脑伴里的立体影像中看到了这颗星球的外景。外面很暗，空中只能看到稀稀落落的星星。共周思想等到明天再出去，今晚先好好地睡上一觉。可是他睡不着，他躺在这舒软的小床上，想到自己今天居然躺在了外星球上，心中有说不出的兴奋。他用脑伴向赵构成发出了信息，可是他突然想到，现在这个时候正是地球上的深夜两点，他便终止了联系。他又向地球上的杂志社刘社长发出了耳伴，但耳伴中没有声音。耳伴联系不上，他又改用脑伴，但仍然联系不上。难道这里跟地球联系不上？如果是这样，问题就很严重了。他又试着和赵构成联系，不管地球上是白天还是黑夜，他此刻必须检查一下自己的通信设备，这是非常重要的事。他向赵构成发了几次脑伴，都没有任何反应。顾不了那么多了，他又试图和程颖、朗声丽联系，仍然毫无音讯。这可把共周思急坏了。他拍了拍通信设备的面板，仍然没有任何影像。他想到外面去看看，是不是天线有问题。

共周思一抬手，一件轻盈的宇航服和头盔便穿戴到了身上。他走到屋子外面，爬上屋顶，还好，外面的温度不冷不热。他发现通信系统的天线没有展开。不仅雷达的天线没有展开，太阳能面板也只展开了三分之一。共周思趴在太阳能面板上检查，才发现面板的伸缩杆被一颗小沙粒卡住了。太阳能面板展开了，天线也就展开了。处理完这些，共周思回到小屋子打开了通信系统，和赵构成联系。共周共发现和赵构成联系上了，只是赵构成还在熟睡，没有接共周思的耳伴。他向动物研究所所长发了一个脑伴。

"共先生，你好。"脑伴里出现了动物研究所侯所长。

"您好，侯所长，深夜打扰您非常抱歉。"共周思看到侯所长正在脱下白色的工作服，将工作服挂在衣架上。

"没关系，今天做了一个实验，忙到现在才结束。有什么事，共先生？"侯所长问。

"没什么事，只是刚才通信设备出了一些故障，和您联系一下看看我的通信设备好了没有。"由于ZZ6973号星球与地球有一个小时的时差，也就是地球上的时间比ZZ6973号星球上的时间慢了76分20秒，因此他们通信会出现延迟。

只要通信设备是好的就行了。共周思关上了耳伴和脑伴，打开了太空车上的录像设备。他将自己在ZZ6973星球上的一举一动全部录了下来。

共周思躺在床上计划明天的工作，他想这次到ZZ6973号星球的目的有三个。一是检测ZZ6973号星球上的气体成分，测量大气压力和温度。这个检测很简单，将检测仪放到外面就行了。二是测量ZZ6973号星球上的电磁辐射，检测这里的电磁辐射对人体的影响。这个也很简单，将辐射仪和实验用的猴子放到外面就行了。三是找水、核聚变材料和生产制造机器人的原材料，还有试验治疗地球电磁辐射病的医疗设备。

共周思躺在他的小床上，将以后每天要做的事在大脑里像放电影似的过了一遍，生怕会漏掉什么，又反复过了三遍后才渐渐地入睡了。

第二天一早共周思就醒了。根据在地球上的计算，ZZ6973号星球上一天的时间有22小时50分钟。也就是ZZ6973号星球自转一周的时间是22小时50分钟，比地球少了1小时10分钟。他穿好宇航服和头盔，一挥手，载着空气检测仪、宇宙射线检测仪以及实验用的猴子的车子自动开出屋外，停在了岩石上。虽然岩石表面凹凸不平，但车子上装了自动平衡车轮，避免了车子不稳的问题。

第三十九章　望着五星红旗，共周思心潮澎湃

检测仪上显示的结果，真是天大的喜事。空气的成分、温度、气压和

地球上的相差无几，只是空气的水分几乎为零，说明这里空气十分干燥，但这并不会对人的生存有太大的影响。共周思又看了看宇宙射线检测仪，发现有大量的β射线，而且强度比较高。共周思望了望天空，他想，也许这里的β射线比较高。因为在这个星球上不同的地域，宇宙射线的强度会不同，在地球上也是这样。他又看看猴子，猴子活蹦乱跳的，一点也没有受辐射的影响，这也就说明与电磁辐射仪检测的数据是吻合的。

开局良好，共周思一阵高兴。他很快开出勘探车，准备勘探这里的水源和聚变物质的矿藏。这才是共周思来这个星球最重要也最艰难的任务。

勘探车在高低不平的岩石上开了一段距离，又越过一片沙地，驶过一个小山丘。当下到山丘的时候，勘探车发出了声音，他立即查看车上的显示屏。显示屏显示，这里的地下可能有水，他立即下车，开动勘探车上的勘探机，勘探车伸出了钻头，不一会儿就钻进了地下。但钻头钻了很久，才钻进去不到一厘米，说明这里的地质很坚硬，比地球上的硬多了。因为这钻头非常硬，而且勘探车上有很强的动力，没有理由这么长时间才钻进去这么一点点。

"换一个地方试试。"共周思心想，他开着勘探车跑出了几公里情况和刚才一样，钻了很久也没钻进去多少深度。

"再换个地方试试。"共周思心想。共周思按照刚才的方式重复了三次，到第四次的时候，终于比较轻松地钻进了地底下。随着钻头的深入，勘探机显示屏上水分子的数据不断地增加。共周思心里一阵狂喜，要知道，有水就意味着可以养育生命，也就是说这里就有可能适合人生存。这可是一个划时代的发现。看着飘扬在勘探车上的五星红旗，共周思心潮澎湃。没有想到，今天进展得如此顺利。

"今天就在这十平方公里的面积上勘探。"共周思对自己说。他要看看这地底下的水域有多宽，多深。

共周思按照地质勘探的要求，将勘探车勘探的地下水数据传到他的脑伴上，脑伴上的地质分析软件立即分析出这片区域的地质结构、矿物质元素，以便他分析判断是否有开采的价值。

天已经很黑了。为了节约能源，共周思开车回到了太空车上的小屋。他感觉肚子很饿，口也很渴，便打开食品柜，取出高能食品和营养饼，往嘴里一扔，吞了下去，然后拿出一个装着水的小杯子咕咚咚一口喝了下去。吃饱喝足，共周思感到一阵舒服。此时的共周思心情特别好，不知不觉地哼起了"一条大河波浪宽"的小曲。他已经很久没有哼曲子了，今天一哼，让他想起和灵心、赵构成、舒玉婷和汪行知在深山古刹前一起唱《我的祖国》的情景。那是在地球上，那是在自己的祖国，自己的故乡。而现在自己是在距离地球几亿公里的外星球，而且是孤身一人。他又看了看在太空车上的五星红旗，让他倍感亲切和温暖。此时，共周思多么想念灵灵他们啊，如果他们现在在这里，一同享受今天的成果，该有多好啊！

共周思沉默了一阵子，他将今天的立体影像看了一遍，同时也回味了一天的工作。他思考着，是不是将今天的立体影像发给刘社长、成成。或者发给灵灵，让她高兴高兴。

"对，给他们发过去，让他们高兴高兴。"共周思一挥手，打开了脑伴，又检查了一遍今天的立体影像。正要发的时候，他又停了下来。他在心里说："还是缓缓，还不知道接下来会有什么情况发生。"共周思克制着给灵心他们发立体影像让他们和自己一起高兴的冲动，关上脑伴，盘算着明天的工作。

共周思看了一下屋里的仪表屏幕，空气测量仪、辐射仪还有猴子都正常，他便在小床上睡着了。

第二天，他仍然去勘探水源，以昨天的勘探区域为中心，向外扩展。

奇怪的是今天钻了十几个洞，都没有发现一点点水的痕迹。

一连三天，共周思都在做勘探水源的工作。随着勘探区域的扩大，他发现，这片区域地下可能分布着几个小湖泊。但不管怎么样，这个星球有水就是巨大的收获。

现在就剩下勘查核聚变原料的工作了，共周思对此漫无头绪。在此之前，他和赵构成反复研究，这里有地球没有发现的元素，有可能蕴藏着聚变的材料。

这一天，共周思带上聚变元素感应仪，按照在地球上和他的物理专业机器人工程师设计的程序，开着勘探车，在星球的地面进行扫描。

一连几天，都没有任何收获。

共周思决定带上三天的给养打持久战。因为随着扫描区域的扩大，他不想回太空车的小屋睡觉。他根据这几天仪表的各种数据分析得出，这片区域的环境条件还算正常。可是，共周思花了三天三夜的时间，白天忙着开着勘探车对地上地下进行感应扫描，晚上就睡在勘探车上，仍然一无所获。共周思想，可能这片区域没有含有核聚变元素的矿藏。但他突然又想，没有核聚变物质，有没有能在光的作用下改变分子结构的矿石呢？有没有地球上没有的巨大引力场呢？虽说八年前在离乌村几百公里的地方找到了能使光线弯曲、时空折叠的引力场，但要完全解决地球上的冶炼高炉还是不够的，找到使光线弯曲、时空折叠的巨大引力场也是这次的主要任务之一。共周思责怪自己，只顾着找核聚变元素，忽视了寻找地球上没有的巨大引力场和其他矿藏，浪费了很多时间。

来到ZZ6973号星球十天了，除了发现这里的环境有可能适合人类居住，其他方面没有任何进展。太空船所需的核聚变元素没有任何踪影，其他的呢？比如引力场、生产机器人的原材料、生物细胞材料以及生产这些原料的机器设备的制造，还有太空医院的各种原材料仪器设备，这牵涉到不知多少专业、多少知识，更重要的是需要多少时间，没有上百年，恐怕也要几十年。共周思第一次感觉到"理想很丰满，现实很骨感"这句话的深刻道理，第一次感觉到人类在大自然中的渺小，自己更是微不足道。以前自己天不怕地不怕的劲头，如今看来多么幼稚可笑。

可是，共周思睡了一觉，第二天醒来，昨晚的胆怯烟消云散，他又信心满满地开始了勘探。这次他带上了十天的食物和水。他又仔细地审查了勘探的范围、路线，以及要勘探的矿石，包括将来一切可以用于制造机器人和建设造船厂、太空医院的物质材料。

共周思开着勘探车，在连绵起伏的岩石群上面飞行。他一会儿贴着岩石飞，一会儿又在岩石上行驶，一会儿在峡谷中间飞行，一会儿又绕着山腰穿行。他按照自己设计的方案，不放过任何一个死角，全方位、多维度地进行扫描勘察。他发现有一座山的半山腰的岩石结构特征像"乌矿"，便在这片区域进行了重点勘探。对这片区域进行了多次的确认后，他将勘探车停在了一块岩石上，将钻头钻进了岩石，取出矿石用小袋子装好。他在方圆几公里的地方取了几十个样品，花了他两天的时间。

这是勘探十几天以来的首次收获。这也意味着建造太空船所需的超轻质、耐高温的矿石原料有了眉目。

有了矿石，还必须有强大的引力场才能改变矿石的分子结构。强大的引力场，一个办法是在这个星球继续找，另一个办法就是人为造一个电磁场。但着制造电磁场需要巨大的能源，能产生巨大能源的物质，除了聚变元素，目前恐怕没有其他东西了。因此，还是要找到比地球上还要丰富的聚变材料的矿藏。这是此次ZZ6973号星球之行的主要目的。

"共先生，你昨天发给我的影像我收到了。"共周思的耳伴里传来了高能物理研究所所长的信息。他挥手打开脑伴，看到了高能物理研究所所长的立体影像。他坐在办公室里，说："共先生，祝贺你顺利到达ZZ6973号星球，你是到达那个星球的第一人，你是一位英雄。"

"你问我ZZ6973号星球在什么区域可能蕴藏聚变元素，我召集了我所顶尖专家，并和物理国际联盟取得了联系。首先，大家认为你现在到达的星球可能就蕴藏着丰富的聚变物质。具体在什么区域，我们认为在太阳光照射最多也就是离太阳最近的区域。因为那些区域受太阳光和太阳磁场的影响加上星壳的运动，更有可能蕴藏丰富的聚变物质。"共周思看到所长停下与自己说话的同时，与另一个人用耳伴说着什么。说完后，所长接着说，"我们的分析判断不一定正确，你可以到离太阳最近的区域勘探看看。"

"对，所长说得对，我应该去离太阳最近的区域勘探。"共周思心里说，他又怪自己往往忽视了简单的道理。

既然确定了区域，共周思立即行动。可是现在要去的区域是在反方向，也就是要绕这个星球半圈，那就意味着要开动太空船。他想，太空船能不开最好不开，因为要尽量减少能量消耗，以后回地球还不知道要消耗多少能量呢。要不就开勘探车去吧？但他立即摇了摇头，开勘探车绕到星球的反面少说也要五天的时间，来回要十天，时间太长，不合算，因为在这里的时间是十分宝贵的。有什么既简单又快捷的办法呢？共周思快速地思考着。

改用这台太空车。记得在设计这台太空车时，他的核物理专业机器人就建议，让这台太空车具有太空船的飞行功能，在某些方面，像一艘小飞艇。共周思立即进入太空车上的小屋，迅速打开操作系统，找到飞行模式按下，只见太空车的小屋重新进行了组合。共周思听到了"咝咝"的声音，十几分钟的时间，一艘小型飞艇出现在了共周思的面前，只是有些设备还留在太空车上。共周思喜出望外地进入飞艇，打开飞行开关，飞艇腾地飞离了地面。他又打开ZZ6973号星球的立体地图，找到了目标地区，在目标地区上用手指轻轻地点击了一下，飞艇立即向目标地区飞去。在飞艇上，共周思看了看天空，晴空万里，蔚蓝蔚蓝的。飞艇只用了二十分钟就抵达目的地。正准备降落，共周思突然看到一道弧形的光芒，大叫一声："极光！"这里有极光，说明这里有强大的电磁场，看那红黄蓝绿光组成的光带，美丽极了。他被这惊艳的极光深深地吸引，仿佛它不是在天边，而就在眼前，触手可及。他目不转睛地屏着气看着极光，当飞艇落在一块平坦的岩石上时，他还久久地沉浸在刚才美丽景象之中。

"看来，所长的分析是正确的。"共周思自言自语。他迅速将勘探车开出飞艇，发现这里四周都是峭壁，比前几天的勘探环境要复杂得多。令共周思欣喜的是，在这峭壁的岩石缝里竟然有几株绿色的小树。有树那就意味着有水、有氧气。这是一个好兆头。不要看这里峭壁林立，复杂的地形下面也许最有可能蕴藏聚变物质，甚至有人类在地球上没有发现的元素。

共周思开动勘探车上的感应功能，对这里进行扫描。他一边开着车，一边看着显示屏上的数据，和前几天的一样，仍然没有任何聚变物质迹象。但共周思没有灰心，他的直觉告诉他，这里肯定有他要找的物质，一定会有！

共周思执着地勘探了方圆一百多公里，不怕颠簸，不怕撞得头破血流，也不怕摔得鼻青脸肿。有很多次，他的宇航服差点被撕破。就在来到这里的第六天的深夜，勘探车的显示屏上终于出现了异常的数据。

每隔三分钟，异常数据就会重复地出现。共周思糊涂了，他的大脑高速地运转着，思考着这是什么原因导致的。他打开脑伴，快速地分析感应仪上出现的数字含义。

"不好，这里有太阳耀斑。"共周思说，他看了看头顶的太阳，阳光正好射下来。他感觉到太阳光向下射出的不是光线，而是电磁射线。难怪这几天宇航服不时地发出"吱吱"的响声，如果没有这防电磁辐射的宇航服保护，共周思也许早就被太阳倾泻的射线烧成灰了。

难怪这里有着美丽的极光，原来这里有一个很强大的电磁场。必须躲开太阳耀斑。共周思回头看了看，没有发现可以藏身之处。他知道，电磁射线是很难躲避的，也许躲进山洞里会好一些。

第四十章　共周思昏死在外星球上

"这里哪里有山洞呢？"共周思想。根据这里岩石的结构分析，应该会有山洞，他对自己说。他飞快地开着勘探车在岩石峭壁上寻找洞穴。他发现了几个洞穴，但都太小，不能有效躲避射线的照射。他又接着找，可是找不到更合适的，急得出了一身的汗。他就像热锅上的蚂蚁，一不小心，勘探车撞在了峭壁上，反作用力让勘探车翻滚到了一块大的岩石上。共周思从翻倒的勘探车上爬出来，正准备又开着勘探车去找洞穴的时候，意外发现一个洞口。他喜出望外，没有多想，也没有顾及勘探车，便一头钻进了洞里。一到洞里他就发现，这是一个很大很阔的洞穴，从这广阔的洞口向外看，可以将外面的景象看得清清楚楚。外面的阳光也能射进这个洞口，他感到这个洞也不太安全。

"再躲躲。"他对自己说。他四面张望，发现这洞的里面还有一个很大的洞，如果躲到那里面去，也许就可以躲避射线的伤害了。可是，他看这个洞估计最少也有几十米深，无奈地叹了一口气，摇了摇头。

"如果开勘探车，也许可以到下面去。"他返回洞口，将勘探车检查了一遍，虽说勘探车也摔得不轻，但他管不了那么多。他决定冒险一试。他开着勘探车刚进山洞，就听到勘探车不断地发出警报声。他咬着牙，闭着眼开着勘探车跳进了山洞里深不见底的另一个洞穴。摔到洞底的勘探车居然安然无恙，只是在触到地面的时候弹起了几米高，但最后还是稳稳地停在了洞底的地面上。共周思睁开了眼睛，当他看到昏暗的山洞时，长长地吐出了一口气，心想真是有惊无险啊。奇怪的是，本来一直响个不停的勘探车也不响了。这说明，这里的射线处于正常值了。共周思四处查看，发现这里很大很大，比上面的洞大了不知多少倍，足足有好几平方公里。共周思突然想到，这里可是建太空医院的好地方。但他转念又想，这里的射线强度太高，正常人都受不了，何况是病人。然而他又想，也许这里的射线对治疗有好处呢？对，问问龚院长。

他一挥手，打开了脑伴，将这里情况的影像发给了医院的龚院长，请教这里的射线对病人的治疗是有害还是有益。同时，他也将这几天勘探车感应仪上的数据发给了他。

在这里无论是建太空医院还是造船厂，都必须有水。仪表上看，这里没有水，但岩石缝里的小树却说明这里应该有水源。"没准这洞穴里面就有水源，现在只有自己去找找了。"他一边想一边走着，突然觉得脚底下有些软，他用脚踏了踏，发现地面上没有什么反应，便加重了脚上的力度。就是这一使劲，他的身体突然之间掉了下去，整个身子有一股很强的失重的感觉。他好像跌入了一个深渊。最后，他跌到了水里。幸好在是水里，否则必定是粉身碎骨。他沉入水里几米深，水冰冷冰冷的，难道这里是冰河？他感到一阵刺骨的寒冷。他极力浮出水面，但他发现浮起的速度很慢，如果按照地球上的速度，浮出水面不用很久。这里浮出水面的速度很慢，说明这里的水的比重比地球的小，至于小多少，共周思不知道，反正费了九牛二虎之力才浮出水面。由于这里的水的比重比地球上的小得多，因此，他游起来便要轻松一些。他拼命地游，可是不知道水往哪里流，也不知道岸在哪里，再加上水流得很急，他被水流冲着走。他突然想起，不能让水流冲着走，如果这里是一个地下河，那就不知道会流向何处了。既然是河，河流的两边一定是岸。"对，沿着河流的方向的横断面游。"共周思终于理清了思路，向着与水流方向呈90度的方向游去。

共周思在与急流做斗争。虽说他有很好的水性，也是游泳健将，但也不能无限期地消耗自己的体力。他与急流搏斗着，渐渐地他感到精疲力尽，手和腿越来越不听自己的使唤。更加可怕的是，他看了看自己的四周，岸的影子也没有。难道自己今天要被淹死在这里了？

"不行，不行，要坚持住。"共周思心里对自己说。

"不能死，不能死，我的使命还没有完成呢。灵灵还在等我在这里建太空医院呢。知知和婷婷等着我送到这里治疗呢。"共周思内心在呼喊。

"用力，用力，再用力。"共周思坚持着，坚持着，终于他的脚碰到了坚硬的东西，也就是脚触地的那一刻，他拼尽了自己最后的一丝力气。一股急流将他冲到了河滩上，他极力睁眼看了一眼，便昏了过去。共周思昏倒在了外星球的地下河的河滩上。这里没有人，整个星球没有一个人，连个能动的东西都没有。

柴禾看到太空船从他们头顶上呼啸而过。他没有冲进控制室，而是跟着撤退的机器人下了塔楼。他飞快地跑到了太空船车间，发现齐刚和那位科学家都躺在那里。

"是共周思。"柴禾说。

"是他。"

"你们不是在船上吗，怎么下来了？你们是两个人，而共周思是一个人。"柴禾问。

"是被他的机器人扔下来的。"

"对了，共周思还有个机器人。难怪这么长时间没有见到共周思，原来他是跑到这里造太空船了。"柴禾说，"可是，这么大的太空船，共周思一个人是怎么造出来的呢？"

"共周思肯定得到了高人的帮助。"齐刚说。

"齐刚、柴先生，太空船飞掉了吧？"齐刚的脑伴里出现了古德不高兴的脸。

"齐刚，你真是没用，你就是不如共周思。"齐刚看到古德的眼睛里冒着火，也听到了他尖刻的声音，本来他的心里就窝着火，经古德这一阵奚落，心里很是恼怒。他没有发作，而是将火压在心头，他在心里狠狠地说："共周思，我跟你没完。"

"柴先生，齐刚是指望不上了，现在看你的了，找出这家太空船厂的幕后老板。"柴禾的脑伴里出现了古德的立体影像。

"古总，我侦察了很久，一点线索都没有，我怀疑这个造船厂根本上就不是地球人建的。"柴禾说，这是他的心里话，也是实话。

"不是人类造的？"古德奇怪地问。

"古总，你是没有到这里，我怀疑这个太空船厂是外星人留下的。"

"我也觉得。"齐刚补了一句。

"我也认为是外星人留下的。"和齐刚、柴禾一起来的科学家也说。

"外星人造的？"

"对。"他们三人同时说。

"太好了，外星人。你们立即回来。"古德命令似的说。

"回去，不查了？"柴禾好奇地问。

"不查了，你们有更重要的任务。"古德说。

"先生们，你们看屏幕！"古德指着他的大会议室里的一块宽阔的空地上的立体影像说。

"这是谁？"柴禾问，影像上又出现了一个人，秃顶，脸盘宽大，酒糟鼻子，脸上坑洼洼的。柴禾认识他，他就是失踪的物理科学家，名字叫曾鸣凡。

"这是什么，曾鸣凡，你说明一下。"古德指着一个六十多岁的男子，要他解释另一个屏幕上的图像。柴禾也认识他，他就是失踪的天体物理学家，只是眼前的人比立体影像中的老很多。

"这是外宇宙空间。"曾鸣凡说，他说话的声音很小，好像是从喉咙里挤出来似的。

大家看到了一个像飞船似的物体悬浮在空中。

"外宇宙空间是做什么用的？"说话的是一个生物学家，叫公孙孝，也在失踪科学家名单上。

"大家千万别小看这外宇宙空间，那里有比我们宇宙更高级的文明。"古德说。

"这里空间很大很大？"有个人问。柴禾看着问话的人，极力地回想，看是不是失踪科学家。他一时想不起来，问坐在身旁的齐刚。齐刚告诉他，他叫梁思凡，是个计算机专家。听到这个名字，柴禾想，又是一个失踪的专家，听说此人不是凡人，什么样的防火墙都防不住他，是黑客中的极客。

"有多大？"齐刚问。

"既然是空间，粗略地估计，比几十个上海还要大。"梁思凡说。

"他正向我们地球飞来。"古德说。

"向我们地球飞来干什么？"齐刚又问。

古德瞥了齐刚一眼，没有回答，而是说："先生们，我们为什么要聚在这里？"

为什么，这里聚集了世界一流的科学家，看样子，他们没有一个是被迫的。而且柴禾可以肯定，这些人在这里自认为得到了尊重和重用。

"为了改变世界，拯救人类。"古德自问自答。

柴禾看到在座的人都点了点头。

"柴先生，你是不是不理解我们这些人的理想？"古德看到了柴禾的困惑。

"请原谅，不知道。"柴禾说。

"因为人类出现了问题，很大很大的问题。"古德说。

"出了什么问题？"柴禾装着不解地问。

"寡头、财团垄断和控制着人类。"古德说。

"寡头以科学的虚名消灭了科学的多样性。"说话的是一位世界顶级的考古历史学家。柴禾看着他，发现了他话语中的极度不满。

"也破坏了社会和人的多样性。"说话的是一个女人，年龄看上去五十来岁，长得风姿绰约，声音听起来也悦耳。柴禾没有觉察出她是失踪者。

"再不改变，人类将被这些人毁灭。"古德说。

"但这和外宇宙空间有什么关系？"柴禾问，在不知不觉中，柴禾也认为这些人说得对。以自己从警十多年的经历来看，人类确实如他们所说，被大财团和科技寡头垄断了。他对古德从开始的怀疑转变为现在的好感。

"我们可以用外宇宙的高级文明，改造和挽救濒临毁灭的地球上的人类文明。"仍然是古德在说。

"这个外宇宙空间有那么厉害吗？"柴禾问。

"岂止是厉害，那是一个每个人都属于一个整体、整体也是每个人的世界。"说话的是一个社会学家，齐刚告诉柴禾，他叫吴发苓。柴禾想了想，认为他不是失踪名单上的人。

"而且他们有可以摧毁地球N次的武器系统。"又一个人说。

"这是武器专家。"齐刚对柴禾低声说。

"你怎么知道的？"柴禾问齐刚。

"是他自己告诉我的。"齐刚回答。

"你来这里好久了？"柴禾压低着声音，并用眼睛观察着立体影像中在座的各位。

"已经半年多了。"齐刚说。

"你来这里干什么？难道也和这些人那样，对社会或现实不满？"柴禾问。

齐刚没有马上回答，而是反问柴禾："你呢？"

柴禾也不作声了。

"这个外宇宙空间，我们把它命名为'玫瑰空间'。"古德说。

"挺好听的名字。"说话的是这里唯一的女人。

"还可以告诉大家一个好消息，'玫瑰空间'中有非常先进的医院，可以将我们地球上因电磁辐射生病的病人全部治好。"

"啊？"会议室里的人一齐"啊"了一声。柴禾听到这个消息，心情有些激动。

"古总，你说的这个空间如何如何先进，它会降落在地球上吗？"齐刚也被古德的话吸引住了，问道。

"来不来地球，我不能保证。我可以肯定的是，如果降落在地球上就没有我们的事了。"古德说。

"如果到地球上，又会被寡头们瓜分了，没我们什么事。"高能物理学家曾鸣凡说。

"那就在它没有到达地球前，将它控制在我们的手里。"计算机专家梁思凡说。

"这是最好的办法。"会议室里有些人附和说。没过多久，赞成在外太空中截住外宇宙空间的人多了起来，最后，大家一致同意古德的提议。齐刚看到会议室里发出了共同的呼声，也表示同意在外太空中截住它。

柴禾不是很明白这种事，就没有发声。

"古总，你说怎么办就怎么办。"考古历史学家说，"不能让它降落在地球上。"

大家又附和考古学家的话，齐刚也一样，只有柴禾没有说话。

"柴先生，你有什么意见？"古德见柴禾没有说话。

"我刚来，具体情况不太明白，大家都同意你的意见，我也没有不同的想法。"

"好，我们集体通过了。"古德说。

"但是，古总，我们如何在外太空截住'玫瑰空间'呢？"社会学家问。

"这就是我把大家请到一起的原因，我相信你们这些世界一流的大脑绝不亚于人类全部科学家的智慧。"古德说。

"古总为这次的行动，已经准备了足足三年了。"计算机专家梁思凡说。

"而且，我们仅仅是一个分部，我们总部还集中了很多像在座一样的胸怀和抱负的科学家。"古德信心满满地说。

古德的话，又使柴禾大吃一惊，还有很多像在座一样的科学家？从现在的情况看，这哪像是一个猎头公司，倒像一个有目标、有抱负且力量超过任何一个团队的组织。

"古总，你能不能同我们说说拦截'玫瑰空间'的办法。"齐刚不相信会议室里的人会有什么好办法，但他相信古德会有办法。

"严格来说，是如何攻占这个'玫瑰空间'。"古德说。他一挥手，会议室中间的空间不见了，代替它的是一艘艘战舰。当这一排战舰出现在会议室的时候，会议室里发出了"啊""啊"的激动的声音。

"战舰太科幻了。"社会学家说，"这是谁设计的？"

"这些战舰显然非常先进，但武器系统是否有'玫瑰空间'的强大，就很难说了。"武器专家说。

"这些就请大家放心，我们自有办法。"古德说。

"我们大家现在的任务是什么？"齐刚问。

"研究如何攻占'玫瑰空间'呀。"古德说，他盯着齐刚看了一下，接着说，"本来，我们可以获得一艘地球上最先进的太空船，但被齐先生搞砸了。"

大家都将目光转向齐刚，齐刚回避着大家的目光，心里很是不好受。

"先生们，为我们将来要接管地球而努力吧！"古德说。

"我们现在能干什么？"考古历史学家问。

"你就准备将来如何发挥你的考古天赋吧。"古德说。

"古总，我们能一睹那些战舰的真容吗？"柴禾说。他的军人身份让他对战舰很感兴趣。当然，他还有其他目的。

"正好，总部给我们派了三艘战舰，让大家开开眼界。"古德说。

第四十一章　外星人？

"齐总，共周思的太空船又飞起来了。"紫光公司的舆情总监果算子在齐天航办公室里的立体影像里汇报。

"飞起来了？那些机器人没有造反？"齐天航问，听他的语气，他是不高兴的。他的眼睛盯着他的脑伴，怀里抱着他的白色绒毛小猫说。他的眼睛似乎湿漉漉的，如果你能够听得到他的耳伴，还会听到他的耳伴里有婴儿的啼哭声。

"机器人是造反了，也将共周思围在了控制塔。"果算子说。

"那共周思怎么还是开走了太空船？我们的人没有去那个太空船基地吗？"齐天航说。

"去了，但我们去晚了，有人已经捷足先登了。"

"谁？"

"警察局的柴禾，还有……"

"警察局怎么会知道这个基地的？还有谁知道？"

"还有……"

"你说，干吗吞吞吐吐的？"齐天航追问。

"是齐刚。"

"刚儿？刚儿不是在自己的时空折叠公司吗？他去那基地干什么？"听说齐刚去了那个基地，齐天航非常吃惊。

"我们也不知道他是如何知道那个基地的。"果算子今天觉得很奇怪，以前齐总从来没有单独和他说过这么多话，"可能他有他的想法吧，齐总，刚刚已经长大了。"

齐天航没有去搭理果算子，而是一挥手，太空情报总监陶季出现在了齐天航办公室的立体影像里。

"齐总，空中管制告诉我，共周思的太空船升空还不到一分钟就不见了。"

"不见了是正常的，因为他的太空船是隐形的。我关心的是，他的太空船现在在哪里？"齐天航问陶季。

"不见了，不知道它到哪里去了。"说这话，太空情报总监有些胆怯，但他发现齐天航没有睬他，而是又一挥手，技术总监花月出现在齐天航办公室的立体影像里。

"花月，我们的太空船隐形材料试制出来了吗？"齐天航问，他的怀里仍然抱着他那可爱的小猫。

"快了。"花月正在她的实验室里做实验。

"快了，怎么说？"

"正在测试。"

"离实际应用还要多久？"

"最快也得一个多月。"

"跟共周思现在的太空船的隐形性能比，怎么样？"

"共周思的太空船的隐形性能先进性我没有资料，难以比较。但我可以说，我们的隐形材料是世界上最先进的。"花月说。

"到底有多先进，你能不能说得具体点。"太空情报总监陶季问。

"最先进的是量子雷达也探测不到吗？"还是太空情报总监问。

"也不行。"

"速度呢？"齐天航问。

"最高速度接近光速。"花月说。

"还是在研究阶段吧。"舆情总监果算子说。

"我们已经成功制造出了太空船的可控核聚变装置，可以用于我们太空船的引擎系统。"

"核聚变引擎试制成功了？"齐天航问。

"很快。"

"没有成功，就不要在这里说了。"

"最多还有两个月，齐总。"

"可共周思的太空船已经飞到外星球去了。"齐天航放下怀中的小猫轻轻地拍了一下它的屁股说，"先生们，我来告诉大家真相。"他见大家都在竖起耳朵听，"先说我们的隐形材料，正像花月所说的那样，还有一个月就要成功了，但我们的隐形功能可能比共周思的差，至少在耐热性能上比他的差。再说你的核聚变引擎，目前确实是世界上最先进的引擎，最高速度接近光速。但比起共周思太空船的光速引擎，速度还是低了不少。尤其重要的是，整个人类都不可能做到的是共周思竟然设计制造出了强大的引力场。"

"人造引力场是可以做到的。"花月低声说了一句。

"但是，他成功地应用到了太空船上，而且这个引力场产生的引力与宇宙中各星球的引力造成的斥力，这些斥力就像引力弹弓，有可能帮助他的太空船加速，最后太空船的速度超过几倍的光速。"

"齐总，这不是人类可以做到的。"花月说，果算子和陶季也听得目瞪口呆。

"是的，这不是人类可以做到的，有人在帮他。"齐天航离开了他办公室的椅子，在办公室来回地走着。

"这个地球上，除了我们还会有谁有那么先进的技术？"舆情总监果算子说。

"还有外星人哪？"齐天航轻声地说了一句。

"外星人？"办公室里立体影像中的人吃惊地问。

"怎么，你们以前没有听说过？"看到花月他们三个人吃惊的样子，齐天航没有做解释，而且是低沉地说，"告诉你们一个消息，用不了多久，就有一个外宇宙空间会飞来地球。"

"外宇宙空间？"三人一齐问。

"这是一个比地球上的文明更先进的文明。"齐天航说。

"更先进的文明？"三个人又问。

"文明那玩意儿我不管，我感兴趣的是更先进的科技。"齐天航语气有点重。

"一定比我们的科技更先进。"花月说。

"以我们的实力，我们把它们最先进的科技买来就是了。"大家都沉默的时候，舆情总监果算子突然说了一句孩子气的话。他看到齐天航瞥了他一眼。

"我们必须得到它的科技。"齐天航说得很坚决，"现在，花月、算子、陶季，限定你们在两个月里造成接近光速的太空船。"

"两个月？"

"对，就两个月，因为那个外宇宙空间三个月后就会离我们的地球很近了，我们必须赶在前面。"

　　"难道还有其他的人也知道外宇宙空间？"太空情报总监陶季说。

　　"你以为共周思的太空船基地突然出现是从天上掉下来的？"齐天航望了望聚精会神看着自己的三个人说，"你们以为共周思凭一个人的力量能造出那么先进而且不可思议的太空船？"齐天航又停顿了一下。

　　三个人感觉到齐天航是咬着牙说的："这个空间必须是我的，绝不能落到其他人手中。"

　　三个人认为齐总要做到的事，就一定会做到，这么多年来都是如此。齐总这种神情很少见，但绝不是第一次有。他们怔怔地站在那里，等候着他的下一个指令。可是，他们只看到齐天航眼睛一眨不眨地望着窗外的崇山峻岭。屋子里很安静。过了很久，当齐天航收回目光，看到立体影像里的三个人，一挥手，立体影像便消失了。

　　"齐总，共周思生产基地的那些机器人怎么办？"舆情总监果子的立体影像又回到了齐天航的办公室，他问。

　　"就让他们终止吧。"齐天航又挥了挥手，"本来这些机器人就不是我们的。"

　　古德着手为攻取外宇宙空间做准备，柴禾和齐刚被封闭在古德的基地里不能出来。

　　齐天航在为占有外宇宙空间的高科技作准备，全力以赴建设新的更先进的太空船。

　　灵心已经与共周思有半年的时间没有联系了，且不知其踪影，她全身心地扑在了她的慈善事业上，日日夜夜为她的儿童病人操劳，每天累得精疲力竭。尽管如此，每隔两三天她都会去医院看望舒玉婷和汪行知，和他们说说话，对舒玉婷和汪行知说思思很忙，没有空来看望他们，因为他到外星球上去了，到那去建太空医院了，他一定会带你们去太空医院治好你们的病。

程颖在她的机器人律师事务所里忙得不可开交。为机器人维权，是破天荒的事，也是人类社会从来没有过的事。程颖喜欢这个工作，因为它具有极大的挑战性。

赵构成在欢天喜地地做他的搜索公司，收入和利润每天都在增长。他现在发现，日子过得越来越惬意，他不觉得累。

朗声丽还是一如既往地跟着灵心，总管着慈善基金会的日常事务。日子过得很累很辛苦，但很充实。每当她看到一个个孤儿长大了，上了小学、中学、大学，她在送别他们的时候都会抱着他们流下激动的眼泪。

灵心、程颖、朗声丽、赵构成他们见面的时间不多，只是在医院里看望舒玉婷和汪行知的时候会碰面。在这个时候，他们会彼此说说自己的近况，问问有没有什么大家可以相互帮助的事。但他们只要灵心在的时候，就从不提共周思的名字。这天，他们在医院看望舒玉婷和汪行知的时候见面了。

"颖颖，我提供给你的材料，对你的机器人被主人谋杀的案子有帮助吗？"赵构成见到灵心问。

"太有帮助了。你是从哪里弄来的立体影像？"

"颖颖，最近机器人被终止的情况好像有很多吧？"朗声丽说。

"调查发现，自从这次灾难以后，不仅病人在增加，机器人被停止的案子也越来越多。更稀奇的是，机器人之间也打起来了。"程颖说。

"我们基金会要找服务型的机器人是越来越难找了。"朗声丽也说，"机器人公司也趁机涨价。"

"都是被电磁辐射害的，不知道柴禾调查得怎么样了。"赵构成对程颖说。

"柴禾也不见了，只知道他被处分，随后就不见了。"程颖说。

"柴警官被处分？这么敬业的警察，世上难找啊。"灵心很不理解柴禾会被处分。

"我向柴禾的助手姚娜打听柴禾的消息，她说她也不知道柴禾身在何处。她跟我说是柴禾听到处分他的时候，一气之下，便辞去了警察的职务。"

"柴警官是一个正义感很强的人，他不会放下电磁辐射元凶的调查之事。"灵心对柴禾充满信心，就像她对共周思有信心一样。

"哎哟，各位，我们难得聚在一起，说一点高兴的事行不行？别总说这病人那病人，这案子那案子，还有这正义那正义的。"赵构成说，"告诉大家一个好消息。"

"什么好消息，你快说。"程颖说。

"不如我们到前面的一家咖啡厅坐下来，听我慢慢和大家说。"赵构成和她们离开舒玉婷和汪行知的病房，边说边招呼大家向医院对面的咖啡厅走去。

"是不是有思思的消息？我们大家都曾经将这一伟大而光荣的任务交给你的。"程颖说。她知道当灵心的面提共周思名字肯定会引起灵心的痛苦，但程颖很久没有共周思的消息，她很思念共周思，她今天是脱口而出的，也不管是不是会使灵心难过。其实她的心里也很难过。

"思思，没……"赵构成的"有"字还没有出口，便突然改口道，"等等。"他停了下来，说，"你们说什么？思思？好，我来打开脑伴。"

听到赵构成嘴里说出"思思"两个字，灵心她们三个立即竖起耳朵看着他。她们看到赵构成挥了挥手，眼睛盯着他的脑伴看。

"快，成成，将你的脑伴跟我们的连线。"灵心急促地说，"你的脑伴是不是有思思的消息？"

"对，快跟我的连上。"程颖和朗声丽也齐声说。

赵构成又挥了挥手，和她们连上脑伴，并说："请问你是谁？"

她们看到了共周思在跑，冲出人群的包围圈往下跑。

"你们先别管我是谁，现在共先生有难，生死不明，需要你们去救他。"脑伴里的立体影像之外有一个声音说。

"思思现在在哪里？"灵心和程颖立即问，他们看到立体影像里的共周思正和另一个人向太空船跑去。

"这是在什么地方？"朗声丽问。

"在一个深山峡谷里。"又是脑伴里的那个神秘人的声音。

程颖问："那里我们怎么去？"

"你们去找柴禾，他知道怎么去，找到了柴禾就会知道共先生到哪里去了。"这个神秘的人说完，脑伴中的立体影像就消失了。

赵构成、灵灵、程颖和朗声丽面面相觑，一时间，他们不知如何是好。

还是程颖冷静些，说："现在我们必须找到柴禾。"

"柴禾不是有一个多月没见到了吗？"朗声丽说。

"找他的助手姚娜。"程颖说。

"姚娜说，她也不知道柴禾在哪里，刚才我不是说了吗？"赵构成说。

"我说过思思不会放弃的。"灵心没有去理会他们的讨论，而是自言自语地说。

"灵灵，你刚才也说过柴禾不会放弃。"程颖说。

"是的，柴禾也不会放弃。"灵心肯定地说。

"思思消失都三个多月了，我们怕他出事了，但今天我们不是看到了吗？柴禾才不见一个来月，他一定像思思那样在某一个地方干一件大事。"程颖说。

"我们还是去找娜娜，她一定知道柴禾的行踪。"赵构成问谁有姚娜的脑伴号。

"我有。"朗声丽说。

"你怎么会有？"赵构成奇怪地问。

"因为她是我的粉丝。"

"快和她联系。"程颖说。

程颖的话未落，朗声丽一挥手，她说："娜娜，你在哪里？"

"丽姐，我在去局里的路上。"朗声丽看到了姚娜正在车上。

"可以和灵灵、成成连线吗？"朗声丽说。

"我不在上班，现在我脑伴是公用通道，可以和他们联系，我认识他们，都是我的偶像。但你不要说和我公务有关的公事。"

灵心、赵构成、程颖在连线的脑伴上看到了姚娜，但不能说公事，也就是不能问她柴禾的事。

"姚警官，我们找你有点私事，我们马上去找你行不行？"程颖说。

"颖姐，你千万不要客气，叫我小姚就行了，我们柴头经常在我面前提到你，他说你最适合当侦探。我在警校时，也看过你在最高院巡回法庭上为共周思的实验室和数据库案的那场辩护，精彩极了，我也差一点因为这些辩护去了你的律师事务所。"

"后来怎么没有来呢？"程颖问。

"因为我认识了柴警官。"

"是不是被他屡破奇案的英雄事迹感动了？"

"对，和柴警官共事，是我们警校学生的理想。"姚娜高兴地说。

"不用你们找我，我找你们。我知道你们在哪。"姚娜一挥手，汽车很快掉了一个头。

第四十二章　寻找柴禾、齐刚

赵构成等灵心她们坐下来，正要告诉他们好消息的时候，姚娜进来了，她在灵心身边坐下，说："程颖，你说找我有什么事？"

"娜娜，我们要找柴警官。你知道怎么找到他吗？"程颖说。

"有什么特别重要的事，非要找柴头吗？"姚娜端过朗声丽送过来的咖啡，但她没有喝。

"救共周思。"赵构成抢着说。

"救共周思？共周思怎么啦？"姚娜惊讶地说，"柴头怎么救共周思？以前他自己还在找共周思呢。"

程颖将刚才那个神秘人物脑伴里的话向姚娜说了一遍，她边说边观察着姚娜。

"我也一个多月没有见到过柴头了，自从他辞职后。"姚娜说。

"真的没有见过？"程颖眼睛盯着她的眼睛说。

"真的没有。"姚娜看见程颖的眼睛太锐利了，她回避了程颖的目光。

"他放得下这么多病人？我不相信。"灵心说。她刚才看到立体影像中思思登上太空船的身影，高兴得热血沸腾，共周思就是共周思，永不放弃。她为自己对思思的了解而兴奋，她对共周思的坚信，也坚定了柴禾不会放弃的信心。

姚娜没有再回答什么。

"姚娜，柴警官是怎么辞职的呢？"赵构成问。

"具体的原因我也不清楚，只知道他从紫光公司齐天航那里出来就不见了。"姚娜说。

"这么突然？之前一点风声都没有？"程颖说。

"后来我才知道，上面要以侦察不力处分他，他一气之下走了，和我也没有打声招呼。"姚娜很难过。

"你现在干什么呢？柴警官不在了，局里没有分配你新的工作？"程颖问。

"分了，和罗局长一起干。但他那么忙，除了听听我的汇报，下达下达指示，其余的都是自己做。"

"主要做什么呢？"赵构成问。

"做柴头的案子，你们说，我能行吗？"姚娜说，显然她像在诉苦，但程颖感到她还是因被重用而高兴的，你看看她面带桃花、红彤彤的脸就知道了。

"调查磁辐射灾难的元凶？"朗声丽说。

"对。"姚娜回答。

"还有机器人被终止的案子？"赵构成说，他以前和共周思一起帮柴禾分析过这个案子，而且他自己也特别喜欢这个案子。

"对。"姚娜说，看到程颖一直在观察着自己，又说，"还有科学家失踪的案子。"

"科学家失踪的案子？"灵心和朗声丽惊异地问。

"是的，这很离奇，这些人可都是身怀绝技。"姚娜说。

"难道柴警官也像这些科学家一样失踪了？"灵心说。

"不可能，柴头不像科学家，有绝技，再说，他又热爱这个社会。"姚娜说。但程颖说："人是会变的，一个多月前在酒吧大打出手，各种媒体上登载他的言论，这些言论可都带有反社会的倾向。"

听程颖这么说，姚娜白了程颖一眼，说："那是他一时的气话，不能代表什么。"

"颖颖，姚娜，我们就不要争什么绝技啊，反社会之类的，还是赶紧找思思吧，多耽误一分钟，思思就多一分钟的危险。"灵心说。

"我在分析柴禾的去向，我有一种不好的感觉，人类存在一个反社会的组织，这些科学家很可能被这个组织利用了，包括柴禾还有齐刚。成成，你搜索一下。"程颖说。

"行，我搜。"赵构成答应一声，一挥手，打开了他的脑伴，他的手飞快地滑动着。

大家都将眼睛盯在他的手上。

"有了。有一个叫星探猎头公司。"赵构成说。

"星探猎头公司？这就是刚刚的公司。"朗声丽说。

"我的机器人律师事务所还是齐刚帮我介绍的。"程颖也说。

"刚刚也加入了猎头公司？"灵心吃惊地问。

"我估计还是他们公司的高管呢，应该是一个分公司的总裁。"程颖说。

"柴警官和刚刚是不是同时不见的？"赵构成问。

"时间好像差不多。"

姚娜不得不佩服程颖的敏锐，正如柴禾说的，她天生就是一个做侦探的料。

"如果找到了刚刚，就可以找到柴禾。同样，找到柴禾也就找到了思思。"朗声丽说。

"谁去找柴警官？"程颖问。

"肯定是我去，这还用问吗？"姚娜说。

"我们现在分头行动。灵灵、丽丽，你去找齐天航，我和成成去找柴警官。"程颖说着站起了身，用手掌在桌子上扫了一下结了账。

"灵老师，终于找到你了。"乌村的余舒语和宋机见到站起来准备离开的灵心说。

"你是……"灵心有些蒙，随即她高兴得跳了起来，立即抱住了余舒语说，"你是余舒语，他是宋机，我在思思的立体影像里见过你们。"

"都长这么大、这么漂亮了。"朗声丽也高兴地抱着余舒语说。

"你们是乌村的男女主持人，在思思的立体影像里的篝火晚会上，我看到过。"程颖也高兴地说。

"帅哥、美女你们两位怎么把我忘了？"赵构成看到他俩急着说。

"赵老师，你也在。"宋机立即抱住了赵构成。

"灵老师，怎么没有看到共老师？还有舒老师和汪老师呢？"余舒语和宋机问。

"他们都不在这里，有别的事。舒语，你们跑那么远的路到我们这里，有什么事吗？"灵心拉着他们两个坐下，其他的人也坐了下来。

余舒语从背包里取出请柬给他们，说："灵老师、朗老师、赵老师还有程颖老师，我们就要结婚了，后天举行婚礼，请你们去参加我们的婚礼。"

"太好了，祝贺你们，你们都结婚了，记得当年我们在你们村的时候，你们都还是小孩子呢。"朗声丽说。

"我记得，宋机还老是拖着鼻涕。看看，现在多帅。"赵构成。

后天要去乌村，灵心为难起来。

余舒语和宋机没注意到灵心他们犯难的表情，而是接着和赵构成说话："多亏了共老师和灵老师的帮助，才使我们村变了一个样。"

灵心他们不忍打消余舒语和宋机的兴致，也不好告诉他们现在要去找共周思是当前非常急迫的事，所以一时也不知道如何回答。

"灵老师，我们就这么说好了，后天你们务必要来参加我们的婚礼啊。"两个年轻人全然没有注意到灵心他们的表情，对他们的默不作声也没有多想。

"到时候，我们一定去。"还是程颖反应快，可她说出这句话后，看到了灵心他们不解的目光。

"还有这位老师。"两个年轻人看到姚娜。

"灵老师、朗老师、赵老师、程老师，我们就不打扰你们了。"他们两人站起来准备和灵心他们告别。

"语语，不是还有几张纸条吗，要给灵老师。"宋机对余舒语说。

"对对，我都忘了，这里有三张纸条，上面写的尽是一些符号，我也看不明白。本来我是要丢掉的，可宋机说，这事很奇怪，交给警察，正好今天来找你们，我就带来了。你们看看，是丢掉还是交给警察？"余舒语从她的小包里拿出三张纸条，交给灵心。

灵心接过纸条打开，发现上面写了很多数字，她看不懂，又交给姚娜说："正好，有警察局的人在这里，娜娜，你看看。"

姚娜接过纸条，两眼飞快地扫视着纸条上的数字。她迅速看完纸条上的数字后，两颊涨得通红，对余舒语说："这纸条是在哪发现的？"

"是我们村的一个老猎人追一只鹿子越过了边界，在离边界二十多公里的一个山谷里发现的。他认为很奇怪，回村后交给了我。"余舒语说。

"边界？"姚娜问。

"乌村就在边境上，离国境线只有不到一百公里。"赵构成说。

"有什么不对吗？"程颖看到姚娜很激动便问道。

姚娜没有回答程颖的话，而是对余舒语和宋机说："这纸条的事不要告诉任何人，行吗？"

余舒语和宋机看到姚娜严肃的样子，不知道出了什么事，他们将目光转向灵心，希望她告诉他们是怎么一回事。

"姚娜是警察局的人，舒语、宋机，你们就按照她的话做就是了。"灵心说。

余舒语和宋机点了点头。

"我先回局里，找罗局。"姚娜说着便离开了他们往外走。

程颖感觉到事情有些蹊跷，跟着姚娜也往外走，后面跟着赵构成他们。灵心对余舒语说："舒语、宋机，你们先去忙，回头我再跟你们联系。"

余舒语被这突然出现的状况搞得摸不着头脑，他们怔怔地对着灵心点了点头，看着他们匆匆离去。

"娜娜，是不是有柴警官的消息？"程颖追上了姚娜问。

"是的，这纸条是柴头留下的。"姚娜边走边说，走到了马路旁，一招手一车辆停在了她身边，她立即上了车，示意程颖他们一起上来。

"娜娜，柴警官怎么说的？"程颖问。

"柴禾在纸条中说，他发现了一个非常可疑的组织，那批失踪的科学家全部在那里。"姚娜严肃地说。

"他是说星探猎头公司吗？"程颖问。

"他没有具体说明，从他的字迹上看，写得很匆忙。"姚娜说。

"我想也是。"

"还有什么吗？"

"柴头给了我应急频道的频率，他说，他方便的时候会设法和局长联系。"姚娜说。

"有频率，没有密码也不行。姚娜，你有密码吗？"赵构成问。

"这个密码，全局只有罗局和柴头有。"姚娜说。

"我说柴禾不会放弃的，他是只身入虎穴侦察啊。"灵心说。

"有没有齐刚的消息？"朗声丽问。

"纸条上没有提到。"姚娜说。

"娜娜，立即和罗局长联系。"程颖说。

"必须到局里亲自和他汇报。"

车子停到了警察局的门口，他们立即下了车。姚娜对灵心他们说："你们先到我办公室坐会儿，我先去罗局办公室，回头再找你们。"

灵心他们在姚娜的办公室等了很久，才看到她走了进来，她满脸严肃。

"怎么样？和柴警官联系上了吗？"程颖着急地问。

"有没有思思的消息？"灵心也问。

看到他们急切的样子，姚娜没有立即回答，而是走到自己的办公桌旁，坐了下来。

"姚娜，你是不是对我们不放心，可我们这些人或多或少都是参与过柴警官的案子侦破过程的，我们是柴警官的好朋友。柴警官对我们也是非常信任的。"程颖说。

"是啊，姚娜，柴警官以前有什么高科技的问题，首先就是问我和思思的。"赵构成说。

"正如程律师所说，是有一个反社会的组织。"姚娜就说这么多，程颖和灵心还有朗声丽一再追问，她也不作回答。大家看到姚娜不说话，焦急万分，但又不知道如何去救共周思，急得灵心都快要流泪了。姚娜的办公室一时静得仿佛只剩一屋子的空气了。

姚娜看到灵心和朗声丽焦急甚至悲痛的样子实在于心不忍，说道："你们也不要太着急了，罗局已经将密码告诉了我，让我和柴头联系。"

"姚警官，请现在就和柴警官联系吧。"灵心好像抓到了救命稻草一样。

"刚才，在罗局那儿，已经向柴头发了几次暗码，但都没有得到回应。"姚娜说。

"继续试试吧，也许柴警官在忙，没有听到或不方便接收。"朗声丽说。

在灵心他们的催促下，姚娜打开了脑伴，用暗码与柴禾联系，但仍然没回应，她向灵心他们摊了摊手。

"对了，我们先找刚刚，也许他和柴警官在一起。"朗声丽说。

"对，我们分头行动，灵灵，你去紫光公司找齐天航。他应该知道他儿子的消息。"程颖说，"我们在这里继续和柴警官联系。"

"有道理，灵灵，我们快走。"朗声丽说。

"颖颖，你这里有什么消息，立即通知我。"灵心立即起身，想了一下，她一挥手打开了她的脑伴："爸爸，你问下齐伯伯，他知不知道刚刚在哪里？"灵心又坐了下来，对程颖说："让我爸爸去问齐伯伯比较好，我们还是在这里等等消息。"

"好吧，我们都忙了一整天了，先吃点东西吧。"姚娜一挥手，墙壁上立即伸出了几个小碟子，碟子里面放着高能食品。

他们匆匆地吃了一点食物，灵心却没有吃，她吃不下。姚娜在灵心他们的注视下，又向柴禾发出了暗码。这次终于得到了回复，姚娜很快地一挥手，打开了脑伴，立即记下了柴禾发出的数字。姚娜立即在脑伴里用警局的专业密码软件翻译出了柴禾发来的消息："我和齐刚在一起，出不去。这里好像正在策划一个大的行动。"

"姚娜，问他知不知道共周思现在在哪里？"灵心说，她的眼睛紧紧地盯着姚娜。

姚娜在脑伴里向柴禾发出了暗码。柴禾立即作出了回复，说共周思在一个深山峡谷的生产基地里，到那里有可能找到他。随即，他用暗码告诉了姚娜生产基地的坐标。

有了坐标，灵心他们立即行动。灵心耳伴里传来了她父亲的声音："齐天航说他也一个多月没有见到刚刚了，不知道他在哪。他已经命令他们公司的舆情部找刚刚了。"

"爸爸，刚刚出现在国外的一个地方，叫齐伯伯快去找刚刚。"

"你现在在 哪？"灵心耳伴里的灵剑柔问。

"爸爸，我想用一下你的直升机。"灵心说。

"我的直升机就在公司的停车坪，你去开就是了。"灵剑柔说。

"颖颖，我们快走。"灵心说。程颖、朗声丽和赵构成立即起身和姚娜告别。

"要不要我和你们一起去？"姚娜问。

"我们先去，我们有什么事会随时和你联系。"程颖说着伸出手和姚娜握了握。

第四十三章　灵心营救共周思

灵心以最快的速度开着直升机向姚娜提供的坐标位置飞去，一路上他们都没有说话。灵心会开直升机，而且这个直升机有自动导航系统，并不难开。由于灵心心急，直升机遭遇了几次险情，尤其是到了满是悬崖峭壁的群山之间，几次差点撞上岩石，吓得机上的程颖他们心惊胆战，不停地提醒灵心不能飞得太快。

灵心他们一路上都在透过机窗搜寻着下面，盼望那个基地早点出现，终于他们看到了一排排的建筑物。

"灵灵，那有一块平地，应该可以停直升机。"赵构成说。

灵心很快在那块空地上停了下来，他们飞快地下了直升机。

"这么大的地方，到哪里去找呢？"赵构成说，"我们不是看到思思登上了太空船吗？"

"我们先找太空船。"程颖说。

"对，我们先找太空船。"朗声丽也说。

"太空船是最后的工序，我们先去找这里最大的厂房。"赵构成说。大家就跟着赵构成去找最大的厂房。

"我刚才在直升机上观察到西南边那里有一座非常大的厂房，我们去那里。"程颖说。

听程颖说，大家立即向西南角跑去，他们跑了不少时间，先向南转后又向西转，最后气喘吁吁地跑到那个最大的厂房的时候，被眼前的景象惊呆了。只见厂房里东倒西歪地躺着很多人，好像被什么刺激或打击似的停住不动了。

"这些是机器人，我以前在机器人工厂看过。"赵构成说。

"我也认为这些人是机器人，我在案子里边也见过机器人被停止，和这里的情形很像。"程颖说。

"而且这里发生过混战，你看看，有十多个从舷梯上摔了下来。"他们看到舷梯旁有几个摔在地上的机器人，舷梯上还挂着一个机器人。

"这里还有一小摊血迹，这是人的血迹。"程颖是律师，看问题就是很准。

灵心和朗声丽还有赵构成立即跑过来看，确实，地上血迹。

"这说明这里来过不止思思一个人。"程颖说。

"太空船不见了，可以肯定的是思思将太空船开走了。"赵构成分析道。

"思思将太空船开到哪里去了呢？"灵心问。

"肯定是飞到外星球上去了。"赵构成说。他没有将共周思在外星球上的事告诉他们。

"灵灵、丽丽、成成，我在想思思既然不在这里了，可为什么柴警官却叫我们到这里来找他？这事很蹊跷。"程颖说。

"肯定有原因。"赵构成说。赵构成、程颖他们在这巨大的厂房里走来走去。他们困惑起来，不知接下来应该干什么。

"成成，能够将这些机器人停止或终止的人会是谁？而且这些机器人是这工厂里的生产人员，思思不可能去终止这些机器人。"程颖看了看四周，突然想起什么似的说，"灵灵，其他地方应该还有机器人，不可能只有这一个地方有。"

"颖颖说得对，我们到其他地方找找。"灵心说。

灵心他们又到其他地方查找，看看还有没有其他的机器人，但他们一无所获，又返回了大厂房里。

"奇怪，颖颖，这些机器人好像是从一个门进入的。"赵构成指着机器人的脚印说。

"你是指那脚印？"程颖说。

"对，你们过来看看。"赵构成说。

程颖和灵心赶紧向赵构成站着的那个门跑去。程颖蹲下身，仔细地看着地上，说："还有其他痕迹，不仔细看还看不出来。成成，你还真行。我们沿着这些脚印找。"

他们仔细地辨认着机器人的脚印。

"成成、灵灵、丽丽，好像还有人的脚印。"程颖说。

"是吗？你是怎么看出来的？"朗声丽说。

"你发现没有，机器人的脚印基本上是一致的，可是这里有两个人的脚印，是不一样的。"

"这也说明，我们看到的地上血迹是有两个以上的人打斗留下的，有戏。"赵构成说，"我们继续找。"

他们循着人和机器人的脚印走。

"这脚印很乱，从脚印上看，他们是跑的。"程颖说。

"看那里，有一座高楼，像座塔。"朗声丽说。

"没准那是控制塔。"程颖说，她边说边仔细地察看地上的脚印。这些脚印都是向着这座大楼的。

"我估计这座高楼是这里的控制中心。颖颖，我们不用找了，直接上这座塔。"赵构成说。

"那就快。"灵心说。

这几个年轻人已经顾不得精疲力竭，鼓起劲向塔顶上跑去。朗声丽跑不动了，程颖和赵构成就拉着她往上走，但是当他们爬到二十几层的时候，被门挡住了去路。

"颖颖，现在怎么办？"灵心看着封闭得严严实实的门问程颖。

程颖看了看，摇了摇头说："我也不知道怎么打开这扇门。"她转头看着赵构成。赵构成也摇了摇头，叹了一口气，用手砸了砸门。

费了那么大的劲，好不容易找到这里，看到了一丝希望，可这最后的希望也要破灭了。赵构成瘫坐在楼梯的台阶上，随后朗声丽实在是体力不支坐了下来，程颖也靠着朗声丽坐了下来。只有灵心站着在想什么。

"颖颖，我们开直升机到这个塔顶层看看，说不定可以找到进去的通道。"灵心说。她这应该是急中生智吧。

"对，我们赶紧去开直升机。"程颖说。

他们几个人，不顾极度的疲劳，立即跑回到直升机那里，登上机，灵心立即开直升机向塔顶飞去。

"灵灵，塔顶还真有一个平台。"程颖说。

他们下了飞机，四边找可以下去的通道，可是令他们沮丧的是，没有任何通道口，塔顶是一个完整的平台，他们又失望地骂了一句。

"灵灵，你开着直升机到塔的侧面，我看能不能从窗户里进去。"程颖说。

灵心答应一声，立即开动直升机，她开直升机的技术并不是很熟练，但她尽力控制住直升机，让直升机在塔侧的窗户边盘旋。

"灵灵，这里的窗户好像是虚开着的。对，靠近点，慢一点，再靠近一点。好，试试看。"程颖边说边给自己系好安全带和绳子。

"颖颖，这事得让我干。"赵构成抢过程颖的绳子。

"不用了，我去看看再说。灵心，开门。"随着门的开启，程颖跳了下去，绳子摆动起来，程颖好不容易用手拉着了虚掩着的窗户，可无论程颖怎么努力使劲也无济于事，窗户打不开。

"打不开，灵灵。"程颖说。

灵心他们看到程颖晃来晃去的，认为不安全，便说："颖颖，打不开就算了，回来吧。"说着，灵心就往上收起了绳子。

"等等，灵灵，让我到下面看看。"程颖等灵心放下一点绳后，趴在窗玻璃上朝里看，她的脸贴在玻璃上，仔细认真地看着。

"里面很大很大，好科幻，灵灵，像是一个控制中心。"程颖想了一下又说，"直升机里面有枪吗？"

"有，直升机上放着两把自卫用的手枪。"灵心又问，"颖颖，你要枪干什么？"

"放我上去，我用枪把这窗玻璃打碎。"程颖返回到直升机上拿过灵心给她的手枪。她让灵心控制直升机跟玻璃保持一定距离，然后对着一块玻璃进行了射击。可是，子弹打在玻璃上，一点痕迹都没有。程颖又射出了几颗子弹，还是没有任何反应，气得程颖大骂："我就不信，难道这里密不透风，总有一个地方可以透透气吧。灵灵，我们围着这些大楼转一圈看看。"

灵心驾驶着直升机围着大楼盘旋，程颖仔细观察这些窗户。"等等，停一下。"程颖发现有一块玻璃的缝隙与其他的缝有些不同，便掏出一把弹簧刀，用力撬了起来，有松动，她继续撬，慢慢地玻璃打开了。程颖的心激动得快跳出来了。

"灵灵，找到了一个入口，我先下去看看。"程颖说。

灵心他们听说有入口，个个都高兴得不得了。

"这口子很暗，不知道是干什么用的。"程颖说。

"应该不是通风口就是逃生口吧。不管它是干什么用的，能进去就行。"赵构成说。

程颖沿着口子往里爬，这个道口弯弯曲曲的，她费了九牛二虎之力才爬到了出口。当她爬出了洞口，站起来的时候，她感觉到自己是来到了一个隧道里面。

"颖颖，怎么样？"程颖的耳伴里传来了灵心的声音。

"颖颖，打开脑伴的立体影像。"赵构成说。

程颖打开了脑伴，与灵心联上。灵心看到程颖在沿着一个隧道似的地方走。程颖走了几分钟，来到了一扇门前，门很厚、很重，她艰难地推开门，进入一个大厅，很大很大的厅。她看到厅里有两扇看不到里面的玻璃门，她推开其中一扇门，被眼前的情景吓到了。

"颖颖，快看屏幕。"赵构成说，程颖立即将屏幕影像传到了灵心他们的脑伴上。

"思思，快看思思。"灵心激动地大喊了一声。随着灵心的喊声，程颖看到共周思的勘探车停在一片岩石上，共周思站在勘探车的旁边。

"成成，屏幕上的画面停住了，怎么回事？"

"颖颖，你先别管，我们马上过来。"

在等灵心他们的时候，程颖在屏幕前走过来走过去。她端详着这块屏幕，屏幕里的共周思在千仞万峭的岩石中间穿行，她想那里肯定不是在地球上，而在外星球上。而且，她看到整块屏幕只有共周思。

"颖颖，我们快看看这个连图的时间。"赵构成一进入控制室立即到屏幕的前面，他的手在屏幕前的面板上滑动着，"这里面还是七天前的。"

"成成，思思在什么地方？"灵心看着共周思的影像问。

"肯定是在外星球。"赵构成肯定地回答。

"是什么星球？"朗声丽问。

"让我想想。"赵构成横着脑袋，闭上眼睛，想了好一会儿说，"应该是ZZ6973号星球，以前我和思思认为这个星球最适合人类居住。"

"好远吗？"灵心问。

"有几亿公里。"赵构成说。

"几亿公里？我们到那儿不是需要好几十年？"朗声丽说。

"乘太空船倒不用，这要看太空船的速度，以现在人类最快的太空船大概需要几个月的时间。"

"成成，看看这个停顿的画面，应该是思思在那个星球上的某个过程。"程颖说。

"对，我们倒回去看。"赵构成立即在触摸屏上滑动着，他左右滑动了很久，大家发现屏幕上画面在翻动。

"看，上面有五星红旗。"灵心说。

"思思在开车，成成，这车是干什么用的？"朗声丽问。

"是勘探用的车子。"赵构成说。

"思思真的是到外星球上去建造船厂和太空医院了。灵灵你说得没错，思思没有放弃。"赵构成说。

"思思，真的了不起。"朗声丽说。

"你看，思思凝视着国旗，眼睛里噙着泪水，这画面太感人了。"程颖说。

"思思肯定找到了在那里生存用的水源。"

他们凝神静气地看着屏幕，看到共周思驾驶着太空船停在了赵构成说的ZZ6973号星球上，看到他驾驶太空车出太空船，看到他将空气检测仪、辐射仪放在岩石上，向地下钻进钻头。还有他开着太空车在悬崖峭壁之间穿行，太空车卡在岩石里面，吓得他们出了一身汗。

"成成，现在思思到哪里去了呢？"灵心问。

"估计是没有了信号。"赵构成说。

"没有了信号，是不是意味着思思遇险了？"程颖说。

"很有可能。"赵构成犹豫了一下，本来他不想说，但还是说了。

"思思生死未卜。"朗声丽说，但她很快发觉自己不应该这样说。

"成成，难道我们现在一点办法也没有吗？"灵心问，她的眼睛紧紧盯着赵构成，似乎现在这里只有赵构成能救思思。

"我来看看。"赵构成想了想，他的手上下左右挥舞着。在屏幕的下面出现了很多页面，灵心他们紧紧盯着，时间一分一秒地过去。赵构成不停地挥舞着，但就是没有找到要找的画面。他急得满头大汗，但也无济于事。

赵构成终于停了下来，看着他们说："按照一般情况，太空车上有自动搜救系统，人的宇航服上有定位系统，也有在遇险后的自救装置。"

"你的意思是说，如果思思还活着的话，应该向他的太空车发出求救信号，太空车接受到信号后会通知其他的人救他。"程颖说。

"是的，我们以前在造太空船的时候，婷婷和思思就讨论过这事。"赵构成说。

"干脆在太空车上配一个机器人，一旦人有事，机器人可以救人。"程颖说。

"当时，我们也曾这样想过，但我们当时还没有机器人技术，而且设计一个这样的机器人，既复杂又昂贵。"赵构成说。

"这是一台新设计的太空船，而且还如此先进。成成，能在这深山峡谷里有这么一座太空船基地，我想这是外星人干的。我认为太空车上一定有你说的自救系统。"程颖说。

"但我查遍了所有的程序，没有发现这个太空车和人互救的装置。"赵构成说。

"能不能派太空船去那个星球救思思？"灵心说。

灵心的话使在场的人很吃惊，灵心又接着说："看有没有哪个公司的太空船离那个星球近，求他们去救救思思。"

灵心说得非常有想象力，她常冷不防说出别人没有想到的好主意。

"灵灵说得有道理。我来试试看。"赵构成说着又在触摸屏上挥动着手，他划拉了很久，说，"好像宇宙空间站有宇宙搜救系统。还有，齐刚父亲的紫光公司。"

"我们立即分头行动，灵灵、丽丽，你们立即去找齐天航。"

"好的，我们立即行动。"

第四十四章　齐天航要灵心嫁给齐刚

齐刚失踪一个多月，令齐天航非常愤怒。他从来不骂人，说话温文尔雅，但他今天一挥手，将舆情总监果算子的立体影像招到自己的办公室，骂了一句"你真没用"。他看到果算子的委屈的脸，还想再骂他两句时，他的耳伴里传来了办公室主任的请示：灵心要找他。

齐天航听到灵心要找他，才忍住没有将骂果算子的脏话骂出口。他一挥手，将果算子的影像挥去，在耳伴里对他的办公室主任说："请她进来。"

灵心在礼仪小姐的引领下向齐天航的办公室走去，说实在话，虽说她父亲灵剑柔和齐天航原来都是宇航员，自己家和齐家是世交，灵心和齐刚青梅竹马，但灵心只见过齐天航不过十来次。小时候灵心和齐刚都很怕齐天航。长大后，灵心不再怕齐天航，相反齐天航对她很亲切，使灵心有一种亲切感。

齐天航在灵心没有进入他的办公室之前，整理了下自己的衣服，将小猫放进了房间。他一挥手，办公室变成了一个鲜花盛开的花园，几只小鸟在地上欢快地蹦跶来蹦跶去。

灵心走进了办公室，立即有一种轻松惬意的感觉，也呼吸到了清新的空气。

"灵儿，好久没见，你越发漂亮了。你很长时间没有到这里看我了，是不是把我给忘了？"齐天航亲切地说。

灵心没有按照齐天航的思路回答他的话，而是说："齐伯伯，我今天来请你帮忙找一个人。"

"先不说这些找人的事，灵儿，今天能不能抽点时间陪伯伯在这花园里走走？这里除了刚儿小时候陪过我，十几年来没有人来过这里。"

灵心看到齐天航殷切地邀请自己陪他的眼神，心想，一个富可敌国的商业帝国领袖，看来也是孤独的，她答应了一声："行，齐伯伯。"便挽着齐天航的胳膊，陪着他在花园的小径上散步。

"灵儿，我能问你一个问题吗？"齐天航将脸转向灵心问。

"有什么您就尽管问。"灵心温情地说。

"灵儿，你救助那些苦难的人，而常常是将自己的安危置之度外，你的原动力是什么？"

灵心每次都想把请齐天航救共周思的话说出口，可还没有说，便被齐天航的话带过去了。她对齐天航这么说："其实，我也没有特别的目的，只是觉得那些人可怜，需要人帮助。"

"就这么简单？"

"齐伯伯，就这么简单，我没有想那么多。"

"灵儿，你实话告诉我，是不是因为二十几年前，你妈妈在实验室里的事故引起爆炸，死了几十个人，你要帮她赎罪？"齐天航说完，眼睛直视灵心。灵心看到齐天航那要看穿她五脏六腑的眼光，将自己的眼睛转到了一边。她没有做出肯定或否定的回答，沉默了一会儿，一咬牙说："齐伯伯。"可是还没有等灵心说下去，齐天航又打断了她的话，说："灵儿，你是不是改改口，不要叫我齐伯伯、齐伯伯的，应该改口叫爸爸了。"齐天航说完这句话，看到灵心跟着自己的脚步停了下来。他望着灵心继续说："我和你爸妈谈了，你爸妈也同意了，过段时间，等刚刚的太空船完成了，你们就把婚礼办了吧。"

灵心听到这句话，不光是停下了脚步，连挽着他的手也抽了回来。

灵心的表现让齐天航意外也不意外，他知道灵心今天几次欲言又止的神情，他知道她今天找他的目的。

灵心终于鼓足了勇气，对齐天航说："齐伯伯，我想请你救共周思。"她本想称共周思为思思，但一想不妥，便将思思说成了共周思。

"为什么救他，这个共周思是有些名气，但为什么要救他？"齐天航笑着说。

"他是我的好朋友，现在生死未卜。"灵心说，眼睛里透出恳求的神情。

齐天航知道得一清二楚，共周思那个所谓的太空船生产基地的机器人造反被停止以及搞破坏就是他下令做的。本来他的太空情报总监要求摧毁这个基地的，但是他的技术总监认为应该将基地利用起来，作为紫光公司的生产基地，他才没有下手。但当他准备将共周思的太空船据为己有的时候，才发现自己晚了一步，有人在偷太空船，迫使共周思将太空船飞走了。在齐天航的内心深处，他是非常非常喜欢共周思的，他认为共周思有自己年轻时的"二愣子"精神，天不怕地不怕，他也很想将共周思收为己用。但不知是天不作美，还是老天故意跟他作对，共周思和他越走越远，如今变成了自己一个强大的对手，而且背后还有一个巨大的势力在支持他。更不能容忍的是，他将刚儿的未婚妻，也是他这个世界上最佩服、最喜欢的儿媳灵心给抢走了。

"齐伯伯，求求你了，行吗？"灵心这是第二次求人。第一次是求父亲不要将自己投在时空折叠公司的股本撤走。

灵心没有想到，她越是求齐天航救共周思，齐天航就越不高兴。他心里想这个共周思是自己最大的竞争对手，更是刚儿的劲敌，没准自己的商业帝国就会毁在他的手里。

"灵儿，你答应我两件事，我就帮你。"齐天航说。

"什么条件？齐伯伯，你快说。"灵心着急地问。

"你马上和刚儿举行婚礼，这是第一。"他没有理睬灵心难看的脸色，继续说，"第二，共周思回来不能再搞他的太空船。"

听着齐天航的话，灵心心里冰凉冰凉的。不仅是因为她不可能接受这两个条件，更因为她一直敬重的人竟然如此不通人情，没有同情心。这个世界她最敬重两个人，一个是父亲，另一个就是齐天航了。可如今，父亲因为不敢违背齐天航意志，不管父女之情撤了资。今天，齐天航又为了自己的商业利益和一己之私，置共周思这位充满大爱、一心想改变世界的年轻人的生死于不顾。她绝望了，她痛苦地流下了眼泪。她不可能在共周思不在她身边的时候做出违背他意愿的事。想到此，她没有多看齐天航一眼，一扭头迈出坚定的步伐，离开了齐天航的办公室，留下齐天航一个人怔怔地惊讶不已地站在那里。此时的齐天航，可能没有任何形容词能描写他的心情。他应该明白，但他又不明白。

灵心离开齐天航的办公楼后用耳伴联系了程颖他们："颖颖，你们现在在哪里？"

"我刚从宇航局出来。"耳伴里程颖说，"你那里谈得怎么样？"

"齐天航没有同意。"灵心说，"宇航局怎么说。"

"他们要打报告请示汇报，等他们答应，我看没有个十天半个月，也不会有结果。"程颖停顿了一下，又说，"灵灵，我们在哪里碰个头吧，商量一下下一步的行动。"

"好的，我们马上叫上丽丽。"

"丽丽不是和你们在一起吗？"

"丽丽临时去处理基金会的急事，没和我在一起。"灵心说，"颖颖，我们是不是和姚娜联系一下，让她找找柴禾。"

"对，柴禾和刚刚都和那些失踪的科学家在一起，也许那些失踪的科学家有办法。"程颖说。

　　"你说得对，颖颖，是你还是我和姚娜联系。"灵心说。她听到程颖说："还是我来和她约吧。"

　　不多一会儿，程颖又用脑伴对灵心说："灵灵，我们一起和姚娜影像联系吧。"

　　姚娜、灵心、程颖、朗声丽还有赵构成，他们在立体影像里碰到了一起。

　　"程律师，我们还是在办公室里说吧。"姚娜在立体影像中说。

　　没有多久，他们几个人在姚娜警局办公室坐在了一起。程颖将在太空船生产基地的遭遇和姚娜说了一遍，姚娜听得很仔细，生怕漏了一个字，最后，她说："你们做的是对的，现在只剩下找柴头这条路了，但是，我联系了好几次，都没有联系上他。"

　　没有一件事是顺的，灵心想。她极力让自己冷静下来多想想。突然，她说："颖颖，我们是不是去找柴警官的弟弟试试。柴警官只有这一个弟弟，估计他不会撇下弟弟不管。"

　　"我看柴头不会在这个时候和他弟弟联系。"姚娜说。

　　大家又沉默了。

　　"大家还是回去吧，如果和柴头联系上，我会将你们的事和他说，请他想办法。"姚娜说。

　　大家也没有其他的办法，便和姚娜告别，各自回去了。

　　一连几天都没有消息。想到共周思在外星球上不知是死是活，灵心和程颖他们只能在煎熬中度过，但也没有办法。

第四十五章　柴禾想逃出神秘基地

在古德基地的训练营里，齐刚和柴禾每天进行训练。他们每天上午上课，学习中国历史、欧洲史、世界史，讲这些历史的是这里的历史学家，也是世界顶级史学家。一连十几天，柴禾听得云里雾里，和自己以前学的不一样，但尽管历史学家的课生动、精彩，柴禾还是不能理解老师的观点；"人类就是你争我夺的轮回。"

下午，他们要学习各种武器，驾驶各种飞机和战舰，柴禾对齐刚说："齐刚，这里好像不是一家公司，而是一个军事基地。"

"我原来也不知道是这么一个组织，不知道这里将来要干什么。"齐刚满脸愁容。

柴禾低声地说："齐刚，我看我们要想办法出去。"柴禾说。

"我也想出去，但怎么出去？"齐刚也低声说。

"我观察了一下地形和这里四周的环境，发现一个地方可以逃出去。"柴禾说。

"在哪？"齐刚立即感兴趣地问。

"在距离我们一千多米的地方，有一个下水道口，从那里下去，应该可以通到外面。"柴禾说。

"那里一天二十四小时都有人巡逻。而且这里方圆几百公里全部被红外线覆盖，不要说人，就是一只蚂蚁也出不去，只要有一丁点的热量的物体和移动物出现在他们的警戒线内，就会被侦测到。"齐刚说。

"世界上没有密不透风的城堡，我就不信逃不出去。你愿不愿意逃出去？"柴禾说。

"当然愿意，谁愿意待在这个鬼地方。"齐刚答道。

"齐刚，我们换了几个地方了？"柴禾停了一会儿又问。

"今天是第五个地方了。"齐刚想了想说，"不知灵心他们怎么样了？"

柴禾心想，已经有十几天没有和姚娜联系了，不知罗局长他们是否行动了，也不知道共周思他现在怎么样了。

"前面的两个人，请回宿舍。"柴禾看到两个巡逻兵向他们嚷嚷，柴禾和齐刚只好分手回自己的单人寝室。

这天晚上，天很黑，伸手不见五指，只见一个黑影鬼鬼祟祟地跟在巡逻兵的后面，学着巡逻兵的样子大摇大摆地走路。跟着这些巡逻兵走了段路后，当走到一个仓库门口的时候，他一转身就离开了这三个人的巡逻队伍。说时迟那时快，看门的两个哨兵瞬间被他摞倒在地，他从其中一个哨兵的口袋里摸出门钥匙，迅速打开门后又迅速关上。这个黑影发现有两辆巡逻车停在里面的院子里，也没有去开巡逻车，而是向一个仓库的门前走去。门开了，大概这个黑影是个撬锁的高手，只见他手一挥，一会儿就在密码锁前点击起来。随后，黑影用力一推，门开了，黑影看到里面满是轻重武器，应有尽有。那个黑影毫不迟疑，将手枪、冲锋枪、机枪还有手雷、刀具往身上挂，黑影的身上挂满各种武器，便出了门。黑影走到巡逻车的旁边，想了想，犹豫了一会儿，打开车门，坐进了驾驶室。他开动了车，出了门，但没有打开车灯，快到大门的时候，黑影停了下来，飞快地趴下，将刚才摞倒的哨兵的衣服穿在了身上，便开着车向大门口驶去。

就在车子离大门只剩几米距离的时候，院子里突然灯光大开。立时，探照灯、车灯在天空划出一道道的光柱。在强烈的灯光下，人们才看清，黑影就是柴禾。柴禾用眼睛扫视着天空和前面紧闭的大门，以及后面赶来的全副武装的军人。柴禾看到围上来的军人和照得如同白昼的夜空，顾不了那么多，脚在油门上一踩，加大马力驾驶着巡逻车向大门撞去，大门被撞开了一条缝。他倒退车子又加大马力向大门撞去，门被撞开了。他开着巡逻车飞一般地冲出了大门。他回头看到向他合围过来的全副武装的人开着车子离他越来越近。他将油门踩到了最大。但他没有冲出几米远，后面的车子向他开了火，"哒哒哒"，子弹从他的身边和头顶呼啸而过，还有子弹打在了巡逻车上。他开着车像蛇一样地扭动着奔驰着，但无论如何，后面的车就是紧咬着他不放。他的胳膊上都被子弹擦伤了，感觉到火辣辣的痛。他不顾一切地向前冲，发现前面好像是树林，他想，只要冲进这片树林自己就有救了。可是，就在他往树林里冲的时候，几发炮弹在他车子周围爆炸，爆炸产生的气浪几次差点将他的车子掀翻。他开着车子躲着炮弹，就在他即将冲进树林的时候，一辆装甲车挡在了他的面前。要不是柴禾反应快，来了一个急刹车，巡逻车非撞上去不可。他停车，定睛一看，只见古德站在装甲车上，两边站着端着机枪的军人。柴禾知道，只要自己乱动一下或者试图举枪向古德射击的话，他立即会被射杀。他举起手，下了车，看着古德也下了车，当他看到齐刚也钻出了装甲车，就明白了一切。

"柴先生，你真不愧是特级警探，身手如此了得。"古德看了一眼站在自己身边的齐刚，说，"怎么样，你没有想到吧？我就派齐刚看着你，你的一举一动都在我的掌握之中。"

柴禾向齐刚投去了愤怒和鄙视的一瞥，他看到齐刚的脸阴了一下，又恢复了正常。

"把他带到我的办公室。"古德说。

在去古德办公室的路上，柴禾责怪起自己来了，他怪自己当警探十多年，竟然栽到了齐刚这种人的手里。他和多少诡计多端、狡猾凶狠的犯罪较量过，从来没有失过手，更不可能像今天在齐刚这种人手里败得这么惨。他恨得牙根咯咯响。

到了古德的办公室，古德一改树林里凶神恶煞般的嘴脸，笑着给柴禾打开了手铐，并让他坐在沙发上，说："柴先生，也不要沮丧，到我们这里的人都不太适应，想走是可以理解的，而且我们也不会阻拦。"

鬼才相信你的话，柴禾心里说。

柴禾的心里想法没有逃过古德的眼睛，他没有去计较，而是说："柴先生，我看你还是没有充分理解我们的崇高使命。你理解了，就会像齐刚一样喜欢上这里的。"古德望了望齐刚，齐刚向古德身边靠了靠。

"古德，被你抓住了，要杀要剐随你。"柴禾本来消了点气，但一看到齐刚那得意和向古德献媚的样子，火气又冲上了脑门。

"看看，你还是不了解我，我是不分青红皂白就杀人的人吗？像你这样优秀的人，血液里有着优等人种的基因，我爱都爱不过来呢。"古德他看到柴禾不明白的样子，又说，"只有那些对人类进化没有帮助，而且是阻碍人类进化的劣等基因的人，我们才会毫不留情地消灭掉。"

柴禾还是没有任何被说服的样子。

"好啦，柴先生，不和你扯远了，今天我就放你回去。"古德说。

"放我回去？"柴禾不相信地望着古德。

"对呀，你和齐刚一起回去。"古德肯定地说。

柴禾瞥了齐刚一眼，没有说话。

"不过，你们要帮我完成一个任务。"古德说。

"什么任务？"柴禾问。

古德想了想，说："算了，没有任务了。看你还是不相信我，我给你任务，你也不会去认真完成的。"他又看了看柴禾惊愕的表情，挥了挥手，说，"你们走吧。"

这突如其来的变化，让柴禾蒙了。前几分钟还在追杀，后又布置任务，现在又放他走，难道他就不怕我出去带人来剿灭他们吗？柴禾显然傻了。

柴禾和齐刚出了门，他没有去理齐刚，齐刚也没有理睬他，两个人默不作声地坐着一个军人开的车子，拐了好几道弯，被送上了直升机。直升机在山雾笼罩的峻岭之间穿来穿去，最后把他们放到了一个荒郊野外。

"柴警官，有那么恨我吗？"齐刚说，"你对我有很大的误会。"

"叛徒。"柴禾骂了齐刚一句。

"没有我这个叛徒，你能如此顺利地回家吗？"

无论齐刚怎么说，说什么，柴禾再也没有和齐刚说一句话。他们同一个方向走了一段之后，就各奔东西了。

齐刚走了不到三分钟，一挥手，打开了脑伴，他和紫光公司的舆情总监果算子联系上了。

"果总，我把我的位置传给你，你来接我，但是不要告诉我的父亲。"

"你好，你好，刚刚，总算听到你的声音了。"果算子说，"我马上派飞机去接你。你爸爸也在四处找你。"果算子说。

齐刚和果算子用脑伴说话，他想起来要给灵心发个耳伴。但他一时拿不定主意要不要和她联系，如果她知道自己去偷共周思的太空船，她会不会恨死自己？想想，他又放弃了与灵心联系的想法。

和朗声丽联系一下看看，先探探口风，从她的口气里可以知道灵心的态度。"丽丽，你好。"

朗声丽看到灵心日夜担心共周思的安危，刚刚恢复的身体又一天天地消瘦下去，每天茶饭不思。当她听到耳伴里齐刚的声音，精神为之一振。大家都在为找不到柴禾而苦恼呢。

"刚刚，你在哪里？"朗声丽急问，"我们大家都在着急地找你呢。"

"找我干什么？"

"找柴警官，通过柴警官找思思呀。灵灵还到你爸爸的公司，请你爸爸帮助她找思思。"

"请我爸爸找思思？我爸同意了？"

"没有同意。"

"什么原因。"

"灵灵没说。"朗声丽说，"刚刚，这段时间，发生了很多的事。刚刚，你看到柴警官了吗？我们都认为你和柴警官在一起，都说他能救思思。"

听到灵心去求爸爸救共周思，齐刚的心好像被针刺了一下。爸爸没有同意灵灵的要求，他稍许宽慰了一点，但他没有回答朗声丽的问题。

齐刚回到高斯市的消息，朗声丽立即告诉了灵心、程颖和赵构成，齐刚一到他的时空折叠公司的办公室，灵心、朗声丽和赵构成正在那里等着他。

"刚刚，一个多月没见，你变黑变瘦了。"程颖说。

"刚刚，你看到柴警官了吗？"灵心问。

"我们在一起没有多久后就分开了。"齐刚不想告诉他们这些人真相。

"刚刚，你知道思思现在在外星球吗？"程颖又说。

"在外星球？我不知道。"齐刚一直回避有关共周思和柴禾的话题，但都没有成功。

"他现在生死不明。"灵心忧心地说，"我们要赶快去救他。"

"我们猜你和柴警官在一起，柴警官曾经告诉我们他去过思思生产太空船的基地，去那个基地的控制中心看到思思在ZZ6973号星球的影像。"

去过共周思的太空船生产基地？齐刚吓了一跳，他们是不是也知道了自己去过太空船基地。虽然他当时戴了一个大口罩，包住了自己整个脸，但万一他们认出自己，那可是一件说不清的麻烦事。

"程律师。"程颖的耳伴里传来了姚娜的声音，"柴警官回来了。"

听到柴警官回来了，大家心里一阵兴奋，程颖站了起来，说："柴警官现在在哪啊？"

"在一个秘密的地方。"姚娜说。

"我们可以过去吗？"程颖问。

"柴头说，你、灵心、朗声丽，还有赵构成可以过来，但不要告诉任何人。"姚娜说。

"好，我们现在马上过去，请柴警官等着我们。"程颖说完就和灵心他们离开了齐刚。

真是谢天谢地，他们还不知道自己去偷过共周思的太空船，齐刚心里想。他巴不得他们现在就走，虽然他很想和灵心坐下来叙叙离别之情。

第四十六章　灵心求古德救共周思

根据姚娜提供的地址，他们在市郊一个偏僻树林里的一个小房子里，见到了柴警官。

"柴警官，你知道怎么救思思吗？"灵心一见面便直接问。

"思思的事，姚娜和我说了，救思思的唯一办法就是我们先救一个人。"柴警官没有和他们寒暄，而是直接说。

"救什么人？我去。"灵心立即说。

"你去？"柴禾说，"你知道怎么去？"柴禾心想：你们知道那里是什么地方？

灵心一直用双眼盯着柴禾，柴禾知道，那是灵心在恳求他，他受不了那目光。那目光可以融化一切，也可以摧毁一切抵抗。再说救人是他做警探的神圣职责，何况是救共周思这位旷世奇才。不管行不行，正义不正义，人类将来是生还是死，或是别的，都是不要紧的事，想办法找到共周思，然后设法救他回地球。想到此，柴禾手一挥，发了一个耳伴给古德，耳伴里立即就传来了古德的声音。

"柴先生，分别还不到一天就着急找我？"从古德的声音里，柴禾听出他的疑问。

"我这里有一件急事，想请你帮忙。"柴禾说。

"什么事让我们的大警探这么着急？"古德说。

"救人。"

"救人是你们警察局的事，找我这个猎头公司干什么？"古德嘲讽地说，"到底是什么人？"

"共周思。"

"共周思？就是那个开着他自己那艘破太空船独闯太空的人，抗击非洲疫情的英雄。齐刚没有完成任务，让他跑掉了。怎么，他现在在哪啊？"

"现在他已经在ZZ6973号星球上，但失踪了。"柴禾说。

"失踪就失踪，和我有什么关系，我的主要任务是拯救人类，而不是去关心一个人的生死。"

"如果这个人对拯救人类有帮助呢？"柴禾不愧是警察，会抓住人的心。

古德听说对他拯救人类的计划有帮助，便停住了，好像是在思考。

柴禾没有说下去，而是关上了耳伴。他坐在那里等待着什么。

果然如柴禾所料，古德给他发一个耳伴，他在耳伴里说："柴先生，如果真像你说的话，我可以考虑去帮你救共周思。"

"去你那里？"柴禾不情愿地说。

"你放心，你来去自由。"

柴禾看到灵心他们请求和他一起去的目光，想了一会儿说："我还要几个人和我一起去。"

"只允许你带灵心一个人来。"古德说。柴禾很奇怪古德怎么知道灵心和他在一起。

柴禾和灵心乘灵心父亲的专机到了国境线，在飞过乌村的时候，灵心在飞机上俯瞰乌村，她发现了乌村巨大的变化，看到一栋栋排列整齐的别墅。她叫直升机的驾驶员降低了高度，她看到了那棵大槐树，想起就在这棵大槐树下，在月光下和思思畅谈理想的情景，这使她激动不已。她在心里说："思思，我一定会救你回来，你一定要挺住，你一定会挺住的。"

灵心和柴禾坐着飞机越过了边境线，又飞了大约一个小时，一部越野车停到了他们面前。他们二话没说，就钻进了车子。

"灵小姐，以前我只是在媒体上看到过你，但今天看到真人，比那玩意里的要美上千万倍。"古德看到灵心时，眼睛直勾勾地看着灵心，有很多贪婪的成分，足足有三分钟之久，盯得灵心脸上起了红晕。古德盯完之后，又立即献殷勤地说："灵小姐，听柴先生说，你有事找我？"

"古总，是找共周思的事。"灵心坐下来立即说，"共周思在外星球上失踪一个礼拜了。"

"共周思去外星球了？那是什么星球？去那儿干什么？"古德故作惊讶地说。

"他是去建太空船厂和太空医院的。"灵心说。

"到外星球上建太空船厂，建太空医院？他一个人？"古德问。

"对的，就他一个人。"灵心说。

"一个人也能去外星球，这样的年轻人世间少有。"古德夸赞着共周思，"但灵小姐，你怎么知道我能救共周思？"

"古总，是我告诉她的。"柴禾说。

"柴先生，你怎么知道我能救共周思？"古德又装作惊讶地看着灵心。

柴禾当然明白古德的意思，他反应很快地说："我是从我的一位警察局的朋友那里知道的，说你们猎头公司里人才济济，一定能找到共周思的。"他没说在这里待过一个多月。

古德装作在思考的样子，在灵心和柴禾两人眼光的注视下，装着不好意思拒绝柴禾和灵心的样子说："既然世界上数一数二的警探这么说，灵小姐这位美丽的慈善家又亲自登门请求，那就勉为其难试试吧。"

"谢谢，谢谢！"灵心起身表示感谢，"那就请古总马上安排一下救人。"

看到灵心这般焦急的样子，古德心里乐了，他便没有表现出来，而是说："灵小姐，你是不是将这件事的整个过程告诉我。这样我才好将情况告诉我们的科学家，让他们分析分析，找出救人的方法。"

"行行。"灵心说。

"还是我来说吧。"柴禾看到灵心救共周思心切，她现在很难将整个事件说清楚，而且他还担心灵心将不该说的也说出来。柴禾将整件事对古德简要地说了一遍。

听完柴禾的叙述，古德说："我知道了，我立即将这些情况告诉我们的科学家。"古德一挥手，进来了两个漂亮的小姐，他对她们说："你去将这两位安排住下来。"

"古总，我能和你们一起去救思思吗？"灵心问。

古德听到灵心的这个要求，愣了一会儿，说："灵小姐是不放心我吗？"

"不是，灵会长是急着等你救共周思。"柴禾见古德有些不高兴，同时觉得灵心想法太简单。

柴禾和灵心被安排在上下两层的房间里住下。

灵心没有多少心思去欣赏这里豪华的房间和房间的落地窗外美丽的风光，全部的心思都在想如何救思思。从刚才见到古德以及和他的交谈看，她认为古德是愿意帮这个忙的。至于为什么相信古德会帮她，她自己并没有多想，也不会多想。因为她认为这个世界上好人多。她坐在房间柔软的沙发上，心里忐忑不安，不时地向门那里望望，盼望着古德会开门出现在房门口。

时间一分一秒地过去，灵心的心也收得越来越紧。她不知过了多少时间，听到了敲门声。她一听到敲门声，立即从沙发上弹了起来，跑过去开门，进来的是柴禾而不是古德，"柴警官，古总是怎么安排的？"

"不知道。"柴禾来找灵心是想将古德的机构以及自己到过那个太空船生产基地的事告诉她，但当他看到灵心对古德满怀希望的样子，话到嘴边又咽了回去。他不忍心破灭灵心的希望。柴禾从自己与古德打交道的经历判断，如果古德想救，这地球上他是有能力和手段救共周思的人之一。

"柴警官，古总会不会帮这个忙？"灵心问。

"我不知道，你认为呢？"柴禾说。

"我觉得古总是好人，一定会救思思。"灵心说。

听到灵心的回答，柴禾笑了笑说："他会救的。"柴禾说这个话，是宽慰灵心，他感觉到灵心是单纯而可爱的人。

"咚咚咚"又是敲门声，灵心赶紧去开门，发现是古德，她高兴地说："古总，你好。"

"柴先生也在这里。"古德看到柴禾在这里，脸上出现不悦的神情。

柴禾看到了古德的表情，虽然那是只有像他这样经历丰富的警探才能觉察的一瞬间。但柴禾在这一瞬间，决定留下来和灵心在一起，本来他是想离开的。

古德坐了下来，他看到柴禾还坐在灵心的对面。他看了一会儿柴禾说："柴先生，能不能请你离开一会儿，让我和灵小姐单独谈谈。"古德倒也是直言不讳。

柴禾没有去理会古德的话，他看看灵心，希望灵心让他留下来，让柴禾意外的是，他听到灵心对他说："柴警官，你先出去一下吧。"她见柴禾还没有动身，微笑着对他说："听古总的吧，你先出去一会儿，等会我再叫你。"

"柴先生，听灵小姐的，我有事要单独问灵小姐。"古德见柴禾不愿走，他明白柴禾的意思，他心里老大不高兴。

"好吧，我出去，灵灵，等一会儿再来找你。我还有事要告诉你。"柴禾没有办法，只有抽身离开了房间。

古德见柴禾走了，他看了一眼灵心，手一挥，从房间墙壁伸出了一个长方形的盘。他又一挥手，从地板升上来一个长方形的小桌子和两张小圆凳子。他从盘子上拿起一瓶葡萄酒和两个高脚酒杯。

"灵小姐，我能问你一个问题吗？"古德喝了一口酒说。

"可以啊，请问吧。"灵心很有礼貌地说。

"你一个慈善家，帮助了很多贫困、苦难的人，也救了很多人。"古德见灵心没有什么反应，继续说，"可是你发现没有，人越帮越多。"

"古总是指这次灾难吗？"灵心问。

古德没有去回答灵心的反问，而是说："我能再问你一个问题吗？"

"请问。"

"你多次不顾自己的安危救人，你的原动力是什么？"古德看到灵心没有想回答的意思。他盯着灵心看了一会儿，又喝了一口酒，对灵心说："灵小姐请喝酒。"他碰了一下灵心面前的酒杯。

"我帮你回答这两个问题好不好？"古德今日态度出奇地好，他见灵心点了点头，说，"病人、苦难的人越来越多，是因为地球上的人类出了问题，而且现在不能解决，永远都不能解决。"古德又喝了一口酒，碰了碰灵心的酒杯，"至于第二个问题，你的原动力来自你的理想——拯救这个人类。"古德停了一会儿说，"和共周思一样，都想改变这个人类。"

听到古德提到共周思的名字，灵心立即说："古总，你准备什么时候去救思思？"

"你别急，先喝酒。"

灵心见古德一连几次催她喝酒，本来她是滴酒不沾的人但为了救思思，她端起了酒杯喝了一小口。

"灵小姐，你想过没有，我为什么要救共周思？我是否有能力救共周思？"古德从未见过灵心这么单纯的人，不，应该说是纯粹的人。从来没有什么人能让他内心如此震撼，包括那些被他搜集到这里的科学家，尽管这些科学家都是旷世奇才。但他们加在一起，都比不上灵心对他灵魂的震撼。灵心因喝酒泛起红晕的脸，让古德觉得灵心是他这辈子见过的最美丽的女人。他浑身有一种从未感受过的躁动。他又猛地大喝了一口酒，见自己的酒杯里已没有了酒，一挥手又从墙壁里伸出的小盘子里拿过一瓶酒，将自己的酒杯斟满。他听到灵心回答说："我是听柴警官说你能救。"灵心的回答，让他感到好笑，他说："柴禾说行就行了？"

"你知道我有能力救共周思吗？要知道那可是在外星球上，从地球上去那里，再快也要一两个月。"古德说。

"古总的意思是说，你没有办法去救思思？"灵心有些失望地问。

古德听灵心这么说，立即说："不不不，我有办法救。"古德可能是今天喝多了，或许是今天太兴奋了。他一挥手，房间里立即出现了一艘像战舰又像太空船的立体影像。

"灵小姐，看看这是什么？"

"这不是太空船吗？"灵心看到太空船，高兴地叫了起来。

"这种太空船，我们公司有十几艘。"古德得意地说，得意之中，他紧紧地看着灵心。

"古总，那赶快去救思思吧。"灵心从凳子上跳了起来。

"等等，灵小姐。"古德将激动的灵心按回凳子，可就在他触碰到灵心身体的一刹那，他感觉到从未有过的悸动，他的心跳加快起来。"灵小姐，喝酒。"灵心看到救共周思有希望，心里一阵激动，便举起酒杯，大口喝了一口酒。这口酒喝下去，灵心满脸满身通红。古德看到一朵灿烂的霞云，他呼吸有些急促地说："灵小姐，你能回答我的第一个问题吗？"

"什么问题？"因为从未喝过酒，更别说一大口，灵心的心跳快了起来。

"我为什么要救共周思？"

"因为他陷入了危险。"灵心立即说。

"他危险跟我有什么关系？"古德也立即说。

"因为他是为了造太空船和太空医院救地球上的病人。"灵心不假思索地回答。

"那跟我没有任何关系。"古德接过灵心的话说。

听到古德说和他没有关系，灵心才知道古德的意思，她缓了缓说："古总，是什么意思，你见死不救吗？"古德知道灵心对他的话很困惑。他在心里说："绝对的单纯，绝对的可爱，她的心未受过一丝丝的污染。

我喜欢，太喜欢了。"

"灵小姐，你可能不明白我的意思，我是说，如果救共周思，我能得到什么好处？"

"古总是说，我要给你好处？"灵心问。

"对。"古德回答得很干脆。他的眼光开始在灵心的身上扫视。

"你要多少钱？"灵心灰心地问。

"我不缺钱。"古德说着，他的眼光粘上了灵心。

"那我不知道有什么东西报答你。"

"你有。"

"请问，我又有什么？"

"你有这个世界上最宝贵的东西。"古德从凳子上站起来，慢慢向灵心走去。

这时，灵心才发现古德淫邪的目光。看到古德垂涎三尺的样子，她反应过来，当她感觉到古德颤抖的身子碰到自己的一刹那，她明白了。她腾地站了起来，推开古德向房门冲去。

古德被灵心的举动惊了一下，看到跑到房门口的灵心，说："你难道希望共周思就这样死去吗？"古德看到灵心听到共周思的名字立即止住了脚步定在那里，又说，"这个世界上，只有我能救共周思。"古德又看到灵心慢慢地转过身来，"如果你愿意看到共周思死，你尽可以离开这个房间。"

灵心听到古德的话，脑海里立即想到了共周思死的情形。但她想不到是如何死的，是摔下外星球的悬崖，在外星球上冻死，还是在外星球上被太阳晒死，或者是在没有人的沙漠上渴死，又或是没有什么食物被饿死，她想不出共周思将会怎么死。但每种死法都让她如万箭穿心，心如刀绞，无法承受，痛苦至极，她在内心里呼喊："思思，你不能死。思思，我不会让你死，我一定要救你。"她想到这，便转过身向古德走去，她看到古德邪恶而不怀好意的脸。她脑海里交替地出现了她和思思在乌村的槐树下，在街心花园，在太空船上，在地心的引力场里的情景。共周思一个人死在外星球的沙漠上、悬崖下的情景和他在乌村的槐树下、街心的长椅上、地心的引力场里的情景交替地在她的脑海里出现。她慢慢地向古德走去，她离古德越近，这些情景闪现得越快，古德的淫邪的表情就越让她厌恶。她一想到古德肮脏的手将在自己的身上乱摸，就浑身战栗，她的脚步像灌了铅一样越来越沉重。虽然她只是走了这么几步，但她却感觉像是经历了几个世纪。她所受的煎熬，是她这辈子从来没有过的。终于，终于，当她即将走到古德面前的时候，她再也支持不下去了，两眼一黑，身子倒了下去。

说时迟那时快，就在灵心即将倒地之时，古德抱住了她。古德的心狂跳不止，一边用色眯眯的眼睛看着她的脸，一边想着她迷人的身体。他抱起灵心，欣喜若狂地向前面慢慢升起的床上走去。他正要扑到灵心的身上时，只听灵心叫了一声："思思，你要挺住。"他突然停住了。他发现，躺在他眼前的不只是一个女人的胴体，还是可以摧毁一切的力量。这力量将他刚才的邪念击垮。古德全身就像碰到了燃烧的物体一样，被烫得翻身滚到了地上，浑身热汗直流。他趴在地上喘着粗气，不敢直视躺在床上的灵心。他突然像碰到了什么鬼怪似的大叫了一声，捡起丢在地上的衣服冲出了房门。他看到飞快向房间走来的柴禾，大叫道："找刘益。"他看到柴禾还愣着，又大叫了一声，"去基地。"

第四十七章　再探神秘的太空船基地寻找共周思

不知什么时候，齐刚来找古德，正好碰到夺门而出的古德。他看到古德气急败坏的样子，吃惊地问了一句："古总，你怎么了？"古德没有理他。齐刚怔怔地站在那里想什么，突然听到柴禾的声音："灵灵，灵灵。"他看到柴禾向房门口飞奔而去，但门是关着的，他用力敲门，叫喊："灵灵，灵灵。"

"怎么回事？柴禾。"齐刚丈二和尚摸不着头脑。

"齐刚，快想办法开门，灵灵还在里面。"柴禾额头上冒着汗，好像六神无主。

齐刚也敲门，大声叫喊："灵灵，你怎么啦？"

"快，齐刚，快叫服务员开门。"柴禾说。

"好的，我这就去。"齐刚说完，正要走的时候，灵心打开了房门。灵心像大病了一场似的出现他们面前。他们看到她脸色苍白，衣服也有些凌乱。

看到灵心的一刹那，柴禾什么都明白了，他一把将齐刚拉进了房间，将灵心也拽到沙发上坐下，问："灵灵，刚才古德把你怎么啦？"

灵心见柴禾这样问她，惊讶地回答："没怎么。"

齐刚见柴禾这样问灵心，看到灵心有些狼狈且衣冠不整，联想到古德刚才匆匆地离开这个房子，他大声问柴禾："刚才，古德是不是在这个房间？"

"是。"柴禾回答。

"灵灵怎么也在这里？"齐刚又问，他见柴禾将头转到了一边，他用手抓住柴禾的肩膀，眼睛死死地盯着柴禾，说，"把脸转过来。"他见柴禾仍然避着他的眼睛，"柴禾，你他妈的看着我。"他见柴禾还没转过头来，便用双手强行将他的脑袋扭过来对着自己的脸，说，"用你的眼睛看着我，回答我，灵灵为什么出现在这个房间里？"齐刚看到柴禾仍然在回避着自己，着急地大喊，"你用眼睛看着我，那古德在这房间里对灵心做了什么？"

"够啦。"终于柴禾也憋不住了，大叫一声说，"我怎么知道古德干什么了。"

"你不知道古德那混蛋是色狼吗？"齐刚咬牙切齿地说。

"是灵灵硬要和我来找古德救共周思的。"柴禾很想和齐刚大吵一架，但他没有底气和齐刚吵，因为，他十分后悔将灵心带到这个狼窝里来。

"又是共周思，又是共周思。"齐刚听到是灵心为了救共周思，他松开了捧着柴禾脑袋的手，一边说，一边在房间里走来走去，"这个共周思非要把灵灵，把我们弄死才肯罢休。"齐刚越来越气愤，在房间里越走越快。最后，他从牙齿里吐出几个字："不行，我要先收拾这个古德，再去收拾共周思。"说完便向房门那里冲去，可跑到房门时，被柴禾的脚绊了一跤，摔倒在地上之后，随即被柴禾拉了起来。

"你要干什么？！"柴禾此时已经冷静下来。

"找古德算账。"齐刚气愤地说。

"就你一个人？"柴禾说。

"怕什么？"齐刚无所畏惧。

"你怎么找他，找到他你能干什么？杀了他？"柴禾轻声地问。

"我要杀了他。他竟然对灵灵做出那种事，杀不了他，我就和他同归于尽。"齐刚恨恨地说。

"我也想宰了他，而且现在就想宰了他。但目前我们还杀不了他。"

"你们在说什么呢？打呀杀的。"灵心从卫生间出来，她整理好衣服和头发，和从前一样美丽，不像刚才的模样。

"灵灵，我问你，刚才那混蛋古德对你做了什么？"齐刚怒气未消，"你要如实告诉我。"

"古总没有对我做什么，他请我喝酒，还给我看了他们公司的太空船。"灵心平静地说。

"他公司的太空船？"

"啊，有十多艘呢，我看很先进的，他说他可以救思思。"灵心说。

"然后呢？"齐刚不顾柴禾拉他的衣角继续问。

"然后我听他说可以救思思，就喝了几口酒。"灵心说。

"然后呢？"齐刚急问。

"然后我觉得头有些晕，就不记得了。"灵心说。

"那是怎么一回事？"齐刚问，柴禾也用眼光问她。

她站起来，自我打量了一番，突然想起什么似的，大笑起来说："看你们想到哪里去了，我没事。"

"确定没事？"

"我能有什么事。"灵心坐下来说。其实她心里清楚，刚才她为了救思思，把自己交给了古德。好像冥冥之中，神明护着她了。

"对了，刚刚，你怎么也在这里？"灵心问齐刚，她看到齐刚没有回答他的话，"柴警官，古德告诉你怎样去救思思了吗？"

柴禾十几年的从警经验告诉他，古德没有对灵心做那可耻的事。可能是灵心的善良在最后一刻制止了古德的兽行。他想起刚才古德跑出房间时就像打了一个大败仗的样子。他重新看着眼前的灵心，心里敬佩她不是凡人，是女神。他凝视着她，想着想着，突然说："刘益。"

"刘益？"齐刚问，"刘益是谁？"

"我也不知道。"柴禾低头想了想说，"对了，古德是叫我们去找刘益。"

"等等，等等，让我想想，这个刘益名字有点耳熟。"灵心说着，埋头想了想，"是思思原来工作的杂志社的社长，我以前听说过。"她见齐刚和柴禾相互交视了一下，说，"快，我们去找刘益。"

"对，我们去找刘益。"柴禾也站起身。

看到柴禾和灵心都要去找刘益，齐刚也站了起来，但他没有要走的意思。

"刚刚，你不去吗？"

"我就不去了。"看到灵心为了救共周思什么都豁出去了，他此时只有对共周思的恨。

"好吧，齐刚，有事找我们，再联系。"柴禾说，他和灵心离开了房间。

"程律师，你好。"一位中年男子推开了程颖办公室的门，站在门口对程颖说。

"你好，你是上周三和我预约的陈先生吧。请坐。"程颖坐在办公室前看了一眼站在门口的男子说。

"程律师，我收到了法院的传票，说是我家邻居宋朝的用人被我家的用人打了，宋朝到法庭告了我。"

"情况资料带来了吗？"程颖说。

"带来了。"中年男子说着，便将资料递给了程颖。她刚接过诉状，便听到耳伴里灵心的声音："颖颖，快，我们一起去救思思。"

"救思思？思思有消息了？"程颖腾地站了起来，对坐在对面的男子点了点头说："陈先生，你找我的助理好吗？对不起。"

"颖颖，你在说什么呢，什么助理。"耳伴里灵心说。

"不是，灵灵，我是在和我的客户说话。"程颖等中年男子走了，关上了办公室的门。

"思思现在在哪？"程颖着急地问。

"在那个深山里的一个基地，柴警官说，我们以前去过。"

"那个基地我们去过，但没发现一点思思的踪影。"程颖说。

"是这样的，颖颖，我们找到了共周思原来工作过的杂志社，想找社长刘益。"柴禾说，柴禾发起了他们三个人的立体影像，他在立体影像里说，"但刘益失踪了。"

"难道全世界都找不到了吗？"程颖对着柴禾和灵心说。

"奇怪的是，全世界的人口数据库里没有这个人。"柴禾说。

"难不成是外星人？"程颖冒了一句。

影像里沉默了一会儿，柴禾看着程颖说："颖颖、灵灵，有没有这种可能，刘益是外星人，刘益帮助思思建了太空船基地。"

"完全有可能。外星人的故事已经传了一两百年了，世上不会有空穴来风的事。因此，颖颖，事不宜迟，我们再去一次深山基地。"柴禾说。

"叫上成成。"灵心说。

"我们立即出发。"他们三人同声说。

他们还是坐灵心爸爸灵剑柔的专机，到了深山里的太空船生产基地。他们还叫上了姚娜。

"柴头，我们从哪里搜起？"姚娜问。

"还是从实验室找起吧。"柴禾说。

"我看还是从机器人车间开始找吧。"程颖说。

"我们是寻找可以和思思联系上的设备和方法，而不是找思思。思思在外星球上，这里怎么找？"赵构成说。

显然大家都赞成赵构成的话。

"这里发现了一具尸体。"姚娜站在实验室里说。

"这是被终止的机器人。"赵构成跑过来一看说。柴禾也说是机器人，他将机器人翻来翻去看了一个仔细。

"这个机器人肯定是思思在实验室里的助手。"程颖说。

"柴头，上次我们发现这里有一百多具机器人被终止，我们看看还没有活的。"姚娜说。

"上次我们都检查过了。"赵构成说。他的意思是机器人没有必要再去检查了。

"这次我们一定要仔细检查，人死是不能复生的，但机器人和人不一样，机器人有自我复活的功能。"姚娜坚持着要再检查这里所有的机器人。

"成成、颖颖，我们只有这唯一的办法了。"柴禾说。

"我也觉得姚娜说得有理，这些被终止的机器人中如果有一个还活着，我们就可以问出一些有价值的情况。"程颖也跟着柴禾仔细地看着机器人。

"从实验室的设备看，这是提取聚变原料用的。"赵构成说。

"以前我们没有听说过思思有一个聚变实验室，我在打官司的时候，看过思思实验室里所有的设备。"程颖说。

"有实验室助手，就一定有其他方面的助手，比如说生产方面的助手，设计方面的助手。"灵心说。

"应该还有生活方面的助手。"姚娜说。

"对，生活方面也必定有助手。我们看看思思是怎么生活的。"程颖说。

"我检查过，思思没有固定的起居室，好像他是躺在实验室的台子上睡觉的。"柴禾说。他看到灵心用手摸着实验室上那个狭小的台子。

"好了，我们去太空船车间再检查一遍机器人吧。"姚娜说。

他们又来到了太空船车间，又走到了躺在地上的机器人中间，仔细地检查起来。他们将机器人翻来覆去，用手拍拍，用脚踢踢，费了很大的工夫，仍然一无所获。这些被终止的机器人没有一个活过来的，连半死不活的都没有。

"喂，不要再踢它们了，机器人也是人。"灵心说。

"是啊，机器人是我们的朋友，要尊重它们。"程颖也说。

听灵心和程颖这么说，赵构成立即停了下来，不好意思地伸了伸舌头。

"我们走吧，灵灵。"柴禾说。

"走吧。"赵构成也说，"除非有动力注入这些机器人，否则它们是不会醒过来的。"

"等等，成成，你刚才说什么？给这些机器人注入动力，它们就会活过来？"柴禾突然觉得眼前一亮，说。

"对呀，除非注入……"他也对自己随意一说的话吃惊起来，"等等，柴警官，如果我们加入能源，机器人也许能活。"

赵构成的话立即给灵心他们点燃了希望。只见姚娜在看到柴禾暗示的眼光之后，手一抬，发了一个耳伴："罗局长，我这里需要机器人专家。"

"颖颖、灵灵，我们再四处找找其他的地方还有没有机器人。"柴禾说。

"我去控制中心翻翻，上次没有发现那里有机器人。"赵构成说。

"我和你一起去吧。"灵心说。

柴禾他们又分头找机器人。此时，天空不知何时堆起了乌云。

"姚娜，看看局里的飞机来了没。"柴禾对姚娜说。

"我刚才问了，罗局说，我们局的飞机正在路上。"姚娜说。

"还有多少时间到这里？"灵灵望着天空说。

"估计大约还有二十分钟。"姚娜说。

"但愿这天气不要下雨。"灵心说。

"不要紧，我们的飞机是全天候的。"

"打雷闪电也不要紧吗？"灵心又问。

"没有任何问题。"姚娜说。

"柴警官，你看，那上面还有一具机器人。"程颖指着舷梯上的机器人说。

"我知道，我发现它曾经和其他什么东西搏斗过。"柴禾说。

"和什么东西搏斗过？这里除了机器人就是思思了，难道这机器人和思思搏斗过，而且还是在舷梯上。"程颖说，她的眼珠转了几转，说，"柴警官，是不是这个机器人看到思思上了飞机，试图阻止他进驾驶室，与思思搏斗？"

"将这个机器人打倒，或者是终止之后，共周思驾驶着太空船飞走了。"柴禾说。柴禾想起当时和齐刚想偷走共周思太空船的情景，他记得当他从控制塔回到太空船车间时，齐刚和那位科学家已经躺在了地上。

"快，我们去请机器人专家。"程颖和柴禾赶紧向车间外走去。当要走出车间时，柴禾停了下来说，"姚娜，还是你去吧。"

"谁是姚娜？"从飞机上走来一男一女，比柴禾大不了多少。

"我就是。"姚娜跑了上去，和他们两个人握了握手。他们分别介绍了一下自己。

"那些机器人在哪？"男专家说。

"就在车间里面，请跟我来。"姚娜带他们到了太空船车间。

"怎么有这么多机器人？他们都被终止了。"女专家说。她把随身的小箱子打开，翻开一个机器人，将一个比缝衣针还细的小导线插进了机器人的腋下。过了一会儿，女专家说："这个机器人有电。"男专家说："再检查一下其他的机器人。"

女专家又用电瓶给其他的机器人充电，发现其他的机器人也都有电。

"这些机器人都动不了，什么原因？"灵心看到飞机停在太空船车间外面，立即从控制中心赶了过来。当她看到机器人有电但仍不能动之后，失望地说。

"别急，让我们检查一下。"男专家说。只见他从随身带来的包里取出手套和眼镜，又拿出类似听诊器的仪器，仔细地给机器人诊断起来。灵心他们紧张地看着这位专家脸上的表情和他手上仪器屏幕上的数字。他们怀着不安的心情看了好长一段时间，才看到他们交换了眼神后点了点头，只听男专家说："这具机器人已经脑死亡了。"

"脑死亡？它们的头不是好好的吗？"灵心说。

"它们是中了病毒而死的。"那女专家说。

"中毒？难道这里有人下毒？可这里没有人啊。"灵心说。她对专家说的话表示怀疑。

"并不需要人下毒，人可以远程控制它们大脑中的程序。"男专家说。

"你是说有人将病毒植入了它们大脑，使它们大脑停转？"赵构成说。

"是的，这只是其中一种方法。"女专家说。

"人中毒可以用药解毒，机器人中毒难道不可以解吗？"灵心说。

"这些机器人大脑中毒停转不能修复吗？"赵构成问。

"从目前的检测来看，这些机器人的大脑神经停转是不可逆的。"男专家说。

"你肯定不能修复吗？"灵心和程颖同时问。

"能不能修复，我们要带回去做一系列的检测和研究之后才能确定。"女专家说。

"那要多少时间？"灵心急问。

"少则十天，多则一个月。"男专家说。

听他们说最少也要十天，灵心"啊"的一声，跌坐到了地上："思思还能坚持十天吗？"

"能不能加快？"程颖说。她拉起了灵心。

"至少十天。"男专家坚持刚才的话。

车间里一时没有了声音，静得有点可怕，两个专家奇怪地望着这些人。

"姚娜，如果没有什么事，我们先撤了。"两个专家说。

姚娜看了看柴禾，柴禾点了点头。姚娜说："谢谢你们。"

第四十八章　机器人安全助手

又是白忙了一趟，大家蹲了下来，没有了主意，也没有了声音。他们就静静地、无奈地蹲在那里。不知道过了多久，只听程颖说："柴警官，你刚才说哪个机器人有可能和思思搏斗过？"

"是啊，从那具机器人身上的疤痕和脚印看，肯定和人搏斗过。"柴禾说，"等等，颖颖，让我想想，让我想想。"

柴禾站了起来，边想边说："颖颖、灵灵，你们刚才说思思有实验助手，还有生产助手、设计助手。否则，他一个人不可能管一百多号机器人，对吧？"

"对的。"程颖说。

"那么，他肯定还有生活助手。"柴禾说。

"还肯定有安全助手。"程颖说。

"对，一个人在这深山峡谷之中，安保是非常重要的。思思一定还有安保助手。"柴禾一拍巴掌，说，"有了，颖颖，这个机器人可能就是思思的安保助手。它不是和思思搏斗，而是和另外的人搏斗。"柴禾说。

"柴警官，我们是不是可以做这种假设？"程颖说。

"什么假设？颖颖，你快说。"灵心着急地接过程颖的话说。

"我们假设有人要来偷这艘太空船，先远程将这些机器人终止，但偷太空船的人被思思发现了。思思去阻止，这个机器人也和思思一起去了。这个机器人奋力和偷太空船的人搏斗，由于机器人有自我学习、自我提高的能力，最后他打败了偷船贼，自己却倒下了。思思驾驶着太空船逃了出去，去外星球了。"程颖说完，和柴禾向舷梯上的机器人跑去。

柴禾边跑边说："颖颖，我和你想的一模一样。你可以做侦探了。"

"这个机器人很可能还活着。"程颖说。

"从他搏斗的情况来看，它是唯一一个没有中病毒的机器人。"

听到柴禾和程颖的话，灵心和赵构成还有姚娜一起跑着跟了上去。由于人多，加上这些人跑得又急又快，当他们爬上舷梯的时候，舷梯失去平衡倒了。舷梯上的柴禾、程颖他们还有机器人一起摔了下去，他们相互重叠在一起倒在了地上。

"快……"人堆里发出了一个不像人发出的声音。第一个听到这异样声音的柴禾，说："谁？是谁在说话？"大家从地上爬了起来，莫名其妙地望着柴禾，都说："我没有说话。"突然他们像发现新大陆似的，将目光集中在了也倒在地上的机器人身上。

"快，去控制塔。"当柴禾他们确认这话是从机器人嘴里发出来的时候，兴奋得跳将起来。他们欣喜地望着可以开口的机器人，随后立即七手八脚地将机器人扶了起来。

"快，带我去控制塔。"机器人站立不稳。柴禾见状背起机器人就要向控制塔跑，可没跑几步就跑不动了，因为，这机器人块头大，很重，柴禾一个人背不动。赵构成、程颖他们赶紧过来抬着机器人往控制塔跑。他们只顾拼命地跑，没有注意到机器人快支撑不住了。终于，他们抬着机器人进了控制室。他们放下机器人，柴禾对机器人说："先生，现在怎么办？"他们看到机器人拼命想将闭着的眼睛吃力地睁开，但睁了几次都没睁开，把灵心他们急死了。

"先生，我们已经到了控制塔，现在怎么办，你快说。"灵心大声呼唤着，机器人终于睁开了眼睛，它用手向左边一指。柴禾会意，立即将它抬到大屏幕的左边。机器人吃力地摇了摇，用手向右边指了指。柴禾他们又立即将机器人抬到右边。

"柴警官，它是要找开关或按钮。"程颖说，他们见机器人点了点头。柴禾他们又手忙脚乱地将机器人抬到了大屏幕下面的一排按钮和开关那里。机器人不知从哪来的劲，眼光竟然飞快地从开关按键上面扫过。柴禾他们抬着它，随着它的目光移动。突然，机器人跃身而起，将抬着它的柴禾他们推倒，一下狠狠地压到了一个按钮上。同时，大家只听到了一声"主人！"，随即看到共周思驾驶着太空车停在屏幕上的画面消失了。机器人也扑倒在控制盘上。

"快看，那里有一个黄色小点在跳动。"灵心用手指着屏幕左上角上说。大家随着灵心手指的方向望去，赫然发现一个黄点在跳动，并逐渐增大，最后立体屏幕上面出现了赤褐色的岩石，还有紫红色的星球和星球上面的宇宙。他们看到太空车在变形，变成了一个小飞机模样，飞了起来。从画面上看，它是飞在悬崖峭壁之间。

"成成，这个小飞行器在干什么？"灵心问。

"等等，让我搜搜。"赵构成说着一挥手，用手在脑伴上划拉着。

"还有那个跳动的小亮点是什么？"程颖问。

"不急，不急，让我想想搜搜。"赵构成说。

"不好，那个小飞行器撞在岩石上了。"姚娜惊叫了一声。

"好啦，那跳动的应该是人的心脏。"赵构成说。

"人的心脏？那就是思思的心脏吗？"灵心立即说。

"对，那星球上没有别人，很可能也没有其他的动物，除了思思没有别人。"程颖说。

"思思还活着。"灵心高兴得跳了起来。

"成成，那飞的东西是什么？还没搜到吗？"程颖问。

"好啦，我来说说我的看法。"赵构成关掉了脑伴。

还没有等他说下去，灵心打断了他的话说："是不是思思还活着？"

"现在的星球探索者都带了自救装备。"赵构成说，"也就是说思思去ZZ6973号星球上勘察，带了自救的装备。"

"也就是说，那飞行的太空车可以救人？"柴禾说。

"对，太空车具有探测人的生命体征的功能，当它发现人的生命特征异常时，比如心跳、饥饿等生物特征处于异常的时候，它会自动采取施救行动。"柴禾分析道。

"柴警官，你说得非常好。"赵构成说。

"你们看，那个跳动的亮点是不是很弱？"柴禾指着三维屏幕上的亮点说。

"对，是很弱。"灵心她们说。

"你们看，那个飞行器到了一个洞口。"姚娜说。

立体的屏幕上，飞行器正往岩洞洞口里飞。

"那个飞行器的下面是一条河。"姚娜说。

他们看到飞行器在地下河上面飞。飞行器的速度很快，越来越快，不一会儿，屏幕上出现了地下河两边的河滩，他们看到了河滩两边黑色的岩石。

"你们看，思思。"赵构成说。

"思思在那里！"灵心大喊了一声。灵心的声音刚落，他们看到太空车停到了躺在河滩上的共周思的旁边，只见太空车开始变形，最后变成了一个机器人的模样。它将共周思宇航服上的管子接到了它的管子上。

"它在干什么？"灵心问。

"我估计它是在接输氧管。"柴禾说。

"思思游了那么远，大概他是没有氧气了。"程颖说。

"你们看，那太空车在给思思做抢救。"姚娜说，"它在压思思的胸。"

他们一边看太空车救思思，一边看那个小亮点，可是小亮点却消失了。

"思思的心跳没有了。"灵心惊呼。大家搜遍了屏幕，果然小亮点不见了。

"这是怎么回事？"程颖的脸色一沉，大家也屏住了呼吸。他们都静静地看着太空车给共周思压胸，但共周思就是没有反应。

就这样过了很久，或许没多久，但屏幕前的人感觉过了很漫长的一段时间。

"快看，思思的手指动了一下。"灵心第一个打破这让人窒息的沉默。

"是，在动。"程颖说，随即，柴禾他们也看到了共周思在动。慢慢地，共周思睁开了眼；慢慢地，共周思的身体也动了动；再慢慢地，共周思翻了翻身子。

"思思起来了。"灵心说。他们看到了太空车扶起了共周思，将他放在一个像躺椅又像床的装置上。太空车按原路飞回了洞口，又飞行在悬崖峭壁之间，经过一段时间的飞行，飞到了太空船的旁边。同时，共周思已完全清醒了，他从太空车上下来，活动了一下身子。灵心发现他瘦了很多，一阵心痛的感觉油然而起。

"谢天谢地，思思还活着。"程颖说。

他们看到共周思走进了起居室，在寻找什么东西。

"思思大概是饿了，在找吃的东西吧。"赵构成说。

他们看到食品盒却是空空如也。

"糟糕，成成，食品盒空了。"柴禾说。

他们看到共周思站在那里想着什么，接着他到处翻找，但他什么也没有找到。

"肯定是没有吃的了。"姚娜说。

"没吃的怎么办？"灵心急了。

大家沉默着，只是用眼睛紧紧盯着屏幕。他们看到共周思站在那里思考着，之后，走出起居室，又走出太空车。他望了望上空，又望了一下远方，再看了看太空车和太空车上的各种测试仪。他发现带来的老鼠、猴子还有兔子都还是活蹦乱跳的，只是这些动物已经把笼子里的食物吃光了。共周思无奈地将这些动物和测试仪器搬上了太空车。接着他在一旁思考了很久，手指抬起放下，抬起放下。终于，他的手放在了一个按键上。太空车立即自动收折起来，最后变成了一个小型车子。共周思坐在车上，向太空船驶去，到了太空船，太空船立即打开了后部的尾舱，太空车钻了进去。共周思进了太空船的驾驶室。他打开一个柜子，从里面取出了一个食品盒，盒子里面有三块高能食品和三个营养饼。共周思取出一块高能食品和一个饼，放进了嘴里。

"看样子，思思是饿杯了。"姚娜说。

"吃的不多了。"赵构成说。

"没有食物，思思应该会回来吧。"灵心说。

"按道理，他应该回来。"赵构成说。

"成成，按照我们太空船的设计，那些食物可以顶几天？"程颖问。

"按照我们原来的设计，可以撑三天。"赵构成说。

"那从ZZ6973号星球回地球要多久？"柴禾问。

"对呀，要多久？"灵心和程颖也问。

"至少一个多地球月。"赵构成迟疑了一下说。

"也就是说，思思要饿肚子了。"程颖心里沉沉地说，"柴警官，你认为一个人不进食可以撑几天？"

"因人而异吧。"柴禾叹了口气说，他不想说没有人可以超过七天不吃不喝的，但他还是没有说出来。

"思思，你不要多想了，快回来吧。"灵心说，"成成，我们可以和思思说话吗？"

赵构成听灵心这么说，便在屏幕的控制按键上找着。他从左到右试了好几个按键，屏幕上的画面都没有什么反应。

"灵灵，我们现在看到的是录像。"赵构成说。

"只是录像？成成，我们看的是什么录像？"灵心说。

"我们看到的是七天前思思此时此刻在ZZ6973号星球上的情景。我们地球上此时此刻的录像还在太空中走着呢。"

"没有办法，我们只有在这里耐心等待。"柴禾说。

"灵灵，你在哪？"灵心的耳伴里响起了朗声丽的焦急又悲痛声音。

"丽丽，我在一个峡谷里，有什么事吗？"灵心问。

"婷婷和知知快不行了。"朗声丽说。

"婷婷和知知怎么了？"灵心赶紧问。程颖和赵构成听到后也立即将目光从屏幕上收回来，齐齐地看着灵心。

"医院里已经下了病危通知。"灵心耳伴里的朗声丽说，"你快回来吧。"

灵心和程颖、赵构成相互望着。他们相望了片刻，又看了看屏幕，一时没有了主意。一边是远在另一个星球上生死难料的共周思，一边是躺在病床上随时死去的战友，两边都揪着他们的心。

"灵灵，我有个建议。"柴禾看到他们不知如何是好的样子，说，

"姚娜，你和罗局联系一下，让警局将这里警戒起来。"他看到姚娜走到一旁去发耳伴了，又对灵心他们说："颖颖、灵灵、成成，我和姚娜守在这里，将这里屏幕上的画面随时发给你们共享，你们还是先去医院吧。"

"太谢谢你了，柴警官。"程颖他们听柴禾这么说，都觉得这是最好的办法。

"柴警官，这里就拜托你了。"灵心说。

"柴头，我费了好大的劲，才说服罗局长派人将这里警戒起来。"

"罗局长说需要多少时间？"柴禾问。

"他说需要三五个小时。"姚娜回答。

"灵灵，你们快走吧。"柴禾说。

"你们要注意安全。"程颖叮嘱。

柴禾目送他们三个人离开了控制中心。

第四十九章　返回地球，太空船摔毁

共周思感觉到浑身酸痛。他拼命地想移动一下手或者小腿，可是他一动就钻心般地痛。他想睁开眼睛，可眼皮很是沉重，睁了几次才勉强睁开。四周漆黑漆黑的。"既然动不了，不如就躺在这里休息一会儿吧。"共周思心想。他回想着刚过去的一幕幕：被冲到地下河里，自己拼命地游才没被地下河水淹死，当自己终于因体力不支被地下河水冲到河滩上时，他已经三天三夜不省人事了。就在他的生命最后一刻，他发现了他的太空车，迷迷糊糊中觉得太空车上伸出了一个手臂将自己放在了太空车上。也不知过了多长时间，太空车将他放进了太空船上的休息室里，躺在小床上，共周思又昏睡了一天一夜。当他再睁开眼睛，看到眼前的休息室才知道自己回到了太空船上，心里像劫后余生似的庆幸，嘴里长长地吁了一口气。此时他回想起当初在设计太空船时，舒玉婷坚持要在太空船上设计人机互救系统：当人即将面临生物性死亡的时候，太空船会自动启动救助系统，由机器对人进行施救。记得当时舒玉婷的这一设想，没有一个人支持，但她的这一坚持救了自己。想到这里，共周思想起了舒玉婷和汪行知他们，不知道他们现在病情是否有些好转。他在心里祈祷着，愿他们再坚持，挺住。从这次在ZZ6973号星球勘探的情况来看，在这里建一个太空医院应该是可能的。从自己的这艘太空船的飞行情况来看，也没有太大问题。他在心里呼喊："婷婷、知知等着我。"他启动了太空船，太空船离开了ZZ6973号星球。共周思将在ZZ6973号星球上收集的实验数据传给动物研究所所长和医院院长，做完这些，他便将太空船转到自动驾驶上，自己闭上眼睛休息一下。他睡得很沉，因为这半个月他没有睡过一个好觉，睡眠严重不足。他这一睡，就呼呼地睡了十几个小时。当他醒来的时候，觉得精神十足。他看了看前面和两边，外面星星点点的星球从他的眼前划过。他发现他的太空船飞行状况非常好，他想，他可以向灵心说："我们的太空船成功了。我们梦想的第一步成功了。"他仿佛看到灵心正深情地望着自己的眼睛。他高兴得从驾驶椅上跳下来，在驾驶舱里跳走起来。他一抬手，选了一首音乐《我的祖国》。想想以前在森林的古刹前，他和成成、婷婷、知知还有灵灵、颖颖一起唱这首歌的情景，心情越发激动起来。他跳下了床，想打一套长拳活动一下身体，但身体不听使唤，没打几下便又躺到了床上。他躺了一会儿，打开音响听了几首中国古曲音乐。他觉得饿了，打开食品盒准备吃的时候，犹豫了，还剩下两餐的食物，如果现在吃了一餐的量，剩下的六个地球日怎么办？他咬牙关上了食品盒。又一挥手，打开了脑伴，看起电影来。以前断断续续地看了一些电影，但没有一部电影是看完整的，现在，他有了时间，可以尽情地看了。他将驾驶椅放平，聚精会神地看起来。

在太空船上，共周思就这样过着平时没有过的休闲日子。时间不知不觉过去了六个地球日。其间，唯一一个让他难过的就是又饥又渴。眼看还有一个地球日就要回到地球上了，就要和灵灵他们见面了，共周思心情非常激动。他摸了摸肚子，只感觉饿得发慌，这一慌，共周思立即觉得浑身没有了一丝力气。如果不是躺在驾驶椅上，自己肯定会倒在地上。他望了望太空船的外面，还好，没有发现什么异常。可是，当共周思被饥渴折磨得精疲力尽躺在那里过了几个地球小时之后，太空船突然像弹丸一样弹了起来，这弹的速度之快、力度之大，将共周思绑在身上的安全带绷断，将他的身体弹到了驾驶室前面的玻璃上后又弹了回来，跌在了驾驶舱的地面上。他感觉到太空船弹来弹去，他以为太空船的反引力系统出了故障，或者又遇到了星际"引力旋涡"。太空船的反引力引擎无法抗衡这个"引力旋涡"，被星际引力抛弹着。他想自己去驾驶太空船，可是太空船不仅飞快地弹来弹去，而且还旋转起来。太空船旋转的速度越来越快，顿时，他失去了知觉。不知过了多久，太空船摔到了另一个星球上，撞到了比铜铁还硬几万倍的岩石上时，太空船被撞得粉碎。在太空船被撞碎的一刹那，当时舒玉婷设计的自动逃生系统又救了共周思，他弹了出来。和他一起弹出来的是一个逃生气囊，不知过了多久，他摔到了坚硬的地面上。

"这是在哪里？"共周思自言自语，"这是在哪个星球上啊？"他努力用眼睛向四外搜索，当视觉适应了周围的环境的时候，终于发现了一丝光亮。他挣扎着想爬起来，但他的这一想法却不能实现，不管他如何努力，就是站不起来。不得已，他只得向那有光亮的地方爬去，爬过一块平地，又跌进一个土坑里。他从土坑里艰难地爬起来，又向那有光亮的地方爬。他爬不动了，就停下来歇一会儿又接着爬，向着前面的亮光不停地爬。

渐渐地，当他看清楚那就是灯光，又艰难地转着头，四边察看。当他看到模糊的建筑物和建筑物里发出的灯光时，他才缓过神，说："难道这里就是地球？"他一想到自己在地球上，心里一阵狂喜，浑身的疼痛顿时也好了许多。他站了起来，但站了几次都没有如愿。"这里可能有人，有人就有食物。"他想大叫一声，但转念一想，也不知道这里是什么地方，还是谨慎一些比较好。他发现有三个人在走动，但他没有叫。终于，他颤颤巍巍扶着一面墙一样的东西站了起来，他就扶着墙向灯光明亮的地方走去。

"这里好像是一个城市。"共周思自己在心里说，"好像还是一个地下城市。"他继续扶着墙走，看到了一栋别墅似的房子，房子的外面是木头的，像是小木屋。他看到了马路，看到了汽车。马路很宽，汽车很少，也几乎听不到汽车的声音。他看见这里的房子都不高，也就两三层高，整个看起来就像影视剧里面看到的古村落那样。只是在现代化的灯光照耀下，这里的夜晚如同白昼。

"这里哪有吃的东西呢？"共周思想，这个时候就是在大城市都很难找到吃的，别说这个不大又有些神秘的地下城市了。没有吃的，有一口水喝也行，实在不行，只能去讨了。他整了整身上的衣服，发现自己的宇航服被撞烂了，便立即想脱掉宇航服。他费了很大的劲，才将宇航服脱下，贴身的衣服也破了不少。这怎么见人呢，这么狼狈不说，这里的人还可能以为我是逃犯呢，共周思心里想。但他也顾不上那么多了，找到吃的比什么都重要。他又挪开步子，继续向灯光密集的地方走去。他走到一栋房子前，敲了敲门，没有动静，他又用力地敲，仍然没有动静。"这里可能没有人。"他一连敲了好几家，都没有反应。这时，他已经消耗完了全身的力气，走不动，也敲不动了。他一屁股坐了下去，闭上眼睛，昏了过去。

"不行，我不能就这样完了，我都到地球了，坚持最后一分钟。"就在共周思昏过去的时候，他的心里始终有一个声音这样对他说。他又像死而复生般地扶着墙站了起来。他扶墙转过房子墙角的时候，看到霓虹灯闪着"逸轩餐馆"四个字，这四个字就像救命稻草似的腾地点燃了共周思的生命之灯。求生的希望给了共周思力量，他拼尽全身的力气，来到那家餐馆，就在刚走进餐馆门时，他再也支撑不住倒在了地上。

"先生，你醒醒，你醒醒。"共周思从昏迷中醒来，听到有人在叫他，摇晃着他的身子。他看到了眼睛，发现自己正在一张餐桌旁的椅子上。他拼命地喊："水，水。"但眼前的人没有明白他在叫什么。他知道，自己已经叫不出声音了。

"水，先生，你是要水吗？"有一个服务生看着共周思说。他看到共周思点了点头。共周思喝了几口他们给自己喂的水，顿时感觉浑身疼痛。随着几杯水下肚，他的体力也渐渐恢复了一些。

"有……有吃的吗？"共周思说，他坐了起来。

很快，服务生给他端上了食物。共周思也顾不上礼貌和体面，立即狼吞虎咽起来，不一会儿工夫，桌上的菜和汤被共周思一扫而光。吃饱了，他看了看服务生，本想叫他再来一盘鱼肉，但他克制住了。

他站了起来，准备走，还没走几步，只见一个服务生走到他跟前说："先生，请买单。"

共周思说了一句："对，我买单。"他摸了摸身上说，"我刷脸可不可以？"

"很抱歉，我们这里只能用紫币。"服务生说。

"用纸币？"共周思听到"纸币"两个字，觉得耳熟，又一时想不起来。

"对，不用人民币，用紫币。"服务生说。

"我没有紫币，怎么办？"共周思的脸都红了，很是尴尬。

那个服务生打量了一下共周思，对他说："先生，你等等。"说完便向后台走去，一会儿，走出两个像保安似的人物，很客气地对他说："先生，请和我们走一趟行吗？"共周思看到这个情形，预感可能遇到了麻烦。

共周思被带到了一个办公室，办公室里面的人看上去很严肃，他问共周思什么时候来的，怎么进来的，到这里来干什么？见这个坐在办公室转椅上的人一连问了三个为什么，共周思头脑急速运转起来，他回答说："我可能是迷了路。"他看到办公室里的人不相信，挥了一下手，又进来两个人，将他带走了。

他们带着共周思走了一段路，转了几个弯后把他送到了一个房子里。共周思看到他们与门卫说了几句话，门卫把门关上锁好。

第五十章　地下城市

在这个昏暗的房子里，除了墙壁上的窗户，就是刚才进来的房门，共周思看了看，想了想，这是什么地方，为什么还有像牢房似的房间。为什么不用人民币而用紫币，难道这不是地球上？如果是在地球上，人民币就能用，因为人民币是世界通用的。他坐在房间里唯一可以坐的床上，思考着如何逃出这个房间。他想，这里不是什么光明正大的地方，必须逃出去。哪怕是冒险，也得一试。

"开门，快开门。"共周思突然大叫，"我要上厕所。"一连叫了好几遍，没有任何动静。共周思现在除了叫，没有其他的办法。终于，他听到了脚步声，不一会儿，他听到了开门锁的声音，随即又传来了呵斥的声音："嚷什么嚷。"说时迟那时快，没等门卫反应过来，门也只是推开了一条缝，共周思拉开门，随即将门卫击倒。共周思换上那门卫的衣服，探头看了看走廊，还好，外面的走廊没人。共周思猫着腰跑出了那个走廊，一到走廊上，就装着是这里工作人员的样子，随着出大楼的人，混出了大楼。共周思出了大楼，找到一个偏僻的地方，喘着粗气。

突然，共周思听到了一个熟悉的声音。他循声望去，不禁大吃一惊，他看到了灵剑柔，随后，又看到了齐天航。深更半夜，在这个神秘的地下城市看到这两个重量级的人物，共周思的心"突突"地跳了起来。他本想上前和灵剑柔打声招呼，但看到齐天航也在那里，就打消了这个念头。他身子贴在墙角上，紧张地观察着他们。趁他们不注意的时候，共周思赶紧跟了上去。他们拐进了一栋大楼，他也跟了上去。共周思看到他们进了等在那里的电梯。共周思等电梯门一关，也立即来到电梯口。他上下看了看，认为电梯是下行的，因为刚才共周思看到这栋大楼只有两层。

可能这里有很深的地下室。共周思想着就快速地往楼梯下跑去。他不管灵剑柔会在哪个楼层停下，但凭感觉，他们一定是去最下层，那里一定有密室。

共周思飞快地往下跑。他知道，他跑的速度远比电梯的速度要慢，但他仍然希望能够和电梯的速度一样快。"怎么还没有看到底层？"共周思心里说。"已经跑了十五层了。"他跑的速度也越来越慢了。当他跑到最底层，推开楼梯门时，发现一扇门虚掩着。他觉得有些奇怪，密室应该是戒备森严，怎么没有看到一个人？难道这里有很多机关？但他顾不了许多了。他猫着腰，小心地走到了门前，推了推门，还好，门没锁。他将门推开了一丝缝，从门缝里看，里面没有人。共周思又小心地走了进去。

这是一个不大不小的会议室，会议室的侧边是一个小门，共周思估计这小门里应该是密室了。他不敢贸然推门，就钻进会议桌底下躲了起来。他竖起耳朵听四周的动静。

突然，他听到了灵剑柔的声音："天航，有关方面正在调查我们公司电磁生产的事。"

"我知道，但现在不是停下来了嘛！"齐天航说。

"这次死了那么多人，太可怕了。"灵剑柔说，虽然他的声音很轻，但共周思还是听清楚了。

"死几个人就紧张了？"齐天航说。

"不是几个人，而是好几十万人死亡和病倒了。"共周思听到灵剑柔怯怯的声音。

两个人没有了声音。但了过一会儿，共周思听到了齐天航的声音："原子弹出现的时候，死了二三十万人，就嚷嚷要销毁原子弹。但是，人类如果没有原子弹，不知还要发生多少次世界级的战争，那不是几十万，而是几百万、几千万甚至是几亿人丧命了。"

"那倒也是，自从原子弹出现后，人类就再没有发生过世界大战了。"共周思听到灵剑柔说。

"是一次性死几万人好，还是全世界陷于战乱，生灵涂炭，几百万、几千万、几亿人死亡好呢，答案难道不是明摆着的吗？"

"你说得对，人类已经很多年没有世界大战了。"共周思不理解灵剑柔为什么在齐天航面前说话唯唯诺诺的。

"但是，因各种自然灾害、各种事故、自杀、非正常性的疾病而死亡的人数每年都在增加，死亡的人数远远大于这次电磁辐射死亡的人数。"齐天航说。

密室里又沉默了。

"天航，我的光帆生产是不是停下来？最近几十年，电磁辐射污染是越来越严重了。"灵剑柔说。

"我的磁力引擎的磁场强度是你光帆生产磁场强度的几倍都不怕，你怕什么？"齐天航说。

"我的心里有些不安，我怕电磁万一泄漏又会引起像这次的灾难。"

"有灾难，有污染，就要治，这样，人类才会有进步。人类就是在灾难中进化的，没有灾难，人类哪有进步。地球上没有灾难，人类上外星球干什么？地球上灾难越多，想逃离这个地球的人就会越多，需要我们太空船的人就越多。"

共周思想，这次电磁辐射灾难可能与齐天航公司的磁力引擎生产有关，但齐天航说得那么轻松。以前齐天航在共周思的眼里虽没有什么好感，也没有恶感。最多说他是专横霸道，但今天发现原来齐天航的内心如何肮脏。他继续听下去，看看这个齐天航能坏到什么程度。

"共周思的太空船已经去了外星球。"灵剑柔说。

"知道。"齐天航说。

"这可能是世界上最先进的太空船了。"

"飞到那里是没有用的，关键是要安全地回来。"齐天航又说。

"如果当时我们支持他们的太空船项目就好了。"

"但我们无法控制共周思，我不能培养一个强大的竞争对手。"

"这样是不是太垄断了？"

"垄断有什么不好？这个世界吵吵嚷嚷说自由竞争，但竞争的结果就是垄断。"

灵剑柔没有说话，共周思听到齐天航继续说："垄断带来超额利润，如果没有超额利润，我们哪来的钱做慈善？我一年捐给慈善机构的钱就是一个国家一年的财政收入。你说垄断有什么不好？"

"垄断是不是扼杀了创新，也扼杀了多样性？"

"垄断从未扼杀创新。那些小公司的创意被我们收购，让他们有更多的资金，可以更快地发展。再说了，人类的发展史，从来没有什么多样化，没有，从来没有。"共周思听到齐天航的话说得很决绝。

"垄断也导致强权，这是我们年轻的时候痛恨的。"灵剑柔的话明显缺乏底气。

"强权有什么不好？强权带来效率，强权就是规则，带来秩序，没有强权的世界就不叫人类世界。"

"这……"

"剑柔，问你一个问题。"齐天航说。

"什么问题？你说吧。"

"这个世界上是人类饲养的牛、羊、猪家畜多，还是野牛、野羊、野猪等野生动物多？"

"当然是饲养的多。"

"为什么？"

"不大清楚，没有研究过。"

"因为这些饲养的牛、羊服从人类的强权。"

共周思没有听到灵剑柔再说什么，而是听到齐天航继续说："就像你的公司不服从我公司的规则，你还能生存吗？"

"是的，是齐总帮我。"

"我为什么帮你？"

"因为我服从你公司的强权。"

"只说对了一半。"

"那另一半是什么。"

"是灵儿，她是那么美丽善良。"

"可是……"

"她和刚刚必须结婚。"齐天航说。

"可是……可是，灵儿和共周思相爱。"共周思听到灵剑柔说话的声音很轻。

"共周思是个罕见的人才，他一定要为我所用。"共周思听齐天航说完这句话，叹了一口气说，"他要是我的儿子就好了。"

"是啊。"

"好啦，剑柔，你找我的意思我清楚了。电磁辐射污染没什么了不起的，也不是我们公司造成的。也许是其他公司或者是外国公司造成的。"

共周思在会议室桌底下看到小房间的门打开了。齐天航和灵剑柔走了出来，穿过会议室出了门。共周思看了看会议室里，没有了动静，便钻了出来，踮起脚去开会议室的门。可是，他刚出去，身上却不知被什么东西撞了一下，随之便失去了知觉。

共周思不知过了多久，发现自己躺在一个荒郊野外。

第五十一章　共周思出现异常

"颖颖，思思回来了。"程颖的耳伴里传来了赵构成的声音。程颖听到共周思回来了，高兴极了。那天，柴禾告诉她，共周思的太空船失踪了，人也不知去向，通过脑伴，给她发了立体影像。从影像的画面上她看到共周思的太空船在星球之间翻着跟斗，最后在一个星球上撞得粉碎。她"啊"的一声，差点昏了过去，立体影像的画面上没有了太空船，也没有了共周思。程颖明白了，思思肯定是遇难了。她痛苦得几天吃不下喝不进，病倒了。今天突然听到思思回来了，她从床上跃下说："成成，思思在哪？"

"颖颖，我回来了。"程颖的耳伴里，又传来了共周思的声音。

"思思，你在哪？在哪？"程颖听到了共周思在耳伴的声音，高兴得手舞足蹈。

"我想见你们大家。"共周思说。

"我也想见你，我们在哪里见面？"程颖说。

"你选一个地方吧。"

"好的，就在原来时空折叠公司对面的咖啡厅行不行？"

"我一刻钟到，你邀上灵灵、成成、丽丽。"共周思说，"还有刚刚。"

程颖听得出思思的精神状态不错。

共周思死而复生，灵心、赵构成、朗声丽、程颖见到他高兴地和他拥抱了很久。

"快坐，思思，讲讲，你是怎么脱险的？还有和我们分开的日子都干了些什么？"共周思就说自己被太空船的救生艇弹出来，死里逃生掉在了一个很深很深的深渊里，最后被一个打猎的队伍救起，送到了高斯市。他没有将在地下城看到齐天航和灵剑柔的事说出来，也许他忘记了。

"就和我们在原始森林里被乌村的猎人救了一样。"共周思说。

"思思，回来就好，不要再去搞什么太空船项目了。"灵心说。

"对，不搞了，要搞就到紫光公司去，那里才是造太空船的地方。"共周思说。

大家听到共周思这么说，大吃一惊。几个月不见，尤其从ZZ6973号星球九死一生回来，赵构成他们发现共周思怎么突然赞赏起紫光公司。这不像以前的共周思。

"怎么没有看到刚刚？"共周思问。

"联系不上。"程颖说。

"我想到他的时空折叠公司上班，不知他是否同意。"共周思说。

"到他的时空折叠公司上班？"赵构成瞪大眼睛看着共周思说。

程颖和朗声丽也吃惊地看着共周思。这不是在拍电影吧？他们心里说。

"共先生，你在这里。"齐刚的助理尚尊来到他们中间，对共周思说。

"你是谁？我不认识你。"共周思说。

"他是齐刚的助理。"程颖介绍说。

"你们不是要找齐总吗？他让我来找共先生。"

"是哪个齐总？是齐天航还是齐刚？"赵构成问。

"是紫光公司的大老板。"

"齐天航？"朗声丽说。

"对，齐总说，欢迎共周思回来。他还说，这时空折叠公司本来就是共先生的。"尚尊说。

尚尊的话又让在座的人吃了一惊。这比电影的剧情变化还快。

"等等，等等。思思回时空折叠公司，是什么身份？"程颖毕竟是搞法律的，反应快，她不希望思思不明不白地到紫光公司下面的子公司上班。

"他的身份是时空折叠公司的CEO。"尚尊说。

"时空折叠公司的CEO不是齐刚吗？"朗声丽问。

"紫光公司的董事会已经罢免了齐刚的CEO职务，由共先生代替。"尚尊说。

"等等，等等，思思已经决定不搞什么太空船项目了。"灵心说。

"对，我们思思刚才决定不搞什么太空船项目了。"赵构成和朗声丽、程颖也说。

"共先生的意思呢？"陈晓望着共周思说。

"我不想搞，我只想到时空折叠公司上班。"共周思说，说完，他挥了一下手，"我们不说工作，喝茶好吗？"

"齐总知道共先生不想搞太空船项目了，但让我转告共先生，请共先生去医院看看舒玉婷和汪行知，再决定搞不搞太空船项目。"

听到尚尊提到舒玉婷和汪行知的名字，大家都紧张地看着共周思。他们心里都骂齐天航："这个人是魔还是鬼？如果共周思看到婷婷和知知，肯定还会奋不顾身且急不可待地去搞太空船的。对共周思来说，又将面临一次不归路啊。"

果然，共周思说："灵灵，婷婷和知知现在怎么样了？病情是否有好转？我们马上去医院看看他们。"共周思说完站起来就要走。

"思思，他们很好，我们等会儿再去看他们。"灵心说。她没有告诉他婷婷和知知现在已经住进了重症监护室，随时都有可能面临死亡的实情，她怕告诉他实情，他会毫不犹豫地答应齐天航的要求，又去搞太空船项目，那太空船项目太危险了。

"共先生，实际情况是舒玉婷和汪行知随时都有死亡的危险。"尚尊说。随即他手一挥，头顶上的空间出现了舒玉婷和汪行知在重症监护室的立体影像。共周思看到眼前的舒玉婷比几个月前更瘦了，瘦得只剩下皮包骨，看着舒玉婷，想起救了他性命的太空车和救生艇，不由得眼泪滑落了下来，一股热血随即冲上脑门。他咬牙说："好，我答应齐总的邀请。"

听到共周思的话，灵心他们都低下了头。只有尚尊高兴地一挥手，说："太好了。"

有了两个太空船的经验，尤其是后一次成功登陆ZZ6973号星球的经验，共周思制造第三艘太空船是轻车熟路。在齐天航的大力支持下，他模拟了深山峡谷生产基地的制造模式，只用了很短的时间就建立了一座太空船制造工厂。而且按共周思的要求，全部采用机器人和N维打印技术，甚至他把可控核聚变和跃迁引擎技术也给了时空折叠公司。

太空船的制造在如火如荼地进行着，只是共周思却在逐渐消瘦，脸色也越来越差。

"思思，你最近瘦了很多。"程颖对共周思说。由于共周思成天忙着生产太空船，与程颖和灵心、赵构成很少见面。程颖牵挂共周思，这天她来到共周思的太空船车间现场，一看到共周思，她大吃了一惊。

"没有啊，颖颖，我感觉很好。"共周思说。

"不对，你的身体肯定出了问题。你的脸色很难看。"程颖越看越觉得不对劲。

"可能是最近太忙了，睡眠不太好。"共周思说。

程颖不相信共周思的话，说："思思，你还是去医院做个检查。"程颖认为，以前共周思也很忙，甚至比现在还忙。因为现在有机器人的协助，思思的工作量并不会比以前大，但她从来没有见过共周思如此憔悴，甚至可以说是病态。

"不用去医院，颖颖，你放心，我很好。"共周思不把程颖的话当一回事。

"你不相信，我叫灵灵、丽丽还有成成过来看看。"程颖说完一挥手，灵心、赵构成和朗声丽的立体影像就出现在了共周思的办公室。

"灵灵，你们大家看看，思思是不是病了？"程颖对灵心他们的立体影像说。

"是啊，思思，你是不是很累？"灵心关切地问，"思思，最近发生了什么事吗？"共周思回来后，她多次找共周思，希望一起坐坐，但共周思都避而不见。今天，看到思思，她的心很痛。

"不用到医院，远程就可以检查。"赵构成说。

"对，不用去医院，成成，我们马上去和健康专家连线。"朗声丽说。

"真的不用，各位。"共周思说，"你们如果没有什么事，我还有事要忙。齐总要求我半个月内让太空船试飞。"他只和程颖说了声再见，关上了他的立体影像，便独自走了，留下程颖惊愕地愣在那里。但程颖还是不放心共周思，共周思对齐天航到了唯命是从的地步，甚至将自己的太空船制造技术，拱手送给了齐天航。那可是用命换来的尖端技术啊！以前独立、自我、不听从别人摆布的共周思已经消失得无影无踪，还有，和灵灵、成成他们已经形同陌路。共周思的巨大变化，使得程颖下决心必须弄清楚为什么会这样。

晚上十点多钟，程颖到了共周思的宿舍。共周思听到敲门声，打开门，发现是程颖，有些惊讶地问："颖颖，你怎么来了？"

"我过来看看你。"

共周思叫程颖坐下，一挥手，从墙壁中伸出的小盘子里拿了一瓶饮料给程颖。程颖看到共周思走路都在犯困，好像随时要瞌睡。共周思对程颖说："颖颖，我很困，要睡觉。"

"你去睡吧。"程颖看到共周思精神不太好，赶紧上前扶着他。

"不行，不行，我头痛。"共周思开始是用手摸着头，很快双手抱着头，口里说，"痛，痛。"吓得程颖赶紧扶着他。

太空船、太空医院、外星球、知知、成成、灵灵、颖颖、丽丽、刚刚，还有齐天航、灵剑柔，还有病重的小孩，这些梦境一闪一闪地快速交替出现在共周思的脑海里，一会儿模糊，一会儿清晰。程颖看见共周思开始是紧紧地咬着牙，随后牙齿咬得咯咯作响，浑身发抖。突然，共周思倒在了地上。他用力推开扶起他的程颖，双手抱头在地上翻滚。滚了一阵子，共周思停了一会儿，喘着粗气，嘴里喃喃有声："太空船、太空医院、造船厂。"没到几分钟，共周思又大声叫唤"痛，痛"，痛得在地上滚。程颖被共周思这一突发状况吓得不知所措，她只得紧紧地抱着他和他一起滚。共周思大汗淋漓，全身湿透，程颖一身也湿了。她想尽力让共周思安静，但她办不到。突然，共周思全身抽搐，嘴里哆嗦着："好冷，好冷。"程颖一摸，发现他全身冰凉，赶紧将被共周思的汗湿透的衣服脱掉，露出凝脂般的胴体。她顾不上害羞，马上把自己身体贴上他。她紧紧地抱着他，想把体温传给他，但他还是抖个不停，牙齿咯咯作响，手脚在空中乱抓，乱打。任凭程颖怎么拼命搂住他，也无济于事。就这样，共周思在极度痛苦中挣扎了一多个小时才停下来。程颖看到他的身体很虚很虚，身上也没有什么温度。她很艰难地将他抱上床，给他盖好被子，想了想，自己也钻进被子，紧紧地抱着他。慢慢地，两个年轻人发出了睡着的呼声。

共周思醒了，他的眼睛先转了几圈，定了定神。他一侧头，发现一个人正抱着自己，再一看，这不是颖颖吗？他吓了一大跳，赶紧掀开被子，发现程颖正赤身睡在自己身边。他跳下床来，赶紧穿上衣服。

程颖也被共周思惊醒了，睁开一看，看见了正在穿衣服的共周思。她大吃一惊，一掀被子就往床下跳，急忙用被子裹住了自己的身体。她想到共周思看到了自己的身体，羞得满脸通红通红。共周思从来没有看到过女孩的裸体，今天看到程颖那娇艳的玉体，脸上也是火辣辣的。

共周思给程颖拿去衣服，发现她衣服湿漉漉的，说："颖颖，你的衣服怎么是湿的？"

"拿你的衣服给我吧。"程颖说。

"颖颖，你怎么在我这里？"但话说到嘴边又咽了回去，共周思觉得不应该这么问。

程颖也不知道怎么说才好。

两个人都沉默了。

"颖颖，你饿了吗？在我这里吃早饭吗？"共周思说。

"思思，我昨晚到你这里，你还记得吗？"程颖想了想，她认为有必要将昨晚的事告诉他。

"我知道你昨晚来过。"

"思思，你是不是每晚都做梦？"

"是的，最近总做噩梦。"

"很痛是吗？"

"痛！很痛很痛！"

"还记得梦到的事吗？"

"记得不是太清楚，总是一闪一闪的。"

"都有谁呀？"这时，程颖已经穿好衣服。

"很多。"

"经常出现的是谁？"

"最多的还是你们，还有就是太空船，很多很多。"共周思回忆着。

程颖明白了，他还是放不下他的太空梦，放不下婷婷、知知、成成、灵灵、颖颖、丽丽，放不下地球上的病人。可是他白天根本就不提，他的意识好像被什么东西控制着。

一连几天晚上，程颖都过来陪共周思。共周思每晚十点钟病情就发作，而且一天比一天严重。程颖每天都抱着他同受煎熬。程颖想把他送到医院，但他白天好好的，一点异常都没有。程颖想再等观察一段时间找到病因再说。

为了治好共周思的病，程颖做了一个连她自己都吃惊的决定。

这天晚上，程颖着意打扮了一番。本来她的漂亮用不着任何修饰，一字眉下一对水汪汪的大眼睛，明眸流盼，精巧的鼻子挺直，还有细腻、红嘟嘟的嘴唇性感无比，面若雨下荷花般娇嫩。她特意买了一件紧身的短袖薄衣，将身材勾勒得非常迷人。她还特意喷了一种令男人神魂颠倒的香水。她将一瓶上等的葡萄酒装进了包里，在镜子前上下前后打量了一番自己，便出了门。

共周思打开门，他被眼前的程颖惊呆了。今天的程颖美若天仙，美得令人窒息："颖颖，你真美。"

程颖高兴地说："是吗？我不还是以前的颖颖吗？"程颖进了屋，脱掉上衣，只穿着背心。白里透红的皮肤和笑盈盈的脸庞交相辉映，看得共周思的心"突突"地跳。程颖看到共周思这个样子，扑哧笑了一下。

"我今天带了酒来，咱们喝一杯怎么样？"说着，她从包里拿出葡萄酒，一挥手，从墙壁伸出的小盘子里拿出两个酒杯，放在桌上，坐下来说，"思思快过来。"她一把拉过共周思。程颖看共周思移了移凳子，离自己远了一点，她就向他靠得更近，几乎就要贴在他的身上了。她把酒杯递给共周思，自己举起酒杯和他碰了一下，说："干。"她一口喝完了一杯。她看到共周思只是轻轻地抿了一口，便温柔地对共周思说："思思，你喝干！"

共周思看到程颖红艳欲滴的两片嘴唇和在柔和的灯光下闪着红光的葡萄酒，还有程颖令人窒息的体香和十分撩人的香水味，觉得有一股热血向他的大脑涌来，脸上几乎和程颖一样红，浑身燥热。他一口干了杯中的酒，拿起酒杯跟程颖说："颖颖，我们干！"他和程颖一口气干掉三杯。

程颖看到共周思满脸通红，便将他的外衣脱掉。共周思只穿一件背心，露出结实的肌肉。程颖感到一股男性的力量，仿佛醉了，热血在她的身上沸腾燃烧。她看了一眼墙上的钟，再也无法控制自己，不顾一切地抱住共周思。共周思此时也无法控制自己。程颖抱住他的同时，他也抱住程颖了。两个热血青年抱在了一起，他们的嘴唇和肉体粘在了一起。他们疯狂地暴风骤雨似的亲吻着对方。他们的舌头和嘴唇相互纠缠着，谁也不想分开。程颖一边吻一边看着墙上的钟，离十点还有三十秒、二十秒、十秒，突然，共周思大叫一声，猛地推开程颖，双手抱住头，在地上翻滚。程颖被这突如其来的情景吓了一大跳。她看见共周思在地上痛得翻过来滚过去，赶紧抱住他。但共周思的力量如此之大，以至于程颖根本无法近身。共周思用脚踢，用拳头砸，用头撞。他"啊啊"地叫唤着，从地上爬起来又跌下。他痛得用头撞地还不够，又抱着头向墙上撞去。那不是去撞墙，而是去求死，一心想去死。眼看共周思就要撞到墙上时，程颖不知从哪来的力量，以迅雷不及掩耳之速，不顾生死地用身体迎上了共周思的头。千钧一发之际，共周思看到了程颖，他拼尽全力降低了速度。但即使是这样，程颖还是被他撞到了墙上，她大叫一声，昏了过去。

不知过了多久，程颖醒来的时候，发现共周思躺在地上脸色灰青。程颖忙抱起他，也许是刚才消耗了太多的体力，她抱不动他，只能吃力地慢慢将他拖到床边，让他靠在床上。程颖想，难道我做错了吗？我原本是想用这种方式让共思思躲过这一痛苦的时刻。

第五十二章　腊八腊八，过年啦

程颖走出共周思的住处。天有些凉，她下意识地用手抱了抱身子，叫了一辆自动驾驶出租车，便回了家。她本想睡着，但怎么也睡不着。她回味着昨晚与共周思那激动人心的时光，一股热流涌遍全身，同时也为自己幼稚而鲁莽的举动感到可笑。但不管怎么说，她是爱他的，也想救他。她想着共周思的病，想着他在痛苦中挣扎和煎熬，心痛不已。她下定决心，一定要治好他的病。她想着想着，实在太困，便睡着了。当她被闹钟叫醒，想起今天要去医院看望知知和婷婷。

程颖赶到医院，令她高兴是，几天没见，知知和婷婷的脸色有些好转。看到汪行知，程颖就想起他和共周思一起设计太空船的情景。程颖想着想着，抓住汪行知的手，说："知知，你知道吗？思思的头痛得很厉害，痛得用头去撞墙，痛不欲生。"程颖摸了摸汪行知，继续说，"我该怎么办？你是医生，你能告诉我吗？"她越说越痛苦，越说越痛苦，痛苦地流下了眼泪。

"爸……"汪行知嘴里吐了一个字，程颖没有听清楚，因为声音很弱很弱。但她听到了他的声音。她急忙问："知知，您说什么？"她见汪行知没有反应，又问了一句："说什么？能再说一遍吗？"等了很久，才勉强听清楚个"爸"字，就这一个"爸"字，汪行知吐了好几遍才吐出来。程颖不解地说："爸？谁的爸？"不管程颖问多少遍，汪行知始终没有发出一点声音。

"颖颖，怎么这几天没有见到你？"赵构成来看知知和婷婷，见到程颖，说，"哎呀，颖颖，你眼圈发黑，好像几天几夜没有睡觉。"

要不要将共周思的病情告诉他？程颖问自己。应该告诉他。他和共周思亲如兄弟，出了这么大的事，应该让他知道。

"成成，共周思得了很严重的头痛病。"程颖说。

"得了头痛病？昨天白天看到他还是好好的。"

"那是白天。"程颖说，"晚上十点钟一过，他就头痛得就撞墙。那不是撞墙，那是去求死。"程颖将共周思发病时的情景一五一十地说给赵构成听，赵构成惊得一身冷汗。

"那可怎么办？"

"我想了很多办法，都无效。"

"我来用大数据搜搜看怎么治？"

"我将思思的病情对知知说了。"

"知知怎么说。"

"他吃力地说了一个'爸'字。"

"'爸'字，什么意思？"赵构成沉吟了很久。他一边思考着，一边嘴里念叨着"爸"这个字。过了好一会儿，赵构成激动得一拍大腿，说："有啦。知知的意思是说，思思想爸爸。"赵构成停了一会儿继续说，"共周思是一个孤儿。以前我和他在一起的时候，经常发现他一个人沉思。我问他，他不说。问多了才说，他想爸爸。"

"那和共周思的头痛病有关系吗？"程颖说。

他们两个人又想了一会儿。程颖说："知知的意思应该是，在思思犯病的时候，用他最亲的人转移他的注意力，也许能治他的头痛病。"

"要不我们试试？"

"试试。"赵构成说。

当天晚上，程颖、赵构成来到共周思的住处后，便忙乎起来。程颖一挥手，房间里的空地上出现了一个小厨房，他们在厨房里动手烹饪起来。不一会儿，一桌丰盛的晚餐便做好了。

"来，思思，尝尝颖颖的手艺。"

"哇，色香味俱全。"共周思尝了一口说，"味道好极了。"

很快，他们一扫而空，赵构成打着饱嗝说："味道真的不错。"

程颖很麻利地将饭桌收拾得一干二净，对共周思说："思思，你过来。"

"好。"共周思坐到了程颖的身边。

赵构成关上灯一挥手，一个立体影像出现在房间里。

随着音乐声响起，共周思仿佛回到了很久很久以前，感觉到自己站在漫天的鹅毛大雪中，穿着一件棉袄，棉袄外面套了件羊毛背心，脚上穿着一双羊毛皮靴。

"腊八，腊八，过年啦。"自己在雪地上欢天喜地地跑着，跳着。他的身后留下了一双双不深不浅的脚印。

"思思，别跑，小心摔跤！"小思思听到爸爸叫自己的声音。

"爸爸，爸爸，还有几天要过年？"小思思问。

"快了，今天是腊八，从今天起就是过年了。"小思思听爸爸说。

"爸爸，爸爸，我们来垒雪人吧？"小思思说。

"雪好大，等雪停了再来垒好吗。"

"不嘛，爸爸，现在垒。"

"好的，好的，爸爸跟你一起垒。"

风雪中，一老一少堆起了一个雪人。

"思思，眼睛在什么地方？"

"在这里呢。"小思思在雪人上画了一双眼睛。

"鼻子呢？"爸爸问。

小思思抓了一把地上的雪，堆了一个鼻子。

"还有嘴呢？"

小思思又堆了嘴唇。

"真像，思思真聪明。思思，过来让爸爸亲一个。"

"爸爸，宝宝要抱。"小思思撒娇，他跑到爸爸张开的怀里。

"爸爸，小宝宝也要抱。"从屋里跑出小妹妹，接着又跑出一个小弟弟。他们争着要爸爸抱。小思思紧紧吊着爸爸的脖子不肯松手。几个孩子一起上来拥抱着爸爸。爸爸紧紧地搂着孩子们高兴地说："我们来打雪仗，谁打赢了，爸爸就抱谁，行不行？"

"好呀，好呀，我们打雪仗。"孩子们齐声欢呼。他们纷纷跑进雪地里，抓起地上的雪揉成小雪团，嘴里吐着热气你追我、我追你，用小雪团相互砸。孩子们在雪地上兴高采烈地欢叫着，全然不顾遍身的雪花。

"小乖乖们，快进屋吃腊八饭了。"妈妈在屋里喊。

"啊，进屋了，孩子们，吃腊八饭。"爸爸喊。

"吃腊八饭喽。"小思思和他的弟弟妹妹们齐声欢呼，他们清脆的童音，在漫天飞雪的空中回荡。

程颖和赵构成一直观察着共周思，看到他一直全神贯注地欣赏着雪地和飞雪，沉浸在垒雪人、打雪仗的欢天喜地之中。共周思已经和场景中的小思思融为一体了。他们在观察共周思的同时，也不时看看挂在墙上的钟，发现已经过了十时一刻。他们相互交换了一下眼色，会意地笑了笑。可是，他们的笑刚刚开始，共周思就用双手抱着头，大喊着："疼疼。"程颖、赵构成急忙按住他，可是，共周思歇斯底里地挣扎着，号叫着要撞墙。他们死死地抱住共周思，才没有让共周思的头撞到墙上。程颖和赵构成死死地抱住共周思，任凭他拳打脚踹。

今天多亏了赵构成，否则，程颖她一个人很难再撑下去了。她一边紧紧抱住共周思，一边看着墙上的钟。终于，共周思停止了叫唤，身子也安静了下来。程颖又看了看时间，发现共周思今天头痛的时间比往日少了十五分钟。赵构成和程颖分析，共周思的潜意识里有强烈的思父情结，他渴望父爱。同时他们也认为，以这种虚拟现实的方式治他的病是有效的。

既然是有效的，那就趁热打铁。

上次是父亲，这次就设计一个母亲。

还是晚上，地点还是共周思的住处，但场景不是雪地，而是换成了除夕之夜。这年立春和除夕正好重叠。当太阳落下地平线，最后一抹晚霞消失在天空之后，开始是几颗星星张开笑脸挂在天上，随后，星星一颗一颗增加。没过多久，天空繁星闪亮。此时，庆祝除夕的爆竹声开始一家两家，随后此起彼伏地响起。在这爆竹声中，共周思一家欢聚在大堂。大堂的正上方，挂着祖宗的画像，慈祥地看着大家。大堂上方的香案上点着大红蜡烛，正梁中央和四边挂着的红灯笼将大堂照得通亮。大堂两边的股壁上贴有托塔镇妖的李天王，脚踏风火轮、手拿红缨枪的哪吒，还有额头上亮作天眼的二郎神的画像。大堂的屋柱上贴着四副红对联，正梁上一对龙雕刻得栩栩如生。大堂里摆着六张八仙桌。八仙桌上有热腾腾的鸡、鸭、鱼、肉，还有汤圆、饺子正冒着热气。但是，大家都没有上桌，而是面朝祖宗的画像，老幼有序地跪在地上祭拜。小思思躺在妈妈的怀里，瞪着骨碌碌的眼睛看着祖宗的画像。

祭拜完毕，小思思的爸爸叫着："打爆竹喽。"

小思思在妈妈的怀里撒娇说："妈妈，我也要打爆竹。"

"好的，思思打爆竹。"妈妈说。

"给，思思。"爸爸将爆竹送到了小思思的面前。

小思思脱开妈妈的怀抱，高兴地说："打爆竹喽，打爆竹喽。"

"让思思点爆竹。"妈妈将一根冒着青烟的香给了他。

"谢谢妈妈！谢谢妈妈！"小思思怀里抱着爆竹，一手拿着香，高兴地说。

"思思，乖，把爆竹给爸爸。"爸爸看到小思思高兴了好一阵子，说。

爆竹声足足响了一刻多钟。爆竹声响完之后，妈妈抱起小思思说："我的小思思吃年夜饭喽。"

小思思在妈妈的怀里手舞足蹈地说："我要吃鸡腿，我要吃鸡腿。"

"好的，妈妈给你鸡腿。"

"谢谢妈妈！"小思思高兴地亲了亲妈妈。

"爸爸给你鸡腿。"

"谢谢爸爸！"

"叔叔给你鸡腿。"

"谢谢叔叔。"

"姨给你鸡腿。"

"谢谢姨！"

很快，小思思的碗里就有很多鸡腿。

"思思，这么多鸡腿怎么办呀？"妈妈说。

"给妈妈。"小思思抓起一个鸡腿放到妈妈的碗里。

"给爷爷。"小思思将一个鸡腿放到了爷爷的碗里。

"给奶奶。"小思思又将一个鸡腿放到了奶奶的碗里。

"思思真乖！"爸爸说。

"思思真乖！"妈妈抱着小思思的脸一个劲地亲。

此时，隔壁桌上的大伯大婶、堂兄堂弟、叔叔阿姨轮番过来亲小思思，向他的怀里塞红包。

如此亲切温馨的情景，不要说共周思，就是设计者赵构成和程颖都陶醉了。

第五十三章　灵心被绑架

终于，共周思想起了在地下城市的遭遇以及齐天航和灵剑柔的对话，想起了这次的磁霾灾难很有可能是齐天航公司生产磁力引擎发生事故引发磁爆产生电磁辐射造成的，想起了正当离开地下密室的小会议室时，自己被打晕并绑在了实验室外的一个房间里，头上插满各种电极管线，头痛欲裂生不如死，之后就昏了。想到这里，他一挥手，打开了耳伴，准备与柴禾通话，他必须将造成这次灾难的罪魁祸首告诉他，要将齐天航绳之以法。然而柴禾却联系不上。他一挥手，想用脑伴和他联系，仍然没联系上。他停下来想了想，又一挥手，程颖的立体影像出现在了他的面前。

"思思，看你现在精神好多了。"程颖见到共周思高兴地说。

"颖颖，我要找柴禾。"

程颖说："思思，找他有什么事吗？"

"也没什么，就是想和他见个面。"共周思本想将地下城市和齐天航的事告诉程颖，但转念一想，如果将这次磁灾的真相猜测告诉她，以她疾恶如仇的性格，她一定会深入调查、取证。那可是极其危险的事，不能让她身入险境。处理这种事，柴禾应该是最好的人选。

程颖见共周思欲言又止，不好再说什么，可是就在程颖的立体影像准备退出的时候，尚尊的立体影像出现在共周思和程颖的面前，只是他显得有些惊慌失措，结结巴巴地说："共工，不好了，太空船不见了。"

听到尚尊的话，共周思的脑袋轰的一声蒙了，急忙问："太空船不见了？"

"什么时候不见的？"程颖听到尚尊的话也大吃一惊。

"我今天一早去太空船车间，就发现太空船不见了。"尚尊说。

"那机器人呢？"共周思问。

"全部被终止了。"尚尊回答。

"和峡谷生产基地的情况一模一样。"程颖说。

共周思一挥手，想用脑伴与太空船连线，可是他的耳伴里却传出一个陌生人的声音："共先生，不要去找什么太空船了。你的灵心现在在我们手里。"听到耳伴里的声音，共周思脸色顿时黑了下来，"共先生，如果你要救灵心，就不要声张。你必须立即关掉尚尊和程颖的立体影像。"

共周思立即关掉了程颖和尚尊的立体影像。

"很好，共先生，请你立即上你的屋顶，那里有一架直升机。你必须按照直升机导航到我们这里来，若是迟了，你无法再见到灵小姐了。"

有人绑架了灵心。共周思又惊又怒，但耳伴里的话容不得他多想。如果要救灵灵，必须按照耳伴里的要求去做。共周思二话不说，立即出了房间向屋顶跑去，果然，一架直升机停在那里。他毫不迟疑地钻进了直升机，一进直升机，直升机就立即起飞了。共周思知道，这是架无人驾驶的直升机。

共周思估计飞行了一个多小时，飞过了大洋，穿过了群山，在一个沙漠中的绿洲降落了。共周思一下直升机，便被带上一辆四周封得严严实实的汽车。他看不到外面，只是觉得汽车东拐西拐地转来转去，最后他被带进了一个房间。眼睛上蒙着的黑布被打开后，他看到眼前是一个非常宽大的房间，这可不是一般的房间，而是一个指挥室。头顶展现了整个宇宙空间，空间里是大大小小旋转着的五颜六色的星球，闪闪发光。房间里有一个不是很大的会议桌，桌边坐着一身戎装的军人。共周思回头望了望进来的房门那里，发现有两个荷枪实弹的军人站在那里。

让共周思再次吃惊的是齐刚和柴禾也一身戎装地坐在那里。如果不是他们主动和自己打招呼，共周思还不敢认他们。

"共先生，你不要吃惊，如今齐刚和柴禾是我们的人，齐刚是我们的舰长，柴禾是都皇舰舰长。"一身戎装的军人说。

"我要见灵灵。"共周思没心思再去欣赏这科幻般的指挥室和宇宙空间。

"灵心在哪？"齐刚和柴禾同声问。但他们刚问完，马上就觉得不应该问。

"我将灵小姐请到这里做客。"说完一挥手，共周思就看到密室的空间里出现了灵心的影像。她在一个房间里，里面有一张床、一张桌子和一个凳子，灵心看起来精神有些恍惚。

"你想怎么样？"共周思愤怒地问。他不知道和他说话的人是谁，是干什么的。

"这是我们的古总。"柴禾说。

"我叫古德。"古德挥了一下手，眼前的画面中显示出一个巨大的像船一样的空间，"共先生，你先请坐。"

古德走过来拉着共周思坐在自己的身边说："据可靠情报，在一个月之后，一个我们取名为'玫瑰空间'的外宇宙空间就会飞到离我们地球十亿多公里的外太空。"古德扫了大家一眼，说，"知道这个'玫瑰空间'有多先进吗？"他看没有人回答他，似乎是自问自答地说，"比地球文明先进了上万年。"

"领先上万年？那是发达到了一个什么程度？"一个人问。

"人类想要的事那里都能实现。"古德说。

"长生不老，不死？"又有一个人问。

"想活就活，想死就死，而且可以死而复生。"古德说。

"他们是怎么办到的？"有人问，但没有人回答他的问题。

"最迫切的是如果我们能拥有这个空间，我们就可以造福人类。"古德双眼露出了贪婪的目光。

"地球上的疾病都可以治好吗？"有人问。

"没有任何问题，那里没有病人的概念，人不可能被任何病痛折磨。"古德说。

"真是个好地方。"柴禾说。

"这和我有什么有关系？"共周思说，"你为什么绑架灵灵？"

"我没有绑架，是请她到这里来，和我们一起拯救地球。这不是你们的梦想吗？"

"如果不是绑架，你叫灵灵到这里来。"共周思对古德没有一句好话。

"共先生，我们当务之急是如何占领这个空间。"古德说。

"你不是说那个空间比我们发达上万年吗？我们怎么可能占领它呢？"

"这就是我要请你来的原因。"古德说。

"找我有什么用？"

"因为只有你才能破译它的控制系统密码。"古德说。

"完全是胡说。"共周思说。

"说得直接一点，共周思。"古德举手拿过一个只有小手指大小的芯片，对共周思说，"这是一个超级芯片，是我这里的科学家集体设计制造的，你只要将这个芯片贴到'玫瑰空间'控制室的服务器上。"他将小芯片放在共周思的面前，又从另外一个人的手里拿过一个比巴掌还小的玩意儿，对共周思说，"你将空间的服务器与我们的这个计算机连线，'玫瑰空间'就是我们的了。"

"我没有这个本事。"共周思说。

"我们找了三年，分析了地球人类所有的DNA和思维，只有你符合我们的要求。"

"我不明白。"共周思说，"为什么认为我具有这种能力？"

"因为你是地球上唯一一个会用减法做分析的人。"

"减法谁不会做？"

"千百年来，人类习惯做加法，因为人性贪婪。"古德说。

"如果我不同意，拒绝加入你们呢？"共周思显然不准备向古德屈服。

"那灵小姐你就永远别想看到了。"古德做出好像是随口说说的样子，但在座的人都明白他的意思，如果共周思不听从古德，灵心的命就没了。在座的人，除了共周思，都知道古德的冷酷无情和不择手段。

"共周思，只要你配合我们，我保证给你一个完好的灵心。"古德说。

和古德说话的时候，共周思不时地用眼光瞥着齐刚。共周思发现齐刚的表情很平静，难道他也被控制了？共周思心里想。

"好了，时间很紧，我们必须立即出发。"古德说。他拿过一个包丢在共周思面前的桌子上，说，"这里是隐形盔甲，为你量身定制的。我们将护送你去'玫瑰空间'的控制室。"古德对共周思身边两个全副武装的军人说："你们要不惜一切代价护送共先生。"说完，古德站了起来，对共周思说："共周思，我忘了告诉你，你就坐你的太空船去'玫瑰空间'。"古德看到共周思吃惊的表情，说，"是齐刚和柴禾从你的时空折叠公司开来的。"

听到齐刚和柴禾偷走了自己的太空船，共周思更是震惊得喘不过气来。他不明白这个齐刚为何处处与自己作对，而且他还助纣为虐，连灵心的生死都不管不顾，已经没有人性了。他恨恨地看了一眼齐刚，骂了一句："齐刚，你这个混蛋。"

"齐总，刚刚找到了。"舆情总监果算子说。他望着影像会议室中的齐天航，心有些虚，因为齐天航叫他找齐刚都快半个月了。

"刚儿在哪？"齐天航的声音不太高兴。

"在我国西边境外的一个秘密基地里。"果算子说。

"秘密基地？"

"是一个猎头公司，公司的头叫古德。"果算子说。

"齐总，我们得到情报，这是一个带有反人类性质的异类极端组织，他们的人员组成基本上都是世界顶级的科学家和工程师。"参加影像会议的太空情报总监陶季说。

"世界顶级科学家怎么变成极端组织了？"齐天航声音高了一点。

"这些科学家和工程师被利用了。"

"这是一个能量极其强大的组织，他们已经在非洲和中东制造了死伤几万人的大案。"果算子说。

"齐刚怎么会参加这样一个组织？"齐天航不相信地说。

"齐总。"尚尊的立体影像挤进了这个会议里，但没有人理会，他便大声地叫了一句："齐总。"他看到齐总和大家将目光转向了他，"我们时空折叠公司的太空船不见了。"

"不见了？被偷了？"果算子吃惊地问。

齐天航听到太空船被偷也大吃了一惊，急问："谁偷的？"他将目光从尚尊身上转向了果算子。果算子脸上此时是青一阵白一阵，没法回答齐天航的话。

"而且，共周思也不见了。"果算子说。

"难道是共周思自己偷走了太空船？"陶季说，"齐总，最近有外宇宙空间要飞临地球。"

"离地球有十几亿公里，偷走太空船是不是和这个外宇宙空间有关，据说这个外宇宙空间的科技非常发达。"

"非常有可能，这个空间有医院，可以治愈地球上所有的疾病。共周思可能就是冲这个去的。"

"这么好的一个去处，我们自己为什么不去？"齐天航说，他看到太空情报总监在听耳伴，便说，"陶季，你有没有什么要说的？"

齐天航的会议室静了下来。陶季听完耳伴说："齐总，齐刚、共周思还有柴禾他们都在边境外的古德的秘密基地里。"陶季一挥手，会议室里立即出现共周思、齐刚和柴禾全副武装地驱车向停放着一排排舰艇的机场驰去。

"他们这是要去干什么？"一直没有发言的技术总监花月问。

"据我们情报人员发来的消息，他们正准备出发去攻占外宇宙空间。"

齐天航说："他古德想将外宇宙空间据为己有！花月，我们太空船进展得怎么样了？"

"已经接近完工了。"花月说。

"按照齐总的指示，我们将共周思的太空船备份了一份，和共周思的一模一样。"花月说。

"为什么是一模一样的？为什么不先进一些，哪怕一点点也好。"齐天航不满地说。

"共周思的太空船太先进了，我们没有改一丁点的可能。"听到花月的口气，她对共周思已经是佩服得五体投地了。

"还有，齐总，据可靠情报，灵心也被绑架了。"陶季说。

"什么？灵儿也被绑架了？"齐天航是一个泰山崩于前而面不改色的人，今天被一系列的突发事件也惊得坐不住了。

"我估计是为了要挟共周思。"陶季说。

"灵儿是我的儿媳妇，谁也不能伤害她。"齐天航的话充满了敌意。他一挥手，会议室里的立体影像消失了。随之，他叫来了另外一个谁也不认识的人，对他耳语了几句。

第五十四章　外太空之战

共周思上了他的太空船，已经有几名军人坐在舱里。显然太空船已经进行了改装，侧翼和舱底加了很多武器。共周思不明白，这么短的时间里，古德他们怎么就能将太空船改造成了战舰。估计这几年来，他们这些人早就对自己的太空船进行了侦察，说不定自己的设计图纸早就被他们窃走了。共周思在太空船的驾驶舱里看到齐刚和柴禾分别上了离自己最近的两艘战舰，并排的还有五艘战舰。共周思想，古德对外宇宙空间是志在必得。共周思觉得很奇怪的是，古德是从哪召集来这么多军人和战舰的。他第一次感到世界如此之大，自己知道得太少太少了，除了会搞点科研和有一点拼命精神，其他的什么都不懂。他看到柴禾向他招了招手，他也向柴禾招了招手。他不明白像柴禾这样的人怎么也会卷进来。

共周思以为会是自己单独驾驶太空舰，出乎意料的是，古德并没有让他驾驶，而是让几名军人来驾驶。刚才在古德身旁的两名军人正坐在驾驶舱的两侧，共周思估计他们俩是操纵武器的，他们没有招呼共周思。当太空舰飞出大气层，飞进外太空时，速度突然快了起来。共周思从仪表的数据上知道太空舰的速度已经接近光速了。他们坐在太空舰里，没有一个人说话。时间既快又慢地过着。

突然，共周思感觉到太空舰晃了几晃。紧接着共周思看到太空舰前方炸弹爆炸的火光，又听到"哒哒哒"机枪的扫射声。共周思的太空舰左冲右突躲避着枪炮。他看到自己的太空舰发射了导弹，击落了几架战机。夜空中有几架像蜻蜓般的飞机轮番向自己的太空舰进攻，但都被自己的太空舰轻巧地躲避了。而自己的太空舰发出的导弹每一发都能击中敌机，可是，敌方的战机越来越多。共周思明显感觉到自己这方处于劣势。他放眼望去，想寻找齐刚和柴禾的战舰，但敌我双方的战舰缠斗着，他看不到齐刚和柴禾的战舰。为了躲开敌方战机的围剿，共周思看到身边的太空舰驾驶员娴熟地驾驶着太空舰一会儿拉升，一会儿拉降，一会儿侧翻，一会儿翻滚，速度之快，使共周思想到自己太空船的核聚变引擎此刻还没有发挥作用，他不由得庆幸起来。突然，共周思看到两架敌机撞来。随即，他感觉到心脏猛地往下沉，一阵揪痛。太空舰"嗖"的一声以极快的速度下降，躲过了敌方战机的撞击。突然，共周思又感觉到自己身子猛地向外侧倒，仿佛是要从太空舰的外侧飞出去。共周思胡乱抓住一切能抓住的东西，尽力不让自己的身体被巨大的离心力抛出去。他强烈地感受到了敌机相互碰撞产生的剧烈爆炸，看到了四处飞溅的敌机碎片。

"伍德，你瞄准左边。"为首的高个军人说，"瑞基，你给我看死后面。"他是他们的头。

"好的，希斯。"被叫作瑞基的军人答道。

"希斯，敌人的飞机怎么越来越多了？"伍德说。

"全都是无人机。它们不仅对我们射击，还企图撞毁我们。"希斯说。

这几个军人着实骁勇善战，在他们的炮口下共周思看到一架架敌机拖着长长的火焰直直地掉了下去。看到这些军人的沉着和无所畏惧，共周思对自己刚才的慌乱感到了一丝惭愧。他极力平衡着自己剧烈摇晃的身体，跑到希斯的身边，刚到他身边就看到一架敌机被他击中，发出巨大的爆炸火光。

"小子，你把我右口袋的雪茄拿出来。"希斯对共周思说，共周思从希斯的右口袋里拿出根雪茄。

"快放进我的嘴里。"希斯的军人说。

希斯嘴里叼着烟，大喊了一声："来吧，狗娘养的。"

共周思听到又是一阵猛烈的射击和随即传来的爆炸声。

"伍德，注意你的右前方。"希斯的话音未落，共周思的身体猛地往右一侧。太空舰在空中划了一个弧线，在离心力作用下，太空舰里的人差点都滚到了一边。好在这些军人训练有素，也就在太空舰右翻的一刹那，他们射出了一梭子子弹，共周思看到敌机又冒出了滚滚的浓烟。

"希斯，敌人怎么越打越多？"瑞基说。

"是啊，怎么搞的？"希斯说。

"再这样下去，我们的弹药会被耗光的。"

共周思紧张地往外看，的确如希斯所说，外面的飞机蝗虫般地向自己的太空舰扑来。尽管自己的太空舰火力凶猛，弹药齐发，敌机还是前赴后继向太空舰冲来，就像是一群敢死队，不顾一切地要和自己的太空舰同归于尽。共周思感觉到自己的太空舰现在就是孤军奋战，他极力想寻找齐刚和柴禾的战舰，担心他们是不是能躲过这猛烈的围攻。齐刚和柴禾毕竟没有经过军事训练，面对实力如此悬殊的战斗，肯定凶多吉少。共周思不敢往下想，当然也容不得他往下想，自己的太空舰已被敌机围得如铁桶一般，包围圈越来越小。虽说自己的太空舰弹无虚发，可又怎奈敌机太多。眼看太空舰难逃被围歼的噩运，就在这千钧一发之际，在敌机的炮火向太空舰齐射的一刹那，共周思感到太空舰在飞速旋转的同时，急速垂直跃升，仿佛做着艺术体操表演，表演着平地腾空旋转向上跃起，那姿势优雅自然。太空舰突然垂直上升又突然翻着跟斗急速俯冲而下，在这光火之间，太空舰前面两侧机翼下面冲出了一束火光，顿时，太空舰下方方圆几百公里升起了一片火海，围攻的敌机瞬间化为了灰烬。

　　这是什么炸弹？这是人类最强大的武器——超级离子炸弹。它的杀伤力十分强悍，能将几百平方公里内的一切物体直接熔化。前几分钟还穷凶极恶的敌机群瞬间化成了一片灰烬，宇宙骤然恢复了平静。敌机化成的灰尘在空中足足飘散了几分钟后，天空繁星依旧璀璨。

　　正当共周思和希斯与外宇宙空间的战机酣战之时，古德的秘密基地出现了两支全副武装的队伍。一支着便装，有六人。另一支驾驶着一架飞艇停到了关押灵心的建筑物外。从飞艇上跳下来五名军人，这些军人个个身材魁梧，身上武器装备齐全。他们猫着腰、端着枪，相互做着手势向关押灵心的房子靠近。突然，他们看到巡逻的大兵，巡逻的大兵也发现了这队人，可还没等他们扣动扳机，就被这些军人击倒。这些军人将外围清空之后，没多久又将关押灵心房间门口的守卫击倒。他们随即破译了门锁的密码，将关押灵心的房门打开了，看到灵心正目瞪口呆地站在那里。一名军人正准备带灵心走的时候，另一名军人说："等等。"便拿出一个仪器对着灵心从头至脚扫描了一遍，正是这一扫，突然警报声大作。这些军人听到警报声，立即转身掉转枪头。他们一边护着灵心，一边端着枪高度戒备，相互靠着向外运动。他们被大兵们包围住了，包围圈越来越小。但这些军人沉着冷静，眼看着包围他们的大兵们要向他们射击的时候，他们的枪震动了一下，没有看到火光，但大兵们倒下了。

外宇宙空间的战机全部被消灭，共周思的太空舰向外宇宙空间飞去。在飞去的路上，共周思问："希斯先生，怎么没有看到齐刚和柴禾的战舰？"

"我不知道，可能他们没有我们这么幸运吧。"希斯躺在椅子上，他拿下叼在嘴里的雪茄，放在鼻子下面闻了闻。

"他们是不是阵亡了？"共周思沉痛地问。

"十有八九吧。"希斯仍然在闻着他的雪茄。

"我们现在回去吧。"共周思说。

"我们的任务是占领'玫瑰空间'的控制室。"希斯说。

"就我们这几个人？"共周思虽然在刚才的空战中领教了这些人的厉害，但仅凭五个人就占领空间，而且是空间要地控制室，这想法太狂妄了。"我不去，我要回去。"共周思大声地说。

"你不去？你不想见灵心了？"希斯说。

"你怎么知道灵心？"

"我们古总说，如果你不听话，就让我问你要不要灵心。"

"你们想把灵心怎么样？"

"古总叫我告诉你，如果不将我们的芯片想办法嵌入'玫瑰空间'的控制室，灵心必死无疑。"

听希斯这么说，共周思不吭声了，但他心里翻江倒海。他感觉自己没有了退路。他在心中狠狠地说：我一定要救出灵心。他对希斯说："我要见灵心，否则我宁愿死也不会去'玫瑰空间'。"

希斯一挥手，灵心坐在关押她的房间里的立体影像出现在了太空舰的驾驶舱里。"你看，你心爱的灵心不是好好的吗？"

"灵灵，灵灵。"看到灵心，共周思立即站了起来，向灵心冲了过去。

"这是影像，没有办法接触，而且她也听不到你的声音。"

"她可以听到我的声音。"

"通话的频道已经被截断了。"希斯说。

"不和她通话，我决不去'玫瑰空间'。"共周思语气坚定地说。

"这由不得你，你做不了主。"希斯说。

"为什么我做不了主？"共周思说。

"因为你深爱着灵心啊，小伙子，我看出来了。"希斯拿掉嘴里的雪茄坐了下来，"我也有和你一样的经历，为了自己心爱的人可以不顾一切。"

"你也爱过？你也有心爱的人？"

"是人都有爱，我难道就没有爱？"希斯显然对共周思的话有些不高兴。

"你们到底是群什么样的人？"

"我们是要改变地球、拯救人类的人，我们是有信仰的人。"希斯有些自豪地说。

还改变地球、拯救人类，纯粹是胡说。嘴上冠冕堂皇，却用下三烂的手段绑架人质，简直就是一个邪教组织。共周思心想。

"小伙子，我们马上就要降落到'玫瑰空间'里了。"希斯说完，太空舰便降落在一个大草坪上。

"怎么没有'玫瑰空间'的战机拦截？"共周思看到希斯打开了门，外太空风和日丽，空气清新，恍然感觉回到了地球，"怎么没有人来抓我们？"

"我们古总说了，只要有你共周思在，外宇宙空间的人就不会把我们怎么样。"希斯说。

"这是为什么？"共周思一脸的迷茫。

"不知道为什么，现在我们的任务就是向主控室进发。"希斯说，"我们只剩下十二个小时了。"

"为什么是十二个小时？"共周思不解地问。

"古总说，如果你十二个小时之内不将芯片送到主控制室，灵心就会没命。"

听到希斯这么说，共周思下意识地摸了摸口袋里的芯片和计算机。他想到古德给他隐形盔甲，立即打开袋子，"哧"的一声，紫红色的盔甲便穿在了他的身上。他的眼前，也就是他的脑伴里，立即出现了盔甲的说明书。与其说是说明书，不如说是一个按钮，他用手点了一下开关，盔甲立即与他的思维组合。共周思看了看希斯他们，说实在的，虽说刚才与他们短暂相处，但也算是共过生死，他不觉喜欢上了这些军人，尤其是听希斯说他也有爱的人，也能为爱的人牺牲自己。如果不是救灵心紧急，他会与这几个军人好好庆贺胜利的。现在共周思没有时间了，他必须立即去空间完成古德交给他的任务。共周思这样想，盔甲带着共周思腾地飞上了上空，把希斯他们吓了一跳。

"共周思，祝贺你顺利到达'玫瑰空间'。"共周思的耳伴里传来了古德的声音，共周思听到古德的声音不由得怒火中烧，"齐刚和柴禾他们在哪？"

"你放心，齐刚和柴禾他们已经安全返回了基地。"古德说。

"我想见他们。"共周思说完，他的脑伴里立即出现了齐刚和柴禾在基地机场上的立体影像。

"你放心，只要你按照我的要求，将芯片嵌入'玫瑰空间'的主控室，并将它的程序与我的计算机连上，我就会给你一个完好无损的灵心小姐。"

"还有齐刚和柴禾。"共周思强调了一句。

"我保证，还有齐刚和柴禾。"古德说。

第五十五章　攻入外宇宙"玫瑰空间"主控室

"嗖"的一声，穿着隐形盔甲的共周思在空中划出一道弧线，他按照盔甲里的导航向"玫瑰空间"的主控室疾飞而去。共周思的意识告诉他，时间不多了，现在的每分每秒都十分宝贵。他要盔甲以最快的速度飞向主控室，可是当他飞临主控室的入口时，空中飞来几架拦截他的战机。无疑这是"玫瑰空间"的战机，比刚才与太空舰交战的战机更大，速度更快。战机看到共周思向上躲避，便追了上来，咬着共周思不放。共周思在空中做各种动作，翻着跟头，想摆脱战机的追击。盔甲和战机在空中好像在比速度和飞行技巧似的，各自大显身手。共周思的盔甲有多快，战机就有多快。总之，共周思别想轻易摆脱，更别想进入主控室的入口，连靠近也不可能。它们就这样玩游戏似的，不断地消耗着时间。共周思最消耗不起的就是时间，他想尽快摆脱战机的纠缠。他不理会这些战机，也不再逃避这些战机，而是直接向主控室的入口飞去，或者说干脆不顾生死地撞过去。但是，一靠近入口，就会遇到更强大的拦截，不仅拦截的飞机增多，而且向他开火。之前拦截的战机没有向他射击，但这次不一样了，虽然说盔甲有极快的速度和极强的计算力，但共周思从未穿过这盔甲，也没有经历与战机的战斗。而且盔甲虽有不凡的自保系统，却没有攻击系统，不可能发射枪弹。他不仅要躲开战机的纠缠，还要躲避密集的炮火。突然，他感到胳膊上有被撞击的感觉，盔甲好像是被撕了一个口子，刀子般的冷风吹得皮肤生疼，浑身顿时凉飕飕的。他已经感觉盔甲遍体鳞伤了。共周思慌了，如果这盔甲失去了功能，自己将会被这些战机击得粉碎。自己粉身碎骨事小，灵心也将被古德这些人伤害。共周思一时惊慌得不知如何是好。但是人在紧急的时候，灵感会从天而降。他急切地启动盔甲的修复功能，这也意味着要忍受极大的痛苦，意味着要将他的内力和意志输入盔甲。共周思一边承受着修复盔甲的极大痛苦，一边躲避着战机的攻击，痛苦得浑身痉挛，牙咬得咯咯作响。不知过了多久，共周思感觉到盔甲得到了巨大的能量，盔甲与自己更好地融合了，功能更强大，也具有智慧和思想，躲避也变得更敏捷。虽然可以更灵活地躲避战机的射击，但始终在枪炮的攻击之下，无法完全摆脱被击毁的危险。事实上，已经有不少枪弹在盔甲上留下了大大小小的伤痕。

共周思左冲右突，难以突围，更别说冲进主控室了。他感觉到自己已经是穷途末日，想放弃进入主控室，放弃古德强行交给自己的任务。可是放弃这些，就意味着放弃灵心。他做不到，也决不会去做，哪怕粉身碎骨。突然，他感到身子剧烈地震动了一下，原来两架战机在夹击他，盔甲反射般地在空中使了一个芭蕾式的旋转，向上旋转了几十圈。两架战机一时没有反应过来，便相互撞在了一起，冲撞产生的巨大气浪将共周思冲出很远，重重地摔了出去。他为自己想放弃的念头羞愧。怕什么，就这样闯进去。"灵灵，我一定要救你。"共周思一冲动，豪情满怀。

共周思灵感的火花"嗖嗖"地在脑海里闪现。"人家不是说我善于做减法吗？今天我就做一次加法，而且还要做乘法，做指数的乘法，我要融合全人类的智慧。"共周思头脑一刹那的念头，盔甲的计算机立即将他的想法传给了地球上的所有计算机。共周思想摆脱这些战机、进入主控室的想法传到了地球上所有人的脑伴上。这是地球与外宇宙空间的战斗，一时间，地球面临一个共同的敌人。

冲进主控室，共周思这才发现这里是一座塔。他不顾一切地向塔上冲。可是，他没有发现任何人，一直向上跑。他心里嘀咕着，怎么没有看到人呢？他一边跑一边警惕地观察着四周。他的盔甲告诉他，控制中心就在塔顶，可是当他快冲到塔顶的时候，突然枪声大作，从前面呈扇形地冲出了一队人马，他们端着枪向共周思扫射。共周思的盔甲此时已经支离破碎了，没有多少躲避枪弹的功能了。眼看就要被前面的火力网困住，共周思惊奇地发现古德这时冲了上来，跟在古德后面的是希斯以及三名随从。他们疯狂地射击，顿时子弹横飞，击到控制塔的墙上发出"乒乒乓乓"的声音，子弹的火光交织在一起，看得人头晕目眩。此时，共周思不仅听到了自己身边的枪声，也听到了楼外的枪弹声和爆炸声。

"思思，我来帮你了。"不知什么时候柴禾也冲了上来。

"古总，我来了。"共周思又听到了齐刚的声音。

"柴警官、齐刚，你们都来了。"共周思没有武器，只能凭着盔甲那点残存的功能，躲避着对方的子弹。

古德、希斯、齐刚、柴禾还有古德带来的几个随从，使共周思这边的力量大增，没有几分钟，控制塔的防卫力量便被古德他们消除。共周思和他们冲上塔顶，冲向主控室。

"快，共先生，找到控制主机。"古德着急地说。

"我不知道主机在哪里啊。"

"盔甲知道。"古德说。

听古德如此说，共周思一挥手，整个主控室的仪表和设备便瞬间输进了盔甲的计算系统。

"在那！"共周思指着右前方的一个球形机器说，他立即奔过去。

"快，将芯片插进去。"古德说。

共周思从口袋里飞快地拿出芯片，也许是芯片和球形机器有磁力，还未等共周思的芯片碰到机器，芯片就自动插进了球形机器的插口。

"快，用我给你的计算机连上，破解空间的控制程序。"古德说。

共周思又从口袋里拿出手掌般大小的计算机。计算机刚一启动，屏幕立即打开，共周思的眼前出现脑伴似的立体影像。共周思快速思考着如何破译这个比地球先进上万年的空间的控制程序。

主控室外的爆炸声不断响起，古德不时地向窗外张望，嘴里嚷着："快，快，快。"但无论古德如何嚷嚷，共周思都无法突破空间的防火墙，无法和空间的主程序连上。

这时，控制塔开始向外倾斜，控制塔里发出了"咔咔"的声音，齐刚和柴禾他们感觉到楼在倒。

"共先生，你必须与他们的主程序连上，如果连上不，你想想灵小姐，想想地球上的电磁辐射病人，想想舒玉婷、汪行知他们的生死吧。"

听到古德喊灵心的名字，他就知道了古德的用意。他是告诫自己不完成任务，灵心就得死。一想到灵心的危险，共周思血往上涌，对灵心的爱和对古德的恨使他热血沸腾起来。他一咬牙，心一横，又将自己的思维与地球上全人类的思维凝集在一起，攻破了"玫瑰空间"第一道防火墙，他高兴得叫了起来："好了！"

"好了？"古德一听到共周思叫"好了"，高兴得跳了起来，"快把计算机给我。"

第五十六章　三个灵心同时出现在主控室

正当共周思如释重负，要将计算机给古德的时候，只听柴禾突然大叫了一声"灵心"。

柴禾这一叫"灵心"，共周思突然像被电击了一般，他突然说了声："等等，我必须见到灵心。"

共周思举着计算机说："我要见灵灵。"他看到古德犹豫，"否则，我把这个计算机扔掉。"

"去把灵小姐带到这里来。"古德向他手下摆了摆头。

不多久，古德的手下押着灵心出现在主控室里，还有奄奄一息的朗声丽。古德大喊着说："快，共先生，将计算机扔给我。"共周思看到灵灵，答应了一声，就要将计算机扔给古德。

"等等。"突然共周思听到了一个熟悉的声音，随即他看到了齐天航。只见齐天航身边一个全副武装的人用枪顶着灵心，另外两个人将身负重伤的程颖、赵构成扔到了地上。齐天航说："共周思，快将计算机交给我。"

出现了两个灵心，共周思一下子蒙住了。他看看古德旁边的灵心，又看看齐天航旁边的灵心，不知道哪一个才是真正的灵心。

"快将计算机扔给我，我这个灵心是真的。"古德说。

"快将计算机扔给我，我这个灵心是真的。"齐天航说。

"思思，我是真的。"一个灵心说。

"思思，我是真的。"另一个灵心说。

同时，控制塔倒塌的"咔咔"声也越来越大。

"都别争了，共先生，灵心早被我们救了。"突然，共周思看到一个老头出现在他的面前，他身边的一个人押着灵心。这个灵心亲切里叫了一句："思思。"那个老头又说："这才是真正的灵心。"

"你是谁？"共周思问那个老头。

"他就是我们这个空间的雷登将军。"押着灵心的那个人说。

空间将军的出现，使齐天航和古德大感震惊。他们听到了控制塔外的爆炸声，也看到了火光和浓烟。他们都以为已经彻底消灭了空间的武装力量，同时他们也认为有必要将眼前这位将军干掉。共同敌人的出现使他们觉得必须联合起来。他们同时向那位空间将军射击。当然，这位空间将军早有防备。他一边躲过他们的枪弹，一边进行还击。一时间枪声大作。他们三伙人在射击的同时仍然不让灵心向共周思靠近。玫瑰空间的雷登将军一边战斗一边说："共先生，你认识《太空惊奇》杂志社的刘益先生吧，他就是我们空间派到地球帮助你的。"

共周思一听到刘益的名字，浑身一震，立即问："刘社长在哪？"

"他已经回空间了。"雷登将军说，说完又大声说，"是我们空间的欧阳总督下的死命令要求不能伤害你，否则你早已经死很多回了。共先生，快将计算机扔掉，我们是来帮助你们人类的。"

"共周思，快将计算机扔给我。"古德说。

"思思，灵儿是我最喜欢的儿媳妇，你们这些人都是我最喜欢的孩子。"齐天航说。

共周思知道齐天航喜欢灵灵是真的，他应该不可能用喜欢的儿媳妇做人质。因此，他押着的灵灵应该是真的。但是共周思想起在地下城市的密室里他和灵剑柔的对话，他对造成很多人死亡的磁灾竟然无动于衷。齐天航是一个为达目的不择手段的人，他身边的灵灵也可能是假的。共周思迷茫了。

"共先生，不要听他们的，他们是一伙的。"雷登将军说。这时他已经负伤倒在地上，但他还在说，"他们就想通过控制这个空间实现他们控制地球的个人野心，你把计算机扔掉，就是救人类。"

突然，雷登将军的背后响起了枪声，又上来一个极地组织军人将雷登将军击倒。

共同的敌人被消灭了，这时只听古德说："共先生，你如果不将计算机扔给我，我就杀了灵心。"古德躲在控制塔里的一个机器旁边，用枪顶着灵心的脑袋，"我数三个数，你不给我，我就杀了她。1……"

齐天航也大叫："给我。"

"2……"古德大叫。

"你们都不要叫了。"共周思也大叫，"如果你们再不放灵心，我就从这个塔上跳下去。没有我，你们拿到了计算机也没用，因为你们没有密码。"

第五十七章　大结局："爸爸！""儿子！"

控制塔"咔咔"往下倒，古德、齐天航、共周思他们站立不住，也向一边快速滑下去。

这时，塔下的枪声越来越激烈。有一队人马正向这里冲来。古德认为这队人马肯定是空间的人。他没有多想，便将手枪射向共周思，共周思

"啊"的一声倒下。

中枪的声音像晴天霹雳，直击齐天航的心脏，他浑身一震，像惊雷又像闪电，眼前立即出现很久很久以前，在外星球上的一个悬崖峭壁上，下面的深渊深不见底。他悬着峭壁上，一手抓住自己的妻子，一手扒着岩石，岩石在渐渐松动。眼看着岩石就要裂开的时候，突然，妻子抓住自己的手松开了，他听到抱着刚一岁半的儿子的妻子掉下悬崖时撕心裂肺的叫声。这叫声和刚才共周思的叫声一模一样。他在心里呼喊：这就是我魂牵梦绕、苦苦寻找多年的儿子飞飞。说时迟那时快，正当古德向共周思射出第二发子弹的时候，齐天航将子弹射向了古德，古德立即倒在了地上。但他枪里的子弹还是向共周思射了过去。几乎是在此同时，昏倒在地上的程颖一跃而起扑向共周思，挡住了古德的子弹，鲜血立即从程颖身上喷了出来。见程颖倒在血泊之中，共周思立即翻身将程颖抱在怀里，大声呼喊："颖颖，颖颖。"

"思思，齐天航也是想控制人类。"程颖声音微弱地说。

"我知道，我知道。"共周思用手压着程颖的伤口说。

听到程颖的话，齐天航立即向程颖射击。柴禾、赵构成见状，飞快地从地上爬起来扑向了程颖，用身体挡住了射向程颖的子弹。共周思看到柴禾、赵构成为了救程颖倒在了地上，鲜血从腹部流了出来。

看到倒在地上奄奄一息的程颖、赵构成和柴禾，共周思悲痛万分。想起跟他们一起度过的日日夜夜，想想从太空船项目一开始，他们就追随自己出生入死，从未享受过一丝半点，除了苦难就是死亡威胁。如今，他们为了自己的所谓太空梦，为了救自己，又要付出生命的代价。他又看了看被枪指着的那三个真假难辨也在流泪的灵心，还有倒在地上不省人事的朗声丽、齐刚，他们都将被自己害死。再看看齐天航，自从他的太空船面世，他就一心要控制他们。他们只想在外星球建太空医院、造太空船，将更多的地球上的病人送到太空医院治病，救亲如一家人的婷婷和知知，救那些得病的小孩子，这难道有错吗？一点都没有妨碍他齐天航。为什么他还这样对自己苦苦相逼？今天，他还想利用自己，通过控制外宇宙"玫瑰空间"控制人类。如果让他的阴谋得逞，那真是人类的灾难。如果帮他，就是犯罪。可是，既不能不阻止他们，也救不了知知、婷婷，救不了那些小孩，救不了灵灵，更救不了人类。此情此景，此时此刻，共周思绝望了。他腾地想站起来。但控制塔倾斜得很厉害，他站不住，又倒在了地上。他用枪指着自己的头，大叫一声："灵灵，我先走了。"

看到共周思要自杀，齐天航慌了，他举枪就向共周思射击，想打掉他手中的枪。随着一声枪响，人们首先看到的是齐刚被击中。因为就在齐天航举枪向共周思射击的同时，三个灵心向共周思扑去。朗声丽看到灵心即将被齐天航的子弹击中，也奋不顾身地推开灵心去挡齐天航的子弹。齐刚看到灵心和朗声丽即将被击中时，不顾一切地撞开朗声丽，子弹击中了齐刚的胸部，鲜血立即从他的胸膛流了出来。与此同时，齐刚枪里的子弹也射向了齐天航。正当齐天航倒地的一刹那，他看到古德又拿枪向共周思射击。齐天航毫不犹豫地将枪对准古德，击中了古德的头，古德立即身亡。

突然，控制塔又向下倾斜了，并快速地往下倒。大家都沿着塔板往下滑，而且速度越来越快。

共周思眼看着又要掉下去的时候，看到一只手拉住了自己。他定睛一看，是齐天航，并听到了他的声音："儿子，你不能死！"

共周思听齐天航叫自己儿子，满脸的惊愕。

"没错，你就是我很多年前掉下悬崖的儿子——飞飞。"听齐天航叫自己的小名，更加吃惊。自己的小名连自己都快忘了，齐天航怎么知道的。

"你妈妈的名字叫楚清玉。"齐天航说，"你和你妈妈是在外星球上科学探险时掉下悬崖的。飞飞，我对不起你和你妈妈！"共周思看到了齐天航眼睛里的泪水。

母亲的名字叫楚清玉，看来拉住自己的人确实是自己做梦都想见的父亲。想到这里，一股翻江倒海的感情袭向共周思的心头，眼睛里立即涌满了泪水。他真想倒在父亲的怀里大哭一场。

控制塔还在倾斜，大家都在吃力地向上爬。可是他们越动，塔身倾斜得越厉害。"大家都不要动，不要动！"齐天航说。

"快抓住齐则，他要掉下去了。"共周思说。朗声丽立即抓住了齐刚。可是，朗声丽非但不能阻止齐刚往下滑，反而被齐刚拉着加速往下掉，眼看就要掉下去的时候，齐天航的手拉住了她。

看着加速倾倒的控制塔，齐天航一手拉着共周思，一手拉着朗声丽，朗声丽拉着齐刚，他们看着倒在地上的三个灵心、程颖、赵构成和柴禾，大家都不敢动，因为任何震动都有可能造成塔的倒塌。他们只能趴在那里，听任控制塔往下倒。

控制塔发出"咔咔"的声音往下倒，塔面倾斜得越来越厉害。齐天航看到三个灵心含着泪艰难地向共周思爬去，奄奄一息的程颖一手抓住赵构成，另一只手非常吃力地伸向共周思，显然，她是想抓住共周思。共周思一只手向三个灵心伸去，拼命地想抓住她们。他又想松开被齐天航紧紧抓住的另一只手去抓住程颖、赵构成，但共周思越想松开齐天航的手，齐天航的手就抓得越紧。齐天航看到他们不顾自己生死都要救自己所爱的人，很多年前妻子为了救自己，松开自己的手抱着一岁半的飞飞跌下深渊的情景又出现在自己的眼前。齐天航看着他们，看着不断倾斜的控制塔，情况万分危急。他看了看右手抓住的共周思，又看了看左手抓住的朗声丽和齐刚，就在他们将要掉下去的那一刻，大叫了一声："孩子们。"他使尽浑身的力气，将齐刚、共周思他们拉了上来，但是自己却掉了下去。

看到掉下控制塔的齐天航，共周思和齐刚大喊了一声："爸爸！"

"爸爸！"

"儿子……"

满怀深情的喊声响彻宇宙空间！

> 2018年2月1日构思于美国硅谷
> 2019年12月1日完稿于江西南昌
> 2022年12月1日定稿于江西南昌